读客®

读客科幻文库

跟着读客读科幻，经典科幻全看遍。

沙丘6
圣殿沙丘

[美] 弗兰克·赫伯特 著
老 光　　甄春雨 译

江苏凤凰文艺出版社
JIANGSU PHOENIX LITERATURE AND ART PUBLISHING

图书在版编目（CIP）数据

沙丘 . 6, 圣殿沙丘 / (美) 弗兰克 · 赫伯特 (Frank Herbert) 著 ; 老光 , 甄春雨译 . -- 南京 : 江苏凤凰文艺出版社 , 2024.2（2024.4 重印）
（读客科幻文库）
书名原文 : Chapterhouse: Dune
ISBN 978-7-5594-7816-0

Ⅰ . ①沙… Ⅱ . ①弗… ②老… ③甄… Ⅲ . ①幻想小说 - 美国 - 现代 Ⅳ . ① I712.45

中国国家版本馆 CIP 数据核字 (2023) 第 137497 号

沙丘．6，圣殿沙丘

[美] 弗兰克 · 赫伯特 著　　老 光　　甄春雨 译

责任编辑　丁小卉
特约编辑　武姗姗　蔡佳迪
封面设计　李子琪
责任印制　杨 丹
出版发行　江苏凤凰文艺出版社
　　　　　南京市中央路 165 号，邮编：210009
网　　址　http://www.jswenyi.com
印　　刷　三河市龙大印装有限公司
开　　本　880 毫米 ×1230 毫米 1/32
印　　张　18
字　　数　430 千字
版　　次　2024 年 2 月第 1 版
印　　次　2024 年 4 月第 4 次印刷
标准书号　ISBN 978-7-5594-7816-0
定　　价　75.00 元

CHAPTERHOUSE: DUNE

FRANK HERBERT

引 言

《圣殿沙丘》的故事发生在几千年后的人类未来，那时女性统治了宇宙。那是一个迷人的环境，满是由死人细胞生长成的死灵，以及可以改变形体的变脸者、半人的混合人、克隆人，还有变异畸形、充满阴谋的公会领航员。那儿有巨大的远航机，可以在眨眼间折叠空间以穿越遥远的距离，还有几乎不可见的无舰和内藏神秘机械的无厅。

这部小说伊始，沙丘星球已经被尊母毁了。她们是从大离散中归来的强大而神秘的女性，而大离散则是沙丘神帝为了让人类扩散到无数星系间而在很久以前就启动的事件。在圣殿星球上，贝尼·杰瑟里特姐妹会有一条巨大的沙虫，是秘密获得的，它正在变形成沙鳟。因此姐妹会发起一项沙漠化进程，其结果是生成一颗新的沙丘星，还有新的宝贵香料美琅脂的源头。而美琅脂正是她们需要且希望控制的一种有限的资源……

这是弗兰克·赫伯特广受欢迎的科幻经典系列的第六部小说，是他写就的天马行空的《沙丘》宇宙中的最后一个故事。我母亲贝弗莉·赫伯特病情严重，需要照顾，于是他在夏威夷的家中打字完成了这部小说的大部分。我母亲本身也是一名职业作家，她帮助设计了本书的情节，并在1984年去世之前为父亲提供了书名。然而，直到她去世后，我父亲返回华盛顿州才完成了本书的写作任务。

如果没有关于我母亲以及她和父亲近四十年关系的回忆作为有力的提示，我不可能读懂《圣殿沙丘》，甚至不可能对这本书的内容展开思考。我母亲是位非凡的女性，是“沙丘”系列前三部中文学人物杰西卡夫人的原型，是“沙丘”粉丝所熟悉的许多格言的源头。在这一系列史诗传奇的后期，尤其是在第五部和第六部小说中，女性的强大存在也源于她。

作为他们的儿子，我见证了我父母在无数方面相互影响、相互扶持。我可以诚实地说，虽然他们的确有一些旁人可能从未注意到的微小分歧，但我从未听过他们抬高音调对对方说话。他们之间交流用的话语和手势在一个不同寻常且几乎无法被察觉的层面上发生。我的父母是共生的、高度智能的人类有机体，他们的联系如此紧密，以至于他们间传递的想法仿佛包含在一个头脑里。

弗兰克·赫伯特最好的朋友豪伊·汉森是这么说的：“有两个弗兰克：一个是我先于贝弗认识的，还有一个是你所知的由贝弗创造的。如果贝弗莉没有与他结婚并……在精神上与他联结……就不会有作家弗兰克·赫伯特。”

我母亲在夏威夷去世后，父亲写了一篇很长的沉痛悼念的文章，发表在《圣殿沙丘》的结尾，描述他们在一起的生活以及对于彼此的意义。此后数年，我觉得这篇感人肺腑的证词最适合用来终结整个系列。毕竟，他们自1946年开启婚姻生活起，已然是一个合作无间的写作团队，怀揣二人都能成为成功作家的梦想起航。他们做到了，一路上他们一起经历了数不清的伟大冒险。我在弗兰克·赫伯特的传记

《沙丘的梦想家》（2003）中描述了他们之间这个关于爱和牺牲的非凡故事。

《沙丘异端》中对具有破坏性的尊母进行了充满悬念的叙述，这在《圣殿沙丘》中得到了进一步展开。据传，这些残忍的女性是贝尼·杰瑟里特变节者，她们扬言要抹杀古老的姐妹会，甚至要做更多。她们似乎不可阻挡。然而宇宙中还是有某种外在的其他东西追逐着尊母，但弗兰克·赫伯特并没有揭露它的身份。作者聪明地在小说中散落关于它可能是什么的线索，最终，读者会对各种可能的选项感到好奇并进行思考。

回到20世纪五六十年代，弗兰克·赫伯特试图卖出一些悬疑小说，甚至在他的朋友作家杰克·万斯的鼓励下，加入了美国推理作家协会。1964年，我父亲将短篇小说《玛丽·赛勒斯特号的移动》卖给了《模拟》杂志，这是一篇精心描绘的科幻悬疑小说，关于调查一种人类行为的奇特现象。但除此之外，他在那些日子里为写作神秘小说所做出的努力并没有得到丰厚的回报。他总是在故事的篇幅和文类方面遇到问题，出版商却对此毫不关心。因此他回到了科幻小说的领域，在那里，他取得了无与伦比的成功。

我父亲在所写的悬疑小说屡屡遭拒后，写作了一篇被广泛出版的悬疑小说，并将其融入“沙丘”宇宙的设定中。在他1986年死于疾病之后的十多年里，关于这篇的谜底始终是科幻小说中最有趣、最广受争论的主题。这多么适合作为一个经常被出版商拒绝的人的遗产。在其他二十多位编辑拒绝后，要不是有勇敢的编辑斯特林·拉尼尔抓住机会，接受《沙丘》精装版的出版，我父亲也不会收获那么多的读者。

在家人看来，弗兰克·赫伯特在去世前仍充满了无尽的热情和能量，比他六十五岁时显得年轻得多。他的去世让我们觉得，如果他再活得久些，也许能在他已经收获颇丰的生命里取得更多成就……更多显著的成就也许能从他那极具创造力的头脑中流淌出来，凭借着那样的头脑，他创作出了“沙丘”宇宙、备受推崇的美国本土小说《灵魂捕手》和其他令人难忘的小说。

遗憾的是，他再也无法创造出更多的作品，我们也见不到了。

我的父亲在他去世时留下了一些未竟的结局、许多未完成的梦想。就像画家让·杰利柯一样，父亲在生命的最后讲了所有他恢复健康后想做的事。他想要在巴黎待一年，想要成为年纪最大的珠穆朗玛峰攀登者。他有更多《沙丘》的故事可以讲，还有一部关于美国土著的史诗小说要写，甚至可能还有一部电影要执导。但就像杰利柯，他没有康复。

弗兰克·赫伯特“沙丘”系列的第五部小说《沙丘异端》和第六部小说《圣殿沙丘》本计划是一个新三部曲的前两本书，这个三部曲将按时间顺序完结这个史诗故事。利用我父亲的大纲和笔记，我最终和凯文·安德森合作，用《沙丘猎人》（2006）和《沙丘之沙虫》（2007）这两本书的体量写完了大高潮的部分。

当你阅读《圣殿沙丘》时，请搜寻弗兰克·赫伯特织入故事中的有趣线索。然后回去重新阅读他本系列的前五本，你将会发现更多线索。他留下了如此多的可能性，如此多能延展读者想象的路径。“沙丘”系列传奇是真正的杰作，在文学史上具有无与伦比的地位。

布莱恩·赫伯特

华盛顿州西雅图市

2009年2月7日

唯有控制了历史的书写，才能让昨日重现。

——贝尼·杰瑟里特教义

死灵幼体从贝尼·杰瑟里特的首个伊纳什洛罐中诞生后，大圣母达尔维·欧德雷翟在中枢顶层她的私人餐厅召集了一场低调的庆祝会。天色尚早，尽管欧德雷翟令其私人大厨备齐了早餐，她的两个顾问团成员——塔玛拉尼和贝隆达——还是对传召显出了不耐烦。

“不是每个女人都有机会看到自己父亲的诞生。”听到那两人抱怨说太忙了，不想浪费时间在这种“无聊的事”上之后，欧德雷翟打趣道。

年事已高的塔玛拉尼不置可否地笑了笑。

贝隆达丰满的脸庞上没有表情，通常这是她用来替代皱眉的方式。

贝尔[1]是在对大圣母周身相对奢侈的装饰表示不满吗？欧德雷翟暗自揣测着。尽管这间寓所突显了她独特的地位，但地位带给她的是更多的责任，而不是凌驾于其他姐妹会成员之上。就像这间小小的餐厅，主要是为了让她在用餐时也能听取助理们的意见。

1　贝尔（Bell）是贝隆达（Bellonda）的昵称。——编者注（若无特别说明，本书中脚注均为编者注。）

贝隆达的目光左顾右盼，显然急于离去。花了这么多心思，也未能打破她冷漠的外壳。

“怀抱着这孩子，想着‘他是我父亲’，感觉真是太奇怪了。”欧德雷翟说道。

“你已经说过一遍了！”贝隆达从肚子深处发出了一声男中音般的闷哼，仿佛每说出一个字都会让她消化不良。

但她听懂了欧德雷翟话中的戏谑。老霸撒米勒斯·特格的确是大圣母的父亲。欧德雷翟本人亲自采集细胞（用指甲刮下了小碎屑），培养了这个新死灵。它一直是某个长期“应变计划”中的一部分，关键在于她们是否能成功复制特莱拉人的罐子。然而，贝隆达宁愿被赶出贝尼·杰瑟里特，也不想赞同欧德雷翟的看法，认为这个设备对姐妹会来说至关重要。

“我觉得这一切都太过儿戏了，”贝隆达说道，“那些疯女人正在猎杀我们，灭绝我们，你却想要一场庆祝会！”

欧德雷翟尽量平和了自己的语气：“如果尊母找到我们时，我们仍未准备好，可能就是因为我们已丧失了斗志。”

贝隆达默默地盯着欧德雷翟的眼睛，目光中满是愤懑的指责：*那些可怕的女人已经毁灭了属于我们的十六颗行星！*

欧德雷翟并不认为贝尼·杰瑟里特拥有这些行星。经历了大饥荒和大离散之后，各行星政府成立了松散的联邦，尽管它很大程度上仰仗了姐妹会来提供关键的服务和可靠的通信，但古老的派系依旧存在——宇联商会、宇航公会、特莱拉人、分裂之神教会的残余势力，甚至还有鱼言士的辅助人员及残余人员组成的小团体。分裂之神留给了人类一个分裂的帝国——然而，帝国中的各种派系突然间都隐匿了，其原因就是遭到了从大离散归来的尊母猛烈的攻击。

贝尼·杰瑟里特——很大程度上依旧保持着她们大部分古老的体系——自然成为进攻的主要目标。

贝隆达的思考从未偏离过尊母的威胁。欧德雷翟察觉到了她的这一弱点。有时，欧德雷翟会权衡是否要换掉贝隆达，但如今连贝尼·杰瑟里特内部都出现了派系，而且贝尔是个大家公认的出色组织者。在她的指导之下，档案部达到了前所未有的高效。

如同往常一样，贝隆达无须明言，就已成功地将大圣母的注意力转移到了咬着她们不放的猎手上。这破坏了欧德雷翟今早想要小范围庆祝的气氛。

她强迫自己想着新死灵。特格！如果能唤醒他的初始记忆，那么姐妹会将再次拥有一个最棒的霸撒。一个门泰特霸撒！一个军事天才，他的英勇已成为旧帝国的传说。

但是，特格真的能对付这些从大离散归来的女人吗？

以无论哪个神的名义，都不能让尊母找到我们！还不到时候！

特格代表了太多令人不安的未知及可能。他死于沙丘星毁灭前的那段经历一直笼罩于神秘之中。他肯定在伽穆上做了些什么，才点燃了尊母无边的怒火。他在沙丘星上自杀式的行径尚不至于招来如此狂暴的回应。沙丘星末日之前，关于他在伽穆上的日子，只有些零星的传言。他能飞速移动，人眼都无法捕捉！他真的能做到吗？又一个因为厄崔迪基因而显露的超能力，还是变异，或只是又一则特格的传说？姐妹会必须尽早了解清楚。

一位侍祭端来了三份早餐，姐妹们飞快地吃着，仿佛早餐是不必要的中断，必须尽快了结。浪费时间是危险的。

甚至两人都离开后，贝隆达未说出口的恐惧仍在震慑着欧德雷翟。

那也是我的恐惧。

她起身，走向宽大的窗户，目光越过外面低矮的房顶，看着围绕着中枢的环状果园和草场。才到春末时节，却已能看到一些刚成形的果实。*重生。新的特格在今天诞生了！*她的思绪中并没有欢欣。通常这个想法让她兴奋，今早却不同。

我真正的优势是什么？我有什么牌？

大圣母掌握的资源令人生畏：忠心耿耿的部下、由特格训练出的霸撒所率领的军队（目前大部分士兵都驻扎在远方，守卫着学院行星兰帕达斯）、工匠和技工、遍布旧帝国的间谍和特工、无数依赖姐妹会保护从而免受尊母侵害的劳动者，再加上所有的圣母，她们拥有的他者记忆能溯及生命之初。

欧德雷翟知道自己已达到了圣母能力的峰值，这并不是一种自大。如果她个人的记忆无法提供所需的信息，她能依靠其他人的来补充。还有机器存储的数据，不过，她对此有种天生的不信任感。

此刻，欧德雷翟产生了一种欲望，想要挖掘她体内携带的、他人的次要记忆——它们一层层埋于意识深处的记忆。或许，她能在其他人的经验中找到应对眼前困境的妙方。*危险！你会迷失自己好几个小时，沉醉于不同的人格变幻之间。*还是让他者记忆在体内维持平衡吧，只在必要的时候才去提取。自我意识才是她人生的支点，由此她才能实现对自我的身份认同。

邓肯·艾达荷那奇特的门泰特式暗喻可以帮助理解。

自我意识：你面对穿行于宇宙中的镜子，镜子里一路上倒映出新的背景——连绵不绝的自我映射于背景之中。宇宙虽无涯，镜中却有限，就好比意识只攫取了无涯现实中感知到的点滴。

这是她听到过的最接近不可言说的自我意识的描绘了。"特殊的复杂，"艾达荷称之为，"我们收集、组合并映射我们的秩序体系。”

的确，这就是贝尼·杰瑟里特的世界观，进化产生了人类，进而创造了秩序。

这能帮助我们来对抗那些猎杀我们的疯女人吗？她们又处于进化树上的哪一枝？进化是神的另一个名字吗？

她的姐妹们会对这种“无端猜测”嗤之以鼻。

他者记忆里可能会有答案。

啊，多么诱人！

她多么想将困境中的自我投射到过去的身份上，去感觉一下过去的生活。诱惑的危险让她战栗。她感觉到他者记忆簇拥在意识的边缘。“就像这样！”“不对！更像这样！”她们真是太贪婪了。你必须学会挑选，让过去成为不连贯的画面。这才是意识的意义，代表你仍活着的精髓。

从过去挑选，与现实比对：研判后果。

这就是贝尼·杰瑟里特的历史观。远古时期桑塔亚那的声音仍然在她们生命中回响：“那些不能铭记过去的人注定要重蹈覆辙。”

中枢，作为贝尼·杰瑟里特所有建筑中最能代表权势的，无论从哪个方向来观察，都反映了这一历史观。设计的主旨是保持传统。这座贝尼·杰瑟里特的中心建筑，既能慰藉乡愁，又不会浪费空间。姐妹会不需要考古学家。圣母就是历史。

渐渐地（比往常慢得多），凭窗远眺让她平静了下来。她的目力所及之处，皆为贝尼·杰瑟里特的秩序。

然而，尊母可能会在下一瞬间终结这种秩序。姐妹会的处境比在暴君时期经历的磨难还要糟得多。如今，很多她被迫做出的决定令人憎恶。她的工作室也由此让人敬而远之。

放弃帕尔马的贝尼·杰瑟里特堡垒？

工作台上，贝隆达今早提交的报告中提出了这份建议。欧德雷翟打上了准许的戳记："同意。"

放弃是因为尊母的进攻近在眼前，我们既无法保卫她们，也无法将她们撤离。

一千一百名圣母，再加上只有命运才能掌握确切数字的侍祭、学员等，都死了，或比死亡还糟糕。都因为这个词。更别提那些在贝尼·杰瑟里特影子下生活的"普通生命"了。

做出这种决定的压力让欧德雷翟产生了一种新的疲倦。是我的灵魂疲倦了？真的有灵魂存在吗？她感觉累极了，她的意识无法判断劳累的原因。疲倦、疲倦、疲倦。

甚至连贝隆达看起来都压力过重，要知道贝尔可是享受暴力的人。只有塔玛拉尼表现得较为超脱，但这骗不了欧德雷翟。塔玛[1]已经进入了超观察的年纪，每个活得足够长的姐妹会成员最终都会抵达这个阶段。除了观察和判断，其他都无关紧要。而且，多数的判断都不会说出口，只是显露在满是皱纹的脸上。近来，塔玛拉尼说得更少了，她的意见是如此简要，以至于都显得有些荒唐：

"多买些无舰。"

"通知什阿娜。"

"看一下艾达荷的记录。"

"问一下默贝拉。"

有时，她只会发出哼哼声，仿佛说出的词语会背叛她似的。

别忘了猎手一直在附近巡逻，扫荡着各个空间，寻找能定位圣殿

1　塔玛（Tam）是塔玛拉尼（Tamalani）的昵称。

星的线索。

私下里，欧德雷翟把尊母的无舰看成是航行在恒星间无际之海中的海盗船。它们没有悬挂黑色的骷髅旗，但你能在心里看到旗子。她们可不是什么浪漫的传说。杀戮和掠夺！在他人的鲜血里累积自己的财富。汲取他人的能量，打造自己的杀手无舰，行驶在由鲜血润滑的航道上。

而且，她们并不认为自己会淹死在红色的润滑剂之中，她们打算沿着这条航道一直航行。

在催化了尊母的人类大离散时期，肯定生活着很多愤怒的人。他们活着的唯一目的：干掉别人！

一个允许这种理念自由传播的宇宙是危险的。好的文明不会让这种理念燎原，甚至都不会让它的星火产生。当它真的产生了，不管出于什么原因，一定要尽快处理，因为它天生就极具吸引力。

欧德雷翟惊讶于尊母没看到这一点，或者是看到了却没有重视。

“一伙没救的疯子。”塔玛拉尼这么称呼她们。

“仇外者。”贝隆达不同意她的观点。每次她都要纠正她，仿佛掌管了档案部让她对现实有了更深的理解。

她们俩都对，欧德雷翟想着。尊母的行为像是疯子。外面的人全是敌人。她们唯一还算信任的人是她们的男性性奴隶，但就这也有一定的限度。据默贝拉（我们唯一的尊母俘虏）所述，她们会不断地考验，来检测她们的控制是否稳固。

“有时，只是因为一点小事，她们就会处决某个人，好给其他人一个教训。”默贝拉的原话。她们又追问了一个问题：她们也想让我们成为别人的教训吗？“看到了没！这就是那些想反抗我们的人的下场！”

默贝拉说：“你们惹到她们了。一旦被惹到了，她们就不会罢手，直到把你们消灭为止。”

除去异己！

异常直接。欧德雷翟想着，如果我们能好好加以利用，这会成为她们的弱点。

仇外到了一个荒谬的极端？

很可能。

欧德雷翟捶了一下工作台，意识到这个动作会被那些始终在记录大圣母行为的姐妹看到。于是，她对着无所不在的摄像眼和在它们后面的监察员大声说道：“我们不应该坐以待毙！我们已经变得像贝隆达一样臃肿（让她不高兴去吧！），错误地认为我们创造了一个牢固的社会和永恒的结构。”

欧德雷翟用目光扫视着熟悉的房间。

“这地方就是我们的弱点之一！”

她坐在了工作台后的椅子上，想起了（在这么多事面前！）建筑设计和社区规划。怎么说呢，这是大圣母的权利！

姐妹会很少会任社区自然生长。甚至，在她们接手了现有的结构之后（如同她们接手了伽穆上的哈克南古要塞时一样），她们依然会制订重建计划。她们需要气动管道来分拣小包裹和信件，需要光缆和硬射线投影机来传输加密信息。她们把自己当作保护通信的大师。侍祭和圣母信使（她们发誓宁愿自杀也不会背叛她们的上级）则用来传递更重要的信息。

她想象着窗户外的情景，想象着这颗行星之外的情景——她的网络组织严密、人员整齐，每个贝尼·杰瑟里特都是其他人的延伸。尽管姐妹会的生存受到威胁，但成员的忠诚度依然坚固。可能会有人动摇，有时还会闹出挺大的动静（如同暴君的祖母杰西卡夫人），但动摇的程度都不大。多数的不满都是暂时的。

这些都是贝尼・杰瑟里特的模式。一个弱点。

欧德雷翟承认自己认同贝隆达的恐惧。但是，我才不会让这些东西剥夺了生命的乐趣呢！这就等同于向疯狂的尊母缴械。

“猎手想要的是我们的力量，”欧德雷翟看着天花板上的摄像眼说道，“就像古时的野人吃掉敌人的心脏。好吧……我们会给她们吃的！她们在发现无法消化之前已经太晚了！”

除了为侍祭和学员量身定做的初期课程，姐妹会不怎么会用到箴言，但是，欧德雷翟有她自己的暗语：“总有人要去耕地。”她笑了，弯腰开始处理手头的工作，感觉轻松多了。这个房间，这个姐妹会，这些是她的花园，这里有需要锄去的野草，有需要播下的种子。还有施肥。千万不能忘了施肥。

当我带领人类走上金色通道，我保证会给他们一个深入骨髓的教训。我知道人类最大的特点就是言行不一。他们说他们寻求安全和宁静，他们称之为和平。然而，他们嘴上这么说，暗中却播下了动荡和暴力的种子。

——神帝雷托二世

原来她称我为蜘蛛女王！

大尊母半躺在一张高台上的大椅子上。她干瘪的胸部随着暗笑晃动着。一旦我把她逮进我的网里，她就知道会发生些什么！把她吸干，这就是我想干的。

她是个身材瘦小的女人，长着一张平凡的脸，肌肉会因为紧张而微微抽动。她往下看着，天空照亮了会客厅地板上铺着的黄色地砖。一个贝尼·杰瑟里特圣母趴在了那里，身上绑着志贺藤。俘虏并没打算挣扎。志贺藤是最好的选择。能切断她的胳膊！

她所处的这间客厅与大尊母的地位十分相称，不光是因为它的面积，更因为它是从别人手里抢来的。足有三百平方米，它曾经被公会的领航员用于在交叉点[1]的集会，每位领航员都躺在巨大的罐子里。现在，黄色地板上的俘虏看上去就像是大地上的一粒尘埃。

这个鼠辈，在告诉我她所谓的大圣母是如何称呼我时，似乎很享受嘛！

不过，大尊母心里想着，这仍然是个美妙的早晨。美中不足的是，在这些女巫身上无法施展酷刑或精神刑讯。你怎么才能折磨一个能够做到在过程中随时自杀的人呢？真有人就这么死了！她们还有压抑痛感的方法。真狡猾，这些未开化的人。

她还吞下了大量的谢尔！一旦摄入了这种该死的药物，死后身体很快就会开始瓦解，不会给刑讯留下太长的机会。

大尊母朝着某个手下示意了一下。那人用脚把趴着的圣母翻了过来，接着又在下一个示意下松了松志贺藤，好让俘虏能做些必要的活动。

“你叫什么，孩子？”大尊母问道。她的声音因年龄和强装的温柔而有些刺耳。

“我叫萨班达。”声音年轻而又清脆，尚未受到刑讯之苦的影响。

“你想看我们抓个弱男人并征服他吗？”大尊母问道。

萨班达知道该如何应对。她们受到过警告。“我会先去死。”她平静地说道，抬头盯着那张苍老的脸孔。脸孔上的颜色如同在太阳下晒得太久的干枯根茎，一双老太婆式的眼里有奇怪的橙色斑块。这是发怒的表现，监理曾跟她说过。

她身披一袭松垮的红金色长袍，上面绣着数条黑龙，长袍下是红

1 “交叉点”通常指宇航公会执行运输任务时会用到的多个行星或天体，也指公会活动用作指挥所的行星，上设有公会银行和唯一一所领航员学校，也有着纪念逝去的领航员的场地。

色的紧身衣，这些都更加突显了那具瘦弱的身躯。

大尊母表面上不动声色，暗地里却在诅咒这些女巫：都该去死！“在我们抓到你之前，你在这颗肮脏的行星上是做什么的？”

“教导孩子的老师。”

“恐怕我们连一个孩子都没留下。”嗯？她在笑吗？为了触怒我！明白了！

“你教导你的孩子们去膜拜女巫什阿娜吗？”大尊母问道。

“我为什么要教导孩子们去膜拜一位姐妹呢？什阿娜不会喜欢的。”

“不会……说得好像她又活过来了，你还认识她一样。”

“我们只认识活着的人吗？”

年轻女巫的声音既清脆又无畏。她们具备惊人的自控力，不过，这也挽救不了她们的命运。奇怪，什阿娜的邪教竟这么具有生命力。必须把它铲除，像消灭女巫那样把它一起消灭。

大尊母举起了右手的小手指。早已守候在一旁的手下立刻给俘虏打了一针。或许这种新药物能撬开女巫的嘴，或许还是不行。无所谓。

萨班达在针头刺进脖子时皱了下眉。没过几秒钟，她死了。仆人们抬走了她的尸体。尸体会被喂给关押着的混合人。混合人并没有什么用处。在囚禁期间它们不会繁殖，连最简单的命令也不会服从。只是心存怨恨地等待着。

“驯兽师在哪儿？”它们会问。或是从它们人形的嘴里冒出一些无意义的其他词语。不过，混合人还是能带来些娱乐。囚禁也揭示了它们其实很脆弱。跟这些原始的女巫一样。我们会找到女巫的藏身之所。早晚会找到。

能以新方式阐释平凡陈腐事物的人是可怕的。我们不想改变自己的想法。这种要求让我们遭受威胁。“我已经了解了重要的事！”我们说。然而，改变者硬将我们的旧想法扔到一边。

——禅苏菲大师

米勒斯・特格喜欢在围绕着中枢的果园里玩耍。他还在蹒跚学步时，欧德雷翟第一次将他带到了这里。他早期的鲜活记忆之一：刚满两岁，他就知道自己是个死灵了，尽管还不清楚这个词的全部含义。

“你是个特别的孩子，”欧德雷翟说道，“我们从一个很老的男人的细胞里生出了你。”

尽管他是个早熟的孩子，而且她的声音让人隐约觉得不安，他还是对奔跑在夏日树下的高草丛中产生了兴趣。

后来，有了第一次之后，他又增添了几次造访果园的经历，并将它们与欧德雷翟及其他教导过他的人的印象累积叠加起来。他很早就意识到，欧德雷翟和他一样喜欢散步。

在他四岁时的一个午后，他告诉她：“我最喜欢春天。”

“我也是。”

在七岁时，他已经表现出了能比肩全息记忆的卓越精神力量，正是这力量使得姐妹会赋予了他之前的转世以重任。他开始将果园视为一个能让他探究内心深处的场所。

这是他第一次意识到，自己携带着一些无法回忆的记忆。他深感不安，转身看着午后阳光下欧德雷翟身躯的轮廓，说道："有些东西我想不起来！"

"总有一天你会想起来的。"她说道。

他无法在明亮的阳光下看清她的脸。她的声音来自一个模糊的地方，仿佛是她发出的，又仿佛是来自自己的体内。

那年，他开始学习霸撒米勒斯·特格的生平。那个人的细胞给了他生命。欧德雷翟举起了指甲，跟他解释了一部分："我从他脖子的皮肤上取下了一小片细胞，它们已足够赋予你生命。"

那年的果树更加茂盛，果实也更大更沉，蜜蜂似乎都发了狂。

"因为南方的沙漠在生长。"欧德雷翟说道。在清晨的露水中，她牵着他的手，走在茂密的苹果树下。

特格的目光穿过树丛，注视着南方，却很快又对点缀在叶子间的阳光着了迷。他研究过沙漠，觉得自己能感觉到沙漠对此地的压力。

"树木能感觉到它在接近，"欧德雷翟说道，"在受到威胁时，生命的繁殖力会更加旺盛。"

"空气很干燥，"他说道，"肯定是因为沙漠。"

"看到了吗？有些叶子变黄了，边也卷了起来。今年，我们需要加大灌溉。"

她很少会以这种平等的态度跟他对话，他喜欢这样。就像是一个人在对另一个人说话一样。他看到了黄叶上的卷边，是沙漠造成的。

在果园深处，他们安静地听了会儿小鸟与昆虫的叫声。在附近草场上苜蓿丛中工作的蜜蜂前来探查。和其他能在圣殿自由行走的人一样，他携带有信息素。它们嗡嗡地飞过他身边，感觉到了身份标志，随后又飞走了，继续在鲜花丛中辛勤劳作。

苹果。欧德雷翟指向了西面。桃子。他的注意力跟随着她指引的方向。是的，在他们东面草场的尽头还有樱桃。他看到了枝间挂着的果子。

她说，大约一千五百年以前，首艘无舰带来了种子和嫩芽。它们被满怀着爱意播种于此。

特格想象着一双双手挖着土，温柔地拍打着嫩芽的周围，尽心地灌溉，树起围栏，将牲畜圈养在圣殿星最初的种植园和建筑物四周的草场中。

现在，他已开始学习姐妹会从拉科斯运来的那条巨型沙虫的历史。它死后产生了被称为沙鲑的生物。沙鲑是沙漠生长的推手。这段历史的某些场面与他之前的转世有关联——一个她们称为“霸撒”的男人。一个伟大的战士，在一群叫作尊母的可怕女人摧毁拉科斯时牺牲了。

特格发现这种学习既有趣又苦恼。他感觉到自己体内有缺失，缺了那些本该存在的记忆。有时，缺失会在梦中拜访他。有时，当他进入冥想，眼前会出现一张张脸。他几乎能听到他们在说话。还有时，他知道一些东西的名字，尽管还没人教过他。尤其是武器的名字。

他意识到一些极其重大的事情将要发生。整个行星将变成沙漠，而之所以会产生这一变化，是因为尊母想消灭这些养育了自己的贝尼·杰瑟里特。

控制他生活的圣母使他感到敬畏——身着黑袍，性格严厉，眼睛是彻底的蓝色，没有一点眼白。她们说是因为香料。

只有欧德雷翟向他展示了他真正喜爱的一切，而且她还是个大人物。每个人都称她为大圣母。她也要求他这么来称呼她。不过，他们俩单独待在果园里时可以除外，在那里，他可以叫她母亲。

他九岁那年，临近收获季节的一个早晨，他们在中枢北面苹果园里的缓坡上漫步时，遇到了一个浅浅的洼地。那里面没有种树，却长满了各式的植物。绿草和小花间有条小径。欧德雷翟将一只手搂在他肩上，引着他，踏上了蜿蜒小径上的黑色垫脚石。她有种奇怪的情绪。他能从她的语气里听出来。

“拥有是一个有趣的问题，”她说道，“我们拥有这颗星球吗，还是它拥有我们？”

“我喜欢这儿的味道。”他说道。

她放开了他，和蔼地催促他走到她前面去：“我们在这里种的东西就是给鼻子享用的，米勒斯。芳香草药。仔细观察一下，等回图书馆后再到书里查找它们。哦，随便踩！”他刚想避开脚下的一棵植物。

他把右脚使劲踏在了绿色的触须上，并闻到了刺鼻的气味。“它们天生经得起踩踏，还会释放出气味，”欧德雷翟说道，“监理应该教过你怎么应对思乡病了。她们跟你说过，思乡病通常是由气味引起的吗？”

“是的，母亲。”他转头看着他踩过的地方，“这是迷迭香。”

“你怎么知道的？”她语气紧张。

他耸了耸肩：“我就是知道。”

“这可能是个初始记忆。”她听上去很欣慰。

他们继续行走在芳香洼地中，欧德雷翟的语气再次变得深沉：“每颗星球都有自己的特点，我们尽量将该特点与地球老家某种特征相匹配。有时，我们只是创造了一幅粗糙的素描。但是，在这里，我们成功了。”

她俯身从一株浅绿色的植物上掐下了一截嫩枝，用手指将它碾碎，然后举到了他鼻子底下："鼠尾草。"

她说对了，但他说不出他是怎么知道的。

"我在食物里闻到过这个味道。它和美琅脂一样吗？"

"它能给食物调味，但无法改变意识。"她挺直了身体低头看着他，"记住这个地方，米勒斯。我们先祖的世界已经消失了，但是，这地方重现了我们部分的源起。"

他感觉她在教他些重要的东西。他问欧德雷翟："你怎么会觉得，也可能是这个星球拥有我们？"

"我的姐妹会相信我们是大地的管家。你知道什么是管家吗？"

"就像罗提洛，我朋友尤该的父亲。尤该说，他的大姐将来也会成为他们家种植园的管家。"

"对。在有些星球上，我们居住的时间比任何已知的人类都要久，但我们只是管家。"

"如果你不拥有圣殿，那它是谁的呢？"

"可能谁的都不是。我的问题是：我的姐妹会和这颗星球，我们是如何给对方留下印记的？"

他抬头看了看她的脸，随后又低头看着自己的手。圣殿正在给他留下印记吗？

"多数印记深埋在我们体内，"她拿起了他的手，"走吧。"他们离开了芳香洼地，爬上了罗提洛的管辖地，一路上她都在说话。

"姐妹会很少会建造花园，"她说道，"园子的产出，必须能远超于仅供眼睛和鼻子享用。"

"食物？"

"是的，必须优先用来维持我们的生命。园子生产食物。刚才那个洼地的收获可用于我们的厨房。”

他感觉她的话流入了他体内，在体内的缺失处徘徊。他感知到了好几个世纪之前的计划：树干用来替换建筑物的柱子，树林当作集水区，植物能防止湖泊与河流的堤岸崩塌，防止表层水土的流失，以及维持海岸的形状，水下的植物甚至能给鱼类创造繁殖的场所。贝尼·杰瑟里特还想到了用树林制造阴凉和休憩所，或是在草地上投下有趣的影子。

“树林及其他植物与我们是共生关系。”她说道。

“共生？”这是个新词。

她用他自己已有的经历来解释——他和其他人一起去采蘑菇。

“真菌只有在友好的植物底下才能生长。每种真菌都与某种特别的植物有共生关系。每个生长的生命都会从其他生命那里获取些有用的东西。”

她说了一大段，他觉得有些无聊，踢了下脚边的一团草。随后，他看到了她正用冷冷的目光注视着他。他惹着她了。为什么有的植物可以踩，有的却不行呢？

“米勒斯！草能防止风把表层土吹到不该去的地方，比如河底。”

他熟悉这个语气。谴责。他低头看着被他侵犯了的草丛。

“这些草喂饱了我们的牲畜。有些还能提供撒在面包或其他食物上的种子。还有些藤草能起到防风作用。”

他懂！为了不让她揪着不放，他说道：“防风？”还故意将音发得奇怪。

她没有笑。他意识到自己太天真了，还以为能骗到她呢。于是，他开始顺从地倾听她接下去的讲课。

当沙漠到来时，她告诉他，葡萄的主根能扎入地下好几百米，可能是最后一种死去的植物。果树会率先凋亡。

“它们为什么必然会死？”

“为了给更重要的生命让路。”

“沙虫和美琅脂。”

他看出了她的欣慰，因为自己知道沙虫与贝尼·杰瑟里特生存所需的香料之间的关系。他不太确定这关系是怎么运作的，但他想象了一个轮回：从沙虫到沙鲑再到美琅脂，然后再重新开始。贝尼·杰瑟里特从轮回中获取所需的东西。

然而，他还是觉得这些教导无聊，便问道：“如果这些东西都会死，为什么我还要去图书馆学习它们的名字？”

“因为你是人类，人类会本能地想去分类，给所有的东西贴上标签。”

“为什么我们要给东西命名？”

“因为我们声称对我们命名的东西拥有所有权。但拥有是危险的，会将我们引入歧途。”

她又回到了“拥有”这个话题上。

“我的街道，我的湖泊，我的行星，”她说道，“什么都是我的、我的。然而，你给一个地方或一件东西贴上的标签，可能都不如你本人活得长久，除非有哪个征服者愿意展现他的大度……或是为了让人想起这个名字就觉得恐怖。”

“沙丘星。”他说道。

“你的反应很快！”

“尊母焚毁了沙丘星。”

“要是她们找到了我们，也会对我们这么做。”

“不会，我是你的霸撒！”这句话脱口而出，并没有经过他的头脑，但一旦说出口之后，他觉得还是有道理在其中的。图书馆里的记录说，霸撒只要一出现在战场上，就会让敌人颤抖。

欧德雷翟仿佛知道他在想什么，她说道：“霸撒特格避免不必要的战争，这方面的成就和他的战绩一样闻名。”

“但是，他确实和你的敌人打过仗啊。”

“千万不要忘了沙丘星，米勒斯。他死在了那里。”

“我知道。”

“监理让你开始学习卡拉丹了吗？”

“是的。在我的历史课里，它叫丹恩。”

“标签，米勒斯。名字是有趣的提示，但多数人不会注意到它后面的联系。历史真的无聊吗，嗯？名字——有用的线索，但只有跟你一类的人才会注意到？”

“你跟我是一类人吗？”这个问题在他脑海里琢磨了很久，直到这一刻他才找到合适的词语来表达。

“我们都是厄崔迪，你和我。在你回到卡拉丹的学习上时，别忘了。”

他们往回穿过了果园，走上了草场中一个隆起的小土丘，从这里能看到中枢的一侧。特格看着这栋管理中心和将其围起的种植园，心中有了新的感悟。在他们沿着围栏旁的小路走向第一街的拱门时，他将感悟埋在了心底。

“一颗有生命的珠宝。”欧德雷翟给中枢的称呼。

当他们穿过拱门时，他抬头看着蚀刻在拱门上的街名。优雅的凯拉奇文字，配上流动的线条，典型的贝尼·杰瑟里特装饰。所有的街道和建筑都用同样的字体做了标记。

看着他身旁的中枢，看着前方广场上灵动的喷泉，看着四处精美的细节，他感觉到了一种深刻的人类体验。贝尼·杰瑟里特让这地方展现了某种支持力，他还无法理解这力量的源泉。他对平时课程及果园散步中学到的那些简单的和复杂的东西，又有了新的理解。这是种潜在的门泰特反应，但他还不懂，只是感觉自己那可靠的记忆闪回了几下，然后就有了理解。他突然停了下来，看着他们来的方向——在覆盖着顶棚的街道上，透过拱门能看到远处的果园。万物彼此间都有联系。中枢的废水能产出甲烷和化肥（他和监理一起参观过工厂）。甲烷为各种泵及冷藏系统提供动力。

“你在看什么，米勒斯？”

他不知道该怎么回答。但是，他记起了一个秋日的下午，欧德雷翟带着他乘坐一架扑翼机飞到了中枢的上空，跟他讲解了所有的联系，给了他一个“概述”。那时，他只听懂了那些词，但现在那些词有了意义。

“这是我们能创造的最接近封闭的生态系统，”欧德雷翟在扑翼机内说道，“气象管理部门的轨道监视器监视着它，并给气流下指令。”

“你为什么站着不动，一直盯着果园，米勒斯？”她的语气里充满了命令，他无法不服从。

“在扑翼机内，你说它既美丽又危险。”

他们只一起乘坐过一次扑翼机。她立刻明白了他在说什么。“生态圈。”

他转身抬头看着她，等待着。

“封闭，”她说道，“垒起高墙，阻隔变化，多诱人啊。在自我满足的舒适中腐烂。”

她的话让他觉得很不舒服。他感觉以前就听到过它……在另一个地方，一个不同的女人同样抓着他的手。

“任何形式的封闭都是滋生仇外的沃土，”她说道，“它只会带来苦涩的收获。”

不是每个词都一样，但说的是同一个教训。

他跟在欧德雷翟身旁慢慢走着，他的手在她掌心里微微冒汗。

“你怎么这么安静，米勒斯？”

“你们是园丁，”他说道，“这才是你们贝尼·杰瑟里特真正所做的事。”

她立刻明白发生了什么，这是门泰特训练在他身上的体现，他本人还不知道。最好先别提，还没到时候。“我们关心所有能生长的东西，米勒斯。你能看到这一点，说明你有很强的观察力。”

在他们分手时，她要回到她的高楼，他要回到学校内他的住所，欧德雷翟说道：“我会告诉你的监理，让她把教学重点放在如何更巧妙地使用武器上。”

他误解了：“我已经开始了激光枪训练。她们说我很棒。”

“我也听说了。但是，有些武器是无法靠手去操控的，只能靠你的精神。”

规则造就了堡垒，小人们躲在堡垒后分封领地。在最好的时光里，此举孕育风险，等危机降临时则化为灾难。

——贝尼·杰瑟里特箴言

大尊母的寝宫内黑得如地狱一般。劳格诺，一位枢机，同时也是这位至高无上者的高级助理，在接到命令后从没有灯光的走廊里走了进来。在看到黑暗之后，她开始颤抖。这些没有亮光的对谈让她恐惧，她知道大尊母乐于见到她这样。但是，这不可能是维持黑暗的唯一原因。大尊母是在害怕攻击吗？曾经是有几位至高无上者死在了床上。不……不会这么简单，这可能只是部分的原因。

黑暗中传来哼哼声和呻吟声。

有些尊母私底下打趣说，大尊母敢和混合人睡在一张床上。劳格诺觉得这很有可能。这位大尊母敢干很多事情。她不是在大离散的灾难中收集了很多特别的武器吗？混合人又怎么样？姐妹们知道混合人无法被性束缚。至少人类无法用性束缚它们。不过，多面人之敌或许可以做到。谁知道呢？

寝宫内有股毛皮的味道。劳格诺关上了身后的门。无论大尊母在屏障般的黑暗中干些什么，她都不喜欢被打扰。但是，她允许我称她为达玛。

又一声哼哼，随后传来声音：“坐在地上，劳格诺。是的，就坐在门边。”

她真的能看到我吗，还是靠猜的？

劳格诺没有勇气去证实。*毒药。总有一天我要通过药物来弄死她。她很谨慎，但也会分心。*虽然可能为姐妹们所不齿，但若是为了换代，即使是用毒药也没问题……只要继任者能用其他手段来维持她的地位就好。

“劳格诺，你今天和那几个伊克斯人谈过了。关于那件武器，他们说了什么吗？”

“他们不清楚它的功能，达玛。我没告诉他们它是什么。”

“当然不能。”

“你想再次建议让武器与弹药结合吗？”

“你在嘲讽我吗，劳格诺？”

“达玛！绝对不会。”

“希望如此。”

寝宫内陷入一片寂静。劳格诺知道她们两个都在思考同一个问题。大灾难发生后，只残留了三百件那样的武器，每件只能用一次，而且还有个前提，即顾问团（她们掌握了弹药）同意装弹。因此，尽管大尊母本人控制着武器，但她只掌握了那巨大杀伤力的一半。没有弹药的武器，只是拿在手里的一根黑管子罢了。装了弹药之后，它会在飞行弧线所及之处切割出一道无情的死亡之线。

“多面人。”大尊母喃喃自语道。

劳格诺朝着黑暗中话音传来的地方点了点头。

或许她能看到我。我不知道她还收藏了什么，或是伊克斯人给她提供了什么。

那些多面人，我要对他们下永恒的诅咒。是他们制造了灾难。他们和他们的混合人！除了少数的几把，几乎所有这种武器都被没收了。那力量太惊人了。在回到那场战斗之前，我们必须更好地武装自己。达玛是对的。

“那颗行星——巴塞尔，”大尊母说道，“你确定那里没有防卫？”

“我们没有侦测到防卫。走私贩子说它不设防。”

“它上面可是有数量惊人的苏石！”

“在旧帝国内，人们一般不敢招惹女巫。”

“我不相信那颗行星上只有几个她们的人！那应该是某种陷阱！”

“这种可能性总是存在的，达玛。”

“我不相信走私贩子，劳格诺。再去绑几个来，拷问他们巴塞尔的事。女巫可能实力不行，但她们不是笨蛋。”

“是，达玛。”

“告诉伊克斯人，如果他们无法复制那种武器，我们会很不高兴。”

“但是，没有弹药的话，达玛……”

“等到必要的时候，我们再来处理这个问题。现在，退下吧。”

在出去时，劳格诺听到了一声喘息，“啊……”。跟寝宫相比，走廊即便黑暗，也让人觉得舒适。她快步向光亮处走去。

我们倾向于变成敌人中最糟糕的那部分人。

——贝尼·杰瑟里特箴言

又是水的影像！

我们正在把这颗该死的行星变成沙漠，我却见到了水的影像！

欧德雷翟坐在工作室里，在早晨惯常的嘈杂声包围中，感觉到了海之子浮在水面上，并随着波浪起伏。波浪是血的颜色。她的海之子期待着流血的时刻。

她知道这些影像的源头：很早以前，圣母尚未支配她的人生，伽穆海边那漂亮的家，她的童年。尽管眼下有那么多烦恼，她还是没能忍住微笑。爸爸准备的牡蛎。她仍然喜欢这道菜。

在海中漂浮是她对童年最深的记忆。漂浮能让她感觉到自我。海浪的起伏，望不到边的地平线，在这个水世界蜿蜒的界限外还有奇怪的新世界。海浪、地平线、新世界，到处都有危险，她漂浮在危险的边缘，并没有沉沦。所有的这一切都表明了她就是海之子。

在那里，爸爸显得更平静。西比亚妈妈也更快乐，脸迎着风，黑发飘扬。那里的时光散发出一种平衡感。一种古老的语言，甚至比欧德雷翟所拥有的最古老的他者记忆还要古老，说着让人舒心的话语。

“这是我的地方，我的培养液。我是海之子。”

她健康的心智来自那些时光。在陌生的海洋里保持平衡的能力。在面对突发的巨浪时保持最深处的自我。

早在圣母来接走她们“隐藏的厄崔迪血脉”之前，西比亚妈妈就给了欧德雷翟这个能力。西比亚妈妈，虽然只是养母，却教会了欧德雷翟要爱自己。

在贝尼·杰瑟里特社会里，任何形式的爱都会受到质疑。因此，这成了欧德雷翟最深沉的秘密。

从根本上说，我对自己很满意。我不在乎独自待着。但在经历了香料之痛，灌入了他者记忆之后，圣母都不再是真正意义上的独自一人了。

西比亚妈妈，是的，还有爸爸，作为贝尼·杰瑟里特委派的监护人，在她那些躲藏的年月里，给她种下了强大的力量。连圣母们都无法与之抗衡，只能降格为加强那种力量的角色。

监理曾尝试抹除欧德雷翟体内对“亲近的渴望”，但最后还是失败了，或者说不是很确定她们是否成功了，一直有所怀疑。后来，她们派她去了败臼一，一个有意仿造了萨鲁撒·塞康达斯最糟之处的地方，一颗能不断对人进行考验的行星。从某些方面来说，那地方比沙丘星更糟糕：高耸的悬崖，干枯的峡谷，炙热的风和冰冷的风，太少的水分和太多的水分。姐妹会把它看作是一个试炼之地，以考验那些注定要前往沙丘星的人。但是，这一切都没能触及欧德雷翟体内的秘密核心。海之子依然完好如初。

现在，海之子对我发出了警告。

是预知力发出的警告吗？

她一直具备这方面的天赋，小小的悸动预示着姐妹会即将面临危险。厄崔迪基因提醒了它们的降临。是对圣殿的威胁吗？不……她无法触及的悸动告诉她，是别的东西，同等重要的东西。

兰帕达斯？她的天赋没有明示。

育种圣母曾尝试将这危险的预知能力从厄崔迪的血脉中清除，但效果有限。“我们无法承受再出现一个魁萨茨·哈德拉克！”她们知道大圣母体内也存在着这种天缘，不过欧德雷翟已逝的前任塔拉扎仍建议“谨慎地利用她的天赋”。塔拉扎要求欧德雷翟只能用预知力来警告贝尼·杰瑟里特即将面临的威胁。

欧德雷翟同意了。在某些不由自主的时刻，她瞥见过威胁。仅是瞥见。现在，她却开始做梦。

那是个逼真的、反复出现的梦境，梦中所有的感觉都和她头脑里挥之不去的阴影一致。她走在一根横跨峡谷的绳索上，有人（她不敢回头看是谁）从她身后赶来，手里拿着斧子，要砍断绳索。她感觉光着的脚底踩在了粗糙的纤维上。凛冽的寒风在呼啸，风中有烧焦的味道。她知道拿斧子的人已经很近了！

每踏出一步都面临着危险，每踏出一步都消耗了她全部的能量。一步！再一步！绳索在摇晃，她朝两侧伸开了双臂，竭力保持着平衡。

如果我坠落了，姐妹会也会一起坠落！

贝尼·杰瑟里特将终结于绳索下的深谷中。和任何有生命的东西一样，姐妹会总有一天也会消亡。连圣母都无法拒绝承认这一点。

但不是这里。不是坠落于断绳之下。我们不能让绳索被砍断。我必须在挥斧者到来之前越过山谷。“必须！必须！”

梦总是结束于此处。在卧房内醒来时，她自己的声音犹在耳边回响。战栗。没有出汗。即使在梦魇中挣扎，贝尼·杰瑟里特的控制力也不允许她有过激的反应。

身体不需要出汗，还是身体无法出汗？

坐在工作室里回味着梦境，欧德雷翟明白脆弱绳索的意象代表了深刻的现实：*我正带领着姐妹会行走在钢丝上*。海之子感觉到了厄运的逼近，并以血水意象发出预警。它不是简单的警告。它是个噩兆。她想站起来高呼："小鸡们，快躲进草丛里！快跑！快跑！"

这会吓坏那些监察员的！

大圣母的职责要求她必须隐藏自己的恐惧，要表现出除了手头的工作，其他事都无关紧要的样子。必须避免恐惧！决定的重要性还在其次，关键是她需要表现出平静的态度。

她的小鸡有些已经跑了，跑到了未知世界，或在他者记忆中分享生命。剩下的在圣殿里的小鸡知道该在什么时候跑。*当我们被发现的时候*。届时，她们的行为将由那个时刻的需要来决定。重要的是她们接受过的超凡训练。那才是她们最有效的准备。

每个新的贝尼·杰瑟里特细胞，不管最终它会去向何方，都跟圣殿一样做好了最终的准备：彻底的毁灭，而不是投降。呼啸之火将吞没珍贵的肉体和文件。征服者只会得到一片毫无意义的废墟：灰烬里点缀着零星的残垣。

有些圣殿的姐妹可能会逃走。但是，在受到攻击时逃离——太没出息了！

关键人物都分享了他者记忆，做好了准备。但大圣母还没这么做。*为了士气！*

*逃到哪里，谁能成功出逃，谁会被抓？*这些是关键的问题。什阿娜在新沙漠的边缘等待着或许永远都不会出现的沙虫，要是她们抓住了她呢？什阿娜加上沙虫：一种强大的宗教力量，尊母可能知道该如何加以利用。要是尊母抓住了艾达荷的死灵或是特格的死灵呢？无论是哪种情况出现，我们都再也没有藏身之所了。

要是？要是？

她内心的焦虑在呼喊："应该在抓到艾达荷的时候就杀了他！我们就不应该制造特格的死灵。"

她的顾问团成员、高级助理和几位监察员跟她有同等的疑虑。但她们都保留了意见。她们无法对这两个死灵百分之百放心，甚至在破坏了那艘无舰，让它对呼啸之火丧失防御力之后都未能改变心意。

特格在英勇牺牲前的最后时刻，看到了看不到的东西吗（包括无舰）？他怎么知道要去沙丘星的沙漠跟我们会合？

如果特格能做到，那么邓肯·艾达荷，凭借可怕的天分，再加上他累积了无数代的厄崔迪（以及未知的）基因，可能也会获得这个能力。

我自己动手吧！

突然间，她有所感悟。她第一次意识到，塔玛拉尼和贝隆达在看着她们的大圣母时，心中的恐惧和欧德雷翟看着两个死灵时是一样的。

仅仅是知道这是可行的——人类可以察觉到无舰和其他类似的屏蔽手段——就会造成她们的宇宙失衡。这种情形肯定会让尊母加速行动。宇宙里游荡着无数的艾达荷后代。他总是在抱怨自己不是"姐妹会该死的种马"，但还是帮了她们很多次。

我始终感觉他这么做是为了他自己。可能他就是这么想的。

委员会怀疑，特格展现出的这种天赋，可能存在于任何一个厄崔迪家族的直系后代中。

那么多的年月都去哪儿了？时间都去哪儿了？又到了收获的季节，但姐妹会仍处于不安定的状态。欧德雷翟注意到早晨已过半了。中枢那熟悉的声音和气味包裹着她。外面的走廊上有人在走动。公共食堂内煮着鸡肉和白菜。一切都正常。

什么是正常？在工作时间却沉浸在水的意象里，正常吗？海之子忘不了伽穆，忘不了那里的气味；那里的微风拂动海草，清新的空气让每一口呼吸都饱含氧气，还有那些她身边的人，他们说话和走路的样子是那样自由。海上的对话以一种她未能察觉的方式深植于她内心。甚至连日常的小会话都有深意，就像是海洋深处的洋流在朗诵。

欧德雷翟感觉自己必须让身体躺在儿时的海洋里。她需要再次掌握那种力量，她知道它在哪里，她需要再次沐浴于她于纯真年代已熟知的养分里。

脸朝下埋在咸水里，尽可能长时间地屏住呼吸，漂浮在海浪冲刷的时光里，所有的烦恼都被洗净了。这才是最本质的压力管理。她全身都放松了。

我漂浮，故我在。

海之子预警，海之子抚慰。她亟须抚慰，尽管从未承认过。

昨晚，欧德雷翟在工作室的窗玻璃上看到了自己的倒影，凹陷的脸颊和耷拉的嘴角让她震惊：年纪和责任，再加上疲倦，丰满的嘴唇已经变薄，脸上曾经柔和的线条也拉长了。只有全蓝的眼睛依然如炬，挺拔的身材依旧有力。

冲动之下，欧德雷翟拍下了一个按钮，眼睛盯着桌子上升起的投影：停泊在圣殿地面航天站上的无舰，那艘由神秘的机器堆砌而成的庞然大物，与时间隔离开来。在半休眠的年月里，它把着陆平台压出了一大片下陷区，看上去就像卡在了那地方似的。处于怠速的引擎，刚好够它在预知搜索者面前隐藏自己庞大的身躯，特别是那些宇航公会的领航员，他们可是会迫不及待地出卖贝尼·杰瑟里特。

为什么她要调出这个画面呢？

因为三个幽禁在那里的人——斯凯特尔，最后一位在世的特莱拉尊主；默贝拉和邓肯·艾达荷，被欲望纠缠的一对，他们无法挣脱相互之间的羁绊，就如同无舰将他们困住了一样。

不简单，统统都不简单。

大多数贝尼·杰瑟里特的重大决定背后都有异常复杂的原因。无舰和它体内的凡人只能笼统地说是一项尝试。耗费不菲。能源的耗费不菲，即使处于怠速模式也一样。

在耗费面前，计量仪的量程都窄得有些吝啬，足以说明能源危机的降临。那是贝尔的担忧之一。甚至在她最客观的时候，你都能从她的语气中听出来："已经到底了，没地方再砍了！"每一位贝尼·杰瑟里特都知道会计们警惕的眼睛在盯着她们，算计着她们消耗的能量。

贝隆达闯进了工作室，左胳膊下夹着卷利读联晶纸卷轴。她走路的样子仿佛和地板有仇，跺着脚像是在说："看啊，吃我一脚！再吃一脚！"地板仅仅因为在她脚下就成了一种罪过。

欧德雷翟注意到了贝尔眼中的神色，心突然抽紧了。贝隆达将利读联晶纸甩在了桌子上，发出啪的一声。

"兰帕达斯！"贝隆达说道，语气中含着悲愤。

欧德雷翟无须打开卷轴。*海之子的血水已成为现实。*

"有幸存者吗？"她有些紧张。

"没有。"贝隆达倒在了欧德雷翟桌子旁她的犬椅里。

塔玛拉尼也走了进来，坐在了贝隆达身后。两人都流露出受打击的神情。

没有幸存者。

欧德雷翟允许自己体内发出了一阵战栗，从她的胸口一直散发到了脚趾。她不在乎其他人看到自己的失态。这间工作室见识过姐妹们更糟的行为。

“谁报告的？”欧德雷翟问道。

贝隆达说道：“报告来自我们在宇联商会的间谍，它上面有特殊的标记。毫无疑问是拉比提供了消息。”

欧德雷翟不知道该如何回应。她瞥了眼同伴们身后那扇宽阔的拱形窗，看到了轻柔的雪花在飞舞。是的，这个消息值得冬天展示它的威力。

圣殿的姐妹们不喜欢突然就坠入冬季，然而她们的处境迫使气象部让温度猛降。没有时间去平缓地入冬，对生长的作物也没有展现仁慈。每个晚上都会降温三到四摄氏度。整个过程要在一周内结束，将一切都置于冗长的寒冷之下。

寒冷，匹配着来自兰帕达斯的消息。

天气变化其中的一个结果就是起雾。她能看到，随着阵雪的结束，雾在逐渐弥漫。非常令人疑惑的天气。雾气在凝结点液化，然后又在潮湿的地面升华，如同薄纱般笼罩着无叶的果园，像是一团毒气。

没有一个幸存者？

贝隆达将头从一边摇向另一边，以回应欧德雷翟询问的眼神。

兰帕达斯——姐妹会行星网络中的明珠，上面有她们最珍贵的学院，也成了一团毫无生机的灰烬和熔毁的金属。霸撒埃利夫·伯兹马利和他亲手挑选的卫队。*都死了？*

“都死了。”贝隆达说道。

伯兹马利，老霸撒特格最喜爱的学生，死了，死得毫无价值。兰帕达斯——伟大的图书馆、优秀的教师、一流的学生……都死了。

“连卢西拉也……”欧德雷翟问道。圣母卢西拉，兰帕达斯的副统领，曾受命一旦见到危险的迹象就须逃离，并通过他者记忆的存储带走尽量多注定要死去的人。

“间谍说她们都死了。”贝隆达坚持道。

这给剩下的贝尼·杰瑟里特传递了一个冰冷的信号：“你或许就是下一个！”

什么样的人类社会能冷酷到犯下这种暴行？欧德雷翟不知道。她想象着尊母在基地内的早餐会上讨论着这个消息：“我们又摧毁了一颗贝尼·杰瑟里特的行星。她们说死了一百亿人。这个月已经有六颗行星了，不是吗？麻烦递一下奶油，可以吗，亲爱的？”

欧德雷翟的目光因恐惧而变得几乎呆滞。她拿起了报告，迅速浏览了起来。*来自拉比，确认无疑。*她放下了它，看着她的顾问们。

贝隆达上了年纪，体态丰满，脸色红润。这位门泰特档案员还戴上了老花镜，也顾不上这一行为暴露了她的年龄。她咧着嘴，露出了牙齿，没有说什么。她看到了欧德雷翟对报告的反应。她心底可能会再次争辩说需要以牙还牙。对于一个以天生刻薄而闻名的人来说，这个想法再自然不过了。她需要进入门泰特模式才会变得有分析力。

贝尔的反应也没什么错，欧德雷翟想着，*但是，她不会喜欢我的想法。我必须小心选择现在该说的话。以免过早地暴露我的计划。*

“以暴制暴有其局限性，”欧德雷翟说道，“我们必须谨慎从事。”

就得这么说！这会堵上贝尔的爆发。

塔玛拉尼在椅子上稍稍挪动了身子。欧德雷翟看着这位更老的女人。塔玛，戴着耐心的面具，表现镇静。雪白的头发覆盖在瘦长的脸颊上：随年岁增长的智慧的象征。

然而，透过塔玛的面具，欧德雷翟看到了极端的不安，表明她厌恶看到和听到的一切。

贝尔丰满的身材让人感觉柔软，塔玛拉尼与她相反，骨架突出，显得刚毅。她依然注重身材，肌肉也达到了最紧实、健美的状态。然而，她的眼睛出卖了她：*她放弃了，已将自己抽离于生命之外。*虽然她仍然在观察，但内心已开始了最后的撤退。塔玛拉尼广为人知的智慧已成了某种精明，多数时候都凭借过去的经验，而不是对当下的观察。

我们必须做好替换她的准备。什阿娜可能是合适的人选。什阿娜对我们有危险，但她有很大的潜力。而且，什阿娜在沙丘星上流过血。

欧德雷翟注视着塔玛拉尼稀疏的眉毛。它们挂在眼睑上的样子就像是隐藏着紊乱。*是的，安排什阿娜替代塔玛拉尼。*

塔玛知道她们面临着棘手的局面，她应该会同意这个决定。欧德雷翟知道，在宣布决定的时候，只须让塔玛的注意力集中到她们所面临的巨大困境上就行了。

我会想她的，该死的！

你无法理解历史，除非你理解了领袖是如何来顺应历史洪流的。每一位领袖都需要有外人的配合才能永续他的统治。检视我的一生：我是个领袖，也是个外人。不要以为我只是创造了一个教会国家。那是我作为领袖的工作，而且我只是复制了历史上的先例。我同时期的野蛮艺术展现了我是个什么样的外人。最喜爱的诗：英雄史诗。最受欢迎的戏剧主题：英雄主义。舞蹈：广遭遗弃。遭到剥夺之后的人民用这些刺激来填补空缺。我剥夺了他们什么？选择在历史中成为何种角色的权利。

——雷托二世（暴君）

维舍尔翻译

我要死了！卢西拉想着。

求你们了，亲爱的姐妹们，不要让我现在死去，我必须将头脑里那些珍贵的责任传递出去。

姐妹们！

贝尼·杰瑟里特很少会表现出家庭观念，但它依然是存在的。从基因上来说，她们之间都有联系。而且，因为他者记忆的存在，她们通常知道联系在哪里。因此，她们并不需要一些特别的称呼，像是

“二表哥”或是“大姨妈”。她们看着彼此之间的联系，就像是织工看着织布。她们知道经纬线是如何纺成织布的。织布，一个比家庭更合适的词。正是贝尼·杰瑟里特这块大织布组成了姐妹会，远古的家庭概念则提供了它的经纬线。

现在，卢西拉只想把姐妹们当成家人。她的家庭需要她携带的东西。

我真是个笨蛋，怎么会想到来伽穆避难！

但是，她受损的无舰已无法前行。尊母的残忍实在是令人发指！这背后喻示的仇恨也让她恐惧。

兰帕达斯周围的逃生路线上布满了死亡陷阱。折叠空间的边界上散落着小型的球状无殿，每座无殿都配备了力场投影仪和触发式激光枪。当激光触发，击中球状无殿内的霍尔茨曼发生器时，产生的链式反应会释放出原子能。闯进陷阱区，致命的爆炸就会无声地向你袭来。昂贵，但是有效！足够多的爆炸甚至能将宇航公会的巨舰变成虚空中的废铁。她船上的防御系统识别到了陷阱，但已经太晚了。好在，她猜自己的运气还算可以。

当她从这幢孤独的伽穆村屋的二楼窗户往外看时，却感觉不到运气。窗户开着，午后的微风带来的肯定是油的味道，远处有火光和浑浊的黑烟。哈克南家族在这颗星球上留下了油腻的印记，如此之深，难以消除。

她在此处的接头人是个退休的苏克医生，但是，她知道他的身份远不止于此。这是个隐藏得很深的秘密，贝尼·杰瑟里特中只有有限的几位姐妹知道。它属于一个特殊的分类：*甚至在我们自己人之间，也不会谈论这些秘密，因为这么做会伤害我们。我们不会在分享的生命中将这些秘密从一个姐妹传递到另一个姐妹，因为没有路径。只有*

在必要的时候，我们才敢去了解这些秘密。一次，因为欧德雷翟半遮半掩的评论，卢西拉才误打误撞得知了秘密。

“你知道伽穆上有什么有意思的事吗？嗯……那里有一个团体，他们通过只吃圣洁的食物来维系族群的存在。一个由从未被同化过的移民带来的传统。他们自我封闭，禁止跟外族通婚等之类的事情。当然，他们会引发些猜忌：耳语、谣言。但这有助于他们更为与世隔绝。他们想要的就是这个。”

卢西拉知道有个古老的社会能完美地符合这个描述。她有些好奇。她印象中的那个团体应该在第二次跨空间移民之后不久就消亡了。彻底查询档案后，她的好奇更强烈了。生活方式，流言中对宗教仪式的描绘——尤其是烛台——保持特殊的圣日，严禁在这些日子里工作。而且，他们不只存在于伽穆！

一天早晨，趁着不常有的空闲，卢西拉走进了工作室来验证她的“投射推断”，一种不如门泰特的结论可靠，但比纯猜测要更进一步的东西。

“我感觉你有新的任务要派给我。”

“我看到你花了不少时间在档案里。”

“只是觉得在当下这么做有意义。”

“看出什么联系了？”

“一个推断。”那个伽穆上的秘密团体——他们是犹太人，是吗？

“你可能会需要掌握些特别的信息，因为我们将派给你一个新的任务。”轻描淡写。

没等欧德雷翟开口邀请，卢西拉就坐进了贝隆达的犬椅里。

欧德雷翟拿起尖笔，在一张一次性纸上写了些东西，并以摄像眼看不到的方式把它递给了卢西拉。

卢西拉明白她的意思，她弯腰俯向纸条，用脑袋遮挡住了它。

“你的推断是正确的。你必须以死来捍卫这个秘密。这是换取他们合作的代价，不能辜负他们的信任。”卢西拉撕碎了纸条。

欧德雷翟用眼睛和手掌的生物信息打开了身后墙上的一个柜子。她拿出了一小片利读联晶，并递给了卢西拉。它是温暖的，卢西拉却感觉到了寒意。什么秘密隐藏得这么深？欧德雷翟从工作台底下拉出了安全罩，并把它转到正确的位置。

卢西拉颤抖着手将晶纸放入容器，并将安全罩拉近盖住了自己的头。她头脑中立即出现了信息，一段口语，带有异常古老的口音，一字一顿地便于听者能够听清：“引起了你们注意的那些人被称为犹太人。在很多个世代以前，他们就做出了防御性的决定。有一个办法可以躲避一再上演的大屠杀，那就是从公众的视野中消失。太空旅行不但让这个办法成为现实，而且还变得有吸引力。他们躲藏在无数的行星上而且有些行星上可能只有他们存在。那是他们自己的大离散。然而，这并不意味着他们放弃了从历次逃生中养成的古老习俗。古老的宗教仍然存在，只是有些改变。在你这个时代，或许一个来自古代的拉比依然可以在犹太家庭的安息日烛台后面找到合适的位置。他们对于自己的身份严格保密，你可能会跟一个犹太人工作一辈子却不会起疑。他们称之为‘完全掩盖’，而且他们知道这么做的危险。”

卢西拉没有犹豫就接受了这句话。埋藏如此之深的秘密，会被其他任何怀疑其存在的人视为威胁。“否则他们为什么要保密，嗯？回答我！”

晶纸仍在向她的意识倾吐着秘密：“在面临被发现的威胁时，他们有一个标准的回应，‘我们追寻我们源起时的教义。它让我们再生，带给我们以前最美好的东西’。”

卢西拉知道这种回应的用意。世上总有“疯狂的复兴主义者”。它保证能浇灭绝大多数的好奇心。“他们？哦，只是一帮子复兴主义者而已。”

“但是，这个掩盖体系并没有在我们这里获得成功（晶纸继续着）。我们有保存完好的犹太历史，还有大量的他者记忆告诉了我们，他们需要保密的原因。我们没有去惊扰这个现状，直到我，柯瑞诺战役期间和之后的大圣母（真的是很古老了！），看到了我们姐妹会需要一个秘密组织，一个能对我们的请求做出回应的团体。”

卢西拉不禁感到一阵疑惑。请求？

这位很久之前的大圣母预料到了听者的疑惑。“偶尔，我们会提出些他们无法拒绝的要求。但是，他们也会对我们提出要求。”

卢西拉沉浸在了这个地下社团的奥秘之中。它隐藏得比绝密更深。她在档案查询时提出的简单问题多数都遭到了忽视：“犹太人？那是什么？哦，是的——古老的部落。自己去查吧。我们没时间去做无聊的宗教研究。”

晶纸还有更多的东西需要透露：“犹太人认为我们在某些方面学了他们，对此他们有时得意，有时又沮丧。我们的繁殖由女性的血统来控制配对模式，这被视为犹太人的方式。只有当你的母亲是犹太人时，你才能是个犹太人。”

晶纸开始做出结语：“永世不忘大流散。保守这个秘密事关我们最高的荣誉。”

卢西拉从头上摘下了安全罩。

“你是执行兰帕达斯上某个棘手任务的合适人选。”欧德雷翟说道，并把晶纸放回了隐藏处。

都过去了。看欧德雷翟的“棘手任务”把我搞成什么样了！

从伽穆村屋的高处望出去，卢西拉注意到有辆大货运车开进了场地。她下方立刻喧闹起来。工人从各个方向拥来，带着一箱箱的蔬菜在车前会合。她闻到了西葫芦断茎发出的刺鼻气味。

卢西拉没有从窗口挪开。她的东道主给她提供了本地的衣着——一件土灰色的旧长袍，还用浅蓝色的头巾盖住了她的金发。关键是不要做任何会引起别人注意的事。她看到过其他女人驻足观察农田里的工作。因此，她在此处的出现，可能也会被视作只是出于好奇。

那是辆巨大的货运车，它的悬架拼力支撑着铰接的车斗，斗里的货物已堆成了小山一般。司机站在车头透明的驾驶室里，双手放在了操纵杆上，眼睛瞪着正前方。他的双腿叉得很开，身子倚靠着斜支的支撑网，左侧臀部贴住了油门。他是个大个子男人，黝黑的脸庞上满是深深的皱纹，头发也有几缕花白。他的身体是机器的延伸——引导着身后那庞然大物的动作。他经过卢西拉时，朝她瞥了一眼，然后目光又回到了她下方建筑物围成的宽敞的装载区上。

和他的机器合二为一了，她想着，说明人类可以适应他们所从事的工作。卢西拉感觉这想法里有一种无奈。如果你过分地适应于某种东西，其他方面的能力就会萎缩。我们所做的限制了我们自己。

她将自己想象成了某种大机器的操作员，跟那个货车里的人没什么区别。

大货车重重地从她身边经过，离开了场地，它的司机没有再看她一眼。他已经看过她一次了，为什么还要再看一次呢？

她觉得东道主对于躲藏地的选择十分明智。人烟稀少的区域，附近只有值得信任的工人，他们在经过此地时都不会有什么好奇心。繁重的工作消磨了好奇心。在她刚被带到此地时，她就注意到了这地方的特点。那时已是傍晚，人们正在家里走去。你能通过放工时的景象来衡量一个地区的人口密度。早早上床，意味着你处于一个密度较小的区域。要是夜生活丰富的话，人们不会这么早休息，因为周遭其他人的活动也会让你的意识不安分。

是什么引发我进入了内省的状态？

在姐妹会第一次撤退时，尊母的杀戮尚未进入白热化，卢西拉很难让自己相信“外面有人在追捕我们，想把我们都杀光”。

大屠杀！那天早晨，拉比在离开“去看看我能为你做什么”之前，用了这个词来形容。

她知道拉比从久远且苦涩的记忆中选择了这个词。大屠杀之后，她在伽穆上最初的经历，让她第一次体会到了受困于周遭无法控制的环境是什么感觉。

我也是个逃犯。

姐妹会现在的情形和她们在暴君治下的遭遇有些类似。但是，神帝显然（现在看来）没打算根除贝尼·杰瑟里特，只是想统治它。他显然做到了！

那个该死的拉比去哪儿了？

他是个高大、热情的男人，戴着老式的眼镜。宽阔的脸庞被太阳晒成了棕色。尽管他的嗓音和动作都能证明他的年纪不小，脸上却没几道皱纹。眼镜让人的目光无法不集中到他的双眼，而他眼里的目光正热情地注视着她。

“尊母，”在她向他解释自己的困境时，他说（就在楼上这间光秃秃的屋子里），“哦，老天！这不好办。”

卢西拉料到了这个回应，而且她还看出他其实已经知道了。

“有个宇航公会的领航员在帮她们搜索你，”他说道，“据说他是艾德雷克家族的人，很厉害的。”

“我有赛欧娜之血，他看不到我的。”

“也看不到我，或是我们的人，同样的原因。我们犹太人必须做出必要的调整，你懂的。”

“这位艾德雷克只是在装装样子，”她说道，“他能做的有限。”

“但是，她们把他带来了。恐怕我们没有办法把你安全地送离这个星球。”

“那我们该怎么办？”

“慢慢想办法吧。我的人民并非完全无用，你明白吗？”

她听出了真诚和关心。他还安静地说起了如何抗拒尊母的性诱惑：“表现得低调些，不要引起她们的兴趣。”

“我要去联络几个人。”他说。

她竟然觉得宽慰。落入医生的手里之后，通常会发生些不近人情甚至是残酷的事情。然而，她现在认识到，苏克其实对你的需求很敏感，他们富有同情心且懂得关爱。（当然，在紧急情况下，这一切都会被抛弃在一旁。）

她竭力让自己平静了下来，将注意力集中到了在“独自死亡教育”中获得的个人祷语。

如果我要死了，我必须超越自身的恐惧，我必须在宁静中离去。

这起了点作用，但她还是觉得有些发颤。拉比离开得太久了。肯定是出了什么问题。

我信错他了吗？

随着越来越不祥的感觉，卢西拉迫使自己运用起贝尼·杰瑟里特的归真术，重新审视她与拉比的会面。她的监理称这种状态为“因缺乏经验而自然表现出的纯真，它经常被误解为无知”。所有的事情开始返璞归真。它与门泰特的表现类似。信息在没有任何先见的情况下被重新输入。“你是面镜子，照着宇宙。镜中像就是你所有的经验。你的感官感应着镜中像。猜想由此产生。即便是错的猜想也很重要。因为在极端情况下，多于一个的错误也能产生可靠的决定。”

“我们是你忠实的仆人。”拉比说过。

这话绝对会让圣母产生警觉。

突然间，欧德雷翟的晶纸提出的解释显得不再充分。一切总是和利益相关。她认为，这种说法虽然有些愤世嫉俗，却非常实在。那些想把它从人类行为中清除出去的尝试，总是会在过程的动荡中失败。不同的社会制度只是改变了计量利益的刻度而已。庞大的官僚体系的刻度就是权力。

卢西拉提醒自己，利益的表现总是相同的。看看这位拉比的大农场！符合苏克的退休养老之所吗？她看到过这地方都有什么：仆人、富丽堂皇的厅堂。肯定还有更多。不管在什么制度下，利益的表现形式总是一致的：精美的饮食、美丽的爱人、豪华的旅行、辉煌的假日装饰。

当你对这种事见得足够多时，甚至会觉得无聊。

她知道自己的思绪变得很不安，但无力去阻止。

生存。一个体系最基本的需求永远是生存。我威胁到了拉比和他人民的生存。

他讨好过她。永远要小心那些讨好我们的人，他们只不过是在讨好我们手中的权力。多么惬意啊，大群的仆人伺候在旁，焦急地等待着我们的召唤。显得那么精心。

尊母的错误。

是什么耽搁了拉比？

他是在算计圣母卢西拉能卖多少钱吗？

楼下的一扇门被使劲摔上了，她脚下的地板随之震动。她听到了楼梯上传来匆忙的脚步声。这些人是多么原始啊。楼梯！卢西拉在门被打开时转过了身。拉比走了进来，夹带着浓郁的美琅脂气味。他站在门口观察着她的情绪。

“请原谅我这么晚才来，夫人。我被宇航公会的领航员艾德雷克召去盘查了。”

这解释了香料的气味。领航员永远都浸泡在美琅脂橘色的气体中，他们的形象通常在蒸汽里模糊不清。卢西拉能想象领航员那小小的V形嘴巴和丑陋的鼻翼。嘴巴和鼻子在领航员那张巨大的、有着搏动太阳穴的脸庞上显得渺小。她能感受到拉比的内心该有多么紧张，同时听着领航员发出的如歌唱般的啼叫声，以及被实时翻译成的冷冰冰的凯拉奇语声。

“他想要什么？”

“你。”

“他知不知道……”

“他肯定不知道，但是，我敢说他在怀疑我们。话说回来，他怀疑所有的人。”

“他们跟踪你了吗？”

“没必要。他们随时都能找到我。”

“我们该怎么办？”她知道自己说得太快，声音也太大了。

“亲爱的夫人……”他往前走了三步，她看到了他前额和鼻子上的汗珠。恐惧。她能闻到。

“说吧，想说什么？”

“尊母行为背后的经济观——我们觉得很有意思。”

他的话应验了她的恐惧。我就知道！他出卖我了！

“正如你们圣母所熟知的，经济体系里总是存在着漏洞。”

“怎么说？”充满警惕。

“对任何商品的贸易进行不彻底的压制，总是会提高贸易商的利润，尤其是高级批发商的利润。”他的声音里有种令人不安的犹豫，“你觉得能在边境挡住不受欢迎的致幻剂，这是种错误的想法。”

他想跟她说什么？他的话解释了甚至连侍祭都懂的基本道理。提高的利润总是会被用来买下绕过边境警卫的安全通道，通常是买通警卫本人。

他买下了尊母的仆人？当然不会，他不相信这么做是安全的。

她等着他整理着自己的想法。显然，他在组织一个他认为极有可能会被她接受的措辞。

为什么他要把她的注意力引向边境警卫？他肯定这么做过。当然，警卫们都有充分的理由来背叛他们的上司。“如果我不做，其他人也会做的。”

然而，她不敢抱有幻想。

拉比清了清嗓子。显然，他已经找到了合适的措辞并组织好了秩序。

“我不认为有什么办法能让你活着离开伽穆。”

她没有料到他会这么直接。“但是……”

“你带着的信息，则是另外一回事。”他说道。

这才是提起边境和警卫的原因！

“你不理解，拉比。我的信息不只是些话语和警告。”她用手指敲击着前额，“这里面有很多珍贵的生命，大量无法替代的经验，这些知识如此重要，以至于——”

“嗯，我明白，亲爱的夫人。问题是你不理解。”

怎么总是在理解还是不理解的问题上纠缠！

“此刻，我需要仰仗你的荣誉。”他说道。

哈，传说中的贝尼·杰瑟里特言出必行！

“你知道我死也不会出卖你的。”她说道。

他摊开了双手，做了个无可奈何的动作：“我完全相信，亲爱的夫人。但问题和背叛无关，而是和某些我们从未向姐妹会透露过的东西有关。”

“你想跟我说什么？”她的口气强硬，几乎用上了音控力（她曾接到过警告，不要在犹太人身上使用它）。

“我必须得到你的承诺。你必须亲口保证，你不会用我将要透露给你的秘密对付我们。你必须保证接受我提出的解决目前困境的办法。”

“在了解是什么办法之前？”

“我要求你相信我，我保证我们会履行对姐妹会的承诺。”

她盯着他，想要看穿他设置在他俩之间的屏障。他面上的反应可以被解读，但是，他反常行为下的神秘事物无法被理解。

拉比等着这个有些可怕的女人做出决定。圣母总是让他觉得不安。他知道她会做出哪种决定，而且觉得她可怜。他知道她能看到自己脸上露出了怜悯的表情。她们知道得那么多，同时又是那么少。她们的力量是那么强大，她们对秘密以色列的情报是那么危险！

但是，我们欠她们的债。她不是上帝的选民，但债就是债。荣誉就是荣誉，真理就是真理。

贝尼·杰瑟里特已多次在紧急关头帮助了秘密以色列。大屠杀是他的人民熟知的术语。大屠杀深深地錾刻在了秘密以色列的心中。

以不可说的名字起誓，上帝的选民永远不会忘却，也永远不会原谅。

在日常仪式中不断得到加深的记忆（还有定期的社区分享会），在拉比必须做出的选择上打上了光圈。这个可怜的女人！她同样也被困在了记忆和境况之中。

一起入瓮吧！我们一起！

“我向你保证。”卢西拉说道。

拉比退回到了这屋子唯一的那扇门前，打开了门。一位穿着棕色长袍的老妪站在了门外。在拉比的示意下，她走进了屋子。浮木色的头发整齐地在她脑后绑成了一个髻。脸上满是皱纹，面色如同干杏仁般暗沉。但是，那双眼睛！全是蓝色！还有里面那凛冽的目光……

“这位是吕蓓卡，我们自己人，”拉比说道，“而且，我相信你能看到，她做了件危险的事。”

“香料之痛。”卢西拉轻声说道。

“她很早以前就做了，一直以来帮了我们很多。现在，她来帮你了。”

卢西拉必须确认：“你能分享吗？”

“我从未试过，夫人，但是我知道怎么做。”说话的时候，她一直在走向卢西拉，她俩之间几乎要撞上了。

随后，她们互相贴近，直到额头触碰在一起。她们各自伸出双手，抓住了对方的肩膀。

在她们的意识联通时，卢西拉投射出了一个想法：“必须把这些送到我的姐妹手里！”

“我保证，亲爱的夫人。”

在完全融合的意识中，不可能存在欺骗。有毒的美琅脂精华，立即且必然的死亡——古代弗雷曼人形象地称为“小小死神”——确保了彻底的坦诚。卢西拉接受了吕蓓卡的承诺。这位体制外的犹太圣母用生命做出了保证。还有别的！卢西拉看到之后倒吸了一口气。拉比把她出卖给了尊母。货车司机是她们派来的，来确认农场里是否真的有一位符合卢西拉样貌的女人。

吕蓓卡的坦诚让卢西拉无法拒绝。“这是我们唯一能拯救自己，并继续赢得信任的方法。”

这就是拉比让她思考警卫和权力代理人的原因！聪明，聪明。我接受，正如他预料的那样。

你无法仅凭一根线来操控提线木偶。

——禅逊尼警句

圣母什阿娜站在雕刻台旁，双手裹着灰爪刻具，如同戴着副怪模怪样的手套。台上那黑色的感应合成玻璃已在她手下被抚弄了近一个小时。她感觉自己快要实现心中那狂热涌现的构思。创作力的烈度烧得她的皮肤阵阵抽搐，她猜那些从她右边大厅穿过的行人肯定都注意到了。灰色的光线穿过她工作室北边的窗户，投到了她身后，西边的窗户被沙漠落日点亮成了橙色。

几分钟之前，什阿娜在沙漠监测站里的高级助理普雷斯特就来到了门廊处。但是，整个站里的人都知道，最好不要打断什阿娜的工作。

往后退了一步，什阿娜用手背捋了一下前额处一束在阳光下斑驳的棕色头发。面前立着的黑色合成玻璃材料是个挑战，它的弧线和平面几乎已能匹配她体内感应到的形象。

*每当我的恐惧到达顶峰，我就来到这里创作。*她想着。

这想法抑制了创作欲望，她却更加努力想要完成雕塑。她戴着刻具的双手在材料上上下翻飞，黑色的形状追随着她的每一次侵入，像是狂风下的波浪。

北边窗户透进来的光线消失了，自动灯光从天花板边缘投下了黄灰色的补偿光，但那不一样。那不一样！

什阿娜从她的工作旁退开。接近……但还不够。她几乎能触摸到体内的形象，感觉到它挣扎着想要出生。但是，这模块还不对。她右手使劲挥了一下，将它打回成了台子上的一个团块。

该死！

她摘下了刻具，把它们放到了雕塑台旁的架子上。西边窗户外的地平线仍然保持着一抹橘红。天色暗得很快，一如她体内退却的创作欲望。

快步走向落日照亮的窗户，她刚好能及时看到今日最后一支搜索队伍的归来。它们的着陆灯明晃晃地刺向南方，那里有一座建在沙漠前进道路上的临时平台。她从扑翼机慢悠悠降落的样子就能看出他们没有找到香料，或是任何迹象表明放生在那里的沙鲑终于长成了沙虫。

我是一个牧虫人，但我的虫子可能永远都不会来。

窗户倒映出了她朦胧的影像。她能看到香料之痛留下的痕迹。沙丘星上瘦弱的、棕皮肤的流浪儿变成了高个子的、严厉的女人。但是，她的棕色头发仍固执地逃离了头巾的束缚，披散在了颈后。她还能从全蓝的双眼里看到野性。其他人也能看到它。这就是问题，她恐惧的源头。

显然，护使团对什阿娜的期待绝不会停止。

如果大沙虫出现了——夏胡鲁归来了！贝尼·杰瑟里特的护使团随时会将她推到毫无疑心的人类面前接受崇拜。预言成真……就像她想把心目中的形象塑造成现实一样。

神圣的什阿娜！神帝也是她的奴仆！神圣的沙虫也服从于她！雷托归来啦！

这会影响到尊母吗？可能。她们至少在表面上侍奉着古杜尔，神帝的另一个名字。

她们不太可能追随“圣什阿娜”的领导，但可能会认同她在性方面的做法。什阿娜知道，自己的性行为即使以贝尼·杰瑟里特的标准来看仍显得出格，她用它来抗议护使团强加在她身上的身份。至于她坚持只与邓肯·艾达荷训练的男性交媾，只是一个……借口。

贝隆达怀疑了。

门泰特贝尔对于那些越界的姐妹来说是个长存的威胁。这也是贝尔在姐妹会高级顾问团一直手握大权的原因。

什阿娜转身离开窗户，走进了照亮她小屋的橘红色光线里。在她正前方有一幅黑白色的画，画中一条巨大的沙虫耸立在一个渺小的人形面前。

这是它们以往的样子，它们可能再也回不到从前了。我想通过这幅画表达什么？如果我知道，我可能就可以完成那座雕塑了。

与邓肯一起发明秘密的手语是一场冒险。有些事不能让姐妹会知道——还不到时候。

可能存在着某种方法，可以让我们两个一起逃脱。

但是，他们能去哪儿呢？这是个被尊母和其他力量围困的宇宙。这是个由分散的行星组成的宇宙，行星上居住的人类大多希望能和平地生活——有些地方接受贝尼·杰瑟里特的指引；更多地区在尊母的压制下求存；大多数地区还是希望能达到最大限度的自治，实现长久以来的民主梦想，但总有预料不到的事发生。还有，别忘了尊母的教训！默贝拉的线索说鱼言士和圣母中的极端分子组成了尊母。鱼言士的民主变成了尊母的独裁！线索十分充分，无法忽视。但是，为什么她们要运用诸如T型刑讯仪、细胞诱导和性技艺等手段，一再放大那些无意识的冲动呢？

我们被驱逐的天赋还有市场吗？

这个宇宙不再只拥有一个交易所。地下网络已形成。它异常松散，建立在旧的妥协和新的协议之上。

欧德雷翟曾经说过：“它就像一块起了毛边、打了补丁的破布。”

旧帝国时期宇联商会严密控制下的贸易网络早已不复存在。现在，只剩下可怜的、在极其松散的纽带连接下的点和面。人民对这块破布不屑一顾，总是思念着那些美好的旧时光。

什么样的宇宙能够接受成了亡命者的我们，而不把我们看成是神圣的什阿娜及她的同伴？

这么说并非将邓肯当成了配偶。这只是贝尼·杰瑟里特最初的计划：“让什阿娜与邓肯结合。我们控制他，他能控制她。”

默贝拉提前终止了这个计划。对我们两个都是好事。谁会需要性瘾呢？但是，什阿娜不得不承认她对邓肯·艾达荷有一种说不清的情绪。那些手语，那些抚摩。还有，一旦欧德雷翟前来询问，他们该怎么跟她说？根本不必怀疑这种询问会不会来，那只是时间问题。

“我们谈论了邓肯和默贝拉怎么才能从你手里逃走，大圣母。我们谈论了用其他方法来恢复特格的记忆。我们谈论了我们该怎么反抗贝尼·杰瑟里特。是的，达尔维·欧德雷翟！你的前学徒成了你的反抗者。”

什阿娜承认自己对默贝拉也有复杂的感觉。

她驯服了邓肯，我不一定能做到。

这位被俘的尊母是个有趣的研究对象——有时，她这个人本身也挺风趣。她那首诙谐的打油诗贴在了船上侍祭的餐厅里。

嘿，神！我希望你在那里。

我想让你听听我的祈祷而已。
那神像在我架子上傲立，
那真的是你，还是只是我自己？
好吧，不管了，我开始哩：
为了我俩共同的利益，
请让我将腰杆挺立，
助我走出我的罪大恶极，
将我作为完美的榜样树立，
满足我部门里的监理。
或只是为了您——上帝，
与面包为了酵母一个道理。
不管出于什么动机，
都是为了我和你。

摄像眼拍下了欧德雷翟因此与她的对峙，那是个美妙的画面。欧德雷翟的声音带有某种奇怪的尖锐："默贝拉？是你吗？"

"恐怕是的。"声音里没有愧疚。

"恐怕？"仍然尖锐。

"怎么了？"相当挑衅。

"你取笑了护使团！别狡辩。这就是你的企图。"

"她们太能装了！"

每当想起那场对峙，什阿娜都会产生共鸣。具有反抗精神的默贝拉是个征兆。在被迫注意到以前，它已经发酵多久了？

我用这种方式来对抗永恒的纪律。"这样能让你变得坚强，孩子。"

默贝拉的孩提时代是什么样子？什么样的压力塑造了她？生活其实就是对压力做出的回应。有些人经不住诱惑，并被诱惑所塑造：毛孔舒张，满脸绯红。是酒神在朝他们抛媚眼。色欲也会在人的形象上留下印记。圣母通过无数世纪的观察，对此已了然于胸。我们被压力所塑造，不管我们是否选择去抗拒。压力和塑造——这就是生活。我的秘密反抗给我带来了新的压力。

考虑到姐妹会现在对任何威胁都保持高度的警戒，与邓肯用手语交谈可能是无效的。

什阿娜歪着头看着雕塑台上那个黑色的团块。

但是，我要坚持。我要创作我自己的生活乐章。我要创造我自己的生活！该死的贝尼·杰瑟里特！

而且，我要抛弃姐妹们的尊敬。

强加于她们身上的那种对于规范的遵从已有悠久的历史。从最古老的时期开始，她们就一直保守着它，并时不时地拿出来重新打磨，做些必要的修补，如同时间长河中其他任何人类的创造物一样。到了现在，它依然存在于沉默的敬畏之中。

只有这样你才是一位圣母，任何其他的标准都是不正确的。

什阿娜以前就知道她会被迫挑战这件老古董的极限，甚至可能会打破它。她知道，那块想要复现她体内最狂野意识的黑色合成玻璃材料，只是她必须完成的事情之一。称之为反抗也好，或称之为其他名字也好，总之，她无法抗拒胸膛内的力量。

将自己局限于观察，你肯定会错失生活的意义。生活的目标可以用一句话来总结：尽你所能去活得更好。生活就是场游戏，如果你投入进去，玩得尽兴，就能明白其中的规则。否则，你将无法保持平衡，不断地被变换的玩法所惊吓。非玩家们总是哀怨他们得不到运气的垂青。他们拒绝承认，其实他们自己可以创造运气。

——达尔维·欧德雷翟

“你看过摄像眼近期拍摄艾达荷的记录吗？”贝隆达问道。

“等一下！等一下！”欧德雷翟心中有些不快，她必须用这种方式来回应贝尔合理的询问，好让自己发泄一下。

这些天，压力将大圣母逼得越来越紧。她一直让自己对必须面对的任务提起兴趣。任务越多，她的兴趣就越多，她的视野也就越广泛，因此也注定能产生更多有用的数据。感官用得越多就越灵敏。本质，这就是她的兴趣所追求的东西；追寻本质，像是寻找食物来安抚空虚的胃。

不知从何时起，她的日子变成了今天早晨的重复。众所周知，她有接触他人的兴趣，但工作室的墙壁困住了她。她必须去那些别人能接近的地方。不光能接近，而且可以实时地与她交流。

该死！我会留出时间。我必须！

时间，同其他任何东西一样，也能产生压力。

什阿娜说过："我们走在借来的时间里。"

非常有诗意！但是，在实际的需求面前没什么作用。在斧子落下之前，她必须将尽可能多的贝尼·杰瑟里特细胞分散到各处。没有任何其他任务能排在它的前面。贝尼·杰瑟里特的织布正在被扯碎，送往圣殿居民无从知晓的目的地。有时，欧德雷翟将这种流动看成是碎布头。它们在无舰里翩跹远去，带着一批沙鲑。一同带去的还有贝尼·杰瑟里特的传统、知识和记忆，它们可以用来辨别方向。但是，姐妹会早在第一次大离散就这么做过，没人回来，也没人发出过信息。没人。没人。只有尊母回来了。如果她们曾经是贝尼·杰瑟里特，那么现在她们已扭曲得可怕，盲目地自寻死路。

我们还能再次团聚吗？

欧德雷翟低头看着案头上的工作：更多的待选表格。谁要离去，谁要留下？没有时间停下来做个深呼吸。来自她前任塔拉扎的他者记忆摆出了一副"早就跟你说了"的姿态。"明白我当初都经历过什么了？"

我还曾经渴望过顶层的位置呢。

顶层可能有位置（她乐于这么跟侍祭们说），但是，不怎么有时间。

有时，想到"外面"那些被动的、非贝尼·杰瑟里特的普通人时，欧德雷翟会嫉妒他们。他们可以生活在幻想里。多么欣慰。你可以假装你的生活会无限地持续下去，明天会变得更好，天上的神们都在给你关照。

她以对自己的鄙视结束了这次走神。未被遮蔽的眼睛更好，不管它看到了什么。

“我研究了艾达荷最新的记录。”她说道，看着桌子对面耐心的贝隆达。

“他具备有趣的本能。”贝隆达说道。

欧德雷翟琢磨了一阵。无舰上遍布摄像眼，几乎没有死角。委员会关于死灵艾达荷的理论正一天天地变成现实。这个死灵到底掌握了艾达荷系列生命中多少的记忆？

“塔玛对他们的孩子有疑虑，”贝隆达说道，“他们有什么危险的天赋吗？”

这是意料之中的。默贝拉在无舰中为艾达荷生的三个孩子在刚出生时就被带走了。他们的成长都处于密切的观察之下。他们具备了尊母展现的那种可怕的反应速度吗？现在还太早，无法下结论。据默贝拉所言，这是在青春期才会表现出的能力。

他们的尊母俘虏在愤怒中顺从了，接受了孩子被带走的事实。然而，艾达荷显得无动于衷。奇怪。难道有什么东西给了他更宽广的生殖观？几乎和贝尼·杰瑟里特的观念一样？

“另一项贝尼·杰瑟里特的育种计划。”他讥笑道。

欧德雷翟延展着自己的思路。她们在艾达荷身上看到的真的是贝尼·杰瑟里特的态度吗？姐妹会说情感牵挂是古代的遗物——对于人类在那个时期的生存至关重要，但在贝尼·杰瑟里特的计划里无关紧要。

本能。

从卵子和精子里带来的东西。通常响亮而又关键：“这是整个物种在对你说话，笨蛋。”

爱……后代……饥饿……所有这些无意识的动机触发了特定的

行为。胡搞这些东西是危险的。交配圣母在这么做的时候清楚这一点。委员会会定期对此进行检讨，并下令对后果予以密切关注。

“你研究了记录。这就是你的全部答案？”对贝隆达来说，这已经接近于哀怨了。

在贝尔感兴趣的摄像眼记录中，艾达荷向默贝拉询问了尊母的性瘾技术。为什么？他与之媲美的能力来自特莱拉人在伊纳什洛罐里所设的条件环境给他细胞中加入的特性。艾达荷的能力与无意识的行为模式同源，类似于本能，然而在效果上与尊母的无法区分：不断放大兴奋，直到它驱逐了所有的理智，将它的受害者困在回馈的源头。

默贝拉只是口头表达了她的能力。她显然余怒未消，因为艾达荷在她身上使用了她学过的相同的技术。

“当艾达荷问到动机时，默贝拉拒绝回答。”贝隆达说道。

是的，我注意到了。

“我能杀了你，你知道吧！”默贝拉说。

摄像眼记录显示了他们躺在无舰内默贝拉舱房里的床上，刚刚结束了互相满足。裸露的肉体上有点点汗珠。默贝拉的前额盖着块蓝色的毛巾，绿色的双眼盯着摄像眼。她似乎是在直接盯着观察者。她的眼里有橙色的斑点。那是愤怒的斑点，来自她体内残余的、尊母服用的香料替代品。她现在服用的是美琅脂——而且没有副作用。

艾达荷躺在她身边，黑发散落在脸旁，与他脑袋下的白色枕头形成了鲜明的对比。他的双眼紧闭，但是眼睑在颤动。消瘦。尽管欧德雷翟的私人厨师亲自为他准备了可口的餐食，但他吃得还是不够。他高耸的颧骨轮廓清晰得夸张。在被困了这么多年后，他的脸已是皮包着骨头。

默贝拉的身体能力足够支持她行威胁之举，欧德雷翟知道，但在心理上说不通。杀了她的爱人？不太可能！

贝隆达也在思考着同一个问题："她展现自己身体的速度时，想达到什么目的？我们以前看到过这种现象。"

"她知道我们在观察。"

摄像眼显示了默贝拉的身体挑衅式地从床上跃起，以一种看不清的速度（比贝尼·杰瑟里特能达到的速度快多了）踢出了右脚，在离艾达荷头部只有一根头发丝的距离时才硬生生地停了下来。

她一开始动作，艾达荷就睁开了眼睛。他看着她，没有恐惧，也没有眨眼。

那一脚，如果踢中了就是致命的！这种事情，你只须看一次就足以让你心生恐惧了。默贝拉动作时并不需要大脑皮层。就像是昆虫，肌肉里的神经自主触发了攻击。

"你懂了吧！"默贝拉放下了脚，低头盯着他。

艾达荷笑了。

看着记录，欧德雷翟想起了姐妹会掌握了默贝拉的三个孩子，都是女孩。交配圣母都很激动。一段时间之后，这条线上出生的圣母也会拥有尊母的能力。

恐怕我们没有时间。

但是，欧德雷翟还是分享了交配圣母的激动。那个速度！再加上肌肉神经训练，姐妹会伟大的普拉纳-宾度资源！对这样的创造物，她难以找到语言来形容。

"她是做给我们看的，而不是给他。"贝隆达说道。

欧德雷翟不是很确定。默贝拉厌恶一直处于被人观察之下，但她已经习惯了。她的很多行为显然已经无视了摄像眼背后的人。在这条记录上，她又回到了床上原来的位置，躺在艾达荷的身边。

“我已经给这条记录的读取加上了限制，”贝隆达说道，“有些侍祭看了觉得不舒服。”

欧德雷翟点了点头。性瘾。尊母这个方面的能力在贝尼·杰瑟里特内部搅起了波澜，尤其在侍祭中间。非常有挑唆性。而且，大多数圣殿的姐妹都知道什阿娜圣母是她们中唯一练习过这些技巧的人，而她练习的目的是挑战一个普遍的误解，即性瘾会弱化姐妹的能力。

“我们不能变成尊母！”贝尔总是这么说。但是，什阿娜代表了重要的变量。她教会了我们关于默贝拉的一些东西。

某天下午，看到默贝拉独自在她无舰上的舱房内待着，一副放松的样子，欧德雷翟尝试了直接询问：“在遇到艾达荷之前，你们中有人试过，怎么说呢，‘投入进去’吗？”

默贝拉又回到了愤怒的神态：“他是趁我不备！”

她对艾达荷的问题展示过同样的愤怒。想到这里，欧德雷翟朝工作台俯过身去，调出了原始记录。

“看她变得有多愤怒，”贝隆达说道，“这是针对这种问题的催眠植入。我敢以我的名誉担保。”

“香料之痛能解除这种催眠。”欧德雷翟说道。

“如果她能进入这种状态！”

“催眠术本该是属于我们的秘密。”

贝隆达琢磨着话中的引申：在最初的大离散中，派出去的姐妹一个都没回来。

这想法在她们的意识里始终挥之不去：真的是贝尼·杰瑟里特的叛徒创造了尊母？很多线索证明了这种观念。那她们为什么要培养男性性奴隶？默贝拉的闲扯并没有揭示真相。所有的这些都与贝尼·杰瑟里特的教育相悖。

“我们必须了解清楚，”贝隆达坚持道，“我们知道得太少了，让人不安。”

欧德雷翟认同她的担忧。这种能力到底有多大的诱惑力？非常大，她觉得。侍祭们抱怨说梦到自己变成了尊母。贝隆达的担忧是合理的。

你一旦创造或触发如此野性的力量，就能建立异常复杂的肉欲幻境。你能控制整个人类，只须通过支配他们的欲望，触发他们的幻想。

尊母竟敢使用如此可怕的力量。显然，如果她们掌握了关闭幻境的钥匙，她们就赢得了一半的战争。要是能找到简单的线索，指向钥匙的存在，那就是胜利的开始。尊母组织中像默贝拉这个级别的人可能不清楚，但是那些在高层的人……可能她们只是运用了这种力量，却不关心甚至不了解它深层的能力？如果是这种情况，我们最初那些离散的姐妹究竟受到了什么诱惑，走上了这条死路？

之前，贝隆达曾提出过她的猜测：

在首次大离散时期，尊母抓住了圣母并把她们关押起来。“欢迎，圣母。我们邀请你们欣赏一下我们能力的小小展示会。”一幕幕的交媾场面，接着又展示了尊母身体的速度。然后——停止服用美琅脂，注射主要成分是肾上腺素的替代品，里面还掺杂了催眠药物。在药物的作用下，圣母被打上了性印记。

这一切，加上香料之痛的退却（贝尔暗示的），可能会让受害者拒绝原本的身份。

天啊！最初的尊母难道都是圣母？我们敢在自己身上检验一下这个猜测吗？我们又能从无舰里的那一对身上学到些什么？

两种来源的信息摊在了姐妹会敏锐的眼睛前，但钥匙还没找到。

女人和男人不再仅是繁殖上的伙伴，也不再仅是互相的慰藉和依靠。关系里加了点新东西。关系又被提升了。

在工作台上播放着的摄像眼记录里，默贝拉说了些什么，吸引了大圣母的全部注意力。

“我们尊母自找的！怪不了其他人。”

“你听到了？”贝隆达问道。

欧德雷翟猛力地摇了摇头，想要将所有的注意力集中在这段对话上。

“我跟你不一样。”艾达荷反对道。

“空洞的借口，”默贝拉指责道，“你想说你是被特莱拉人设置了，去诱惑你碰到的第一个铭者？”

“并杀了她，”艾达荷补充道，“那是他们的期望。”

“但是，你甚至都没试过要杀我。我并不是说你能杀得了我。”

“那是因为……”艾达荷没接着往下说。他下意识地朝摄像眼瞥了一眼。

“他想说什么？”贝隆达跳了起来，“我们必须搞清楚。”

欧德雷翟继续默默地观察着这对囚徒。默贝拉表现出了惊人的洞察力：“你觉得你是在跟你无关的场合下碰巧撞上我了？”

“是的。”

“但是，我看到你体内有东西接受了这一切！你不仅是在设置下逆来顺受，你还把它展现到了极致。”

艾达荷的眼睛仿佛在审视自己。他仰起头，舒展了胸肌。

“那是门泰特的表情！”贝隆达叫道。

欧德雷翟所有的分析都指向这个结论，但仍未得到艾达荷的承认。如果他是个门泰特，为什么要隐瞒呢？

因为这个能力喻示的其他东西。他害怕我们，而且，他的确该害怕。

默贝拉轻蔑地说道："你按照自己的需求，改善了特莱拉人在你身上做的事情。你内心其实并没有任何怨恨！"

"那就是她处理负罪感的方式，"贝隆达说道，"她必须让自己相信自己说的，否则艾达荷没办法困住她。"

欧德雷翟抿紧了嘴唇。投影中的艾达荷笑了："或许我们两个都一样。"

"你不能怪罪特莱拉人，我不能怪罪尊母。"

塔玛拉尼走进了工作室，坐在了贝隆达身旁的犬椅中。"看来，你也对这段感兴趣。"她示意了一下投影。

欧德雷翟关上了投影。

"我一直在检查我们的伊纳什洛罐，"塔玛拉尼说道，"那个该死的斯凯特尔隐瞒了关键信息。"

"我们的第一个死灵没问题吧，是吗？"贝隆达问道。

"我们的苏克没发现什么问题。"

欧德雷翟语气柔和地说道："斯凯特尔必须留下些讨价还价的余地。"

双方都抱有幻想：贝尼·杰瑟里特将斯凯特尔从尊母手下救出，并收留在圣殿避难，而他则向姐妹会支付一定的代价。但是，每个研究他的圣母都知道，这位最后的特莱拉尊主还有别的企图。

聪明，聪明，特莱拉人。比我们怀疑的更聪明。他们用伊纳什洛罐玷污了我们。"罐"这个字——又是他们的一个欺骗。我们想象它是装满温暖羊水的容器，每个罐子都是复杂机器，用以复制（以精确、步骤清晰和可控的方式）子宫的功能。罐子倒是罐子的样子，可看看它实际上是什么！

特莱拉的方案很直接：使用原生器官。经过无数的世代，大自然已经做出了优化。贝尼·特莱拉所做的只是加上了他们的控制系统，他们独有的复现细胞内所存信息的方式。

斯凯特尔称之为“上帝的语言”。更准确地说，是撒旦的语言。

反馈。细胞指导着自己的子宫。受精卵或多或少可能都会这么做。特莱拉人只是优化了它。

欧德雷翟发出了一声叹息，引得她的同伴投来了锐利的目光。大圣母遇到了什么新麻烦？

斯凯特尔的秘密让我担忧。那些秘密会对我们造成什么影响？唉，我们怎么这么容易就“降格”了呢？然后，再找借口。而我们知道是借口！“如果没有其他办法。如果这能制造我们急需的死灵。或许可以找到志愿者。”找到了！志愿者！

“你在捡羊毛！”塔玛拉尼不满地哼了一声。她瞥了眼贝隆达，开始对她说话，觉得她可能会听进去。

贝隆达的表情变得有些麻木，通常这意味着她情绪低落。她的声音比耳语响不了多少：“我强烈要求抹消艾达荷。至于那位特莱拉的怪物……”

“你为什么建议得这么委婉呢？”塔玛拉尼问道。

“那就杀了他！还要让那个特莱拉人尝尝我们所有的——”

“住嘴，你们两个！”欧德雷翟命令道。

她用两个手掌扶住了前额，盯着拱形窗，看到了外面的冰雨。气象部犯下了更多的错误。你不能责怪她们，但是，人类最恨的就是不可预测。“我们要自然！”不管它是什么意思。

想到这里时，她开始渴望回到那个让她愉悦的秩序里去：偶尔在果园中的散步。她喜爱各个季节的果园。与朋友们一起度过安静的傍晚，和那些让她温暖的人进行有来有往的交谈。温情？是的。大圣母敢于尝试——甚至对同伴的爱。她也想要美味的食物与能增加风味的精选美酒。它们对味觉的刺激真是绝妙。然后……是的，然后……温暖的床，温柔的同伴，他懂得她的需要，她也懂得他的。

当然，多数的这些都无法实现。责任！多么重要的一个词！它在熠熠发光。

“我饿了，”欧德雷翟说道，“要不然叫人把午饭送来吧？”

贝隆达和塔玛拉尼盯着她。“才刚十一点半。”塔玛拉尼表示。

“好还是不好？”欧德雷翟坚持着。

贝隆达和塔玛拉尼偷偷交换了下眼神。“好吧。”贝隆达说道。

贝尼·杰瑟里特有一种说法（欧德雷翟知道），大圣母的胃满意了，姐妹会才能运作得更流畅。这句话让天平发生了倾斜。

欧德雷翟接通了她私人厨房的通话器：“三个人的午餐，杜纳。来点特别的，你决定吧。”

午饭端来了，主菜是欧德雷翟的最爱——小牛肉砂锅。杜纳对香草的感觉很灵敏，砂锅里放了少许迷迭香，蔬菜也没有煮过头。完美。

欧德雷翟回味着每一口。另两个人只是在进食，一口一勺，一口一勺。

这就是我成了大圣母，而她们当不上的原因？

等侍祭打扫完餐桌后，欧德雷翟问了一个她最爱的问题：“最近在侍祭中有什么闲话吗？”

她想起了自己曾经是侍祭的日子，成天竖着耳朵倾听老妇们的谈话，希望能听到什么伟大的真理，但多数情况下听到的只是些有关姐妹们的闲话，或是某个监理又出了什么问题。不过，偶尔她们也会放下戒备，泄露些重要的信息。

“太多的侍祭都在说想要参与大离散。”塔玛拉尼粗着嗓子说道。

“最近她们对档案的兴趣也增加了许多，”贝隆达说道，“那些心有所感的姐妹都来寻求确认——自己是否携带了很深的赛欧娜基因印记。”

欧德雷翟觉得这挺有趣。她们那共同的、生活在暴君时代的厄崔迪祖先，赛欧娜·伊本·福阿德·阿尔赛伊法·厄崔迪，将这种能躲避预知搜索者的能力遗传给了后代。每个公开行走在圣殿的人都分享了这种来自祖先的保护。

“明显的印记？”欧德雷翟问道，“她们怀疑自己是否真的受到了保护？”

“她们需要确认，”贝隆达不耐烦地嘟囔了一声，“现在能回到艾达荷的话题上吗？他可以说有基因印记，也可以说没有。这让我觉得不安。为什么他的部分细胞没有赛欧娜的印记？特莱拉人到底干了什么？”

“邓肯知道风险，他也没想自寻死路。”欧德雷翟说道。

“我们不知道他是什么。”贝隆达抗议道。

“可能是个门泰特，我们都知道那意味着什么。”塔玛拉尼说道。

“我能理解我们为什么留着默贝拉，”贝隆达说道，“宝贵的信息。但是，艾达荷和斯凯特尔……”

“够了！”欧德雷翟喝止道，“看门狗不要一直叫个不停！”

贝隆达勉强接受了。看门狗是贝尼·杰瑟里特对监察员所作所为的一种说法，意为不断监视姐妹、判断你是否陷入了歧途。侍祭们觉得这难以忍受，然而对圣母来说，被监察就是生活的一部分。

某个下午，和默贝拉单独待在无舰上灰色墙面的面谈室内时，欧德雷翟解释过。她们面对面站着，隔得很近。眼睛相互平视。十分随意、亲密。前提是假装看不到四周的那些摄像眼。

“看门狗，”欧德雷翟回答着默贝拉提出的一个问题，“意味着我们互为牛虻。没必要做太多解释。我们很少说废话。一个简单的词就够了。”

默贝拉鹅蛋形的脸上露出了专注的表情，分得很开的绿色双眼炯炯有神。她显然认为欧德雷翟提到了某种常见的信号，用一个词或是一种说法来描绘眼下的这种情况。

“什么词？”

“任何词，该死！只要合适就行。看门狗这个词就像是某种相互刺激触发的神经反射。我们共享一个不会烦扰我们的‘叮咬’。我们欢迎它，因为它让我们保持清醒。”

“如果我成了圣母，你也会当我的看门狗？”

“我们需要自己的看门狗。没有她们，我们会变得虚弱。”

“听上去有点强迫的意味。”

“我们并不觉得。”

“我觉得它是防蚊剂，”她看着天花板上闪烁的镜头，“像这些该死的摄像眼。”

“我们照顾自己人，默贝拉。一旦你成了贝尼·杰瑟里特，你会得到一生的照顾。”

“舒适的小窝。”她显露出不屑。

欧德雷翟语气柔和：“完全相反。你的一生都在接受挑战。你用能力的极限来回报姐妹会。”

“看门狗！”

“我们总是在相互关注。我们中的有些人在执掌权柄之后可能会时不时地表现得独裁，甚至专横，但都是在形势的要求下点到为止。”

“从来不会热情或温柔，嗯？”

“这是规矩。”

“或许有感情，但是没有爱？”

“我跟你说了规矩。”欧德雷翟能从默贝拉的脸上清楚地看出她的反应。“终于说漏了！她们会要求我放弃邓肯！”

“也就是说贝尼·杰瑟里特中没有爱。”她的语气是多么悲伤。默贝拉仍有希望。

“爱也会发生，”欧德雷翟说道，“但我的姐妹们把它当作心理偏差。”

“我对邓肯的感觉是心理偏差？”

“姐妹们会尝试治疗它。”

“治疗！治疗是用来解除痛苦的！”

“姐妹会认为爱就是一种腐烂。”

“我在你身上看到了腐烂！”

贝隆达仿佛一直在跟着欧德雷翟的思绪，此刻她将欧德雷翟从空想中拽了出来。“那个尊母绝不会加入我们！”贝隆达抹去了嘴角的一点午餐残渍，“教授她我们的方法，是在浪费我们的时间。”

至少，贝尔不再称呼默贝拉为“荡妇”了，欧德雷翟想着。这就是改善。

所有的政府都会遭遇一个常见的问题：权力能吸引病态人格的人。并不是因为权力能腐化人，而是因为它吸引了已腐化的人。这些人具有迷醉于暴力的倾向，因而极其容易对暴力成瘾。

——《护使团之书》

吕蓓卡依照命令跪在了黄色的地砖上，不敢抬头看坐得远远的可怕的大尊母。她已经在这间巨大房间的中央等了两个小时。与此同时，大尊母和她的同伴们正享用着谄媚的仆人们奉上的午餐。吕蓓卡用心观察着仆人的神色，暗中加以模仿。

她的眼窝仍然因为拉比不到一个月前给她植入的眼睛而疼痛。这双眼睛有着蓝色的虹膜和白色的巩膜，看不出她过去曾经历过香料之痛。这是一种临时的补救措施。过不了一年，这双新眼睛就会出卖她，全部变成蓝色。

她觉得眼睛的疼痛是她最不需要担忧的问题。她体内还有个植入物，按照计算好的剂量释放着美琅脂。供应能持续六十天。如果尊母扣留她的时间过长，缺乏美琅脂会将她置于一种更深的痛楚中，令最初的痛楚相形失色。最容易暴露的风险是随着香料滴入她体内的谢尔。如果这些女人察觉到了，她们肯定会起疑的。

你表现得很好。要有耐心。这是来自兰帕达斯众人的他者记忆。声音在她脑内温柔地响起。它和卢西拉的声音一样，但吕蓓卡不敢确定。

分享过后，它就宣称自己为“默哈拉的代言人”。在几个月内，它已经成了一个熟悉的声音。这些荡妇无法与你的知识匹敌。记住这一点，让它给你勇气。

体内存在其他人，但又不会干扰她对周边的注意力，让她觉得敬畏。我们称之为意识并流，代言人曾说过。意识并流能增强你的观察力。当她想解释给拉比听时，他却以愤怒来回应。

“你被不洁的思想污染了！”

那天，他们在拉比的书房待到深夜。他称之为“从赐给我们的日子里偷取时间”。书房是间地下室，沿着墙壁堆满了旧书、利读联晶纸和卷轴。最高级的伊克斯设备保护着房间不被侦测到。他的人改良了这些设备，提高了性能。

每当这种时候，她就被允许坐在他桌子旁，而他则倚靠在一把旧椅子上。他身旁一盏低矮的球形灯在他光洁的脸上投下了古旧的黄光。他戴着象征他知识地位的眼镜，镜片时不时反射着光芒。

吕蓓卡假装没听懂：“但是，你说过为了拯救兰帕达斯上的珍宝，我们必须这么做。难道贝尼·杰瑟里特没对我们说实话？”

她看到他眼里的忧虑。“你听到勒维昨天提到的那个四处流传的问题了吧。为什么贝尼·杰瑟里特的女巫要来找我们？这就是她们问的。”

“我们的故事可信且前后一致，”吕蓓卡反诘道，“姐妹会教了我们真言师都无法看穿的方法。”

“我不知道……我不知道。”拉比悲哀地摇了摇头，“什么是谎言？什么是真相？我们自己说了算吗？”

“我们反抗的是大屠杀，拉比！”这种说法通常会坚定他的决心。

“哥萨克人！是的，你是对的，秘密以色列的女儿。每个时代都有哥萨克人，在他们心怀杀意闯入村子时，我们并不是唯一见识过他们的皮鞭和利剑的人。”

奇怪，吕蓓卡想着，他怎么能表现得像是这些事情才刚刚发生，自己亲眼所见似的。决不忘却，决不原谅。利迪泽就在昨天。秘密以色列记忆中的永志不忘。大屠杀！几乎和她意识中携带的贝尼·杰瑟里特存在一样顽强。几乎。这就是拉比抗拒的事情，她告诉自己。

“我担忧你已被从我们身边带走，”拉比说道，“我对你做了什么？我做了什么？这就是所谓的荣誉？”

他看着书房墙壁上的一个装置，它报告了农场周围安装的纵轴风车在夜间的积累。装置显示这些机器正轰鸣着为明日存储能量。这是贝尼·杰瑟里特的礼物：摆脱伊克斯。独立。多么特别的词。

他没看着吕蓓卡，说道：“我觉得他者记忆这件事很难理解，一直都是。记忆理应带来智慧，但其实它不会。管理记忆，善加运用，才会带来智慧。”

他转身看着她，他的脸隐藏在阴影里：“你体内的人说了什么？你觉得是卢西拉的那个人？”

吕蓓卡察觉到，他在说出卢西拉的名字时颇感欣慰。*如果卢西拉能通过秘密以色列的女儿说话，那她就还活着，没有被背叛。*

吕蓓卡说话时垂下了目光：“她说我们拥有这些体内的画面、声音和感觉，你可以命令它们显现，或者，在必要时它们也会主动介入。”

“必要时，是的！你的感官会让你感觉自己去了没去过的地方、做了没做过的事，除此之外，还有什么？”

还有其他身体、其他记忆，吕蓓卡想着。在体验过之后，她知道自己再也不会主动放弃了。或许我真的成了贝尼·杰瑟里特。显然，这才是他担忧的原因。

“我来告诉你一件事，”拉比说道，“她们称这个为‘生命意识的关键交叉点’，它没有任何意义，除非你能知道自己的决定如何植入了其他人的生命。”

“从其他人的反应来观察自己的行为，是的，这是姐妹会的观点。”

“这才是智慧。那位夫人说她们的目标是什么？”

“对人类的成熟发挥影响力。”

“嗯。她明白自己能控制影响力，却无法控制别人的感觉。这几乎与智慧同等。但是，成熟……哈，吕蓓卡。我们有权干涉更高等的计划吗？人类有权给耶和华的本质设定限制吗？我认为雷托二世能理解。你体内的夫人却拒绝承认。”

“她说他是个该死的暴君。”

“他是暴君，但在他之前也有明智的暴君，而且在我们死后无疑也会有更多。”

“她们称他为撒旦。”

“他具有撒旦的力量。我认同她们的恐惧。与其说他是个预言家，倒不如说他是个泥水匠。他把看到的影像固定。”

“这位夫人也这么说。但是，她说他其实是她们的圣杯。”

“她们再次展现出了智慧。”

拉比发出一声长叹，身体都微微晃动了。他再次看了眼墙上的装置。明日的能量。

他将注意力放回到吕蓓卡身上。她变了。他无法不注意到。她变得很像贝尼·杰瑟里特。可以理解。她的头脑里挤满了兰帕达斯上的人。但她们不是加大拉的猪群[1]，可以连同她们的魔法一起被赶到海里去。而且，我也不是耶稣。

“她们跟你说的大圣母欧德雷翟——她经常谴责她的档案管理员和她们管理的档案。难以理解！档案不也和书一样，都是我们保存智慧的媒介吗？”

“那么，我是个档案管理员吗，拉比？”

她的问题在迷惑他的同时，也点明了要害。他笑了：“我跟你说吧，女儿。我承认自己有点同情这位欧德雷翟。档案管理员确实有讨厌的地方。”

“这是智慧吗，拉比？”多狡猾的问题啊。

“相信我，女儿，是的。档案管理员在压制判断方面不遗余力。一个又一个的专业词语。太傲慢了！”

“她们如何判断该用什么词呢，拉比？”

“哈，你有点智慧了，女儿。但是，这些贝尼·杰瑟里特没有智慧，而且她们的使命阻止了她们获取智慧。”

她能从他的脸上看出来。他想让我对体内的这些生命产生怀疑。

“让我跟你说件贝尼·杰瑟里特的事吧。”他说道。他还没想好该怎么说。没有语言，没有圣贤的建议。这种情形已多年没发生在他身上了。他眼前只有一条路可走：把心里话说出来。

“或许，在她们前往大马士革的道路上，已太久没有沐浴在启

1 “加大拉的猪群”是《圣经·马可福音》中的故事。耶稣曾在加大拉将附身在两个人身上的魔鬼赶入猪群，于是猪带着魔鬼跳下悬崖落海而死。

示的明光之下了[1]，吕蓓卡。我听她们说，她们代表了人类的利益。然而，我在她们身上看不到，我认为暴君也没能看到。”

吕蓓卡刚想开口回答，他抬起一只手阻止了她：“人类的成长？这是她们的圣杯？果子熟了，不就会被采下来吃掉吗？”

在交叉点大厅的地板上，吕蓓卡记起了这句话，看到了它在人类身上的表现，不是通过她体内的生命，而是通过抓捕者的行为。

大尊母结束了用餐。她在仆人的长袍上擦净了手。

“让她上前来。”大尊母说道。

吕蓓卡的左肩处传来了一阵痛楚，她跪着的身子往前猛地一个趔趄。那个叫劳格诺的人以猎人的潜行方式出现在她身后，并把一根尖头的棒子捅进了她的皮肉。

笑声回荡在房间里。

吕蓓卡踉跄着站了起来，勉强地走在棒子的前面，在来到了通往大尊母的阶梯下方时，棒子阻止了她。

“跪下！”劳格诺又刺了一下，强调了她的命令。

吕蓓卡跪了下去，眼睛盯着前方升起的阶梯。黄色的地砖上有些细小的划痕。不知怎的，这些瑕疵让她觉得安心。

大尊母说道：“放开她，劳格诺。我要的是答案，不是尖叫。”随后对着吕蓓卡：“看着我，女人！”

吕蓓卡抬起头，盯着代表死亡的脸孔。这么平凡的一张脸，却有这么大的威胁。如此……如此平坦的脸庞。几乎是扁的。这么小的体形，却放大了吕蓓卡感觉到的危险。这个小女人具有什么样的力量，能统治这些可怕的人？

1　典出《圣经·使徒行传》。

“知道你为什么会来这里吗？”大尊母问道。

吕蓓卡用自己最谄媚的声音说道：“哦，大尊母，我被告知，你希望我讲述真言的知识，以及伽穆上的其他一些事。”

“你与真言师交配过！”这是事实。

“他死了，大尊母。”

“别动，劳格诺！”这句话是对那个拿着棒子冲上来的助理说的，“这位妖妇不懂我们的规矩。站到一边去，劳格诺，我不想被你的冲动打扰。”

“只有在回答我的问题，或在我下令时，你才能跟我说话，妖妇！”大尊母叫道。

吕蓓卡缩成了一团。

代言人在吕蓓卡的头脑里耳语着：*这几乎和音控力的效力一样。需小心。*

“你认识贝尼·杰瑟里特里的人吗？”大尊母问道。

她们就在我体内！“每个人都碰到过女巫，大尊母。”

“你知道她们什么？”

哦，这就是你们把我带到这里的原因。

“我只听到过传言，大尊母。”

“她们勇敢吗？”

“据说她们总是想规避危险，大尊母。”

你值得我们的托付，吕蓓卡。那就是这些荡妇的模式。顺势而为。她们觉得你不喜欢我们。

“这些贝尼·杰瑟里特富有吗？”大尊母问道。

“我认为跟您比起来，女巫们实属贫穷，大尊母。”吕蓓卡说道。

“为什么这么说？别试图讨好我。”

“大尊母，女巫有能力派一艘船来伽穆把我接走吗？现在她们在哪里呢？她们躲着你呢。”

“是的，她们在哪里？”大尊母问道。

吕蓓卡耸了耸肩。

“那个被她们叫作霸撒的人从我们手里逃走时，你在伽穆吗？”大尊母问道。

她知道你在。“我在那里，大尊母。并听到过传言，我不相信。”

“只能相信那些我们让你相信的事，妖妇！你听到什么传言了？”

“说他能以眼睛跟不上的速度移动。说他……徒手杀了很多人。说他偷了一艘无舰，并逃入了大离散。”

“你只能相信他逃走了，妖妇。”*看到她有多害怕了吗！她无法隐藏战栗。*

“说说真言。”大尊母命令道。

“大尊母，我不懂真言。我只知道我的丈夫扫勒姆说过的那些词。如果你愿意听，我可以重复。”

大尊母琢磨着，扭头看着她两旁的助理和顾问。那些人都露出了不耐烦的神色。她为什么不直接杀了这个妖妇?

吕蓓卡从这些盯着她的橙色眼睛里看到了暴力。她收拢了心神，想起了丈夫的小名扫尔，以及他说过的贴心话。他在孩提时代就展现了“合适的天分”。有人称之为一种本能，但扫尔从来不用这个词。“相信你的直觉。我的老师一直这么说。”

这是种非常接地气的表达，他说这通常会吓走那些前来寻求“神秘奥秘”的人。

“没有秘密，”扫尔说过，“训练加刻苦，和其他东西都一样。你练习他们称为‘微知觉’的能力，从而观察到人类反应中最微小的变化。”

吕蓓卡能从那些盯着她的人身上看到这种微小的变化。她们想让我死。为什么？

代言人有建议。大尊母喜欢在他人面前显示权威。她不会做其他人希望做的事，而是做其他人不希望的事。

“大尊母，”吕蓓卡壮起胆子，“你既富有又有权威。肯定有什么不起眼的地方能让我为你效劳。”

“你想为我效劳？”多野蛮的笑容！

“这将让我欣喜，大尊母。”

“我来这里不是为了让你欣喜。”

劳格诺在地板上踏出了一步：“那就让我们欣喜，达玛。让我们搞些娱乐——”

“安静！”哈，这是个错误，在众人面前使用亲密的称呼。

劳格诺退了回去，棒子几乎掉在了地上。

大尊母橘红的目光向下盯着吕蓓卡：“你要回到伽穆上可悲的生活里去，妖妇。我不会杀了你。那就对你太仁慈了。你见识到了我们给你的好处，现在带着得不到那些好处的遗憾活下去吧。”

“大尊母！”劳格诺抗议道，“我们怀疑——”

“我对你才有怀疑，劳格诺。把她活着送回去！听到了吗？你觉得我们需要她的时候会找不到她吗？”

“不会，大尊母。”

“我们在盯着你，妖妇。”大尊母说道。

诱饵！她觉得通过你能钓到大鱼。有趣。这个人有头脑，尽管生性暴虐，却知道用脑子。这就是她上位的原因。

在回伽穆的路上，吕蓓卡被关在曾经服务过的宇航公会船上的一间臭烘烘的舱室里，思索着自己的困境。显然，这些荡妇并没有期望她会误解她们的意图。但是……她们可能也会这么期望。谄媚、顺从，种种表现之中，她们暴露了自己。

她知道这想法既来自扫尔的真言，也来自兰帕达斯的顾问。

“你累积了很多细微的观察，你感觉到了，却从未意识到。”扫尔曾说过，“累积下来，它们会告诉你一些事，但不是以人类的语言。语言不是必要的。”

她曾经以为这是她听过的最怪的东西了。然而，这是在她的香料之痛以前。夜晚的床上，黑暗与肉体的抚慰，他们之间是无声的，却又胜过有声。

“语言会阻滞你，”扫尔说过，“你应该学会解读自己的反应。有时，你能找到词语来描绘……有时……找不到。”

“没有词语？甚至都不用词语提问吗？”

“你想要词语，是吗？这些怎么样？信任、相信、真相、诚实。”

“这些是好词语，扫尔。”

“但是，它们缺乏标记。不要依靠它们。”

“那我们依靠什么？”

“我自己内部的反应。我解读自己，而不是我面前的人。我总能分辨谎言，因为我想转身离开说谎者。”

“原来你是这么办到的！”她捶着他光着的胳膊。

“其他人的方式不同。我听说的一个人，她能分辨谎言，因为她想挽起说谎者的胳膊一起散步，安慰说谎者。你可能会觉得很荒谬，但它确实有用。”

“我觉得你很聪明，扫尔。”这是爱的语言。其实她根本不懂他话里的意思。

“我珍贵的爱人，”他说道，将她的头枕在他胳膊上，“真言师具有真感官，一旦被唤醒，就会一直起作用。请不要仅出于爱意而夸我聪明。”

“对不起，扫尔。”她喜欢他胳膊的味道，她把头埋在了他臂弯里，搔他的痒，“但是，我想知道所有你知道的事情。”

他将她的头挪到了一个更舒服的姿势：“你知道我的第三阶段老师说了什么吗？‘要无知！学会纯粹的天真。’”

她震惊了：“完全无知？”

“你用白板般的心灵来接触所有的事物，你体内没有任何东西。任何的印记都是对方留下的。”

她开始明白了：“没有干涉。”

“对。你是最原始、最无知的野蛮人，不通世故到了极点之后，反而到达了世故的顶峰。无心插柳柳成荫，你可以这么说。”

“这才是聪明，扫尔。我打赌你是他们最好的学生，学得最快，而且——”

“刚开始，我觉得那是一派胡言。”

“不会吧！”

“直到有一天，我察觉到了体内的一个小小的悸动。它不是肌肉的运动，或是其他能察觉到的东西。只是一个……一个悸动。”

“在什么地方？”

“我无法描述它在什么地方。但是，我的第四阶段老师让我为它做好了准备。‘用双手温柔地抓住它。要温柔。’有个学生还以为他说的是你实际的双手。哦，我们都笑坏了。”

“你们太坏了。”她触摸着他的脸颊，感受着他黑色的胡楂儿。夜深了，但她不觉得困。

“我也觉得挺坏的。不过，当悸动来临时，我一下子就认出它来了。我从未有过这种感觉。它也让我吃了一惊，因为认出了它之后，我才明白它一直在我体内。感觉很熟悉。它是我的真言感应力在悸动。”

她感觉真言感应力也在自己的体内扰动。他声音中神奇的感觉引发了什么东西。

“从那时起，它就是我的，”他说道，“它属于我，我也属于它。再也没分开过。”

“多美妙的感觉啊。”她的声音里满是敬畏和羡慕。

“不完全是！我恨它的某些部分。以这种方式看人，就像他们被解剖了一样，内脏都翻了出来。”

“真恶心！”

“是的，但也有补偿，亲爱的。有些你碰到的人，就像是无瑕的儿童送给你的鲜花。无瑕。唤出了我自身的无瑕，我的真言感应力也加强了。这就是你对我做的，亲爱的。”

尊母的无舰抵达了伽穆，她们用垃圾驳船将她送到了着陆平台上，丢在了飞船的垃圾和排泄物旁，让她受辱。但是，她不在乎。*家！我回家了，兰帕达斯幸存了。*

拉比并没有分享她的热情。

他们再次坐在了他的书房内，只不过这次她更熟悉他者记忆了，也更自信了。他看出来了。

“你更像她们了！这是不洁的。”

“拉比，我们都有不洁的祖先。我是幸运的，因为我认识一些我的祖先。”

“什么意思？你在说什么？”

“我们都是那些干了坏事的人的后代，拉比。我们假装我们的祖先中没有野蛮人，但是，他们的确存在。”

“胡说！”

“圣母能把他们都回忆起来，拉比。记住，胜利者才会有后代。明白吗？”

“我从未听你说过如此大胆的话。你究竟怎么了，女儿？”

“我活了下来，我懂得了胜利有时须付出道德上的代价。”

“你说什么？这些都是邪说。”

“邪说？野蛮这个词甚至都不足以描述我们的祖先所做的一些恶事。我们所有人的祖先，拉比。”

她察觉到了自己话中的残酷，意识到自己已经伤害了他，但她无法停止。他怎么能逃避她所说的真相呢？他是个诚实的人。

她的语气变得柔和，但造成的伤害更深：“拉比，如果你能看到他者记忆迫使我看到的一些事情，你会去找一个更合适的词来替代邪恶。我们祖先做过的一些事情，足以贴上你能想到的最邪恶的标签。”

“吕蓓卡……吕蓓卡……我知道，必要时……”

“不要用‘必要时’这个借口！你，拉比，比我更清楚。我们什么时候丧失过道德感吗？只不过有时我们不想倾听罢了。”

他用双手盖住了脸庞，在旧椅子上前后晃动着。椅子发出了痛苦的呻吟。

“拉比，我一直都爱你，尊敬你。为了你，我经历了香料之痛；为了你，我分享了兰帕达斯。不要否认我从中学到的东西。”

他放下了双手："我不否认，女儿。但请允许我显露自己的痛苦。"

"在所有的启示之中，拉比，我必须立即且毫不迟疑地处理的问题是，没有无辜者。"

"吕蓓卡！"

"负罪感可能不是一个合适的词，拉比，但我们祖先做的事，必须付出代价。"

"我能理解，吕蓓卡。这是种平衡——"

"别跟我说你能理解，我知道你不能。"她站起身，低头盯着他，"它不是本账簿，需要你去让它上面收支平衡。你愿意回到多久以前？"

"吕蓓卡，我是你的拉比。你不能这样说话，尤其不能这样对我。"

"你回到越久以前，拉比，暴行就越邪恶，代价也就越高。你回不到那么久之前，但是，我被迫回去了。"

她转身离他而去，没有理睬他话中的乞求、他叫她名字时的痛苦。在关上房门时，她听到他在说："我们做了什么？以色列，帮帮她。"

书写历史是一个转移注意力的过程。大多数的历史记录，都将人们的注意力从这些大事件背后的秘密力量上转移了。

——霸撒特格

当独自待着时，艾达荷通常会探索他在无舰上的监狱。伊克斯人的飞船上有太多的东西要看、要学。它是一个宝库。

这天下午，他停下在舱房内焦躁不安的步伐，看着安装在门廊闪亮表面上的那些摄像眼。它们在看着他。他有种奇怪的感觉，仿佛在这些监视的眼睛背后看到了自己。姐妹们看着他时会想些什么？早已废弃的伽穆主堡里那个结实的死灵儿童，已经变成了一个过分瘦长的男人：深色的肌肤和头发。他的头发很长，比他在沙丘星末日时进入这艘无舰时的更长。

贝尼·杰瑟里特的眼睛看透了肌肤之下的他。他确信她们怀疑他是个门泰特，他担心她们会做什么样的解读。门泰特怎么能妄想在圣母面前永远隐藏这个事实呢？愚蠢！他知道她们怀疑他至少是个真言师。

他朝着摄像眼挥了挥手，说道："我不要休息。我还想探索。"

贝隆达非常讨厌他在监视面前展现的戏谑态度。她也不喜欢他在飞船里闲逛。她并不想在他面前隐瞒。每当她来质询他时，他能看到她冷峻的神情后那个没问出口的问题："你在找逃跑的路线吗？"

没错，贝尔，这就是我在做的，但跟你怀疑的方式不同。

无舰对他设置了固定的界限：他无法穿越的外部力场、一些驱动力已暂时关闭（他是这么被告知的）的设备区、警戒舱房（他能看到某些舱房的内部，但不能进入）、武器库、保留给特莱拉囚犯斯凯特尔的区域。他偶尔会在某个屏障前碰到斯凯特尔，他们会隔着将他们分隔的静音力场相望。还有信息屏障——飞船记录中的某些部分不会对他的问题做出回应，他的看守也不会给他答案。

在这些界限内，有足够用一生去观察、去学习的东西，甚至是他这段长达三百个标准年的预期寿命所代表的一生。

前提是尊母没能发现我们。

艾达荷认为自己才是她们追逐的目标，她们想要抓到他的愿望，甚至比抓圣殿的那些女人还要强烈。他想象不到那些猎人在得手之后会对他做些什么。她们知道他在这里。他训练的那些人，被派去摧毁尊母——那些人惹恼了猎人。

一旦姐妹会确认了他的门泰特能力，她们将立即明白，他的意识里携带了不止一个死灵的生命。原来的那个死灵没有这种天分。她们会怀疑他是潜在的魁萨茨·哈德拉克。看她们多么严格地控制着美琅脂的分配量。显然她们害怕重复在保罗·厄崔迪及其暴君儿子身上所犯的错误。*整整三千五百年的奴役！*

但是，与默贝拉相处需要门泰特的意识。每次与她相处时，他都会进入门泰特意识，而且不期待在当时或今后能得到解答。这是种典型的门泰特方式：聚焦在问题本身。门泰特累积问题，就像其他人累积答案一样。问题创造了自身的模式和体系。这产生了最重要的

“形状”。你通过自身创造的模式来观察你的宇宙——模式全都由图像、文字和标签构成（所有都是应景的），再与感官接受的刺激混合后，就能反映你内心的思维架构，如同光线在光滑的表面反射。

艾达荷最早的门泰特老师曾组织了一段应景的文字，描述了内心思维架构首次产生时的样子：“注意观察你内心镜面上连续出现的同一运动。”

从首次犹豫地使用门泰特能力开始，艾达荷对自己观察力的转变越来越敏感。他一直在成为门泰特。

贝隆达是他最严峻的试炼。他害怕她直指内心的目光和锋利的问题。门泰特探查门泰特。他谨慎地应对着她的突袭，保持着耐心，隐藏着能力。*你到底在找什么？*

装作他并不知晓的样子。

耐心是他的面具。恐惧是合理的，展露它并不会带来伤害。因为贝隆达并没有隐藏她的企图，她想看他死。

很快，监视者会看到他被迫使用的技能，而这技能只有唯一可能的来源。艾达荷接受了这个命运。

门泰特真正的技能位于他们称之为“综合推理”的思维架构之中。它需要非门泰特难以想象的耐心。门泰特学校将其定义为毅力。你是个原始的追踪者，能读到最细微的痕迹，环境中最微小的扰动，并跟随这些线索。与此同时，你对四周和体内的形势保持开放的态度。这就产生了纯真无瑕——门泰特的起手式，和真言师的类似，但更强大。

“你对宇宙的一切保持开放态度，”他最早的老师说过，“你的头脑不是台计算机。它是件反馈工具，无论你的感官输入了什么，它都予以反馈。”

每当贝隆达的感官处于开放状态时，艾达荷总能意识到。她站在那里，目光略微内敛，他能感知她头脑里存在着一些先见。这是她最根本的瑕疵，刚好可以用来设立他的防御机制：贝隆达并不具备开放感官所需的思维架构。她无法问出最适合的问题，而他发现了这一点。欧德雷翟会用一个有瑕疵的门泰特吗？这与她一贯的表现并不相符。

我寻找能组成最完美形状的问题。

这么做，你绝不会认为自己聪明，也不会认为自己掌握了解决问题的钥匙。你依然保持着对新问题的反馈，如同你面对着新模式。测试、再测试，雕琢、再雕琢。一个持续的过程，从不间断，从不满足。这是你自己私人的舞步，与其他门泰特类似，但总是带着你独有的姿势和步伐。

“你永远不会成为真正的门泰特。这就是我们称它为‘无尽追求’的原因。”他老师的话已深深烙刻在他的意识里。

在累积了对贝隆达的观察之后，他对那些教过他的大师的观点表示了深深的赞同。“圣母无法成为优秀的门泰特。”

没有哪个贝尼·杰瑟里特能将她本人与她在香料之痛里获得的确信完全割裂：对姐妹会的忠诚优先。

他的老师们专门警告过确信。它会在门泰特体内造成严重的缺陷。

“你所做的、所感知的、所说的每一件事，都是场实验。所有的推理都没有终点。所有的事物都不会停歇，除非死了，甚至死了之后都不会，因为每个生命都会创造无尽的涟漪。归纳是在有限的范围内摸索，你最终会找到规律。而演绎会引诱你走向确信的幻境，从而践踏真理，将其碾碎！”

当贝隆达的问题触及他与默贝拉之间的关系时，他看到了模糊的情绪回应。嘲讽？妒忌？双向性瘾激发了强烈的性需求，他能接受对这种需求的嘲讽（甚至是妒忌）。高潮真的那么美妙？

今天下午，他在自己的舱房内游荡，感到不自在，就好像他刚到此地，尚未把这些房间当成家。这是情绪在跟我说话。

关押了这么多年后，这些舱房已经有了些居住的痕迹。这是他的洞穴，也是以往的押运员的套房：宽敞的房间，微呈弧形的墙壁——卧室、书房、起居室、铺着绿色地砖的浴室，配备了干湿两套清洁系统，还有一间他和默贝拉共享的、长长的锻炼厅。

房间里除了他收集的工艺品，还有其他一些他的痕迹：那把角度合适的摇椅，摆放在控制台和投影仪前，他通过它们与飞船的系统相连；那些放在矮桌上的利读联晶纸记录；等等。还有居住留下的污渍——书桌上那一小团深棕色。撒出的食物留下了擦不掉的痕迹。

他烦躁地踱步到了睡觉的舱房。此处光线暗淡。他的辨析力告诉他气味是对的。床上有股类似唾液的味道——昨晚性冲撞的残余。

这是个合适的词：冲撞。

无舰内的空气——经过了过滤、循环以及添加了清新剂——通常让他觉得无聊。无舰内的迷宫，它通向外部世界的出口通常是紧闭的。有时，他会安静地坐在那里嗅着，希望空气中有一丝非监狱的气味。

有办法逃走！

他踱步出了舱房，顺着走廊走到尽头，取道滑槽，来到了飞船的最底层。

外面的天空下，到底在发生着什么？

欧德雷翟告诉他的点滴信息让他恐惧，让他觉得自己像是困在了陷阱里。无处可逃！与什阿娜分享我的恐惧是否明智？默贝拉只会一笑而过。“我会保护你的，亲爱的。尊母不会伤害我。”又一个白日梦。

什阿娜……她那么快就掌握了手语，并认同了他的反叛精神。反叛？不……我不相信有哪个圣母会反叛姐妹会。甚至连杰西卡夫人最终都回归了。但是，我没有要求什阿娜反叛姐妹会，只是要求她保护我们免于默贝拉愚行的伤害。

猎人们庞大的力量，让毁灭成了唯一的预测结果。一个门泰特不得不关注那极具破坏性的暴力。她们也带来了其他东西，暗示了大离散时期发生了什么。欧德雷翟装作不经意提起的混合人是什么？半是人类，半是野兽？这是卢西拉的猜测。卢西拉在哪儿？

他发现自己已来到了巨笼，一处长达一千米的货舱空间。她们把沙丘星上的沙虫关在了这里，并把它带到了圣殿。这片区域闻上去仍有香料和沙子的味道，让他想起了久远以前的消亡。他知道自己为什么经常来到巨笼，有时还是下意识地，就像刚才那样。这里既吸引着他，又排斥着他。在巨大的空间里，想象着沙漠、沙子，还有香料，能给他一种自由的幻觉。但是，还有一个原因。在这里，它总是会出现。

今天它会出现吗？

没有任何预兆，身处巨笼的感觉会消失。然后……融化的天空中有一张网在闪烁着光芒。幻象出现时，他知道自己并没有真的看见一张网。那只是他的头脑为感官无法辨别的东西所做的翻译。

一张起伏不定、闪闪发光的网，像是漫天的极光。

随后，网会开启，他会看到两个人——一个男人和一个女人。他们看上去那么平凡，却又不平凡。一对穿着古代服饰的爷爷和奶奶：男的穿着连体工装，女的穿着长裙，戴着头巾。在花园里工作！他觉得这肯定又是幻象。我看到了它，但它不是我真正看着的。

他们最终总会注意到他。他听到了他们的声音。“他又来了，马蒂。”那个男的会指着艾达荷对那个女的说。

“我不明白他怎么能看到，”马蒂问过一次，“应该不可能。”

“我想他摊得太薄了。不知道他是否知道危险？”

危险。这个词总是会把他从幻象里推出来。

“今天没在你的控制台？”

有那么一瞬间，艾达荷觉得是幻象里的女人发出了声音，随后他意识到是欧德雷翟。她的声音就在他身后。他转身，发现自己忘了关上舱门。她跟着他进了巨笼，悄悄地，躲避着散落在地板上的沙堆，免得沙子在脚下发出摩擦声，暴露了她的行踪。

她看上去疲倦且焦躁。*为什么她认为我应该待在控制台边？*

仿佛在对他心里的问题做出回应，她说道：“我发现最近你经常待在控制台边。你在找什么，邓肯？”

他摇了摇头，没有说话。*为什么我突然间觉得危险？*

有欧德雷翟相伴时，通常不会出现这种感觉。他记起了其他几次觉得危险的场合。有一次，她怀疑地盯着他放在控制台上的双手。*看来恐惧与我的控制台有联系。我暴露了门泰特对数据的渴求？她们猜到了我把私下的自我藏在里面了？*

“我难道没有任何隐私吗？”愤怒与反击。

她缓缓地摇了摇头，仿佛在说“你其实能装得更好”。

“这是你今天第二次造访了。”他指责道。

“我必须说，你看上去不错，邓肯。”她的话语中出现了更多的迂回。

“你的监视者这么跟你汇报的？”

“别装可怜了。我来和默贝拉谈谈。她说你应该在这儿。”

“我猜你知道默贝拉又怀孕了？”*是想要取悦她吗？*

“我们表示感谢。我来是要告诉你，什阿娜想再次拜访你。”

为什么欧德雷翟要宣布这个消息？

她的话让他眼前出现了一幅景象，沙丘流浪儿变成了圣母（据她们说是最年轻的）。什阿娜，他的红颜知己，在外照看着最后一条巨型沙虫。它得到延续了吗？为什么欧德雷翟对什阿娜的来访这么感兴趣？

“什阿娜想跟你谈论暴君。”

她看到了这句话引发的惊奇。

“我能给什阿娜的雷托二世研究增添点什么呢？”他问道，“她可是个圣母。”

“你与厄崔迪家族的关系非常密切。”

哈！她在狩猎我体内的门泰特。

“但是，你说她想谈论的是雷托，把他想成厄崔迪太危险了。”

“哦，但他的确是个厄崔迪。尽管他被精炼成了某种比任何一个前人更强大的存在，但不管怎么说，他仍是我们中的一员。”

我们中的一员！她提醒了他，她也是个厄崔迪；也提醒了他，他对这个家族有永远还不清的债！

“随你怎么说吧。”

“不如我们结束这个愚蠢的游戏吧？”

他心生警觉。他知道她看到了。该死，圣母是如此敏感。他盯着她，不敢开口说话，知道即便现在的这个样子也已经暴露太多了。

“我们相信你回忆起了不止一个死灵的生命。”她没有等到他的回应，“别装了，邓肯！你是个门泰特吗？”

看到她说话的样子，半是指责半是疑问，他知道自己的伪装到此为止了，却感觉卸下了重担。

“如果我是呢？”

“那么特莱拉人在培养你时，置入了不止一个艾达荷死灵。”

艾达荷死灵！他拒绝将自己视作这东西的缩影："为什么雷托突然对你这么重要？"这个回答并没有让他逃脱承认。

"我们的沙虫已变成沙鲑。"

"它们在生长和繁衍吗？"

"显然是。"

"除非你禁锢或消灭它们，否则圣殿将成为另一个沙丘。"

"你预料到了，是吗？"

"雷托和我一起预料到的。"

"所以你能回忆起很多生命。有趣。它让你变得有点像我们。"她的注视怎么一刻都不偏离？

"我认为非常不同。"必须让她偏离这个轨道。

"你和默贝拉初次见面时获取了这些回忆？"

谁做出的猜测？卢西拉？她在场，可能做出了猜测，并向姐妹们坦白了她的怀疑。他必须把被动变成主动。"我不是另一个魁萨茨·哈德拉克！"

"你不是？"欧德雷翟说这话时不带任何主观态度。她故意显露了这种态度，他认为这是一种残忍。

"你知道我不是！"他在为自己的生命战斗，他清楚这一点。因为欧德雷翟，也因为那些浏览和审查摄像眼记录的人。

"告诉我你的系列记忆。"这是来自大圣母的命令。无法逃避。

"我了解这些……生命。就像是一个生命。"

"这种累积可能对我们非常有价值，邓肯。你还记得伊纳什洛罐吗？"

她的问题让他想起了那些迷雾中的摸索，那些对特莱拉人怪异的想象——初生的眼睛看着一堆朦胧的人类肉体，对焦不准的模糊的影像，从产道内出生的记忆。这些就是罐子里的经验吗？

“斯凯特尔给我们提供了知识，我们能制造自己的伊纳什洛系统。”欧德雷翟说道。

系统？有趣的词语。“意味着你们也能复制特莱拉的香料生产？”

“斯凯特尔的要价太高，我们给不了。但是，香料会有的，不管通过什么方式。”

欧德雷翟听到自己的声音里有强调的意味，不禁揣测他是否察觉到了自己的不确信。*我们可能没有时间了。*

“你们离散出去的姐妹正在跛行，”他说道，想让她尝尝门泰特意识的滋味，“你把香料库存供应给她们，但库存是有限的。”

“她们有伊纳什洛知识和沙鲑。”

想到无垠的宇宙中，有无数的沙丘星被复制出来，这种可能性让他震惊得说不出话来。

“她们依靠罐子、沙虫或两者结合来解决美琅脂的供应。”她说道。这句话她可说得足够真诚。统计上的期望值给出了结论。众多离散的圣母分支中，总有一支可以做到。

“那些罐子，”他说道，“我有过奇怪的……梦。”他几乎说出了“冥想”。

“意料之中。”她简短地跟他说了女性肉体在其中的应用。

“也用来制造香料？”

“我们认为是。”

“恶心！”

“幼稚。”她斥责道。

在这种时候，他非常讨厌她。一次，他因为圣母将自己与“人类常见情绪”割裂而责备她时，她也给了他一模一样的回答。

幼稚！

“可能没法治了，”他说道，“这是我个性中可耻的缺陷。”

“你想跟我辩论道德吗？”

他觉得自己听出了怒意：“我连道德伦理都不想辩论。我们的行为基于不同的准则。”

“准则通常是缺乏怜悯的借口。”

“我难道在一位圣母口中听到了良心的回音？”

“惨了。要是我的姐妹们认为良心控制了我，她们会将我流放。”

“你可以被屠杀，但不能被控制。”

“非常好，邓肯！我更喜欢你公开门泰特身份之后的样子。”

“我不信任你的喜欢。”

她大声笑了：“和贝尔真像啊。”

他呆呆地盯着她，她的笑声突然让他产生了灵感：要如何才能逃出这所监狱，免于贝尼·杰瑟里特持续的操控，过自己的生活。逃生路线并不在机器里，而是在姐妹会的缺陷中。她们的确信，确信牢牢地关住了他——这就是他的逃生路线！

什阿娜知道！这就是她在我面前摇晃的诱饵。

不等艾达荷开口，欧德雷翟接着说道：“跟我说说那些其他的生命。”

“错。我认为它们是一个连续的生命。”

“没有死亡？”

他用沉默作答。一系列的回忆：死亡如同生命一样信息丰富。光是雷托就杀了他那么多次！

“死亡不会中断我的记忆。”

“一种奇怪的永生，”她说道，“你知道，不是吗？特莱拉尊主反复重新创造他们自己的肉体。但是，你——在同一个肉体里混入不同的死灵，他们的目的是什么？”

“去问斯凯特尔。”

“贝尔确信你是个门泰特。她会高兴的。”

“我不这么认为。”

“我会设法让她高兴的。天哪！我有这么多问题，都不知道从哪儿开始了。”她左手托着腮帮，研究着他。

*问题？*艾达荷的头脑里产生了门泰特的需求。他让那些他问过自己无数遍的问题自行移动，形成它们的模式。*特莱拉人在我这里寻求什么？*他们应该不会把这个死灵所代表的所有生命都植入这次转世之中。然而，他拥有所有的回忆。那些生命究竟在我现在的这个版本积累起怎样巨大的联系？这就是线索吗，能解开他在巨笼里陷入的幻象？半是记忆的画面在头脑内形成：他的身体处在温暖的液体之中，管子喂给他食物，机器给他按摩，特莱拉观察者探查着他，问他各种问题。他感觉到半休眠的自我发出了喃喃的回应。声音没有意义。他听外语般听着自己嘴唇里发出的声音，但是，他知道这其实是普通的凯拉奇语。

他在特莱拉行为中感知到的广阔让他敬畏。他们调查了一个没人敢碰的宇宙，只有贝尼·杰瑟里特才敢触及。贝尼·特莱拉这么做是为了自己，但这并没有损害到它的宏大。不断重生的特莱拉尊主就是勇于挑战的奖赏。

变脸者仆人能复制任何生命，任何头脑。特莱拉梦想的广阔和贝尼·杰瑟里特的成就一样伟大。

“斯凯特尔承认有穆阿迪布时期的记忆，”欧德雷翟说道，“你可以找机会跟他对对笔记。”

“这种永生是谈判筹码，”他警告道，“他不会卖给尊母吗？”

“可能吧。来吧，跟我一起回到你的舱房。”

在他的工作室，她示意他在控制台前的椅子上坐下，他不知道她是否仍在追着他的秘密不放。她朝他弯下腰，操作着控制键。上方的投影仪投射出了一片沙漠，地平线尽头满是移动的沙丘。

“圣殿星，”她说道，“沿着赤道的宽阔地带。”

他激动了：“沙鲑，你说过的。但是，有新沙虫吗？”

“什阿娜觉得快了。”

“它们需要大量的香料作为催化剂。”

“我们在那里赌下了大量的美琅脂。雷托跟你说过催化剂，是吗？你还记得什么有关他的事吗？”

“他杀了我这么多次，一想起他就让我觉得疼。”

她有沙丘星上达累斯巴拉特的记录来印证：“他亲手杀的，我知道。他用完你了就把你扔了？”

“有时我会达到他的期望，并被允许自然死亡。”

“他的金色通道值得吗？”

“我们不理解他的金色通道，也不理解打造它所需的发酵。”他说道。

“有趣的选词。门泰特认为暴君时代是发酵。”

“发酵成熟就进入了大离散。”

“大饥荒也起到了作用。”

“你认为他会没预见到大饥荒？”

她没有回答，而是沉浸在他的门泰特见解里。金色通道：人类“爆发”进入宇宙……再也不会局限于某个行星之上，受制于单一的命运。我们的鸡蛋已不在同一个篮子里。

“雷托认为所有的人类都是一个生物体。”他说道。

“但是，他把他的梦想强加在了我们头上。”

“你们厄崔迪总是这么做。”

你们厄崔迪！“你已偿还了欠我们的债？”

“我没这么说。”

“你喜欢目前的困境吗，门泰特？”

“沙鲑已作用了多久？”

“超过八个标准年了。”

“我们的沙漠生长得有多快？”

我们的沙漠！她示意他看投影：“它已经比沙鲑出现之前大了三倍。”

“这么快！”

“什阿娜认为很快就能见到小沙虫了。”

“它们长到两米左右才会钻到表面。”

“她是这么说的。”

他用一种冥想的语气说着：“每一条都有雷托在他‘无尽梦境’中珍珠般的意识。”

“他是这么说的，他从未在这些事上撒谎。”

“他的谎言更加巧妙。和圣母的一样。”

“你是在指责我们撒谎吗？”

“什阿娜为什么要见我？”

“门泰特！你以为问题就是答案。”欧德雷翟装作失望地摇了摇头，“她必须尽可能多地了解作为宗教崇拜中心的暴君。”

“哈！为什么？”

“对什阿娜的崇拜已经扩散。它已遍及旧帝国内外，来自拉科斯幸存的教士在四处宣扬。”

“来自沙丘星，”他纠正了她，“不要把它看成是厄拉科斯或拉科斯。那会迷惑你的头脑。”

她接受了他的纠正。现在，他已完全成了个门泰特，她则耐心地等待着。

“什阿娜跟沙丘星上的沙虫说话，”他说道，“它们做出了回应。”他迎着她质询的目光，“又打算搬出你们的护使团了，嗯？”

“在大离散时期，暴君的别称叫杜尔和古杜尔。”她说道，往他的门泰特无瑕里输入着信息。

“你有个危险的任务要派给她。她知道吗？”

“她知道，而且你可以让任务变得安全一些。”

“那就向我开放你们的数据系统。”

“没有界限？”她知道贝尔会做出什么反应！

他点了点头，不敢妄想她会同意。*她是否猜到了其实我急需的就是这个？这里保存着他如何才能逃脱的全部知识。无限制地接触到全部信息！她会觉得我只是需要自由的幻觉。*

“你会成为我的门泰特吗，邓肯？”

“我还有其他选择吗？”

“我会和顾问团讨论你的请求，并给你答案。”

逃生之门开启了？

“我必须像尊母一样思考。”他说道，在摄像眼和那些会权衡他请求的监视者面前辩解着。

“还有谁能比与默贝拉一起生活的人更胜任呢？”她问道。

腐败有千张面具。

——《特莱拉禅书》

她们不知道我在想什么，也不知道我能做什么，斯凯特尔想着。她们的真言师无法读取我。他至少从灾难中抢救出了这个技能——从他完美的变脸者处学来的欺骗艺术。

他在无舰上属于他的区域内安静地移动着、观察着、记录着、测量着。在一个受训寻找缺陷的头脑中，每一眼都在衡量着人或物。

每个特莱拉尊主都知道，总有一天神会指派给他某项任务，以考验他的忠诚度。

很好！任务来了。声称认同他有关神帝转世的伟大信念的贝尼·杰瑟里特起错了誓言。她们是不洁的。当他从域外归来时，不再有同伴帮他清洗。他已堕落到普汶笪宇宙，被撒旦的仆人囚禁，并被来自大离散的荡妇追猎。但是，这些邪恶的人都不了解他的资源，都不相信神将以怎样极端的手段来帮助他。

我要清洗我自己，神！

当撒旦的女人将他从荡妇的手中解救，并承诺给予保护和“所有的帮助”时，他知道她们打错算盘了。

考验越难，我的信仰越深。

就在几分钟之前，他的目光穿过一道闪烁的屏障，看到了邓肯·艾达荷沿着长长的走廊在晨间散步。将他们分隔的力场阻止了声音的通过，但是，斯凯特尔看得到艾达荷的嘴唇在动，并读懂了他的咒骂。骂我吧，死灵，但我们制造了你，而且还会用到你。

神在特莱拉制造这个死灵的过程中引入了一个神圣的意外，神总是有更大的设计。将自己融入神的计划，而不是要求神跟随人类的设计，这才是信徒的任务。

斯凯特尔置身于这场考验中，再续了自己神圣的誓言。这是贝尼·特莱拉无言的古老开悟。“开悟无须领悟。开悟无须言语，甚至无须名字。”

神的魔法是他唯一的桥梁。斯凯特尔深刻地感受到了。作为柯尔上最年轻的尊主，他从一开始就知道，自己将被选来实现这一终极任务。这份认识成了他的力量之一，而且，每次他面对着镜子时，都能看到这一点。神造就了我来欺骗普汶笪！他瘦小的、孩子似的外表上覆盖着一层灰色的皮肤，金属似的肤色能阻挡扫描探查。他弱小的外形能欺骗那些看到他的人，并隐藏了他在一系列死灵转世过程中累积的力量。只有贝尼·杰瑟里特携带着更古老的记忆，但他知道她们受到了邪恶的指引。

斯凯特尔摩挲着自己的胸膛，提醒着自己那里藏着的东西。隐藏它的手段是如此巧妙，那地方根本看不出任何痕迹。每位尊主都携带着这种资源——一枚零熵胶囊，里面保存着许多种子细胞：柯尔中枢的尊主同伴、变脸者、技术专家和其他对撒旦的女人有吸引力的种群……对软弱的普汶笪有吸引力！保罗·厄崔迪和他亲爱的契妮也在里面。（在死人衣物上搜寻细胞的代价真是不菲！）最初的邓肯·艾达荷也在里面，还有其他的厄崔迪走狗——门泰特杜菲·哈瓦特、哥尼·哈莱克、弗雷曼人耐布斯第尔格……足够多的潜在仆人，服务于特莱拉宇宙中的主人。

零熵胶囊中的宝中之宝，是他一直以来想要实现的梦想，每当想到它就能让他屏住呼吸。完美的变脸者！完美的模仿者。对受害者角色的完美记录。甚至能够欺骗贝尼·杰瑟里特的女巫。谢尔也无法阻止他们捕获他人的灵魂。

这枚胶囊是他最重要的谈判筹码。不能让人知道。现在，他要做的就是记录缺陷。

无舰防御系统内有足够的漏洞来让他满意。在他一系列的生命中，他收集了许多技能，就像他的尊主同伴们收集了许多消遣的小玩意儿一样。他们一直都觉得他太严肃，但是，现在他找到了证明自己的地点和时机。

对贝尼·杰瑟里特的研究总是让他着迷。经过了多个世代，他掌握了大量有关她们的知识。他知道有些知识更像是传说和谣言，但是，对神谕的信仰让他坚信，他掌握的知识能够服务于神帝转世，他做好了接受神圣考验的准备。

他将贝尼·杰瑟里特的知识编纂成册，并把其中的某个章节命名为《典型表现》，取自文中经常出现的标注："这是她们的典型表现！"

《典型表现》让他着迷。

对她们来说，容忍他人做出粗俗但不具威胁的行为，却容不下自己人的类似行为，是种*典型表现*。"贝尼·杰瑟里特的标准更高。"斯凯特尔甚至从他去世的同伴嘴里听到过这个说法。

"我们能像他人看我们那样审视自己，这是我们的天赋。"欧德雷翟曾经说过。

斯凯特尔把这句话也收录到了《典型表现》中，尽管它与神谕不符。只有神才能看到你真正的自我！欧德雷翟的吹嘘只不过是一种傲慢。

“她们不随便撒谎。真相的力量更大。”

他经常琢磨这句话。大圣母曾引用过它，说它是贝尼·杰瑟里特的准则。然而，女巫们对真相的理解似乎有些愤世嫉俗。她宣称它来自禅逊尼。“谁的真相？做了哪些修正？处于什么样的背景之中？”

昨天下午，他们一起坐在了他的无舰舱房内。他要求了一场“双方问题协商会”，其实是谈判的委婉说法。就他们两个，除了摄像眼和后面那些来来去去负责监视的姐妹。

他的舱房足够舒适：三面合成玻璃的墙，墙面是舒缓的绿色，一张柔软的床，以及配合他瘦小身材准备的缩小版椅子。

这是艘伊克斯无舰，而且他确信，他的看守们并不知道他其实很了解这种无舰。和伊克斯人一样了解它。伊克斯的机器到处都是，但谁也没见过伊克斯人。他怀疑圣殿上是否有伊克斯人存在。女巫们一向以自己做机器保养而臭名远扬。

欧德雷翟关切地注视着他，动作和语速都很缓慢。“她们没有情感牵挂。”你经常能听到这句话。

她问候了他的健康，显出关心的样子。

他看了看起居室的四周：“没看到伊克斯人。”

她因为不快而抿紧了嘴唇：“这就是你要求开协商会的原因？”

当然不是，女巫！我只是在练习分散注意力的技能。你不可能听到我说出自己想隐藏的东西。那为什么我要把你的注意力引向伊克斯人？尽管我知道，在你这颗受诅咒的星球上，不太可能有危险的入侵者在自由漫步。哈，我们特莱拉人与伊克斯人的联系，我们维持了这么久的自我吹嘘。你知道的！记忆中你们不止一次地惩罚了伊克斯人。

他觉得，伊克斯人的技术专家可能不想主动招惹贝尼·杰瑟里特，但他们会更谨慎地不去引发尊母的愤怒。这艘无舰的存在显示了秘密贸易依然在进行，不过代价肯定高得离谱，而且路线也变得异常迂回。那些来自大离散的荡妇非常贪婪。她们可能也需要伊克斯人，他揣测着。而且，伊克斯人可能会秘密地背叛荡妇，与贝尼·杰瑟里特达成协议。不过，协议的内容肯定有限，违约的机会也很高。

这些想法让他在谈判中觉得安心。咄咄逼人的欧德雷翟已经让他不安了好几次，沉默中，她用令人烦躁的贝尼·杰瑟里特方式盯着他。

用来谈判的筹码很大——至少是他们每个人的生存，再加上总也少不了的那几样：支配地位、控制人类宇宙、让你的方式作为绝对模式永恒存续。

给我一条小小的裂缝，我可以在此基础上扩大，斯凯特尔想着，给我变脸者。给我只服从我的仆人。

“我有个小小的要求，”他说道，“我想过得舒适点，我需要自己的仆人。”

欧德雷翟继续用那种贝尼·杰瑟里特琢磨人的方式盯着他，总是让人觉得她能剥下你的面具，看透你的内心。

但是，我有你无法看透的面具。

他能看出来，她觉得他可憎——她的目光依次在他的五官上一一滑过。他知道她在想什么。真像个妖精。一张窄脸和一双淘气的眼睛。前额三角形的发尖。她的目光往下移去：小小的嘴，锋利的牙齿和突起的犬齿。

斯凯特尔知道自己符合人类迷信中最危险、最令人害怕的形象。

欧德雷翟应该会问她自己：为什么这位贝尼·特莱拉要选择这么特别的外表？他们的基因控制技术明明能给他更有魅力的形象。

因为这样能让你不安，普汶笪垃圾！

他马上又想到了另一条典型表现："贝尼·杰瑟里特极少会乱来。"

但斯凯特尔见过许多贝尼·杰瑟里特乱来之后的垃圾场。看看沙丘星变成了什么！烧成了渣滓，因为你们这些女撒旦选择了那个圣地来对抗荡妇。甚至连我们先知的转世也成了她们的战利品。所有人都死了！

他不敢计算自己的损失。没有哪颗特莱拉行星逃过了沙丘星的命运。是贝尼·杰瑟里特造成的！而他还必须忍受她们的宽容——他是一个逃犯，只有神的支持。

他问过欧德雷翟为什么要在沙丘星上乱来。

"我们只有在极端情况下才会这么做。"

"难道不是因为你们引发了荡妇的暴力？"

她拒绝讨论。

斯凯特尔某位已逝的同伴曾说过："贝尼·杰瑟里特留下笔直的痕迹。你可能会觉得她们复杂，但仔细观察后，会发现她们的方式很直接。"

这位同伴和其他所有人都被荡妇杀害了。现在，他只存在于零熵胶囊里的细胞上。死去尊主的智慧也就剩这么点了！

欧德雷翟想要更多伊纳什洛罐的技术信息。哦，她组织问题的方式是多么聪明。

为了生存谈判，每一个小点都有沉重的意义。有关伊纳什洛罐那个微小的、经斟酌而透露的数据，为他带来了什么？欧德雷翟偶尔会带他到无舰的外面去。但是，对他来说，整颗星球和无舰一样就是个监狱。他去哪儿才能让女巫找不到呢？

她们用自己的伊纳什洛罐做什么呢？他不确定。女巫在这个问题上撒谎了。

向她们提供有限的知识也错了吗？最初，他只打算提供纯粹的生物技术方面的细节；现在，他意识到自己告诉她们的已远超了当初的限定。她们肯定已推断出尊主们如何创造了有限的永生——总有一个替代他们的死灵在罐子里生长。现在连这也没了！在沮丧与愤怒之中，他想冲着她喊出这句话。

问题……聪明的问题。

他用冗长的辩解“为什么我需要变脸者仆人和我自己的飞船系统控制台”来避开了她的问题。

她则是狡猾地坚持着，探寻着更多有关罐子的知识。“掌握了从我们的罐子里生产美琅脂的知识，会使得我们对我们的客人更加体贴。”

我们的罐子！我们的客人！

这些女人就像是塑钢墙。不会有罐子供他使用的。所有的特莱拉力量都失去了。这是种充满自怜的想法。他提醒自己要恢复平静：显然神在考验他的才智。她们觉得把我关进了陷阱里。但她们的限制的确很麻烦。没有变脸者仆人？很好。他会寻求其他仆人，不是变脸者仆人。

想到失去了变脸者——他基因变异的奴隶时，斯凯特尔感觉到体内很多生命产生了深深的怒火。这些该死的女人，装出赞同神帝转世的伟大信念的样子！到处都有侍祭和圣母在窥探。间谍！到处都有摄像眼。太压抑了。

刚到圣殿时，他感觉到他的看守身上有种沉默，当他开始探查她们的运作机制时，这种沉默变得更加强烈。后来，他明白了，这是她们的圈子，一致对外，应对任何威胁。我们的就是我们的。禁止入内！

斯凯特尔从中体会到了某种父母的姿态，一种对人类的母性关爱：“乖，否则我们会惩罚你！”你可不想受到贝尼·杰瑟里特的惩罚！

欧德雷翟继续索求着他不能给予的知识。斯凯特尔索性将自己的注意力锁在了一条他认为绝对正确的典型表现上：她们无法爱。他赞同她们的观点。不管是爱还是恨，都纯属非理性。他把这些情绪想象成污染了四周空气的黑色喷泉，从原始的井里喷向没有防备的人类。

这女人怎么这么喋喋不休！他看着她，没有听她说。她们的缺陷是什么？她们回避音乐算是弱点吗？她们害怕音乐对情绪的秘密影响吗？这种回避显然是强制调节而成的，但调节不总能成功。在他多个生命中，他看到过喜欢音乐的女巫。于是，他问了欧德雷翟对音乐的看法，她显得非常痛恨，他怀疑她是故意演给他看的，为了误导他。

“我们不能让自己分神！”

“你难道不会在记忆里重奏那些伟大的音乐吗？据说在古代……”

“在大部分人都不再知道的乐器上演奏出的音乐又有什么用呢？”

“哦？都有什么乐器？”

“在哪里能找到钢琴？”她仍然在假装愤怒，“难以调音的乐器，演奏起来更是困难。”

她装得可真像。“我从未听说过钢……钢琴，你是这么说的吧。它和巴厘琴一样吗？”

“远房表亲。但是，它只能被调成近似的音阶。这是这种乐器的一大特点。”

“你为什么要特地用钢……钢琴举例子呢？”

“因为有时我会觉得失去它挺可惜的。毕竟，它能从不完美中制造完美，那是最高的艺术形式。”

*不完美中制造完美！*她想用禅逊尼的话来扰乱他的心神，制造幻象，让他觉得这些女巫赞同他的神帝转世伟大信念。他受到过很多警告，要小心贝尼·杰瑟里特这种特别的谈判技巧。她们从看不清的角度出发，只是在最后一刻才暴露她们真正想要的东西。好在他知道她们想得到什么。她想要他所有的知识，却不支付任何代价。但是，她的话仍具有强大的诱惑力。

斯凯特尔感到深深的疲倦。她的话与她们的诉求完美匹配，而她们的诉求则是优化人类社会。*她觉得她在教他！*又一个典型表现：“她们把自己当成老师。”

他表示对她的诉求有怀疑。她说道：“自然地，我们会给那些受我们影响的社会增加压力。有了压力，我们才能加以利用。”

“我觉得你混淆了因果关系。”他抱怨道。

“为什么这么说，斯凯特尔尊主！这是种常见的模式。政府经常这么做，诱导暴力去对付那些经选择的目标。你们也这么做！看看它给你们带来了什么。”

她竟敢说特莱拉人的灾难是咎由自取！

“我们吸取了大信使的教训。”她说道，使用了伊斯拉米亚语“大信使”来称呼先知雷托二世。从她嘴里听到这些词有些怪，但他还是接受了。她知道所有的特莱拉人都崇拜先知。

然而，我听到过这些女人称他为暴君！

她仍在用着伊斯拉米亚语，问道："通过暴力给大家制造一个价值观上的教训，这不就是他的目的吗？"

她在开伟大信念的玩笑吗？

"这就是我们接受他的原因，"她说道，"他没有遵循我们的规则，但他追求的目标与我们一致。"

她竟敢说她接受了先知！

尽管受到了极大的挑衅，他却没反驳她。圣母对自身和自身行为的看法是非常微妙的。他怀疑她们总是在调整着看法，从不会在某个方向纠结过深。没有自爱，也没有自怨。自信，是的。疯狂的自信。不过，这并不需要自爱或自怨。只要清醒的头脑，随时准备做出改正，接受教训，就像她刚才所说的那样。它也很少需要赞扬。干得好？行，你还想要什么？

"贝尼·杰瑟里特的强制调节能磨炼人。"这是民间智慧里最流行的说法。

他想就这一点与她展开辩论："尊母的调节不也跟你们一样？看看默贝拉！"

"你的看法这么粗浅吗，斯凯特尔？"她的口气中有揶揄的成分？

"两种调节系统的碰撞，目前的对抗不刚好可以这么来解释吗？"他壮着胆子问道。

"更强大的一方会胜利，当然。"她肯定是在表示轻蔑！

"这还用说吗？"他并没能很好地隐藏自己的愤怒。

"难道贝尼·杰瑟里特需要提醒一位特莱拉，示弱也是一种武器？你没练习过欺骗吗？编造弱点来迷惑你的敌人，并把他们引入陷阱？软弱是可以被制造出来的。"

显然，她知道多个世代以来的特莱拉骗术，制造无能的假象。

“那么，这就是你想用来对付敌人的方式？”

“我们想惩罚她们，斯凯特尔。”

如此切齿的决心！

此刻，他所了解的贝尼·杰瑟里特的新知识让他充满了疑虑。

欧德雷翟带着他走出了无舰，漫步于寒冷的冬季中，沿途戒备森严，健壮的监理就离他们一步之遥。一支小队伍从中枢走了出来，他们停下来看着。五个贝尼·杰瑟里特女人，有两个穿着白色长袍，可以看出是侍祭，另外三个穿着他没见过的灰色长袍。她们推着一辆车到果园。冰冷的风吹着她们。几片旧叶子从黑色的树枝上吹落。车上装着一捆包着白布的东西。一具尸体？形状符合。

他问了起来，欧德雷翟跟他解释了贝尼·杰瑟里特的下葬风俗。

如果有尸体要下葬，过程将会非常简洁，就和他现在看到的情形一样。圣母不发布讣告，也不需要费时的仪式。她的记忆不就活在姐妹里吗？

他开始争辩这种做法实属不敬，她打断了他。

“因为有死亡的存在，所有和生命的联系都是暂时的！我们通过他者记忆对此做了些许改变。你们也做了类似的事，斯凯特尔。现在，我们把你们的一些技能整合到我们的把戏袋中。哦，是的！对于这些知识，我们就觉得它们只是把戏。它们只是修改了表现形式。”

“不敬的做法！”

“没有什么不敬的。她们被埋入土里，至少会变成肥料。”她接着描述场景，没有给他再次争辩的机会。

她说，他现在看到的是她们日常的惯例。一只巨大的机械钻头被运进了果园，它在土里钻了一个合适的洞。绑在便宜布匹里的尸体会被竖直插进去，然后在上面种上一棵果树。果园被布局成了一个个方格，在埋入尸体的方格一角会布置一座衣冠冢。他顺着她指的方向看到了一个高约三米的、方方的绿东西。

“我想那具尸体被埋在了C-21。”她边看着钻头工作边说道。负责埋葬的小组倚在推车上等着。“她会为苹果树提供养料。”她听上去有些邪恶的欣喜！

他们看着钻头提了起来，小车被推高，尸体滑入了洞里，欧德雷翟开始哼起了曲子。

斯凯特尔吃了一惊：“你说过贝尼·杰瑟里特回避音乐。”

“只是首古老的歌谣。”

贝尼·杰瑟里特仍然是个谜，他明白了他的“典型表现”理论中的缺陷。你怎么跟模式不定的人谈判呢？你可能认为自己了解她们，突然她们又朝着另一个方向飞走了。她们是非典型的！想要加深对她们的理解，反而破坏了他的条理性。他确信自己并没有从谈判中获取任何收益。他似乎多了些自由，但其实只是幻象。这位冷面的女巫没有满足他的丁点索求！想要让他从贝尼·杰瑟里特的零星所知中推断出实质实在是种折磨。例如，她们吹嘘自己在管理得当的同时避免了官僚化的系统和档案管理。当然，除了贝隆达的档案，而且每次他提及她的档案时，欧德雷翟总是会说“老天保佑！”或其他意思相同的话。

“现在，我的问题是，没了官员和记录，你们怎么保持运转？”他非常疑惑。

“需要做什么，我们就去做。埋葬一个姐妹？”她指着果园里的场景，铁锹已开始将泥土覆盖在坟墓上。

“那就是完成它的方式。总会有人盯着那些该负责的人。她们知道自己是否该盯着谁。”

“谁……谁会来负责这场不祥的……？”

“谁说它是不祥的？它是教育的一部分。不合格的姐妹通常负责监工，侍祭们做具体工作。”

“她们不会……我的意思是，她们不会感到厌恶吗？你口中的不合格的姐妹，还有侍祭。它更像是一种惩罚，而不是……”

“惩罚！别装了，斯凯特尔，你只会唱一首歌吗？”她指着下葬场面，“学徒期结束之后，我们的人都自愿接受任何工作。”

“但是，没了……嗯，官僚体系……”

“我们不傻！”

他还是无法理解。她解答了他沉默的疑惑。

“你肯定知道，在取得权力之后，官僚体系总是会演变成贪婪的权贵。”

他无法看清其中的关联。她想把他带到哪里去？

他保持着沉默。她继续着：“尊母具有官僚体系的所有特征。某某部长、某某大尊母等，一小撮的位高权重者，下面是大量的职能机构。她们的系统里已充斥着饥饿的年轻人。跟贪婪的捕食者一样，她们从未注意到她们正在根除自己的猎物。两者之间有一种微妙的关系：减少你赖以为生的猎物，会摧毁你自身的组织架构。”

他无法相信女巫真的这么看尊母，并说了出来。

“如果你活了下来，斯凯特尔，你会看到我的话变成现实。那些头脑简单的女人在面对必须节约的关头时会发出滔天怒火。她们会投入更多的努力，从猎物中榨取更多。抓更多的猎物！榨得更用力些！它只会带来更快的灭绝。艾达荷说她们已开始枯萎。”

死灵说的吗？看来，她把他当作了门泰特来使用！“你从哪里来的这些想法？应该不会源自你的死灵吧？”*继续把他当作你的死灵吧！*

“他只是验证了我们的估计。是他者记忆中的一个先例提醒了我们。”

“哦？”这种他者记忆的概念让他不安。她们没在吹嘘吧？但是，他自己体内也有多个生命的记忆，有很大的价值。他决定追问她是什么先例。

“我们记起了一种叫雪兔的猎物和叫猞猁的捕食者之间的关系。猞猁这种猫科动物的数量总是随着兔子数量的增长而增长，然后过度捕食造成了捕食者的饥荒，产生了严重的枯萎。”

“有趣的说法，枯萎。”

“形象地描绘了我们希望尊母接下来的处境。”

当他们的会议结束时（他没有取得任何成果），斯凯特尔发现自己更糊涂了。她们是这么设计的吗？可恶的女人！他没法相信任何她所说的话。

她把他送回了无舰上的舱房。斯凯特尔站了很长时间，看着长廊里的分隔力场，艾达荷和默贝拉有时会在长廊里出现，走向他们的锻炼厅。每次他们穿过长廊尽头处的一座宽大的门廊时，他知道他们应该是去练习了。因为他们再次出现的时候，总是浑身冒着汗，喘着粗气。

但是这次，尽管他在那里磨蹭了一个多小时，他的狱友们却没有出现。

她把死灵当作门泰特对待！这意味着他肯定能接触到飞船系统控制台。她也肯定不会剥夺门泰特接触数据的机会。我必须设计让艾达荷和我在私底下相遇。我们掌握了一种能控制所有死灵的口哨语。我不能表现得过于着急。或许能在谈判中做个小小的让步。抱怨我的舱房太幽闭了。她们知道我在禁闭环境中会变得易怒。

教育无法替代智慧。它是个难以衡量的质素，部分体现在解决问题的能力。根据你感官的刺激，从而提出新的问题，才能不断提升你的智慧。

——《门泰特第一课》

她们推着管笼——笼子里的笼子——里的卢西拉来到了大尊母面前。志贺藤将她锁在了正中间。

“我是大尊母。”长着茂密黑发的女人对她说道。小个子的女人，穿着红金色的连体衣。“笼子是为了保护你，以防你使用音控力。我们对此免疫。我们免疫的方式是通过反弹，从而杀了你。你们中有几个就是这么死的。我们知道音控力，也知道怎么使用。把你从笼子里放出来之后，你别忘了这一点。”她挥手让推着笼子进来的仆人赶紧离开，“退下！退下！”

卢西拉环顾了房间的四周。没有窗户。几乎是正方形的。由几盏银色的球形灯照亮。绿色的墙壁。典型的审讯场所。这地方应该在高处。黎明后不久，她们就通过零域场通道将她的笼子送来了这里。

大尊母后方有块墙板“啪”的一声打开了，一个小笼子凭借某种看不清的动力滑入了房间里。笼子是正方形的。她第一眼看过去，还以为里面站着个裸男。直到它转过身面对着她。

混合人！它的脸很宽，而且，她还看到了犬齿。

“想挠背。”混合人说道。

“好的，亲爱的。我一会儿就挠你。”

“想吃。”混合人说道。它盯着卢西拉。

“过会儿，亲爱的。”

混合人继续研究着卢西拉。“你是驯兽师？”它问道。

“她显然不是！”

“想吃。”混合人坚持道。

“我说了过会儿！现在，你坐着咕咕叫就行。”

混合人蹲在了笼子里，喉咙里发出了隆隆声。

“它们咕咕叫的时候很可爱吧？”大尊母显然并不期望得到回答。

混合人的到场让卢西拉迷惑了。理论上，这些东西本该追踪并猎杀尊母。话说回来，现在它反而被关在了笼子里。

“你在哪里抓到它的？”卢西拉问道。

“伽穆。”她没意识到自己暴露了什么。

那这里就是交叉点了，卢西拉想着。昨晚，她在驳船上就已猜出了端倪。

混合人停止了咕咕。“吃。”它叫道。

卢西拉也想吃点东西。她们已经三天没给她吃的了，逼得她抑制了自己的饥饿感。笼子里有只标准密封水瓶，能滴下水滴，帮了点忙，但现在它几乎空了。带她来的仆人对她想要食物的请求发出了嘲笑。“混合人喜欢瘦肉！”

缺乏美琅脂对她的打击最大。今天早上，她开始感觉到初次戒断的疼痛。

我应该尽快杀了自己。

来自兰帕达斯的众人请求她继续忍受。要勇敢。要是那个野生圣母失败了怎么办？

蜘蛛女王。欧德雷翟是这么称呼这个女人的。

大尊母继续审视着她。她的手放在了下颌上。那是个短小的下颌。在一张五官不突出的脸上，任何瑕疵都会首先映入眼帘。

“你们终将失败，你知道的。”大尊母说道。

“虚张声势。”卢西拉说道，接着不得不解释这个习语的意思。

大尊母的脸上显示出一丝感兴趣的表情。有意思。

“我的任何一个助理要是听到你这么说，都会毫不犹豫地杀了你。这也是我们需要独处一室的原因。我好奇你为什么要这么说。”

卢西拉看了眼蹲着的混合人：“混合人不是一夜之间产生的。它们由改良野兽的基因而来，只为了一个目标。”

“说话注意点！”大尊母的眼里闪烁着橙色的火。

“经过好几代的发展才产生了混合人。”卢西拉说道。

“我们猎杀它们，为了娱乐！”

“猎人会变成猎物。”

大尊母一下子站了起来，眼睛已完全成了橙色。混合人开始焦躁，发出了嚎叫。这反而让她平静了下来。她慢慢地坐回到椅子上，一只手指着笼子里的混合人：“没事，亲爱的。很快给你吃的，然后我给你挠背。”

混合人又转回了咕咕声。

“你们认为我们是以难民的身份回到了这里，”大尊母说道，“是的！别想抵赖。”

“虫子通常会回来。”卢西拉说道。

“虫子？你是指那种我们在拉科斯消灭的怪物？”

刺激这位大尊母，从而引发戏剧性的反应，这想法很诱人。刺激到位，她肯定会杀人。

不要，姐妹！兰帕达斯的众人乞求着。忍耐。

你们觉得我能从这里逃走吗？这想法让她们安静了，只剩下一个微弱的声音。记住！我们是古老的不倒翁：百折不挠。伴随着声音的是一个画面，画中有一个小小的红色不倒翁，笑嘻嘻的佛脸，双手拍在大肚子上。

“显然你指的是神帝的转世者，”卢西拉说道，“但我想说的是别人。”

大尊母耐心地琢磨着她话里的意思。她眼中的橙色褪去了。

她在玩弄我，卢西拉想着。她最终还是会杀了我，喂给她的宠物。

可如果我们真的逃走了，想想你能提供的那些策略信息！

我们！不可否认，抗议声是对的。她们把笼子里的她从驳船上带来时，天还亮着。接近蜘蛛女王巢穴的道路上设置了重重障碍，但这些障碍让卢西拉觉得好笑。非常古老、过时的障碍。道路的咽喉部位布置了监视塔，在地面上耸立的样子就像蘑菇从朽木上升起。关键节点上的急转弯。平常的地面车辆无法以正常速度驶过这些弯道。

她想起特格对交叉点的评价中提到过这些。这些都是无用的防御。只要带来重装备，或用其他方法除去这些粗糙的设置，这地方就被孤立了。应该有地道联通，这能想得到，但用炸药可以切断。将她们结扎，断绝她们的供应，她们会一点接一点地崩溃。你们的管子里再也不会传来宝贵的能量了，傻瓜！形同虚设的安保措施，尊母竟然一直保留着。为了心理安慰！她们的设计师肯定用了太多的脑筋在这些无用的展示上，只是为了给她们一份错误的安全感。

走廊！记住走廊。

是的，这座建筑的走廊宏伟无比，那是为了便于大型罐子的通行；宇航公会的领航员被迫生活在地面上时，他们就住在这些罐子里。安装在大厅低处的换气系统负责排出和回收外溢的美琅脂气体。她能想象，在刺耳的噪声中，气门不断地开启和关闭。宇航公会的人似乎从不在意噪声。为移动浮空器服务的能量传递电缆像是粗大的蛇一样蜿蜒在路上，并进入了每一间她经过的房间。领航员就喜欢到处窥探。

很多她见到的人都佩戴着脉冲向导。甚至包括尊母。她们也会在这里迷路。所有的一切都覆盖在一个戳着阴茎般尖塔的巨型屋顶之下。新住客喜欢这里。因为与外部的艰苦世界充分绝缘（重要人物从不外出，除非是为了杀戮或欣赏奴隶的劳作）。她看出了很多地方都已破旧，表明了在维护方面的开支极少。她们并没有改造太多。特格的平面图仍然精确。

明白你的观察有多大价值了？

大尊母从沉思中醒来："我也有可能让你活着，前提是你得满足我的好奇心。"

"你怎么能保证，我不会用一堆屎来满足你的好奇心呢？"

粗俗的用词让大尊母觉得有趣。她差点笑了。看来没人提醒过她，要提防贝尼·杰瑟里特使用粗俗手段。使用它显然是为了实施某种压制。不能用音控力，嗯？她觉得那是我唯一的手段？大尊母已经说得、做得足够多了，足以让圣母抓住她的把柄。肢体和话语透露的信息总是足够用来分析。更不用说还有其他额外的信息可以被采集。

"你觉得我们有魅力吗？"大尊母问道。

奇怪的问题。"来自大离散的人都具备某种魅力。"让她觉得我见过很多人了，包括她的敌人。"你有异国情调，意思是又奇怪又新鲜。”

“我们的性技巧呢？”

“有特殊的味道。刺激，对有些人有吸引力。”

“但对你没有。”

谈她的下巴！这是来自众人的建议。为什么不？

“我一直在看着你的下巴，大尊母。”

“是吗？”好奇。

“那显然是你孩提时代的下巴，你应该为这个年轻时代的纪念品而感到骄傲。”

她显然不高兴，但没有展露。再次攻击下巴。

“我敢说你的爱人们经常吻你的下巴。”卢西拉说道。

现在开始生气了，但还没发作出来。威胁我，快点！威胁我不要使用音控力！

“吻下巴。”混合人说道。

“我说了过会儿，亲爱的。现在，你能闭嘴吗？”

她把气撒在了宠物身上。

“你不是还有问题想问我吗？”卢西拉说道。该加糖了。对那些懂的人来说，意味着又一个告警信号。我是那种把糖浆随便洒的人。“多好啊！跟你在一起的时光是多么欢乐啊。不美妙吗？你太聪明了，成功得如此随意！轻松、快速。”你自己添加形容词吧。

大尊母定了定心神。她感觉自己处在一个不利的位置，不明白发生了什么。她用神秘的笑容掩饰了自己，说道：“我说过我会放你出来。”她按下了椅子扶手上的某个东西，紧接着管笼的某个部位旋转着打开了，把志贺藤也一起带走了。与此同时，在她面前一步远的地方，有把矮椅子从地板上直接升了起来。

卢西拉在椅子上坐了下来，膝盖几乎碰到了她的审讯者。脚。记住她们用脚杀人。她握了握手指，这才意识到刚才一直在握着拳头。该死的压力！

“你应该吃点东西，喝点水。”大尊母说道。她又按下了扶手上的另一个东西。卢西拉的身边出现了一个托盘——盘子、勺子、装满了红色液体的杯子。她在显摆她的玩具。

卢西拉拿起了杯子。

毒药？先闻一下。

她试着喝了一口。兴奋茶和美琅脂！我饿了。

卢西拉将空杯子放回到托盘上。舌头上的兴奋剂闻着一股美琅脂的味道。她在干什么？讨好我？卢西拉感觉着香料带来的放松。盘子里装的是豆子配辣酱。她试吃了一口，因为里面有她不喜欢的调味品——酱里有大蒜。紧接着，她把它全吃完了。她头脑里只闪过了不到一秒有关这种调味品的回忆——美食中的辅料，能对付狼人，也是治疗胃胀气的妙方。

“觉得我们的食物好吃吗？”

卢西拉擦了擦嘴角：“非常好。你对厨师的品位真是一流。”永远不要在私下场合表扬厨师。厨师可以替换，女主人却换不掉。“大蒜用得刚到好处。”

“我们在研究从兰帕达斯收集的一些图书。”扬扬得意：看到你们的失败了？“满篇的废话，有用的地方很少。”

想让你当她的图书管理员？卢西拉耐心地等待着。

“我的一些助理认为那里面可能有线索，能告诉我们你们这些女巫的巢穴在哪里，或至少是一种能迅速消灭你们的方法。但是，有太多种语言了！”

她需要个翻译？干脆点！

“你对什么感兴趣？”

“很少。我们可能需要巴特勒圣战的记录。”

“他们也摧毁过图书馆。”

“别摆出一副高高在上的样子！”

她比我们想象的要聪明。直接点。

“我认为我才是那个坐在底下的人。”

“听我说，女巫！你觉得你们会不择手段来保卫你们的巢穴，但是，你们不懂什么叫不择手段。”

“你还没告诉我，该怎么满足你的好奇心。”

“我想要的是你们的科学，女巫！”她放低了声调，“我们来讲道理。有了你们的帮助，我们可以进入乌托邦。”

征服你们所有的敌人，以及每时每刻都在高潮。

“你觉得科学是通往乌托邦的钥匙？”

“还能更好地管理我们的事务。”

记住：官僚体系提升一致性……当一致性变成了“致命的愚蠢”，就成了宗教。

“悖论，大尊母。科学必须革新。它会带来变革。这就是科学和官僚总是在对抗的原因。”

她知道这道理吗？

“但是，想想那个权力！想想你能控制的东西！”她不知道。

尊母关于控制的假设让卢西拉着迷。你控制你的宇宙，而不是和它平衡。你从外部寻找原因，永远不会自省。你训练自己，却不是为了感知内心的回应，你依靠肌肉（力量、权力）去克服所有你认为的障碍。这些女人瞎了吗？

看到卢西拉没有说话，大尊母接着说道："我们在图书馆找到很多贝尼·特莱拉的信息。你们让他们做了很多项目，女巫。很多项目：怎样让无舰的隐身失效，怎样刺探活细胞的秘密，你们的护使团，还有某个叫作'神之语言'的东西。"

卢西拉浅浅一笑。她们害怕世上真有神的存在？给她点甜头！要直接。

"我们没让特莱拉干什么。你们的人误解了自己找到的东西。你担心被矮化？你觉得神会答应吗？我们传播宗教来保护自己。这就是护使团的作用。特莱拉人只有一种宗教。"

"你们组织宗教？"

"不是。用组织的方式来传播宗教总会让人遗憾。我们不想遗憾。"

"你开始让我觉得无聊了。为什么我们找到的神帝资料这么少？"出招了！

"或许被你们的人销毁了。"

"哈，那么你们也对他感兴趣了。"

你也感兴趣，蜘蛛夫人！

"我做个猜测，大尊母，雷托二世和他的金色通道应该是你们众多学术中心的研究课题。"

好一个挖苦！

"我们没有学术中心！"

"那我奇怪你为什么对他有兴趣。"

"只是泛泛的兴趣，仅此而已。"

你信吗，当心你的混合人被雷劈！

"我们称他的'金色通道'为'纸屑追逐'。他把纸屑抛入永远的季风中，然后说：‘看见了？那就是它们去的地方。’这就是大离散。”

“有人更愿意称它为大追寻。”

“他真的能预测未来？你们感兴趣的就是这一点？”正中靶心！

大尊母掩面咳嗽了几声。

“我们说穆阿迪布创造了未来，雷托二世又让未来回到了过去。”

“但是，如果我能知道……”

“请三思，大尊母！请求神谕预测他们未来的人，实际上只是想知道财富藏在哪儿。”

“还用说吗，当然！”

“知道你所有的未来，再也不会有意外，你要的是这个吗？”

“是的。”

“你要的不是未来，而是不断延续的现在。”

“说得好，我都找不到更合适的说法。”

“那你还说什么我让你无聊了！”

“什么意思？”

她眼睛里出现了橙色。小心。

“再也没有一个意外？有什么能比这个更无聊？”

“哈……哦！但我说的不是这个意思。”

“恐怕我无法理解你要什么，大尊母。”

“没关系。我们明天继续。”

缓刑！

大尊母站了起来：“回到笼子里去。”

“吃？”混合人像是在哀求。

“我在楼下给你准备了精美的食物，亲爱的。然后我会挠你的背。”

卢西拉走入了她的笼子。大尊母往她身后丢了个椅垫：“用这个垫一下志贺藤。看到我有多仁慈了？”

笼子门咔嗒一声关上了。

关着混合人的笼子滑回到了墙里，墙面也随即合拢了。

“它们饿了之后就变得很烦人。”大尊母说道。她打开了房门，随后转身凝视了卢西拉一阵子：“你在这里不会有人来打扰。我下令任何人都不得进入这间房间。”

很多我们自然能做的事，在我们试着把它们当作须传授的知识后，就会变得困难。一旦你变得无知之后，你对事物的理解可能会更深。

——《门泰特第二课》

时不时地，欧德雷翟会与侍祭以及她们的监理一起共进晚餐。在这所对多数人来说意味着将被关押一生的精神监狱中，监理相当于最直接的典狱长。

侍祭们所思的和所做的更能告诉大圣母圣殿是如何运转的。她们在情绪和预感上的反应比圣母更直接。已出师的姐妹们十分擅长隐藏自己最不堪的一面。尽管她们并没有故意要去隐藏，然而，她们中的任何一个人都可以走入果园或是躲进房间里，从而从监视者的视线里消失。

侍祭却办不到。

近来的中枢几乎没有闲暇时间，甚至连餐厅也每时每刻人流不断。轮班制度亦已建立，圣母们可依此调整自己的生理节律来适应这非常时期。欧德雷翟不能将能量浪费在这种调整上，因此她在晚餐时分出现在了侍祭大厅的门口。嘈杂的环境突然安静了。

甚至连她们往嘴里送食物的方式都透露了什么。在筷子往嘴里送的时候，眼睛放在哪里？是否匆匆地夹起并迅速咀嚼，然后不由自主地咽下食物？那个人需要注意。她沉浸在哀伤里。还有那个若有所思的人，在吃下每口食物之前都要看一下，仿佛在想这团东西中是否藏着毒药。这双眼睛后面有敏感的头脑。要让她试一下担任要求更高的职位。

地板上的花纹呈现出一张巨大的象棋棋盘，黑白相间的合成玻璃格子，表面几乎没有划痕。侍祭说圣母用这花纹当游戏的棋盘：“我们中的一个人站这儿，另一个人站那儿，再让几个人站在中线上。然后开始移动——赢家通吃。”

欧德雷翟在靠西边窗户的一张桌子角上找了把椅子坐下。侍祭给她腾开了地方，她们动作轻柔，没闹出动静。

这间大厅是圣殿中最古老的建筑。木质的结构，头顶的横梁十分厚重，泛出暗淡的黑色。横梁足有二十五米长，中间没有任何铰接。圣殿的某处种着一片经过基因编辑的橡树，在精心照料之下仿佛能长到太阳上去。树在长到三十米之前不会分杈，树干的周长足有两米。它们在这座大厅建造之时就被种下了，用以替换随着时光老化的横梁。这些横梁应该能支撑一千九百个标准年。

大圣母周围的侍祭在打量着她，眼神是那么小心，好像都没在关注着她。

欧德雷翟扭头看着西窗外的落日。沙尘又起来了。不断扩大的沙漠渲染了落日，把它变成了天际的一点余烬，仿佛随时都能爆发成不可收拾的野火。

欧德雷翟忍住了叹息。类似的情景唤醒了她的噩梦：峡谷……钢丝绳。她知道自己一旦闭上眼睛，就能感觉到在绳子上晃。手拿巨斧的猎人越来越近了！

附近的侍祭都坐立不安，仿佛感觉到了她内心的波澜。或许她们真感觉到了。欧德雷翟听到了一种摩擦声，把她拽出了噩梦。她对中枢内各种声音里出现的新音符都很敏感。一声摩擦声，出现在平常的声响里——她身后的椅子挪开时能听到……厨房的门开时也能听到。急促的摩擦声。打扫的小组在抱怨“这该死的沙尘”。

欧德雷翟盯着窗外那抱怨的源头：来自南方的风。它刮来一片昏暗的霾，颜色介乎麦色和土褐色之间，在地平线上扯起了一道帘布。风停之后，屋里的角落和山脚的避风处将留下它的印记。风里有股燧石的味道，有某种碱性物质刺激着鼻孔。

一位侍祭在她面前摆上了食物，她低头看着餐桌。

欧德雷翟发现自己还挺喜欢换种和私人餐厅那种高效的用餐环境不一样的环境。当她在上面独自用餐时，侍祭端来食物时非常安静，清理得也异常高效，让她有时看到东西都不见了之后会感到惊奇。在这里用餐则意味着喧闹和对话。在她的住处，厨子杜纳可能会发出啧啧声：“你吃得太少了。”通常，欧德雷翟会听从这些劝告。监察员们也有其用处。

今晚吃的是甜豆酱炖猪肉，加了一点点的美琅脂，并用了罗勒叶和柠檬调味。新鲜的绿色豆子，加了点胡椒，稍微煮了一下，硬硬的。饮料是深红色的葡萄汁。她带着期待咬了口猪肉，发现它还过得去，对她的口味而言稍微煮过了头。侍祭厨师的手艺也还不错。

为什么我会觉得吃过这种食物很多次了？

她咽了下去，敏锐地感觉到了添加剂。看来，这盘食物不光是为了补充大圣母的能量。厨房里有人要了她的日常营养清单，并对食物做出了调整。

食物是陷阱，她想着，*更是种瘾*。她不喜欢圣殿厨师们将东西藏入食物的狡猾方式，说什么“是为了食用者好”。当然，她们知道每位圣母都可以辨别成分，并在有限范围内调整她的新陈代谢。现在，

她们都在看着她，不知道大圣母会如何评价今晚的餐单。

她边吃边倾听着其他用餐者说话。没人打扰她——从动作上或言语上都没有。四周的声响几乎恢复到了她进来之前的程度。当然，在她进来之后，侍祭们说话的语气总会发生些变化，音量也会降低少许。

她周围的人都在思考同一个问题：

为什么她今晚要来这儿？

欧德雷翟感觉到了附近的几位用餐者那种沉默的敬畏。大圣母有时会利用这种反应。敬畏有其可用之处。侍祭们相互之间耳语（监理是这么报告的）。“她有塔拉扎。”她们说的是欧德雷翟把她的前任用作了主要的他者记忆。她们两个是历史学中的一对，是学员的必修课程。

达尔[1]*和塔尔*[2]，已经是一个传说。

甚至连贝隆达（亲爱的老巫婆贝尔）都因此而在欧德雷翟面前有所收敛。很少正面攻击，在反诘争论中几乎不会大声。塔拉扎被誉为姐妹会的拯救者。这让很多反对者都闭上了嘴。塔拉扎说过尊母实际上是野蛮人，她们的暴力，尽管不怎么讨喜，但是能用来做血的教训。后来发生的事件或多或少证实了这一点。

从某种角度上来说是正确的，塔尔。我们两个都没能料到她们暴力的程度。

塔拉扎经典的比喻，将尊母大屠杀的剧情比作斗牛场，腐烂的宇宙中充满了她们的支持者，为受害者流的血欢呼。

我怎么保卫我们？

1　达尔（Dar）是达尔维·欧德雷翟（Darwi Odrade）的昵称。
2　塔尔（Tar）是上任大圣母塔拉扎（Taraza）的昵称。

并不是防御计划不完备。它们可能无足轻重。

当然，那是我的追求。我们必须得到净化，为最终的努力做好准备。

贝隆达嘲笑过这个想法："为了我们的死亡？所以我们必须得净化？"

如果贝隆达发现了大圣母的计划，她应该会很矛盾。贝隆达冷酷的一面可能会鼓掌。贝隆达门泰特的一面可能会争取"推迟到更合适的时机"。

但是，我决定追寻我自己独特的方式，不管姐妹们怎么想。

许多姐妹都认为，欧德雷翟是她们能接受的最奇怪的大圣母了。但她的优势大于缺陷。塔拉扎主记忆。你死的时候我在场，塔尔。没有别人收集你的人格。这也是意外的优势？

还有许多人不认同欧德雷翟的看法。但是，当反对的声音出现时，她们又会说："塔拉扎主记忆——有史以来最优秀的大圣母。"

好笑！体内的塔拉扎是最快笑出来的。她问道：为什么你不告诉她们我的错误，达尔？尤其是我怎么错看了你。

欧德雷翟若有所思地嚼着一块猪肉。已经过了去看望什阿娜的日期。要尽快赶往南方的沙漠。什阿娜必须做好准备替代塔玛。

欧德雷翟的脑海里浮现出地貌变迁的景象。贝尼·杰瑟里特占据圣殿已超过一千五百年了。到处都留下了我们的痕迹。变迁不仅体现在树丛、葡萄架和果园会消失，看到她们熟悉的大地不断地改变，也必然会对姐妹的集体心理产生影响。

坐在欧德雷翟身旁的侍祭小声地清了清嗓子。她想跟大圣母说些什么吗？少见的情景。但年轻的女人又继续吃了起来，没有说话。

欧德雷翟的思绪又回到了即将展开的沙漠旅程上。不能事先通知什阿娜。我必须确认，她就是我们需要的那个人。有些问题需要什阿娜来回答。

欧德雷翟知道自己在沿途的检查点会发现什么。在姐妹中间，在植物和动物中间，在圣殿的每一处基层组织中间，她会看到明显的变化，也会看到细微的变化。这些变化会让大圣母一向自负的宁静泛起波澜，甚至从未离开过无舰的默贝拉也能感觉到。

就在今天早上，默贝拉背靠着控制台，带着全新的专注，听着站在她面前的欧德雷翟说话。这位尊母俘虏的神情里带着警觉。她的声音暴露了她的疑虑和判断上的偏颇。

“一切都是云烟，大圣母？”

“那是他者记忆传授给你的知识。没有行星，没有陆地或海洋，至少没有永远的陆地或海洋。”

“病态的想法！”她反对道。

“无论我们在哪儿，都只是管家。”

“无聊的观点。”她感到犹豫，不懂为什么大圣母选择在这个时刻说这种话。

“我听到尊母在通过你说话。她们给了你贪婪，默贝拉。”

“随你怎么说！”愤愤不平。

“尊母认为她们能买到永恒的安全：一颗小小的行星，你明白的，拥有大量听话的人。”

默贝拉做了个鬼脸。

“然后是更多的行星！”欧德雷翟飞快地喝道，“总是要更多，更多！这就是她们蜂拥而至的原因。”

“薅旧帝国的羊毛。”

“非常好，默贝拉！你开始像我们一样思考了。”

“这让我变得什么也不是！”

“既不是鱼，也不是鸡，而是你真正的自我？即使在那边，你也只是个管家。记住，默贝拉！如果你觉得自己拥有了什么，那就如同行走在流沙上一样。”

这句话引来的是迷惑地皱眉。必须教会默贝拉不要如此明显地将情绪反映在脸上。在这里没什么问题，但总会有一天……

“好吧，没有能安全拥有的东西。那又怎么样！”苦涩，苦涩。

“你说出了一些正确的词，但是，我认为你尚未在内心找到一片天地，能支持你一生。”

“有什么用，还不是只能等着敌人找到我，并把我杀害？”

尊母的训练如同胶水一样紧紧黏着！但是，那个晚上她同邓肯说话的样子告诉我，她已经准备好了。我相信凡·高的画启发了她。我在她的声音里听到了。我必须去重新查阅那段记录。

“谁会杀了你，默贝拉？”

“你抵挡不了尊母的进攻！”

“我已经说明了我们关心的基本事实：没有哪个地方是永远安全的。”

“又一个没用的经验！”

在侍祭大厅，欧德雷翟想起了她还没找到时间去回顾那段邓肯和默贝拉的摄像眼记录。她几乎发出了叹息。她用咳嗽掩盖了它。绝不能让年轻人看到大圣母的烦忧。

去沙漠，去见什阿娜！一有时间就前往视察。时间！

坐在欧德雷翟身旁的侍祭又发出了清嗓子的声音。欧德雷翟偷偷打量了她一眼——金发、衬着白边的黑色短裙——第三阶中级。她的头没有转向欧德雷翟，眼睛也没往这边瞟。

我会在视察之旅中发现什么？恐惧。当我们用完了时间，就总能在地貌上看到它：树木尚未被砍伐，因为伐木工已经离开了——被迫参与了我们的离散，或去了他们的坟墓，或去了不知道的地方，甚至成了奴隶。我会被奇异的建筑吸引吗，因为它们尚未完工，建筑工人已经离开了？不，我们不认同奇异。

他者记忆拥有她想寻找的例子：因为未完工而显得更加漂亮的古建筑。建筑公司破产了，主人在对主妇生气……有些东西因此而更有趣：古老的墙壁，古老的废墟。时光雕塑。

如果我在最喜爱的果园里建造一座精巧花哨的建筑，贝尔会怎么说？

欧德雷翟身旁的侍祭开口说道："大圣母？"

好极了！她们很少会鼓起这般勇气。

"什么事？"略微询问的语气。最好是要紧的事。她听得出吗？

她听出来了。"恕我冒昧，大圣母，事出紧急，而且我知道你对果园很在意。"

完美！这位侍祭虽然身材肥硕，但心思很灵敏。欧德雷翟默默地盯着她。

"我负责制作你卧室里的地图，大圣母。"

这是位可靠的专家，能被托付来给大圣母工作。更好了。

"地图快完成了吗？"

"还有两天，大圣母。我还在调整投影叠加，好标记出沙漠每天的生长。"

欧德雷翟微微点头。这是她原来就下过的命令：派个侍祭负责地图的更新。欧德雷翟希望每天早上醒来时，眼前就有变化的视野，在苏醒的意识中留下第一个印象，从而点燃她的想象力。

“今天早上，我在你的工作室里放了份报告，大圣母。《果园管理》。或许你还没看到。”

欧德雷翟只是看到了标签。今天，她在锻炼上多花了点时间，又急着去见默贝拉。这么多事都指望着默贝拉！

“中枢周围的种植园需要更多的照料，否则只能放弃了，”侍祭说道，“这就是报告的要点。”

“逐字重复报告。”

欧德雷翟倾听着。夜幕降临，厅里的灯点亮了。侍祭的报告简洁，甚至说得上是精练。报告里带着某种训诫的语气，欧德雷翟听得出它源自贝隆达。虽然没有签名，但她的气息遍布全文，而且这位侍祭还直接用了一些她的语言。

侍祭陷入了沉默，报告结束了。

*我该怎么回应？*果园、草场和葡萄架不仅是抵御外部入侵者的缓冲区，还是地貌上的装饰，它们也支撑着圣殿的士气和餐桌。

它们支撑着我的士气。

这位侍祭等待得如此安静。鬈曲的金发，圆圆的脸庞。讨人喜欢的脸庞，尽管嘴巴大了一些。她的盘子里还有食物，但她没在吃。双手放在了腿上。*我在此侍奉你，大圣母。*

在欧德雷翟思索如何回应的时候，记忆入侵了——一桩古老的事件浮现在她脑海里。她回忆起了扑翼机的训练课程。两个侍祭与教官一起悬浮在午间的兰帕达斯湿地上空。她与一位虽然无能却仍被姐妹会接受的侍祭配对。显然是出于基因上的选择。交配圣母需要将她的某些特质传递给后代。*它肯定无关于情绪控制或智慧！*欧德雷翟记起了她的名字：琳采恩。

琳采恩在冲着她们的教官喊叫：“让我来驾驶这架该死的扑

翼机！”

紧接着，天空、地上的树木，以及湖边的湿地开始旋转，让她们眩晕。给人的感觉是：她们是固定的，而周围的世界在转动。琳采恩每次总是搞错。她的每个动作都加剧了旋转。

教官拉动了只有他能够着的操纵杆，将她从系统中断开。在飞机重新稳定、保持平飞之后，他才开口说话。

“不会让你再开这个了，女士。绝对不会！你缺乏正确的反应。你本该在青春期之前就进行这些实操训练。”

“我要开！我要开！我要开这该死的东西。”她的双手在没有反应的控制键上乱按。

“你被淘汰了，女士。停飞！”

欧德雷翟放松了，她这才意识到，自己一直都觉得琳采恩可能会杀了她们。

琳采恩转身冲着欧德雷翟的耳朵喊道：“告诉他！跟他说，他必须服从贝尼·杰瑟里特的命令！”

这表明比她早几年入门的欧德雷翟已经展现出了一定的威信。

欧德雷翟默默地坐着，面无表情。

*沉默通常是最好的回答。*某位贝尼·杰瑟里特的幽默大师在洗手间的镜子上草草涂了这句话。欧德雷翟当时就觉得它有道理，现在仍这么觉得。

将自己拉回到餐厅里等着她回应的侍祭面前后，欧德雷翟琢磨着为什么这段久远的记忆会自己跳出来。这种事情很少会毫无缘由地发生。*现在不该沉默，当然。幽默？是的！就是这个信息。*欧德雷翟的幽默教会琳采恩认清了自己（在那件事过后）。*压力之下的幽默。*

欧德雷翟对着餐厅里坐在她身旁的侍祭微笑了：“你想当一匹

马吗？”

“什么？”她惊讶地脱口而出，但还是对大圣母的微笑做出了应答。应答里没有紧张，甚至可以说温暖。每个人都说大圣母允许表达感情。

“你当然不会懂。”欧德雷翟说道。

“不懂，大圣母。”侍祭仍旧保持着笑容和耐心。

欧德雷翟的目光审视着眼前这张年轻的脸。明亮的蓝色眼睛，尚未被香料之痛吞没。一张几乎和贝尔一样的嘴，但没有冷酷。可靠的肌肉和可靠的智慧。她应该擅长揣度大圣母的需求。承担地图任务和提交那份报告。她很敏感，且展现出高超的智慧。虽然不太可能升到最高处，但总是会把持着那些你需要她能力的关键职位。

为什么我会坐在她的旁边？

在视察餐厅时，欧德雷翟经常会选择一位特殊的伙伴。多数情况下是一位侍祭。她们能告诉她很多。如何选择伙伴？大圣母的工作室会收到报告：监理对某位侍祭的观察。但有时，欧德雷翟也会出于某种她无法解释的理由而选择座位。*就如同今晚我所做的。为什么是她？*

除非大圣母主动开口，否则对话很少发生。通常是随意地起头，然后再深入更私人的问题。她们身边的人则专心地聆听着。

在这种时候，欧德雷翟通常会展现出一种宗教般的宁静神态。它会舒缓紧张的神经。侍祭们是……好吧，就只是侍祭。大圣母是她们所有人的最高女巫。紧张是自然的。

有人在欧德雷翟身后窃窃私语着：“她今晚把斯特吉放在了火上烤。”

放在火上烤。欧德雷翟知道这种说法。在她的侍祭年代，它就

已经存在了。看来，眼前的这位名叫斯特吉。先不要挑明。名字带有魔力。

“你喜欢今天的晚餐吗？”欧德雷翟问道。

“还行，大圣母。”斯特吉不想给大圣母留下不好的印象，但她还是被突然转向的对话搞糊涂了。

“她们煮得太过了。”欧德雷翟说道。

“服务的对象有那么多，她们怎么可能让每个人都满意呢，大圣母？”

她说出了自己的想法，而且分寸也把握得恰当。

“你的左手在发抖。”欧德雷翟说道。

“我在你面前会紧张，大圣母。而且，我刚从锻炼厅过来，今天很累。”

欧德雷翟研究着颤抖：“她们让你练了长臂举升。”

“你那时候也这么难熬吗，大圣母？”（在那些古老的日子里？）

“和今天一样难熬。艰苦能教育你，她们是这么跟我说的。”

这让她没那么紧张了。共同的经历，同样的监理。

“我不怎么懂马，大圣母，”斯特吉看着自己的盘子，“这不可能是马肉。我确信……”

欧德雷翟大笑了起来，引来了惊讶的目光。她伸出一只手，放在斯特吉的胳膊上，大笑也收敛成微笑：“谢谢，亲爱的。已经有很多年没人能让我这么笑过了。我希望这是个开始，开始一段长远且愉快的关系。”

“谢谢你，大圣母，但是我——”

“我会解释马的那部分，那是我自己的小玩笑，不是为了贬低你。我希望你能在肩头扛起一个小男孩，让他能更快速地移动，快过他自己的两条小短腿。”

“遵命，大圣母。”没有反对，没有更多的问题。问题当然是有的，时间到了，答案自然会到来。斯特吉懂的。

时间的魔力。

欧德雷翟抽回了手，并问道：“你叫什么？”

“斯特吉，大圣母。阿露娜·斯特吉。”

“放松，斯特吉。我会处理果园的问题。我们需要它，为了士气，也为了食物。你今晚向分派人报到，告诉她们，我需要你明早六点出现在我的工作室里。”

“没问题，大圣母。我还要继续标记你的地图吗？”

欧德雷翟正要起身离去。

“暂时仍需要，斯特吉。但是，记得让分派人指定一个新侍祭，你负责培训她。很快，你就会忙得顾不上地图了。”

“谢谢，大圣母。沙漠生长得很快。”

斯特吉的话让欧德雷翟感觉到了某种满足，驱散了烦扰了她一整天的忧郁。

在那些被称为“生命”和“爱”（或其他一些可有可无的标签）等隐藏力量的驱动下，轮回又获得了一次机会，再次旋转起来。

它由此旋转；它由此更新。魔力。什么样的巫术能将你的注意力从这种奇迹上转移？

在她的工作室内，她先下了个命令给气象部，随后关闭了办公室里的各种工具，来到了拱形窗户前。云层反射着地面的灯光，将夜晚的圣殿染上了一抹浅红，给屋顶和墙壁增添了浪漫。但是，欧德雷翟很快摒弃了这种感觉。

浪漫？她在侍祭饭厅内所做的事毫无浪漫可言。

我终于做了。我下了赌注。现在，邓肯必须重建霸撒的记忆。一个棘手的任务。

她继续盯着夜晚，压抑着体内的不安。

我不但赌上了我自己，我还赌上了姐妹会。感觉原来是这样的，塔尔。

感觉就是这样的，你的计划能行吗？

快要下雨了。从窗户四周的通风口涌入的空气中，欧德雷翟感觉到了。没必要去看天气通知。近来她也很少这么做。为什么要看呢？斯特吉的报告提到了一个实在的威胁。

雨变得越来越少见，也越来越受欢迎。姐妹们会出现，在雨中漫步，不顾严寒。这想法中有一丝悲哀。她看到的每一场雨都带来了同一个问题：这是最后一场吗？

气象部完成了了不起的壮举，既让沙漠持续扩张，又让生命之地持续得到灌溉。她们安排了这场雨来完成她的命令，欧德雷翟不知道她们怎么做到的。再过不久，她们将无法完成这样的命令，即便它来自大圣母。沙漠将取胜，因为这就是我们的计划。

她打开了窗户正中的玻璃。这个高度上的风已经停了。上方的云层在移动，高层的风正裹挟着它。天气中有种紧张的气氛。空气冷冽。看来她们为了降下这场雨调整了温度。她关上了窗户，感觉不到想去外面的冲动。大圣母没有时间玩最后一场雨的游戏。下了又能怎样？远处的沙漠正执着地向她们袭来。

对它，我们可以画下地图并加以监视。但是，对她该怎么办，我身后的猎手——拿着斧子的噩梦中人？什么样的地图能告诉我，今晚她身处何方？

宗教（儿童对成人的模仿）构建于过往的神话之上：混杂了猜测、宇宙宿命论、追求个人权力过程中的宣言，以及启示的片段。总有未明言的戒律：你不可质疑！我们每天都在打破这种戒律，意图将人类的创造力发挥到极致。

——贝尼·杰瑟里特信条

默贝拉盘腿坐在锻炼厅的地板上，苦练之后的身体微微发着颤。今天下午，一小时之前，大圣母来到了此处。她离开后，跟往常一样，默贝拉感觉自己被遗弃在一个炙热的梦境里。

欧德雷翟的临别语回响在梦中：“对侍祭而言，最难的课程就是她一直挑战自己的极限。你的能力将带你抵达难以想象的远方。那就不要想象。拓展自己。”

我怎么回答的？说我被教授的只有欺骗？

欧德雷翟肯定做了点什么，引发了我孩提时代的模式和尊母的教育。*我从婴儿时期就开始学习欺骗。如何模拟某种需求并赢得注意。*在欺骗模式中有很多“如何”。随着年龄的增长，欺骗变得越来越容易。她学会了观察身边的大人们的需求。*我根据需求做出反应。这被称为“教育”。*为什么贝尼·杰瑟里特的教育方法如此不同？

“我并不要求你对我坦诚，”欧德雷翟说过，“要对自己坦诚。”

默贝拉因为要断绝过去所有的欺骗而绝望。为什么？我还想撒更多的谎！

“该死的欧德雷翟！”

在这句话脱口而出之后，她才意识到自己在大声地说话。她想用手掩住嘴巴，却又放弃了。梦境里的她问道：“有什么不同？”

“教育体系使得孩子的求知欲变得迟钝，”欧德雷翟解释道，“不去鼓励孩子。从不让他们知道自己可以取得多大的成就。正是这些造成了迟钝。官员们花费了大量的时间，讨论如何应对出色的学生，却没花一点时间去处理传统的老师在面对崭露头角的天才时感到的威胁。老师们压制天才，他们根深蒂固地想要在一个安全的环境中保持优越感和安全感。”

她说的是尊母。

传统的老师？

她有所领悟：在智慧的表象之下，贝尼·杰瑟里特是非传统的。她们通常不会思考教育，她们只是在践行。

神啊！我想跟她们一样！

这想法让她震惊，她一下子跳了起来，开始了惯常的手腕与胳膊的训练。

她比以往领悟得更深刻。她不想让这些老师失望。坦率与诚实。每个侍祭都听过这句话。“学习的基本工具。”欧德雷翟说道。

因为分神，默贝拉重重地摔倒在地。她随后又站了起来，抚摩着青紫的肩膀。

刚开始，她以为贝尼·杰瑟里特的声明肯定是个谎言。我对你这么坦诚，所以我必须告诉你，我一直都是诚实的。

但是，行动证实了她们的声明。欧德雷翟的声音在热梦中坚称：

“你必须相信我们。”

在她们的意识中、记忆中和平衡的智慧中，有某种尊母缺乏的东西。这想法让她觉得自己渺小。堕落。那就像是发热的思想中出现了雀斑。

但是，我有天分！只有具备天分，才能成为尊母。

我还把自己当成尊母吗？

贝尼·杰瑟里特知道她还没有完全信奉她们。*我拥有什么她们可能需要的技能？显然不是欺骗。*

“言行是否一致？这是衡量你是否可靠的方式。绝不能只做语言上的巨人。”

默贝拉用手盖住了耳朵。*闭嘴，欧德雷翟！*

“真言师如何分辨真诚的态度与基本的事实？”

默贝拉放下了双手。*或许我真的病了。*她用目光扫视着长长的大厅。没人在说话。总之，那是欧德雷翟的声音。

“如果你真诚地让自己相信，你能说巴尔德达斯语（极其古老的语言，自己去查），尽管每个词都是乱编的，你仍然会相信。但是，骗不过我们的真言师。”

默贝拉的双肩垂了下来。她开始在锻炼厅里漫无目的地乱走。没有可逃的地方吗？

“要去寻找后果，默贝拉。这才是你找到真相的方式。这就是我们所宣扬的道理。”

实用主义？

艾达荷找到了她，看到她狂乱的眼神，关切道：“出了什么事？”

“我觉得我病了，真的病了。我觉得是因为欧德雷翟对我做了什么，但是……”

她快要倒下时，他扶住了她。

“帮帮我们！”

他第一次感谢身边的摄像眼。不到一分钟，就来了位苏克。她弯腰查看躺在艾达荷怀里的默贝拉。

检查结束得很快。这位苏克是位银发的老圣母，前额有着传统的菱形印证，她挺直了身子说道：“紧张过度。她不是在挑战自己的极限，而是越过了它们。先别练了，我们会安排她回到感应课程中。我来通知监理。”

那天晚上，欧德雷翟在监理的病房内找到了默贝拉。她坐在了床上，两个监理轮流测试着她的肌肉反应。欧德雷翟微微示意了一下，她们退开了，留下她与默贝拉单独待在一起。

“我想走捷径。”默贝拉说道。坦率和诚实。

“想走捷径，通常会走弯路。”欧德雷翟坐在了床边的一把椅子上，并伸手握住了默贝拉的胳膊。手中的肌肉在颤抖。“俗话说‘千言万语，不如伸手一探’。”欧德雷翟缩回了手，“你做出了什么决定？”

“你让我做决定了？”

“不要嘲讽。”她举手示意她不要打断，“我没有充分考虑到你之前的情况。尊母实质上让你无法做出决定。典型的权力欲社会。教导它的人民要永远闲混。‘决定会带来不好的后果！’你们学到的是避免。”

“那和我倒下有什么关系？”愤恨。

“默贝拉！在我描述的情形中，最差的产物几乎和残废一样——无法对任何事下决心，总是拖延到最后一刻，然后像绝望的动物一样咽下苦果。”

“你告诉我要挑战极限！”几乎在哭泣。

“你的极限，默贝拉，不是我的。不是贝尔的，也不是任何其他人的。你的。”

“我已经决定了要跟你一样。”几乎听不见。

“很好！我并不认为我曾经想过自杀。如果我怀孕了就更别提了。”

默贝拉忍不住笑了。

欧德雷翟站了起来：“睡吧。你明天去一个特别的班级，我们会设法让你的能力与决定的极限匹配。记住我跟你说的。我们照顾自己人。”

“我是你们的人？”几乎是耳语。

“从你在监理面前重复誓言开始。”欧德雷翟关上灯离开了。门被关上之前，默贝拉听到她在对某个人说话：“不要打扰她。她需要休息。”

默贝拉闭上了双眼。热梦消失了，但是，她自己的记忆取代了它的位置。“我是贝尼·杰瑟里特。我存在的意义就在于服务。”

她听到自己在对着监理说出这句话，但记忆给话里加的重音与原先的不一样。

她们知道我在嘲讽。

你能在这些女人面前隐藏什么？

她感觉到记忆中的监理将手放在了她的前额，听到了原本无意义、直到此刻才明白的话语。

“我站在神圣的人类面前。正如我确信，你也终将如此站立。我祈祷那一天的到来。让未来保持不确定，因为它是我们意愿的画布。

由此，人类的处境将一直保持着纯洁质朴。我们只拥有当下，并将自己不断地奉献给属于我们的神圣存在。”

传统却又非传统。她意识到自己还没有在体力和情感上为此刻做好准备。泪水从她脸颊上滚落。

为了压制而制定的法律，通常会助长它意图压制的事物。这是历史上所有的法律专业人士在工作中所仰仗的准绳。

——贝尼·杰瑟里特箴言

在中枢之中徘徊视察时（近来没那么频繁，由此变得更专注），欧德雷翟会注意是否有懈怠的迹象，尤其会注意那些工作过于顺畅的地方。

作为“最高阶的看门狗”，大圣母有自己关于监察的说法：“给我一个完全顺畅的工作环节，我会让你看到有人在掩盖错误。真正的船会颠簸。”

她经常这么说，以至于它成了姐妹们（甚至包括有些侍祭）用来评论大圣母的特殊说法。

“真正的船会颠簸。”这话还会伴随着一阵窃笑声。

贝隆达陪伴着欧德雷翟进行今早的视察，没有提及“每月一次”已拉长到了“每两月一次”——是否成了惯例？这次视察已比计划中的晚了一个星期。贝尔打算利用这个时机来商讨艾达荷的问题。她拽上了塔玛拉尼，尽管塔玛在这个时间段应该去评估监理的表现。

二对一？欧德雷翟暗自想着。她并不认为贝尔或塔玛对大圣母的意图有什么怀疑。不管怎样，它总会曝光，如同塔拉扎的计划。等到时机成熟时，是吗，塔尔？

她们沿着走廊快步前行，黑色的长袍发出急促的摩擦声，眼睛注意着一切。眼前的景象都很熟悉，但她们在寻找新鲜的东西。欧德雷翟左肩上佩戴着通信器，像是块放错了位置的潜水压铅。在最近的这些日子里，绝不能断了联络。

任何贝尼·杰瑟里特中心的幕后都有支持设施：诊所-医院、厨房、停尸房、垃圾处理系统、开垦系统（附加在污水和垃圾处理系统上）、交通和通信、餐食供应、锻炼场所、侍祭与学员的学校、所有宗派的住所、会议中心、测试设备和更多其他的东西。因为离散，或是被赋予了新责任，人员变动很大。这一切都得依照微妙精巧的贝尼·杰瑟里特意识。但是，原有的任务和岗位依然存在。

在她们从一个区域快速走向另一个区域时，欧德雷翟提到了姐妹会的离散，没有刻意隐藏对她们变成“原子家庭”的沮丧。

“我难以想象人类离散到无垠的宇宙中，”塔玛说道，“从概率上来说……”

“无限可能性的博弈。”欧德雷翟跨过了一段破损的路肩，“这里需要修一下。自从我们学会了跃入折叠空间，就一直在进行无限的博弈。”

贝隆达的声音里没有愉悦：“这不是博弈！”

欧德雷翟可以体会贝隆达的感觉。我们从未见过虚无的空间。总有更多的星系。塔玛是对的。当你专注于金色通道时，会产生畏惧感。

探险的记忆给了姐妹会一个统计上的数字，但仅此而已。在任意集合内，有那么多可供居住的行星，而且还有额外的行星可以改造成类地行星。

“那里在发生着什么？”塔玛拉尼问道。

一个她们无法回答的问题。要问无限能产生什么，唯一的答案就是“任何东西”。

任何好的，任何坏的；任何上帝，任何魔鬼。

“尊母该不会是想逃离什么吧？”欧德雷翟问道，“有可能吗？”

“这些猜测毫无意义，”贝隆达抱怨道，“我们甚至都不知道折叠空间是否会带我们通往一个宇宙，还是很多个……甚至无穷多个不断膨胀和破裂的泡沫。”

“暴君对此的理解比我们多吗？”塔玛拉尼问道。

她们停了下来，欧德雷翟看着一个房间，里面有五个高等侍祭和一个监理在研究各地区美琅脂库存的投影。掌握着信息的水晶在投影里表演了一段错综复杂的舞蹈，它在光线上跳跃，如同喷泉上的球。欧德雷翟看到了总数，并在眉头皱起之前扭过了头。塔玛和贝尔没有看到她的表情。我们必须限制美琅脂相关数据的读取。对士气的打击太大了。

管理！一切都需要大圣母决定。但若将责任分派给同一批人，你就会陷入官僚体系中。

欧德雷翟知道自己十分依赖于内心的感觉来管理。这是套经过频繁测试和调整的系统，只在必要的地方使用自动装置。她们称之为“机器”。当她们成为圣母时，她们都对“机器”有一些敏感，并倾向于不加考虑地使用。这里存在着危险。欧德雷翟强调要不断地提升（即便是微小的提升），在她们的行为中引入变化。随机！没有确定的模式，让其他人无法发现并转而对付她们。一个人可能无法在一生中看到这种转变，但长期积攒的变化肯定是可以衡量的。

欧德雷翟一行下到了地面层，并走上了中枢的主干道。“那条道路”，姐妹们这么称呼它。一种揶揄的说法，暗指修炼时所遵循的

“贝尼·杰瑟里特之道”。

大道从欧德雷翟住所塔楼旁的广场一直通向南郊的开阔地——如同激光枪的光束般笔直，长达十二千米，路旁满是高矮不一的建筑。矮的建筑都有个共同点：它们异常坚固，便于日后再往高处扩建。

欧德雷翟招手叫停了一辆敞篷的交通车，车上有空座位，她们三个挤坐在一起，继续着谈话。路旁建筑物的正面有种老式的风格，欧德雷翟想着。这种类型的建筑有高大的矩形窗户，装着隔热玻璃，一直伴随着贝尼·杰瑟里特的历史。中枢前方种着一排基因改造过的榆树，长得很高，树冠却很小。鸟儿在树上筑巢，有黄鹂，还有蓝鹊。早晨的阳光穿过树梢，洒下了点点的金红。

我们喜欢这种熟悉的模式，这是种危险吗？

欧德雷翟带着她俩在微醺小径下了车，心想凭借贝尼·杰瑟里特的幽默感，怎么就起了这么个奇怪的名字。诙谐充斥这条街道。因为某幢建筑的地基有些下陷，让它呈现出一种奇怪的醉态。群体中的个体就这样凸显了出来。

如同大圣母一样。只不过她们还不知道而已。

在她们拐上塔楼小径时，她的通信器响了。“大圣母？”是斯特吉。欧德雷翟没有停下脚步，只是跟她俩示意了一下她在通话中。“你要的默贝拉的情况报告。中枢的苏克说，她可以去上那些指派给她的课程。”

“派她去上吧。”她们沿着塔楼小径继续前行，两旁大都是只有一层的建筑。

欧德雷翟朝小径两旁的低矮建筑匆匆瞥了一眼。有一栋建筑的上方已加盖了两层。总有一天这里会成为真正的塔楼小径，笑话也就终结了。

起名只是为了方便，所以不如把名字与姐妹会那些微妙的思想联系起来。

在一条繁忙的走道上，欧德雷翟突然停了下来，转身面对着她的同伴：“如果我提议，用已逝的姐妹的名字来命名街道，你们会怎么想？”

“你今天尽说胡话！”贝隆达指责道。

“她们并没有逝去。”塔玛拉尼说道。

欧德雷翟又重新开始了行走。她料到了她们的回答。你几乎都能听到贝尔的想法。我们在他者记忆中携带着“已逝者”！

欧德雷翟不想在公开场合起争执，但她觉得自己的想法也有道理。有些姐妹在死之前未能分享。虽然主要的记忆线不会中断，但是，你失去了某个分叉和它已死的携带者。伽穆主堡的施万虞就是这样死去的，死于尊母的进攻。当然，仍有足够的记忆存在，携带着她优秀的品质……和复杂。有人说，她的错误比胜利更发人深省。

贝隆达不动声色地加快了脚步，走到欧德雷翟身边：“我必须谈一下艾达荷。他是个门泰特，不会错，但是那些多重的记忆，非常危险！”

她们正经过一间停尸房，甚至连街道上都弥漫着一股重重的防腐味。拱形的门敞开着。

“谁死了？”欧德雷翟问道，没有理睬贝隆达的焦虑。

“第四区的一位监理，还有一位果园维护员。”塔玛拉尼说道。塔玛总是知道。

贝隆达因未被理睬而恼怒，而且没有隐藏她的情绪：“你们两个回到问题上好吗？”

“什么问题？”欧德雷翟问道。语气柔和。

她们来到南阳台，停在石头栏杆前，向下看着种植园——葡萄架和果园。早晨的阳光照射在尘土上，带着种朦胧，和潮湿造成的雾气有明显的不同。

“你明明知道。”贝隆达从不会被转移注意力。

欧德雷翟身子靠在了石头上，看着远处的景色。栏杆感觉冰冷。远处的朦胧有不同的颜色，她想着。穿过尘土的阳光折射出不同的光谱，给光线增添了生动和锐利。光谱吸收的方式也不一样。光晕更加紧凑。飞扬的沙尘溜进了每一条缝隙，如同流水，但是摩擦声暴露了它的来源。和贝尔的坚持一样。没有润滑。

“那是沙漠的光线。”欧德雷翟指着说道。

“别再无视我了。”贝隆达说道。

欧德雷翟决定不予回答。沙尘里的光线是个经典景观，跟老画家和他们创造的雾气朦胧的早晨给人的轻松感不同。

塔玛拉尼走上前来站在欧德雷翟身旁。“独有的美丽。”悠扬的语气显示她在他者记忆中进行了对比，如同欧德雷翟所做的一样。

*这就是你被调节而成的审美。*但是，欧德雷翟体内深处有东西说，这不是她渴望的美丽。

在她们下方的浅洼地上，以往的绿色已经干枯，土地好像被挖空了内脏，如同古埃及人对死人所做的那样——进行必要的干燥，为永恒做好准备。*沙漠是死亡大师，用沙子将大地包裹，为我们漂亮的星球做好了防腐，藏起了它美丽的珠宝。*

贝隆达站在她们身后，嘴里嘟囔着，摇着头，拒绝去看她们的星球将变成什么。

一阵突袭而来的意识并流几乎让欧德雷翟颤抖。记忆淹没了她：她发现自己在泰布穴地的废墟内搜寻，找到了覆盖在沙漠下的沙盗的尸体，他们被杀之后就被留在原地，在沙漠的作用下尸身未腐。

泰布穴地现在怎么样了？熔化成流体又凝结成固体，没留下任何光辉历史的痕迹。尊母：历史的杀手。

“如果你不想除掉艾达荷，那我必须反对你把他当作一个门泰特对待。”

贝尔是一个如此大惊小怪的女人！欧德雷翟注意到她比往常更加暴露了年纪。她的鼻子上竟然夹着老花镜。眼镜放大了她的双眼，让她看上去像是条大眼鱼。选择用老花镜，而不是更加精致的义体，透露了她什么。她似乎在表达一种反向的炫耀：“我比我退化的感官所借助的玩意儿更伟大。”

贝隆达肯定被大圣母惹到了：“你为什么这样子盯着我？”

欧德雷翟突然意识到她顾问团的弱点，并将注意力转向了塔玛拉尼。软骨会一直生长，使得塔玛的耳朵、鼻子和下颌都变大了。有些圣母通过调整新陈代谢或手术矫正来处理这个问题。塔玛不屑于这些表面文章。“我就是这个样子。随你们怎么想。”

我的顾问们太老了。而我……我也老了，只有更年轻和更强壮时的我才能承担这些重任。哦，该死，不能陷入自我怜悯！

它会带来最大的危险：对姐妹会的生存不利。

“邓肯是一位超级门泰特！”欧德雷翟用职位所赋予的全部权威说道，“对于超过你们能力之外的事，我无法指望你们。”

贝隆达陷入了沉默。她知道门泰特的弱点。

门泰特！欧德雷翟想着。他们像是行走的档案，但当你需要答案时，他们又提出更多的问题。

“我不需要另外一个门泰特，”欧德雷翟说道，“我需要发明家！”

贝隆达还是没有开口。欧德雷翟继续说道："我解放的是他的思想，不是他的身体。"

"在你把所有的数据源开放给他之前，我坚持要详加讨论！"

考虑到贝隆达一贯的表现，这还算好的。但是，欧德雷翟不愿采纳她的话。她痛恨那些会议——没完没了地重复处理档案报告。贝隆达溺爱它们。将细枝末节也归档成无用数据的贝隆达！谁会关心某个圣母更喜欢在燕麦粥里浇上脱脂奶？

欧德雷翟转身背对着贝隆达，看着南方的天空。沙尘！我们会撒下更多的沙尘！贝隆达的身边站满了助手。光是想象就让欧德雷翟感到无聊。

"不要再讨论了。"欧德雷翟的声音比她意图中的还要尖厉。

"我的建议也有其道理。"贝隆达听上去受伤了。

有道理？我们难道只是宇宙开启的感官之窗，每个人都只是为了表达一种道理？

各种各样的本能和记忆……甚至包括档案——这些东西都不会主动发言，除非被逼。它们都没有意义，除非在活的意识中组织成形。但是，无论是谁来组织，都会让天平倾斜。所有的排列都是主观的！为什么是这个数据，而不是其他的？任何圣母都知道事件自有其规律，受它们自己环境的影响。为什么一位门泰特圣母就不能从这一点出发来考虑问题呢？

"你拒绝召开会议？"那是塔玛拉尼在说话。她站在贝尔的一方？

"我什么时候拒绝过会议？"欧德雷翟展现了自己的愤怒，"我只是拒绝了贝尔又搞一次档案走马灯。"

贝隆达插话道："怎么能这么说呢，实际上——"

“贝尔！别跟我说什么实际！”让她好好回味这句话！圣母和门泰特！没有实际。只有强加在一切之上的我们的排列。最根本的贝尼·杰瑟里特格言。

有时候（现在也属于这个时候），欧德雷翟希望自己出生在以前的年代——罗马时代贵族队伍之前的夫人，或是一位饮食奢侈的维多利亚时代的贵妇。但是，她受困于时间与处境之中。

受困到永远？

一定要面对这个可能性。姐妹会可能在躲藏中受制于唯一的未来，总是在担心被发现。被猎杀的未来。在中枢，我们不能犯下任何一个错误。

“我已经视察够了！”欧德雷翟召来了私人交通车，催促着她们回到了她的工作室。

如果猎人找上门来，我们该怎么办？

她们每个人都有自己的剧情，短短的剧本中写满了计划好的反应。但是，每个圣母都是十足的现实主义者，都知道自己更可能扮演受害者的角色，而不是救世主。

在工作室内，早晨的阳光将她们身边的一切都暴露无遗。欧德雷翟坐进了椅子里，等着塔玛拉尼和贝隆达坐进她们自己的犬椅中。

不要再召开该死的分析会了。她真的需要接触到比档案更有用的东西，比她们之前用到过的一切都更有用。欧德雷翟摩挲着她的腿，感觉到她的肌肉在震颤。这些天她睡得不好。刚刚结束的视察让她觉得累了。

一个错误就能让我们灭亡，而我即将把我们押在一场有去无回的豪赌上。

我表现得太狡猾了吗？

她的顾问们反对狡猾的解决之道。她们说姐妹会必须脚踏实地，必须预先判断好前方的道路。她们所做的一切都是为了实现微妙的平衡，哪怕走错一小步，等着她们的也只有灾难。

而我则位于横跨峡谷的钢丝之上。

她们还有试验的余地吗，来检测可能的结果？她们都玩过这个游戏。贝尔和塔玛筛选了无数的建议，但没什么能比原子离散更有效。

“我们必须做好杀了艾达荷的准备，一旦他展示出丁点的魁萨茨·哈德拉克迹象就下手。”贝隆达说道。

“你们没有工作要做吗？退下，你们两个！”

她们起身时，工作室给了欧德雷翟一种奇怪的感觉。到底怎么了？贝隆达低着头，用那种可怕的谴责的目光注视着她。塔玛拉尼则表现出一种她本人未曾拥有过的智慧。

这间房间出了什么问题？

来自太空旅行时代之前的人也能认出这间房间的功用。为什么感觉这么奇怪？工作台就是工作台，椅子也放在了合适的位置。贝尔和塔玛喜欢犬椅。这会让他者记忆中较早时代的人类感到奇怪，可能从而影响到了她。利读联晶纸上面有光线跳动，一闪一闪的，可能也是让她感到奇怪的原因。在桌子上方起舞的信息也让人起疑。还有，她使用的各种工具，对共享她意识的早期人类来说，可能会显得奇怪。

但是，它让我本人觉得陌生。

“你还好吗，达尔？”塔玛关切地问道。

欧德雷翟挥手让她离开，但她们两个都没有动。

在她脑海里发生的事，跟长时间的工作或睡眠不足都无关。这不是她第一次感觉在一个陌生的环境里。昨天晚上，在桌子边吃点心时，桌子上散落着各种文书，就跟现在一样，她发现自己就这么坐着，盯着未完成的工作。

在这场狼狈的离散之中，哪个姐妹能从哪个岗位上撤下来呢？这些离散的姐妹带着数量有限的沙鲑，如何才能提高它们的生存概率呢？美琅脂的分配是否合理？在派更多的姐妹前往未知之地之前，她们是否该等一等呢？再等一等，或许斯凯特尔就会接受诱惑，将伊纳什洛罐如何生产香料的秘密透露给她们？

欧德雷翟回忆起她在吃着三明治时也产生了那种陌生感。她看着它，慢慢地打开了包装。*我在吃什么东西？*圣殿最棒的面包，夹着鸡肝和洋葱。

对自己的日常起疑，这是陌生感的一部分。

“你看上去病了。”贝隆达说道。

“只是累了。”欧德雷翟撒谎了。她们知道她在撒谎，但她们会挑战她吗？“你们两个肯定也累了。”语气中有关心的成分。

贝尔并不满意：“你树立了一个不好的榜样！”

“什么？我？”打岔并没有让贝尔放弃。

“你知道得很清楚！”

“你表现出了感情。”塔玛拉尼说道。

“我对贝尔？”

“我不需要你该死的感情！这么做是错的。”

“除非我让它影响了我的决定，贝尔。我没有。”

贝隆达的音量降低到了像是沙哑的耳语：“有人觉得你浪漫得过火了，达尔。你知道那会带来什么后果。”

“将姐妹团结在我身边，不仅是为了生存。你说的是这个意思吗？”

“有时候你让我头疼，达尔！”

“让你头疼是我的职责和权利。若你的头不再疼了，你会变得粗心。感情让你不舒服，仇恨却不会。”

“我知道自己的缺陷。”

你当不了圣母，你却不知道。

工作室再次成了个熟悉的地方，欧德雷翟现在知道了陌生感的源头。她把这地方想象成了古老历史的一部分，在它消失了很久之后，她在未来的某处审视着它。如果她的计划成功了，它应该就是这个样子。是时候揭示计划中的第一步了。

小心。

是的，塔尔，我和你一样谨慎。

塔玛和贝尔或许已经老了，但在必要时，她们的头脑依然敏锐。

欧德雷翟盯着贝尔：“模式，贝尔。我们的模式不是以暴制暴。”她抬起手阻止了贝尔的回应，“是的，暴力带来更多的暴力，钟摆不会停止，直到暴力的团体彻底毁灭。”

“你在想什么？”塔玛问道。

“或许我们应该考虑加强对公牛的刺激。”

“不行。还不到时候。”

“但是，我们也不能愚昧地坐等她们上门。兰帕达斯和其他发生在我们身上的灾难告诉了我们，当她们到来时会发生什么。不是是否会到来的问题，而是何时。”

在说话时，欧德雷翟感觉到了身下的峡谷，噩梦中的猎手，手擎着斧子越来越近了。她想陷入噩梦中去，在那里转过身去，看一看到底是谁在跟着她们。然而，她不敢。那是魁萨茨·哈德拉克犯过的错误。

你不能看到未来，你创造未来。

塔玛拉尼想知道为什么欧德雷翟要提出这个想法："你改变主意了，达尔？"

"我们的死灵特格已经十岁了。"

"依然太年轻，我们还不能恢复他的初始记忆。"贝隆达说道。

"如果不打算诉诸暴力，我们为什么要创造特格？"欧德雷翟问道。"哦，是的！"就在塔玛想要反诘时，"特格不总是用暴力解决我们的问题。和平的霸撒可以通过讲道理来击退敌人。"

塔玛思索着说道："但是，尊母绝不会和我们谈判。"

"除非我们能把她们逼到绝境。"

"我觉得你的提议太草率了。"贝隆达说道。相信贝尔已经得出了符合门泰特推演的结论。

欧德雷翟深吸了一口气，低头看着自己的工作台。是时候了。那天早晨，在她将死灵婴儿从那个恶心的"罐子"里取出时，她就感觉到了现在这个时刻在等待着她。在那时，她甚至已经知道了，自己将会把这个死灵在成熟之前就投入磨炼，尽管他与她有血缘上的联系。

欧德雷翟伸手在桌子底下按下了一个通话开关。她的两个顾问默默地等待着，她们知道她将说出重要的事情。大圣母有办法让她的姐妹们用心听她讲话，专心的程度足以让某个比圣母更有自我约束力的人满意。

"政治。"欧德雷翟说道。

这立刻吸引了她们的注意力！一个关键词。当你进入贝尼·杰瑟里特的政治圈，努力向上攀登，想成为身份显赫的人，你就成了责任的囚徒。你背负起能影响到他人生命的职责与决定。这是姐妹们能紧密团结在大圣母身边的根本原因。这个词告诉了顾问们和监察者们，她们的首领已做出了决定。

她们都听到了有人来到了工作室门外发出的沙沙声。欧德雷翟触摸了下她桌子右角边的白板。她身后的门开了，斯特吉站在那里，等候着大圣母的命令。

“带他来。”欧德雷翟命令道。

“是，大圣母。”几乎没有情绪。这位斯特吉是一个前途远大的侍祭。

她退了下去，然后牵着米勒斯·特格回来了。男孩的发色金黄，但其中夹杂着几缕黑发，表明当他成熟时，发色会变深。他的脸庞狭窄，鼻子刚开始显出鹰钩，厄崔迪男性的典型特征。他的蓝色眼睛机敏地转着，带着好奇观察着房间和房间里的人。

“请在外面等，斯特吉。”

欧德雷翟等着房门关上。

男孩站着看着欧德雷翟，没有表现出不耐烦。

“米勒斯·特格，死灵，”欧德雷翟说道，“你应该还记得塔玛拉尼和贝隆达吧。”

他匆匆瞥了眼两个女人，依然保持着沉默，对她们那锐利的审视目光不以为意。

塔玛拉尼皱起了眉。她从刚开始就反对把这个孩子叫作死灵。死灵降生于尸体的细胞。这孩子只是个克隆人，如同斯凯特尔只是个克隆人一样。

“我将派他进入无舰与邓肯和默贝拉一起生活，”欧德雷翟说道，“谁还能比邓肯更适合来恢复米勒斯的初始记忆呢？”

“理想的选择。”贝隆达同意道。她没有说出自己的反对意见，但欧德雷翟知道，等孩子离开之后，她会说出来的。还太年轻！

“她是什么意思，‘理想的选择’？”特格问道。他的声音有某种穿透的力量。

“霸撒在伽穆时恢复了邓肯的初始记忆。”

“疼吗？”

“邓肯觉得疼。”

有些决定必须残酷。

欧德雷翟认为这是接受自己做出的决定所面临的最大障碍。她没必要向默贝拉解释个中原因。

我如何才能减缓冲击呢？

有些时候你无法减缓。事实上，有时候，忍耐一时的短痛撕去纱布反而是更友善的行为。

“这个……这个邓肯·艾达荷真的能给我……给我以前的记忆？”

“他能，而且他愿意。”

“我们是否太操之过急了？”塔玛拉尼问道。

“我一直在研究霸撒的资料，”特格说道，“他是个著名的军人，也是个门泰特。”

“而且我猜你为此而骄傲？”贝尔将气撒在了孩子身上。

“并没有特别骄傲。”他迎着她的目光，没有躲闪，“我把他当作了另外一个人。不过，确实挺有趣的。”

“另外一个人。”贝隆达嘟囔道。她看着欧德雷翟，反对的态度暴露无遗：“你给了他深层教育！”

“一如他的生母。”

“我能回忆起她吗？”特格问道。

欧德雷翟给了他一个诡秘的笑容，一个在他们的果园散步中经常分享的笑容：“你能。”

“所有的？”

“你能回忆起所有的东西——你的妻子、你的孩子、你的战斗。所有的。”

“把他弄走！”贝隆达说道。

男孩笑了，但他仍在看着欧德雷翟，等待着她的命令。

“很好，米勒斯，”欧德雷翟说道，“告诉斯特吉，把你带到你在无舰上的住所内。过会儿我会去那儿，把你介绍给邓肯。”

“我可以骑在斯特吉的肩膀上吗？”

“问她吧。”

特格在冲动下冲向了欧德雷翟，踮起了脚，在她脸颊上亲了一口：“我希望我真正的母亲和你一样。”

欧德雷翟拍了拍他的肩膀：“跟我很像。走吧。”

门在他身后关上以后，塔玛拉尼说道：“你还没跟他说，你是他的女儿之一。”

“没到时候。”

“艾达荷会告诉他吗？”

“如果他想的话。”

贝隆达对这些温情的小细节不感兴趣：“你在计划什么，达尔？”

塔玛拉尼替她回答了：“在我们的门泰特霸撒领导之下的复仇力量。很显然。”

她上钩了！

“是吗？”贝隆达问道。

欧德雷翟狠狠地盯着她们：“特格是我们最优秀的武器。如果有人能惩罚敌人的话……”

“我们最好尽快开始制造下一个。”塔玛拉尼说道。

“我不喜欢默贝拉可能会给他造成的影响。”贝隆达说道。

“艾达荷会配合吗？”塔玛拉尼问道。

“他会履行厄崔迪的使命。”

欧德雷翟摆出一副信心十足的样子，但是，这句话又在她头脑中打开了通往另一种陌生感的通道。

我看着我们，如同默贝拉在看着我们一样！我可以像一个尊母一样思考了！

我们不教授历史；我们重建历史。我们追随因果的链条——森林中野兽的足迹。透过我们的文字，你会看到历史学家从未着墨过的、不断演变的社会行为。

——贝尼·杰瑟里特护使团预言

斯凯特尔吹着口哨走过他住所前的走廊，他在进行下午的锻炼，来回走着，吹着口哨。

让她们习惯我吹口哨。

吹着吹着，他编了个小曲来和口哨搭配："特莱拉的精子不会说话。"一遍又一遍，这句话在他脑海里盘旋着。她们无法利用他的细胞来弥补基因上的缺失，也无法得知他的秘密。

她们必须带着礼物来见我。

早些时候，欧德雷翟在"去和默贝拉磋商的路上顺道前来探望他"。她经常在他面前提起这位被囚的尊母。她有她的目的，但他不知道是什么。威胁？有可能。到最后总会知道。

"我希望你没感到害怕。"欧德雷翟说道。

他们站在了他的食物窗口前，他正等着他的午餐出现。他一直不怎么喜欢这里的食物，但尚能接受。今天，他点了海鲜。不知道会以什么菜式出现。

“害怕？怕你吗？啊，亲爱的大圣母，我对你来说是无价之宝。为什么我要怕你呢？”

“我的顾问团尚未同意你最新的请求。”

我猜到了。

“把我关起来是个错误，”他说道，“这限制了你们的选择，让你们虚弱。”

他花了好几天时间才组织好上述的话语。他等待着它起作用。

“这取决于人们如何来使用工具，斯凯特尔尊主。有些工具在不恰当的使用下会破损。”

该死的女巫！

他笑了，露出了锋利的犬齿：“一直考验我到灭绝吗，大圣母？”

她把极少迸发的不快转变成了幽默：“你真的期望我会让你占上风吗？你到底在争取什么，斯凯特尔？”

不再称我为斯凯特尔尊主了。用钝刀攻击她！

“你离散了你的姐妹，希望她们中有些能逃脱灭绝。你疯狂的计划会产生什么样的经济后果？”

后果！他们总是在谈论后果。

“我们与时间做了交易，斯凯特尔。”欧德雷翟非常肃穆地说。

他在沉默中回味着她的话。摄像眼看着他们。千万别忘了！经济，女巫！我们买卖了什么人，买卖了什么东西？食物窗口不是个合适的谈判地点，他想着。管理层的讨价还价，计划和战略会议，应该发生在紧闭的门背后，在高处的房间里，外面的风景不会分散屋里人对手头工作的注意力。

他体内一系列生命的记忆却不认同。人类在条件允许的地方都会进行贸易——在航船的甲板上，在充斥着忙碌职员的俗气街道上，在传统股票交易所宽敞的大厅里，上方显示着各种给众人看的信息。

计划和战略可能来自高高在上的房间，但支持它们的证据和交易所里的信息一样——都是给众人看的。

那就让摄像眼看吧。

“你对我有什么计划，大圣母？”

“让你活着，保持能力。”

小心，小心。

“但不给我自由。”

“斯凯特尔！你提到了经济，却索要自由？”

“我的能力对你重要吗？”

“当然！”

“我不相信你。”

在此当口，食物窗口吐出了他的午餐：一条白色的鱼，用美味的调料微微煎了下。他闻到了香草的味道。高高的杯子里装着水，有股淡淡的美琅脂味。绿色的色拉。在她们的菜中已经算不错了。他感觉自己正在分泌唾液。

“请用午餐，斯凯特尔尊主。里面没有对你有害的东西。这难道不是信任的一个证明吗？”

他没有回答。她接着说道：“信任与我们的谈判有什么关系？”

她在玩什么游戏？

“你说了你对尊母的打算，却没说过对我有什么打算。”他知道自己的声音听上去有些哀怨。无法避免。

“我打算让尊母面对她们的死亡。”

“你也在对我这么做！”

她眼里是满意的神情吗？

“斯凯特尔，”她的语气是那么轻柔，“面对死亡的人才会倾听。他们会听你说。”她瞥了一眼餐盘，“你想来点特别的吗？”

他尽力挺直了身子：“一小杯兴奋饮料。它能帮助我思考。”

“当然。我立刻让人给你送来。”她把注意力从食物窗口转到了他住所的主卧。他看着她的目光从一个地方挪到另一个地方，从一件物体挪到了另一件物体。

所有的东西都在合适的地方，女巫。我不是洞穴里的野兽。东西必须方便取用，我不用找就能看到它们。是的，椅子旁边的是兴奋针。我用兴奋针，但我不喝酒，你注意到了？

兴奋饮料送来了。喝上去有点苦。他花了点时间来辨别，是罂茉莉。这是一种经基因改良的血液增强剂，源自伽穆药典。

她想让他想起伽穆吗？她们太阴险了，这些女巫！

她用经济上的问题来取笑我。他往住所方向继续着他的快走锻炼。在走到走廊的尽头时，他突然产生了这种感觉。是什么胶水将旧帝国粘在一起？有很多，有些不起眼，有些很伟大，但多数是因为经济。各种关系的建立只是为了经济。是什么阻止了他们互相毁灭？大联合协定。“要是你把谁毁灭了，我们就联合起来毁灭你。”

他在门口停下了，一个想法击中了他。

这就够了吗？只凭这种惩罚怎么能阻止贪婪的普汶笪呢？难道还有某种无形的胶水？来自同伴的谴责？要是同伴对道德根本不关心呢？你可以做任何事。这解释了尊母的一些问题。没错。

他渴望有一间萨格拉房间，能够让他袒露灵魂。

亚希斯特灭亡了！我是最后一位马谢赫吗？

他感觉心里空荡荡的。他想要呼吸。或许应该更坦诚地与撒旦的女人谈判。

不！那是撒旦本人在诱惑我！

他带着追悔的心情进入了房间。

*我必须让她们付出代价。让她们付出昂贵的代价。昂贵、昂贵、昂贵。*每个“昂贵”都推着他走近椅子一步。当他坐下时，他的右手不由自主地伸向了兴奋针。很快，他感觉自己的思绪加速了，各种想法随着快感喷涌而来。

她们不知道我对伊克斯的飞船有多深的了解。都在我的脑子里。

接下来的一小时，他一直在琢磨该如何记录这个时刻，将来他会告诉同伴，他是如何战胜了普汶笪。*在神的帮助之下！*

他跟同伴所述的将是闪闪发亮的词语，充满了戏剧和张力。历史，毕竟还是由胜利者书写的。

她们说大圣母照顾一切——只有实践之后，你才能体会到这句格言的意义：我是所有姐妹的仆人。她们用挑剔的目光盯着仆人。我不能花太多时间在琐碎和平常之事上。大圣母必须展现出远见卓识，否则不安的情绪将弥漫至我们组织中最偏远的角落。

——达尔维·欧德雷翟

今早，欧德雷翟在中枢的各个大厅之间穿行时，被她称为“仆人的那一面”一直伴随着她。她把这当成了锻炼，不必再花时间去锻炼厅。一个不满的仆人！她不喜欢她所看到的。

我们被眼前的困难束缚了手脚，几乎无法区分小问题和大麻烦。

她们的良知发生了什么？

尽管有人否认，欧德雷翟知道世上存在着贝尼·杰瑟里特的良知。但是，她们把它扭曲成了无法轻易辨认的形状。

她不愿去干涉。以生存的名义所做的决定，以及护使团（她们那些冗长且虚伪的说辞！）——都已超越了人类的基本判断。暴君知道这一点。

要有人性，这就是关键。但是，在有人性之前，你得在内心里感觉自己是个人。

人性没有标准答案！它看似简单，但当你想要应用它时，它的复杂本性才会显露。

像我那样。

你往里看，找到了你曾相信的自己是谁，或是什么的答案。其他办法都不可行。

我是什么？

“谁问的问题？”他者记忆中突然出现了一阵骚动。

欧德雷翟大声地笑了。刚好经过的监理普拉斯加吃惊地盯着她。欧德雷翟冲着普拉斯加挥了挥手，说道：“活着真好。记住这句话。”

普拉斯加微微笑了笑，随后离开了。

谁问的：我是什么？

这是一个危险的问题。问出这个问题，让她陷入了一个物化的宇宙之中。在那里，没有东西符合她的追求，尽管她不清楚自己在追求什么。她的周围，小丑、野兽和傀儡都在隐藏的提线的牵扯下做出反应。她感觉到提线也在牵着她移动。

欧德雷翟继续沿着走廊走向电梯，电梯可将她送往她的居所。

提线。从蛋里孵出了什么？我们能信口说出“心灵最原始的状态”。但是，在生活的压力改变我之前，我是什么样子的？

光是寻求某种“自然”的东西是不够的。没有“高贵的野蛮人”。她在一生中见多了。牵着它们的提线，对每位贝尼·杰瑟里特而言显而易见。

她感觉到了体内的监工。今天它很严厉。它是个有时她会服从、有时又会反对的力量。监工说道：“用好你的天分，不要随波逐流。主动！不好好用你的天分，跟失去了它没有分别！”

随着体内的一阵恐惧袭来，她意识到自己勉强把握住了人性，已处在失去它的边缘。

我在像尊母一样思考方面陷得太深了！我操纵了每一个能操纵的人。都是以为了贝尼·杰瑟里特生存的名义。

贝尔说，为了守护贝尼·杰瑟里特，姐妹会可以突破任何界限。这话其实不怎么对，更多的是一种决心。其实，有些事是一个圣母绝对不会去做的，即使是为了拯救姐妹会也一样。

我们不会阻挡暴君的金色通道。

人类的生存优先于姐妹会的生存。否则，让人类成熟的远大目标就毫无意义。

但是，哎，在一个急切地想服从命令的种族中，领袖的危险性太大了。他们对满足自己的需要而创造出的东西实在懂得太少了。领袖会犯错误，而那些错误，会被无条件追随他们的人放大，注定要铸成大错。

旅鼠行为。

姐妹们密切地注视她是对的。所有统治者在掌权时期都需要持续受到怀疑，包括姐妹会在内。不要盲信统治者！甚至是我自己！

此刻，她们正看着我。什么也逃不过姐妹们的眼睛。假以时日，她们会知道我的计划。

她需要不断地进行精神净化，才能面对她其实在姐妹会掌握大权这一事实。我没有追逐这份权力。它是强加在我头上的。她还想到了：权力吸引易腐败的人。要怀疑所有追逐权力的人。她知道，这种人有很大机会易于腐败或已经堕落。

欧德雷翟在心头记下了一个便笺，并把它当作箴言备忘录送往了档案部。（让贝尔看了之后冒冷汗！）“我们应该将决定事物的权力交给那些不愿拥有它的人，而且随着每次决定，她们的不情愿在不断递增。”

对贝尼·杰瑟里特的完美描写！

“你好吗，达尔？”贝隆达的声音从欧德雷翟面前的电梯门里传来，“你看上去……有点怪。”

“我只是想起了有些事要做。你要出来吗？”

在她们交换位置时，贝隆达一直盯着她。电梯门关上了，阻断了那个询问的目光。

欧德雷翟走进了工作室，看到桌子上堆满了助理们觉得只有她才能处理的文件。

政治。在桌旁坐下准备开始处理公务时，她回想起了这个词。塔玛和贝尔那天清楚地听到她说了，但她们对自己将要付出什么样的努力来支持只有模糊的概念。她们担心了，变得更谨慎了。她们应该这样。

几乎所有的事务都含有政治因素，她想着。随着情绪的激发，政治力量渐渐站到了前台。这给那个“政教分离”的古老说法贴上了写着“谎言！”的标签。因为没有什么能比宗教更易受到情绪的影响。

怪不得我们不信任情绪。

当然，不是所有的情绪。只有那些在关键时刻你无法逃脱的情绪：爱、恨。允许发点小脾气，但时间要短。这是姐妹会的信仰。一派胡言！

暴君的金色通道揭露了她们的错误。金色通道将贝尼·杰瑟里特置于永远的死水之中。你无法向无垠的空间布道。

贝尔一直在重复的问题没有答案。“他到底想让我们干什么？”他操纵我们做了什么？（如同我们操纵别人一样！）

为什么在没有意义的地方寻找意义？你会走上一条你明知不通的

死路吗？

金色通道！在想象中铺就的道路。无限就是无地！有限的头脑畏缩不前。门泰特就是在这里遇到了不确定的预测，总是产生更多的问题，而不是答案。那些人将鼻子凑近了无穷的循环，寻找“一个能解决所有问题的答案”，却总是空手而回。

寻找属于他们的神。

她发觉难以责怪他们。在无限面前，头脑会畏缩。虚空！任何时代的炼金师，就像是分拣破布的人，在一大捆破布前弯着腰，说道：“这里肯定有规则。如果我坚持，一定能发现。”

一直以来，所有的规则其实都是他们自己创造的。

啊，暴君！你这奇怪的家伙。你看到了。你说：“我会创造你们需要遵循的规则。道路在这里，看到了？不！别看那边。那条路是皇帝的新衣（只有孩子和傻子才能看到的赤裸表象）。把注意力放到我指的地方。这是我的金色通道。多漂亮的名字啊。它是一切，它是永恒。”

暴君，你是又一个小丑，指给我们一条永无止境的细胞轮回之路，细胞来自我们共同拥有却早已失去的那颗孤独的泥球。

你知道在大离散之后，人类宇宙只是一个个社区，由脆弱的纽带相连。我们共同的诞生地离我们已是那么久远，在后代们记忆中的样子已残缺不堪。圣母们携带着初始记忆，但我们无法强迫不情愿的人们接受它。你看到了，暴君？我们听到你说：“让他们前来乞求！那时，只有那时……”

这就是你保留了我们的原因，你这个厄崔迪浑蛋！这就是我必须工作的原因。

她知道自己仍将慢慢深入尊母的方式，尽管这会给她的人性带来风险。我必须像她们一样思考。

如何狩猎是猎食者和猎物共同面临的问题。这不像是大海捞针，更像是在熟悉和不熟悉交织的土地上追踪。贝尼·杰瑟里特的欺骗技艺，确保了熟悉至少会和不熟悉一样给尊母带来麻烦。

但是，她们对我们做了什么？

行星间的通信帮助了猎物。千年以来，其应用受到了经济方面的限制。它只用在了重要的人和贸易上面。“重要”的意思和一直以来的意思一样：富有、位高权重；银行家、官员、贵族、军人。“重要”分成很多等级——谈判人员、娱乐人员、医疗人员、技术人员、间谍，以及其他各种专业人士。它的形式和古时地球老家上的共济会没什么不同，差别只在于数量、质量和专业程度。对有些人而言，障碍是透明的，从古至今都是。

她感觉有必要定期回顾这个想法，寻找缺陷。

大量被困在行星上的人都说到过“寂静的太空”，意味着他们无法负担这样的旅程或是通信。多数人知道，他们收到的越过障碍的新闻都有其特殊的目的。一直以来皆是如此。

在行星上，地形和保密要求决定了使用何种通信系统：管道、信使、光缆、神经骑士以及其他各种组合。保密和加密方式很重要，不仅在行星间，也在各个行星上。

欧德雷翟认为尊母一旦找到切入点，就能入侵这种系统。猎手们开始解码，但是对圣殿的追踪要从哪里开始呢？

无法追踪的无舰、伊克斯的机器、宇航公会的领航员——都为行星间的寂静做出了贡献，只有少数有特权的人才能打破这寂静。不给猎手任何的切入点。

午餐前不久，一位不速之客出现在大圣母的工作室内，她是来自贝尼·杰瑟里特流放行星的年老圣母。档案识别了她：名字：多吉拉。多年之前因不可原谅的违规而被流放。记忆说那跟爱有关。欧德雷翟没有问具体情况，但其中的一些已显示在她眼前。（贝隆达又干涉了！）欧德雷翟注意到了多吉拉在被放逐之时情绪上的剧变。应该是爱人在徒劳地抗争分离。

欧德雷翟回忆起了有关多吉拉可耻行为的谣言。“杰西卡罪！”谣言透露了价值丰富的信息。多吉拉被流放到哪里了？不管了。此刻，这一点无关紧要。更重要的是：她为什么来这儿？为什么她要冒着被猎手发现的风险来这儿？

在斯特吉前来通报她的到来时，她问了这个问题。斯特吉不知道：“她说了，只能跟你一个人说，大圣母。”

“我一个人？”想到对她的每项行为时时刻刻的监察（说成监控可能更准确些），欧德雷翟几乎苦笑了出来，“这位多吉拉没说她到这儿来的原因？”

“那些命我前来打搅你的人说，你最好能见她一下。”

欧德雷翟抿紧了嘴唇。这位被放逐的圣母能突破这么多的障碍前来见她，引起了她的兴趣。一位执着的圣母能打破普通的障碍，但这些障碍可不普通。多吉拉肯定已表明了她前来的理由，那些人听到了，并准许她通过。显然，多吉拉并没有利用贝尼·杰瑟里特的花招来说服她的姐妹们。那么做的话，她第一时间就会被拒绝。没时间浪费在无聊的事上。看来，她遵循了指挥系统。她的行为经过了层层的谨慎评估，说明了她携带信息的重要性。

“带她进来。”

多吉拉在那颗闭塞的行星上保养得还不错。这么多年的时光，只是在她的嘴角添了几道浅纹。长袍的兜帽盖住了她的头发，但帽子下的双眼依然明亮、锐利。

“你有何贵干？”欧德雷翟问道，“最好不要浪费我的时间。”

多吉拉的故事直截了当。她和其他三个圣母与一群来自大离散的混合人交谈过。混合人搜索到了多吉拉的位置，并让她带个信息给圣殿。多吉拉说她用真言感应力过滤了它们的请求，这提醒了大圣母，即使在闭塞的地方依然有能人。姐妹们认为这请求是真诚的，因此多吉拉迅速行动，同时避免了行踪的暴露。

“用的都是我们自己的无舰。”她是这么说的。她还说到飞船很小，和走私贩子用的是一种类型。

“一个人就能操作。”

信息的内容极具诱惑。混合人想与圣母联合，一起来抵抗尊母。多吉拉说，很难评估这些混合人领导了多大的力量。

“我问了，它们拒绝回答。”

欧德雷翟听说过很多混合人的故事。尊母的杀手？有可能，但混合人的表现让人困惑，尤其是考虑到伽穆。

“这伙人有多少个？”

“十六个混合人，还有四个驯兽师。他们是这么称呼自己的：驯兽师。他们还说尊母有一种危险的武器，只能用一次。”

“你怎么只提到了混合人？这些驯兽师是什么人？这种秘密的武器又是什么？”

“我准备提他们的。他们看上去像是人，大离散给他们造成了变化。三个男人和一个女人。至于武器，他们没再说更多的。”

“看上去像是人？”

“没错，大圣母。我有个奇怪的第一印象，觉得他们是变脸者。但他们不符合任何一个标准。信息素不符合。姿态、表情——所有的都不符合。”

“只是个第一印象？”

“我无法解释。”

“混合人呢？”

“它们与描述的相符。外表像人类，但行为残暴。我猜是源自猫科动物。”

“其他人也这么说。”

“它们会说话，但只能说简化的凯拉奇语。我觉得它们只会堆砌词汇。‘几时吃？’‘你，好夫人。’‘要挠头。’‘坐这儿？’它们会对驯兽师做出及时的回应，但并不怕他们。我感觉混合人和驯兽师互相尊重和喜爱。”

“你知道这一路上的风险，为什么你还要冒险把消息带到这儿来？”

“这些是来自大离散的人。他们提议联盟，相当于打开了一扇通往尊母诞生之地的大门。”

“你应该已经问过他们了，还问了大离散的细节。”

“没有回答。”

话说得简洁明了。不管她有着怎样不堪的过去，你都无法轻视这位被放逐的姐妹。还有更多的问题。欧德雷翟问着，并在答案到来时仔细地观察着，看着一张老去的嘴，如同枯萎的水果，吐露着最后的芬芳。

或许是因为多年的赎罪，多吉拉的行为中有种东西表明她已软化了许多，但贝尼·杰瑟里特的坚强仍未折损。她说话时有自然的停顿，她的姿势也很流畅。她看着欧德雷翟的眼神很温柔。（这就是她的姐妹们所谴责的东西：没有展现贝尼·杰瑟里特的愤世嫉俗。）

多吉拉让欧德雷翟感兴趣。她说话的样子，姐妹对姐妹，显示出语言背后那坚强且平衡的大脑。惩罚之地多年的磨炼铸就了她的精神。尽自己的能力弥补年轻时的缺失。没有表现出混日子、事不关己的样子。一份直戳要害的报告。她仍具备必要的意识，尊重大圣母的决定，在危险的旅途中处处小心，但仍然自信“你应该听一下我的报告”。

“我相信这不是陷阱。”

多吉拉的举止没有任何不妥。目光直接对视，眼睛和脸部表情自然沉着，没有躲闪。一个姐妹可以看穿这层面纱，做一个适当的评估。多吉拉只是出于紧急才来的。她曾是个傻子，但她已不再是了。

她流放的行星名叫什么？

工作台的投影展示了名字：巴塞尔。

名字让欧德雷翟警觉。巴塞尔！她的手指在控制台上飞跃，印证着她的记忆。巴塞尔：大部分为海洋。寒冷。非常寒冷。贫瘠的岛屿，最大的岛都比一艘无舰小。贝尼·杰瑟里特曾经认为巴塞尔是个流放之地。小心，姑娘，否则你会被发配至巴塞尔。欧德雷翟想起了另一个关键词：苏石。在巴塞尔，她们驯化了单眼的海洋生物丑鬣蟹，它的外壳磨破之后会长出美妙的肿瘤，宇宙中最宝贵的珠宝之一。

苏石。

多吉拉就戴着它，在她的颈线上隐约可见。工作室的灯光将它变成了深海之蓝与淡紫的混合色。它比人类的眼球大一些，闪闪发光，仿佛在夸耀自己的财富。在巴塞尔，她们可能没把它当回事。在沙滩上随处都能捡到。

苏石。了不起。根据贝尼·杰瑟里特的安排，多吉拉应经常与走私贩子打交道。（她拥有那艘无舰就是最好的证明。）应当注意分寸。尽管是姐妹间的谈话，但一位是大圣母，另一位是来自流放行星的圣母。

走私，对尊母（和其他不肯承认这项法律其实是无法执行的人）来说，是一项重罪。折叠空间没有改变走私的实质，只是让小规模的入侵变得更为容易。小型无舰。你能造一艘多小的？欧德雷翟没有这方面的知识。档案予以了弥补：“直径一百四十米。”

足够小了。苏石是一种诱人的商品。折叠空间是个关键的经济障碍：商品单位体积和质量上的价值是多少？运送大家伙消耗的能量是惊人的。苏石——走私贩子的最爱。它们对尊母也有很强的诱惑力。简单的经济学？要瞄准巨大的市场。如今，它对走私贩子的吸引程度和美琅脂一样，因为宇航公会已经不怎么需要美琅脂了。公会总是在分散在各地的仓库里积攒着够好几代人用的美琅脂，而且（毫无疑问）还有很多隐藏的备用库。

他们还认为自己能从尊母那里买来保护！但是，她感觉这给了她某种可以利用的东西。在离奇的愤怒之中，尊母摧毁了沙丘星，唯一能自然产生美琅脂的地区。在意识到后果之前（奇怪），她们根除了特莱拉人，他们的伊纳什洛罐曾让旧帝国到处都是香料。

我们有能再造沙丘的生物。我们还有可能是唯一活着的特莱拉尊主。将伊纳什洛罐变成美琅脂宝库的方法被锁在斯凯特尔的大脑里。如果我们能让他透露就好了。

眼前的问题是多吉拉。这女人带来了简洁可信的消息。她说，驯兽师和他们的混合人被某些他们不愿透露的东西惊扰了。多吉拉没有尝试使用贝尼·杰瑟里特的说服术，实属明智。来自大离散的人对此不知会有何反应。是什么惊扰了他们？

“除了尊母之外的威胁。”多吉拉猜测道。她不愿再说更多，但可能性是存在的，必须加以考虑。

“关键在于他们说了他们需要盟友。”欧德雷翟说道。

“在共同的道路上，面临着共同的问题。”他们是这么说的。尽管有真言感应力佐证，多吉拉还是建议须对他们的提议小心。

为什么他们要去巴塞尔？因为尊母错过了巴塞尔，或认为它不值得承受她们的怒火？

“应该不是。”多吉拉说道。

欧德雷翟同意。多吉拉，不管她原来的境遇有多么不堪，但是现在掌握了高价的资产，而且更重要的是，她是个圣母，坐着无舰前来面见大圣母。她知道圣殿的位置。当然，对猎手无用。她们知道圣母会在透露任何秘密之前先杀了自己。

问题一个接一个。但是，先来场姐妹间的共享。多吉拉当然能对大圣母的动机做出正确的理解。欧德雷翟将话题转到了私人事项上。

谈话进展不错。多吉拉显然没料到，但愿意开口分享。

偏远地区的圣母容易培养起姐妹们口中的“收藏兴趣”。它们都由爱好发展而来，与之相比，放到收藏上的注意力显得极端多了。欧德雷翟认为大多数收藏都很无聊，但是，她觉得多吉拉所谓的“爱好”挺有深意。*她收集古老的钱币，是吗？*

“什么样的？”

“我有两枚古希腊的银币和一枚完美的金币。”

“真品？”

“它们是真的。”意思是她已经在他者记忆中完成了搜索，确认了它们的真实性。有趣。她通过有趣的方式锻炼，甚至是通过自己的爱好。内外部历史完美的融合。

“很有意思，大圣母，”多吉拉最终说道，“感谢你向我表明，我们仍然是姐妹，并和我分享了你类似的爱好——古代的画作。但是，我们两个都知道我冒险前来的原因。”

“走私贩子。”

“当然。尊母不可能忽略存在于巴塞尔的我。走私贩子会把消息出售给出价最高的人。我们必须假设他们已经从巴塞尔的秘密上获得了利润：苏石，加上驻地圣母和她的助手。而且，我们也不能忘了是驯兽师们主动找到了我。”

该死的！欧德雷翟想着。多吉拉是那种我想留在身边的顾问。我不知道外面还有多少类似的被掩埋的珍宝，因为种种原因被遣送了。我们为什么总是把天才们关在外面？这是自古以来姐妹会未能解决的弱点。

“我觉得我们掌握了尊母的一些有价值的东西。”多吉拉说道。

没必要点头表示同意。这就是促使多吉拉前来圣殿的核心原因。贪婪的猎手已经蜂拥至旧帝国，杀光烧光她们怀疑任何与贝尼·杰瑟里特有牵连的东西。但是，猎手仍未将爪子伸至巴塞尔，尽管它的位置肯定不是个秘密。

“为什么？”欧德雷翟问道，说出了她们两人脑海中的问题。

“绝不要破坏你自己的巢穴。”多吉拉说道。

“你觉得她们已经在巴塞尔了？”

“还没有。”

“但是，你认为巴塞尔是一个她们想要的地方？”

“基本预测。”

欧德雷翟只是盯着她。看来，多吉拉还有一个爱好！她钻入他者记忆，磨炼并优化了那里储存的知识。谁能责备她呢？巴塞尔上面的日子肯定是度日如年。

“门泰特式总结。”欧德雷翟指了出来。

“是的，大圣母。”多吉拉非常温顺。圣母只有在得到圣殿的许可，并在其他姐妹的引领和支持之下，才能以此种方式挖掘他者记忆。多吉拉保持着反叛精神。她跟随着自己内心的渴望，如同当时她追随禁忌的爱情一样。好！贝尼·杰瑟里特需要这样的反叛者。

“她们不想破坏巴塞尔。”多吉拉说道。

“一个水世界？”

“它能成为两栖仆人理想的家园。对混合人和驯兽师都不合适。我仔细研究过他们。”

证据表明，尊母的计划是打算引入奴隶，或许是两栖类的，来采集苏石。尊母应该有两栖类的奴隶。制造了混合人的知识可以用来制造更多有意识的生物。

“奴隶，危险的失衡。”欧德雷翟说道。

多吉拉首次露出了激动的情绪，强烈的反感让她的嘴唇抿成了一条线。

这是个姐妹会早就知晓的模式：奴隶制将不可避免走向衰败。你筑起了一道仇恨的大坝，制造愤怒的敌人。如果你无法一下子消灭所有的敌人，就不敢轻易开战。你清醒地意识到，镇压将使得你的敌人更强大，这将消磨你的勇气。受压迫的人总有一天会胜利，那一天来临时，神保佑那些压迫者。它是把双刃剑。受压迫者总是会向压迫者学习，复制他们的行为。当风水转向时，舞台上将会上演又一场复仇与暴力的游戏——角色互换了。互换，再互换，直到永远。

“她们难道永远不会成熟吗？”欧德雷翟问道。

多吉拉没有回答，但她有一个紧急的提议：“我必须回到巴塞尔。”

欧德雷翟沉吟着。被放逐的圣母再次在大圣母之前做出考虑。尽管这决定看上去不合理，但她们都知道，这是最好的办法。混合人和驯兽师会回来。更重要的是，对于一颗尊母看上的行星，来自大离散的访客将受到特别的关注。尊母可能不得不做出某种回应，而这种回应可能会揭露她们更多的秘密。

“但她们会怀疑巴塞尔是个诱饵。”欧德雷翟说道。

“我可以说我被姐妹会驱逐了，”多吉拉说道，“而且该说法还能得到印证。”

“把你自己当成诱饵？”

“大圣母，如果能诱使她们进行和谈呢？”

“和我们吗？”多么令人震惊的想法！

“我知道她们不是以合理的谈判而著称，但是……”

“好主意！让我们增强它的诱惑力。假设我会带着贝尼·杰瑟里特的投降书前去找她们。”

“大圣母！”

“我没有投降的打算。但是，还有其他更好的办法能让她们谈判吗？”

“巴塞尔不是个理想的会面地点。我们的设施非常简陋。”

“她们的武力部署在交叉点上。如果她们建议在交叉点会面，你能说服你自己吗？”

“需要仔细计划，大圣母。”

“哦，要非常仔细。”欧德雷翟的手指在控制台上迅速移动着。“是的，今晚，”她对着一个可视的问题回答道，随后又隔着凌乱的工作台对多吉拉说道，“我要求你在离开之前见一下我的顾问和其他一些人。我们会跟你说清楚计划，但我个人担保你有很大的自由度。关键是要让她们同意在交叉点会面……而且，我希望你清楚，我多么痛恨将你用作诱饵。”

多吉拉沉浸在自己的想法中，没有回答。欧德雷翟继续道：“她们可能会无视我们的提议，并将你消灭。但是，你仍然是我们最好的诱饵。”

多吉拉表明了她仍然保持着幽默感。“我也不喜欢挂在钩子上来回晃，大圣母。拜托将绳子拴牢一些。”她站起身，关切地看了眼欧德雷翟的工作台，说道，“你有那么多工作，而且我还耽搁了你的午餐。”

“我们一起在这里吃吧，姐妹。此刻，你才是最重要的。”

所有的国家都是抽象的概念。

——《奥克顿政治档案》，

藏于贝尼·杰瑟里特档案部

卢西拉警告自己，不要对这间绿色的房间和不断出现的大尊母放松警惕。这里是交叉点，是那些想根除贝尼·杰瑟里特的人的要塞。这些是敌人。今天是第十七日。

她那绝对准确的精神时钟在香料之痛后就开始嘀嗒，告诉她自己已经适应了这星球的自转节律。黎明时分醒来，她不知道何时才能进食。尊母一天只给她吃一顿饭。

而且，那个关在笼子里的混合人也总是出现。这是一个提醒：*你们两个都在笼子里。这是我们应对危险动物的方式。我们偶尔会让它们出来放风，舒展一下身子，娱乐一下我们，但之后还是要关进笼子。*

食物里混有极少量的美琅脂。这不是出于吝啬，跟她们的财富无关，而是一则信息：“如果你表现得乖，会得到什么。”

她今天什么时候来呢?

大尊母的到来没有规律。随机出现以迷惑俘虏？有可能。但司令官的时间也要花在其他请求上。只要有可能，就将欣赏危险宠物挤入寻常的日程中。

我或许是危险的，蜘蛛夫人，但我还不是你的宠物。

卢西拉感觉到了扫描装置的存在，这些东西不只为眼睛提供信息，它们还能探入肉里，探测是否藏有武器，还能检查内脏的功能。她有奇怪的植入吗？是否通过手术植入了额外的器官？

什么也没有，蜘蛛夫人。我们只依靠生命的赐予。

卢西拉知道自己眼下最大的危险——在这种场合下失去信心。她的抓捕者将她置于十分不利的局面，但她们尚未摧毁她的贝尼·杰瑟里特技能。在身体里的谢尔减少到可能泄露秘密的临界点之前，她可以杀了自己。她依然掌握着自己的意识……还有来自兰帕达斯众人的。

混合人通道的墙面打开了，关着它的笼子滑了出来。蜘蛛女王在路上了。跟往常一样，又在她面前展示威胁。今天早了。比任何一天都早。

“早上好，混合人。”卢西拉以轻快的语气说道。

混合人看了她一眼，没有说话。

“你肯定恨这个笼子。”卢西拉说道。

“不喜欢笼子。”

她知道这种生物掌握了一定的语言能力，但掌握的程度究竟如何，她依然好奇。

“我猜她也让你饿着。你想吃我吗？”

“吃。”混合人显然感兴趣。

“我希望我是你的驯兽师。”

“你是驯兽师？”

“如果我是的话，你会服从我吗？”

蜘蛛女王沉重的椅子从地板下的藏身处升了起来。她还没露面，不过，她应该会倾听此刻的谈话。

混合人带着奇怪的表情看着卢西拉。

“驯兽师会把你关起来，还让你饿肚子吗？”

“驯兽师？”混合人显然在琢磨着问题。

“我想让你杀了大尊母。”她有这个想法应该不会让她们奇怪。

“杀了达玛！”

“并吃了她。”

“达玛毒。”混合人神情沮丧。

哦。有趣的信息！

“她没有毒。她的肉吃起来跟我的一样。”

混合人在笼子里爬到了离她最近的地方，左手扒拉着下嘴唇。那里有个红色的丑陋的伤疤，显然是灼伤的。

“看毒药。”它说，随后放下了手。

*我不知道她是怎么做到的。*她身上没有毒药的味道。人类的肉体，加上肾上腺素的药物，炮制了那双在发怒时变成橙色的眼睛……还有默贝拉展示过的其他反应。一种唯我独尊的感觉。

混合人对语言的理解有多深？

“这种毒药苦吗？”

混合人面露苦相，并吐了口唾沫。

行动比语言更快，也更有力。

“你恨达玛吗？”

混合人露出了犬齿。

“你怕她吗？”

混合人微笑。

“那你为什么不杀了她？”

“你不是驯兽师。”

它需要驯兽师发出杀戮指令！

大尊母进来，并在椅子上坐下了。

卢西拉用欢快的语气说道：“早上好，达玛。”

“我还没允许你这么称呼我。”嗓音低沉，眼里也有橙色开始闪耀。

“混合人和我在谈话。”

“我知道。”大尊母的眼里出现更多的橙色，“你不会在挑唆它吧……”

“但是，达玛——”

“别这么叫我！”大尊母站起了身子，眼里冒着橙光。

“坐下吧，”卢西拉说道，“这不是审问的方式。”讥讽，一种危险的武器。“昨天你说了想继续我们之间有关政治的谈话。”

“你怎么知道是昨天？”大尊母坐了下来，但眼睛依然在发光。

“所有的贝尼·杰瑟里特都有这种技能。我们能感觉到任何行星的节律，只要在它上面待上一阵子。”

“奇怪的技能。”

“任何人都能办到。只要有敏感度就行。”

“我能学吗？”大尊母眼中的橙色正在退却。

“我说了任何人都行。你仍然是个人，不是吗？”这是一个尚未完全揭晓的谜题。

“为什么你要说你们这些女巫没有政府？”

她想要转移话题。我们的技能让她担忧。“我说的不是这个意思。我们没有传统的政府。”

“甚至没有社会行为准则？”

“没有哪套社会准则能放之四海而皆准。一个社会中的某种犯罪行为，在另一个社会中却可能是最低的道德要求。”

“人民总是需要政府。”大尊母眼中的橙色完全退却了。

为什么她对这个话题这么感兴趣？

“人民需要的是政治。我昨天跟你说了。政治是一种艺术，表面上显得坦率和公开，其实是在尽量隐藏真相。”

“也就是说，你们这些女巫在隐藏真相。”

“我没有这么说。当我们说‘政治’时，是在对姐妹们提出警告。”

“我不相信你。人类总是创造某种……”

“政体？”

“用什么词都行！”她被激怒了。

卢西拉没有进一步回答，大尊母俯身向前：“你在隐藏！”

“难道我没有权力在你面前隐藏那些会被你用来击败我们的东西吗？”这是一小块肥美多汁的诱饵。

“果然！”大尊母身子往后靠去，面有得意之色。

“然而，我没什么要隐藏的。你觉得权力的缝隙总是会被填满，你不知道我的姐妹会对此有什么说法。”

“哦，请跟我说说吧。”她的讥讽还真蹩脚。

“你相信一切权力都和产生于部落时期的本能一致。头领和长老。大圣母和顾问团。更早的时候，强壮的男人（或女人）负责让大家吃饱，洞口有火堆保证大家的安全。”

“有道理。”

真的吗？

“哦，我也同意。权力形式进化的模式清晰可见。”

“进化，女巫！就是不断地更迭。”

进化。看到她被敏感词激怒了吗?

“要是你能让它作用在自己身上，它就是可被控制的力量。”

控制！看看你引发的兴趣。她爱这个词。

“所以你们像其他人一样制定法律！”

“规则，或许吧，但一切不都是暂时的吗？”

大尊母的兴趣大增：“当然。”

“但是，你的社会由官僚管理，他们都知道，不能在手头的工作上开展任何创新。”

“这重要吗？”大尊母极其疑惑。看看她皱起的眉头。

“对你重要，尊母。”

“大尊母！”她真是易怒。

“为什么你不允许我称你为达玛？”

“我们没那么亲密。”

“混合人跟你够亲密的吗？”

“不要转移话题！”

“要牙齿干净。”混合人说道。

“闭嘴！”她怒气冲冲。

混合人蹲了下来，但它并不害怕。

大尊母将橙色的目光转到了卢西拉身上：“官僚有什么问题？”

“他们没有操作的空间，因为他们的上级需要将灵活性留给自己私用。如果你看不到规则与法律之间的区别，那么两者都有法律的强力。”

“我看不到区别。”她不知道自己暴露了什么。

“法律能带来强制的变化。因为这个或那个的法律，一个光明的未来会到来。法律执行的是未来。据信，规则执行的是过去。”

“据信？”她也不喜欢这个词。

“在历史事件中，真相永远是虚幻的。就像指派一个顾问团去研究某个问题，顾问团中的人越多，对该问题的预设立场也就越强。”

小心！她真的在思考这个问题，将它联系到了自己身上。

卢西拉用自己最有说服力的声调说道：“你由光辉的过去所造就，现在想要理解无法看清的未来。”

“我们不相信预示。”不，她相信！明白了。这就是她让我们活着的原因。

“达玛，承认吧。将你置身于法律的桎梏之下，总会有不平衡之处。”

小心！她不愿意你称她为达玛。

大尊母挪动着身子，椅子发出了吱吱声：“但是，法律是必要的。”

“必要的？危险。”

“为什么？”

语气不再强硬。她感觉到了威胁。

“必要的法律和规则阻止了你去适应。不可避免地，一切都将毁灭。就像银行家觉得自己在买下未来。‘我舒服就行了！管我的后代干吗！’”

“后代跟我有什么关系？”

不要说出口！看着她。她这是失去理智的表现。再给她尝一小口。

“尊母产生于恐怖分子。先是官僚，然后你们拿起武器，就成了恐怖分子。”

“当你手头有武器时，就用。但是，我们是起义军。恐怖分子？

太乱。”

她喜欢“乱”这个字。它象征了外部所有的事物。她甚至都没问你是怎么知道她们的起源的。她接受了我们的神秘技能。

“奇怪吗？达玛……”没有反应，继续，“一旦胜利之后，起义军很快就会堕入旧模式之中。与其说它是所有的政府在前进道路上的陷阱，不如说它是所有掌权者都将面对的迷乱。”

“哈！我还以为你会对我说些新的呢。我们知道这一点：‘权力导致腐败。绝对的权力导致绝对的腐败。’”

“错，达玛。我跟你说的是某种更微妙、更具渗透力的东西：权力吸引易腐败的人。”

“你竟敢污蔑我容易腐化？”

小心那对眼睛！

“我？污蔑你？唯一能污蔑你的是你自己。我只是给了你贝尼·杰瑟里特的观点。”

“等于什么也没说！”

“还有，我们相信在任何法律之上还有道德，它必须监督所有那些改变规则的尝试。”

你在这句话中同时使用了那两个词，她没有注意。

“权力总是有用的，女巫。这就是法律。”

“所有在这个想法之下长时间存在的政府注定将充斥着腐败。”

“靠道德吗！”

她并不擅长讥讽，尤其当她防守时。

“我真的想帮你，达玛。法律对每个人都很危险——不管你是无辜的，还是有罪的；不管你觉得自己是有权的，还是无助的。法律缺乏对人类的理解。”

“哪有对人类的理解这回事！”

我们的问题得到了解答。不是人类。跟她的潜意识交流。她完全敞开了。

“法律总是需要解释。法律不想怀有任何同情。没有回旋的余地。‘法律就是法律！’”

“是的！”她非常抵触。

“这是个危险的想法，尤其对无辜的人。人民本能地知道这一点，并对这样的法律表示愤慨。稍微努点力，通常是无意地，就能令这种‘法律’和那些处理这种废话的人瘫痪。”

“你怎么敢称它为‘废话’？”她从椅子上半站了起来，紧接着又坐了下去。

“哦，是的。法律，被那些依靠它生活的人拟人化了，变得听到那些我刚才说过的词语之后知道愤慨了。”

“我是愤慨了，女巫！”但是，她没有叫你闭嘴。

“‘更多的法律！’你说，‘我们需要更多的法律！’所以你制定了新的缺乏同情心的工具，相应地，为那些吸这个系统的血的人创造了更多的职位。”

“这是一直以来的做法，而且将来也会这么做。”

“又错了。它是个轮回。它转啊转，直至它伤害了错误的人或错误的团体。然后，你将面临无序。混乱。”看到她跳起来了吗？“起义军，恐怖分子，野蛮的暴力到处喷发。圣战！一切的发生，都因为你创造了某种非人类的东西。”

她的手在摩挲着脸颊。小心！

“我们怎么从政治的话题上引申了这么远，女巫？你是故意的吗？”

“我们并没有离开话题，丝毫没有！”

“我猜，接下来你就该跟我说，你们女巫在实践某种民主。”

“过程中带着你无法想象的警惕。”

“让我开开眼界吧。”*她觉得你会跟她说个秘密。那就跟她说一个吧。*

“民主容易走入歧途，只要让替罪羊在选民面前走上一圈就行。让富人、贪婪的人、罪犯、愚蠢的领导等各色人等排好队。”

“你们和我们的想法一致。”*哈，她多想让我们跟她一样啊。*

“你说你们是起义的官僚。你知道缺陷在哪里。一个头重脚轻的官僚体系，无法用选举加以改良，总是会扩张，直至耗尽系统的能量。从年老的、退休的，从任何人手里偷窃。尤其是从我们曾称之为中产阶级的那批人手里，因为那是大部分能量的发源地。”

“你认为你们是……中产阶级？”

“我们不会把自己看成是哪个固定的角色。但是，他者记忆告诉了我们官僚体系的缺陷。我猜你们也有某种对‘下层’的社会服务。”

“我们照顾自己人。”*这话到了她嘴里怎么这么恶心。*

“那你该明白这么做会分散你们的选票，会产生一种主要症状：人民不投票。本能告诉他们，投票是无用的。”

“民主本来就是个愚昧的点子！”

“我们同意。它具有煽动倾向。这种疾病让选举系统脆弱。然而，煽动可以被轻易辨别。他们的手势很多，讲话像牧师般抑扬顿挫，使用着宗教狂热的词，装出无比真诚的样子。”

她在窃笑！

“装出来的真诚需要刻苦练习，达玛，而这种练习总是能被辨别出来。”

“被真言师吗？”

看到她身子前倾的样子了？我们又让她上钩了。

“被任何能察觉到重复说教迹象的人。花费巨大的精力，将你的注意力牢牢吸引在口头上。你必须忽视他说的。观察那个人的行动。由此，你就能辨识那个人的动机。”

“这么说，你们实际上没有民主。”告诉我更多贝尼·杰瑟里特的秘密。

“但是，我们有。”

“你刚才不是说……”

“我们守卫着它，同时警惕着那些我刚才描述的事情。危险是巨大的，但回报也异常可观。”

“你知道你跟我说了什么？说了你们其实是一帮傻子。”

“好女人！”混合人说道。

“闭嘴，否则我把你送回到兽群里！”

“你不好，达玛。”

“看看你都干了什么，女巫？你毁了它！”

“不是还有其他更多的吗。”

哦。看看那个笑容。

卢西拉精准地模仿了那个笑容，并将自己的呼吸频率调整成与大尊母的一样。看我们有多么相似？我当然想要伤害你。换成是你，不是也会这么做吗？

“那么，你们知道如何让民主达成你们的任何愿望。”扬扬自得的表情。

“其中的技巧相当微妙，但并不难。你创造一个多数人都不满意的系统，有些人有少量不满，有些人则是非常不满。”

这就是她的想法。看看她对你的话频频点头的样子。

卢西拉将自己的节奏调整成和大尊母点头的频率一致：“这会累积愤怒，恶意的情绪四处扩散。然后，在需要时，你给那种愤怒提供目标就行了。”

“一种转换注意力的策略。”

“我更喜欢把它看成是分散注意力。不要给他们质疑的时间。用更多的法律来掩盖你的错误。你制造假象。斗牛策略。”

“哦，是的！说得好！”她几乎欢呼了。给她更多的斗牛场。

“挥舞漂亮的斗篷。他们会朝它冲锋，并且会因为它后面没有斗牛士而迷惑。那会使选民愚钝，如同使斗牛愚钝一样。下次能明智地利用选票的人就更少了。”

“这就是我们要这么做的原因！”

我们这么做！她是在自言自语吗？

“然后，你再去责骂那些冷漠的选民。让他们觉得有罪恶感。让他们迟钝。给他们吃的。给他们娱乐。别做得太过火！”

“哦，对！千万不能过火。”

“让他们知道，如果不随大溜，他们将挨饿。叫他们看一看让船颠簸的人将面临什么样的痛苦。”谢谢你，大圣母。这是个合适的比喻。

“你会让牛偶尔撞到斗牛士吗？”

“当然。咣！撞到了！然后，你等着笑声安静下来。”

“我就知道你们不允许民主的存在！”

“你为什么不相信我呢？”你在玩火！

“因为那样的话，你们得允许公开选举，配备陪审团和法官，况且……”

“我们称她们为监理。类似于所有人的陪审团。”

现在你让她困惑了。

“况且你们还没有法律……规则，不管你们愿意怎么称呼。”

“我不是说了，我们认为它们是不同的？规则对应过去。法律对应未来。”

“你们肯定得对这些监理有所限制……某种程度上！”

“她们可以做出任何她们所希望的决定，跟陪审团的功能一样。该限制的是法律！”

“这是个令人非常不安的想法。”不安得好啊。看她的双眼变得多么暗淡。

“我们民主之中的首要规矩：法律不能限制陪审团。限制了陪审团的法律是愚昧的。当人们代表了一小撮自私者的利益时，他们能愚昧得让你难以想象。”

“你在说我愚昧，是吗？”

小心橙色。

“好像有条自然法则说过，自私的团体无法开明。”

“开明！我就知道！”

那是个危险的笑容。小心。

“开明意味着与生命的力量共舞，调整你的行为，好让你的生命延续。”

“让最多的人获得最大的快乐，当然。”

快！我们聪明过头了！换个话题！

“这是暴君在他的金色通道中剔除的元素。他没有考虑快乐，只考虑了人类的生存。”

我们说了要换个话题！看看她！她愤怒了！

大尊母把手从下巴上放了下来："我本打算邀请你加入我们的组织，让你成为我们的人。放了你。"

别让她继续！快！

"别说话，"大尊母说道，"别张开你的嘴。"

看看你干了什么！

"你会怂恿劳格诺或其他什么人，然后她就会坐上我的位置！"她瞥了眼趴着的混合人，"吃吗，亲爱的？"

"不吃好夫人。"

"那我把她的尸体丢入兽群！"

"大尊母——"

"跟你说了别说话！你还敢叫我达玛？"

在一阵模糊的身影之中，她离开了椅子。卢西拉笼子的门一下子被打开了，连笼壁都被连带着发出了震动。卢西拉想要躲避，但志贺藤束缚了她的手脚。她没有看清粉碎了自己太阳穴的那一脚。

临死之前，卢西拉的意识里充满了愤怒的尖叫——来自兰帕达斯众人那被压制了好几代人的情绪，一下子释放了。

有些人从不参与。他们只是让生活发生。他们依靠愚昧和执着活着，用愤怒或暴力维持充斥着不满的安全假象。

——奥玛·麦维斯·塔拉扎

一遍又一遍，一遍又一遍。一整天，一遍又一遍。欧德雷翟从一个摄像眼记录换到了下一个，寻找着，犹豫着，不安着。先看一眼斯凯特尔，再看一眼和邓肯、默贝拉待在一起的小特格，然后又长时间地盯着窗外，想着伯兹马利从兰帕达斯发来的最终报告。

他们多快能恢复霸撒的记忆？恢复了记忆的死灵会服从吗？

*为什么拉比没有送来更多的消息？我们要开始“绝境进程”吗，在相互之间进行尽可能多的分享？*对士气的影响将是毁灭性的。

记录被投影到她的桌子上方。助理们和顾问们来了又走。这些对她来说都是必要的中断：签这个，批准那个，降低这个团体的美琅脂供应？

贝隆达也在这里，坐在桌子旁。她已经不再问欧德雷翟在找什么，只是用锐利的目光与无情的态度盯着她。

她们在争论，此轮大离散中的新沙虫是否能重塑暴君那邪恶的影响力。每条沙虫体内那“无尽梦境”仍然让贝尔担忧。但是，沙虫数目本身就说明了暴君对他们命运的控制已然结束。

塔玛拉尼刚才进来过，她向贝隆达索要一项记录。刚刚整理好一套全新的档案，贝隆达又开始苛评姐妹会人口的变化和资源的耗竭。

欧德雷翟盯着窗外，渐渐地，夜幕开始吞食大地。黑暗以一种几乎察觉不到的速度降临。当大地陷入漆黑后，她注意到了远处种植园房子发出的灯光。她知道这些灯光早就被打开了，但给她的感觉就像是夜晚刚开启了它们。由于人们在住所内四处走动，有些灯光会暂时消失。没有人——没有灯光。不要浪费能源。

闪烁的灯光让她迷离了一阵子。一个古老问题的变种，说的是有一棵树倒在了森林里，如果没人听到的话，那还有声音吗？欧德雷翟认同那些人的观点。她们认为震动无论如何都存在，不管是否被仪器记录在案。

秘密的传感器在记录我们的离散吗？最早离散的人具备什么样的天分，有过什么样的发明？

贝隆达有意让寂静多停留了一阵："达尔，你在圣殿散播恐慌。"

欧德雷翟接受了她的指责，没有反诘。

"不管你在做什么，都被理解成了犹豫不决。"贝尔的声音听上去太哀伤了。"一些重要的团体在讨论是否要替换你。监理们在投票。"

"只有监理吗？"

"达尔，那天你真的冲着普拉斯加招手了，并说了活着真好？"

"是的。"

"你在干什么？"

"我在重新评估记录啊。多吉拉还没消息？"

"今天你问了不下十次了！"贝隆达示意着工作台，"你一直在回顾伯兹马利从兰帕达斯发来的最终报告。我们漏了什么吗？"

“为什么敌人要紧守伽穆？告诉我，门泰特。”

“我缺乏足够的数据，你知道的！”

“伯兹马利不是门泰特，但是，他对事件的看法通常有独到之处，贝尔。我告诉自己，好吧，他毕竟是霸撒最钟爱的学生。伯兹马利会表现出他老师的特征，这一点可以理解。”

“说明白些，达尔。你在伯兹马利的报告里看到什么了？”

“他填补了图片中的空白。没有填满，但是……他不断提到伽穆的方式让人费解。许多经济势力在那里都有强大的关系。为什么敌人没有剪断这些线头？”

“她们在同一个系统里，显然。”

“如果我们全力进攻伽穆，会怎么样？”

“没人想在暴力的环境中做生意。这是你自己说的吧。”

“部分是。”

“那个经济体中的多数参与者都想离开。去另一颗行星，去找另一群俯首的人。”

“为什么？”

“他们能更可靠地预测。他们能增强抵抗风险的能力。”

“我感觉到她们在那里有盟友，贝尔，让她们找到更多的资源来消灭我们。”

“当然。”

贝隆达简练的回复逼迫欧德雷翟打开了思路。她抬起目光，盯着远处星光下闪闪发亮、覆盖着积雪的山顶。进攻者会从那个方向发起进攻吗？

换作智力稍差的人，可能会被这个想法的冲击搅乱思路。但是，欧德雷翟无须默念《对抗恐惧的连祷文》来保持冷静。她有更简单的方法。

直面你的恐惧，否则它会爬上你的背。

她的态度很直接：宇宙中最恐惧的事来自人类的头脑。噩梦（象征贝尼·杰瑟里特灭绝的白马）既有神话色彩，也有现实意义。拿着斧子的猎手既能攻击肉体，也能攻击头脑。肉体可以逃，头脑怎么逃呢？

那就面对它！

她在黑暗中面对着什么？不是那个手拿斧子、面目不清的猎手，不是坠入无名的峡谷（都被她的天分所预见），而是实实在在的尊母以及她们的支持者。

我不敢利用哪怕一小点预知能力来引领我们。我怕会将我们的未来锁入不变的形式。穆阿迪布和他的暴君儿子就这么做了，而且暴君还用了三千五百年来压制我们。

在不远不近的地方有移动的灯光引起了她的注意。园丁们仍在工作，修剪着果园，仿佛这些脆弱的果树能永远活着。换气窗里传来了一点点淡淡的烟味，那是被剪下的树枝在被焚烧。贝尼·杰瑟里特的园丁对这些细节异常上心。绝不能留下枯木吸引寄生虫，否则下一步虫子们就该向活着的树发难了。干净整洁，计划先行，维护栖所。此时此刻是永恒的一部分。

绝不留下枯木？

伽穆是枯木吗？

“果园里有什么东西，让你这么入迷？”贝隆达想知道。

欧德雷翟没有转身，说道：“它让我平静。”

就在两天前的夜晚，她还在那里散过步，天气虽冷却令人舒畅，迷雾矮矮地笼罩在地面上。她的脚惊动了落叶。稀疏的雨水落在温度稍高的低处，蒸腾起淡淡的堆肥味，是一种令人陶醉的沼泽气味；甚至在这种温度下，生命依然如往常一样发酵。她上方的秃枝孤零零地在星光下伸展着，与春天或是收获的季节相比，着实令人沮丧。但也有其独特的魅力。生命再次等待着远方的呼唤。

“你不担心监理吗？”贝隆达问道。

“投票结果会如何，贝尔？”

“会非常接近。”

“其他人会跟随她们吗？”

“有人对你的决定感到担忧。后果。”

贝尔非常擅长这么做：少量的词语包含了大量的信息。大多数贝尼·杰瑟里特的决定都需要经过三个迷宫：有效性、后果和（最重要的）谁负责执行。你在精确把握细节的基础上，将任务与执行人精准配对。这种做法对有效性能产生极大的影响，并随之决定了后果。一个优秀的大圣母能在短短数秒内走完这三个迷宫。然后中枢内开始充满活力，人们的眼睛也都发亮了。有话传了出来：“她没有犹豫。”这能提高侍祭和其他学生的信心。圣母（尤其是监理）等待着评估后果。

欧德雷翟仿佛同时在对着自己在窗户里的影子和贝隆达说话：“甚至连大圣母都需要时间思考。”

“但是，在这种混乱的局面下，这么做真的合适吗？”

“你是在催促我吗，贝尔？”

贝隆达缩回到自己的犬椅里，就好像欧德雷翟推了她一把。

“在这种时候，要保持耐心是相当困难的，”欧德雷翟说道，“但是，我必须等待做出决定的时机。”

“你对我们的新特格有什么打算？你必须回答这个问题。”

“如果敌人从伽穆上撤退了，她们会去哪儿，贝尔？”

“你想从那儿攻击她们？”

“推她们一把。”

贝隆达轻声说道：“你不怕引火烧身？”

“我们需要另一个谈判的筹码。”

“尊母不会谈判！”

“但是，她们的伙伴会，我相信。她们会撤退到……比方说，交叉点？”

“交叉点有什么特别的吗？”

“尊母驻扎在那里。我们敬爱的霸撒在他可爱的门泰特头脑里保存了那地方的档案。”

“哦……”一个语气词，更像是一声叹息。

塔玛拉尼进来了，静静地站在欧德雷翟和贝隆达的身边，直到引起了她们的注意。

“监理支持大圣母，”塔玛拉尼举起一根蜷曲的手指，“只多了一票。”

欧德雷翟叹了口气：“告诉我们，塔玛，我在走廊上打招呼的那个监理，普拉斯加，她投了什么票？”

“她投了赞成票。”

欧德雷翟对贝隆达微微一笑：“派出间谍和特工，贝尔。我们必须诱使猎手跟我们在交叉点上会面。”

贝尔在明天一早就会推断出我的计划。

贝隆达和塔玛拉尼离开了。离开时，两人相互之间小声嘟囔着，声音里暴露了忧虑。欧德雷翟走出房间，顺着短走廊来到了她的私人住所。走廊里由寻常的侍祭和圣母随从把守着。一些侍祭对着她笑了笑。看来监理的投票结果已传到了这里。又度过了一个危机。

欧德雷翟穿过起居室，来到了她的卧室。她躺在小床上，没有脱衣服。一盏球形灯将房间笼罩在昏黄的光线中。她的目光越过沙漠地图，停留在了床脚处墙上保护框里的凡·高画作上。

《奥维尔的茅草农舍》。

这是一张比扩张中的沙漠更漂亮的地图，她想着。提醒我，文森特，我从哪里来，我要干什么。

这一天让她筋疲力尽。她已经超越了疲惫，到了头脑都打结的程度。

责任！

责任裹挟着她。她知道，自己一旦为责任所困，就将释放出最不讨人喜欢的一面。被迫消耗能量，只是为了维持外表平静的假象。贝尔在这一点上看穿我了。太令人沮丧了。姐妹会所有的道路都被堵死了，挣扎似乎是种徒劳。

她闭上了双眼，试图勾勒尊母首领的形象，好和她对话。年老……沉醉于权力之中。孔武有力。强壮，快得致盲的速度。她没有脸，身体却矗立在欧德雷翟的头脑中。

欧德雷翟暗中组织着语言，对着这位无脸的尊母说道："要让你们自己犯错误，对我们来说很难。老师总是觉得这难以办到。是的，我们认为自己是老师。我们更多的是教育整个物种，而不是单个的人。我们给所有人提供课程。如果你在我们之中看到了暴君，你是对的。"

她头脑中的形象没有做出回答。

如果不能从藏身之处走出来，老师怎么才能授业呢？伯兹马利死了，死灵特格的效果还未知。欧德雷翟感觉到看不见的压力笼罩在圣殿之上。怪不得监理们要投票。一张网困住了姐妹会。网线将她们紧紧捆住了。而且，在网中的某处，无脸的尊母首领仍在潜伏。

蜘蛛女王。

她的走狗们的行为表明了她的存在。她的网络上的一缕丝线颤动了，攻击者们朝着被困的受害者扑去，狂乱的暴力，不管他们自己会伤亡多少，也不管多少人会死于他们的屠刀。

有人在操控着攻击：蜘蛛女王。

按照我们的标准，她精神正常吗？我把多吉拉置于了何种险地？

尊母的行为不只是狂热。和她们相比，暴君只是个小丑般的劫掠者。雷托二世至少知道贝尼·杰瑟里特所知道的：如何站在刀尖上起舞，意识到自己一旦摔落，将必死无疑。这是掌握了如此巨大的权力所必须支付的代价。尊母无视了这种无法避免的命运，如同一位痛得歇斯底里的巨人般乱砍乱杀。

对抗她们的力量从未取得过胜利。现在，她们选择用暴徒似的疯狂杀戮来应对一切，选择了歇斯底里，故意为之。

是因为我们在沙丘星上留下了霸撒，将他可怜的武力浪费在自杀式的防御上？不知道他杀了多少个尊母。还有兰帕达斯陷落时的伯兹马利。猎手们肯定尝到了他的滋味。更不用说艾达荷训练的男性了，我们派他们传播尊母们的性技巧。也教授男人们！

这些足以引发怒火了吗？可能。但是伽穆上的故事又怎么解释？难道特格展示了新的天分，让尊母害怕了？

如果我们恢复了霸撒的记忆，就必须时刻盯紧他。

无舰能困住他吗？

到底是什么让尊母的反应这么强烈？她们想看到流血。绝不能给这种人带去坏消息。怪不得她们的走狗表现得这么狂暴。一个拥有可怕权力的人，会在失望中杀了坏消息的报告者。不要带来坏消息。最好在战斗中死去。

蜘蛛女王的人不仅是傲慢，远远不止。她们听不进谴责，就像是你谴责牛吃草一样，牛会瞪着大眼珠子，不解地看着你，问道：“我不是就该吃草吗？”

要是知道了会有这种后果，我们为什么要点燃她们？我们又不是那种人，会随便拿着棍子去戳挂在树上的大圆球，却发现它原来是个蜂巢。我们知道我们要攻击的是什么。塔拉扎制订了计划，我们都没有提出异议。

姐妹会面对着一位强敌，它的既定战略就是歇斯底里般的暴力。“我们会发疯！”

要是尊母遭遇了沉痛的失败，又会发生什么？她们的歇斯底里会变成什么？

我感到恐惧。

姐妹会还敢往火里添加更多的柴吗？

我们必须这么做！

蜘蛛女王会加倍努力寻找圣殿。暴力将会升级到更加可怕的层级。会发生什么？尊母会怀疑所有人吗，怀疑他们都同情贝尼·杰瑟里特？她们会不会转而对付自己的支持者？她们想成为宇宙中唯一有意识的生物吗？她们应该还没想过这一点吧。

你看上去是什么样子的，蜘蛛女王？你会怎样思考？

默贝拉说她不认识自己的最高首领，甚至不认识霍穆的分区首领。但是，默贝拉提供了分区首领住所的描述。有用的信息。一个人会把什么地方称作家？她与谁亲近，分享着生活中的点滴？

我们中的多数人选择同伴和周遭环境的方式折射出了我们自己。

默贝拉说道：“她的一个仆人把我带到了私人属地。她是想显摆一下，表示自己能进入私室。公共地方整洁而又干净，但私人房间内很乱——衣服随地乱丢，油膏瓶子敞开着，床铺未被整理，地板上餐盘里的食物都开始腐烂。她说这些不是她的工作。负责清洁的人只被允许在夜幕降临时分才能进来。”

私下的粗俗。

这种人应当会有一个与私室内的情景相匹配的头脑。

欧德雷翟的眼睛一下子睁开了。她盯着凡·高的画作。*我的选择。它会在人类历史长河中留下深深的烙印，他者记忆做不到。你给我发了信息，文森特。因为你，我不会割下我的耳朵……或是给那些我们并不关心的人发送无尽的爱心信息。我至少能为你做到这一点。*

卧室内有种熟悉的味道，是带有胡椒味的康乃馨香。欧德雷翟最钟爱的香水味。仆人们将它留在这儿作为房间的背景之一。

她再次闭上了眼睛，思路又一下子回到了蜘蛛女王上。欧德雷翟感觉到，这种练习让她对那个无脸女人的认识又打开了一个新维度。

默贝拉说过，尊母首领要做的只是下命令，她所需要的任何东西都会被送上来。

“任何东西？”

默贝拉描述着她听到过的场景：扭曲成下流体位的性伙伴、甜得发腻的肉体、由异常暴力的表演所点燃的群交热情。

“她们总是在寻找极端。”

间谍和特工的报告丰满了默贝拉半是艳羡的描述。

“每个人都说自己有权统治。”

这些女人从一个独裁官僚集团演化而来。

许多证据充分证明了这一点。默贝拉提到过历史上的教训，当“税收对那些被统治的人而言变得难以承受时”，早期的尊母就开始进行研究，怎样才能对其他人具备性优势。

统治的权利？

欧德雷翟并不认为这些女人坚持的是这种权利本身。不。她们想表达的是，她们的权利绝不能被质疑。绝不能！没有错误的决定。别去理睬后果。当它从来没发生过。

错误从来没发生过。

这需要整整一大袋子的集体无意识才能装得下。几乎没有清醒的意识能看穿这个袋子，看到她们自己创造了一个狂乱的宇宙。

哦，很好！

欧德雷翟传来了她的夜间仆人，一个一级侍祭，要了美琅脂茶，并要求添加了一种危险的兴奋剂，能帮她推迟身体的睡眠需求。这当然会有代价。

侍祭在服从之前犹豫了一阵子。随后，她端着小托盘回来了，托盘上有个冒着烟的杯子。

欧德雷翟很早就发现，用圣殿深处的冷泉泡的美琅脂茶有种特殊的味道，能更好地融入她的心智。苦涩的兴奋剂剥夺了茶的美味，折磨着她的意识。那些监察者又该有话说了。担忧、担忧、担忧。监理们还会再来一次投票吗？

她慢慢地品着，让兴奋剂有时间发挥功用。有罪的女人拒绝了最后的晚餐。喝茶。

不久，她放下了空杯子，并要来了厚衣服。“我想在果园里走走。”夜间仆人没有说什么。每个人都知道她经常在那里散步，即便在夜晚。

几分钟之后，她走上了那条狭窄的、装着围栏的小径，小径通向她最喜爱的果园。一盏通过小短绳固定在她右肩的小球形灯照亮了她脚下的路。一小群姐妹会的黑色奶牛隔着围栏接近了欧德雷翟，并看着她经过。她停下来，看着它们潮湿的鼻孔，闻到了它们呼出的浓烈的苜蓿味。牛群闻到并感觉到了告诉它们要接受她的信息素。它们又回到了离围栏不远处牧人堆好的草料前，吃开了。

欧德雷翟转身背对着牛群，看着草场上叶子已掉光的树。她的小球形灯投射出昏黄的光圈，仿佛在加深冬夜的凝重。

没几个人知道为什么她对这地方这么感兴趣。单单说这地方能让她平静恐怕是不够的。甚至在冬天，霜冻在脚下发出挤压声时，这片果园仍然是难得的暴风雨中的平静眼。她熄灭了小球形灯，双脚在黑暗中跟随着熟悉的道路。偶尔，她会抬起头，看一看无叶的树枝间露出的星空。风暴。她感觉到它就要来临，没有哪个气象学家能预测。*风暴催生更多的风暴。怒火引发更多的怒火。复仇招致更多的复仇。战争带来更多的战争。*

老霸撒擅长打破这种轮回。他的死灵仍然保留着这种天分吗？

多么危险的赌博。

欧德雷翟又转身去看牛群。一大团黑影在移动，中间还有星光照亮的白色雾气。它们挤在了一起相互取暖，她听到了熟悉的咀嚼声，它们正在咀嚼反刍的食物。

我必须南下去沙漠，与那里的什阿娜面对面。沙鲑正蓬勃生长，为什么还没有沙虫出现？

她对着挤在围栏旁的牛群大声说道：“好好吃你们的草吧。这就是你们应该做的。”

如果有哪个监察者碰巧记录了这句话，欧德雷翟知道她又该有一番严肃的解释了。

但是，今晚我看穿了敌人的内心。而且，我可怜她们。

若要深入了解某件事物，必须了解它的界限。只有在它被推过界之后，才会显现真实的内在。

——《艾姆泰尔法则》

在你的生命受到威胁时，不能仅仅依赖理论。

——《贝尼·杰瑟里特评论》

邓肯·艾达荷差不多站在了无舰上锻炼厅的正中央，离死灵儿童有三步的距离。精巧的锻炼用具摆在周围触手可及之处，有些能耗尽你的体能，有些能带来危险。

这天早上，孩子的脸上写满了尊敬和信任。

我对他的认识会更深刻些吗，因为我自己也是个死灵？一个站不住脚的假设。眼前的这个，培养他的方式显然与她们对我的设计不同。设计！准确的用词。

姐妹会尽可能复现了特格原来的童年。甚至安排了一个满怀崇敬之心的小孩来充当早逝的弟弟。欧德雷翟还给了他深层教育！就像特格的生母所做的那样。

艾达荷还记得那个年老的霸撒，正是他的细胞制造了这个孩子。一个深谋远虑的男人，他的话你最好能谨记在心。稍一用心，艾达荷就回忆起了那个人的态度和话语。

“真正的战士，他对敌人的理解多过对朋友的理解。一旦让理解发展成了同情心，你就踏入了危险的误区。而且，要是不加以引导，这种发展可以说是注定会发生的。”

很难想象说出这番话的头脑正藏在这孩子内心的某处。霸撒在很久以前的伽穆主堡讲授“同情”这一课时，他的洞察力是多么深刻啊！

“同情敌人——警察和军队的弱点。危险之处在于，潜意识里的同情会阻止你去伤害敌人，因为敌人是你存在的意义。”

“先生？”

这个尖细的声音怎么才能变成老霸撒的统御之声？

“怎么了？”

“为什么你只是站在那里看着我？”

“她们称霸撒为‘老靠山’，你知道吗？”

“是的，先生。我研究过他的生平。”

现在是“小靠山”了吗？为什么欧德雷翟要这么早恢复他的记忆？

“因为霸撒，整个姐妹会都深入挖掘了他者记忆，更改了她们的历史观。她们跟你说过吗？”

“没有，先生。这对我重要吗？大圣母说你会训练我的肌肉。”

“我记得你喜欢喝丹恩的马利涅特，非常好的白兰地。”

“我还小，不能喝酒，先生。”

“你是个门泰特。你知道这是什么意思吗？”

“等你恢复了我的记忆后，我就会知道了，是吗？”

没有尊我为“先生”。因为不必要的耽搁而责备老师了。

艾达荷笑了，并得到了一个笑容作为回应。一个热情的孩子。易于感染别人。

“要小心，”欧德雷翟说道，“他魅力十足。”

艾达荷想起了欧德雷翟在领着孩子来之前说过的话。

“因为每一个个体最终都只为他自己负责，”她说道，“所以在自我的形成中，需要我们最大的关怀和照顾。”

“对死灵也一样吗？”

那天晚上，他们一起待在了艾达荷的起居室里，默贝拉充当了好奇的听众。

“他会记得所有你教过他的东西。”

“那我们就稍微做点保留。”

“当心，邓肯！让易受影响的孩子不好受，让他学会了不要信任任何人，那你就会导致他自杀——慢性或快速自杀，没什么区别。”

“你忘了我了解霸撒吗？”

“你忘了吗，邓肯，在记忆恢复之前，你有什么感觉？”

“我知道霸撒可以帮我，我把他看成是我的救世主。”

“这也是他看你的方式。这是种特殊的信任。”

“我会待他以真诚。”

“你或许觉得自己是出于真诚，但是我建议你，每次你面对他的信任时，你都要深入检视你的内心。”

“要是我犯了错误呢？”

“如果可能，我们一起来纠正它。”她瞥了眼摄像眼，随后又把目光放在了他身上。

“我知道你们会监视我们！”

“不要被监视影响。我不是担心你是否觉得受监视不舒服，只是要让你小心。还有，记住姐妹会有非常有效的医术。”

“我会小心的。”

“你可能还记得霸撒说过：‘我们想展示给敌人的残酷，总是被我们希望留下的教训所缓和。’”

“我不会把他当成敌人。霸撒是我认识的最优秀的男人之一。”

“很好。我把他交给你了。”

现在，锻炼厅里的孩子因为老师的犹豫而变得有些不耐烦。

“先生，这也是课程的一部分吗，就这么站着？我知道有些时候——”

“站好了。”

特格立刻来了个军队上的立正。没人教过他。这来自他初始的记忆。艾达荷因为突然间瞥见了霸撒而陷入了沉思。

她们知道他会让我入迷的！

绝不能低估贝尼·杰瑟里特的说服力。你会在不知不觉中就被施加了影响，甘心为她们服务。巧妙但可恶！当然也有报酬。你得以生活在不同的时代里，如同古老的诅咒里所预示的那样。权衡下来，艾达荷还是喜欢生活在不同的时代，甚至是现在这个时代。

他深吸了一口气：“恢复你的初始记忆会引发疼痛——身体上和精神上都会痛。从某种方面来说，精神上的痛更难承受。我会让你做好准备。”

特格仍然立正着，没有回应。

“我们先开始徒手练习，想象你的右手握着一把匕首。这是‘贝尼·杰瑟里特的五式’的变式。动作应该在你能反应之前就要启动。放松你的胳膊。”

艾达荷走到特格身后，抓住了他的右小臂，演示了起始动作。

“每个攻击者都是飘浮在无穷可能性上的羽毛。当羽毛接近时，它会转向，捉摸不定。你的反应就像是吹一口气，将羽毛吹开。”

艾达荷站到一旁，观察着特格重复动作，偶尔会对着犯错的肌肉痛击以纠正错误。

“让你的身体记住！”特格问为什么他要这么做时，他这样回答。

在休息期间，特格想知道艾达荷说的“精神疼痛”是什么意思。

“初始记忆四周有死灵强行筑起的围墙。在适当的时机，这些记忆会冲垮围墙，冲刷你的意识。但不是所有的记忆都是美好的。”

“大圣母说霸撒恢复了你的记忆。”

“神啊，孩子！你为什么一直说‘霸撒’？他就是你！”

“但我还不知道啊。”

“你面临一个特别的问题。死灵在唤醒时，应该有死亡的记忆。但是，制造出你的细胞并没有死亡的记忆。”

“但那个……霸撒不是死了吗？”

“那个霸撒！是的，他死了。当你疼痛最厉害的时候，就能体会到死亡，意识到自己是霸撒了。”

“你真的能把那段记忆给我吗？”

“只要你能承受痛苦。你知道，当你恢复了我的记忆后，我对你说了什么吗？我说：‘厄崔迪们！你们长得真该死的像！’”

“你恨……我？”

“是的，而且，你因为你对我做的事而非常厌恶自己。这让你想到了我必须做什么了吗？”

“是的，先生。”声音很低。

“大圣母说我绝不能辜负你的信任……然而你辜负了我的。”

“我不是恢复了你的记忆吗？”

“看到了？把你自己当成是霸撒很简单吧。你震惊了。是的，你恢复了我的记忆。”

“我也想恢复记忆。”

“我知道。”

“母……大圣母说你是个门泰特。我也是个门泰特……有什么帮助吗？”

“从逻辑上来说，是的。但是，我们门泰特有个说法，逻辑没有规律。而且，我们都知道有个逻辑把你踢出了窝，踢进了混乱。”

“我知道混乱是什么意思！”非常自豪。

“你以为你知道。”

“而且我信任你！”

“听我说！我们是贝尼·杰瑟里特的仆人。圣母并没有把她们的组织建立在信任之上。”

“我不应该信任母……大圣母？”

“你要学会在界限之内学习和欣赏。就目前而言，我只提醒你，贝尼·杰瑟里特的运行依靠着结构性的不信任搭建而成的系统。她们教你民主了吗？”

“是的，先生。那是你投票——”

“那就是赋予你不信任任何人的权利！姐妹会知道得很清楚。不要过度信任。”

“那我也不应该信任你吗？”

“你唯一可以信任我的事就是我将竭尽所能恢复你的初始记忆。”

“那我不担心它有多痛。”他抬头看着摄像眼，表情显示了他知道它们的用途，“你这么说她们，她们会不高兴吗？”

“门泰特不关心她们的感受，只会将这当成是一种数据罢了。”

“数据是事实吗？”

“事实是脆弱的。门泰特会被它们扰乱。太多可靠的数据。跟外交类似。你需要一些出色的谎言来实现你的目的。”

“我……糊涂了。”他犹豫地说出了这个词，不确定内心到底是何种感受。

“我也跟大圣母说过同样的话。她说：‘看来，我表现得很糟糕。’”

“你不该让我……糊涂吗？”

“除非它能教你点什么。”看到特格仍然显得很茫然，艾达荷接着说道，“我跟你说个故事。”

特格马上坐在了地板上，表明欧德雷翟也经常使用这个技巧。很好，特格做好了聆听的准备。

“在我的某个生命中，我有一条狗，它恨蛤蜊。”艾达荷说道。

“我吃过蛤蜊。它们来自大海。”

“是的。我的狗恨蛤蜊，是因为它们中的一个曾挑衅地往它眼里喷水，让它的眼睛很疼。更糟糕的是，是沙滩上一个看上去无害的洞喷的水。没看到蛤蜊的影子。”

“你的狗做什么了？”他的身子前倾，腮帮子架在拳头上。

“它挖出了攻击者，并把它带到了我面前。”艾达荷笑了笑，“教训一：不要让不认识的东西往你的眼里喷水。”

特格笑了，并鼓起了掌。

“但是，从狗的视角来看，抓住喷水的家伙！然后——美妙的奖赏：主人高兴了。”

“你的狗挖出了更多的蛤蜊？”

“每次我们去海滩时它都会挖。它朝着喷水的家伙嚎叫，然后主人会带走它们，再也看不到它们了，除了一些空壳，壳里面还沾着一点肉。”

“你吃了它们。”

“狗也知道。喷水的家伙得到了惩罚。它在它的世界里除去了冒犯了它的东西，主人还对它很满意。”

特格展示了他的才智：“姐妹会把我们当成狗了？”

“某种程度上是。千万别忘了。当你回到房间时，查一下‘欺君罪’。它能让你理解我们与主人的关系。”

特格看了眼摄像眼，然后又看了看艾达荷，没有说话。

艾达荷将注意力放到了特格身后的门口，并开口说道：“这个故事也是讲给你听的。”

特格一下子跳了起来，转身想看到大圣母，来的人却是默贝拉。

她靠在了门边的墙上。

“贝尔不会喜欢听到你这么说姐妹会的。”她说道。

“欧德雷翟让我放手去教。”他看着特格，“我们在故事上浪费太多时间了！让我看看你的身体是否学会了什么。”

当默贝拉来到锻炼厅看到和孩子待在一起的邓肯时，她体内产生了一种奇怪的感动。她看了一阵子，意识到自己在用一种新的、几乎是贝尼·杰瑟里特的眼光审视着他。在邓肯对特格的坦诚中有大圣母的影子。这感觉非常奇怪，这种新意识仿佛带着她朝远离之前同伴的方向迈出了一大步。这感觉既深刻又失落。

默贝拉发现自己在怀念从前生活中的怪事。跟在街道上狩猎、搜寻新鲜的男性、将他们俘获并置于尊母的控制之下无关。甚至连源自创造性瘾的力量，也在贝尼·杰瑟里特的教导之下以及与邓肯的相处之中失去了味道。不过，她只怀念那力量中的一个因素：感觉自己是一股无法抵御的力量中的一分子。

这种感觉既抽象又实际。它跟接连不断的征服无关，而是一种对必将胜利的期待，而它的产生则部分源自她与尊母姐妹分享的药物。在期待感因为服用的东西切换至美琅脂而减缓之后，她又得以从一个全新的角度来看待这个老习惯。贝尼·杰瑟里特的化学家从她的血样中检测到了肾上腺素替代物的成分，并准备了相应的药物以备她的不时之需。她知道自己不需要。是其他东西的戒断让她困扰。不是缺乏有魅力的男性，而是需要和不同的男性接触。她体内的某种东西说它永远消失了。她再也不会体验到它了。新知识改变了她的过去。

今天早上，她一直徘徊在连接着她住所与锻炼厅的走廊上，想要看着邓肯与孩子，但又担心她的存在会打扰到他们。近来，在某位圣母给她上了更加紧张的早课之后，她经常会这样子徘徊。每当此刻，有关尊母的想法会一直缠绕着她。

她无法摆脱这种失落的感觉。它是种内部的空虚感，她不知道是否还有东西能填上它。它比变老还要糟糕。作为一个尊母，变老也有其补偿。在那个姐妹会里，随着年龄的增长，权力的掌控也增长得越快。与权力无关。是一种彻底的失落。

我被打败了。

尊母从未思考过失败，默贝拉却感觉自己被迫在思考它。她知道尊母有时也会被敌人屠杀。但那些敌人总会付出代价。这就是规矩：宁可枉杀整个星球，也不能放过一个冒犯者。

默贝拉知道尊母在寻找圣殿。作为组织的前成员之一，她知道自己该去帮助那些猎手。然而，她并不想让贝尼·杰瑟里特付出代价，正是这想法让她产生了具有失败感的心酸。

贝尼·杰瑟里特太宝贵了。

她们对尊母的价值是无穷的。默贝拉怀疑是否有其他的尊母想到过这一点。

浮华。

这是她对前姐妹的判断。*也对以前的自己。*可怕的骄傲。在别人的脚下被踩了许多代，然后又成了征服者，骄傲就在此过程中养成了。默贝拉在叙述尊母所教的历史时，试图把她的这一想法表达给欧德雷翟。

“奴隶变成了可怕的主人。”欧德雷翟说道。

尊母有个模式，默贝拉意识到了。她曾经接受了它，现在又拒绝了它，却无法完全解释这之中的转变。

我已经从这些东西中成长了。它们在我面前都太幼稚了。

邓肯再次中断了练习。老师和学生的身上满是汗水。他们站着喘气，慢慢控制了呼吸，两人之间交换着奇怪的眼神。*阴谋？*那孩子看上去异常成熟。

默贝拉想起了欧德雷翟的评论：“成熟是不可阻挡的。我们的课程之一——让意识接受这种必然性。改变你的本能。”

她们改变了我，还要变得更多。

她能看到同样的力量在邓肯对待死灵儿童的行为上发挥着作用。

“这种改变在受我们影响的社会中制造了很多压力，”欧德雷翟说道，“逼迫我们不得不一直做出调整。”

但是，她们怎么对我以前的姐妹做出调整呢？

面对这个问题时，欧德雷翟展示了沉着冷静的个性。

“因为我们过去的行为，我们面临着巨大的调整，和在暴君统治时期一样。”

调整？

邓肯在和孩子说话。默贝拉靠近了他们，便于听清。

“你听过穆阿迪布的故事？好。你是个厄崔迪，你也有和他们一样的缺陷。”

“缺陷是错误吗，先生？”

“那还用说吗！绝不要仅仅因为某条道路有机会让你展示光辉的形象，你就选择它。”

“我就是这么死的吗？”

他已经让孩子以第一人称来称呼他从前的自己了。

“你自己去判断吧。但它一直是厄崔迪的弱点。光辉形象。穆阿迪布的祖父就死在大公牛的角上。对他的人民而言算是一项伟绩。成为好几代人的传说！甚至在过了这么多世代之后，你依然能听到点滴的内容。”

“大圣母跟我说过那个故事。”

“你的生母也可能跟你说过。”

孩子颤抖了一下：“你提起生母时，给了我一种奇怪的感觉。”年轻的声音里有股敬畏。

“不要去管什么奇怪的感觉，你要记住的是这个教训。我说的是某种一再出现的标签行为：故作姿态。这曾经被称为厄崔迪式的故作姿态，但念起来太拗口了。”

孩子再次触碰到了核心里的成熟意识：“甚至连狗的生命都有价值。”

默贝拉屏住了呼吸，眯着眼睛回味着——那孩子体内有一个成熟的心智。让人不舒服。

“你的生母是勒尼乌斯地区洛克斯布勒家族的简妮特·洛克斯

布勒，”艾达荷说道，“她是个贝尼·杰瑟里特。你的父亲是洛斯齐·特格，宇联商会的贸易站代理人。再过几分钟，我会给你看霸撒最喜爱的勒尼乌斯家乡的照片。我想让你保管并研究它。把它想成是你最喜爱的地方。”

特格点了点头，但他脸上的表情暴露了他其实在害怕。

难道这位伟大的门泰特战士已经懂得了恐惧？默贝拉摇了摇头。她理解邓肯在做什么，但她不知道他这么做背后的原因。这可能是她永远都无法体会的经历。这种感觉会是什么样的呢——在新生命中醒来，而这新生命携带着完整的他者记忆？应该与圣母的他者记忆有显著的不同，她揣测着。

“追溯心智的源头，”邓肯是这么来描述的，“唤醒你真实的自我。我感觉自己陷入了一个魔力的宇宙。我的意识先是一个圆环，然后又成了一个球。任何的形式都是短暂的。桌子不是桌子。然后我又进入入定状态——我身边的一切都明晃晃的。没有什么是真实的。这个阶段过了之后，我感觉我的现实世界已不止一个。我的桌子再次成了桌子。”

她研究过贝尼·杰瑟里特的手册，“如何唤醒死灵的初始记忆”。邓肯的做法偏离了手册上的指导。为什么？

他离开了孩子，向默贝拉走来。

“我必须和什阿娜交谈，”他在经过她身边时说道，“肯定还有更好的方法。”

停留在表面的理解是种膝跳反射，属于最危险的学习方式。它用不透明的屏幕阻挡了你的学习能力。判例法就属于这个范畴，让你的道路上到处都是死胡同。要警惕。不要停留在表面。所有的理解都是暂时的。

——门泰特格言

艾达荷独自一人坐在控制台前，看到了他在拘禁刚开始的日子里存入飞船系统的数据，感觉自己被丢入（他后来才觉得这是个合适的词）了早期的态度和感觉之中。此时此刻，已不再是无舰内令人沮丧的午后。他回到了那里，在现在与过去之间伸展，如同一系列的死灵生命将今次的转世与他最初的诞生联系起来了一样。

他立刻看到了他口中的“网”和纵横交错的线条间露出的老年夫妇，缀满珠宝的绳索勾勒出他们的身体轮廓——绿色、蓝色、金色，还有银色，如此光彩夺目，刺痛了他的双眼。

他在他们身上感觉到了神一般的平稳安定，但又很平常。他头脑里冒出了“普通”这个词。他们身后是一片他第一次见到却已熟悉的花园：长着花朵的灌木（他觉得是玫瑰），起伏的草地，参天的大树。

那对夫妇在盯着他，目光热切，让艾达荷觉得自己仿佛赤裸了。

幻象又展现了新的力量！它不再局限于大货舱了。因为那里的魔力磁场吸引着他频繁前往，他知道监视者都警觉了。

他是另一个魁萨茨·哈德拉克吗？

贝尼·杰瑟里特对此有所怀疑。若怀疑上升至一定的水平，她们会杀了他。现在，她们正看着他！带着问题，带着忧心忡忡的揣测。然而，他就是无法对这个幻象视而不见。

为什么那对老夫妇看着这么眼熟？来自他的过去？家人？

门泰特演算并没有从他的记忆中提取能匹配这猜测的东西。他们有着圆脸，短小的下巴，面颊上有深深的皱纹，深色的眼睛。网模糊了他们的肤色。女人穿着蓝绿色的长裙，遮盖住双脚，一件白色的围裙围在她丰满的胸部和腰部之间，上面沾了些绿色的污渍。围裙的挂钩上吊着园艺工具。她左手拿着把小铲子。她的头发是灰色的，有几缕头发从绿色头巾底下钻了出来，在她的眼旁飘动，突出了那里的笑纹。她像是个……老祖母。

男人很衬她，仿佛由同一个艺术家为了完美的匹配而创造的。他的背带工装裤盖住了肚子。他没戴帽子，有着同样的深色眼睛，眼里闪烁着亮光，顶着一头如金属丝般的灰色短发。

他有着艾达荷见过的最天真的表情，露出的微笑弄皱了嘴角。他的左手拿着一把小铁锹，伸展的右手掌心里托着个像是小金属球的东西。小球发出刺耳的啸叫，迫使艾达荷捂住了耳朵。但这么做并没有挡住声音。随后，啸叫逐渐消失了。他放下了双手。

*他们长着令人安心的脸孔。*这想法引起了艾达荷的疑虑，因为现在他认出了熟悉之处——他们看着有点像变脸者，甚至连狮子鼻都相似。

他往前探出身去，但幻象保持着距离。“变脸者。”他低语道。

网和老夫妇都消失了。

他们被穿着亮黑色练功衣的默贝拉取代了。他不得不伸出手触碰了她，才让自己相信了她确实站在了这里。

“邓肯？怎么了？你全身都是汗。”

“我……我觉得那个该死的特莱拉人在我体内埋了什么东西。我一直看见……我觉得他们是变脸者。他们……他们刚才就在看着我……还有啸叫声。它让我难受。”

她抬头看了眼摄像眼，但并未流露出担忧。姐妹会并不会将这视为紧急的威胁……对斯凯特尔却可能是。

她在他身旁半蹲了下来，手搭在他的胳膊上：“他们对还在罐子里时的你做了什么吗？”

“不是！”

“但你说了……”

“我的身体不仅是此次旅行中的一件行李。它具备了我曾经拥有的所有的化学元素。但是，我的心智不同了。”

这让她担忧。她知道贝尼·杰瑟里特对无法驾驭的天才是什么态度：“该死的斯凯特尔！”

“我会弄明白的。”他说道。

他闭上了双眼，听到默贝拉站了起来。她的手离开了他的胳膊。

“或许你不应该去弄明白，邓肯。”

她听起来已远去。

*记忆。他们把这秘密藏哪儿了？深埋于初始的细胞里？*在此刻之前，他一直以为自己的记忆只是门泰特的工具。在镜子前，他可以调出很久之前自己的形象，还可以来个特写，检查着时间留下的痕迹。看着他身后的女人——镜子里映出两张人脸，他的脸上写满了问号。

脸，是一系列的面具，他称为“自己”的这个人有不同的面貌。他的脸庞有点不太均衡。头发有时是灰色的，有时跟此生一样是黑羊毛色的。他的面貌有时幽默，有时沉默，同时在寻求内心的智慧以迎接新的一天。所有的面貌之中，都存在着一个意识，在观察，在思索，在做出决定。特莱拉人对他做了些手脚。

艾达荷感觉心跳得厉害，知道危险正在临近。这就是他意图去体验的……但跟特莱拉人无关。这是他与生俱来的东西。

这就是活着的意义。

无论是其他生命的记忆，还是特莱拉人对他做的，都无法改变哪怕一丁点他最深处的意识。

他睁开了眼睛。默贝拉仍然站在近处，但她的表情仿佛戴了层面纱。这就是她成了圣母之后的样子。

他不喜欢她的这一转变。

“如果贝尼·杰瑟里特失败了，会发生什么？”他问道。

她还没有回答，他已然开始点头。是的。这是最糟糕的假设。姐妹会被冲进了历史的下水道。你不希望这样，亲爱的。

在她转身离去时，他能从她的脸上看出来。

他抬头看着摄像眼，说道：“达尔。我必须跟你交谈，达尔。”

身边所有的设备都未能做出回应。他也不期望有回应。不过，他知道他能跟她说话，而且她还不得不听。

“我一直在从另一个方向考虑我们的问题。”他说道，他想象着记录仪迅速转动的样子，忙着将他的声音转换成利读联晶，“我进入了尊母的头脑。我知道我做到了。默贝拉可以做证。”

这会让她们警觉。他拥有了自己的尊母。然而，“拥有”不是一个合适的词。他并不拥有默贝拉，即使在床上也不曾拥有。他们互相拥有。就像他幻象里的那对老夫妇一样相互匹配。难道这就是他在幻象里看到的？两个在性方面被尊母训练过的老人？

“现在，我在研究另一个问题，”他说道，“如何胜过贝尼·杰瑟里特。”

这句话等于下了战书。

“插曲。”他说道。这是一个欧德雷翟喜欢用的词。

“我们就是要用这种方式看待发生在我们身上的事。小插曲。即便是最糟糕的剧情，也需要符合大背景。大离散是个大事件，让我们所做的一切都显得渺小。”

很好！这句话显示了他对姐妹会的价值，把对尊母的认识又上升了一个层面。她们在旧帝国时代就已经存在于此地了，这些渺小的同伴。他知道欧德雷翟能看清。贝尔会让她看清的。

在无限宇宙的某处，陪审团已对尊母做出了裁决。法律和它的执行者并没有能够将尊母定罪。他怀疑幻象里向他展现的是两个陪审员。即便他们是变脸者，他们也不是斯凯特尔的变脸者。那两个在闪闪发亮的网后面的人不属于任何人，只属于他们自己。

政府的主要缺陷在于，当需要变革时，却总是怯于做出果断的决定。

——达尔维·欧德雷翟

对欧德雷翟而言，早晨的第一口美琅脂总能带来不同的感觉。她肉体的反应就像是饿殍紧紧抓住了甜果，随后就是缓慢、尖锐而又痛苦的恢复。

这是美琅脂成瘾的可怕之处。

她站在卧室的窗户旁，等待着效果发挥。她注意到，气象部又达成了另一场晨雨。大地被清洗干净，一切都淹没在浪漫的迷雾中，所有的边角都模糊了，只剩下了大概的轮廓，如同久远的记忆。她打开窗户。湿冷的空气掠过她的脸，在她的周遭唤起了一种熟悉的感觉，就如同穿上了一件熟悉的衣服。

她深深地吸了口气。雨后的味道！她记得降水之后，生命的精华被放大和抚慰的样子，但这些雨不同。它们留下了燧石般的味道。欧德雷翟不喜欢它们。它们所代表的意义并不是万物被洗净，而是生命在抗议，希望所有的雨都能被锁起来，不再落下了。这些雨不再代表温柔，不再带来圆满。它们带来的是无法逃避的变化。

欧德雷翟关上了窗户。她立刻又回到了居所内熟悉的味道里，还有始终如一的谢尔味，从体内植入的缓释机里散发出来，每个知道圣殿位置的人都需要这种植入。她听到了斯特吉走了进来，然后是替换沙漠地图时发出的嗖嗖声。

斯特吉的行动听得出效率。几个星期的近距离接触，证实了欧德雷翟最初的判断。斯特吉很可靠，尽管并非异常出色，但对大圣母的需求极其敏感。看她移动的样子有多轻巧。用斯特吉的敏感去匹配小特格的需求，于是特格就有了他所需的高度和灵活度。一匹马？比这更多。

欧德雷翟的美琅脂吸收已到达峰值，并开始衰减。斯特吉在窗户里的影像显示了她在等待任务的分派。她知道这个时刻已分配给了香料。就她所处的阶段而言，她期待也有那么一天，她能享受此神秘的一刻。

我希望她能梦想成真。

多数的圣母认同她们的教育，很少觉得香料是种成瘾品。欧德雷翟每天早晨都知道它是什么。依照早期修炼模式养成的习惯，你每天摄入身体所需的香料：最低的用量，刚好够刺激新陈代谢，将它推至最高表现。生理必需的物质在与美琅脂混合之后，也吸收得更顺畅。食物的味道变得更好。除非出了事故或被刺杀，你将活得更久。但是，你就是成瘾了。

等到身体恢复之后，欧德雷翟眨着眼打量着斯特吉。今早她对冗长仪式的好奇心似乎减弱了许多。对着斯特吉在窗户里的影像，欧德雷翟开口说道："你知道美琅脂戒断吗？"

"是的，大圣母。"

尽管姐妹会将成瘾的一面秘而不宣，欧德雷翟却一直知道它就在眼皮底下，她还感觉到了对它与日俱增的怨气。侍祭时期打下的烙印

（在香料之痛中留下了无法磨灭的印象）逐渐被他者记忆和时间的累积而冲淡。这样的告诫将被烙印："戒断将去除你生命中必不可少的一部分，如果戒断发生在中晚年，你会死去。"但现在它已没太多意义了。

"戒断对我有重大的意义，"欧德雷翟说道，"我是少数几个受痛于晨间美琅脂的人之一。我相信她们应该跟你说过了。"

"我为你难过，大圣母。"

欧德雷翟研究着地图。地图上显示了有一长条沙漠刺向了北方，在中枢的东南方也有显著扩大的旱地，什阿娜就驻扎在那里。很快，欧德雷翟又将注意力放到了斯特吉身上，后者正带着新的兴趣看着大圣母。

因为想到香料的黑暗面而中止了对地图的研究！

"我们这个年代很少会去思考美琅脂的独特之处，"欧德雷翟说道，"所有人类沉迷过的旧式麻醉品——除了香料——都有一个共同的特点，就是它们都会缩减寿命，且带来痛苦。"

"我们学到过，大圣母。"

"但是，你可能没学过，统治的手段会被我们对尊母的担忧而扭曲。政府的贪婪（是的，即便是我们的政府）能够把你丢入陷阱。如果你一直侍奉我，你能深刻体会，因为每天早晨你都能看到我受罪。让有关它的知识深入你体内，这是个死亡陷阱。不要成为漠然的推手，不要像尊母那样成为一个漠视生命的系统里的一分子。记住：可接受的麻醉品对冷漠的公职人员有用，因为可以用来征税，支付工资，或创造工作机会。"

斯特吉疑惑了："但是，美琅脂延长我们的生命，提升我们的健康，并且增加——"

她因欧德雷翟皱起的眉头而住了嘴。

都是从侍祭手册里照搬来的。

“它还有另一面，斯特吉，你在我身上看到了。侍祭手册没有撒谎。但是，美琅脂就是麻醉品，我们都上瘾了。”

“我知道它并不对所有人都友善，大圣母。但是，你说过尊母不使用它。”

“她们用的替代品并没有什么有益之处，只不过能防止戒断带来的痛楚和死亡。它同样是种麻醉品。”

“我们的俘虏呢？”

“默贝拉以前用它，现在她用美琅脂。它们之间可以互换，有趣吗？”

“我……猜能学到更多的东西。我注意到，大圣母，你从来没叫过她们荡妇。”

“像侍祭那样叫她们？哈，斯特吉，贝隆达起了个坏头。哦，我知道这种压力。”就在斯特吉想要反驳时，她说，“侍祭感觉到了威胁。她们看着圣殿，把它想成是对抗荡妇引起的长夜的堡垒。”

“差不多吧，大圣母。”斯特吉非常迟疑。

“斯特吉，这颗行星只是另一个临时之所。今天我们去南方，你会想明白这一点的。去找塔玛拉尼，告诉她准备出发，我们去见一下什阿娜。不要和其他任何人提起。”

“是，大圣母。你是说让我也陪着你吗？”

“我想让你陪在身边。去告诉你训练的那个人，她开始全权负责地图。”

斯特吉走了之后，欧德雷翟想到了什阿娜和艾达荷。她想和他交谈，他也想和她交谈。

摄像眼记录显示，这两人有时用手语交流，而且还用身体遮挡住了大部分的手势。它看上去像是旧式的厄崔迪战时密语。欧德雷翟认出了其中的一些，但不足以判断他们交谈的内容。贝隆达想要什阿娜解释。“别急，”欧德雷翟则更加谨慎，“再观察一阵子。或许会发生有趣的事情。”

什阿娜想要什么？

无论邓肯的头脑里在想什么，都会影响到特格。制造让特格恢复初始记忆的痛苦与邓肯的意图相悖。

昨日，欧德雷翟在工作台前打断邓肯时就注意到了。

“你晚了，达尔。”他并没有从手头的活计上抬起头。晚了？才刚到傍晚。

最近几年内，他经常称呼她为达尔，一种挑衅，提醒她他痛恨鱼缸里的生活。挑衅刺激了贝隆达，她不喜欢他这么“该死的随便”。当然，他也称呼贝隆达为“贝尔”。邓肯并不吝啬使用他的针头。

想到这里，欧德雷翟停在了自己工作室的门口。邓肯朝着他控制台旁的台面砸了一拳：“特格应该值得更好的出路！”

更好的出路？他在想什么？

工作室外走廊里传来的动静打断了她的回想。斯特吉从塔玛拉尼处回来了。她先去了侍祭的待命室，向接替她的人交代了地图的任务。

一大沓档案记录等在欧德雷翟的桌子上。贝隆达！欧德雷翟瞥了眼档案。不管她多努力去分派任务，总会剩下一部分是她的顾问坚持只有大圣母才能处理的。这批新档案中的大部分来自贝隆达要求的“建议和分析”。

欧德雷翟触碰了她的控制台：“贝尔！”

档案文书的声音响了起来：“大圣母？”

“让贝尔到我这里来！我要求她以那两条胖腿能达到的最快速度到我这里来！”

不到一分钟。贝隆达站在工作台前，像是位受惊的侍祭。她们都能听懂大圣母的语气。

欧德雷翟拍了拍桌子上的文件堆，又一下子把手抽了回来，就像是被电了似的：“以撒旦的名义，这都是些什么？”

“我们认为这些都很重要。”

“你觉得我有必要看所有的东西吗？摘要在哪里？工作不到位啊，贝尔！我不笨，你也不蠢。但是，这堆东西……这堆东西……”

“我会充分授权……”

“授权？看看这堆东西！哪些我必须看，哪些我可以授权下去？没有摘要！”

“我会立刻弥补这个失误。”

“必须，贝尔。因为塔玛和我今天要赶往南方，未公开的视察，并见一下什阿娜。我离开期间，你坐我的位置。看看你对这每天的差事有什么感觉！”

“能联系到你吗？”

“我会带上光缆和耳麦。”

贝隆达缓了口气。

“我建议，贝尔，你回到档案部，任命一个负责人。如果你还不开始变得像个当官的，我就快不行了。管好你自己的事！”

“好，我不捣蛋，达尔。”

贝尔这是在试着表现幽默吗？还不赖！

欧德雷翟朝着投影仪挥了下手，塔玛拉尼在交通大厅的影像出现了。“塔玛？”

“什么事？”塔玛没有从手头的工作上扭头。

“我们最快多长时间能出发？”

“差不多两个小时。”

“准备好了就告诉我。哦，斯特吉跟我们一起走，给她留个位置。”在塔玛拉尼回复之前，欧德雷翟就关上了投影。

自己也有应该要完成的任务，欧德雷翟想着。塔玛和贝尔并不是大圣母忧心的唯一源头。

我们还剩十六个行星……其中还包括了巴塞尔，已然面临威胁。只有十六个！她把这想法放在了一边。没时间去想它。

默贝拉。我应该见她……不。还可以等。新的监理会？让贝尔去处理吧。解散社区？

新的大离散吸走了大量人员，迫使社区解体，组成了联合体。跑在沙漠前面！这让人沮丧，她感觉自己今天无法面对它。在旅行之前，我总是坐立不安。

突然间，欧德雷翟逃离了工作室，在走廊里徘徊，看着她的命令如何被执行，也在门厅里驻足，注视着学生们阅读，观察着她们在持续不断的普拉纳-宾度训练中表现如何。

“你在读什么？”她对着某位年轻的二级侍祭问道，那侍祭正站在一间半黑屋子里的投影前。

“托尔斯泰的日记，大圣母。”

侍祭的眼光里隐含着一个问题：“你能在他者记忆里直接听到他的话吗？”这问题就在年轻女孩的嘴边！每当逮住单独和她在一起的机会时，她们总是想尝试这种好玩的小诡计。

“托尔斯泰只是个姓！”欧德雷翟不耐烦道，“不过，你既然提到了日记，我猜你指的是列夫·尼古拉耶维奇伯爵。”

“是的，大圣母。”侍祭因为被斥责而有点尴尬。

欧德雷翟放缓了语气，对着女孩引用了一句话：“‘我不是条河，我是张网。’他在十二岁时于亚斯纳亚·波利亚纳说了这句话。你不会在他的日记里找到它，但它可能是他说过的最有分量的话了。”

在侍祭能表达谢意之前，欧德雷翟就转身离开了。我总是在教导！

她走入了主餐厅，视察了一番。摸了摸架子上罐子的内壁，查看是否油腻。甚至连教学主厨都紧张地观察着她的一举一动。

厨房里正准备着午餐，雾气朦胧，香气扑鼻。令人愉悦的剁刀声和炒菜声依然在响着，但寻常的玩笑声在她进来时都沉寂了。

她沿着长长的台面走了一圈，台面两旁都是忙碌的厨师。接着，她走向教学主厨的高台。他是个身高体胖的男人，面颊高耸，脸色红润，如同他处理的肉一样。欧德雷翟并不怀疑他是有史以来最好的厨子之一。他的名字很衬他：普拉西多·沙拉特。因为好几个原因，他在她的心里占据了一个温暖的位置，包括他曾培训过她的私人厨师。在尊母出现之前的日子里，重要的客人会被领着参观厨房，并享用特别的餐食。

“跟您介绍一下，这位是我们的高级厨师，普拉西多·沙拉特。”

他的普拉西多式牛肉是一道令大家称赞的美食。肉几乎是生的，配上不会喧宾夺主的香草和辣芥末酱汁。

欧德雷翟觉得这道菜有些另类，但从未说出来。

当沙拉特注意到她时（在纠正了一位厨师某种调料的用法之后），欧德雷翟说道：“我想吃点特别的，普拉西多。”

他听懂了她的意思。想来点特别的料理时，她总是用这种开场白。

“炖牡蛎怎么样？”他建议道。

就像是跳舞，欧德雷翟想着。他和她都知道她想要什么。

“好极了！”她同意道，并做出了自己的舞步配合，“不过，要清淡点，普拉西多，牡蛎不要煮得太熟。汤里放点我们自己的香芹粉。”

“再加点辣椒粉？”

“我一直都喜欢啊。千万要当心美琅脂，加一点点就好，不要放多了。”

“当然，大圣母！”他眼睛往上一翻，仿佛想到加多了美琅脂有多可怕，“香料太容易串味了。”

“把牡蛎放到蛤汁里煮，普拉西多。我希望你能亲自上手，轻轻搅动，到牡蛎的边缘开始卷起就好了。”

“肯定会恰到火候，大圣母。”

“餐盘里再配上点热奶油。不要煮开了！”

因为被怀疑会煮开奶油，普拉西多做了个“不敢相信自己耳朵”的表情。

“在盛牡蛎的碗里放块黄油，”欧德雷翟说道，“把牡蛎汤汁直接倒在黄油上面。”

“不加点雪利酒吗？”

“由你亲自来操刀我的特别料理，我真是太高兴了，普拉西多。我忘了雪利。”（大圣母从来不会忘了什么，而且大家都知道。这只是必需的舞步配合罢了。）

“汤里加三盎司的雪利。”他说道。

“记得把酒精蒸发掉。”

“当然！但是，我们也不能破坏了风味。你是要油煎面包块呢，还是咸饼干？”

“油煎面包块，谢谢。”

欧德雷翟坐在餐厅凹室的一张桌子旁，吃下了两碗炖牡蛎，想起了海之子时尝到的滋味。还在她刚能把勺子伸到嘴里的时候，爸爸就让她品尝到了这道菜。他亲自炖的，他的拿手菜。欧德雷翟将这道菜教给了沙拉特。

她对沙拉特在葡萄酒上的选择表示了赞赏。

“我尤其喜欢你选了夏布利来搭配。”

“夏布利的口味硬朗，大圣母。这是我们珍藏中的上品。它能更好地中和牡蛎的味道。”

塔玛拉尼在僻静处找到了她。在需要时，她们总是知道在哪儿能找到她。

“我们准备好了。”塔玛的面色有些不悦吗？

“今晚我们在哪儿停留？”

“艾蒂奥。”

欧德雷翟笑了。她喜欢艾蒂奥。

因为我情绪不佳，所以塔玛在迁就我吗？或许，我们需要转移一下我们的注意力。

跟着塔玛拉尼来到了交通厅，欧德雷翟心想，老女人的一个特征就是喜欢坐运输管。地表的旅行让她烦躁。“到了我这个年纪，谁还想浪费时间？”

欧德雷翟不喜欢运输管。你处于一个如此封闭的环境之中，感觉无助！她喜欢地表和空气，只有在紧急情况下才会使用运输管。她倒是习惯用小运输管来传送便笺和笔记。笔记不会有意见，只要能到目的地就行。

这想法总是让交通网络随着她的搬迁而调整。

在事物的中心地点（事物总是有一个中心地点），一个自动系统管理着通信，确保（多数情况下是）重要的信件能抵达目的地。

当不需要私人投递时（她们称之为“私投”），由加密的分拣器和光纤来保证通信的保密性。送往异星则是另一回事，尤其在当下这个特殊时期。最安全的是派一个圣母，带上印有信息的记忆或是将密波信息植入脑中。每个信使都服下了大剂量的谢尔。若是没有谢尔的守卫，刑讯仪甚至能读取死亡的大脑。尽管发往异星的信息也都加密了，但敌人可能会攻破一次性的保护罩。异星环境下，风险极大。或许这就是那位拉比仍在保持沉默的原因。

我为什么要在此刻思考这些东西呢？

“多吉拉还没消息吗？”她问道。塔玛拉尼正准备进入车厢，她们一行中的其他人还在等着。*这么多人。为什么这么多人？*

欧德雷翟看到斯特吉在站台前方的尽头处和一位通信侍祭交谈，至少还有六位来自通信部门的人在周围。

塔玛拉尼转过身来，显然有些愠怒：“多吉拉！我们都说了，一旦有消息，会立刻通知你的！”

“我只是问问，塔玛，只是问问。”

欧德雷翟顺从地跟着塔玛拉尼进了车厢。*我应该在我的头脑里架一台监视器，记录下每个在那里产生的问题。*心血来潮的背后总是有各种的原因。这就是贝尼·杰瑟里特的方式，贝隆达经常提醒她。

欧德雷翟对自己感到惊奇，意识到自己对贝尼·杰瑟里特方式的厌恶已不是一星半点。

让贝尔来操心这些事吧！

这是自由的时间，就像随着身边汹涌的海浪一起沉浮。

海之子懂得海浪。

时间不会计数。你只须回头看着轮回就明白了。

——雷托二世（暴君）

“看！看我们都成什么样了！”拉比哭泣着。他盘腿坐在冰凉的弧形地板上，围巾拉到了头顶，几乎遮住了整张脸。

他所处的房间很昏暗，还回响着轻巧的机器声，让他觉得自己很虚弱。*如果这些声音能停下就好了！*

吕蓓卡站在他面前，双手放在了后腰，脸上一副疲倦无奈的表情。

“不要就那个样子站着！”拉比命令道。他从围巾下抬起了眼睛，瞥了她一下。

“连你都绝望了，我们岂不是真没救了？”她问道。

她的话语激怒了他，让他暂时放下了不请自来的情绪。

*她竟敢教导我？但是，智者不是说过，野草也能传授知识吗？*一阵长长的叹息之后，他颤抖着将围巾拉在了肩头。吕蓓卡帮他站了起来。

“一间无室，”拉比喃喃自语着，“在这里，我们躲着……”他的目光往上看着黑色的天花板，“在这里最好也别提名字。”

“我们躲着不可说之人。”吕蓓卡说道。

“甚至在逾越节我们都没法开门，”他说道，“陌生人怎么才能进来？”

“我们不欢迎某些陌生人。”她说道。

“吕蓓卡，”他垂下了头，“你不只是个试炼。这间小小的秘密以色列房间收留了你，因为我们理解——”

“别这么说！你无法理解发生在我身上的事。我的问题？”她靠近了他，“问题在于，如何与这么多过去的生命接触的同时，仍保持自己的人性。”

拉比缩紧了身子。

“你不再是我们中的一分子了？那你是贝尼·杰瑟里特吗？”

“当我变成贝尼·杰瑟里特后，你会知道的。在我看见自己时，你会看到我看见了自己。”

他的眉头皱紧了：“你在说什么？”

“镜子在看着什么，拉比？”

“哼！猜谜语吗？”然而，他的嘴角浮起一丝不易察觉的微笑，眼睛里也再次露出坚毅的目光。他环顾着房间。他们有八个人在这里——超过了这地方的容量。一间无室！它的建造过程无比艰辛，所需的丁点材料都须走私进来。空间很小，十二米半长。他自己测量过。它的墙围成了类似橄榄的形状，横截面呈椭圆形，两头都是个半球。天花板距离他的头顶不超过一米。中间最宽的部位也只有五米，地板和天花板的弧度让它显得更为狭窄。风干的食物和循环水。这是他们赖以维生的一切，能支持多久呢？如果没被找到，大概能支持一个标准年。他不相信这东西的安全性。机器在发出那么奇怪的声音。

他们爬进这个洞时已经是傍晚了。现在外面肯定黑了。他们剩下的人在哪儿？剩下的人都提现了过去积攒的人情债和体面承诺，逃往了他们能找到的任何一个避难所。有些能存活下来，或许比残余在这里的人有更高的生存机会。

通往无室的入口藏在一口积灰的井里，井的旁边还有一根独立的烟囱。烟囱的钢筋里含有利读联晶，能将外部的景象投射到这里来。灰！这房间闻上去仍然有一股烧东西的味道，而且它的循环箱内已经传来了下水道的味道。说它是厕所都不过分！

有人靠近了拉比身后："搜查者正在离开。幸好我们及时得到了预警。"

说话的是约书亚，也就是建造了这间无室的人。他是个矮瘦的男人，长着四方脸，平下巴。黑色的头发覆盖在宽阔的前额上。他的两只棕色眼睛分得很开，看着外头的样子好像总是在琢磨着什么。拉比不信任他。*他太年轻了，不应该知道这么多。*

"又能怎么样呢？"拉比说道，"他们还会回来的。到时候你就不会觉得我们幸运了。"

"他们不会猜到我们藏得离农场这么近，"吕蓓卡说道，"搜查者更在意怎么抢东西。"

"这是贝尼·杰瑟里特的高见吗？"拉比说道。

"拉比！"约书亚的语气里竟然有责备的意思，"你不是讲过很多次，上帝的选民应该宽以待人吗？"

"每个人都成了老师啦？"拉比说道，"那谁能告诉我，接下来会发生什么？"

然而，他必须承认约书亚说得有道理。逃亡的痛苦让他心烦意乱。*我们小小的大屠杀降临了。但是我们没有从巴比伦离散。我们藏在了一个……一个地下避风室！*

这想法让他冷静了下来。风总会过去。

"谁在掌管食物？"他问道，"我们必须一开始就做好配给。"

吕蓓卡松了一口气。拉比的波动糟到了极点——要么太情绪化，要么太理智。现在，他再次控制了自己。接下来他将回归到理智状态。这也必须被抑制。贝尼·杰瑟里特的意识让她对周围的人产生了全新的视角。我们犹太人太敏感了。看看那些知识分子就知道了！

这是姐妹会独有的看法。任何倚赖知识分子功绩的团体都具有重大的缺陷。她无法拒绝兰帕达斯众人提供的证据。只要她有任何犹豫，代言人就会排着队前来说服她。

想到这里，吕蓓卡几乎觉得追踪记忆的奇想是种享受。对更早以前发生的事的认识迫使她摒弃了自己早年的看法。她被逼着相信了很多现在看来很可笑的事情。神话和幻想，不过是极端孩子气行为的产物。

“我们的神应该跟着我们一起成熟。”

吕蓓卡忍住了笑。代言人经常对她这么干——在你的肋骨间微微顶一下，而且她知道你会感谢她。

约书亚回到了他的设备旁。她看到有人在检查食物清单。拉比以一贯的紧张注视着一切。其他人躺在室内暗处的帆布床上睡觉，身上盖着毯子。看着这些，吕蓓卡知道自己的责任是什么。让我们摆脱无聊。

“你想当游戏裁判？”

代言人，除非你有更好的建议，否则不要对我的同胞指手画脚。

无论她想怎么评论这些体内的对话，无疑它们与现实都是息息相关的——过去联系着这间房间，这间房间又联系着她对后果的猜测。这是贝尼·杰瑟里特赐予的礼物。不要去想“未来”。要说命中注定？那你与生俱来的自由去哪里了？

吕蓓卡以全新的眼光看着自己的出生。它让自己踏上了未知的征程，充满了未知的危险和喜悦。现在，她们只是沿着生命的河流拐了个弯，碰到了攻击者；再拐一个弯，说不定会碰到大瀑布，但也有可能是一长段和平的景色。这里藏着预知的魔力诱惑，穆阿迪布和他的暴君儿子都未能逃脱。神谕通晓未来！兰帕达斯的众人已教她不要去寻找神谕。知晓可能比不知晓更让人烦恼。只有未知才能让人感觉到惊喜的甜蜜。拉比明白吗？

“谁能告诉我们接下来会发生什么？”他问道。

这真是你想要的吗，拉比？你不会喜欢你听到的。我保证。从神谕揭示未来的一刻起，你的未来已成了你的过去。你将在无聊中哭泣。没有新的事物，永远不会有了。在启示揭晓的那一刻，一切都变旧了。

“但这不是我想要的！”我能听见你在说。

没有残暴，没有野蛮，没有暗自的喜悦，也没有开怀的欢乐，一切都是意料之中。就像虫洞中失控的运输管列车，你的生命加速驶向终点。就像车厢里的蛾子，你用翅膀拍打着车门，喊着命运让你出去。“让列车神奇地转个方向。让新鲜的事发生！不要让我已见过的可怕事物在我面前经过！”

突然，她意识到这一定是穆阿迪布的痛苦。他向谁低声乞求？

“吕蓓卡！”拉比在叫她。

此刻，他站在了约书亚身边。她走了过去，看着约书亚的设备上方投射出外面的黑暗世界。

“暴风雨快来了，”拉比说道，“约书亚认为它会把灰变成水泥。”

“很好，”她说道，“这就是我们把它建在这儿的原因，而且，我们进来时没关上井盖。”

“但是，我们怎么出去呢？”

“我们有工具，”她说道，“即便没有工具，我们还有手。”

指引护使团的主要理念：对民众要有意引导。辩论的目的在于改变真相的本质，这一点深深地烙刻在我们的信仰里。在这些事情上，我们应当利用我们的权力，而不是武力。

——终章

对邓肯·艾达荷来说，自从他对幻象和尊母行为的洞察不断加深之后，无舰上的生活就开始呈现出一种诡异的棋局气氛。特格的加入不仅是多了一个玩家，更是欺骗性的一步。

这天早上，他站在控制台旁，意识到这场游戏中有雷同之处，他自己也曾是个死灵儿童，在贝尼·杰瑟里特的伽穆主堡里，老去的霸撒是他的武术教师。

教育。无论那时还是现在，教育都是首要考虑的事。还有警卫，在无舰中不怎么引人注目，但总是在岗位上，如同他们在伽穆时一样。还有她们的监视设备，经过艺术性的伪装，与环境混为了一体。他在伽穆时已成了逃脱它们的高手。在这里，有了什阿娜的帮助，他把逃脱升华成了艺术。

他身边的警戒活动已降低到了很低的水平。警卫不再携带武器。但她们大多是圣母，带着几个高级侍祭。她们并不认为自己需要武器。

无舰中的某些东西创造了自由的幻象，主要是它的规模和复杂程度。这艘船很大，他不清楚有多大，但他能前往好几层甲板，而且走廊的长度足有一千步那么长。

管子、隧道、用悬浮小舱运送他的交通管路、升降机、传统的门厅和宽阔的走廊，它们的舱门碰一下就能嗞嗞地开启（或保持关闭：禁止入内！）——所有的一切都已经在记忆中定格，成了他自己的赛马场，他自己的私人领地，一个在警卫眼里截然不同的地方。

将飞船降落到地面并保持运行需要巨量的能源。姐妹会无法以普通的方式来计算成本。贝尼·杰瑟里特财务部的审计师所审核的不仅是钱，不是宇宙索或其他可比的货币。她们还计入了她们的人民、食物、千年后才到期的应收账款——通常以实物形式支付的款项，包括物质材料和忠诚。

付钱，邓肯！我们在向你催账！

这艘船不仅是座监狱。他做出了几种门泰特推测。主要功用：它是座实验室，圣母在此试图破除无舰影响人类感官的能力。

一张无舰棋盘——一座巨型迷宫，只是为了关住三名囚犯？不。肯定还有其他原因。

这游戏有秘密的规则，有些他只能靠猜。但是，当什阿娜加入游戏时，他安心了许多。我知道她有自己的计划。当她开始练习尊母技能时，这开始变得明显。打磨我的训练对象！

什阿娜需要默贝拉私密的信息，还有更多——他的多重生命对所结识的那些人的记忆，尤其是对暴君的记忆。

而我需要贝尼·杰瑟里特的信息。

姐妹会让他保持着最低的活动量，想以此来增强他的门泰特能力。他感觉到飞船外有件天大的事正在发生，但自己并不是那件事的核心。在欧德雷翟向他提问时，会透露有关困境的丁点信息，透露一些诱人的碎片。

这丁点信息足够设定新的已知条件吗？缺了那些他的控制台拒绝显示的数据就不行。

这也是他的困境，该死的！他处于她们困境之中的困境中。他们都被困住了。

一周前的下午，欧德雷翟站在这台控制台旁，殷切地表示姐妹会的数据资源已对他“门户大开”。她就站在这里，背冲着控制台，随意地靠在了上面，双臂交叉抱在胸前。她与成人米勒斯·特格有时相像得怪异，甚至是交谈时必须站着这个习惯（是一种强迫症吗？）都一样。她也不喜欢犬椅。

他知道自己对她的动机和计划有一个相当粗浅的理解。但他无法相信她们，在伽穆之后再也不会了。

把他当作陷阱和诱饵，她们就是这么利用他的。他尚属幸运，没有随着沙丘星一起毁灭。那星球已是一具空壳，贝尼·杰瑟里特榨干了它。

每当烦躁时，艾达荷就喜欢陷在控制台前的椅子里。有时，他会坐上好几个小时，一动不动，头脑试图去理解船上强大的数据资源的复杂性。系统能辨认出进入的任何人。它肯定配备了自动监视系统。它必须知道谁在说话，谁在提要求，谁是当前的指挥官。

飞行电路拒绝了我想突破封锁的企图。断开了？警卫是这么说的。但是，飞船自有一套辨认出谁进入了系统的方式——他知道他自己的钥匙就在其中。

什阿娜会帮忙吗？相信她也是场危险的赌博。有时，她看着他在控制台旁的样子，让他想起了欧德雷翟。什阿娜是欧德雷翟的学生。

他清醒地记得这一点。

她们对他如何使用飞船系统有什么兴趣吗？这还用问吗！

在这里的第三年，他做到了让系统替他隐藏数据，而且是用他自己的钥匙完成的。为了骗过犀利的摄像眼，他用日常行为隐藏了他的秘密。明面上是植入了供今后取用的数据，但暗藏着有加密的第二信息。对门泰特来说很容易，这通常只是个把戏，用来探查飞船系统的潜力。他把自己的数据埋入了一个随机垃圾箱里，不期待能恢复。

贝隆达怀疑过，但当她质问他时，他只是笑了笑。

我隐藏了我的历史，贝尔。我作为死灵的一系列生命——所有的生命，一直回溯到初始的非死灵。我记得的生命中的这些私密，都被丢进了这片鲜活记忆的垃圾场。

现在，坐在控制台前，他感慨万千。禁闭折磨着他。不管监狱的规模有多大，内容有多丰富，它仍然是座监狱。一段时间以来，他知道自己能够逃离的可能性很大，但是默贝拉，加上他对他俩的两难境地不断加深的理解，拖住了他的手脚。他觉得自己成了思维上的囚徒，如同他的身体是这个庞然巨物和警卫们的囚徒一样。无舰是个装置，是个工具，是一种在危险的宇宙里潜行的方式，甚至是一种在有预知能力的搜捕者面前都能隐藏你和你的企图的手段。

通过多次人生累积的技能，他能够用精确和天真的目光来审视四周的环境。门泰特培养的天真。觉得自己懂得了什么，必定会导致自己的盲目。渐渐踩下学习刹车的并非你年龄的增长，而是不断累积的“我懂了”。

姐妹会对他新开放的数据资源（如果它们靠得住的话）引发了新的问题。在大离散时期，针对尊母的反抗是如何组织的？显然有组织（他觉得称他们为势力不合适）狩猎过尊母，与尊母狩猎贝尼·杰瑟里特的方式一致。如果伽穆的证据可靠的话，她们也被杀死过。

混合人和驯兽师又是怎么出现的？他做出了一个门泰特推测：某个特莱拉的旁系在第一次大离散时实施了基因操控。他在幻象里看到的那两个人：是他们创造了混合人吗？那对男女是变脸者吗？和特莱拉尊主无关？在大离散时期，任何事情都有可能发生。

该死的！他需要接触更多的数据，更多有效的资源。他目前的资源离充分还差了十万八千里。尽管只是功能有限的工具，他的控制台却有被改造来匹配更大需求的潜力。然而，他的改造进展缓慢而艰难。他需要以门泰特的步伐大步向前。

我被束缚了手脚，这是个错误。欧德雷翟不相信我吗？她是个厄崔迪，该死的！她知道我欠她的家族什么。

欠了不止一条命，债从未被偿还！

他知道自己在烦躁。突然，他灵光一现。门泰特的烦躁！这是个信号，表明他已站在了突破的边缘。一个基本推测！她们还有什么跟特格相关的事没告诉他？

问题！没有提出的问题抽打着他。

我需要背景透视！并不一定跟距离有关。你在体内也能实现透视，只要你的问题没有扭曲变形就行。

他感觉到，贝尼·杰瑟里特经验在某处（或许甚至在贝尔高调守护的档案里）有缺失。贝尔应该感谢我！一个门泰特同伴肯定能体会此刻的激动。他的思路像是一堆散落的马赛克，他已掌握了它们中的大多数，即将能拼成图案了。马赛克和答案无关。

他能听到他的第一位门泰特老师在说话，头脑里回响着他的声音："用平衡的方式组织你的问题，并将已知数据丢入天平的一侧或另一侧。在任何情况下，答案都会造成不平衡。不平衡揭示了你寻找的东西。”

是的！用合理的问题制造不平衡属于门泰特式的杂耍。

默贝拉在前天晚上说了某些话——说了些什么？他们躺在她的床上。他想起他看到了投影在天花板上的时间：九点四十七分。他当时还在想：投影也消耗能量。

他几乎能感觉到飞船能量的流动，这个巨大的幽闭之所与时间隔绝。精密的机器制造了拟态，没有什么装置可以将其从背景中分辨出来。除非它处于目前的待机模式，只能阻隔预知力，无法阻隔肉眼。

默贝拉在他身边，她是另一种能量，他们俩都意识到了有某种力量试图将他们拉在一起，而压制这种相互吸引需要能量！性吸引在增强、增强，不断增强。

默贝拉在说话。是的，没错。奇怪的自我分析。她的生命已抵达了一种新的成熟，成了一名贝尼·杰瑟里特——这增强了她的意识和信心，一种强有力的东西在她体内生长着。

每当他识别出这种贝尼·杰瑟里特转向的变化时，他都感到哀伤。我们分开的日子又近了。

默贝拉仍在说话：“她（通常这个她是指欧德雷翟）一直让我评估我对你的爱。”

艾达荷回想起这个场面后，便让它在脑海里继续回放。

“她也跟我说过同样的话。”

“你怎么说的？”

“Odi et amo。Excrucior。”

她用一个胳膊肘支起了身子，低头看着他：“这是什么语言？”

“非常古老的语言。雷托让我学过。”

“翻译。”她的态度霸道强硬，源于她旧时的尊母自我。

“我既恨她，又爱她。备受折磨。”

“你真的恨我吗？”她半信半疑。

“我恨的是自己被关着，无法做自己的主宰。”

“如果可能的话，你会离开我吗？”

“我希望可以随时重复做出这个决定。我想要做主。”

“它是一盘棋局，其中有个子动不了。”

就是这句了！她的话。

想起来之后，艾达荷并未感觉兴奋，只是觉得仿佛在长眠之后，双眼突然睁开了。一盘棋局，其中有个子动不了。棋局。这就是他对无舰和姐妹会在此处进行的勾当的认识。

还有更多的棋子可用来兑换。

“这艘舰船是我们特殊的学校。”默贝拉说道。

他只能同意。姐妹会加强了他的门泰特能力，他能更快地检索数据，更有效地辨认未曾访问过的数据。他感觉到了这将引领他去往的地方，并因此而忧心忡忡。

“你清空了神经通道。你阻挡了分心和无用的幻想。”

你将你的反应调整到了那个危险的模式，每个门泰特都被警告过要避免。“你会在那里迷失自己。”

学生们被领着去参观植物人——“失败的门泰特”，维持他们的生命只是为了展示危险。

然而，多么诱人啊。你能感觉到那个模式的力量。没有未知。一切都成了已知。

在那恐惧的迷雾中，默贝拉在床上朝他转过身，他感觉性欲几乎快要爆炸了。

还没到时候。还没到时候！

他们中的一个还说了些什么，是什么？他最近在思考，逻辑作为揭露姐妹会动机的工具，其局限性在哪里。

“你经常尝试分析她们吗？”默贝拉问道。

她太诡异了，能说出他内心的想法。她不承认她有读心术：“我只是读了你，我的死灵。你是我的，你知道的。”

“反之亦然。”

“太正确了。”有点像是在嘲弄，但它掩盖了某种更深层、更扭曲的东西。

任何对人类的心理分析都有个陷阱。他是这么说的：“觉得知道自己为什么会这么做，给了你做出很多出格行为的借口。”

出格行为的借口！这是他的马赛克拼图中的又一块。棋局已入中盘，但回馈他的却是罪恶和诅咒。

默贝拉的声音几乎像是在开玩笑：“我猜你差不多能把一切都怪罪到心理创伤上。”

“焚烧整颗行星也能如此怪罪吗？”

“这里有一种残酷的自我决断。她说做出坚定的选择能锻造你的心理，给你一种在重压之下可以仰仗的自我身份认同。你同意吗，我的门泰特？”

“这个门泰特不是你的。”他的声音里没有力量。

默贝拉笑了，躺回到她的枕头上：“你知道姐妹会想从我们这里得到什么吗，我的门泰特？”

“她们想要我们的孩子。”

“哎，何止啊。她们想让我们自愿加入她们的梦想。”

又一片马赛克！

但是，除了贝尼·杰瑟里特，还有谁知道那个梦呢？姐妹们都是演员，总是在演戏，面具之下实在没泄露过什么。真实的自我被紧闭在高墙内，只有在必要时才会显露点滴。

“她为什么保留那幅古代的画？”默贝拉问道。

艾达荷觉得自己的胃抽紧了。欧德雷翟给他带来过她保留在卧室的那幅画的全息记录。文森特·凡·高的《奥维尔的茅草农舍》。差不多一个月之前的深夜，她把他从床上叫醒。

“你问我对人类的感觉，这就是了。”她把全息图伸向他睡意蒙眬的双眼。他坐起身，盯着那东西，想要搞明白。她怎么了？欧德雷翟听上去那么激动。

她把全息图交到他手里，然后打开了所有的灯，立即让房间显露出坚固的形状，还有那种淡淡的机械味道，你期待在无舰上看到的任何东西都有这种味道。默贝拉在哪儿？他们一起睡的。

他注视着全息图，画作让他产生了莫名的感动，仿佛将他与欧德雷翟联结在了一起。她对人性的感觉？全息图在他手里感觉冰冷。她从他手里接过它，放在了桌子上。他仍然在盯着它，她找了把椅子在他身边坐下了。坐下了？有东西推着她靠近了他！

“这是古老地球上的一个疯子画的。”她说道，并把脸凑近了他，两人一起看着画作的全息投影。“看！时间胶囊内的人类一刻。”

被抓取在了风景画里？是的，该死的，她是对的。

他盯着全息投影。多漂亮的颜色啊！不仅是颜色，还有整体。

“大多数的现代艺术家会嘲笑他使用的技巧。”欧德雷翟说道。

在他欣赏的时候，她就不能闭嘴吗？

“这个人是个伟大的记录仪，”欧德雷翟说道，“人类的手、人类的眼、人类的精华，都集中到了这个人的意识中，他挑战了界限。”

挑战了界限！更多的马赛克。

“凡·高使用了最原始的材料和画具，”她听上去就像是喝醉了，“穴居人都认得出的颜料！画在了他自己都能制作的画布上。很有可能是他本人用毛和树枝制作了画具。”

她触摸着全息投影的表面，她的手指在高高的树丛间投下了阴影。“按照我们的标准，文明的水平仍属原始，但看到他画出什么了吧？”

艾达荷感觉自己该说些什么，但找不到合适的词语。默贝拉在哪儿？为什么她不在这儿？

欧德雷翟抽回了手指，她接下来的话语深深地烙在了他的内心。

“这幅画说明了你无法压制野性，不管我们如何避免，野性仍然会在人类中产生。”

在她说话时，艾达荷的目光离开了全息投影，一直盯着她的嘴唇。

“文森特告诉了我们，我们的同伴们在大离散中发生的一些重要的事。”

这位早已死去的画家？诉说着大离散？

“在那里，他们做过和正在做一些我们无法想象的事。野性的事！爆炸性的人口离散确保了这些事的发生。”

默贝拉从欧德雷翟身后冒了出来，穿着件松软的白色长袍，光着脚。她刚淋完浴，头发还是湿的。原来她是去沐浴了。

“大圣母？”默贝拉的声音懒洋洋的。

欧德雷翟没有转身，背对着她说道：“尊母认为她们能预测和控制每一个生命。这是一派胡言。她们甚至都无法控制自己的生命。”

默贝拉绕到床脚，疑惑地盯着艾达荷：“我好像错过了你们的对话。”

“平衡，这才是关键。”欧德雷翟说道。

艾达荷的注意力仍然放在大圣母身上。

“人类可以在奇怪的表面保持平衡，”欧德雷翟说道，“甚至在不可预料的表面。这叫作‘跟上节奏’。伟大的音乐家都懂。我还是个孩子时，在伽穆上看到过冲浪者，他们也懂。有些浪会打翻你，但你做好了准备。你再次爬上板子，开始冲浪。”

不知何故，艾达荷想起了欧德雷翟说过的另一句话：“我们没有阁楼上的储藏室，我们回收利用所有的东西。”

回收。循环。圆的组成。马赛克拼图的碎片。

他开始发散思维，并知道得更多了，不是用门泰特的方式。回收——他者记忆不是阁楼上的储藏室，而是被她们视作可回收利用的东西。这意味着她们利用她们的过去，只是为了改变和更新。

跟上节奏。

奇怪的比喻，来自一个自称避免接触音乐的人。

回忆到了这里，他感觉着自己的精神拼图。它已经变成了一团乱麻。位置都不对。每片碎片似乎都无法和其余的拼在一起。

但它们拼在一起了！

大圣母的声音仍然在他的记忆里继续着。对话还没有结束。

“懂得这道理的人都懂得它的精髓，”欧德雷翟说道，“他们警告你，不要思考你正在做的事。那肯定会带来失败。你只要做就行了！”

不要思考。要做。他感觉到了混乱。她的话让他启用了非门泰特的本领。

这是贝尼·杰瑟里特的把戏！她是故意的，她知道有什么后果。有时他能感觉到她散发出来的感情，但现在这感情在哪里？她对一个被她如此对待的人会有什么关心吗？

当欧德雷翟离开他们时（他没有留意她什么时候走的），默贝拉坐在床上，并拉了拉膝盖处的睡袍。

人类可以在奇怪的表面上保持平衡。他的头脑在转动：马赛克拼图的碎片想要找到彼此的关系。

他感觉到宇宙中出现了新动向。那两个出现在幻象中的人？他们也是当中的一部分。他知道，但说不出为什么。贝尼·杰瑟里特是怎么说的来着？“我们改变旧的风尚和旧的信仰。”

“看着我！”默贝拉说道。

音控力？不怎么像，但他确信她曾试着用过它，而且，她并没跟他说，她们在训练她使用这种巫术。

他看到她绿色的双眼射出了奇怪的目光。他知道她想起了以前的伙伴。

“永远不要比贝尼·杰瑟里特更聪明，邓肯。”

她是对着摄像眼说的吗？

他无法确定。近来，这双眼睛背后的智慧牢牢吸引了他。他能感觉到智慧在生长，仿佛她的老师吹起了一个气球，默贝拉的智慧如同她肚子里的新生命一样在膨胀。

音控力！她们对她做了什么？

这是个愚蠢的问题。他知道她们在做什么。她们正在从他身边抢走她，把她变成一个姐妹。不再是我的爱人，我美妙的默贝拉。她成了一个圣母，冷漠地算计着她所做的一切。一个女巫。谁会爱上一个女巫？

我会。而且到永远。

“她们抓住了你的盲点，利用你为她们做事。”他说道。

他能看到自己的话起作用了。她已经从陷阱中醒来。贝尼·杰瑟里特真是太聪明了！她们诱惑她进了她们的陷阱，让她瞥见了事物的丁点局部。她所瞥见的牢牢地吸引了她，就如同将她和他吸引在一起的磁铁。对于尊母，这是种异常愤怒的觉醒。

我们诱惑别人！我们不会被诱惑！

但是，这是贝尼·杰瑟里特的诱惑。她们属于不同的类别。她们几乎要成为她的“姐妹”了。为什么不承认？而且，她想要她们的技能。她想结束测试期，在舱壁外进入真正的训练。她难道不清楚，为什么她们还在测试她吗？

她们知道她仍然在陷阱里挣扎。

默贝拉脱下了长袍，爬上床，躺在他身边。没有碰他。但是，在两个身体之间保持着紧张的接近感。

“她们原本打算要我替她们控制什阿娜。”他说道。

“就像你控制我一样？”

“我控制你了吗？”

“有时我觉得你很滑稽，邓肯。”

“如果我不能自嘲，那我就真的迷失了。”

“也会对你自我感觉良好的幽默自嘲吗？”

“最先嘲笑的就是它。”他转身看着她，左手握住了她的乳房，感觉乳头在掌心变硬，“你知道我从未断奶吗？”

“在你所有的……”

“一次都没有。”

“我能猜到。”一丝微笑从她的嘴角浮现，然后他们两个突然都笑了，紧紧地抱在一起，笑得停不下来。默贝拉说道：“该死，该死，该死。”

“谁该死？”在他的笑声逐渐平静下来后，他们分开了。

“不是谁，而是命运。该死的命运！”

“我不觉得命运会在意。”

“我爱你，如果我要成为一个合适的圣母，我不应该爱你。”

他痛恨这些近乎自怨自艾的话题。还是开玩笑吧！“你成为不了任何合适的东西。”他按摩着她怀有身孕的大肚子。

“我能！”

“她们制造你的时候，把合适这个词给忘了。”

她推开了他的手，坐了起来，低头看着他：“圣母绝不应该去爱。”

“我知道。”我的悲愤太明显了吗？

她仍沉浸在自己的烦恼里：“当我迎来香料之痛……”

“要爱！我不喜欢你和痛扯上关系。”

“我怎么才能避免？我已经上车了。很快她们就要让我全速前进了。那时，我会跑得很快。”

他想转头，但她的眼睛阻止了他。

“真的，邓肯。我能感觉到。从某种程度上来说，这和怀孕差不多。过了某个时间点之后，再想放弃就危险了。你必须坚持到底。”

“我们彼此相爱！”他强迫自己的想法从一个危险走向了另一个危险。

“她们不允许。”

他抬头看着摄像眼：“监视者在看着我们。她们有尖牙。”

“我知道。我现在就在跟她们说话。我对你的爱不是个缺陷。她们的冷漠才是缺陷。她们和尊母一样！”

一盘棋局，其中有个子动不了。

他想叫喊，但是，摄像眼背后的听众能听到的不只是他的喊声。默贝拉是对的。觉得自己比圣母聪明是件危险的事。

她低头看着他，眼里似乎起了层薄雾："你的样子太奇怪了。"他察觉到了她变成圣母的样子。

别再想这件事了！

谈论他奇怪的记忆有时能转移她的注意力。她觉得他的前世让他在某些方面变得像是个圣母。

"我死过好几次。"

"你都记得？"每次都是同样的问题。

他摇了摇头，不敢再说什么，以防监视者解读出什么不利的东西来。

不是死亡和再生。

这些事情重复多了之后就变得无聊。有时他甚至懒得把它们放到秘密的数据垃圾箱里。不……那是与其他人相比独特的经历，那一连串的回忆。

这就是什阿娜声称想从他身上得到的东西。"亲切的琐事。所有的艺术家都想要。"

什阿娜不知道她要的是什么。所有的这些活生生的经历创造了新的意义，模式中的模式。不起眼的小事，却成了他竭力想与他人甚至默贝拉分享的心情。

一只拍在我肩膀的手。一个孩子的笑脸。攻击者眼中的闪光。

还有无数的平凡之事。一个熟悉的声音在说话："我今晚只想跷起二郎腿，好好歇一歇。别想让我动。"

这些都成了他的一部分。它们都混入了他的性格。生命已将它们塑造成无法分离的一部分，他无法向任何人描述。

默贝拉没看着他，直接说道："在你的那些生命里有很多女人。"

"我从来没数过。"

"你爱她们吗？"

"她们死了，默贝拉。我能保证的，就是在我的过去里没有妒忌的鬼魂。"

默贝拉熄灭了球形灯。他闭上了眼睛，感觉到黑暗笼罩了他们。她爬进了他的臂弯。知道她需要拥抱，他紧紧地搂住她，但头脑里仍在琢磨着自己的事情。

一份古老的记忆展示了一条门泰特的格言：最大的关联也可能在一瞬间变得无关。门泰特应该视这种时刻为喜悦。

他感觉不到喜悦。

所有在他体内延续的生命都蔑视与门泰特的关联。一个门泰特的宇宙在每刻都是不同的——没有旧的，没有新的，没有古代的继承，没有真正的已知。你是网，你存在的目的只是检查网中的捕获。

什么东西没能钻过去？这次我用的是多密的网？

这是门泰特的观点。但是，特莱拉人不可能使用了所有的艾达荷死灵的细胞来创造他。他的细胞在一系列的采集中肯定有缺失。他已经识别出了许多缺失。

然而，我的记忆没有缺失。我记得一切。

他是独立于时间的网。这就是我能在那个幻象里看到人的原因……网。这是门泰特意识唯一能提供的解释，如果姐妹会猜到了，她们会恐惧的。不管他拒绝多少次，她们都会说："又一个魁萨茨·哈德拉克！杀了他！"

那就快想办法，门泰特！

他知道自己掌握了大部分的马赛克碎片，但是，呃，它们仍然无法拼在一起，拼成门泰特认为有价值的问题。

一盘棋局，其中有个子动不了。

出格行为的借口。

“她们想让我们自愿加入她们的梦想。”

挑战了界限！

人类可以在奇怪的表面保持平衡。

跟上节奏。不要思考。动手去做。

最出色的艺术是对生活有力的模仿。如果它模仿了一个梦，那它一定是有生命的梦。否则，我们无法与艺术共鸣。我们的心灵无法打开。

——达尔维·欧德雷翟

午后不久，她们开始向南方的沙漠进发。欧德雷翟发现，乡村的样子已和三个月前的那次视察显然不同。她感觉选择了地面交通工具是正确的。厚厚的合成玻璃，不光能阻隔沙尘，还能展示给她们更多的景色。

干燥多了。

她的核心成员都挤在了一辆相对轻型的车里——包括司机在内总共可以坐十五人。处于非地效模式时，它依靠的是悬浮器和精巧的喷射动力。在光滑的路面上，速度能达到每小时三百千米。她的随行（太多了，都因为过分热心的塔玛拉尼）坐在了后面的巴士上。巴士里还装着换洗衣服，以及停车休息时所需的食物饮料。

斯特吉坐在欧德雷翟的旁边，刚好在司机的身后。她说道："我们没法在这里下一场小雨吗，大圣母？"

欧德雷翟嘴唇抿紧了。沉默是最好的回答。

她们出发时就晚了。当她们在站台上集合完毕准备出发时，贝隆达派人送来了一条消息。又一场灾难的报告需要大圣母亲自处理！

在这种为数不多的时刻里，欧德雷翟感觉自己的工作就像是个官方的发言人——走到站台的边缘，告诉她们消息上写了什么。“今天，姐妹们，我们得知尊母又摧毁了我们的四颗行星。我们的范围又缩小了许多。”

只剩下十二颗行星了（还包括巴塞尔），无脸的猎手，手擒着斧子，越来越近了。

欧德雷翟感觉到峡谷在她身下张大了嘴。

她命令贝隆达等待合适的时机再公布这条最新的坏消息。

欧德雷翟看着她身边的车窗外。什么时候才适合公布这种消息呢？

她们往南行驶了三个小时多一点，釉面的道路如同一条绿色的河流在她们眼前延展。路带着她们穿过了一片软木橡树林。树林从山边一直蔓延到了山脊上。在管理不如果园那么严格的种植园中，橡树长得如同一个个矮子。一排排蜿蜒的小土坝排到了山顶。最初的种植园沿着自然的轮廓展开，现在梯田已经被高高的棕色野草侵占了。

“我们在那里种松露。”欧德雷翟说道。

斯特吉还有更多的坏消息：“我听说松露有麻烦了，大圣母。雨水不够。”

没有松露了？欧德雷翟盘算着是否要从后面叫个通信侍祭来，问一下气象部是否能缓解这里的干旱。

她往后看了一眼助理们。整整三排，每排四个，都是能拓展她观察力和执行她命令的专家。再看看跟着她们的巴士！圣殿上的大型车辆。三十米长，至少！挤满了人！沙尘卷起，裹挟着它。

塔玛拉尼遵照欧德雷翟的命令坐在了那辆车里。每个人都在想，大圣母被惹着时会变得尖酸。塔玛带上了太多的人，但欧德雷翟发现得太晚了，已来不及更改。

“这可不像是视察！更像是一次该死的入侵！”跟着我一起演，塔玛。一场小小的政治秀。让过渡更容易。

她将注意力放回到司机身上，这位车里唯一的男性，克莱比，是一个酸溜溜的车辆专家。他的脸庞皱成一团，肤色像是新翻的土地。他是欧德雷翟最钟爱的司机，车开得又快又稳，并且能意识到机器的极限。

她们爬上了山顶，软木橡树变得稀疏，另一面的山脚下有一片包围在果园里的社区。

在这种光线下看上去真美，欧德雷翟想着。低矮的建筑，白色的墙壁，铺着橙色瓦片的屋顶。远处的山坡下有一条覆盖着拱形顶棚的通道。通道的尽头有一座高大的建筑，那是地区办公室所在的中枢。

这景象让欧德雷翟感到轻松。距离，加上环形果园里蒸腾的雾气，让这社区裹上了一层光晕。这里仍处于冬季带，树枝仍然是光秃秃的，但肯定还能再发一次芽。

姐妹会要求环境具备一定的美感，她提醒自己。这是一种既能满足感官，又不会影响填饱肚子的放纵。尽可能地舒适……但不要过分！

有人在欧德雷翟身后说道：“我真觉得有些树开始长叶子了。”

欧德雷翟更仔细地看了看。是的！黑色的树枝上点缀着点点新绿。冬季已悄然溜走。努力调整气候变迁的气象部无法避免偶尔的错误。扩张的沙漠给这里提早带来了更高的温度：奇怪的温暖气流，在严酷的霜冻天促成了植物发芽或开花。种植园里，枯木逢春变得越来越常见。

一位野地顾问挖掘出了一个古代的术语“小阳春”，并投影出了一个鲜花盛开的果园被雪花袭击的景象。欧德雷翟感觉自己的记忆在顾问的话语下发出了扰动。

小阳春。多么合适啊！

她的顾问看着那个小小的投影，意识到了其中的比喻。寒冷之中出现的不正常的温暖。在游牧民族开始劫掠邻居的日子里，天气却出乎意料地转暖。

想到这里，欧德雷翟感觉到了猎手斧子的寒光。还有多久？她不敢寻找答案。我不是魁萨茨·哈德拉克！

欧德雷翟没有转头，直接对斯特吉说道：“这地方，庞德勒，你来过吗？”

“这里不是我上的学员中心，大圣母，但我猜它也应该差不多。”

是的。这些社区都很像：多数是藏在果园里的低矮建筑，用以特别训练的学习中心。它是筛选有潜力姐妹的系统，你通过的筛子越细，你离中枢就越近。

有些社区，例如庞德勒，专注于打磨人的意志。它们每日派女人长时间在外做体力活儿。她们用手刨土，并沾上了水果汁液的颜色，在今后的生活中便很少会在肮脏的活计前畏缩。

她们现在已经远离了沙尘，克莱比打开了车窗。热浪滚了进来！气象部在干什么？

两座位于庞德勒边缘的建筑在二楼连在了一起，形成了一个长长的隧道。欧德雷翟想着，只要再加一座吊桥，就能复制太空史前的城门了。全副武装的骑士也一定不会觉得这地方陌生。它由黑色的塑石建造而成，看上去和石头一模一样。上方的摄像眼孔显然就是卫兵们守候的地方。

她看到通往社区内部的隧道长长的，挺干净。在贝尼·杰瑟里特的社区里，鼻孔极少会被腐烂或被其他刺激性的气体所侵袭。这里没有贫民窟，街边也很少能见到残疾人。人们拥有相当健康的肉体，良好的管理让健康的居民心情舒畅。

但是，我们也有残疾人。他们并不都是身体上的残疾。

克莱比在隧道的入口处停下了车。她们下车了。塔玛拉尼的巴士停在了她们后面。

欧德雷翟本来希望入口通道能让她们逃避热浪，但任性的大自然把这地方变成了火炉，这里的温度反而更高。等到她穿过大太阳下的中枢广场时，身上的汗被蒸发了，这给她带来了几秒钟的凉意，倒是让她觉得挺惬意。

但当太阳灼射着她的头和肩膀时，惬意的错觉突然就消失了。她被迫控制新陈代谢以调节体温。

中枢广场的圆形喷泉里水花飞溅，这处有欠考虑的装饰性造景，很快就会被撤掉了。

现在先别管。士气！

她听到了同伴们跟了上来，纷纷抱怨以同一个姿势坐久了。广场的另一头，能看到有欢迎的队伍正急匆匆赶来。欧德雷翟认出了领头的锡姆佩，他是庞德勒的首领。

大圣母的助理们走上了喷泉广场的蓝色地砖——除了斯特吉，她站在欧德雷翟的身旁。塔玛拉尼的那伙人也被喷溅的水花吸引了。*人类如此古老的喜好，无法完全被杜绝，*欧德雷翟想着。

肥沃的土地和开放的水面——清澈、可饮用的水，你可以把脸埋进去，以解干渴。

事实上，她的那伙人里真的有几个在这么做。她们的脸上有水珠在闪耀。

在离欧德雷翟不远处的喷泉广场的蓝色地砖上，庞德勒的队伍停住了脚步。锡姆佩带来了三位圣母和五位侍祭。

临近香料之痛了，五位侍祭都是，欧德雷翟观察着。侍祭们率直的目光显示了她们意识到试炼的临近。

欧德雷翟偶尔会在中枢碰到锡姆佩，她有时会去那里当老师。她的身材保持得不错，棕色的头发，颜色很深，在阳光下都显得有点黑红色。窄窄的脸庞因为节食而有点灰暗。她脸上最突出的就是浓眉下全蓝的双眼。

“我们很高兴见到你，大圣母。”听上去她真的是这么想的。

欧德雷翟含蓄地点了点头。*我听到你说的了。你为什么这么高兴见到我？*

锡姆佩懂她的意思。她示意了一下身后那位个子高高、脸颊塌陷的圣母：“你记得法利，我们的果园圣母吗？法利刚带了一伙园丁来见我，提出了非常严肃的抗议。”

法利疲惫的脸看着有些灰暗。*工作太劳累了？*她突起的下巴上有一张薄薄的嘴。指甲里有土。欧德雷翟赞许地注意到了这点。*不怯于刨土。*

*一伙园丁。*看来抗议升级了，一定挺严重的，否则锡姆佩也不会推到大圣母头上。

“说说吧。”欧德雷翟说道。

看了眼锡姆佩后，法利进行了详细的叙述，甚至还提供了那伙人当中领头人的资历。当然，他们都是好人。

欧德雷翟清楚这个模式。她们曾召开了一系列的会议，讨论这个无法避免的后果，锡姆佩参加了其中的几场。你怎么才能向你的人民解释，一条遥远的沙虫（或许还不存在）需要如此巨大的改变？你怎么才能向农夫解释，事情并不是“多下点雨”就能解决的，而是直接关系到整个行星的气候？这里多下点雨，会改变高空的风向。这会影响到其他方面，像是形成携带着湿气的热风，不仅不受欢迎，甚至会带来危险。如果再稍微加入点不好的条件，极其容易造成龙卷风。行星的气候调节不是件简单的差事，正如我有时提出的天气要求。每一次，整个等式都需要仔细检查以再次达到平衡。

“行星拥有一票否决权。”欧德雷翟说道。这是姐妹会对人类之不可靠的一个古老的说法。

“沙丘星还有投票权吗？”法利问道。问题中的苦涩比欧德雷翟期望的还要深。

“我感觉到了热。我们抵达时看到了果树上的绿叶。”欧德雷翟说道。我知道你在担心什么，姐妹。

“今年我们将失去部分的收成。”法利说道。语气中有指责的意味：这都是你的错！

“你跟那伙园丁怎么说的？”欧德雷翟问道。

“沙漠必须生长，气象部无法每一次都按照我们的要求进行调整。”

这是真相，不是统一的口径。不是很充分，真相通常如此，但这是目前她们所掌握的全部了。必须尽快让她们知道得更多。与此同时，更多的园丁不满收成的损失。

“你能和我们一起喝杯茶吗，大圣母？”锡姆佩如同外交官似的打着圆场。你看到了情况正在升级吗，大圣母？法利现在会回去处理水果和蔬菜。那是适合她的地方。消息已传递出来了。

斯特吉清了清嗓子。

*要让她改掉这个该死的习惯！*然而它代表的意义简单明了。斯特吉负责她们的行程。*我们必须走了。*

“我们出发晚了，”欧德雷翟说道，“我们停下只是为了活动一下筋骨，顺便看一下你们是否有无法解决的问题。”

“我们能应付那些园丁，大圣母。”

锡姆佩爽快的语调体现了她的信心，欧德雷翟差点就微笑了。

想的话就请你检查，大圣母。随便看。你会发现庞德勒维持着贝尼·杰瑟里特的秩序。

欧德雷翟瞥了眼塔玛拉尼的巴士。有些人已回到了那里的空调环境。塔玛拉尼站在耳力可及的车门旁。

“我听过不少你的好话，锡姆佩，”欧德雷翟说道，“没有我们的打扰，你可以干得更好。我可不想带着过于庞大的随行入侵你的领地。”最后一句话足够响亮，肯定能被听到。

“你在哪里过夜，大圣母？”

“艾蒂奥。”

“我有段日子没去那里了，但我听说海已经变小了很多。”

“飞行员确认了你所听说的。没必要告诉她们我们的行程，锡姆佩。她们已经知道了。我们必须让她们做好被入侵的准备。”

果园圣母法利往前迈了一小步：“大圣母，如果我们能……”

“告诉你的园丁，法利，他们有个选择。他们可以边抱怨边等待，直到尊母前来将他们变为奴隶，或者他们可以选择参加大离散。”

欧德雷翟回到车内坐了下来，双眼紧闭，直到她听到车门关上，她们又上路了才又睁开。她们已经驶离了庞德勒，正行驶在环状果园南部光滑的路面上。她身后一片压抑的宁静。姐妹们正仔细审视着大圣母刚才的行为。这并不是一次令人满意的会面。侍祭们自然地感受到了这种情绪。斯特吉也是闷闷不乐的样子。

天气成了出气筒。光是话语已不能安抚抱怨。生活的标准越降越低。每个人都知道原因，但是，变化仍然在继续。随处可见。你无法抱怨大圣母（没有很好的理由就不行），但是你能咒骂天气。

“她们为什么非得把今天搞得这么冷？为什么是今天，我今天还要出门。我们出门时还挺暖和的，看看现在！我都没带合适的衣服。”

斯特吉想说话。好吧，这就是我带上她的原因。但她变得有些多嘴了，挤在一起的亲密侵蚀了她对大圣母的敬畏。

“大圣母，我在翻我的手册，想寻找解释——”

“要小心手册！”在她生命中，有多少次她听到过或说过这句话？“手册会养成习惯。”

斯特吉听过很多有关习惯的讲课。贝尼·杰瑟里特有某些习惯——那些民间传说中的“女巫的典型行为”。但是，模式给了别人预测行为的机会，必须谨慎地避免。

“那我们为什么有手册呢，大圣母？”

“我们有手册是为了证明它们是错的。终章是给新生和其他人的早期训练用的。”

“那历史呢？”

“千万不要忽视了历史记录中的平庸之处。作为一个圣母，你会在每一个新的时刻中重新学到历史。”

“真理是一只空杯。”斯特古非常得意于自己能记得警句。

欧德雷翟差点露出了微笑。

斯特吉是块珍宝。

这是个警示性的想法。有些宝石可以通过它们的瑕疵而辨别。专家们标记出石头内的瑕疵，就像是秘密的指纹。人也是如此。你通常通过他们的缺点而认识他们。闪亮的表面告诉你的东西太少。要认识一个人，你得看他的深处，寻找瑕疵。在那里才能看出他是不是块宝石。如果没了瑕疵，凡·高会变成什么人？

“那些有洞察力的愤世嫉俗者所说的话，斯特吉，他们所说的历史，才是你香料之痛前的指引。之后，你将成为你自己的愤世嫉俗者，你会发现你自己的价值观。简而言之，历史展示了日期，告诉你发生了什么事。圣母去搜寻这些事背后的多种面向，并了解了历史学家的偏见。”

“就这么多？”斯特吉感到被深深地冒犯了。*那她们为什么要如此浪费我的时间？*

“很多历史基本上没什么价值，因为受偏见影响，写来是为了取悦某个权力团体，或取悦另一个。等候你双眼睁开的那一天吧，亲爱的。我们是最优秀的历史学家。我们在现场。”

“我的观点每天都会变吗？”斯特吉显得非常内省。

“这是霸撒给我们的教训，提醒我们要保持新颖的观点。过去必须由现在来重新解释。”

“我不知道自己是否会喜欢这么做，大圣母。太多道德上的决定了。”

哈，这块珍宝看到了核心，并如同一位真正的贝尼·杰瑟里特一样说出了她的内心。斯特吉的瑕疵中有夺目的闪光。

欧德雷翟看着陷入沉思的侍祭的侧脸。很久以前，姐妹会规定了每位姐妹必须做出自己的道德选择。*绝不要在质疑之前就随便跟随领*

导。这就是年轻人的道德水平如此重要的原因。

这也是我们需要在这么年轻的人里面寻找潜在姐妹的原因。或许，正是出于相反的原因，道德缺陷才侵入了什阿娜。我们太晚得到她了。她和邓肯通过手语交谈的到底是什么秘密？

“道德选择总是易于辨别，”欧德雷翟说道，“它们就在你舍弃了自我利益的地方。”

斯特吉敬畏地看着大圣母：“那得需要多大的勇气啊！”

“不是勇气！甚至也不是绝望。我们所做的，从最根本的角度上来说，就是自然而然的。事情得这么做，因为没有其他选择。”

“有时你让我觉得自己很无知，大圣母。”

“很好！这是智慧的开端。有很多种无知，斯特吉。最底层的就是不假思索地追随你自己的欲望。有时，我们下意识地就这么做了。要磨炼你的感官。小心你无意识的行为。要经常问自己：‘当我这么做的时候，我想得到什么？’”

她们翻过了抵达艾蒂奥之前的最后一个山头，欧德雷翟迎来了一个与自我产生联系的时刻。

有人在她身后嘟囔着：“看大海在那儿。”

“停下。”在她们接近一个能俯视海洋的宽阔的岔道口时，欧德雷翟命令道。克莱比知道这地方，并做好了准备。欧德雷翟经常让他在这里停车。他在她想要的地方停了下来。车子停下时发出了吱嘎声。她们听到巴士也在后面停下了，一个响亮的声音喊着她的同伴：“看那里！”

艾蒂奥在欧德雷翟的左下方展开：精巧的建筑，有些由细小的管子支撑在地面之上，风在它们下面刮过。这里已经深入南方，比中枢所在位置的海拔低很多，因此也暖和许多。小型的纵轴风车，从这地方看过去就像是玩具，在艾蒂奥建筑的角落转动，为社区提供着能量。欧德雷翟指着它们给斯特吉看。

“我们把它们看作是独立的象征，免于被他人控制之下的复杂技术绑架。”

欧德雷翟边说边将头转向了右边。大海！曾经辉煌的辽阔，如今只剩下可怜的残躯。海之子痛恨她所看到的。

温暖的蒸汽升腾在海面之上。海水的尽头处，干旱山丘的紫晕在地平线上画下了一条模糊的轮廓。她看到气象部引入了风，吹散了饱和的空气，结果就是泛着白沫的海浪拍打着高地下方的鹅卵石。

这里曾经有一排渔村，欧德雷翟回想着。现在海水退却了，渔村看着像是爬上了山坡。曾经，渔村是海岸边色彩斑斓的风景。多数的人已离开，参与了新的大离散。剩下的人们建造了一条轨道来将他们的渔船运往海边。

她同意了这个计划并为此哀叹。节约能量。眼前的景象突然间如同坚冰一样砸中了她——像是旧帝国时期的老人院，人们在里面等死。

这些地方离死亡还有多久？

“这海也太小了！”车子的后部有个声音传了过来。欧德雷翟听出来了。一个档案职员。*贝尔该死的间谍。*

欧德雷翟将身子前倾，拍了拍克莱比的肩膀：“开到海岸旁边，就是在我们正下方的那个海湾。我想到海里游泳，克莱比，趁它还在的时候。”

斯特吉和其他两个侍祭跟她一起下到了海湾里温暖的水中。其他人有的在岸边散步，有的在车子和巴士旁看着这奇怪的景象。

大圣母在海里裸泳！

欧德雷翟感觉身边的水充满能量。游泳是必须的，因为她需要做出决定。

在行星最后的气候温和的日子里，她们还能负担起维持多大面积的最后之海？沙漠正在赶来——完全覆盖的沙漠，与失去的沙丘星一样。如果擒斧子的人给我们时间。威胁近在眼前，峡谷也更深了。该死的天分！我为什么要知道？

慢慢地，海之子和海浪的互动重建了她的平衡感。这个水体是最大的麻烦——比分散的小海洋与湖泊大多了。大量的水汽从这里蒸发，导致气象部勉强才能控制的管理中，还需要挤出能量来处理气流的偏离。然而，这片海仍然在抚育着圣殿。它是交通要道。海运是最便宜的。在她的决定中，能源成本必须与其他因素综合考量。海终究会消失。这是必然的。所有人都面临迁徙。

海之子的记忆前来骚扰。乡愁。它挡住了合理判断的途径。多快能让海消失？这是关键的问题。所有不可避免的迁徙和安置都取决于这个决定。

最好要快。让痛苦尽快成为过去。让我们开始吧！

她游到了浅水处，抬头看着疑惑的塔玛拉尼。不时溅起的水花在塔玛的长袍上留下道道深色。欧德雷翟仰着头，躲避着小小的海浪。

“塔玛！尽快移除这片海。让气象部制订一个快速脱水的方案。方案中需要考虑食物和交通的因素。在我们讨论之后，我会批准最终方案。”

塔玛拉尼转身离去，没有说话。她示意合适的姐妹跟她一起走，并在此过程中瞥了大圣母一眼。看到了吗？我是对的，带上了必备的助理！

欧德雷翟从水里爬起。潮湿的沙子在脚下摩擦。很快就要变成干沙了。她没有擦干身子就穿上了衣服。衣服紧贴在她身上，给她一种不舒服的感觉，但她没有管。她走了一段路，离开了众人，且没有回头朝大海看。

记忆的礼物只能到此为止了。召唤过去的愉悦，那些偶尔可以被捧起并加以爱抚的事物。没有哪种愉悦可以永存。所有的都是暂时的。“这个也会结束”适用于宇宙中的一切。

海滩渐变成了沙质的土壤，上面还长着稀疏的植物。她终于转身去看那个刚刚被她判了死刑的海。

只有生命本身最重要，她告诉自己。缺乏持续的繁殖冲动，生命也无法延续。

延续。我们的孩子必须延续。贝尼·杰瑟里特必须延续。

没有哪个孩子比整体更重要。她接受这个观点，知道这是整个种族在她体内最深处的自我对她喊话，她还是海之子时首次发现的自我。

欧德雷翟允许海之子闻了最后一口咸味的空气。然后，她们回到了各自的车辆，准备前往艾蒂奥。她感觉自己变平静了。那个关键的平衡，一旦获得之后，并不需要真正的大海来维持。

对问题追本溯源，便能在千丝万缕中窥见蛛丝马迹。唯有如此，方能发掘更多问题！

——门泰特禅苏菲

达玛正悠然自得。

蜘蛛女王！

她喜欢女巫们给她起的这个名头。如果她真有一片蜘蛛网，交叉点上这座新的控制中枢就是蛛网的中枢。不过这座建筑的外观还是不合她的心意，设计得充满宇航公会的那种扬扬自得的架势。整体风格过于保守。好在内饰依然是她熟悉的样子，这让她略感欣慰。她几乎觉得自己依然身在杜尔，混合人从未出现过，也从未经历过飞回旧帝国的这段痛苦行程。

她站在敞开的会议厅大门边，看着植物园。劳格诺在她身后四步远的地方候着。*在我身后时，别离太近，劳格诺，否则我会杀了你。*

地砖之外是一片草坪，此时草叶上的露水还没干，太阳升起时，仆人们便会搬出舒适的桌椅放在那儿。按她的命令，今天该是阳光明媚，气象部最好造出那该死的阳光来。劳格诺的报告很有趣。这么说那个老女巫回过巴塞尔了。她还很愤怒。好极了。显然，她知道自己被监视了，应该还跑到她的女巫上级那儿要求撤出巴塞尔避难了。而且，她被拒绝了。

只要中枢还藏得好好的，她们就不在乎被我们斩断四肢。

达玛侧头向肩后的劳格诺说：“把那个老女巫带过来。还有她那些随从，都带过来。”

劳格诺正转过身去，准备执行命令，达玛又补充：“挑些混合人，停止喂食。我要让它们保持饥饿状态。”

“是，达玛。”

劳格诺走后，立刻有人站到了她的位置上。达玛没转过身去看是谁。执行必要命令的助手从没缺过。撇开威胁程度，这些助手没什么太大区别。劳格诺一直是个威胁。*她让我保持警醒。*

达玛深深吸了口新鲜空气。今天会是阳光明媚的好天气，因为这正是她要的。她整理了一下她那些隐秘的记忆，让这些记忆抚慰她的情绪。

古杜尔保佑！我们找到可以重整旗鼓的地方了。

巩固旧帝国的计划在稳步进行中。那些女巫的巢穴应该没剩多少了，只要找到那颗该死的圣殿星，瓦解整个组织易如反掌。

现在，想想伊克斯。有个问题。*也许昨天我不该杀了那两个伊克斯科学家。*

但是那两个蠢货竟敢要求从她这里得到“更多信息”。竟然敢提要求！还是在声称他们仍无法重铸那件武器后。当然了，他们不知道那是件武器。应该是不知道吧？她也不太敢确定。这么说来，杀了他们也不错。给他们个教训。

要给我们提供答案，而不是问更多问题。

她喜欢她和姐妹们在旧帝国定的这份规矩。无所事事的人太多，五花八门的文化太多，摇摆不定的宗教也太多。

让古杜尔的信仰为他们服务就行了，就像它为我们服务一样。

对于信奉古杜尔，她感觉不到任何神秘的吸引力。这只是件有用的权力工具。其源头众所周知：雷托二世，那些女巫口中的“暴君”，以及他的父亲——穆阿迪布。这两位都是彻底的政治掮客。虽然有分裂分子环伺，但那些人最终都会被淘汰出局，只留下精华，这是台润滑良好的机器。

披着多数人外衣的少数人暴政。

这就是女巫卢西拉觉察到的。发现了她知道怎么操纵大众以后，没理由还让她继续活着。必须找到她们的老巢，再一把火烧成灰烬。卢西拉的洞察力显然并非个例。她的行为暴露了一所学校正在运作。她们在那儿教授这些技能！那些蠢货！你得先处理好现实问题，否则就都失控了。

劳格诺回来了。达玛总能分辨出她的脚步声，鬼鬼祟祟的。

“已经叫人把那个老女巫从巴塞尔带过来了，”劳格诺说，“还有她那些随从。”

“别忘了混合人的事。”

“我已经下达命令了，达玛。”

谄媚的语调！你大概很想把我喂给那群混合人吧，是不是，劳格诺？

“还有，要在笼子周围加强安保措施，劳格诺。昨晚又有三个跑了。我起床的时候，那三个正在院子里四处走呢。”

“有人告诉我了，达玛。已经加派了守笼子的人手。”

“别告诉我‘没有驯兽师，它们都人畜无害’之类的鬼话。”

“我也不信，达玛。”

她终于说了一次真话。混合人令她恐惧。很好。

“我相信我们有自己的权力基础，劳格诺。”达玛转过身，示意劳格诺已经侵入了危险区至少两毫米了。劳格诺也看到了，她赶紧撤回身子。在我看得见的区域，你想靠多近都无妨，劳格诺，但我背后不行。

劳格诺看到了达玛眼中燃起的橙色火焰，她几乎要立刻跪下了。至少绝对已经弯下了膝盖。“我只是太想为您服务了，达玛！”

是太想取代我吧，劳格诺。

“伽穆的那个女人怎么样了？名字还挺奇怪的。叫什么？”

“吕蓓卡，达玛。她，还有些她的同伙……呃，暂时躲过了我们的搜索。但会找到的。她们不可能离开这颗星球。”

“你觉得我应该把她留在这儿，是不是？”

“把她当诱饵是明智之举，达玛！”

“现在她也是诱饵。我们在伽穆发现的那个女巫去找了那些人，不可能是巧合。”

“是，达玛。”

说得倒好听，是，达玛！但是不管怎么说，劳格诺的声音中透着顺从，听起来很让人愉悦。“好，继续吧！”

劳格诺快步离去。

总有一小撮有暴力倾向的人会找个地方秘密集会。他们培养共同的仇恨，扰乱他们周围本来井然有序的生活。最后总得有人出来收拾他们的烂摊子。达玛叹了口气。恐怖战术太……效果太短暂了！

成功就是危险。现在已经让他们搭上了一个帝国。如果你功成名就，人前显耀，总有人会想把你扳倒。这是嫉妒使然！

这一次，我们要小心谨慎，不能再让一切付诸东流。

她进入半遐想状态，对身后的动静仍然保持着警惕，但开始享受起今早收获的那些信息，那代表着新的胜利。她喜欢默数那些被俘星球的名字。

瓦拉赫、克劳宁、里诺尔、埃卡兹、贝拉·特古斯、伽穆、盖蒙特、钮什……

人天生带有一种心疾，最是冥顽不化、难以摆脱，那就是自欺欺人。或想入非非，或茫然绝望，都源于此。且几乎可断言，此事无人可免。因此亟须时时自省。

——终章

趁欧德雷翟不在中枢（可能很快就会回来），贝隆达知道必须尽快采取行动。*那个该死的门泰特死灵太危险了，不能让他活着！*

天色渐晚，大圣母那群人渐渐远离她的视野，不久后，贝隆达便动身前往无舰。

对贝隆达来说，横穿环形果园可不是什么深思熟虑的好办法。因此，她预定了运输管的位置，运输管没有窗户，自动运行，而且速度也快。毕竟有眼线的可不止她一个，也可能会有人把自己不希望传出去的信息透露给欧德雷翟。

在路上的时候，贝隆达回顾了一下她对艾达荷众多生命的评估。她一直将这份记录保存在档案中，以便有机会迅速抽取。当还是原型以及早期死灵的时候，艾达荷性格常被冲动左右，很容易恨一个人，也很容易对别人献上忠诚。后期的艾达荷死灵变得有些愤世嫉俗，但潜在的冲动特质并未消失。暴君就曾多次激发过这种情绪。贝隆达据此辨别出了一种模式。

可以用骄傲去刺激他。

他曾长期为暴君服务，这段经历很让贝隆达着迷。他不仅多次成为一名门泰特，甚至有证据表明，他曾在不止一世成为真言师。

艾达荷的外表与她在记录中所见并无二致。眼部有种特别的神情，复杂的内部发育形成了嘴的轮廓，无一不体现着他有趣的性格。

这个男人十分危险，欧德雷翟为什么就不能接受这个现实呢？不仅如此，每次谈到艾达荷，她都流露出炫耀的表情。贝隆达为此经常感到忧心忡忡。

“他的思维清晰、直接，想法严谨、简洁，很能鼓舞人心。我喜欢他，而且我知道这都是细枝末节，这种喜欢还影响不了我做决定。”

她竟然承认了他对她有影响！

贝隆达发现艾达荷正一个人坐在他的控制台边，全神贯注地看着一幅线性图，贝隆达认出来了，那是无舰的操作原理图。一看到贝隆达，他立即把投影清除了。

“你好，贝尔。正等你呢。”

他伸手在操作台区域点了一下，身后的一扇门应声而开。走进来的是年轻的特格，他在艾达荷身边站定，默默地盯着贝隆达。

艾达荷没请她坐下，也没给她找把椅子，她只能自己从他的休息室拽了一把，然后把椅子摆在他正对面。等她坐好后，艾达荷饶有兴致又颇为警惕地看了她一眼。

贝隆达还是对他那句打招呼的话暗自惊讶。他怎么会在等我？

艾达荷主动解答了她没说出口的问题：“达尔之前投影过来了，她告诉我说要去看什阿娜。我知道，只要她一走，你一分钟都不会多等，立刻就会来找我。”

这是简单的门泰特预测，还是……“她警告你了！”

“没有。”

“你和什阿娜之间藏了什么秘密？”贝隆达语气逐渐严厉。

“你想让她怎么利用我，她就在怎么利用我。”

“护使团！”

“贝尔！堂堂两个门泰特，还必须要这些愚蠢的花招吗？”

贝隆达深吸口气，进入门泰特模式。有那个孩子盯着她，再加上艾达荷脸上的揶揄之色，贝隆达颇费周章才成功。难道欧德雷翟比她想象中还要狡诈，想用这个死灵对付一位姐妹？

看到贝尼·杰瑟里特的那种高强度状态转变成门泰特的双倍聚焦后，艾达荷松了一口气：“我早就知道，你一直都想置我于死地，贝尔。”

没错……他能读出我的恐惧。

他想，她差点就成功了。贝隆达带着杀心来找他，装模作样，演一出“实在没办法，只能杀掉”的戏码，其实却是蓄谋已久。真动起手来，他对自己的胜算不抱任何幻想。但是，贝隆达-门泰特不会贸然行动，一定会先仔细观察。

“你这么说我们的名字，可是大不敬。”她话中带刺。

“不敢苟同，贝尔。你已经不再是圣母了，我也不是‘那个死灵’。现在我们只是要面对共同问题的两个普通人类。别说你没有意识到。”

她环视了一下他的工作间：“你要真是知道我会来，怎么会没叫默贝拉过来？”

“逼她为了保护我而杀了你？”

贝隆达想了想。*那个该死的尊母确实能杀了我，不过既然这样，*

那……“你把她支开，是想要保护她。”

“我有更厉害的护卫。”他指着那个孩子说。

特格？护卫？伽穆倒是有些关于他的传说。艾达荷是不是知道什么？

她想要问问，但是她敢冒这个险吗？这是会分心的。看门狗必须明白什么情景是危险的。

“他？”

“如果他看到你杀了我，还会为贝尼·杰瑟里特服务吗？”

她没作声，于是他接着说：“换位思考一下，贝尔。我不仅是落入你手中的门泰特，同样也在那个尊母手中。”

“这就是你的全部身份吗，一个门泰特？”

“不。我也是一个特莱拉的试验品，但是我无法预测未来。我不是魁萨茨·哈德拉克。我只是身负多个生命记忆的门泰特。你携带着他者记忆——你可以想想这会给我带来什么影响。”

他说这些话的时候，特格就俯身靠在艾达荷肘边的控制台上。这个男孩的脸上充满了好奇，她看不到有怕她的迹象。

艾达荷指着头上的投影焦点，里面的银色像素点跳动着，随时准备造出影像来。“一个门泰特能看到他的转播投影投射出的细微差异——就仿佛看到夏天出现了冬日景象，或者有人在雨中拜访他时，却看到了阳光……你难道就没想过，我对你那些小把戏很瞧不上眼吗？”

她听出了门泰特的总结。这一点上，他们学的是一样的内容。她说：“你自然会告诉自己不要轻视道。”

“我问的不是这个问题。一起发生的事情总会有潜在联系。在同时性面前，什么是因，什么又是果？”

“你有位好老师。”

“没错，而且不止一世。”

特格向她倾过身子：“您真是来杀他的？”

撒谎毫无意义。“我还是认为他过于危险。”让看门狗去争辩好了！

“可他打算帮我找回记忆！”

“我们是同一块地板上的舞者，贝尔，”艾达荷说道，“也许我们看上去不是在共舞，也许用的不是同一种舞步，不是同样的节奏，但人们将我们视作同伙。”

她开始怀疑他到底有什么打算，琢磨着还有没有什么别的办法能把他毁了。

“我不明白你说的是什么意思。”特格说。

“很有意思的巧合。”艾达荷说。

特格转身看着贝隆达：“也许您能解释解释，行吗？”

“他想说，我们互相需要。”

“那他为什么不这么说呢？”

“因为这样更巧妙，孩子。”然后她想到：*记录里必须显得我是在警告艾达荷。*“不管你在井里看过多少次驴子路过，都无法保证看见那畜生的鼻子就一定能看到尾巴。邓肯，你是在坐井观天。”

艾达荷对上贝隆达死死盯着他的眼神：“达尔曾经带着一束苹果花枝过来，但我的投影显示的是收获时节。”

“是谜语，对吧？”特格拍着手问道。

贝隆达调出那次拜访的记录，单独对圣母的行动仔细观察后说道：“你没怀疑过我们有暖房？”

“或者她只是想取悦我？”

“我可以猜了吗？”特格问。

一阵长久的沉默后，一位门泰特的目光锁定了另一位门泰特的，艾达荷说道：“我的监禁背后是无政府主义，贝尔。这和你们的最高议会相悖。”

“就算是无政府主义，也可以有审议和审判。”她说。

“你是个伪君子，贝尔！”

她猛地一缩，仿佛被他击中了一般。她并非本意如此，完全是种下意识的动作，这种被动反应让她颇感震惊。音控力？不……比音控力浸透得更深。她突然对面前这个男人感到恐惧。

“身为一名门泰特兼圣母，竟然还能这么虚伪，这可太有意思了。”他说。

特格拽了拽艾达荷的胳膊：“你们是在打架吗？”

艾达荷扫开他的手：“是，我们是在打架。”

贝隆达没法把她的目光从艾达荷的眼神中移开。她想转身逃跑。他在做什么？一切都变得不对劲了！

“你们中间的伪君子与罪犯？”他问道。

贝隆达又一次想到了摄像眼。被他玩弄于股掌之上的不仅是她自己，那些监视他的人也一样被蒙在鼓里！他一直在精心设计，处处小心。那一瞬间她突然被他这高超的表演所折服，但钦佩并不意味着恐惧的消失。

“我在问为什么你的姐妹们要容忍你？”他嘴唇轻碰，是如此精准！“难道你的邪恶是必要的？能提供有价值的数据，偶尔还能提出中肯的建议？”

她终于能开口说话了：“你好大的胆子！”她的声音嘶哑刺耳，语音里已经用尽了她所有那些自诩的恶毒之意。

“也可能是你能让你的姐妹们更强。”他的语音平淡，语调没有丝毫的变化，“薄弱的环节会迫使其他环节努力弥补，也就相当于间接加强了其他环节的力量。”

贝隆达意识到她就快坚持不住门泰特模式了。他说的这些有没有可能是事实？大圣母会不会其实真的是这么看她的？

“你带着罪恶的违逆心理来到这儿，”他说，“并且将这一切强加了‘必要’的名义！其实只是在摄像眼面前表演的小把戏，以此证明你别无选择。”

她发现他的话在恢复她身上的门泰特技能。他是有意为之的吗？她现在一心想要研究他的行为，还有他说的话语。他真的把她解析得那么透彻？这场会面的记录也许比她打的小算盘要有价值得多。但结果没什么两样！

“你认为大圣母的意愿就是律法？”她说。

“你真的觉得我毫无观察力？”特格正要插嘴说话，被他挥了挥手制止了，“贝尔！只用门泰特的方式思考。”

“我在听。”*还有其他很多人也在听！*

“我已经深入解析了你们的问题。”

“我们没给你任何问题！”

“你们给了。连你也给了，贝尔。你像个守财奴一样把问题分成若干小份，可我还是看见了。”

贝隆达突然想起来，欧德雷翟说过：“我不需要门泰特！我需要的是发明家。”

“你们……需要……我，”艾达荷说，“你的问题看似仍缩在贝壳之中，但它就在那里，必须被萃取。”

“我们为什么非要有你？”

“你们需要我的想象力，需要我的创造力，需要那些能让我面对雷托的雷霆之怒依然全身而退的能力。”

“你自己说过他杀了你那么多次，数都数不过来。”你这是自食其言，门泰特！

他露出控制精准的一抹微笑，精准到不管是她还是摄像眼都不可能会错意：“但你怎么能信任我呢，贝尔？”

他在自我谴责！

“如果没有新手段，你们注定被毁灭，”他说，“只是早晚而已，这一点你们也都清楚。也许不是这一代，甚至也许不是下一代。但是末日终将来临。”

特格猛地拽了拽艾达荷的衣袖：“霸撒总还能帮忙，不是吗？”

这么看来，这孩子用心听了。艾达荷拍了拍特格的胳膊：“光靠霸撒还不行。”然后对贝隆达说，“我们都是待宰的羔羊，难道还非要为了一口吃食争个你死我活吗？”

“这话你不是头一次说了。”毫无疑问，也不会是最后一次。

“你还是门泰特吗？”他问道，“是，就别装模作样！把那层浪漫伪装都撤下去，把问题说清楚。”

浪漫的那个是达尔！不是我！

“一小群离散的贝尼·杰瑟里特，”他问道，“引颈待戮，很浪漫吗？”

“你觉得一个人也逃不掉？”

“你们在整个宇宙四处树敌，”他说，“你们就是尊母的盘中餐！”

她现在完全是（也只是）门泰特了，她需要与这位死灵相匹配的能力。演戏？浪漫？她的身体阻碍了门泰特运行模式。门泰特必须使用身体，而不是让身体干扰自己。

“你们离散的圣母没有一位回来，也没有谁发回过任何信息，”他说，“你们努力安慰自己说只有离散人员知道她们去了哪里。可是这就是事实，这种情况同样也可以看作是她们送回的信息，你们怎么能对此视而不见？为什么连一个试着和圣殿联络的人都没有？”

他指责的是我们所有人，浑蛋！问题是，他说得对。

“我阐述的是不是我们问题的最本源层面？”

门泰特式问询！

“最简单的提问，最简单的推测。”她同意道。

“增强性的极致享乐：是贝尼·杰瑟里特铭刻，还是尊母把你的同胞困在那儿了？”

“默贝拉？”她用一个单词发出挑战。*评估一下这个你口口声声说爱着的女人！她是不是知道些我们应该知道的东西？*

“她们被调整为不至于将其自身享乐上升到上瘾的程度，但她们很脆弱。”

“她否认尊母历史中有贝尼·杰瑟里特的影子。”

“她正是遵循了她被设定的模式才会这样。”

“代之以对力量的渴求？”

“终于，你问了个恰当的问题。”见她没回答，他又说道，“弗里斯希玛嬷嬷。”这是贝尼·杰瑟里特议会成员古时的称谓。

她知道他为什么这么做，也感到这个词语产生了想要的效果。现在她稳稳地保持了平衡。门泰特圣母被她自己“香料之痛”的“默哈拉”围绕着——那些他者记忆中的良性部分联合起来保护着她，使她的精神不至于被那些恶毒先祖所占据。

*他怎么知道要那么做？*摄像眼后密切观察的每个人都会问这个问

题。当然了！这是暴君训练的结果，一次又一次地训练他。我们这里有什么？这位天才大圣母想要用的是什么？很危险，没错，但也远比我所怀疑的更有价值。以我们自己所造的众神之名！难道他才是解放我们的人？

他是如此镇静自若。他知道贝隆达已在他掌握之中。

“贝尔，在我某次生命中，我拜访了你们贝尼·杰瑟里特在瓦拉赫九号星的基地，和你的某位祖先谈了谈。她叫特尔蒂乌斯·海伦·安蒂克。让她引导你，贝尔。她了然于心。”

贝隆达感到意识中传来一阵熟悉的鼓动。他怎么知道安蒂克是我的祖先？

“我去瓦拉赫九号星是受暴君之命，”他说，“是的！我经常认为他是暴君。我的任务是镇压一所门泰特学校。你认为你曾躲在那儿过。”

安蒂克的自我意识介入了：“我现在给你看他说的那事。”

“想想看，”他说，“我，一个门泰特，被迫去镇压一所学校，而它是为了训练出像我一样的人而存在的。我知道他为什么命令我做这个，当然，你也知道。”

意识并流通过她的意识倾泻而下：门泰特阶层，由吉尔伯特斯·艾尔班创立；贝尼·特莱拉希望把他们置于特莱拉霸权之内，临时庇护了他们；已传到无数“种子学校”中；由于成为独立抵抗势力的核心而被雷托二世压制；大饥荒之后又散落到了大离散中。

“他在沙丘星上留了几个最优秀的老师，但安蒂克强迫你去面对的问题并不涉及沙丘星。你的姐妹们都去了哪里，贝尔？”

“我们现在还无从得知，不是吗？”她以新的意识又仔细打量了他的操控台。阻挡这样的头脑是个错误。如果要利用他，就必须充分利用。

“顺便说一下，贝尔，”她起身要走的时候，他说道，“尊母可能是相对较小的群体。”

小？他难道不知道姐妹会已经对接连失去的行星数量之多忧心忡忡吗？

“所有数字都是相对的。宇宙中有什么是真的毫不动摇的？对她们来说，我们的旧帝国也许是最后一根稻草，她们已退无可退，贝尔。她们要在此隐匿，重新集结。”

“你以前说过这件事……你告诉过达尔。”

不是大圣母。不是欧德雷翟。她用了达尔这个亲密的称呼。他笑了：“也许我们还可以在斯凯特尔的问题上帮帮忙。”

“我们？”

“默贝拉收集信息，我做评测。”

他不喜欢这句话引起的那抹笑容。

“具体点，你到底要说什么？”

“释放我们的想象力，再打造相应的实验。如果有人能穿透护盾，即便是无星又有什么用？”

她扫了一眼男孩。艾达荷知道她们在怀疑霸撒看到了无舰。这很自然！拥有他这等能力的门泰特……能将蛛丝马迹整合起来，做出大师级的预测。

“整颗G-3级别恒星的输出，才够将一颗还没完全宜居的行星遮蔽起来。”她向下望着他，眼神淡漠冷冽。

“大离散中万事皆有可能。”

“却不是我们目前力所能及的。你还有不这么宏伟的计划吗？”

“在你们的人中间检查细胞中的基因标记，寻找厄崔迪遗传的共有模式，也许将发现你们想都没想过的天赋。”

“你这不断创新的想象力过于活跃。”

“G-3恒星到遗传学。这两者可能有共同因素。”

为什么要提这些疯狂的建议？无星加上能够看穿无盾的人？他这是在干什么？

她还没自大到以为他说这些都是为了她好。摄像眼也时刻监视着他。

他沉默不语，一只胳膊随意地搂着男孩的肩膀。他们俩都在盯着她看！这是挑衅吗？

拿出门泰特的样子来！

*无星？*随着物体质量的增加，使万有引力失效的能量超过了与质数相匹配的阈值。无盾遇到了更大的能源壁垒，这是另一种呈指数级增长的规模。艾达荷是在暗示大离散中可能有人已经发现了解决这个问题的方法？她直接问了他。

“伊克斯人还没参透霍尔茨曼的合一概念，”他说，“他们只会用——这是个即便不理解也同样生效的理论。”

*他为什么要把我的注意力引向伊克斯的技术官僚主义？*伊克斯人染指了太多事情，这让贝尼·杰瑟里特无法信任他们。

“暴君从来不压榨伊克斯，你们就不好奇吗？”他问道。贝隆达仍只是盯着他，于是他继续说：“他只给他们套上缰绳。因为那种人机一体，彼此测试着另一方极限的想法很让他着迷。”

“赛博格？”

“没错，当然还有其他一些事情。”

艾达荷难道不知道巴特勒圣战的余波至今未消，即便是贝尼·杰瑟里特也对此颇为反感吗？警惕！对每一个这种——人加机器——到底会有什么能力都要保持警惕。鉴于机器的局限性，这种描述只能说明伊克斯人目光短浅。艾达荷是在说暴君赞成机器智能的想法？愚蠢！她转过身去背对着他。

“你走得太快了，贝尔。什阿娜对性束缚免疫，你应该对此更感兴趣吧。我送去供她打磨技艺的年轻人并没被铭刻，她也没有。可是没有尊母拥有比这更高超的技能了。”

现在贝隆达看出欧德雷翟在这个死灵身上看到的价值了。无价之宝！而我刚刚差点杀了他。几乎铸成大错让她懊丧至极。

贝隆达走到门口的时候，邓肯又一次叫住了她：“我在伽穆看到的混合人——为什么告诉我们说它们猎杀尊母？默贝拉对此一无所知。”

贝隆达头也不回地走了。她今天知道的关于艾达荷的一切都增加了他的危险性……但她们只能接受……起码现在如此。

艾达荷深吸一口气，然后看向迷惑不解的特格：“谢谢你能在这儿，我真心欣赏你在面对严峻挑衅时仍能保持沉默的能力。”

“她不会真杀了你吧……会吗？”

“如果不是你为我赢得了最初那几秒钟，她也许会动手的。”

“为什么？”

“她误以为我可能是魁萨茨·哈德拉克。”

“就像穆阿迪布？”

“还有他的儿子。”

“好吧，但她现在不会伤害你了。”

贝隆达的身影已经从门口慢慢消失，艾达荷看了看那扇门。缓刑，他今天的成果也仅限于此。也许他不再只是别人阴谋中的一个齿轮。他们彼此的关系达到了一个新的高度，如果细心地加以利用，这种关系将能保全他的性命。情感上的牵绊从来都不是他考虑的内容，即便是和默贝拉的情感也一样……甚至包括欧德雷翟。在内心深处，默贝拉对性束缚的憎恨并不比他少。欧德雷翟也许暗示过厄崔迪忠诚的古老纽带，但你是无法信任一位圣母的情感的。

厄崔迪！他看向特格，能看出家族外表特征已经开始在这张还稚嫩的脸上显现。

从与贝尔的对质中，我真正获得的是什么？她们可能不会再向他提供虚假数据。他也可以多少相信圣母说的话了，但这一切都还要加上一个前提，即任何人类都有可能犯错。

我不是特殊学校的唯一一员。姐妹会的人现在也在我的学校中！

“我能去找默贝拉吗？”特格问，“她答应要教我在战斗中怎么用脚。霸撒可没学过这个。”

“谁从来没学过？”

他低下头，满面羞愧：“我从来没学过。”

“默贝拉在锻炼厅。去吧。不过先别说贝隆达的事，我来告诉她。”

望着男孩离去的背影，艾达荷思考着：教育是贝尼·杰瑟里特环境里永不停息的内容。但是默贝拉说她们学的只是姐妹会愿意教的，她是对的。

这个念头在头脑中搅动，疑虑就出现了。他在记忆中看见一幅图像：斯凯特尔站在长廊内的力场屏障后。他们的这位囚徒朋友在学什么？艾达荷不寒而栗。想到特莱拉人总是唤起变脸者的记忆。这让人想起了变脸者“复制”任何被他们杀死之人记忆的能力。这又让他对他的幻觉充满了恐惧。变脸者？

我就是特莱拉的实验品。

这件事他绝不能和哪位圣母探讨，既不能让她们中的一员看见，也不能让她们听见。

他走出长廊，进了默贝拉的房间，找了把椅子坐下，检查起她学音控力课程留下的蛛丝马迹。里头有她曾经回应她的声音实验留下的克莱尔音。用来强行做出普拉纳-宾度反应的呼吸束带横放在椅子上，随随便便地揉成一团扔在那儿。她在尊母时期养成了些坏习惯。

默贝拉回来的时候看到了他。她穿着贴身的白色紧身衣，浸透了汗水很不舒服，急着要脱掉。去洗澡的时候，她被他拦住了，用的是他学会的一个小把戏。

“我发现了些我们之前不知道的姐妹会的事情。”

“快告诉我！”是他的默贝拉在让他说，汗水在她的鹅蛋脸上闪着光，绿色的眼睛充满爱慕之意。*我的邓肯又看穿她们了！*

“是某个棋子无法移动的一场棋局。”他提醒她说。*让那些摄像眼监视者想去吧！*“她们不只是想让我帮她们建立崇拜什阿娜的宗教，*也希望我们主动产生参与她们梦想的意愿，*我就是她们的小棋子，是她们的良心，让她们给自己那些异常行为编织借口时，提出质疑。”

“是欧德雷翟来过？”

“贝隆达。”

“邓肯！那家伙很危险。你以后再也不要单独和她见面了。”

“那个孩子和我在一起。”

“他一句都没告诉我！”

“他是在遵守命令。”

“好吧！发生什么事了？”

他向她做了简单复述，甚至描述了贝隆达的面部表情和其他反应。（那些摄像眼监视者这下有乐子了吧！）

默贝拉被激怒了："如果她伤害了你，我绝不再和她们任何一位合作！"

正是时候，亲爱的。果然！你们这些贝尼·杰瑟里特应该对你们的行为带着十二分的小心再仔细检查下。

"我还在锻炼厅淌臭汗，"她说，"那个孩子，他学东西很快，我从来都没见过那么聪明的孩子。"

他站了起来："来，我帮你擦擦。"

在浴室，他帮她扒掉汗津津的紧身衣，凉爽的手安抚着她的皮肤。他看得出来她有多么享受他的爱抚。

"温柔如雪，却又热烈如火。"她喃喃着。

众神在下！她的眼神仿佛要把他一口吞掉。

这一次，默贝拉对艾达荷的念头里没有了自责。我不记得有醒来说"我爱他！"的时候。不，这种感觉已经蜿蜒前行，变得越来越深，无法自拔，直到变成事实，在生命的每一刻都必须接受。如同呼吸般……或心跳般。这是缺陷？姐妹会错了！

"帮我洗背。"她边说边笑着，水已经打湿了他的衣服。她帮他脱掉衣服，然后就在浴室，又一次，这种冲动无法抑制，两性的水乳交融让这里变成了感官的世界，除此之外再无他物。结束后她才能想起对自己说：他知道我的每项技巧。但这绝不仅是技巧。他想取悦我！亲爱的杜尔神啊！我怎么会这么幸运？

她紧紧搂着他的脖子，让他将她抱出浴室，就那么将湿淋淋的她放在床上。她把他一把拽在自己身边躺下，他们就那么静静地躺着，等着恢复精力。

过了一会儿，她低语道："护使团将启用什阿娜。"

“非常危险。”

“将姐妹会暴露在众目睽睽之下。我以为她们一直都尽量避免这种事。”

“从我的角度看，那很可笑。”

“因为她们打算让你控制什阿娜？”

“没人能控制她！也许没人应该去控制。”他抬头看了看摄像眼，“嘿，贝尔！你拴着的可不止一只老虎了。”

贝隆达正返回档案部，路过摄像眼记录室的时候她停下了脚步，向监视圣母投去询问的眼神。

“又跑去浴室了。”监视圣母说，“后来就变得很无聊了。”

“神秘参与！”说完后，贝隆达大步走回她的住处，她的脑海中不断翻腾着改变的认知，须重新组织。*他是个比我更优秀的门泰特！*

我嫉妒什阿娜，那该死的女人！而他都知道！

神秘参与！作为能量提供者的狂欢。尊母的性知识正对贝尼·杰瑟里特产生作用，类似于共享迷醉时那种原始的沉浸。我们朝它走近一步，又退了一步。

只是知道这件事情存在就让人不舒服！多么令人厌恶，多么危险……然而，又多么令人向往。

而什阿娜竟然免疫！该死！艾达荷刚刚为什么要提醒她们这件事？

给我沉着而公正的头脑做出的判断，而不是每次都推出法律。箴言和手册催生模式化行为。所有模式化行为都会逐渐变得不容置疑，逐渐积聚毁灭的动量。

——达尔维·欧德雷翟

黎明前塔玛拉尼出现在欧德雷翟在艾蒂奥的住处，带来了前面釉道的消息。

“过海后有六处道路受流沙影响，十分危险，有的甚至根本无法通行，都是很大的沙丘。”

欧德雷翟刚做完她的日常养生活动：简单的香料之痛，然后是晨练，最后以冷水浴收尾。艾蒂奥的客房休息间只有一张悬椅（他们知道她的喜好），她就坐在上面等着斯特吉和早间报告。

塔玛拉尼的脸在两盏银色悬浮球形灯的映射下显得暗黄，但无疑显露出了满足感。*你早该听我的！*

“备好扑翼飞机。”欧德雷翟说。

塔玛拉尼悻悻地走了，显然对大圣母的平淡反应颇为失望。

欧德雷翟召唤了斯特吉：“查看一下备用路线，了解一下海西端的道路信息。”

斯特吉急匆匆地走了，几乎和正回来的塔玛拉尼撞了个满怀。

“很遗憾，交通厅的人说无法立刻备好足够的扑翼飞机。他们正重新定位东边的五个社区。大概中午的时候才能给我们。”

“我们南边的沙漠支脉那里不是有观测站吗？”欧德雷翟问道。

“第一个障碍就是越过那里。”塔玛拉尼还是有点得意扬扬。

“让扑翼飞机在那里和我们会合，”欧德雷翟说，“我们早餐后立刻出发。”

“但是，达尔……”

“告诉克莱比你今天和我乘一辆。什么事，斯特吉？”那位侍祭站在了塔玛拉尼身后的门口处。

从塔玛拉尼离开时耸动的双肩，不难看出她并没把新的座位安排当作对她的原谅。火上浇油！但塔玛的行为很符合他们的需要。

“我们能到观测站，”斯特吉说，表明了她听到了刚才的对话，“会有些尘土飞扬，但没什么危险。”

“那就快些吃早餐。”

越接近沙漠，国家就越贫瘠。向南方前进的路上，欧德雷翟作了如此评价。

距离上次报告中沙漠边缘一百千米内，他们看到社区起营拔寨的痕迹，它们已全体搬离到更凉爽的高纬度地区。处处可见裸露的地基、拆除时被损毁且再难修复的墙壁、沿着地基层面被切断的管道。将这些管道都挖出来代价太大。不久，黄沙会将这一片狼藉彻底掩埋。

这里没有沙丘星上那种屏蔽场城墙，欧德雷翟观察到了这一点，向斯特吉示意。不久的将来，圣殿居民将搬离到极地地区，采冰作为水源。

“是真的吗，大圣母大人？”和塔玛拉尼一起坐在后面的一个人问道，“据说我们已经在制造香料开采设备？”

欧德雷翟在座位上转过身。提问的是一位通信部成员，高级侍祭。这是一个年长的女人，通信部的重责已使她额头布满深深的皱纹，黝黑的皮肤和微眯的双眼则是其长时间操控设备的结果。

“我们必须做好迎接沙虫的准备。”欧德雷翟说。

“如果能出现的话。”塔玛拉尼说道。

“你在沙漠上走过没有，塔玛？”欧德雷翟问。

“我以前在沙丘星上待过。”回答相当简洁。

“但是你出去过吗，到开阔的沙漠上？”

“只去过科恩附近的几个小型积沙区。”

“那是两码事。”简短的回答应该回以同样简短的反驳。

“他者记忆告诉我需要知道什么。”这句是对那位侍祭的回答。

“那是两码事，塔玛。你必须亲自体验才能知道。在沙丘星上，沙虫随时可能出现，把你吞入腹中，那种感觉异常奇妙。”

“我听说过你对沙丘星……的利用。”

利用。不是“体验”。利用。非常精准地表达了她的谴责之意。正是塔玛的风格。“和贝尔仿佛就像是一个模子扒下来的。”有人会这么说。

“在那种沙漠上行走会改变一个人，塔玛。他者记忆会更清晰。从弗雷曼先祖那里抓取灵光一现的经历固然很好，但亲身体验一下像弗雷曼人般行走在那片沙漠上的感觉是截然不同的，哪怕只是几小时也好。”

“我享受不了。”

塔玛太过大胆了，车里每个人都见过她处于下风。人们是会风言风语的。

火上浇油，一点没错！

不过现在更容易解释她将在议会上倾向于什阿娜（如果她适合的话）了。

观测站是一块熔制的大片硅石，颜色浅绿，质地光滑如玻璃，中间还有热气泡穿过。欧德雷翟站在它经过熔制的边缘，注意到她脚下的草地已无法向前延伸，结成了块状，这片小山坡曾经绿草如茵，如今山脚的斜坡已经开始被沙地侵占。沙漠的魔爪贪婪地向前延伸，在这些不速之客的边缘有新的盐生灌木丛（由什阿娜的人种植而成，欧德雷翟的一个随行人员说），形成了一面不经意的灰屏障。这是没有硝烟的战争。一场叶绿素支撑的生命对抗沙子的后方保卫战。

她右边，一座低矮的沙丘在观测所之上隆起。欧德雷翟挥手示意其他人不要跟随，她自己爬上了小沙丘，这片遮挡视线的沙堆后，就是她记忆中的沙漠。

这就是我们的造物。

没有生物存在的迹象。她没有回头看那些植物，它们正面对沙丘的入侵做最后的绝望挣扎。她把目光聚焦在远处的地平线，能看到沙漠居民看守的边界。在那片干燥的空阔地带，任何移动的东西都是潜在的危险。

她返回到其他人身边后，盯着观测站的光滑表面看了一阵。

那位年长的通信侍祭走过来，给欧德雷翟带来了档案部的请求。

欧德雷翟扫视了一眼。内容简洁，无法忽视。这些话中所说的变化并非突然发生。他们要求增加地面设施。这不是由意外的暴风雨突然而至带来的，而是来自大圣母的决定。

昨天？我昨天才决定逐步淘汰大海吗？

她把报告递回给通信侍祭，目光越过她，投向了光滑的沙地表面。

“批准请求。”然后她说，“我看到那里的建筑都消失了，让人伤心。”

侍祭耸了耸肩。她竟然耸了耸肩！欧德雷翟有种想打她的冲动。（那岂不是会让不安的情绪在姐妹会中轰鸣而过？）

欧德雷翟转身背对那个女人。

我又能对她说什么？我们在这片土地上的时间是年龄最长的姐妹一生的五倍。这位却在这儿耸肩。

然而……根据某些标准，她知道姐妹会的建设才勉强算成熟。合成玻璃和塑钢适于保持建筑物和其环境间的有序联系。用土地和记忆来固定。乡镇和城市没那么容易向其他力量屈服……除了人类的奇思妙想。

另一种自然力量。

尊重年龄的概念很奇怪，她判定。人类生而有之。老霸撒在勒尼乌斯谈起家人时，她见过这种感情。

“我们觉得保留着我母亲的装饰比较妥当。”

连续性。这些感觉也会随着死灵的复活一起回归吗？

这就是我的同类生活的地方。

“我的同类”是说血脉相连的祖先，这使这个词披上了一层奇怪的古老外衣。

看看我们厄崔迪人在卡拉丹坚持了多久，恢复古堡，打磨用古木深雕而成的工艺品。即便雇用一整支团队，都要让这个吱吱作响的老地方维持在堪堪能用的状态。

但那些维护的人并不认为自己的工作毫无意义。他们劳作时自有一种优越感，在打磨那些木制品时几乎是在爱抚它们。

“古老。和厄崔迪一起很久了。”

人们和他们的文物。她感觉工具仿佛是自己有生命的一部分。

“我的情况更好些，因为我手里握着大权……因为这根火焰长矛能为我猎肉……因为这御寒的避难所……因为这石窖储藏冬天的食物……因为这艘快艇……这艘巨大的远洋巨轮……这艘金属和陶瓷的飞船载我到太空……”

那些最早进入太空的人类冒险家很少怀疑这趟航行会延伸到哪里。在那些古老的年代，他们是多么孤独！充有维持生命气体的小小胶囊，由原始的传输通信系统连接着笨重、烦琐的数据源。独自一人，孤独无助。除了生存，任何其他的事都不太可能做到。保持空气清新，确保饮用水可用，积极锻炼防止失重造成的身体虚弱，保持积极的状态、健康的身心。不过，健康的心到底是什么？

“大圣母？”

又是那个该死的通信侍祭！

“什么事？”

“贝隆达说立刻告诉您，有一位巴塞尔的信使到了。她说来了陌生人，把所有圣母都带走了。”

欧德雷翟急速转过身：“这是她全部的信息？”

“不是，大圣母。那些陌生人是受一个女人的命令。信使说她的外表看着像尊母，但是没穿她们那种袍子。”

“多吉拉那边没什么消息吗？其他人呢？”

“大圣母，他们没什么机会发信息。那位信使是一阶侍祭。她是乘小型无舰，按照多吉拉的明确指示来的。”

“告诉贝尔千万不能让那个侍祭离开。她带来了危险信息。我回去的时候有话要带给信使。必须是一位圣母。你有吗？”

“当然，大圣母。”通信侍祭对欧德雷翟怀疑式的询问颇感受伤。

开始了！欧德雷翟勉强控制着自己的兴奋之情。

他们已经吞下了诱饵。现在……他们已经上当了吗？

多吉拉如此依赖一位侍祭是很危险的。但她了解多吉拉，这位侍祭一定极其可靠，即便被抓也会宁死不屈。我必须见见这位侍祭。她也许已经可以进行香料之痛了。也许这就是多吉拉给我的信息。就像她一样。

当然，贝尔会暴跳如雷。依靠一位惩罚站的人太愚蠢了！

欧德雷翟召唤了一队通信小组："建立与贝隆达的联系。"

便携投影仪不如固定装置那么清晰，但还是能看出贝尔和她周围的环境。

坐在我的桌子后，就好像那就是她的位置一样。好极了！

欧德雷翟根本没给贝隆达一点机会爆发，直接说道："判定一下那位侍祭是不是准备好进行香料之痛了。"

"她准备好了。"众神在下！这样的回答对贝尔来说够简洁的。

"那就做。她也许可以做我们的信使。"

"已经是了。"

"她足智多谋吗？"

"非常聪明。"

贝尔到底是经历了什么鬼事情？她的表现极端怪异。一点不像平时的她。一定是邓肯！

"对了，贝尔，我希望档案部能与邓肯建立直接联系。"

"今早已经做过了。"

果然如此。与邓肯的接触已经开始生效了。

"看见什阿娜以后我再和你谈。"

"告诉塔玛她是对的。"

“什么事是对的？”

“这么说就行。”

“很好。我必须说，贝尔，你处理得让我十分满意。”

“你那么对待我之后，我怎么还能失败呢？”

她们断开连线的时候，贝隆达还在微笑着。欧德雷翟转过身，发现塔玛拉尼就站在她身后。

“什么事是对的，塔玛？”

“艾达荷和什阿娜之间可以挖掘的东西比我们怀疑的还要多。就是这件事。”塔玛拉尼靠近了欧德雷翟，压低声音说，“在发现他们那点秘密之前，不要让她坐上我的位置。”

“我知道你能看出我的意图，塔玛，不过……真那么明显吗？”

“有些事确实很明显，达尔。”

“幸好你是我们的朋友，我很幸运。”

“你还有其他支持者。监理们投票的时候，是你的创造力为你赢得了选票。你的一位拥护者说‘令人鼓舞’。”

“那你应该知道，在我做出令人鼓舞的决定之前，会先把什阿娜放在火上烤透的。”

“好极了。”

欧德雷翟示意通信组将投影仪拿走，然后走到光滑区域边缘等待着。

创造性的想象力。

她知道她同僚的复杂感觉。

创造力！

创造力对根深蒂固的权力而言永远是危险的，永远会伴随着意想不到的新事物出现。新事物会摧毁对权威的掌控。即使是贝尼·杰瑟里特，在对待创造力上也心怀忧虑。若要一艘船的龙骨保持平稳，就会有人受到鼓动，把让船颠簸的人推到一边。这就是多吉拉所受惩戒背后的因素。麻烦的是有创造力的人通常喜欢与世隔绝。他们称之为隐私。把多吉拉找出来颇费了番力气。

一定要好好的，多吉拉。成为我们用过的最好的诱饵吧。

这时扑翼飞机到了——共十六架，飞行员们平日已经竭尽全力，现在又要执行额外任务，因此不太高兴。撤离整个社区！

欧德雷翟情绪不佳，她看着扑翼飞机降落到坚硬光滑的表面，两翼风扇折回到侧荚舱中——每架飞机看起来都像是只睡着了的昆虫。

疯狂的机器人以自己的形象设计出的昆虫。

起飞以后，斯特吉又坐在了欧德雷翟身边，问道：“我们会看到沙虫吗？”

“有可能。不过目前还没有相关报告。”

斯特吉坐了回去，有点失望，但是没法把话题转移到另一个问题上。欧德雷翟想，事实有时很令人不安，而她们把极高的期望投在了这场进化赌博上。

否则为什么要摧毁圣殿上我们所爱的一切？

意识并流插入的是很久前一幅标志的画面，一道窄窄的入口上方呈拱形，通向一栋粉色砖结构建筑：“不可治愈类疾病专门医院。”

这就是姐妹会所在之处吗，还是她们忍受了太多失败？他者记忆的侵入一定有其自身目的。

失败？

欧德雷翟把它搜了出来：如果它来临，我们必须把默贝拉当作是姐妹。不是说这位被俘的尊母是无法治愈的失败。她与其他人毕竟截然不同，而且接受深度训练的时候年龄已经很大了。

身边的人多么安静，每个人都看着窗外风卷沙移的场景——鲸背状沙丘上有时会覆满干涩的鳞纹。正午刚过，斜斜的日光投下，周围的景致化成了光影的世界。尘土飞扬，模糊了前方的地平线。

欧德雷翟蜷着身子在座位上睡着了。我早就看过这些。我是沙丘星上的幸存者。

飞机准备降落，在什阿娜的沙漠观测站上空盘旋，机身的颠簸把她惊醒了。

沙漠观测中枢。我们又来了。还没给它取个真正的名字……和我们给这颗星球起的名字一样随意。圣殿！这算什么名字？沙漠观测中枢！这是描述，不是名字。临时顺嘴说出的名字而已。

降落的时候，她看到了自己想法的证明。临时住处的感觉被所有连接处那斯巴达式的粗暴放大了。任何连接处都没有柔化，没有缓和的弧形过渡。这个连到这里，那个连到那里。所有地方都由可移动的连接器连接。

降落的过程很颠簸，飞行员这样解释：“抵达目的地，旅行愉快。”

欧德雷翟立刻赶去一直为她准备好的房间，并召来了什阿娜。她的临时住所是另一个带小硬板床的斯巴达式隔间。这次有两把椅子。朝西有一扇窗正对沙漠。这些房间典型的临时设置让她很恼火。这里任何东西都可以在几小时内拆散运走。她在隔壁盥洗室洗了脸，洗去这一路风尘。在扑翼飞机上，她睡在狭窄的空间内，身体已经有些吃不消。

洗了脸，她感觉神清气爽，走到一扇窗边，感谢建筑工把这座塔竖了起来。塔共十层，这是第九层。什阿娜住在顶层，要做这建筑的名字所描述的事情，顶层是个有利位置。

等什阿娜过来的空当，欧德雷翟做了必要的准备。

放空思想。抛却先入为主的想法。

什阿娜到这里时的第一印象必须用天真的眼睛才能观察。耳朵不能有会听到某些特定声音的准备。鼻子不能期待记忆中的气味。

是我选了她。我，她的启蒙导师，更容易犯错。

欧德雷翟听到门口传来了响声，她转过身，是斯特吉。

“什阿娜刚从沙漠返回，是和她的人一起回来的。她请大圣母在上面的房间和她会面，那里更舒适。”

欧德雷翟点了点头。

什阿娜位于顶层的住所在边边角角仍然有那种预制房间的感觉——沙漠前的一间快捷避难所。这是间大屋子，比客人隔间大五六倍，不过这既是睡觉的卧室，又是工作室。西边和北边两侧都有窗户。欧德雷翟惊讶于这种功能性和非功能性的结合。

什阿娜设法让她的房间能反映她自己。标准的贝尼·杰瑟里特小床上铺着亮橙色和茶褐色相间的床单。房间一端的墙壁上用白底黑线条画着一只沙虫，最前面是沙虫的头，一根根晶牙裸露着，占满了整面墙。什阿娜亲手画了这幅画，她靠着他者记忆和她在沙丘星上的童年记忆指引着她的手。

什阿娜没有尝试用更具野心的手法去渲染——比如全彩——而且设置的沙漠环境也很传统，这些都说明了一些问题。画里只有沙虫和它身下一点点沙子，前景里有个小小的穿长袍的人类。

是她自己？

这幅画显示出令人钦佩的克制，以及一种对她为什么在这里的持续的提醒，还是一种对大自然的深刻印象。

自然从不制造糟糕的艺术？

这个说法太可笑，无法接受。

我们说的“自然”到底指的是什么？

她品尝过自然荒野的残暴：脆弱的树木看起来就像是蘸了错误的绿色色素，被抛弃在冻土带边缘，被风干成丑陋的劣质仿品，令人厌恶。很难想象这样的树木存在的意义。还有盲虫……它们黏糊糊的黄色皮肤，又哪有艺术可言？那是在通往别处的进化旅途中的临时歇脚点。人类的干预就一直都做得更艺术吗？猪蝓！贝尼·特莱拉同样制造了恶心的东西。

欣赏着什阿娜的画作，欧德雷翟觉得有些组合与人类的某些特定感观很不合。作为食物，猪蝓是美味佳肴。丑陋的组合触及了早期体验，体验会做出偏颇的判断。

坏事！

我们认定的“艺术”多数都迎合了人们对于安慰的渴望。不要冒犯我！我知道我能接受什么。

这幅画又如何安慰了什阿娜呢？

沙虫：盲目的力量守卫着隐藏的财富。带有神秘之美的艺术。

据报告称，什阿娜拿她的任务开玩笑：“我是牧虫人，我要放牧的沙虫也许永远都不会重现。”

即使那些沙虫真的出现，任何一条都要多年之后才有可能长到她画中所示的大小。沙虫前那小小的身影发出的是她的声音吗？

“这情景终将出现。”

房间里弥漫着美琅脂的气味，比一般圣母房间里的气味更浓些。欧德雷翟的目光在屋内的家具间巡视着：椅子、工作台、球形灯的照明——所有东西都放置到能发挥它最大优势的地方。不过那个角落里堆着的、形状奇特的黑色合成玻璃制品是什么？又是什阿娜的作品？

这些房间很适合什阿娜，欧德雷翟想。除了这幅追溯她出身的画，几乎没什么别的东西，但任何一扇窗外的景色可能都来自沙丘星深处干旱地带的达累斯巴拉特。

门口传来轻轻的沙沙声，惊动了欧德雷翟。她转过身，看到了什阿娜站在那里。她在站到大圣母面前之前打量了一圈房间，仿佛害羞一般。

行动即语言：“她确实如约来了我房间。很好。有的人可能会对我的邀请漫不经心。”

欧德雷翟早已就绪的感官因什阿娜的出现蠢蠢欲动。史上最年轻的圣母。人们经常会觉得她是安安静静的小什阿娜。她并不总是很安静，也并不小，但是已经打上的标签很难再摘掉。她也根本不胆怯，但会安静得就像一只在田边等着农夫离开的老鼠。农夫一走，老鼠就会冲出来收走掉落的谷物。

什阿娜完全进到了房间里，在离欧德雷翟不到一步的距离停了下来：“我们分开太久了，大圣母。”

她给欧德雷翟的第一印象是种很奇怪的混乱组合。

坦率又隐秘？

什阿娜静静地站在那里，准备倾听。

这位赛欧娜·厄崔迪的后裔在贝尼·杰瑟里特的外表之下形成了一张有趣的脸孔。来自姐妹会和厄崔迪基因的塑造，她显得很成熟，拥有果敢决断的标志性特征。那个纤细柔弱、皮肤黝黑、一头阳光曝晒下特有的亮棕色头发的孤儿已经变成了稳重的圣母。如今她长期在户外，皮肤依然黝黑，头发依然是那副被阳光晒得斑驳的样子。不过，只有这双眼睛——带着钢铁般质感的全蓝色眼睛，仿佛在说：“我已经经受过了香料之痛。”

我在她身上感觉到的是什么？

什阿娜看到了欧德雷翟脸上的表情（贝尼·杰瑟里特式的天真！），她知道这是她一直害怕的对峙。

除了我的真相，没有什么可辩护的，我希望她能在我全部坦白之前停下来！

欧德雷翟仔仔细细地端详着她以前的学生，展开了每一丝感知。

恐惧！我感知到的是什么？她开口时的什么事情？

什阿娜沉稳的声音已经被塑造成有力的工具，这是欧德雷翟在她们第一次会面时预期到了的。什阿娜的本性（如果弗雷曼人有本性的话！）已经经过了约束与重新指引，她心底占据一切的报复心已经抚平，爱恨的力量被牢牢地控制。

为什么我的印象是她想拥抱我？

欧德雷翟突然感到很脆弱。

这个女人曾经突破了我的防御，现在再也不可能完全把她剔除在外了。

塔玛拉尼的判断出现在她脑海里：“她是那种很自我的人。还记得圣母施万虞吗？和那位一样，但更自我。什阿娜知道她的未来向哪儿走。我们必须小心看着她。厄崔迪血脉，你知道的。”

“我也是厄崔迪，塔玛。”

“别以为我们忘记过这一点！你以为我们会袖手旁观，任凭大圣母自己选择如何繁殖？我们的忍耐是有限的，达尔。”

“说实话，我早该来见你，什阿娜。”

欧德雷翟的语调让什阿娜很警惕。她突然露出姐妹会称为“贝·杰式宁静”的表情，整个宇宙也许没有比这更宁静的了，它就像一面彻底的面具，完全遮挡住背后发生的一切。这不仅是道屏障，这还是虚无。这张面具上出现任何东西都是过错。这种行为本身就是种背叛。什阿娜立刻意识到了这一点，回以笑声。

“我知道你会来打探的！关于我和邓肯那套手语的事，对吧？”求求你，大圣母！接受这件事吧。

“请你和盘托出，什阿娜。”

“如果尊母来袭，他希望能有人去救他。”

“就这些？”她是觉得我是个彻头彻尾的傻瓜吗？

“还有。他想要我给他一些关于我们的意图的信息……还有我们做了什么来面对尊母的威胁。”

“你怎么告诉他的？”

“我能说的都说了。”实话实说是我唯一的武器。我必须转移她的注意力！

“你想要做他的靠山吗，什阿娜？

“是！”

“我也是。”

“塔玛和贝尔不是吗？”

“我的线人告诉我贝尔现在很容忍他。”

“贝尔？容忍？”

“你错看她了，什阿娜。这是你的瑕疵。”她在隐藏什么。你做了什么，什阿娜？

“什阿娜，你觉得你能和贝尔共事吗？”

“你担心，是因为我开她的玩笑了？”和贝尔共事？她是什么意思？不是要让贝尔去领导那个该死的护使团计划吧！

欧德雷翟的嘴角微微向上抽动了一下。又一个恶作剧？会是这样吗？

什阿娜是中枢餐厅的主要闲聊话题。她拿交配圣母（尤其是贝尔）开玩笑的故事，以及细节详尽的对诱惑的描述，加上默贝拉对尊母的介绍，两者的比较比食物还更有料。欧德雷翟两天前才听说了最新的故事片段。“她说，‘我用的是让他举止失礼术。对那些自以为能骗过你的男人非常有效’。”

“开玩笑？你是在开玩笑吗，什阿娜？”

“正确的用词应该是：抵抗自然倾向去重新塑造。”话一出口，什阿娜就知道她犯了个错误。

欧德雷翟感觉到了不寻常的宁静，这是种警告。重新塑造？她的目光转向了角落里那堆样子奇怪的黑色物体。她集中精神盯着看了一下，这让她很惊讶。它能使人的目光沉醉。她继续不停地探测连贯性，有什么在与她对话。没有任何回应，甚至是她去试探她的极限的时候也是如此。原来这是它的目的！

“它叫作‘虚无’。”什阿娜说道。

“是你做的？”什阿娜，拜托告诉我是别人做的。做了这个的人去了我无法追随的地方。

“是我在上周的某个晚上做的。”

黑色合成玻璃是你唯一重新塑造的东西吗？“总体来说算是很惊艳的技艺。”

“具体技艺就不行了？”

“你有一件事我不太满意，什阿娜。你让一些姐妹心生警惕。”还有我。你的心里还有一片我们从未找到的蛮荒之地。邓肯要我们去搜索的厄崔迪基因标志就在你的细胞中。他们给你什么了？

“让我的一些姐妹心生警惕？”

“回想起你是通过香料之痛的人中史上最年轻的那个，这点尤其让她们警醒。”

“除了邪物。”

“你是邪物吗？”

“大圣母！”在教学之外，她从来没有故意伤害过我。

“你通过香料之痛的考验完全是出于叛逆之心。”

“您难道不该说是我违背了成熟的建议吗？”幽默有时能分散她的注意力。

普莱斯特，什阿娜的侍祭助理，来到门口，在门边墙上急匆匆地轻声敲了几下，直到引起她们的注意才停手。“您说等搜索队一回来就立刻告诉您。”

“他们报告什么了？”

什阿娜的声音里是不是透着种解脱？

“八队想让您亲自看看他们的扫描结果。”

“他们总想让我自己去看！”

什阿娜故作沮丧地说：“您想和我一起去看看扫描结果吗，大圣母？”

“我在这里等你。”

“不会很久的。”

他们走出门后，欧德雷翟走到西窗：这里视野开阔，穿过房顶，能看到新沙漠的边界。这里是座小沙丘。正值日暮时分，干涩的热浪让她很难不想起沙丘星来。

什阿娜在隐藏着什么？

一位年轻人，刚刚成人的样子，稚气未脱，正在旁边的屋顶裸身享受着日光浴，脸朝上躺在一张海绿色的垫子上，脸上盖着一条金色的毛巾。他金色的皮肤给人温暖阳光般的感觉，与毛巾和毛发的颜色很相配。一阵微风吹过，毛巾的一角微微抖动，终于掀了起来。一只懒洋洋的手抬了起来，压了压毛巾。

他怎么这么清闲？夜班工人？也许是。

人们倡导不要无所事事，这简直算是炫耀了。欧德雷翟自顾自地微笑起来。人人都可能会认为他是个夜班工人，从而原谅他。也许正是这点让他有恃无恐。这点小花招只要不被知情的人看到就依然能玩下去。

我不会过问的。智慧应该得到回报。而且，毕竟他可能的确是夜班工人。

她抬起目光。这里形成了一种新的模式：异域情调的落日。一抹狭长的橘色划过地平线，就在太阳刚刚落下的地方隆起。橘色上方则是银蓝色，就在头顶上，已经逐渐变深。她在沙丘星上多次见过这样的场景。她没兴趣去研究是什么气象原理。不如让眼睛吸收这场转瞬即逝的美景；在橘色消失后迅速降临的黑暗中，最好让耳朵和皮肤去感受那夜幕笼罩大地时的瞬间宁静。

模模糊糊地，她看到年轻人拾起垫子和毛巾，消失在通风设备后。

她身后的走廊内响起一阵跑步的声音。什阿娜几乎是上气不接下气地进了房间："他们在我们东北方向三十千米的地方发现了一块香料堆！不大但是很密实！"

欧德雷翟想都没敢想过："会不会是风团聚集？"

"不大可能。我派人全天候盯着那边的。"什阿娜向欧德雷翟旁边的窗户扫了一眼。她看见特莱博了。也许……

"我之前问过你，什阿娜，是否能和贝尔共事。这个问题很重要。塔玛年事渐高，很快就需要有人取代她的工作。当然，需要经过投票程序。”

“我？”这完全在她意料之外。

“你是我的首选。”现在更急迫了。我需要你离我更近，近到我能一直观察你。

“可是我以为……我是说，护使团计划……”

“那个计划可以暂时先放下。而且还必须有个能驾驭沙虫的人……如果那块香料堆如我们所期待的话。”

“哦？对……我们中有几个人，但是没人能……你不想让我先试试沙虫是不是还对我有回应吗？”

“在议会工作和这应该不冲突。”

“我……你也能看出来，我完全没想到这件事。”

“依我看可以说是震惊了。告诉我，什阿娜，这些天你真正的兴趣是什么？”

她还在试探。特莱博，我现在就需要你！“确保沙漠长势良好。”这是事实！“当然，还有我的性生活。你看到隔壁房顶那个年轻人了吗？他叫特莱博，是邓肯派来让我打磨技巧的新人。”

即便在欧德雷翟离去后，什阿娜还在想为什么那些词把大圣母逗得那么乐。不过，大圣母的注意力终于被转移了。

甚至都不需要她浪费备用计划——说出事实：“我们在讨论我铭刻特格，并以此恢复霸撒的记忆的可能性。”

彻底的坦白得以避免。大圣母不知道我已经有办法激活我们的无舰监狱，并拆除贝隆达在里面设置的地雷了。

某些苦涩的形式是甜味剂绝对无法掩盖的。如果尝起来很苦，就吐出来。我们最远古的先祖就是这么做的。

——终章

默贝拉发现自己半夜起来继续做着梦，可她还十分清醒，对自己周边的环境也很清楚：邓肯在她身边睡着，还能模糊听见机器的咔嗒声，看见天花板上显示时间的投影。最近她坚持要邓肯晚上陪着她，她觉得自己一个人的时候有些害怕。邓肯将这怪罪在她第四次怀孕上。

她坐在床边。整间房间只有时间投影的微弱光亮，显得有些阴森。梦中的景象还在出现。

邓肯嘟囔着朝她这边翻了个身，一只胳膊一下子伸过来搭在了她的腿上。

她觉得这种精神入侵并不是做梦之类的，却有些梦一样的特征。是贝尼·杰瑟里特的那些课程在作怪。这些课程再加上她们关于斯凯特尔的那些该死的建议，还有……还有最近发生的这一切！一切都让她陷入一种无法控制的旋涡之中。

今晚，她迷失在疯狂的语言世界。原因很清楚，那天上午贝隆达知道了默贝拉会说九种语言，于是就打算把这个还不能完全放心的侍祭推上一条被称为“语言遗产”的精神之路。贝尔虽然引发了这种夜晚陷入的疯狂状态，却没提供任何可供逃避的出口。

噩梦。梦中她是如同蝼蚁般的微小生物，被困在一个宏大的地方，整个场景似曾相识，不管她转向何方，四周似乎都标着巨大的文字：“数据存储库。”这些字面目狰狞，张牙舞爪，用可怕的触手包围着她。

这是群掠食的野兽，而猎物正是她自己！

她虽然醒了，也知道自己正坐在床边，邓肯的胳膊横在她腿上，可还是能看见那些野兽。它们驱赶着她步步后退。虽然她的身体没动，但她知道她在后退。它们挤压着她，让她陷入一场看不见的可怕灾难之中。她的头没法转动！她不仅看见了这些生物（它们就藏在卧室的各个角落），而且还能听见它们用九种语言对她厉声尖叫。

它们会把我撕成两半！

她虽然不能转身，但能感觉到身后是什么：更多的尖牙利爪。处处都是危机！如果它们把她逼到角落里一拥而上，她就死定了。

无处可逃。死亡。受害者。虐待俘虏。最终沦为被议论的对象。

她充满了绝望之情。为什么邓肯不醒过来救她？他的胳膊仿佛灌铅般沉重，这股力量压制着她，让那些生物得以把她一步步赶入它们奇异的陷阱里。她浑身颤抖，冷汗涔涔。那是些可怕的词语，它们融合成了巨大的合体。这怪兽张开嘴，露出尖刀般的利齿，径直朝她扑来，在它的巨爪间那漆黑的缝隙里，还潜伏着更多的词语。

如前文所述。

默贝拉开始大笑起来。她无法控制自己。如前文所述。无处可逃。死亡。受害者。

笑声吵醒了邓肯。他坐起来，开启了一盏悬浮球形灯，然后望着她。经过了他们之前的激情碰撞，他的头发看起来一团糟。

被吵醒的他有点哭笑不得：“你笑什么？”

笑声渐渐化为大口的喘息声。她的肋骨隐隐作痛。她担心他那试探性的微笑会引发新一轮痉挛。“哦……哦！邓肯！性冲撞！”

他知道这是属于他俩的名词，是他们对这种将他们捆绑在一起又无法自拔的上瘾的称呼，但这有什么好笑的？

他一脸的困惑更让她觉得荒谬可笑。

喘息中她说道：“还有两个词。”然后她不得不紧闭着嘴巴，拼命忍住另一轮大笑。

“什么？”

他的声音是她听过的最可笑的声音。她向他伸出一只手，摇着头说：“哦哦……哦哦……”

“默贝拉，你这是怎么了？”

她只能不停地晃着她的头。

他试着露出试探性的笑容。这让她舒缓了些，于是她斜过身子靠在他身上。“不！”她感到他的右手在她身上四处游弋时说，“我就是想离你近点。”

“看看都几点了，”他努起下巴朝天花板的投影动了动，“快三点了。”

“太好玩了，邓肯。”

“那你说说。”

“等我喘口气。”

他帮她慢慢躺到枕头上：“我们两个好像结婚多年的老夫妻。半夜还有有趣的故事分享。”

“不，亲爱的，我们不一样。”

“程度不一样，其他都一样。”

“品质不同。”她坚持说。

“什么事那么有趣？”

她重述了她的噩梦和贝隆达的影响。

“禅逊尼，非常古老的技巧。圣母们用这个技巧去除你的创伤联系，就是那些会激发无意识反应的词。”

她重新陷入恐惧之中。

“默贝拉，你怎么在颤抖？”

“尊母老师警告过我们，如果我们落入禅逊尼的手里，就会大难临头。”

“胡说！我作为门泰特也经历过一样的事情。”

他的话仿佛魔术般地引出了另一个梦的片段。这次是只双头兽，张着两张大嘴，嘴里面还有词。左边写着“一个词”，右边写着“引出另一个”。

欢乐取代了恐惧。这次没有经过那种没来由的大笑，情绪就慢慢平缓了。“邓肯！”

“嗯。”他的声音中有着门泰特的距离感。

“贝尔说贝尼·杰瑟里特把语言当武器——音控力。她把它们叫作‘控制工具’。”

“这是你必须学会的技艺，要熟练到让它变成你的本能反应。只有学会这个，她们才会认为你已经可以进入更深层次的训练了。”

而在那之后，我将无法再信任你。

她翻了个身，离他远了点，然后看着天花板上时间投影周围闪着光的摄像眼。

我还在测试期。

她很清楚她的老师们在背后议论她。每次她一走近，她们就停止交谈。她们以特别的方式盯着她，就好像她是个有趣的标本。

贝隆达的声音在她的脑海中嗡嗡响起。

噩梦一直在她脑中缠绕不休。她醒来时上午已过半，梦中的疲于挣扎让她大汗淋漓，汗臭味直冲鼻孔。见习期是很必要的，它离成为圣母还有一定距离。贝尔的声音响起："永远不要当专家。那会紧紧地禁锢你。"

她们一定要让我经历所有这些，就因为我问了是不是没什么语句在指引贝尼·杰瑟里特。

"邓肯，她们为什么把精神和身体教学混在一起？"

"头脑和身体可以互惠。"他昏昏欲睡。*可恶！他又要睡着了。*

她摇晃着邓肯的肩膀："如果语言这么不重要，她们为什么谈这么多原则纪律？"

"模式，"他嘟囔着，"令人讨厌的字眼。"

"什么？"她更粗暴地摇晃着他。

他背过身，嘴唇动了动，然后说："原则等于模式，也就等于糟糕的方式。她们说我们都是天生的模式创造者……我觉得对她们而言就是'规律'。"

"规律为什么那么糟？"

"别人就有了可以摧毁我们的把柄，那些我们一成不变的模式也会被轻易利用去制作陷阱。"

"你说的头脑和身体的事不对。"

"嗯……是吗……？"

"是压力锁住了彼此。"

"我说的不就是压力吗？嘿！咱们到底是要说话还是睡觉，还是要干些什么？”

“不能再‘干些什么’了。今晚不行。”

他深深地吐了口气，叹息了一声。

“她们不是在改善我的健康状况。”她说。

“没人说是。”

“那是之后的事，在香料之痛以后。”她知道他很不喜欢提起那场致命的试炼，但现在避无可避。她满脑子都是那种情景。

“好吧！”他翻身坐起，捶着他的枕头，弄成了感觉最舒服的形状，然后靠着枕头盯着她，“什么事？”

“她们那种语言武器应用得太聪明了，真是可恶！她把特格带到你面前，然后说你对他负全责。”

“你不相信？”

“他把你当成父亲看。”

“不全是。”

“对，可是……你没考虑过霸撒吗？”

“他恢复我的记忆的时候？是啊。”

“你们俩是一对智能超群的孤儿，永远在寻找不存在的父母。他一点都没想过你会伤他多深。”

“那会拆散家庭。”

“这么说你恨他体内的那个霸撒，对于会伤害他这件事，你也没什么不高兴的。”

“别那么说。”

“他为什么就那么重要？”

“霸撒？他可是军事天才。永远出其不意。神出鬼没，让敌人无所适从。”

“这不是人人都能做到的吗？”

“做不到像他那样。他会发明战略、战术。就这样！”他打了个响指。

“更暴力。就和尊母一样。”

“不总是那样。霸撒拥有不战而胜的盛名。”

“我看过那些历史。”

“不要相信那些。”

“可是你刚才说……”

“历史聚焦于斗争。斗争中存有真相，但也隐藏了那些不管世事如何变迁都会永恒不变的事物。”

“永恒不变的事物？”

“稻田里的女人赶着水牛犁着地，她的丈夫却不知所踪，最有可能是被征召入伍，此时正带着武器走在战场上，有什么历史会说这件事吗？”

“这件事为什么永恒不变，而且更重要？”

“她的孩子在家嗷嗷待哺，男人又远赴他乡，陷入这种连年征战的疯狂，你是说为什么这更重要？总要有人去犁地。这女人才是人类永恒不变的那部分缩影。”

“你听起来像满腔怨恨、无法释怀的样子……我怎么觉得很别扭。”

“鉴于我在军事方面的过往，这么说好像很矫情？”

“是有点，贝尼·杰瑟里特对……对她们的霸撒的倚重，还有精英部队以及……”

“你觉得她们只不过是又一群看重自我的人在为一己私利进行着暴力行动？她们会跨过那个女人的尸体，跨过那把犁耙，眼都不眨一下？”

“为什么不会？”

“因为很少有东西能逃过她们的眼睛。那些暴徒跨过犁地的女人，很少会看出她们触碰的是基本现实。而一个贝尼·杰瑟里特绝不会错过这样的事。”

“还是这个问题，为什么不会？”

“看重自我的人目光短浅，因为她们跨越的是沉寂的现实。而女人和犁耙才是鲜活的现实。没有这种鲜活的现实就不会有人类。我的暴君看到了这点。为此圣母们虽然咒骂他，但同时也祝福着他。”

“所以你愿意加入她们的梦想之中。”

“我猜是的。”这话听起来似乎连他自己也有些难以置信。

“你对特格完全诚实？”

“他如果有问题，我会直言不讳。我认为对好奇心不应粗暴对待。”

“你对他负全责？”

“她说的不全是这个意思。”

“哈，我的爱人。不全是这个意思。你称贝尔为伪君子，却把欧德雷翟排除在外。邓肯，你要是知道……”

“只要我们不在乎摄像眼，说！”

“谎言、欺骗、恶毒……”

“嘿！你说贝尼·杰瑟里特？”

“她们用老掉牙的说辞辩解：某某圣母是这样做的，所以我也这样做的话，就错不到哪里去。两种罪恶，两两相抵。”

“什么罪恶？”

她犹豫了。我应该告诉他吗？不行。但是他想要答案。“你和特格之间的角色互相颠倒了，贝尔很高兴！她很期待看到她的计划。”

“也许我们应该让她失望。”话一出口他就知道这么说是个错误。太早了。

“一报还一报！”默贝拉很高兴。

转移她们的注意力！“她们对报应不感兴趣，只关心公正。她们有这套说教：‘被判决之人必须接受判决的公正性。’”

“这么说，她们把人改造得习惯于接受判决。”

“任何系统都有漏洞。”

“你知道的，亲爱的，侍祭会学习。”

“所以她们才是侍祭。”

“我的意思是我们会彼此交谈。”

“我们？你是侍祭？你是皈依者！”

“不管我是什么，我听说过。你的那个特格也许没有看起来那么简单。”

“那都是侍祭间的闲话。”

“伽穆有些传说，邓肯。”

他瞪着她。伽穆？对他来说任何其他名字都不对，他只能想起它本来的名字：杰第主星。哈克南地狱之洞。

她以为他沉默不语是要她继续说下去：“她们说特格行动迅捷，快到肉眼几乎难以分辨，说他……”

“也许是他自己放出的流言。”

“有些圣母并不贬低他。她们采取观望态度。她们想要预防一下。”

“你学了那么多珍贵的历史，还不明白特格是怎么回事吗？对他来说，散播一下这样的谣言太正常了。这可以让人们更小心地对待他。”

“但是你还记得吗，我自己那时候也在伽穆星上。尊母非常不安。她们恼怒不已。肯定有什么事不对。”

“没错。特格行事出人意料，让她们十分惊讶。他偷了她们一艘无舰。”他拍着身边的墙，“就是这艘。”

“姐妹会有自己的禁地，邓肯。她们总是告诉我等着香料之痛，到时候一切都会变得清清楚楚！那些该死的圣母！”

“听起来像是在给你准备护使团教学。那是种服务于特定目标和选定人群的设计好的宗教。”

“你看不出那有什么问题吗？”

“道德观，我不和圣母争辩这个。”

“为什么不？”

“这块基石上站着的应该是宗教的创立者。贝尼·杰瑟里特们不是创立者。”

邓肯，你要是了解她们的道德系统就不会这么说了！“你这么了解她们，这让她们很不安。”

“就是因为这点，贝尔才想杀了我。”

“你觉得欧德雷翟没她那么坏？”

“问得好！”欧德雷翟？如果你让她对你施展所能，那她将是个可怕的女人。她是名厄崔迪，这一点就已经很可怕了。我认识好几代厄崔迪。而这位首先是贝尼·杰瑟里特。特格才是典型的厄崔迪。

“欧德雷翟告诉我说她相信你对厄崔迪的忠诚之心。”

“我忠于厄崔迪的荣耀，默贝拉。”但我对道德自有判断——对姐妹会，对她们塞进我怀里的这个孩子，对什阿娜，还有……还有我的爱人，都如此。

默贝拉弯下腰靠近了他，胸摩擦着他的手臂，在他耳边低语：“有时候，只要在我的能力范围内，我可以杀死她们任何一个人。”

难道她觉得她们听不到吗？他坐直身子，把她拽了过来：“什么事让你突然那么生气？”

“她想让我对斯凯特尔做工作。”

做工作。这是尊母用的委婉语。嗯，为什么不行？在她和我缠绵在一起之前，已经对很多男人“做工作”过了。但他感觉到的是那种传统的丈夫的反应。连那个……斯凯特尔她都要去做？一个该死的特莱拉？

“是大圣母说的？”他得弄清楚。

“就是那位，那唯一的一位。”她几乎感觉轻松了，有种卸下重担的感觉。

“你是什么反应？”

“她说是你的主意。”

“我的……胡说八道！我说我们也许可以试着从他身上挖出点信息来，可是……”

“她说贝尼·杰瑟里特和尊母都一样，把这件事当作很平常的一件小事看。和这个交配，引诱那个，一天之内就可以都做完。”

“我是问你的反应。”

“很反感。”

“为什么？”既然你的背景包括了……

“我爱的是你，邓肯，那……那我的身体就……就应该让你愉悦……只为你……”

“我们是对老夫妻，这些女巫现在是要把我们撬开。”

他的话让他头脑里浮现出一幅清晰的画面：杰西卡夫人，他那位过世已久的公爵大人的爱人，穆阿迪布的母亲。我爱她，她不爱我，但是……现在他在默贝拉眼里看到的神情，他曾见过，那是杰西卡看公爵的神情：盲目的、始终如一的爱。这是贝尼·杰瑟里特不信任的东西。杰西卡比默贝拉更柔弱，但内心坚强。而欧德雷翟……她整个人都很强硬，各个方面都如塑钢般坚硬。

那他为什么有时候会怀疑她同样心怀人类情感？她们得知霸撒死在了沙丘星上的时候，她谈起这位老人时的那种样子是什么？

“你也知道，他是我父亲。”

默贝拉拉了他一把，把他从回忆中拽了回来：“你也许可以和她们怀着一样的梦想，不管那梦想是什么都好，但是……”

“成熟点，人类！”

“什么？”

“那是她们的梦想。像个成年人去行事吧，别总像个学校操场上愤怒的孩子一样。”

“妈妈最清楚？”

“是……我相信是这样。”

“你真的这么看她们？就算是你管她们叫女巫的时候也是这么想的？”

“那是个好词。女巫会做很多神秘的事情。”

“你不相信那是长期严苛的训练加上香料和香料之痛的作用？”

“相信和这个有什么关系？未知之事自会自行创造他们自己的神秘性。”

“但是你不认为她们在耍花招操纵人们去做她们想做的事吗？”

“她们就是那样的！”

“语言就是武器，音控力、铭者……”

“没有一样能如你这般美丽。”

“什么是美，邓肯？”

“美当然是有风格的。”

“和她说的一模一样。‘以繁殖为根基的风格深埋于我们的种族精神当中，我们不敢将其移除。’所以她们想插手这种事，邓肯。”

“为此她们会不惜一切代价？”

“她说：‘我们不会把后代扭曲成我们认为非人类的东西。’她们做出判断，她们进行谴责。”

他想起了视野中的那个突兀的身影：变脸者。他问道：“就像那些毫无道德可言的特莱拉人？毫无道德——根本不是人类。”

他几乎能听见欧德雷翟大脑在飞速运转。她和她的那些圣母——她们监视、监听，她们调整着每一种回应，一切都是经过计算的。

*亲爱的，那是你想要的东西吗？*他感觉自己陷了进去。她既对也错。结果正确，就可以证明手段也没问题吗？他怎么可能证明失去默贝拉是正确的？

“你认为她们毫无道德？”他问道。

她仿佛没听到一般：“要得到想要的回应，就要不停地问自己下一步该说什么。”

“什么回应？”她听不出他的痛苦吗？

“等你意识到的时候，为时已晚！”她转过身看着他，“这点和尊母非常像。你知道尊母是怎么困住我的吗？”

他抑制不住地想，那些监视者将会对默贝拉下面的话多么如饥似渴。

“有次尊母扫荡，之后就把我挑出来了。我觉得整场扫荡行动都是因为我。我妈妈非常漂亮，但是对她们来说太老了。”

“扫荡？”那些看门狗会很希望我继续问下去。

“她们穿过某个区域，那里的人就会消失。没有尸体，什么都没有。整个家庭都会消失。她们解释说这是对密谋反抗的惩罚。”

“你那时候多大？”

“三……大概四岁。我正和一个朋友在树下的空地上玩。突然响起很多噪声，还有人们的呼喊声。我和朋友们就在岩石后的洞里躲了起来。”

他被这幅场景吸引了。

“大地震动。”她眼神迷离，陷入了回忆中，“然后是爆炸。过了一会儿，外面安静了下来，我们偷偷向外看。我家所在的整个街角都变成了一个洞。”

“你就成了孤儿？”

“我还记得我的父母。爸爸身材高大，体格结实。我觉得我妈妈应该是什么地方的仆人。他们上班的时候都穿着制服，我记得她穿制服的样子。”

“你怎么确定你父母都被害了？”

“我能确定的只有扫荡，但是扫荡都一样。尖叫声响起，人们四处奔逃。当时我们非常害怕。”

“你为什么觉得扫荡是因为你才进行的？”

“她们经常做那类事。”

她们。那些盯着摄像眼的人一定会把这个字眼当作一场伟大的胜利。

默贝拉还深陷在回忆之中：“我觉得是我父亲拒绝向某个尊母屈服。这种行为一直被认为非常危险。他个子高高的，面容英俊……

也很强壮。”

“那你恨她们？”

“为什么？”她是真的对这个问题感到很惊讶，“没有那件事的话，我永远也不可能成为尊母。”

她的冷漠无情让他很震惊：“所以任何代价都值得！”

“我的爱，你厌恶把我带到你身边的东西吗？”

反驳得好！“可你没想过，要是事情不这么发展，就更好了吗？”

“不管怎样，已经发生了，想也没用。”

这完全是宿命论。他从来也没想过她会相信这个。这是尊母的改造还是贝尼·杰瑟里特的杰作？

“你只是给她们的储备库里又添了个有价值的后备力量而已。”

“没错。引诱者，她们这么叫我们。我们负责招募有价值的男性。”

“你招募了。”

“可以这样说，如果按投资算，我偿还的已经超出很多倍了。”

“你知道圣母会怎么看这件事吗？”

“别大惊小怪的。”

“那你准备好对斯凯特尔‘做工作’了？

“我没那么说。尊母不征求我的同意直接让我做事。圣母需要我，也想这样利用我，但我的价格她们也许出不起。”

那一刻他只觉得喉咙发干，说道：“价格？”

她嗔怪地瞪着他：“你，你就是我要价的一部分。不能对斯凯特尔做工作。她们自称坦诚，那就要说清楚到底为什么需要我！”

“小心，我的爱。她们可能会告诉你的。”

她转过身，用那种很像贝尼·杰瑟里特的眼神望着他：“恢复特格的记忆又不带来任何痛苦，你打算怎么做到？”

该死！他刚庆幸躲过了这个错误。最后还是无处可逃。在她的眼里，他能看出来她猜到了。

默贝拉确认了这点：“既然我不会同意，我确信你是和什阿娜讨论过了。”

他只能点头默认。他的默贝拉在姐妹会的路上走得很远，比他原来想的还要远。她知道他的多重死灵记忆是如何通过她的铭刻得到恢复的。他突然把她当作了圣母，为此他真想号啕大哭。

“这怎么就让你和欧德雷翟不一样了？”她问道。

“什阿娜本来接受的就是成为铭者的训练。”话说出口，他自己都觉得空洞无力。

“和我的训练不一样？”她这是在指责。

他胸中的怒火被点燃了：“你更喜欢经历香料之痛？就像贝尔一样？”

“你更想看到贝尼·杰瑟里特一败涂地？”她的声音甜美、温柔。

他听出了她语调中的距离感，仿佛她已经退回到了姐妹会冷漠的观察姿态中。她们在让他可爱的默贝拉凝滞！不过还是能感受到她本身的活力。这种感觉让他撕心裂肺。她散发着健康的气息，尤其是有孕在身，就更显得如此。她活力四射，对生活有无限的热情。这种活力与热情让整个人都像发着光一般。而圣母们会剥夺这一切，她们会熄灭这活力之光。

在他关切的注视下，她变得安静起来。

绝望中，他在想他还能做什么。

“我本来希望最近咱们能彼此更坦诚些。”她说。又一个贝尼·杰瑟里特式的试探。

“我不赞成她们的很多行为，但我不怀疑她们的初衷。”他说。

“如果我能活过香料之痛，就能知道她们的初衷。”

他全身都僵住了，脑海里突然意识到她有可能熬不过去。没有默贝拉的生活？他简直难以想象那种心被掏空的感觉。在他过往的众多生命中没有任何事可以与之相比。不知不觉中，他伸出手，爱抚着她的背。她的皮肤柔嫩又有弹性。

“我太爱你了，默贝拉。这是我的‘香料之痛’。”

他的触碰让她情难自已，颤抖起来。

他发现自己沉溺在多愁善感的情绪中，累积着悲伤的画面，直到他记起一位门泰特老师的话：“无节制的情感消耗。”

“温情与多愁善感的区别显而易见。在路上避免杀死某个人的宠物，这是温情。如果你为了要避开宠物而杀死行人，那就是多愁善感了。”

她拿起他爱抚她的手，把它放到了自己的唇上。

“语言加上身体，胜过二者任何一个。”他低语着。

他的话让她又陷入噩梦中，但这次她带着复仇之心，她已经清楚语言即工具。她对这段体验充满了特别的憧憬，满心要对自己刚才的表现自嘲。

就在她要驱散噩梦的时候，突然想到自己还从没见过尊母自嘲。

她握着邓肯的手，低头望着他。他的眼睑闪过一丝门泰特的样子。他能意识到她刚刚经历了什么吗？自由！再也不被囚禁，被她的过去驱赶到无处可逃了。从她接受自己成为圣母的可能性以来，这是第一次，她瞥见了其中的意味。对此她感到敬畏又惊骇。

没什么比姐妹会更重要的？

她们说起誓言，比监理在侍祭入会时说的话更神秘。

我对尊母的誓言只是话语，但对贝尼·杰瑟里特的誓言绝不再只是话语。

她记起贝隆达曾咆哮着说过，选择外联人员时看重的是她们的说谎能力。“你会是另一个外联人员吗，默贝拉？”

誓言不是用来打破的。那多么幼稚！就像校园里的威胁：如果你食言，我就食言！不不不，不是这样的！

完全没必要担心誓言。更重要的是在她的内心找到自由的源头。那里总会有倾听者。

她把邓肯的手捧起来贴着自己的嘴唇，低语着：“她们在听。哦，她们在倾听。”

除非你能熄灭狂热分子的那份狂热，否则就不要与他们起冲突。除非你的证据（奇迹）不可辩驳，或是你能让狂热分子相信你是受上帝指引的，才可能切入其中，否则就不要用一种宗教去反对另一种宗教。有些科学披着神圣启示的外衣，长久以来这都是通往这类科学路上的阻碍。科学中的人造痕迹过于明显。狂热分子（很多是对一种或另一种主题的狂热）必须知道你的立场，但更重要的是，必须认出是谁在你耳边窃窃私语。

——护使团，初级教学

身后的猎人不断逼近，这种念头在欧德雷翟头脑里挥之不去，还有时间的流逝也一样让欧德雷翟苦恼。时间快得模糊成了影子。持续两个月的讨论后，终于得以让什阿娜接替了塔玛的位置！

欧德雷翟今天不在，她亲自去为剩下即将被送去参与大离散的贝尼·杰瑟里特姐妹做情况简介，这种时候就会由贝隆达负责日常管理事务。议会勉强同意继续进行大离散。艾达荷觉得这个策略只是徒劳，这让姐妹会的人们都颇感震惊。情况简介现在也是一种新的防御计划，让人们对“你可能遇到的情况”做好准备。

下午晚些时候，欧德雷翟走进了工作室，贝隆达正坐在桌旁。她的脸颊浮肿，眼神里是那种每次她要硬撑着的时候表现出来的木然的样子。贝尔在这里，日常总结就免不了有措辞尖锐的讨论。

“什阿娜获准进入议会了，”她说着把一小片晶纸推向欧德雷翟，“这是塔玛给予支持的功劳。默贝拉肚子里这个新的八天后出生，苏克们是这么说的。”

贝尔对这些苏克医生没什么信心。

新的？她对生命也太冷漠了些！一想到将来，欧德雷翟有些血流加速。

等默贝拉生下孩子，身体恢复后——香料之痛。她已经准备好了。

“邓肯极度紧张。”贝隆达腾出椅子说。

邓肯是会紧张！那两位变得异常熟稔了。

贝尔还没说完：“不用你问，我先告诉你，多吉拉那边没有任何消息。”

欧德雷翟在桌后坐了下来，把她掌上的报告晶纸拨正。多吉拉所信任的那位侍祭，现在已经是圣母芬迪尔了，她不会冒着暴露无舰路线或是准备的其他任何信息设备的危险，去安抚一位大圣母。没有消息意味着诱饵还在……或者被弃了。

“你告诉什阿娜她已经获准了吗？”欧德雷翟问。

“我特意留着让你说。她的日常报告又晚了。身为议会成员，这种行为不妥。”

看来贝尔还不同意她进议会。

什阿娜的日常信息都是重复内容。“没有沙虫迹象。香料堆完好无损。”

每件能寄托她们小小希望的事都尚无定论。那些噩梦般的猎人步步紧逼。气氛越来越紧张，仿佛要炸裂一般。

“你看过邓肯和默贝拉之间的交流，次数已经够多了，”贝隆达说，“那是不是什阿娜一直在试图隐藏的东西？如果是，为什么？”

“特格是我父亲。”

“如此微妙！一位圣母对铭刻大圣母父亲的死灵感到内疚不安！”

“她是我亲自教出来的学生，贝尔。你感觉不到她对我有多关心。另外，这不仅是个死灵，这还是个孩子。”

“我们必须确认她的意图，直到毫无疑点！”

欧德雷翟看到贝隆达欲言又止，终究还是没说出那个名字：“杰西卡。”

*又一个有污点的圣母？*贝尔是对的，她们必须确保对什阿娜有十分的把握才行。*这是我的责任。*什阿娜的黑色塑像在欧德雷翟的意识中闪烁着。

“艾达荷的计划有些吸引力，但是——”贝隆达犹豫了一下。

欧德雷翟开口说话了：“这是个非常年轻的孩子，还没完全长大。基础记忆恢复的痛苦可能接近香料之痛。可能会让他离我们更加疏远。但是这……”

“用铭者控制他，我同意这点。但是如果铭刻并没有恢复他的记忆呢？”

“我们还可以执行原计划。而且这个方法在艾达荷身上确实成功了。”

“他不一样，不过我们可以等等再做决定。你和斯凯特尔还要见面，要晚了。”

欧德雷翟升起了晶纸：“每日总结呢？”

“都是你已经见过无数次的东西。”贝尔说这样的话，几乎就是担心的意思。

“我把他带到这里来。让塔玛在这里等着，你找机会再进来。”

斯凯特尔差不多习惯这类舰外走动了，他们从她停在中枢南面的运输车上出来的时候，欧德雷翟从他悠闲的态度上看出了这点。

不是散步这么简单的，他们都清楚这点，但是她把这些出行安排得很有规律，设计成不断重复的模式，使他松懈下来。形成例行常规。有时候太有用了。

“您能带我出来走走太好了，”斯凯特尔抬头看着两边说，“空气比我记得的更干。今晚我们去哪里？”

他对着太阳眯起眼睛的时候，那双眼睛显得太小了。

“去我的工作室。”往北大约一千米就是中枢的外部建筑，她朝那里点头示意。此时是春季，天还有些冷，从外面能看见无云的天空下她的塔楼内暖色调的天花板，灯光从里面射出，最近这些日子几乎每到日落时分都会有冷风袭来，那扇窗子仿佛在向风中的人们展示着舒适的环境。

有意无意间，欧德雷翟仔细观察着身旁这位特莱拉尊主。他如此紧绷着神经！她在圣母警卫和她们身后的侍祭身上也能感受到这种绷紧的状态，那都是贝隆达要求特别戒备的原因。

我们需要这个小怪物，他对此很清楚。我们还不知道特莱拉人的能力可以达到什么程度！他积累了些什么才能？与他人接触时，他为什么带着这么明显的随意态度去探测和他一样被囚的人？

特莱拉人制造了死灵艾达荷，她提醒自己这点。他们是不是在他身上隐藏了什么秘密？

“我是来到您门前的乞丐，大圣母，”他用那种哀鸣般的尖细嗓音说，“我们的星球沦为废墟，我们的人民被屠杀殆尽。我们为什么要去您的居所？”

“到更舒适的环境里商量。”

“是，舰内空间非常有限。但是我不明白为什么总把车停得离中枢这么远，为什么要走路过去？”

“我觉得这样能透透气。”

斯凯特尔环视着周围的植被：“令人愉快，不过很冷，您不觉得吗？”

欧德雷翟瞥向南面。南边的这些斜坡上种植着葡萄，坡顶和较冷的北面是为果园预留的位置。这些葡萄园里种植的都是改良过的葡萄，由贝尼·杰瑟里特园丁开发而来。古老的葡萄藤，它们的根会“探下地狱”（根据古老的迷信传说），从燃烧的灵魂处盗取水分。酿酒厂就在地下，还有供储存和做陈酿酒的洞穴也都在地下。地上一行行精心培育的葡萄藤有序地排列着，没什么其他设施破坏这种景观，葡萄藤间隔开阔，足够采摘者和耕种设备通行。

*他对此很愉悦？*她很怀疑这里是否真会有什么能让斯凯特尔愉快的景致。他应该精神紧张，她就需要他这样，这样他才会自问：*她选择和我一起穿过这些简陋的乡村环境到底是为什么？*

她们不敢对这个小个子男人采用贝尼·杰瑟里特更强有力的说服手段，这让欧德雷翟很恼火。但是有人说，动用那种手段会导致失败，而且她们不会有第二次机会，她也觉得是这样。特莱拉人的行为已经表明他们宁愿死也不愿放弃秘密的（以及神圣的）信息。

“有几件事我不明白，”欧德雷翟边说边绕着一堆修剪的葡萄藤走，“你为什么坚持要有自己的变脸者，然后才能同意我们的要求？还有，邓肯·艾达荷身上到底有什么，让你这么感兴趣？”

“亲爱的女士，我一个人孤独无依，没有伙伴。这就是这两个问题的答案。”他随意地揉搓着胸口，零熵胶囊就藏在那里。

他为什么如此频繁地揉搓自己的胸口？这是个让她和分析师都迷惑不解的动作。没有疤痕，没有皮肤红肿。也许是儿时留下的习惯而已。但那是多久之前的事了！也许是这次转世带来的缺陷？没人知道。他那灰色的皮肤带有金属色素，能够抵抗探测仪器。他以前肯定对更强的射线很敏感，因此一旦使用就会被他发觉。不行……现在还不行，目前只能采取外交手段。这个该死的小怪物！

斯凯特尔在想：这个普汶笪女性没有天生的同情心可供他利用吗？关于这个问题的典型答案经常是矛盾的。

“詹多拉的韦柯特已经不复存在，”他说，“数十亿我的族人被那些荡妇屠杀。亚吉斯特最遥远的边疆都没能幸免，我们被彻底摧毁了，只有我幸存了下来。”

亚吉斯特，她想，不羁之人的土地。在伊斯拉米亚语里，这是个发人深省的词，贝尼·特莱拉的语言。

她用贝尼·特莱拉语说道：“我神主的魔法是我们唯一的桥梁。”

她又一次公开表示要分享他的伟大信念，催生了贝尼·特莱拉的苏菲–禅逊尼合一精神。从语言上看她的特莱拉语用词准确，毫无破绽，但他还是看到了谬误之处。她称神主的信使为“暴君”，而且不遵守最基本的戒律！

这些女人哪里能在柯尔集会去感知神主的存在呢？如果她们真的说神的语言，还需要这么粗鄙的商量吗？那她们早就知道想从他身上搜寻的那些信息了。

爬过最后一个斜坡，他们就要到中枢前铺好的过道了，斯凯特尔呼唤着神主的帮助。贝尼·特莱拉竟然落魄至此！您为何要降下这场

试炼？我们是《沙利亚特》最后的法学家，而我，我的人民最后的尊主，在您已无法在柯尔向我言说的时候，我的神主，也必定要寻求您的答案。

又一次，欧德雷翟用完美的伊斯拉米亚语说："是你自己的人民背叛了你，那些被你送到大离散中去的人。你再也没有马里柯兄弟，只有姐妹。"

那么你的萨格拉大厅在哪里，普汶笪骗子？那种深邃无窗，只有自己的兄弟才能进入的地方在哪儿呢？

"这对我来说还是件新鲜事，"他说，"马里柯姐妹？这两个字总是互相矛盾。姐妹不能是马里柯。"

"瓦夫，你上一个马哈依和阿卜杜不能接受这点。而他带着你的同胞们几乎走向了灭亡。"

"几乎？您知道有幸存者？"他难以掩饰自己声音中的激动。

"不是尊主……但是我们听说过有几个多莫还活着，但是都在尊母手里。"

她在一栋建筑前停下了，再往前走几步，这栋建筑的边就会刚好挡住她欣赏落日的视线。她还是用特莱拉的秘密语言说："太阳不是神。"

黎明与日落即马哈依的哭泣！

斯凯特尔跟着她走进一段拱形长廊，两边是两栋矮楼，此时，他的信心开始动摇。她说的是对的，不过这些话只有马哈依和阿卜杜才能说。长廊的阴影下，护卫紧紧跟随的脚步声在他们身后回荡着，欧德雷翟的话让他有些困惑，她说："你为什么没说恰当的话？你不是最后的尊主吗？这样的话你不就是马哈依和阿卜杜了吗？"

"马里柯兄弟们还没有选我。"这话就算他自己听起来都站不住脚。

欧德雷翟召唤了一个上升域场，然后在运输管道入口处停了下来。在他者记忆的细节中，她发现对柯尔以及柯尔的呼弗兰权利很熟悉——这是夜晚枕边的轻声低语，是恋人对他们去世很久的女人诉说的。“然后我们……因此，如果我们说出这些神圣的话……”*呼弗兰！*承认并重新接纳一位曾经在普汶笪中历险的人吧，回归之人祈求您的宽恕，因他已与异类那难以想象的罪孽接触。*马谢赫见之于柯尔，知神主与他们同在。*

运输管入口的门开了。欧德雷翟向斯凯特尔和前面的两位警卫示意先走。在他经过的时候，她想：*必须有所行动了。我们不能按他想的那样陪他玩到最后。*

欧德雷翟和斯凯特尔进入工作室的时候，塔玛拉尼正背对着门站在弓形凸窗前。落日余晖斜斜地映射着屋顶。然后这抹艳丽就此消失，留下的是一幅光影对比的画面，天边那最后的光明显得室内的暗夜更加深沉了。

在这迷蒙的幽暗中，欧德雷翟挥手示意警卫们散去，她注意到他们颇有些不情愿。很显然，贝隆达命令他们留下，但他们又不能违抗大圣母的命令。她指着对面的一张犬椅，等着他坐下。他并未就此坐进那张犬椅内，而先是满腹狐疑地回头看看塔玛拉尼，又掩饰地说道：“为什么不开灯？

“这是放松的间歇。”她说。*而且我知道黑夜能让你不安！*

她在桌后站了一会儿，端详着幽暗中的几处光亮，周围按她对环境的偏好摆放着外表颇有光泽的文物：窗边的小龛里有早已去世的奇诺伊的半身像，右手边的墙上是人类第一次移民太空时的田园风光图，桌上有一堆利读联晶纸，还有一片从窗口透过的微弱光亮集中反射出的银色映像。

对他的煎熬够久了。

她碰了碰控制台上的一张碟子。四周墙上和天花板上巧妙布置的悬浮球形灯亮了起来。塔玛拉尼接到暗示，立刻有意将长袍一甩，转过了身。她在斯凯特尔身后两步的距离，在贝尼·杰瑟里特那些神秘的手段里，这个距离正是不祥的征兆。

斯凯特尔先是被塔玛拉尼的动作吓得微微抽动了一下，现在又默默地坐好了。犬椅似乎对他来说太大了，让他看起来就像个小孩子。

欧德雷翟说："救了你的圣母说你当时在交叉点上指挥着一艘无舰，尊母发动袭击的时候那艘无舰正准备启动第一次折叠空间的瞬移航行。据她们说，当时你乘着单人飞船赶往你的战舰，但是就在爆炸前转向走掉了。你是发现了袭击者吗？"

"是的。"他勉强应道。

"而且知道他们可能会从你的轨迹定位无舰。所以你逃跑了，留下你的兄弟们等着被毁灭。"

他用目睹悲剧发生的那种彻底的痛苦说道："早些时候，我们从特莱拉驶离的时候，就看到袭击开始了。我们发动大爆炸要摧毁袭击者所有有价值的东西，但是太空喷火枪制造了大屠杀。然后我们也逃了。"

"但是没有直接逃往交叉点。"

"我们搜过的所有地方，都已经被他们抢先一步。很多东西确实都被他们付之一炬，但是我们还拥有秘密。"提醒她我还有东西可以交易！他用一只手指敲着自己的头。

"你搜过交叉点的宇航公会或者宇联商会避难所，"她说，"我们的间谍船在敌人反应过来之前把你捞了出来，多幸运。"

“姐妹……”这个词太令他难以启齿了！“……如果你真是我在柯尔的姐妹，为什么不给我变脸者仆从呢？”

“在我们之间，你还是保留了太多秘密，斯凯特尔。比如，袭击来临的时候，你为什么要离开班得隆？”

班得隆！

提及这座伟大的特莱拉城让他郁结于胸，他似乎已经感受到了零熵胶囊如脉搏一样的跳动，仿佛它珍贵的材料终于要有宣泄之处一般。失落的班得隆城。再也无法见到城市上空那红玉似的天空，再也感受不到兄弟同在，再也没有耐心的多莫和……

“你不舒服？”欧德雷翟问。

“我为我所失去的感到难过！”他听到身后衣物摩擦的窸窣声，感觉到塔玛拉尼离他更近了。这个地方太压抑了！“她在我身后做什么？”

“我是姐妹们的公仆，她在这里是要观察我们俩。”

“你提取了我的部分细胞，对吧？你们是在罐里培育斯凯特尔替代品！”

“我们当然得这么做。你不会认为圣母会让最后一个尊主在这里消亡吧？”

“我不会做的事我的死灵也不会做！”它不会带着零熵管！

“我们知道。”关键是我们不知道什么？

“这不是商量。”他抱怨道。

“你对我们的判断失误了，斯凯特尔。你什么时候撒谎，什么时候藏着秘密不说，这些我们都知道。我们会利用别人不会的感官。”

这是事实！他们利用他身体的气味，从肌肉的微小动作，从他无法抑制的表情上都能发现线索。

姐妹？这些生物是普汶笪！全都是！

“当时你们在举行拉什卡仪式。”欧德雷翟试图敦促他说出真相。

拉什卡！他多希望他在这里就是在举行拉什卡集会。变脸者武士、多莫助理——消灭这个可恶至极的恶魔！但他不敢撒谎。他身后的这位也许是个真言师。众多生命经历都告诉他贝尼·杰瑟里特真言师是最厉害的。

“我带着一支卡萨德武装。我们在搜索一群混合人，以增加防御力量。”

群？特莱拉人是不是知道混合人的什么事情，却从未向姐妹会透露过？

“你整装待发，准备去动用武力。尊母是不是知道了你的任务，所以把你和其他人的联系阻断了？我猜很有可能是这样。”

“您为什么叫她们尊母？”他一时难以自控，声音几乎变成了尖叫。

“因为她们自己就是那么叫的。”现在他还很镇定。让他自己慢慢走向失误好了。

她说得对！我们被出卖了。这是个很令人痛苦的念头。他紧紧压抑着这种感觉，思考着该如何作答。给她一个小小的启示？对这些女人来说，从没有什么启示是小启示。

一声叹息震动他的胸腔。他感受到了零熵胶囊和里面的内容物。那是他最在意的东西。有什么能让他接触到自己的伊纳什洛罐就好了。

“我们送去大离散的那些人中，有些后裔带回了他们俘虏的混合人。它们是人类和猫科动物的杂交产物，这点你肯定知道了。但是它们在我们的培育罐里不繁殖。在我们明确原因之前，我们带来的那只混合人就死了。”那些叛徒只给我们带了两只！我们早该有所怀疑！

“他们没给你带来多少混合人，是吧？你本应该怀疑那些就是诱饵。”

看见了吧？她们用这一点点启示就能知道这么多！

“为什么混合人不猎杀伽穆上的尊母？”这是邓肯的问题，应该得到回答。

“听说必须下命令。它们没有命令不会杀人。”她知道这点。她是在试探我。

“变脸者也依令杀人，”她说，“如果你下命令，他们连你都杀，不是这样吗？”

“留着那条命令是为了防止我们的秘密落入敌手。”

“所以你才想要自己的变脸者？你把我们当成敌人吗？”

还没等他想到如何回应，贝隆达的投影就在桌子上方显现出来，真人大小、半透明，身后是档案部晶纸闪烁的光芒。“什阿娜发来紧急消息！”贝隆达说，“香料迸发开始了。是沙虫！”她转动身影，看向斯凯特尔，摄像眼随着她的举动调整，分毫不差。“这么看来，你失去一件讨价还价的筹码了，斯凯特尔尊主！我们终于有香料了！”投影图像随着一声咔嗒声和微弱的臭氧气味消失了。

“你们想骗我！”他脱口而出。

但是欧德雷翟左边的门开了。什阿娜拖着一个不超过两米长的小型悬舱走了进来。它的侧面是透明的，在工作室悬浮球形灯的映射下，迸发着微弱的黄色光线。舱内有什么东西蠕动了一下！

什阿娜没说一句话，只是站在一边，好让他们能仔细看清舱内的全貌。那么小！这只虫子还没有装着它的悬舱一半大，但体态细节完美，在一堆浅浅的金色沙堆上伸展着躯体。

斯凯特尔难掩一声敬畏的喘息声。先知！

欧德雷翟的反应更实际。她弯腰凑近了悬舱，向那小小的嘴里窥探。曾经宏大的虫体内那炙热的愤怒之焰如今缩减成了这个？真是个微缩版本！

它抬起身体前部的时候，晶牙闪闪发光。

沙虫的嘴左右摇摆着。他们都看到了那排牙齿后面它异样化学反应燃起的微小火苗。

“有成千上万条，”什阿娜说，“和以往一样，香料喷发它们就会来。”

欧德雷翟一言未发。我们成功了！但这是什阿娜的胜利时刻。让她尽情享用吧。斯凯特尔从来也没像现在这样灰心丧气过。

什阿娜打开舱门，从里面拿出沙虫，如同晃动婴儿般轻轻摇动。它在她的怀里暂时平静了下来。

欧德雷翟满足地深深吸了口气。她还能控制它们。

“斯凯特尔。”欧德雷翟说。

他无法把眼神从沙虫身上收回来。

“你还为先知服务吗？”欧德雷翟问，“这就是！”

他一时哑口无言。真的是先知归来？他想否认第一眼看到时那敬畏的反应，但他的眼睛不允许。

欧德雷翟轻声说：“你们在忙那个愚蠢的任务、那个自私的任务的时候，我们在服务先知！我们拯救了他最后的化身，把他带到了这里。圣殿将变成另一颗沙丘！”

她坐回到椅子上，双手交叉在身前。贝尔当然在通过摄像眼观察着。一位门泰特的观察会很有价值。欧德雷翟希望艾达荷也在看。但他可以看全息摄像。她看得很明白，斯凯特尔只是把贝尼·杰瑟里特看作恢复他那珍贵的特莱拉文明的工具而已。这项进展能迫使他揭露他那伊纳什洛罐的秘密吗？他会拿出什么来？

“我必须花点时间想想。”他的声音颤抖。

“想什么？”

他没回答，注意力还都在什阿娜身上，什阿娜正把那只小小的沙虫放回悬舱。关上盖子前，她再一次抚摩了它。

“告诉我，斯凯特尔，”欧德雷翟坚持说，“你还有什么事需要重新思考的？这是我们的先知！你说你为伟大信仰服务。现在正是时候！”

她能看出他的梦想在一点点瓦解。他自己的变脸者可以复制那些被他们杀死之人的记忆，复制每个受害者的举止形态。他从来也没抱什么能骗过圣母的希望……但是侍祭和普通的圣殿工人……所有他希望能获得的秘密，都完了！如同特莱拉星球那烧焦的星体一样确定无疑地消失了。

她说，我们的先知。他看向欧德雷翟，表情委顿，眼神涣散。我该怎么办？这些女人不需要我了。但是我需要她们！

“斯凯特尔。”她的声音十分轻柔，“《大联合协定》结束了。现在是新的宇宙。”

他只觉得喉咙干痒，于是努力吞咽了一下。暴力的整体概念呈现出新的纬度。在旧帝国，协定可以保证不会有任何人能从太空发动袭击，那时没人敢烧毁某颗星球，破坏彼此的关系。

“暴力升级了，斯凯特尔。”欧德雷翟几乎是在低语，“我们只是离散了怒火。”

他将注意力拉回到她身上。她在说什么？

“对尊母的憎恨在逐渐累积。”她说。不是只有你失去了很多。斯凯特尔。曾经，我们的文明中出现问题的时候，会有人说：“请个圣母过来！”尊母让这样的事再也不会出现了。神秘的传说被重新编造。金色阳光照耀在我们过去的路上。“以前有贝尼·杰瑟里特能帮我们将日子过得更好。现在你到哪里去找可靠的真言师？去哪儿仲裁？这些尊母从来都没听过这样的话！那些圣母，永远彬彬有礼。至少你得承认这一点。”

斯凯特尔没回应，她说：“想想如果这种怒火被释放在圣战中会如何！”

他还是没作声，于是她接着说：“你已经见过了。特莱拉、贝尼·杰瑟里特、分裂之神的祭司，天知道还有多少——都在被猎杀，仿佛是一场野蛮的游戏。”

“她们不能把我们都杀死！”他痛苦地喊着。

“不能吗？你那些离散的同胞在与尊母共事。那是你在大离散中要去寻求的避难所吗？”

还有另一个梦：一小撮特莱拉人，像溃烂的伤口一样执着，等待着斯凯特尔伟大复兴的那一天。

“人们在压迫下会变得更坚强，”他说，但话里没有一丝力量，“即便是拉科斯的祭司也在仓皇躲藏！”他的话中充满绝望。

“这是谁说的？你那些回归的‘朋友’？”

他的沉默是她所需要的全部答案。

“贝尼·特莱拉杀死过尊母，她们知道，”她说，故意用话敲打他，“只要你们灭绝，她们就很满意了。”

“还有你们！”

“即便不是为了共同的信仰，我们也该是形势所迫的合作伙伴。”她用纯正的伊斯拉米亚语说道，很快便看到他的眼里燃起了希望。柯尔和《沙利亚特》也许还在那些用神的语言构成思想的人中间保持旧有的含义。

“合作伙伴？”他语音微弱，带着极强的试探性。

她采用了新的策略，直言不讳：“我们可以共同行动，合作伙伴关系在很多方面都是共同行动的基础，这种关系比其他任何关系都更加可靠。因为我们知道彼此所需。它有种固有模式：对这种关系下的所有事加以筛选，可靠的事情就可能显现。”

“你想从我这里得到什么？”

“你早就知道。”

“怎么制作最精良的伊纳什洛罐，对吧？”他摇了摇头，显然不是很确定。她的要求预示着很多他不会喜欢的变化！

欧德雷翟权衡了一下，想她是否敢对他大发雷霆。愚蠢至极！但是他已经在恐慌边缘。原有价值改变了。尊母不是唯一的动荡根源。斯凯特尔甚至根本不知道这种变化的程度，而恰恰是这种变化感染了他自己那些离散成员！

“世事变迁。”欧德雷翟说。

*变迁，多让人不安的词。*他想。

“我必须拥有自己的变脸者助手！能不能再加上我自己的伊纳什洛罐？”他的话语已经几近乞求。

“我和我的议会会考虑这件事的。”

“有什么好考虑的？”他在用她自己的话来对付她。

“你只需要自己同意就行了。我还需要别人同意才行。”她苦笑着说，“所以你确实有时间考虑考虑。”欧德雷翟对塔玛拉尼点了点头，于是塔玛拉尼叫来了警卫。

“回无舰？”他在门口说道，在两边魁梧的警卫衬托下，他的身形显得越发矮小。

“但是今晚你不用走路回去了。”

离开的时候，他恋恋不舍地盯着沙虫看了最后一眼。

斯凯特尔和警卫离开后，什阿娜说：“您没继续施压是对的，他就要慌了。”

贝隆达走了进来：“也许干脆杀了他最好。”

“贝尔！把全息投影启动，再看一下刚才的会面情况。这次从你门泰特的角度去看！”

这句话阻止了贝隆达接着想说的刻薄话。

塔玛拉尼轻笑起来。

“你把自己的快乐建立在你姐妹的痛苦之上了，塔玛。”什阿娜说道。

塔玛拉尼耸了耸肩，但是欧德雷翟很欣慰。不再取笑贝尔了？

“你说圣殿正变成另一颗沙丘的时候，他开始慌了。”贝隆达说，她的声音有种门泰特的距离感。

欧德雷翟当时也看到了他的反应，但是并没联系起来。这就是门泰特的价值：模式和系统性，一点点累积逻辑事实。贝尔探知到了斯凯特尔的行为模式。

“我问自己：事情又变成真的了吗？”贝隆达说。

欧德雷翟立刻就看出来了。关于失落地点的问题有点奇怪。沙丘曾是颗众所周知的活跃星球，它曾存在于银河系注册系统中，这一点在历史上是确定无疑的。你可以指着一个投影说：“那就是沙丘。曾经被称为厄拉科斯，后改为拉科斯。在穆阿迪布时期由于它的全沙漠特征被称为沙丘。”

不过，这个地方被摧毁了，而神话的外衣将和投射出的现实所差无几。不久，这样的地方就会变成彻底的神话传说。亚瑟王和他的圆桌骑士。只在夜间下雨的卡美洛城。在那个时候天气控制能做到这种地步，算是相当好了！

但是现在，一颗新的沙丘出现了。

“神秘力量。”塔玛拉尼说。

啊，是啊。塔玛，离肉体终结的日子越来越近了，她会对神秘事物更加敏感。神秘与秘密，是护使团的工具，在沙丘上也一直为穆阿迪布和暴君所用。它们的种子已经种下。即使分裂之神的祭司们已经坠入地狱，沙丘神话仍然在猛增。

“美琅脂。”塔玛拉尼说。

工作室的其他姐妹立刻明白了她的意思。可以在贝尼・杰瑟里特的离散中注入新的希望。

贝隆达说：“为什么她们非将我们置于死地，而非俘虏？这一点一直让我很困惑。”

尊母也许不想让任何一个贝尼・杰瑟里特活着……也许她们只想要香料的信息。但是她们摧毁了沙丘，摧毁了特莱拉。假如多吉拉成功了，任何与蜘蛛女王的会面也应该慎之又慎。

“没有用得上人质？”贝隆达问。

欧德雷翟看见了她的姐妹们脸上的表情。她们依循一条单一思考路径，仿佛所有人都在用同一个意识思考。尊母很少留下活口，这种经验教训让那些潜在的对手更加小心翼翼，它援引的是一种沉默法则：痛苦的记忆变成了痛苦的神话。尊母们就如同任何年代的野蛮人一样：她们需要鲜血而非人质。肆意妄为，残暴无度。

“达尔说得对，”塔玛拉尼说，“我们过去把寻求同盟的范围限定得离家太近了。”

“混合人不是自己繁殖的。”什阿娜说。

“创造了混合人的那些人想控制我们，”贝隆达说，她的嗓音里有明显的门泰特基本预测技巧的特征，“所以多吉拉才在那些驯兽师身上听出了犹豫之意。”

就是这样，她们要面对全部危险。最终会回到人的身上（总是会这样）。人——同时代的人。你能从你自己的时代生活的人民，以及他们从历史中汲取的知识中学到很多有价值的东西。他者记忆并不是历史唯一的交通工具。

欧德雷翟有种离家很久，终于又回来的感觉。她们四个人这种共同思考的感觉让她觉得很亲切。这种熟悉的感觉不受地点的限制。姐妹会本身就是家，不是因为那些供她们暂时栖身的临时的落脚点，而是因为组织本身。

贝隆达替她们发声：“我担心我们一直在背道而驰。”

“那是因为恐惧产生的念头。”什阿娜说道。

欧德雷翟不敢笑。因为她可能会被误解，而她现在不想解释。*让默贝拉成为我们的姐妹，再赐给我们一位恢复记忆后的霸撒！这样我们也许就有机会一战！*

这种美妙的感觉让她很享受，此时一条消息传了进来，发出嗒的一声提醒音。她朝投影面看了看，那只是她纯粹的下意识反应，然后她意识到危机来了。这么一件小事（相对来说）就足以引发危机。克莱比在一场扑翼飞机事故中受到了致命伤。致命，除非……除非怎样的部分在投影中为她进行了详细说明，最后的结论指向了赛博格。她的同伴们看到的信息字样是反的，但是在这里你必须学会读镜像信息。她们也知道了。

这条线应该在哪里画下去？

贝隆达还戴着她那副古董眼镜，本来她完全可以装上人造眼或任何数不清的其他替代品，但她用身体表达了自己的意见。这就是身为人类的意义。试着抓住青春，青春却箭一样地离开，并且还会无情地嘲笑你。美琅脂足够了……也许太多了。

欧德雷翟意识到了自己的情绪意味着什么。但是贝尼·杰瑟里特的必要性呢？贝尔可以投出她个人的一票，每个人都意识到了，甚至也都尊重这一点。但是大圣母的一票对姐妹会来说很重要。

先是伊纳什洛罐，现在又来了这件事。

眼前的局面告诉她克莱比是专家，失去他的专业才能是她们无法承担的。本就处于人员紧张的状态。“一人身兼多职”已经不足以描述这种状况了。越来越多的缺口无人填补。赛博格克莱比只是个引子。

苏克们已经准备就绪。这是“预防性措施”，以防万一无可替代的人员损伤的情况出现。比如大圣母？欧德雷翟知道她带着一贯谨慎的保留意见，已经同意了。现在这些保留意见还有什么用？

赛博格也是那些大杂烩一样拼凑出来的词语。机械设备添加到人类的血肉之躯上，哪边占主导地位？赛博格什么时候会完全不再是人类？诱惑加大——“就调整这么一点点。”调整起来易如反掌，最终这种七拼八凑的人类就会变得任人摆布，绝对顺从。

可是……克莱比？

山穷水尽的情况告诉她，“把他改造成赛博格！”姐妹会已经到了如此绝望的地步了吗？她只能做出肯定的回答。

那就这样吧——决定并非完全出自她手，她手上有一个现成的借口。形势决定一切。

巴特勒圣战给人类留下了不可磨灭的印记。战斗并赢得胜利……只在那个时候而已。那场从前的矛盾留下了另一场战役。

但是现在，姐妹会命悬一线。圣殿还有多少技术专家？无须查看她也知道答案。不足。

欧德雷翟身体前倾，发出传送命令。“把他改造成赛博格。”她说。

贝隆达哼了一声。是赞同还是反对？她永远也不会说的。这是大圣母的决斗场，欢迎来我的地盘！

谁赢了这场战役？欧德雷翟不禁想到。

我们如履薄冰，努力让厄崔迪（赛欧娜）的基因在我们的人群中永存，这可以让我们躲开预见的双眼。我们将魁萨茨·哈德拉克封存！意愿创造了穆阿迪布。先知使预言成为现实！我们还敢再忽视对道的感悟，去迎合一种憎恨机遇、祈求预言的文化吗？

——《档案摘要》

黎明刚过，欧德雷翟就到了无舰。大圣母大步走到训练场的时候，默贝拉早已起床，正用仿真训练器练习。

欧德雷翟穿过太空田边的环形果园，自己走了这最后一千米。夜晚有限的几片云在黎明即将到来时分愈加稀薄，最后慢慢消散，留下繁星满布的天空。

她认出了些细微的天气控制迹象，那是为抢收本地又一轮农作物而做的，但日益稀少的雨量连保证果园和牧场生存都成问题。

欧德雷翟走在路上，感觉沉闷乏味。刚刚过去的冬天是暴风雨间歇时难得的平静。生活是场献祭。沾着花粉的昆虫追逐着花朵，花朵结出果实，又散播下种子。这些果园是场秘密风暴，它的力量隐藏在生命的洪流中。但是，哦！毁灭。新生命承载着变化。虽然身份永远不同，但变革者终将到来。沙虫将带来远古时沙丘星上的那种沙漠的纯净。

永不停息的变迁之力带着凄凉之意侵入她的想象中。她仿佛能看到这片土地退化成狂风肆虐的沙丘，那是雷托二世子民们的栖息地。

圣殿的气息将经历异变——一种文明的传说被另一种取而代之。

欧德雷翟踏入训练场的时候，这些念头仍然让她很感慨，并且影响了她的心情，她看着默贝拉完成一组闪现力量训练，然后退后几步，大口喘着气。

默贝拉的左手背有条细细的红色划痕，那是她没有躲开那架巨大的训练机留下的痕迹。这架自动训练机立在屋子中，像根金色的支柱，它的武器还在不停地吞吐闪现着——仿佛是一只愤怒昆虫的喙在向外试探。

默贝拉身着绿色紧身衣，裸露的皮肤渗着晶莹的汗滴。即便小腹明显因为怀孕而突出，她看起来还是体态优雅。她的皮肤散发着健康的光泽。这是内在的力量，欧德雷翟确信，不只有怀孕的原因，还有更基本的身体状况在起作用。欧德雷翟第一次见到默贝拉的时候就对这一点印象深刻。抓住了默贝拉，将艾达荷从伽穆上救出后，卢西拉就特意提到了这点。在她的外表下是一副健康的身躯，就仿佛一面透镜，聚焦于此就能看到生命力的恣意宣泄。

我们必须得到她！

默贝拉看到了来访者，但她并不想中断自己的训练。

还不行，大圣母。孩子虽然就快出生了，但这副身体还需要继续。

正在这时，欧德雷翟看到训练机在模仿愤怒的情绪，通过对电路系统加以阻塞，就能设计出这种反应。这种模式极其危险！

“早上好，大圣母。”

默贝拉调动着体内的力量，闪展腾挪，动作几乎快到无法分辨，发出的声音也有些异样。

训练机挥动机械臂向她试探、劈砍，它的感应器发出低沉的嗡嗡声，移动迅速，试图跟上她的动作。

欧德雷翟吸了口气。此时说话无疑会让她更容易被训练机伤害。这种危险游戏最好还是不要冒任何分心的风险。够了！

训练机的控制器就在一面宽大的绿色面板上，安在门口右侧。看电路的情况，就知道默贝拉做出了什么改动——电线凌乱地悬着，光束场上的存储晶体也被挪动了位置。欧德雷翟伸手把系统停了下来。

默贝拉转身面对她。

“你为什么改动电路？”欧德雷翟追问她。

“好让它有愤怒模式。”

“尊母都这么做吗？”

“就像树枝被弄弯了腰？”默贝拉揉着她受伤的手，“但是如果树枝知道是如何弯的，并且同意呢？”

欧德雷翟感到一阵激动：“同意？为什么？”

“因为能感到某些……很伟大的事情。”

“你想体会肾上腺素上升的感觉？”

“你知道不是这样！”默贝拉的呼吸恢复了正常。她站在那里怒视着欧德雷翟。

“那是什么？”

“是……挑战自己去完成你以前觉得根本不可能的事。你从来也没想过自己可以这么……这么好，这么熟练、专业地完成某些事。”

欧德雷翟强行压下了一阵狂喜。

健全的精神寓于健全的身体。[1]我们终于拥有了她！

欧德雷翟说："但是你会付出多么大的代价！"

"代价？"默贝拉听起来很是震惊，"只要我拥有能力，就乐于付出代价。"

"只要得偿所愿，付出代价也无妨？"

"是你们贝尼·杰瑟里特神奇的丰饶角：随着我变得越来越强大，付出的能力也在增长。"

"小心，默贝拉。你的丰饶角也可能会变成潘多拉的魔盒。"

默贝拉知道这个典故。她默默地站着一动不动，全神贯注地看着大圣母："哦？"声音几不可闻。

"潘多拉的魔盒释放出强烈的分心之物，会浪费你生命的能量。你信心满满，轻轻松松地说'一切就绪'，然后就等着成为圣母，但是你还是不明白那意味着什么，也不知道我们想要从你这里得到什么。"

"那就是说，你们想要的一定不是我们的性能力。"

欧德雷翟向前走了八步，每一步都精心拿捏，给人一种仪态万方却又威风凛凛的感觉。一旦默贝拉开始那个话题，通常的解决办法是没法阻止她的——要用大圣母不容置疑的命令打断这场争论。

"什阿娜很容易就能掌握你的能力。"欧德雷翟说。

"就是说你会用她对那个孩子做工作！"

欧德雷翟听出了她的不悦。这是种文化残余。人类的性是什么时候开始的？什阿娜现在正等在无舰的警卫室里，不得不面对这件事。

"我希望你能知道我为什么抵触，为什么这么遮遮掩掩的，大圣母。"

1　原文为拉丁语：Mens sana in corpore sano.

“我知道，在我们接纳你之前，弗雷曼社会中的各种禁忌充斥着你的大脑！”

这句话把她们中间的疑团一扫而空。但与默贝拉的这场交流如何才能改变方向？在我找出办法之前，必须让谈话自然进行下去。

会有重复。未解决的问题会继续出现。她几乎能预料到默贝拉说的每个字，这很令人伤脑筋。

“既然你说处理特格需要这样，为什么还要绕开这种测试过的操纵他人的方式？”默贝拉问。

“奴役，你是想说这个词吗？”欧德雷翟毫不避讳地回复她说。

默贝拉眯着眼思考着。我把男人当作我们的奴隶了吗？也许是。我给他们带去了突如其来的抛弃感，给他们难以置信的极致愉悦，然后又放弃。我接受的训练就是让他们得到如此的体验，也因此令他们心甘情愿为我们所用。

直到邓肯也对我做了同样的事。

欧德雷翟看到了默贝拉眼中的躲闪之意，她知道这个女人的心灵深处纠结着什么，也很难去揭开这个谜底。我们未触及的地方还有蛮荒存留。就好像默贝拉原本的清澈被难以除去的污点所沾染，然后这沾染之处被掩盖，甚至这层掩盖之处又被掩饰起来一样。在她心底有着冷酷的部分，扭曲着她的思想和行动。在其之上又层层叠加，让人难以触碰。

“我能做到的事让你害怕。”默贝拉说。

“你的话语中存在着真相。”欧德雷翟同意。

诚实和坦率——现在能使用的工具很有限，必须小心使用。

“邓肯。”默贝拉的声音以新的贝尼·杰瑟里特技能说了出来。

“我很害怕你和他分享的东西。你会觉得很奇怪吧？大圣母居然会承认害怕。”

“我知道这个诚实和坦率的技巧！”她说得就好像诚实和坦率很令人厌恶似的。

“圣母们学着永不放弃自我。我们学着不让别人的在意拖累自己。”

“这就是全部？”

“还要更深些，还有其他的延伸内容。做贝尼·杰瑟里特让你有自己的行事方式。”

“我知道你的意思：选择邓肯还是姐妹会。我知道你的花招。”

“我不这么觉得。”

“我也有不会去做的事！”

“我们每个人都被过去所羁绊。我会做出我自己的选择，做我必须做的事，因为我的过去和你的不一样。”

“尽管我刚才说了那句话，你还是会继续训练我？”

与默贝拉的这些会面需要完全的开放与接受的心态，欧德雷翟正是带着这种心态倾听着她的每句话，调动感官对那些言外之意保持警醒，很多信息会在语言的边缘盘旋，仿佛摆动的纤毛，伸展着，要与危险的宇宙去接触。

贝尼·杰瑟里特必须做出改变。这就是能引领我们走向变革的人。

贝隆达会被这种前景吓坏的。很多圣母会反对，但只能这样。

欧德雷翟不说话，于是默贝拉说道：“训练，用这个词恰当吗？”

“改造。可能这个词对你来说更熟悉。”

“你真正想做的是联合我们的经历，让我足够像你，这样我们就能在彼此之间创造信任。教育都是这么做的。”

不要和我玩博学的游戏，小姑娘！

“那么说我们是在同一条溪流里漂流了，默贝拉？”

任何三级侍祭听到大圣母的这种语调都会变得十分小心。默贝拉却表现得无动于衷：“除了一点，我不会放弃他的。”

“那由你决定。”

“你让杰西卡夫人做决定了吗？”

终于还是走到这条死胡同了。

邓肯敦促默贝拉去研究杰西卡的生活。想拆散我们！他的表现被全息摄影记录下来，引发了对记录严肃、认真的分析。

“很有趣的一个人。”欧德雷翟说。

“爱！经过所有那些你们的教育，你们的‘改造’！可她还是去爱了。”

“你不觉得她的行为是叛变吗？”

“绝不是！”

现在要小心些。“但是看看最后得到的是什么结果：一个魁萨茨·哈德拉克……还有那个孙子，暴君！”争吵很得贝隆达的心。

“金色通道，”默贝拉说，“人类的幸存之道。”

“大饥荒时代，还有大离散。”

你在看吗，贝尔？没关系。你会看到的。

“尊母！”默贝拉说。

“都是因为杰西卡？”欧德雷翟问道，“但杰西卡返回了折叠空间，最后在卡拉丹度过余生。”

“还当了侍祭的老师！”

“对她们来说，也是个例子。看见违抗我们的命令会是什么下场了吗？”反抗我们，默贝拉！比杰西卡做得更干练些！

“有时候你让我感觉很厌恶！”天生的诚实让她不得不加上一句，“但是你知道我想要你拥有的东西。”

我们拥有的东西。

欧德雷翟想起她自己第一次受到贝尼·杰瑟里特的魅力所感召的时刻。身体所能完成的精巧至极的那些事，感官发挥到能探知最微小的细节，能以令人叹为观止的精准度完成动作的肌肉训练，这些能力为尊母所拥有时，只会因其身体本身的速度优势而提升到新的高度。

“你又抛给我了，”默贝拉说，“想强迫我做出选择，实际上你早就知道了。”

欧德雷翟还是沉默不语。这是种古代耶稣会修士几乎已经完善了的争辩形式。意识并流叠加争执模式：让默贝拉自己去说服。只用最微妙的手段轻轻地推动进程，给她加以扩大的小借口。

但是挺住，默贝拉，为了邓肯，勇敢去爱！

“炫耀你们姐妹会的优势这点，你做得非常聪明。”默贝拉说。

“我们不是餐厅里排队等着就餐的人！”

一抹淡然的微笑闪过默贝拉的嘴角：“这个要一点，那个也要一点，我觉得我还想要点那边那种奶油的。”

欧德雷翟很喜欢这种比喻，但是无所不在的观察者们有自己的口味：“这种饮食可能会害死你。”

“但是我看你们摆在那里的贡品太吸引人了。音控力！那简直就是盛宴。我的喉咙里竟然有这么美妙的乐器，而你可以教我怎么用那种终极模式去演奏。”

“现在，你就是音乐大师。”

“我想要你那种能力，去影响我周围的人！”

“最终要做什么呢，默贝拉？这么做到底是为了谁的目标？”

“如果你吃什么，我就吃什么，我会不会也可以长成你这种强悍的样子：外在如塑钢般，而内在甚至更坚硬？”

“你是这么看我的吗？”

“我宴会上的主厨！我必须把你带来的东西吃掉——为了我好，也是为了你好。”

她听起来几乎要兴奋得躁动起来。一个奇怪的人。有时候她看起来似乎是最不开心的女人，在她的舱室里就像头笼中野兽。那种眼中的疯狂，那种角膜里的橘色斑块……就像现在这样。

“你还是拒绝对斯凯特尔‘做工作’吗？”

“让什阿娜去做。”

“你会教她吗？”

“她会把我教她的都用在那个孩子身上！”

她们互相瞪视着，都意识到她们想的是同一个念头。这不是因为彼此想法背道而驰引起的冲突。

“为了你能给我的那些东西，我得忠于你，”默贝拉低声说，“但是你想知道我是否会背叛这份承诺吗？”

“你会吗？”

“如果形势所迫，你也会那么做，我不会比你做得差的。”

“你觉得你会不会有一天为自己的决定而后悔？”

“我当然会！”那是个什么傻瓜问题？人总会后悔。默贝拉这么说。

“只是要确认一下你对自己有多诚实。你从不给自己披上虚假的外衣，我们欣赏你这一点。”

“你遇见过那样的人？”

“确实。”

“你肯定有很多办法把他们揪出来。”

“香料之痛会为我们代劳。虚假是无法安然度过考验的。”

欧德雷翟感到默贝拉的心跳瞬间加速了。

“你不打算命令我放弃邓肯？”她的话语很尖锐。

“这个附加条件有难度，不过是你自己的困难。”

“这是另一种劝我放弃他的说法？”

“接受这种可能性，这是我全部的要求。”

“我不能。”

“你不会？”

“我是认真的。我做不到。”

“如果有人向你展示如何做到呢？”

默贝拉盯着欧德雷翟的眼睛很长时间没有眨一下，然后说：“我几乎会说‘那我就解脱了’……但是……”

“什么？”

“他对于我来说是注定的事，我没办法解脱。”

“这是尊母宣布放弃的方式吗？”

“宣布放弃？用词错误。我只是比我以前的姐妹更成熟。”

“以前的姐妹？”

“还是我的姐妹，但她们是童年的姐妹。有些在我的记忆里很可爱，有些我很不喜欢。她们是对我已失去吸引力的游戏伙伴。”

“这个决定让你满意吗？”

“你满意吗，大圣母？”

欧德雷翟带着毫不掩饰的欢欣为她鼓掌。默贝拉多么轻松、迅速地掌握了这种贝尼·杰瑟里特的机敏反问！

“满意？多么令人讨厌、乏味无聊的词！”

就在欧德雷翟说话的时候，默贝拉感觉自己恍如身处梦中一般，在向一座深渊边缘靠拢，她无法醒来，阻止这场坠落。她的胃带着秘密的空洞感疼起来，欧德雷翟的下一句话仿佛从远处回响着传来。

“对一位圣母来说，贝尼·杰瑟里特就是全部。你永远也不能忘了这一点。”

这场梦的感觉来时迅猛，去时也一样迅速。大圣母接下来的话冷酷而直接。

“准备做更高级的训练。”

直到你接受香料之痛——不论生死。

欧德雷翟抬眼望向天花板上的摄像眼：“叫什阿娜到这里来。让她立刻开始跟新老师学习。”

“你还是要这么做！你要让她对那个孩子‘做工作’。”

“把他当成霸撒特格，”欧德雷翟说，“那么想对你有帮助。”我们不会给你时间重新考虑的。

“我没有抗拒邓肯，又不能和你争辩。”

“就算是和你自己，也不要争辩，默贝拉。那样毫无意义。特格是我父亲，可我还是得这么做。”

直到这一刻，默贝拉才意识到欧德雷翟之前的话背后的力量。对于圣母来说，贝尼·杰瑟里特就是全部。伟大的杜尔保护我！我也会那样吗？

我们见证了永恒之中一段过渡期。有重大事件发生，但有些人永远注意不到。其中还有意外事故干预。你并非置身于那一段段时期之中。你依靠的是报告。可人们会将头脑紧闭。报告有什么好处？新闻记录中的一段历史？编辑会议上会预先选定，加以消化，然后从偏见的出口被排泄出来？你需要的那些记录很少来自真正的历史缔造者。日记、回忆录和自传是特殊诉求的主观形式。档案里挤满了这种值得怀疑的东西。

——达尔维·欧德雷翟

刚到走廊尽头的隔断处，斯凯特尔就注意到那些警卫和其他人都很兴奋。人们走路似乎都加快了脚步，尤其是现在时间还这么早，更显得有些不同寻常，所以一开始就吸引了他的注意力，把他吸引到了隔断处。那个苏克医生伽兰托在那里。他是在欧德雷翟当初派她过来时认识的，欧德雷翟说“因为你看起来好像生病了”。又一个监视我的圣母！

啊，是默贝拉的孩子。这些人匆匆忙忙地进进出出，还有苏克医生，都是因为这件事吧。

但是其他那些人都是谁？他在这里从来也没见过这么多穿贝

尼·杰瑟里特长袍的人。不仅是侍祭。他还看见数量更多的圣母在那儿急匆匆地走来走去。这些人让他想起了大型食腐鸟类。最后看到的是个侍祭，肩膀上抱着个孩子。非常神秘。如果我能和战舰系统有连接就好了！

他靠在一面墙上等着，但是人们陆续消失在各个入口处。他很清楚其中一些地方是哪里，但其他的并不知晓。

以神圣先知之名！大圣母竟然亲自来了！她从一个更宽些的入口穿过，大部分其他人也都进了那里。

下次见面时问欧德雷翟也没用，因为她现在已经把他收入囊中。

先知在这里，在普汶笪手里！

走廊里再没人出现了，斯凯特尔回了自己的住所。身份监测仪在他通过的时候灯光闪烁，但他强迫自己不去看。身份是关键。以他的知识看，这艘伊克斯飞船控制系统中的漏洞就仿佛诱惑水手的海妖塞壬一般，在明晃晃地向他招手。

一旦开始行动，她们是不会给我太多时间的。

这将是一场以飞船和里面的东西为人质的绝望行动。几秒内就将决定成败。谁知道舰上还可能建了什么伪装面板，或者隐秘舱门，那些可怕的女人也许就会从里面跳出来扑向他。在穷尽其他所有可能途径之前，他不敢放手一搏。尤其是现在……先知已经恢复了。

奸诈狡猾的女巫。她们在这艘船上还做了什么改动？这种念头让他坐立不安。我的知识还能用吗？

隔断那头斯凯特尔的身影并未逃过欧德雷翟的眼睛，但她现在顾不上担心他。默贝拉的分娩（她喜欢这个古语）来得正是时候。什阿娜在尝试恢复霸撒记忆，此时欧德雷翟希望和她待在一起的是心神不定的艾达荷。艾达荷经常因关于默贝拉的一些念头而分心。而默贝拉很显然不能和他一起待在这里，现在不行。

在他面前，欧德雷翟保持着谨慎小心、万分留意的姿态。毕竟，他是个门泰特。

她又一次在他的控制室找到了他。在经过通往他舱室入口走廊处的下滑道时，她听到了连续的咔嗒声，还有通信场那特有的嗡鸣声，于是她立刻就知道在哪里能找到他了。

她把他带到了监测什阿娜和那个孩子的观察室，他表现出一种怪异的情绪。

他是担心默贝拉，还是对他们将会看到的场面感到不安？

观察室空间狭长。有三排椅子面对着展示墙，展示墙连着密室，实验即将在那里展开。观察室里光线暗淡，只有椅子后上方角落里有两盏微小的悬浮灯用作照明。

尽管欧德雷翟担心苏克医生可能没什么用……但还是有两名在场。伽兰托，艾达荷认为最好的那位苏克，正陪在默贝拉身边。

她在场可以显示出我们的关心，足够真实。

沿着展示墙设置了悬带椅，通往另一间房间的紧急出口也近在咫尺。

斯特吉先把孩子带到了外面的走廊内，他在那里看不见那些观察他的人，然后把他带进了房间。房间是按默贝拉的指示准备的：一间卧室，一些从他的舱室内带来的他自己的东西，还有些是从艾达荷和默贝拉两个人的房间内拿过来的东西。

一座动物的洞穴，欧德雷翟想。艾达荷的房间经常故意弄得杂乱不堪：抛弃的衣物扔在悬带椅上，角落里堆着凉鞋，因此这个地方也有种破败感。睡垫是艾达荷和默贝拉曾经用过的。欧德雷翟以前检查过，她注意到垫子有一种类似唾液的味道，这是种亲密的性的气味。

这一点也会在不知不觉中影响特格。

这就是野蛮起源之处，那些我们无法抑制的事情。认为我们可以控制它是多么大胆。但是我们必须如此。

斯特吉脱下男孩的衣物，让他赤裸着躺在垫子上，欧德雷翟发现她的脉搏跳动加速。她把椅子向前挪动了一下，她注意到她的贝尼·杰瑟里特伙伴们也在模仿同样的动作。

天哪，她想。*我们就是一群偷窥者吗？*

这些想法在此时很有必要，但她觉得这样想让她感到很羞辱。在这种念头侵入的过程中，她失去了一些东西。这绝对是非贝尼·杰瑟里特思维，却是典型的人类想法！

邓肯陷入了一种刻意的冷漠氛围中，这是种很容易能看出来的伪装。他的思想中有太多的主观性，这让他很难发挥好门泰特功能。但这正是她想要他现在保持的状态。神秘参与。将性高潮作为能量源。贝尔的认识是对的。

附近有三名监理，对于其中任何一位来说，选择她们都是因为她们足够强壮。她们现在表面上的身份是观察者。欧德雷翟说："死灵想要恢复初始记忆，却对此心怀恐惧。这是需要粉碎的主要障碍。"

"胡说！"艾达荷说，"你知道现在有什么是为我们所用的吗？他的母亲是你们其中的一员，她对他进行了深度训练。也许她做不到保护他，去对抗你们的铭者，但这种可能性有多大？"

欧德雷翟猛地朝他转过身。*门泰特？*不，他回到了刚刚过去的记忆中，重现并且做着比较。不过，对铭者的论调……是因为他第一次和默贝拉之间产生"性冲撞"就恢复了他其他死灵生命的记忆？所以他才对铭者有深深的抗拒感？

欧德雷翟安排的这位监理选择对这种不敬的打断视而不见。贝隆达给她介绍情况时她已经阅读了档案内容。她们三个都知道她们可能会被召去杀死这个死灵儿童。他有没有对她们构成威胁的力量？直到（或是除非）什阿娜成功，这些观察者是无从知晓的。

欧德雷翟对艾达荷说：“斯特吉告诉他为什么他会在这里了。”

“她告诉他什么了？”这是种对大圣母非常霸道的提问。监理瞪视着他。

欧德雷翟控制着嗓音，故意将其压得很温和：“斯特吉告诉他什阿娜会恢复他的记忆。”

“他怎么说的？”

“为什么邓肯·艾达荷不做？”

“她告诉他实话了？”他一点点恢复了情绪。

“实话，但并未泄露什么事。斯特吉告诉他什阿娜有种更好的方法。而且你也同意了。”

“看看他！他动都没动。你没有给他用药吧，用了吗？”

艾达荷对那些监理也怒目而视。

“我们不敢用药。但他内在精神很集中。你还记得这些很重要，对吧？”

艾达荷又深深地坐回他的椅子里，双肩骤然下垂：“默贝拉一直说：‘他还只是个孩子。他还只是个孩子。’你也知道我们因为这件事吵了一架。”

“我觉得你的观点与这件事有直接关系。霸撒不是孩子。我们唤醒的是霸撒。”

他抬起交叉着的手指：“希望如此。”

她往后退了一下，看着他交叉的手指：“我不知道你还迷信，邓肯。”

“如果我觉得能有帮助，让我向杜尔祈祷我也愿意。”

他自己重新觉醒时的那份痛苦依然记忆犹新。

“不要显露恻隐之心，”他低声嘟囔着，“继续仔细观察他。让他集中精神于内在自我。你需要他的怒火。”

这些都是他的经验之谈。

他又很突兀地说道：“这可能是我提出的最愚蠢的建议。我应该去陪着默贝拉。”

“你说的这种错误人人都犯，邓肯。而且现在你没法为默贝拉做任何事。快看！”此时特格从垫子上一跃而起，然后抬起头望着天花板上的摄像眼。

“不是有人来帮我吗？”特格催促道，他的声音里透露着深深的绝望，比之前预料的还要严重些，“邓肯·艾达荷在哪里？”

艾达荷猛地向前一冲，欧德雷翟用一只手握住了艾达荷的胳膊：“待在这儿，邓肯。你也帮不了他。现在还不行。”

“难道没人告诉我要做什么吗？”他年轻的声音里透着孤独和空洞，“你们要做什么？”

这是什阿娜出场的信号，她从特格身后一扇隐秘入口迈步走进房间，“我来了。”她只穿着一件浅蓝色的薄如蝉翼的长袍，几乎是透明的。在她跨步向这个男孩走去的时候，长袍紧贴着她的身体。

他目瞪口呆地望着。这是一位圣母？他从来都没见过穿成这样的圣母。“你要把我的记忆还给我？”他的声音中满是怀疑和绝望。

“我会帮助你找回记忆。”她边说边让长袍从躯体上滑下，然后将其抛在了一边。长袍仿佛一只精美的蓝色蝴蝶翩然落到了地板上。

特格睁大了双眼望着她：“你这是在干什么？”

“你觉得我在做什么？”她在他身边坐下，把一只手放在了他的下体。

他的头猛地向前低了一下，就好像有人从后面推了他一把，然后盯着她的手。

“你为什么这么做？”

“你不知道吗？”

“不知道！”

“霸撒会知道的。”

他抬起头看着她离自己如此接近的脸：“你知道！为什么不告诉我？”

“我不是你的记忆！”

“你为什么这样哼哼？”

她用嘴唇碰触着他的脖颈。轻哼的声音在观察者的耳中清晰可闻。默贝拉管它叫增强剂，对性反应所做的一种反馈。声音变得越来越大了。

“你到底在干什么？”她把他按在她身上时，他几乎发出了声尖叫。她动了动，轻轻摩挲着他并不宽阔的背。

“回答我，浑蛋！”这次已经完全是尖叫了。

这句“浑蛋”是和谁学的？欧德雷翟在想。

什阿娜让他滑入了她的体内：“这就是你要的答案！”

他张大了嘴，似乎在发出长长的“哦”，却无声无息。

观察者们看到她凝视着特格的双眼，但什阿娜同时也在用其他感官观察着他。

“感受他紧绷的大腿，迷走神经的搏动会泄露他的秘密，尤其注意他乳头颜色加深的情况。一旦你让他达到了那种状态，保持住，找到他瞳孔放大的迹象。”

“铭者！”特格的尖叫把观察者们吓了一跳。

他用拳头捶打着什阿娜的肩膀。展示墙那边的所有人都观察到，就在他不停扭动的同时，双眼内出现了深邃的闪光，有什么新东西从他体内闪现出来。

欧德雷翟一下站了起来：“是出问题了吗？”

艾达荷还坐在椅子上：“是我预测的那件事。”

什阿娜把特格推到一边以避开他紧抓的手指。

他爬向地板，一下子转过身，速度之快让观察者为之震惊。什阿娜和特格彼此面对面望着，似乎连心跳都变慢了一般。慢慢地，他站直了身子，这时他才看向自己。他先是把注意力转向抬在身前的左臂；然后目光望向天花板，依次看向每一面墙；最后，他又看向自己的身体。

“到底这是发生了什么该死的……”传来的还是孩子的尖声嗓音，但语音中透着怪异的成熟感。

“欢迎回来，死灵霸撒。”什阿娜说。

“你刚才要铭刻我！”他愤怒地指责，“你以为我母亲没教我怎么防止这件事吗？”一种思绪飘散的表情在他的脸上闪过。“死灵？”

“有些人更愿意把您看作是克隆人。”

“谁……什阿娜！”他转过身，环视整个房间。整间房间内没有看得见的出口，这是特意选择的隐秘出入口房间。“我们这是在哪里？”

“在您被杀前，带到沙丘星去的那艘无舰里。”她还在按照预定规则回答他。

“被杀……”他又一次看向自己的双手。观察者们几乎能看到死灵固有的过滤机制开始在他的记忆中发挥作用。“我被杀了……是在沙丘星？”他的声音中有些微的悲凉之意。

“您英勇无畏，从未退缩过。”什阿娜说。

“我的……我从伽穆带的人……他们都……”

“尊母把沙丘星当作了对其他人的警告。现在沙丘星已经是毫无生气的球体，是被焚烧后的残渣。”

愤怒占据了他的身体。他盘腿坐下，双拳紧握放在膝盖上。“是的……我也在……我的历史中知道了。”他又瞥向什阿娜。她在垫子上保持着坐姿，相当安静。这种一头扎进众多记忆中的感觉唯有从香料之痛中走出来的人才能体会。现在需要的是完全的寂静无声，一动不动。

欧德雷翟低语说：“不要干预，什阿娜。让它自然发展。让他自己完成。”她对三位监理做了个手势。她们走到入口前，不再看密室，而是看着她。

“把我自己看成是历史的一部分，这种感觉很奇怪。”特格说。仍然是孩子的嗓音，却一直给人一种很成熟的感觉。他闭上眼，做着深呼吸。

观察室内的欧德雷翟又坐回椅子上，说道：“你看到什么了，邓肯？”

“什阿娜把他从自己身边推开的时候，他瞬间转身的那种迅捷，除了默贝拉，我没在第二个人身上看到过。”

“甚至比那还要快。”

“也许……也许是因为他的身体很年轻，而且我们还让他接受了普拉纳–宾度训练。”

“不对，是别的原因。你提醒了我们，邓肯。这是厄崔迪标记细胞中尚未知晓的成分。”她的目光扫向保持警惕的监理们，然后摇了摇头。不行，还不行。“他的那个妈妈真该死！她催眠诱使他阻挡铭者，而且没让我们知道。”

“不过，看看她给我们带来了什么，”艾达荷说，“一种更有效的恢复记忆的办法。”

“本来我们应该自己就能看出来！”欧德雷翟对自己有点生气，“斯凯特尔说特莱拉使用的是痛苦和对抗。我想知道是怎么回事。”

“问他。”

“没那么简单。我们的真言师对他没有把握。”

“他有些让人捉摸不透。”

“你什么时候研究过他？”

“达尔！我有连接摄像眼记录的权限。”

“我知道，可是……”

“该死！你能把注意力放在特格身上吗？看看他！那是怎么了？”

欧德雷翟立刻转回注意力，去看椅子上的孩子。

特格看着摄像眼，脸上是一副全情投入的可怕表情。

对他来说就像是顶着矛盾重重的压力艰难入睡后刚刚醒来一样，助理的手在摇晃着他，把他叫醒。有些东西需要他去注意！他记起坐在无舰指挥中枢的情景，达尔站在他身边，一只手搭在他的脖颈上。*在帮他挠痒痒吗？*有很紧急的事要做。是什么呢？他的身体感觉很不对劲。伽穆……现在他们在沙丘星……他记起了不同的事：在圣殿度过的童年？达尔的身份是……是……更多记忆经过筛选涌入脑海。*她们想铭刻我！*

意识绕着这种念头流过，仿佛流水在石头边淌过一般。

“达尔！你在吗？我知道你在！”

欧德雷翟向后坐了坐，把一只手放在了下巴上。*现在怎么办？*

“妈妈！”他的声音中充满了谴责之意！

欧德雷翟摸了摸椅子边的一个转盘：“你好啊，米勒斯。我们去果园散散步怎么样？”

“不要绕圈子了，达尔。我知道你为什么需要我。不过我警告你：暴力只会将权力交到错误之人手里。好像你不知道一样！”

“尽管我们刚才要那么做，米勒斯，你仍然忠于姐妹会吗？”

他扫了一眼保持警惕的什阿娜：“还是你们那条温驯的狗。”

欧德雷翟看了看咧嘴微笑的艾达荷，眼神凌厉，意带责备：“你和你那些可恶的故事！”

“好吧，米勒斯——不绕圈子，但是我必须知道伽穆的真实情况。他们说肉眼根本捕捉不到你的动作。”

“这是事实。”他的声音平淡，语调中显得满不在乎。

“还有刚才……”

“这副身体太小了，装载不了那么多。”

“可是你……”

“刚才那一下我已经用尽了力气，而且我快饿死了。”

欧德雷翟把目光瞥向艾达荷。他点了点头。*这是事实。*

她让监理们从出入口撤回。她们在遵守命令前犹豫了一下。贝尔告诉她们什么了？

特格的话还没结束：“我理解得对吗，女儿？既然每个个体最终都只对自己负责，自我的形成就需要最大的关怀和注意？”

他那个该死的妈妈把一切东西都教给他了！

“我道歉，米勒斯。我们不知道你的母亲为你做了什么准备。”

“这是谁的主意？”他说这话的时候看着什阿娜。

“我的主意，米勒斯。”艾达荷说。

“哦，你也在那儿？”更多的记忆流淌回他的大脑。

“我也记得你恢复我的记忆时给我带来的痛苦。”艾达荷说。

这让他冷静了下来。“有道理，邓肯。无须道歉了。”他看着传递他们声音的扬声器说道，“上层感觉如何，达尔？有没有高处不胜寒啊？”

这是个该死的愚蠢想法！她想。他知道这点。一点也没有。身边的人多得很，包括那些想有机会和她待在一起，并为此感到十分激动的人，那些有自己想法的人（有时候是那种换了她们肯定做得更好的想法），那些提供帮助和需要帮忙的人。高处不胜寒，确实如此！她感觉到特格想要告诉她什么事。到底是什么？

“有时候我必须得独断专行！”

他们曾常在果园中散步，她仿佛听见自己有一次这样对他说，对他解释着“独断专行”是什么，然后补充说：“我掌握着权力，就必须使用权力。这也是个拖累，很沉重的拖累。”

你拥有权力，那就使用权力！这个门泰特霸撒当时就是这样告诉她的。杀了我或者放了我，达尔。

尽管如此，她还是尽量拖延着，她知道他能感觉出来。“米勒斯，伯兹马利死了，但他在这儿留下了一支他自己训练的后备军。最精良——”

“别拿那些无足轻重的细节烦我！”多么霸道的命令式口吻！声音虽然还如孩童般尖细刺耳，但除此之外，气场十足。

没等接到命令，监理们便返回了出入口。欧德雷翟恼火地挥挥手把她们打发走了。这时她才意识到自己已经做出了决定。

“把衣服给他，然后带他出来。”她说，“让斯特吉过来。”

特格现身后的第一句话就让欧德雷翟顿时心生警惕，暗自揣摩自己是不是在这件事上犯了个错误。

“如果我不想按你想的去战斗会怎么样？”

“可你刚才说……”

“我这……几辈子里说过很多事。战役无法加强道德感，达尔。”

她（和塔拉扎）听霸撒不止一次有过这样的论调。“战争遗留下的只有‘胡吃海塞，痛饮狂欢’，最后导致道德沦丧不可避免。”

话说得没错，但是她不知道他说这番话有何用意。“对于任何一个重返战场的老兵来说，他们会对命运（‘我活下来了，这一定是上天的旨意’）重新审视，更多的是带着几乎难以掩埋的伤痛回家，准备要‘过平淡的生活’，因为他们在战争的阴霾下见过太多太多。”

这是特格的话，但也是她的信仰。

斯特吉匆忙赶到了房间，但没等她开口，欧德雷翟便示意她站到一边，静候指令即可。

这一次，这位侍祭鼓足勇气违背了大圣母的命令。

“邓肯应该知道这个消息，他又有了一个女儿。母女平安健康。”她看向特格，“您好，米勒斯。”然后斯特吉才退到后面墙边，静静地站好。

她比我想的还要好，欧德雷翟想。

艾达荷轻松地坐进椅子，这才感觉到此前一直怀着的担心紧张情绪已经影响到了他在观察时做出的分析。

特格对斯特吉点点头，转而对欧德雷翟说：“还有什么愿要许吗？”控制他们的注意力很重要，这有赖于欧德雷翟的认识。“如果没有，我真要饿死了。”

欧德雷翟抬起一根手指示意斯特吉去办，接着便听到这位侍祭的脚步声渐行渐远。

她感觉到了特格要把她的注意力往哪里引，而且十分确定，因为接下来他就说道：“也许这次你真的留下伤疤了。”

他的话中带刺，是在讥讽姐妹会曾豪言说：“我们不会让历史的伤疤越积越多。伤疤所隐藏的往往比显露的还多。”

“有些伤疤显露的事情比隐藏的要多。”他说道，然后又看向艾达荷，“对吧，邓肯？”这是门泰特之间的对话。

“我相信我被卷入了一场古老的争端。”艾达荷说。

特格看向欧德雷翟：“看见了吗，女儿，一个门泰特听到的时候就知道什么是古老的争端。你自以为知道每个转折点中自己的位置，为此而颇感自豪，但是这次转折点上拦路的怪兽是你自己制造的结果！”

“大圣母！”那是一位监理不希望特格如此称呼欧德雷翟发出的声音。

欧德雷翟对她视而不见。她有些懊恼，还感受到了特格的严苛，同时也觉得他的话不无道理。塔拉扎的记忆里也有着这段争端：“我们是由贝尼·杰瑟里特联合会所塑造的。她们用某些奇怪又特别的方式让我们在情感上变得迟钝。哦，必要时我们可以挥动利刃，迅捷又无情，但那是另一种迟钝。”

“我不会参与这类让你变得麻木的事。”特格说。这么说他也记得。

斯特吉拿着碗炖菜回来了，棕色的肉汤，上面漂着肉片。特格坐在地板上，迫不及待地用勺子大口吃着。

欧德雷翟还是沉默不语，她的念头在特格谈及的话题上打转。圣母们在自己周围布下一层坚硬的屏障，使得外界（包括感情）的一切都像是投影一般。默贝拉是对的，姐妹会必须重新学习如何对待感情。如果她们一直只是观察者，走上的必将是毁灭之路。

她对特格说："没人会要求你让我们变得麻木。"

特格和艾达荷听出了她声音中的异样。特格把空碗放在一边，但艾达荷先开口了。"教化。"他说。

特格表示同意。圣母们很少冲动。即便是在危急时刻，你从她们那里看到的也只是奉命行事的反应。她们已经超过了多数人所认为的那种教化。很多时候，驱动她们的并非对权力的渴望，而是她们长远的大局观，这是种混杂了即时性与几乎无限记忆的东西。所以，欧德雷翟正在按照一条精心设计好的计划行事。特格瞥了一眼还在保持警惕的监理们。

"你们准备要杀我。"他说。

没人回答，没有必要回答。她们都能识别这种门泰特预测。

特格转过身，又向房间里望去，那是他重拾记忆的地方。什阿娜已经不见了。更多的记忆在他的意识边缘蠢蠢欲动，它们何时恢复自有安排。只是这矮小的躯体会引起困难。还有斯特吉……他又凝视着欧德雷翟："你比自己想的还要聪明，但是我的母亲……"

"我觉得她并没有预见到这一幕。"欧德雷翟说。

"没有……她的厄崔迪基因还没那么强大。"

当前的种种情况下，这是个很能刺激人神经的词，整间房间都陷入特殊的沉默。监理们靠得更近了。

他那个该死的妈妈！

特格对逡巡着的监理们毫不在意："有些话虽然你没问，但是我也得回答，对于在伽穆上我发生了什么事，我没法解释。不管是我的身体还是头脑，运转速度都快到无法解释。算算大小和能量的话，眨眼间我就可以毫发无损地离开这间房，或者是离开这艘战舰。哦……”他把手立了起来，“我仍然是你温驯的狗。我会按你需要的去做，但也许不是你想象的那种方式。”

欧德雷翟看到了她的姐妹们脸上的惊愕与恐慌。*我这是把什么放出来了？*

“我们可以不让任何活体离开这艘战舰。”她说，“你也许速度很快，但是如果你打算不经我们允许就离开这里，我很怀疑你是否能快过淹没你的子弹。”

“我会挑个好时候离开的，还会征得你的同意。你有多少伯兹马利的特别行动队？”

“将近两百万。”她有些惊讶。

“这么多！”

“尊母把他们残杀殆尽之前，他在兰帕达斯带的人数比这数目的两倍还多。”

“我们至少得比可怜的伯兹马利机灵点。我得和邓肯单独谈谈这件事。你需要我俩待在你身边就是为了这个，对吧？我们的专长。”他朝着头顶的摄像眼露出笑容，“我相信在同意之前，你会把我们的谈话仔仔细细研究一番。”

欧德雷翟和其他圣母交换了一下眼神。她们有个不言而喻的共同问题：*我们还能怎么办？*

欧德雷翟起身看着艾达荷说：“这是配得上真言师-门泰特的真正工作。”

女人都离开后，特格起身坐在了其中一把椅子上，他看着越过展示墙能看到的那部分空荡荡的房间。那里已经被关闭，刚才那阵动作还是让他感觉心脏跳得厉害。“真是场好戏。”他说。

“算不上最好的。”邓肯的声音极其平淡。

“现在我最想来上一大杯马利涅特，不过我估计这副身板恐怕承受不了。”

“达尔回到中枢的时候，贝尔肯定在那里等着呢。”艾达荷说。

“去他的贝尔！我们得在那些尊母找到我们之前把她们先解决掉。”

“我们的霸撒自有妙计。”

“这破头衔！”

艾达荷惊讶地吸了口气。

“告诉你点事请，邓肯！”他语气沉重地说，“有一次我去参加了场重要会议，参会的那方很可能会变成敌人，我听到一个助理宣布我进场。‘霸撒大人到。’我几乎绊了个跟头，被那种心神抽离的感觉控制了。”

“门泰特式的模糊。”

“当然是。有些东西我不敢弄丢，但是我知道这个头衔把我从那些东西中除掉了。霸撒？我不仅是个霸撒！我还是米勒斯·特格。这是我父母给的名字。”

“你在名字链上！”

“当然，而且我意识到我的名字离更原始的一些东西还有段距离。米勒斯·特格？不，我比那更简单。我能听见我妈妈说：‘哦，多漂亮的孩子。’你看，我又有了个名字：漂亮的孩子。”

“你往更深处探寻了吗？”艾达荷发现自己被吸引住了。

“我被迷住了，一个名字通向另一个名字，另一个名字又通向下一个，无穷无尽，直到最后的无名氏。我走进那间重要房间的时候，我没有名字。你冒过那个险吗？”

“有过一次。”他勉强承认。

“我们都至少做过一次，但是我到得更深点。我了解简单情况。我有那张桌子上每个人的信息——脸、名字、头衔，加上他们所有人的背景。”

“但你又不是真的在那儿。”

“哦，我能看见那些期待的眼神在打量我，琢磨着，担心着。但是他们不知道我是谁！”

“那让你感觉很有力量？”

“和我们在门泰特学校被警告的一模一样。我问自己：这个心智是刚在起始阶段吗？别笑。这是个逗人的问题。”

“那你更深入了？”艾达荷完全被特格的话吸引，毫不理会他意识边缘想把他拽回来的那股警告的力量。

“是的。我发现自己身处那个著名的‘万镜厅’中，他们说过的，还警告我们要逃跑。”

“那你还记得怎么出来……”

“记得？显然你也去过。记忆帮你出来了吗？”

“有帮助。”

“尽管有那些警告，我还是在那里耽搁了一阵，看我的‘众自我之自我’，还有无穷的排列。那里到处都是映像，密密麻麻、重重叠叠、无穷无尽。”

“‘自我核心’那令人着迷之处。极少有人能从那么深的地方逃出来。你很幸运。”

“我不知道该不该叫幸运。我知道一定是有第一意识，一个觉醒的……”

“发现它的那个并不是第一。”

“但是我想要自我根基处的自我！”

“会上的人没注意到你有什么奇怪的地方吗？”

“后来我发现我坐在那里，用一副木然的表情隐藏起这些精神体操。”

“你没说话？”

“我被震得哑口无言。这可以解释为‘霸撒是预料之中的沉默寡言’。我的名声到此为止。”

艾达荷开始露出微笑，他这才记起摄像眼。他立刻就看出那些看门狗会如何解读这样的启示。危险的厄崔迪后裔怀有难以驯服的天赋！圣母们知道镜子的事。任何逃出来的人都值得怀疑。那些镜子给他看了什么？

特格仿佛听到了这危险的问题一样，他说道：“我陷在那儿了，我也知道是什么情况。我能看见自己病恹恹的样子，但是我不在乎。镜子里有一切，然后就好像什么东西从水里一下子浮出水面一样，我看见了我母亲。她看起来和她快去世之前差不多。”

艾达荷嘴唇颤抖地吸了口气。特格不知道他刚才说的会被摄像眼记录下来吗？

“圣母们现在会幻想我至少有成为魁萨茨·哈德拉克的可能，”特格说，“另一个穆阿迪布。胡说！就像你总挂在嘴边的那句话一样，邓肯。我们都不会冒那个险。我们知道他制造出了什么东西，我们又不蠢！”

艾达荷呆住了。她们会接受特格的话吗？他说的是事实，但还是……

“她拉住了我的手，”特格说，“我能感觉到！然后把我径直带出了大厅。我觉得自己坐在桌前的时候期望她能和我在一起。我的手上还留有那种她牵着我的强烈感觉，可她已经去世了。我知道。我只是打起精神，接了过来。姐妹会要在那儿赢取很重要的有利条件，而我获得了这些优势。”

“你母亲深植在——”

“不！我看待她和圣母看待他者记忆是一样的方式。她是以这种方式在说：‘你在这儿浪费时间干什么，还有正经事要做呢！’她从来也没离开过我，邓肯。过去从来不会离开我们任何一个人。”

邓肯突然明白了特格不厌其烦地细述这段历史是为了什么。诚实坦率，确实如此！

“你有他者记忆！”

“不是！除了在紧急情况时人人都有的那种。万镜厅属于紧急情况，它也让我看到并感觉到了帮助的来源。但我不会回那里去！”

艾达荷接受了这种说法。多数门泰特会以身犯险，进入无限之中，学习名字和头衔那转瞬即逝的本质，但是特格的叙述已经远远超过了将时间作为流动和静态画面的论断了。

“我觉得到我们把自己全面、彻底地介绍给贝尼·杰瑟里特的时候了，”特格说，“她们应该知道可以在多大程度上信任我们。毕竟还有事情要做，而我们浪费了太多时间在愚蠢的事情上。”

将精力花在让你变强的人身上才值得。花费在懦弱之人身上的精力最终将把你拽向深渊。（HM规律）贝尼·杰瑟里特评论：谁做出裁决？

——多吉拉记录

多吉拉回来的那天，欧德雷翟过得并不顺利。与特格和艾达荷的武器会议结束时也没有达成一致意见。整场会议期间，她都能感觉到猎人的利刃就高悬在空中，她知道这种心态影响了她的反应。

然后是下午和默贝拉的会议——谈话，谈话，谈话。默贝拉纠结于哲学问题。就算欧德雷翟遇见过，这也是个死胡同，无解的难题。

现在天色渐晚，中央大楼边上是已经铺过的地面，欧德雷翟就站在它的最西边。这是她最喜欢的地点之一，但是此时贝隆达就在她身侧，这剥夺了欧德雷翟本想好好享受的宁静时刻。

什阿娜过去找到了她们，问："你们给了默贝拉在战舰内自由行动的权力？是真的吗？"

"啊！"这是贝隆达最害怕的事情之一。

"贝尔，"欧德雷翟打断了她，用手指着环形果园，"那块突出的地方，我们没在那里种树。我想让你命令他们在那里建点什么做装饰，按我的要求建。一座观景亭，周围建上格栅，以便观景。"

现在已经没法阻止贝隆达了。欧德雷翟很少看到她这样怒气冲天的样子。贝隆达越是怒吼，欧德雷翟变得越是坚决。

“你想要一座……一座装饰性建筑？在那片果园里建？你还想把我们的物资都浪费在什么地方？装饰！真是最恰当的标签，给你的另一个……”

这场争论很愚蠢。她们对这件事都有一大堆说辞。大圣母没法先低头，贝尔则很少会为了任何事低头。即使是欧德雷翟陷入沉默的时候，贝隆达依然不依不饶地说个不停。最后，贝隆达筋疲力尽，欧德雷翟说：“你欠我一顿大餐，贝尔。一定得是你能安排的最好的。”

“欠你……”贝隆达开始语无伦次地嘟囔。

“和平的橄榄枝，”欧德雷翟说，“我想要在我的观景台里吃这顿大餐……我那漂亮的观景台。”

什阿娜笑了起来，贝隆达无可奈何，只好跟着冷冰冰地干笑了几声。她知道什么时候没人听她的话。

“看到的人都会说：‘看，大圣母现在信心满满。’”什阿娜说。

“这么说你是要用它鼓舞士气！”现在这个时候，贝隆达会接受几乎任何能为之辩护的理由。

欧德雷翟向什阿娜投去一抹灿烂的笑容。我那聪明的小可爱！什阿娜不仅不再戏弄贝隆达，甚至随时随地都在维护这位年长圣母的自尊。贝尔当然也知道，这就不可避免地产生了贝尼·杰瑟里特式的问题：为什么？

什阿娜意识到了她的怀疑，于是说：“我们之间真正的争端其实是米勒斯和邓肯的问题。不管你怎么想，关于这一点，我已经厌倦了。”

“我真的不太能理解你这是在干什么，达尔！”贝隆达说。

“能量有其自身模式，贝尔！”

“你在说什么？”她有点丈二和尚摸不着头脑。

“她们会找到我们的，贝尔。我知道是怎么找到的。”

贝隆达目瞪口呆地望着欧德雷翟。

“我们一直屈从于习惯，已经成了这些规矩的奴隶，”欧德雷翟说，“成了我们创造的能量的奴隶。奴隶们能挣脱枷锁吗？贝尔，你和我一样清楚我们的问题所在。”

这一次，贝隆达没有反驳。

欧德雷翟看着她。

骄傲，看着她的姐妹和她们的状态，欧德雷翟看到的是骄傲。尊贵只是副面具。从不存在真正的谦逊；相反，这只是种肉眼可见的遵从守则的状态，这是真正的贝尼·杰瑟里特模式，在一个很清楚模式会带来危险的社会，这本该像高音警笛一样引起人们的警惕。

什阿娜有些迷惑不解：“习惯？”

“你的习惯永远在猎杀你的路上。你所构建的自我会纠缠着你，挥之不去。它们是四处游荡、搜寻着你的躯体的鬼魂，它们迫切地要拥有你。我们都对我们构建的自我着迷上瘾，都是我们行为的奴隶。我们对尊母上瘾，她们也一样对我们上瘾！”

“又是你那些该死的浪漫主义！”贝隆达说。

“是，我是个浪漫主义……和暴君一样的浪漫主义者。他让自己对他所造之物陷于固定形态保持敏感。我对他预见的陷阱敏感。”

可是身后的猎手近在咫尺，眼前的陷阱已化作深渊。

贝隆达并未就此平息：“你说你知道她们会如何找到我们。”

“她们要做的就是认识到她们自己的习惯，然后她们……什么事？”后一句是对从贝隆达身后隐秘走廊内出来的一个侍祭信使说的。

“大圣母，是圣母多吉拉的事。圣母芬提尔已经带她到了着陆平台，一小时后她们就会抵达这里。”

“带她到我的工作室去！”欧德雷翟带着近乎狂暴的眼神看了一眼贝隆达，“她说什么了没有？”

“多吉拉圣母病了。”侍祭说道。

病了？这个词在圣母身上可不同寻常。

“先别急着下结论。”这是贝隆达门泰特模式的建议，贝隆达对浪漫主义和大胆狂野的想象怀有敌意。

“告诉塔玛，去当个观察者。”欧德雷翟说。

多吉拉在芬提尔和斯特吉的帮助下，拄着拐杖一瘸一拐地走了进来。她的眼神坚毅，不过在审视周遭环境时，每个眼神背后都有着审时度势的神态。她将风帽披在身后，露出了古老象牙般的深棕的斑驳发色，声音传递着一种虚弱感。

“我已经依您的命令行事，大圣母。”芬提尔和斯特吉离开后，多吉拉不等欧德雷翟邀请就一下坐在了贝隆达身旁的一把悬带椅上。她略扫了一眼左边的什阿娜和塔玛拉尼，然后直直地盯着欧德雷翟：“她们会在交叉点与您见面。她们觉得地点是她们定的，您想要的蜘蛛女王就在那儿！”

“什么时候？”什阿娜询问道。

“她们想要定在从现在开始一百个标准日之后。如果有必要，我可以再确认一下详细的具体时间。”

“为什么这么久？”欧德雷翟问。

“您问我的看法？她们要利用这段时间加强交叉点上的防御。”

“有什么保证？”这是塔玛，她像以往一样简洁地问道。

“多吉拉，你这是怎么回事？”欧德雷翟看到了这个女人身上微微的颤抖，对她如此明显的虚弱很是震惊。

“她们拿我做了些实验。但是那都不重要。关键是安排会面的事。为表示这是趟很值得参加的会面，她们承诺说您将安全抵达，并同样安全地离开交叉点。这点不能相信。她们允许您带少量随行人员陪同，具体数量不超过五名。先做好她们可能会杀死所有陪同人员的打算，不过……这点上她们也许会再考虑考虑，因为我已经用行动告诉她们那会是个错误。”

“她们想让我将贝尼·杰瑟里特双手奉上？”欧德雷翟的声音里透着从未有过的冷酷。多吉拉的话让她担心一场悲剧将会上演。

“那正是引诱她们前去会面的因素。”

“和你一起去的圣母们怎么样了？”什阿娜问。

多吉拉敲敲额头，这是个姐妹会里的常见手势：“都在这里了。我们都认为尊母们应该受到惩罚。”

“死了？”欧德雷翟从牙缝中勉强挤出了这两个字。

“她们为了强迫我加入。‘看见了吗？你不同意，我们就再杀一个。’我告诉她们把我们都杀了好了，杀了我们，就不要再想着见大圣母了。她们不接受，但最后也没有人质可杀了。”

“你和她们都共享了？”塔玛拉尼问。是的，她自己也将步入死亡，此时这正是她所关心的。

“假装确认她们是否都死了的时候，我和她们都共享了。你还该听听整个过程。这些女人古怪得很！她们在笼子里养混合人。我的姐妹们的尸体都被扔进了笼子里，被那些混合人吃了。那个蜘蛛女王——真是名副其实——强迫我在一边看着她们被吃掉。”

“恶心！”贝隆达说。

多吉拉叹了口气：“她们自然不知道，我在他者记忆里早已看过了比这还糟糕的。”

“她们试图要征服你的情感，”欧德雷翟说，“愚蠢。你的反应和她们希望的不一样，她们是不是很惊讶？”

“应该说很是懊丧、恼火。我觉得她们见过我这种反应。我告诉她们说用这个方法得到肥料，还挺不错的。我估计这句话把她们惹生气了。”

“食人。”塔玛拉尼喃喃地说。

“表面上而已，”多吉拉说，“混合人肯定算不上人类。勉强算是驯化的野兽。”

“没有驯兽师吗？”欧德雷翟问。

“我一个都没看见。混合人确实会说话。吃之前它们会说：‘吃！’它们还嘲讽身边的尊母，问她们‘你饿吗？’之类的。重要的是它们吃完之后发生的事。”

多吉拉陡然一阵咳嗽。“她们试过用毒药，”她说，“这些愚蠢的女人！”

咳嗽平息后，多吉拉说：“一个混合人在……应该怎么说？宴会？在那之后跑到了笼子的栏杆边上。它先是看着蜘蛛女王，然后就发出了尖叫声。我从来没听过那种声音，让人毛骨悚然！那屋子里所有尊母都仿佛石化了一般一动不动，我可以向你保证她们全都害怕了。”

什阿娜碰了碰多吉拉的胳膊：“就像猎物在猎食者面前无法动弹？”

“正是如此。达到了音控力的程度。混合人看到我面对它的尖叫浑然不觉，似乎很惊讶。”

“那些尊母是什么反应？”贝隆达问道。是的，一位门泰特会用到那些数据。

“能说话以后她们就像炸开了锅一样大声抱怨。很多人喊着要求大尊母把混合人彻底毁灭。但是她更冷静。‘让它们活着是很有价值的。’她说。”

“这个迹象说明我们还有希望。”塔玛拉尼说。

欧德雷翟看向贝隆达：“我要叫斯特吉把霸撒带过来。有反对意见吗？”

贝隆达迅速点了下头。她们知道，尽管特格的意图还不明朗，但她们必须赌上这一把。

欧德雷翟又对多吉拉说：“我想让你在我的会客舱待着。我们会叫苏克过来。想要什么你尽管叫，然后准备好一会儿召开议会全体会议。你是特别顾问。”

多吉拉勉勉强强站了起来，说：“我已经有十五天没睡了，我还需要点特殊餐食。”

“什阿娜，你来办，再把苏克叫过来。塔玛，你和霸撒还有斯特吉待在一起。做例行报告。他肯定要去营房，想自己管军队。给他一个和邓肯的通信连接。没什么阻止他们的理由。”

“你想让我和他在这儿待着？”塔玛拉尼问。

“你就是他的水蛭。不管斯特吉带他去哪儿都必须让你知道。他想让邓肯当武器大师。你要确保他接受邓肯被软禁在战舰内的事实。贝尔，邓肯需要的任何武器数据——都要给他优先权。有什么意见吗？”

没人做出任何评论。她们对这件事的后果想法不一，确实如此，但是欧德雷翟雷厉风行的决断影响了她们。

欧德雷翟坐回椅子上，闭上了双眼，等待着，直到周围变得悄无声息，她知道其他人已经都走了。当然，摄像眼依然在监视着。

她们知道我很累。现在这种情况下谁又能轻松呢？又有三个圣母被那些怪物杀害了！霸撒！必须让她们感受到我们的回击，让她们知道什么是教训！

欧德雷翟听到了斯特吉和特格到达的声音，她睁开眼。斯特吉牵着特格的手把他领了进来，但是他们站在一起的感觉并非成人带着孩子的样子。特格的一举一动都显示着，是他允许斯特吉这么对他的。她必须提高警惕。

塔玛跟着他，径直走到了奇诺伊半身像下的窗户边，找了把椅子。这个位置很重要？塔玛最近总是做些很奇怪的事。

“您希望我留下吗，大圣母？”斯特吉放开特格的手，站在门附近问道。

“你坐塔玛旁边。听着，别插话。你必须知道需要你做什么。”

特格坐在多吉拉刚刚坐过的椅子上：“我猜这是场战前动员会。”

孩童般的嗓音背后是名不折不扣的成人。

“我还没问过你的计划。”欧德雷翟说。

“好。意料之外的事总是更浪费时间，而且到行动之前我也许还没办法告诉你我的打算。”

“我们一直在观察你和邓肯。你为什么对大离散中的战舰那么感兴趣？”

“远程战舰外表很鲜明。我在伽穆的平台上看过。”

特格靠回椅子上，让她们慢慢思考他的消息，欧德雷翟轻松愉快的态度让他感觉很高兴。当机立断！没那么多再三考虑。这更符合他的需要。她们千万不能知道我的全部能力。现在还不行。

“你要把我们的袭击部队伪装起来？”

欧德雷翟说这话的时候，贝隆达从门口走了进来，她一边坐下，一边从喉咙里低吼一声表示反对："不可能！他们会有识别密码和秘密信号做——"

"由我来判断，贝尔，不然就把我从指挥的位置撤下来。"

"这是议会！"贝隆达说，"你不能——"

"门泰特？"他盯着她，眼神中尽是霸撒的神情。

贝隆达没再作声，他说："不要怀疑我的忠诚！如果你让我束手束脚，那就找别人！"

"让他说。"这是塔玛在说话，"霸撒和我们平起平坐参加议会已经不是第一次了。"

贝隆达低了低下巴，动作之轻微，几乎就在毫厘之间。

特格又对欧德雷翟说："避免战争全在于智慧和情报——收集到的各种情报以及智慧上的力量。"

*把我们那套说辞又扔回给我们！*她听出了他话中的门泰特技巧，贝隆达显然也听出来了。智慧和情报：双重观点。没有它，战争经常是由偶然事件引发的。

霸撒静静地坐着，让她们在她们自己的历史观察中摸索。对战争的冲动比清醒的意识埋藏得更加深远。暴君是对的。如果单看行为，人类就是"一种野兽"。驱动这个伟大群体性动物的力量要追溯到部落时期甚至更远，就如同许多其他驱动人类不假思索就会做出反应的力量一样。

混合基因。

为自己的饲主扩大生存空间。

采集其他人的能量：收集奴隶、劳工、仆人、农奴、商贩、工人……这些词往往可以互换。

欧德雷翟看出了他的意图。从姐妹会汲取的知识帮助了他，造就了一位无可比拟的门泰特霸撒。他把这些事情当作了本能。能量的消耗驱动着战争带来的暴力。这被描述为“贪婪、恐惧（害怕别人会拿走你贮藏的东西）、权力渴望”诸如此类的并无实效的分析。欧德雷翟甚至从贝隆达那里也听过这样的观点，而贝隆达显然对由一位下属提醒这些她们早就知道的东西感到无法接受。

“暴君知道，”特格说，“邓肯曾这样引用暴君的话：‘战争是种根植于原始海洋中单细胞生物体内的行为。碰到什么，就吃掉它，否则，就是它吃掉你。’”

“你有什么提议？”贝隆达怒气冲冲地问。

“在伽穆虚晃一枪，然后去攻击她们交叉点的老巢。如果准备这么做，我们需要第一手的观察数据。”他稳稳地看向欧德雷翟。

*他知道！*这种想法如火焰般一下子在欧德雷翟脑里烧了起来。

“交叉点还是宇航公会基地的时候你做过研究，你觉得那些研究数据现在还准确吗？”贝隆达追问道。

“她们没那么多时间把我存在那里的东西都改掉。”他怪模怪样地模仿姐妹会的手势敲着自己的额头。

“吞掉它。”欧德雷翟说。

贝隆达目光锐利地看着她：“想想代价！”

“一败涂地恐怕代价更大吧。”特格说。

“折叠空间感应器不一定非要大，”欧德雷翟说，“邓肯会调整感应器，可以让它们在触发后制造出霍尔茨曼爆炸，是这样吗？”

“爆炸是可见的，我们可以跟踪爆炸产生的轨迹。”他往后坐了坐，看着欧德雷翟身后墙上一片模糊不清的区域。她们会接受吗？他不敢再展现惊人才能，那会吓到圣母们。想想如果贝尔知道他能看见无舰，那会是什么情景！

“好！”欧德雷翟说，“你有指挥权。下命令吧。”

她在他者记忆中能清晰地感到塔拉扎一阵轻笑。*对他予取予求，让他随心所欲！我的名声就是这么来的！*

“还有件事，”贝隆达说，她看着欧德雷翟，“要当他的间谍？”

“还有谁能进入那个地区，把观察到的情报传回来？”

“她们会监察一切传送手段！”

“只是告诉等待的无舰我们没有遭到背叛，这也会被监察吗？”欧德雷翟问。

“将加密信息隐藏到传送中，”特格说，“邓肯设计了一种几个月内都无法破解的加密方法，但是我们怀疑她们也许检测不出这种算法。”

“疯狂。”贝隆达喃喃地说。

“我在伽穆碰到过一位尊母军事长官，”特格说，“在涉及烦琐的细节问题时，她们很懒散。我觉得她们过于自大。”

贝隆达瞪大双眼看着他，那双孩童无辜的眼神里射出的是霸撒与她针锋相对的瞪视。“汝等入此，即当绝智。”他说。

“出去，所有人都出去！”欧德雷翟命令道，“开始行动。米勒斯……”

他已经滑下了椅子，但听到命令后，他立刻站在了那里，就像他以前等着母亲告诉他重要事项时一样。

“你是说战争总是会放大那些戏剧性事件中的愚蠢行为？”

“还能有什么？你肯定不是以为我在说你的姐妹会吧！”

“邓肯有时候会玩这种把戏。”

“我可不想染上尊母的疯狂，”特格说，“那东西会传染的，你知道的。”

“她们要控制性驱动，”欧德雷翟说，“这一点你一直不赞同。”

“失控的愚蠢行为，”他表示同意，接着又靠回桌子，他的下巴刚刚高过桌面，“有什么东西让那些女人不得不回到这里。邓肯是对的。她们找什么东西，同时也在躲着什么。”

“你有九十个标准日做准备，”她说，“多一天都不行。”

Ish yara al-ahdab hadbat-u。（驼背的人看不到自己的驼背。——谚语）贝尼·杰瑟里特评语：镜子也许能帮助你看到驼背，但镜子也会让你看清全貌。

——霸撒特格

这是贝尼·杰瑟里特的一个弱点，欧德雷翟知道整个姐妹会必须很快认识到这点。她先看到了这点，但这种捷足先登并不能给她任何慰藉。*在我们最需要的时候拒绝我们最深层次的资源！*将经历汇聚成可用的形式，这方面离散之人的能力已经远超人类。*我们只能抽取基本信息，那需要去判断。*最关键的数据沉淀在那些大大小小的事件，以及叫作直觉的积累中。所以最后只能这样——已无他路可走，她们必须依赖于无言的知识。

在这个时代，“难民”这个词披上了前太空时代的含义。步履维艰的落伍者被迁到被遗忘的路上，用碎步包裹着可怜的家当，用破烂不堪的婴儿车和玩具推车载着，或者摞在歪歪斜斜的车顶上，残存的人类紧紧抓着车体外部，里面挤得严严实实，每张脸上都有着绝望的漠然或是破釜沉舟的狂热，姐妹会派出的小群圣母与这幅古老的场景十分类似。

所以我们重复历史，重复，再重复。

快到午餐时间了，欧德雷翟一边走进一个管式通道入口，一边还在思考她那些离散的圣母：政治难民、经济难民、战前难民。

这就是你的金色通道，暴君？

那些离散姐妹的身影在她脑海里挥之不去，她走进中枢预备餐厅，这里只有圣母可以进入。她们自己则在自助区就餐。

从她放任特格去营房到现在已经过去了二十天。中枢内流言四起，尤其是在那些监理中间流传更广，虽然目前还没有要再进行投票的迹象。今天必须做出新的决定，而且也不能仅说出谁将陪同她一起前往交叉点的事了。

她向餐厅四周看了看，这里装饰简单，墙被设成了黄色，天花板很低，摆着供大群人吃饭的成排小方桌。一边的窗子能看到半透明遮阳顶下的花苑。矮杏树结着绿色的果子，还有草坪、长椅、小桌子。当阳光洒满这座围起来的小院时，圣母们会在外面就餐。但今天没有阳光。

她没理会自助区排队的人群，那里也给她留了位置。*稍等，姐妹们。*

靠窗边的角落里有张桌子是为她预留的，她有意挪了挪椅子。贝尔的棕色犬椅不太适应周遭的干扰，微微抖动着。欧德雷翟选了背对房间的位置坐了下来，她知道这样其他人就不会弄错了：*让我自己想想，不要打扰我。*

她一边等着，一边望向庭院。一圈颇具异域风情的紫叶灌木篱笆上开着红色的花——花朵巨大，精美的雄蕊呈深黄色。

贝隆达先到了，她一下坐进她的犬椅里，并没对椅子的新位置作任何评论。贝尔频频看起来不那么整洁了，衣带松散，长袍起皱，前胸上还会有点食物。今天，她却很整洁。

值得注意，这是为什么？

贝隆达说："塔玛和什阿娜会晚一点到。"

欧德雷翟听到了这句话，头脑里并没停止研究这位不一样的贝隆达。她是不是瘦了点？在一位大圣母的关心感知范围内，是没有什么办法可以将其与发生之事完全隔绝开的，只是有时候工作的压力会使她无暇分心去注意那些小变化。不过，一位圣母有着天然的习惯，消极证据和积极证据一样有启发性。思考了一下后，欧德雷翟意识到这位新贝隆达已经和她们一起有几周时间了。

贝隆达身上发生了什么。任何圣母都可以进行合理的练习，从而对体重和身形加以控制。这只是体内化学反应的问题——存储这些精力或是让它们肆意燃烧。多年来，叛逆的贝隆达一直毫不避讳她那臃肿的庞大身躯。

"你瘦了。"欧德雷翟说。

"脂肪开始过于拖累我了。"

对贝尔来说，这个理由还不足以让她做出改变。她一直都在用反应速度，用预测和更迅速的传送能力加以弥补。

"邓肯真的让你很烦，是不是？"

"我不是伪君子，也不是罪犯！"

"我猜是时候送你去惩戒站了。"

这种时常出现的幽默调侃通常会惹恼贝隆达。今天，却没激发她任何反应。但是在欧德雷翟目光的压迫下，她说道："如果你一定要知道的话，是什阿娜。她一直让我改善外表，扩大交际圈。很烦人！我这么做就是为了让她闭嘴。"

"塔玛和什阿娜为什么要晚来？"

"她们在评估你和邓肯最近的会面。我已经严格限定有此权限的人数了。如果这种资料也变成一般性信息，那就不知道会发生什么事了。”

“但最后还是会发生。”

“无可避免。我只是为我们争取些准备时间。”

“我不想压下去，贝尔。”

“达尔，你要做什么？”

“我要在正式评议会上宣布。”

贝隆达没说话，但是睁大的眼睛显示了她的惊讶。

“召开正式评议会是我的权力。”欧德雷翟说。

贝隆达向后靠了靠，双眼盯着欧德雷翟，评估着、怀疑着……但她什么都没说。上一次召开贝尼·杰瑟里特的正式评议会还是暴君死的时候。而在那之前，都只是暴君攫取权力的形式和手段而已。自从尊母发动袭击后，就没人认为还有可能召开正式评议会了。那会需要太多的时间来从事极度繁重的工作。

眼下，贝隆达问：“参加评议会就要把姐妹们从幸免于难的主堡里调出来，你准备冒这个险？”

“不是。多吉拉会代表她们。这件事有先例，你也知道的。”

“你先是给默贝拉自由，现在又要搞什么正式评议会。”

“自由？默贝拉有金链子拴着。没有她的邓肯，她还能去哪里？”

“但是你允许邓肯离开无舰了！”

“那他离开了没有？”

贝隆达说：“你觉得他想要的就只有战舰的武器装备信息？”

“不是觉得，是知道。”

“这件事总能让我想起杰西卡，那位门泰特本来可能会杀了她，可杰西卡没有搭理他。”

“这位门泰特被他自己的信仰所捆绑，动弹不得。”

“有时候公牛是会用尖角顶伤斗牛士的，达尔。”

“一般情况下不会。”

“我们不该把生存机会押在数据上！”

“这点我也同意。所以我才要召开正式评议会。”

“包括侍祭？”

“包括每个人。”

“甚至包括默贝拉？她有侍祭投票权吗？”

“我觉得那个时候她应该已经是圣母了。”

贝隆达惊得倒吸了口气，然后说道：“你的行动有些过快了，达尔！”

“现在这个时刻必须快。”

贝隆达朝餐厅门口扫了一眼：“塔玛来了。比我想的还要晚点。我在想她们是不是把时间花在咨询默贝拉了？”

塔玛拉尼到了，她匆匆忙忙，边喘着粗气边一下跌坐进她蓝色的犬椅里，她注意到椅背被重新调整了位置，于是说：“什阿娜一会儿就来，她在给默贝拉看记录。”

贝隆达和塔玛拉尼打了招呼：“她要让默贝拉去试香料之痛，还要召开正式评议会。”

“不算意外。”塔玛拉尼用她一贯的精准说，“那个尊母的位置必须尽早解决。”

这时，什阿娜到了，她在欧德雷翟左边的悬带椅上坐了下来，边坐边说道：“你们看到默贝拉走路的形态了吗？”

欧德雷翟被这个突然袭来的问题问到了，这是个没有前奏、开门见山的问题，她集中了注意力。*默贝拉在战舰内的走路形态。*这是今早才观察到的。默贝拉的美丽让人无法忽视。对其他贝尼·杰瑟里特来说，不论是圣母还是侍祭都一样，她有着异样的美丽风情。她从危险的外部世界而来，来时就已经是成人。还是她们中的一员。不过，她的行动让人不得不注意。她那种超越常人的体内稳态。

什阿娜的问题改变了观察者的思维。默贝拉的穿行方式一直被她们所默认，但现在需要对其进行新的审视。到底是什么？

默贝拉的行动永远都是精心选择的结果。无须周折，不经思考的那些事都被她排除在外。阻力最小的道路？看到默贝拉会让欧德雷翟感到些许刺痛。什阿娜当然看出来了。默贝拉会不会是那种面对选择总会避重就轻的人？欧德雷翟在她的同伴们的脸上能看到她们心里都有此疑问。

“香料之痛自会检验出来。”塔玛拉尼说。

欧德雷翟直视着什阿娜：“如何？”毕竟，这个问题是她提出来的。

“也许她只是不愿意浪费能量而已。但是我同意塔玛的观点：还要看香料之痛的结果如何。”

“我们是不是在铸下大错？”贝隆达问。

从她问话的方式，欧德雷翟能感觉到，贝尔用了一次门泰特模式。她看出了我的意图！

“如果你还有更好的路可走，现在就说出来。”欧德雷翟说。否则最好与我和平相处。

几个人都陷入了沉默。欧德雷翟挨个儿打量着她的同伴们，盯着贝尔多看了一阵。

冥冥之中的众神，不管您是什么神，请伸出您的援手吧！我，作为贝尼·杰瑟里特，一位不可知论者，不敢奢求什么愿望，只望您能保全所有可能性。不要说出来，贝尔。如果你知道我要做的事，那你肯定知道不能提前揭露这个计划。

贝隆达的一声咳嗽把欧德雷翟从沉思中拉了回来："我们还吃饭吗，还是只说话？大家都在盯着我们看呢。"

"我们要不要再试试斯凯特尔？"什阿娜问道。

这是要分散我的注意力吗？

贝隆达说："对他什么都不用做！留着他。让他自己在那里冒冷汗。"

欧德雷翟仔细看了看贝隆达。欧德雷翟的秘密决定让她只能保持沉默，为此她在暗暗气恼，并且避免着和什阿娜有眼神接触。嫉妒！贝尔在嫉妒什阿娜！

塔玛拉尼说："我现在只是个顾问，不过——"

"停，塔玛！"欧德雷翟打断她。

"塔玛和我一直在商量那个死灵的事，"贝隆达说（贝隆达要表达不屑的时候，艾达荷就成了"那个死灵"），"为什么他非要觉得有必要和什阿娜秘密交谈？"说完她严厉地看着什阿娜。

欧德雷翟能看出大家对此都心存疑虑。她不接受之前的解释。她对邓肯的感情倾向很排斥？

什阿娜语速飞快地说："关于这个问题大圣母已经解释过了！"

"感情。"贝隆达对此嗤之以鼻。

欧德雷翟提高了声音，对这种反应有点惊讶："压抑情感是一种缺陷！"

塔玛拉尼凌乱的眉毛挑了起来。

什阿娜插嘴说："如果我们不弯，那就会折。"

贝隆达还没来得及回应，欧德雷翟说："冰可以被剁碎，也可以融化。冰美人恐怕承担不了任何单一形式的攻击，只会一击即碎。”

“我饿了。”什阿娜说。

做和事佬？这可不像老鼠的习惯。

塔玛拉尼站了起来：“法式鱼汤。趁我们的大海还没消失前，赶快把鱼吃了。零熵存储的空间可太不够啊。”

在最轻微的意识并流中，欧德雷翟注意到她的同伴们离开去了自助区。塔玛拉尼那略带谴责之意的话让她想起了些事情，那时她们决定逐步废止对大海的利用，做出决定后的第二天，她和什阿娜在一起。一大早欧德雷翟就站在什阿娜的窗前，她看到一只海鸟在沙漠的背景下移动，朝着北面飞去。这是只与当时的环境完全格格不入的生物，正因如此，才十分容易引起人们的思乡之情，也就显得格外美丽。

那白色的翅膀在晨光中微微闪着光芒。眼睛底下和前部都是黑色的。猛然间，它开始盘旋起来，翅膀一动不动。接着气流向上升起，它像鹰一般收起了翅膀，急速俯冲而下，瞬间就消失在更远的建筑后，不见了踪影。等到再看到它的身影时，它的嘴里叼着什么东西，一边飞翔，一边吞了一口猎物。

只是一只海鸟，也在改变自己去适应环境。

我们要改变自己。我们确实需要改变自己。

这不是静静蛰伏的念头。不是让人心平气和、昏昏欲睡的想法。是种石破天惊的主意。欧德雷翟感觉自己在飘飘荡荡、危机四伏的航线上被震得浑身疼痛。不仅是她心爱的圣殿，就连整个人类宇宙都无法维持原状，而是呈现出新的形势。也许在这个新宇宙中，什阿娜继续隐藏些事情不让大圣母知道是对的。*而她确实在隐藏什么事。*

又一次，贝隆达尖酸的语调把欧德雷翟从万千思绪完全拉回到了周遭的环境中。“如果你不打算自己动手，那我们就必须得照顾你了。”贝隆达把一碗香气四溢的炖鱼放到欧德雷翟面前，旁边还有一大块大蒜面包。

人人都尝过了法式鱼汤后，贝隆达放下勺子，严厉地看着欧德雷翟：“你不打算说点建议我们‘彼此相爱’，或者诸如此类的虚弱无力的废话吗？”

“多谢你为我盛鱼汤。”欧德雷翟说。

什阿娜吞了口鱼汤，一抹大大的微笑爬上她的面容：“真好喝。”

贝隆达又低头喝起了鱼汤：“还可以。”但是她听出了后面没说出口的评价。

塔玛拉尼则稳稳地吃着，一会儿看看什阿娜，一会儿又看看贝隆达，最后还看了看欧德雷翟。塔玛似乎同意她提出的“情感使人软化”之类的指责。至少她没说任何反对的话，而年长的圣母是最有可能反对的。

贝尼·杰瑟里特要否认的爱随处可见，欧德雷翟想。不论大事小事，都是如此。有多少办法可以准备美味可口又可以维持生命的食物，不管是新欢还是旧爱，这些食谱其实都代表着爱。这份法式鱼汤如此顺畅地在她的舌头上滑下，恢复着她的精力。它的起源就深植于爱中：丈夫打鱼归来，没法把所有的鱼都卖掉，妻子便将剩下的这部分做成美味的鱼汤供家人享用。

贝尼·杰瑟里特真正的精华就隐藏在爱中。否则为什么要照顾那些人性一直承载着的无法言说的需要？为什么还要为人类的日臻完善而努力？

碗已经空了，贝隆达放下勺子，用剩下的面包擦干了残渣，放在嘴里吞了下去，她看起来若有所思。“爱会让我们变得软弱。”她说。可她的声音里并没什么力量。

一位侍祭也可能说出完全一样的话。这句话就出自终章。欧德雷翟忍住笑意，用另一句终章里的进阶句回了她："对术语要谨慎，因为它往往掩盖着无知且所含知识甚少。"

贝隆达的眼里流露出一副表达敬意的小心翼翼的神情。

什阿娜将自己从桌前推开，用餐巾擦了擦嘴。塔玛拉尼也用这套动作结束了早餐。她身体向后靠，犬椅也随之调整了角度，她的眼睛明亮又满含笑意。

塔玛知道！这个狡猾的老女巫在很多方面颇有微词，可依然睿智。但是什阿娜……什阿娜玩的是什么把戏？我几乎就想说她是希望分散我的注意力，不让我过多注意她。她很擅长这么做，毕竟她是从小跟着我习得的这些技巧。嗯……两个人可以玩这个游戏。我压下了贝隆达，可是看看我那小小的沙丘流浪儿又在搞什么鬼。

"体面靠什么定价，贝尔？"欧德雷翟问。

贝隆达默默接受了这句揶揄之词。隐藏在这句贝尼·杰瑟里特术语内的是体面的定义，而她们都知道这点。

"我们应该为了杰西卡夫人的人性而敬重她的记忆吗？"欧德雷翟问。什阿娜很惊讶！

"杰西卡使姐妹会处于危险之中！"贝隆达谴责道。

"对汝之姐妹，保持本真。"塔玛拉尼嘟囔着。

"我们对体面的古老释义会帮助我们保持人性。"欧德雷翟说。好好听听我的话，什阿娜。

什阿娜的声音只比耳语略高些，她说："如果连那也丢掉了，那我们就失去了一切。"

欧德雷翟勉强压抑住一声惊叹。这么说，原来如此！

什阿娜迎着她的目光："当然，您是在指导我们。"

“不安分的想法，”贝隆达嘟囔着，“我们最好避免有类似想法。”

“塔拉扎管我们叫‘现代版贝尼·杰瑟里特’。”什阿娜说。

欧德雷翟陷入了自责中。

我们当前存在祸根。邪恶的猜想会摧毁我们。

狂暴的尊母变魔术般突然出现在她们的未来之中，瞪着橘色的眼睛，虎视眈眈——这种事多么轻易就会发生啊！诸多过去衍生出的恐惧蛰伏在欧德雷翟内心深处，伴随着那些橘色光芒眼睛的还有那令人窒息的利齿。

欧德雷翟强迫自己把注意力转回到当前问题上：“谁陪我去交叉点？”

她们知道多吉拉那饱受折磨的经历，此事已经在圣殿内传遍了。

“*谁和大圣母一起去，谁就很可能会喂了混合人。*”

“塔玛，”欧德雷翟说，“你和多吉拉。”*这可能是一纸死亡判决书。下一步显而易见。*“什阿娜，”欧德雷翟说，“你和塔玛共享。多吉拉和我与贝尔共享。我去之前也要和你共享。”

贝隆达吓呆了：“大圣母！我不适合坐你的位置。”

欧德雷翟把注意力放在什阿娜身上：“这不是建议。我只是要把你当作我的其他生命的储藏室。”什阿娜的脸上绝对是害怕的表情，但她不敢拒绝直接下达的命令。欧德雷翟对塔玛拉尼点点头：“我一会儿共享。你和什阿娜现在就做。”

塔玛拉尼朝什阿娜靠过身子。她年事已高，死亡几乎近在咫尺，因此很乐于做这件事，但什阿娜不自觉地躲开了。

“现在就做！”欧德雷翟说。*让塔玛来判断你到底在藏着什么。*

这种情形已经避无可避。什阿娜只能低下头慢慢靠近塔玛拉尼，直到两个人的头挨到了一起。瞬间的交换恍如电光石火般发生了，整个餐厅都感觉到了。人们不再闲谈，每个人都望向窗边的这张桌子。

什阿娜撤回来的时候，眼角挂上了泪滴。

塔玛拉尼微笑着，用双手轻柔地抚摩着什阿娜的脸颊："没关系的，亲爱的。我们都有这些恐惧，有时候也会因为这些恐惧做出愚蠢的事来。但是我很高兴能叫你姐妹。"

说出来，塔玛！就趁现在！

塔玛拉尼没有选择这么做。她转过脸面对欧德雷翟说："必须不惜一切代价握住我们的人性。你说的我们都听得很清楚，你对什阿娜的传授也做得很好。"

"什阿娜和你共享的时候，达尔，"贝隆达开始说，"你能不能不要减弱她对艾达荷的影响？"

"我不会让一位潜在的大圣母变弱的，"欧德雷翟说，"谢谢你，塔玛。我觉得我们这趟交叉点的冒险之旅无须再带额外的行李了。现在！午夜之前我想要一份关于特格方面进展的报告。他的水蛭离他太远了。"

"他会知道现在他有两条水蛭了吗？"什阿娜问道。她显得如此高兴！

欧德雷翟站了起来。

如果塔玛接受她，那么我也必须接受。塔玛永远也不会背叛我们的姐妹会。而什阿娜——在我们所有人当中，什阿娜是最能从我们的人类根源中揭示我们的自然特性的。尽管如此——我还是希望她从没创造出那尊她称为"虚无"的雕像。

必须将宗教视作一种能量的来源。它是可以被引导从而为我所用的，但仅限于经验所揭示的那些。这就是自由意志的秘密含义。

——护使团，初级教学

今早，一大片厚重的乌云在中枢上空缓缓移动，欧德雷翟的工作室内一片阴郁的沉默气氛，她觉得自己以内在的宁静回应着这沉默，就好像她动也不敢动一下，生怕会打扰某种危险的力量一样。

默贝拉的试痛之日，她想。我不能主动去想任何征兆。

气象部发布了确定无疑的乌云警告。这些乌云是意外布置错误造成的。已经采取了补救措施，但还需要时间等其生效。与此同时，预计将有大风天气出现，还可能会伴有雨雪。

什阿娜和塔玛拉尼站在窗边看着控制不佳的天气。她们的肩膀互相挨着。

欧德雷翟从桌后的椅子那里望着她们俩。这两个人自从昨天的共享之后就仿佛变成了一个人一样，这不在任何人的预料之中。虽然数量不多，但已知的类似先例是有的。交换，在有毒的香料精华作用前或是实际死亡时刻发生，通常不容许两个参与人中间产生更深入的现世接触。观察她们很有意思。两个倔强的背影很奇怪地竟然有些相像。

也许是临终的力量使共享带来了性格上的巨大转变，欧德雷翟不得不忍受她们的亲密，同时也了解了这一点。不管什阿娜在隐藏着什么，塔玛都没打算要宣扬出来。这是与什阿娜最基本的人性所纠结在一起的东西。而塔玛是可以信任的。直到另一个圣母和她们中的任何一个共享之前，必须先接受塔玛的判断。不是说监理者们会停止刺探和观察日常细微之处，只是她们现在绝不需要新的危机了。

“这是默贝拉的大日子。”欧德雷翟说。

“她活不下来的概率很大，”贝隆达说，她身子向前，在她的犬椅上往前挪了一下，“如果她真的失败了，我们还有什么宝贝计划吗？”

我们的计划！

“等死。”欧德雷翟说。

在这种语境下，这个词有几层含义。贝隆达把它解读为在默贝拉将死之时，获取其表象人格记忆的一种可能性。“那我们一定不能允许艾达荷在旁边观察！”

“我的命令仍然有效，”欧德雷翟说，“这是默贝拉的愿望，我也承诺过她。”

“失误……失误啊……”贝隆达嘟囔着。

欧德雷翟知道贝隆达怀疑的源头。对她们所有人来说，这都显而易见：默贝拉的心里有着极端痛苦的地方。这使她在面对一定问题时，就像是面对食肉动物的猎物一般，避之不及。不管她心里埋着的是什么，都埋藏得很深。催眠状态诱发是无法解释这一点的。

“好吧！”欧德雷翟的声音很大，这是在强调接下来的话需要所有人都注意听，“我们以前从来没这么做过。但是我们不能把邓肯带离战舰，所以我们必须去他那里。他会在现场。”

贝隆达还好，但真的很震惊。除了那该死的魁萨茨·哈德拉克本人和他的暴君儿子，还从来没人知道这个贝尼·杰瑟里特秘密的具体细节。那两个怪物都感受过香料之痛。两场灾难！暴君的香料之痛自行发展，每次作用于一个细胞，最终将他转化成了一个沙虫共生体（不再有原虫，不再有原来的人类）。还有穆阿迪布！他大胆尝试了香料之痛，看看带来了什么后果！

什阿娜从窗前转过身，朝桌子走了一步，欧德雷翟升起了好奇心，似乎这两个站在那里的女人已经变成了双面门神雅努斯的雕像一般：背对背，但是只有一个表象人格。

“您的承诺让贝尔很困惑。”什阿娜说。她的嗓音多么温柔。

“他可以做默贝拉的催化剂，帮她渡过难关，”欧德雷翟说，“你们容易轻视爱的力量。”

“不！”塔玛拉尼面对着窗户说，“我害怕它的力量。”

“有可能！”贝尔还是一副轻蔑的神情，这对她来说再自然不过。她脸上的表情说明她还是执拗地保持着顽固的姿态。

“傲慢。”什阿娜叨咕着。

“什么？”贝隆达在她的犬椅上转了过来，压得椅子似乎愤愤不平般地咯吱作响。

“我们和斯凯特尔有同样的弱点。”什阿娜说。

“哦？”贝隆达觊觎着什阿娜的秘密。

“我们以为自己在制造历史。”什阿娜说。她回到了塔玛拉尼身旁自己的位置上，两个人都望着窗外。

贝隆达把注意力转回到欧德雷翟身上：“你理解吗？”

欧德雷翟没理她。让这个门泰特自己琢磨好了。工作台上的投影仪咔嗒一声，一条信息显现出来。欧德雷翟读了出来：“舰上还没准备好。”她看向窗前那两个挺直的背影。

历史？

在圣殿，尊母出现之前，能让欧德雷翟乐于认作是创造历史的事务不多。只有一个又一个圣母通过香料之痛，平稳毕业。

仿佛一条河流。

流淌着，去往别处。你可以站在岸边（欧德雷翟有时候觉得她们在这里就是在做这件事）观察到它的流动。一张地图可能告诉你河流的流向，可没什么地图能显示更基本的元素。地图永远也无法显示这条河流上货物的详细动向。它们去了哪里？地图在这个时代价值有限。只不过是一张打印出来或是从档案中获得的投影而已。那不是她们需要的地图。在哪里一定还有张更好的，一张与所有生命都相关的地图。你可以把那张地图装进你的记忆里，偶尔再拿出来仔细看看。

我们去年派出去的圣母派润提发生了什么事？

头脑中的地图就会接管这个想法，并创造出一幅“派润提景象”。当然，事实上河上只有你自己，但这没什么区别。它还是她们需要的那幅地图。

我们不喜欢出现在别人的水流中，因为我们不知道下一个弯道可能会出现什么。即便要待在任何管控位置都必须与其他水流保持接触，我们仍然总是更青睐在高空掠过。毕竟，每条水流中都有不可预知的东西。

欧德雷翟抬起头，看到她的三个伙伴正望着她。塔玛拉尼和什阿娜已经转过了身，背对着窗。

“尊母忘了任何形式的墨守成规都很危险，”欧德雷翟说，“我们是不是也忘了这点？”

她们还是望着她，而她们都听到了。太过于保守，面对意外来临时就会毫无准备。那正是穆阿迪布教给她们的，他的暴君儿子更加让这个教训永生难忘。

贝隆达闷闷不乐的表情没什么变化。

在欧德雷翟意识的幽深处，塔拉扎低语："小心，达尔。我很幸运。很快便抓住了优势。就像你一样。但你不能全靠运气，这是困扰她们的问题。甚至根本不要去期望有运气。要把运气当作是水中花。让贝尔说出她的想法。"

"贝尔，"欧德雷翟说，"我还以为你接受邓肯了。"

"有限度的接受。"这绝对是谴责的口吻。

"我觉得我们应该动身去战舰那边了。"什阿娜的语气中强调着事情的迫切性，"总不能在这里等着吧。我们恐惧她的未来吗？"

塔玛和什阿娜同时朝门口转过身去，就好像是同一位木偶师在掌控着她们身上的弦。

欧德雷翟感觉什阿娜打断得正是时候。她的问题提醒了大家。默贝拉可能会变成什么样？一个催化剂，我的姐妹们，一个催化剂。

她们从中枢出来的时候，狂风迎面扑来，这一次，欧德雷翟对管道运输系统心怀感激。从管道中走过会感受到更温暖的气流，而且没有气势汹汹的迷你风暴扯起她们的长袍。

她们在一辆包车里坐下后，贝隆达又一次开始了她不厌其烦的谴责演说："他做的每件事都可能是种掩饰。"

又一次，欧德雷翟说出了亘古不变的那套贝尼·杰瑟里特关于减少对门泰特依赖的警告："逻辑是盲目的，它往往只知道自己的过去。"

没想到的是，这次竟然得到了塔玛拉尼的支持，她插嘴说："你快成偏执狂了，贝尔！”

什阿娜语声更加轻柔：“我听你说过，贝尔，逻辑对下金字塔棋很有用，但对生存所需来说往往太慢。”

贝隆达坐在那里，双眼圆睁，一言不发，只有她们乘坐的管道车厢偶尔发出的微弱嗞嗞声打破寂静。

千万不能把嫌隙带到舰上去。

欧德雷翟用她对什阿娜的语调说：“贝尔，亲爱的贝尔。我们没时间把所有困境中那些复杂难料的结果都考虑到，我们没法再说这样的话：‘如果发生了这件事，那件事一定会跟着来，这种情况下，我们必须如此行动，再这样，然后……’”

贝隆达真的轻声笑了起来：“哎呀，天！普通思维真是一团乱麻。我千万不能要求我们都需要又无法拥有的那样东西——足够做好每个计划的时间。”

这是贝隆达的门泰特模式，她是在告诉她们她知道自己那颗普通大脑惯于骄傲，因此并不完美，甚至可以说它根本是组织不合理，杂乱无章。想想非门泰特得忍受什么，只能实施这么一点点命令。她伸手穿过座位间的隔栏，拍了拍欧德雷翟的肩膀。

“放心，达尔。我会注意的。”

看到这一幕交流，外人会怎么看？欧德雷翟不禁想。四个人同心协力，为一位姐妹共同努力。

也是为了默贝拉的香料之痛。

人们只看到了圣母们戴上的这副面具的表面。

如有必要（这些日子以来，多数情况下都很有必要）我们会以惊人的本领去行事。这并非自负，只是一个简单的事实而已。但是让我们放松一下吧，我们也和普通人一样会听到些来自边缘的莫名其妙的话。只是我们听到的会包含更多内容。我们和任何其他人一样生活在很小的范围内，只有头脑的空间与身体的空间。

贝隆达让自己镇定下来，双手紧握放在大腿上。她知道欧德雷翟的打算，并没说出去。这是种信任，这种信任超过门泰特预测，进入人更基本的层次。预测是件极其万能的工具，但不管怎样也只是件工具。最终，所有工具都要依靠使用的那个人。欧德雷翟一时茫然失措，不知该如何才能既表达她的感激，又不会削弱彼此的信任。

如履薄冰，但我只能默默行走。

她感觉到了身下的深渊，那噩梦般的景象被这些思虑猛然引了出来，魔术般凭空出现。那个看不见的猎人手里拎着斧子，越来越近了。欧德雷翟想转身辨认一下是谁在跟着她，但她忍住了这种冲动。我不会重复穆阿迪布犯过的错误！她在沙丘星上泰布穴地的废墟中发现的预测警告不会自行消散，直到她或姐妹会的终结来临都不会。是我的恐惧创造了这个可怕的威胁？肯定不是！尽管如此，她还是感觉自己在那座古弗雷曼堡垒中盯着时间，仿佛所有的过去和未来都变成了无法改变的静态画面。我必须彻底挣脱你，穆阿迪布！

她们抵达了着陆平台，这把她从那些恐怖的冥想中拉了回来。

默贝拉在监理们准备好的房间内等待着。中心地带是片小型的圆形场地，闭合的环形墙大概七米长。长凳依次向上排列，角度很陡，凳子上铺着垫子，为观测者提供了不超过二十个座位。默贝拉在最低一级的长凳上看着一张悬浮桌，监理们带她过去后，没有任何解释就离开了。两边有悬着的带子用来限制躺在上面的人。

就是我。

这一系列房间令人震惊，她想。她以前从未被允许进入无舰的这部分区域。在这里，她有种无遮无拦、彻底暴露的感觉，比她在开阔的天空下感觉尤甚。她们带她来这片圆形区域时穿过了一些更小的房间，显然是为了医疗急救而专门设计的：有复活设备，散发着卫生清洁剂和防腐剂的味道。

她是被强制带来到这里的，命令不容置疑，她的问题却一个都没得到回答。当时她正在上高级侍祭课，做着普拉纳-宾度训练，监理们出现了，之后就把她带到了这里。她们只是说："这是大圣母的命令。"

根据她的护卫监理级别，她已经了解了大概。*动作轻缓而坚决。*她们是来防止她反抗，确保她准确按命令抵达的。*我不会逃跑的！*

邓肯在哪里？

欧德雷翟答应过她，到了她的香料之痛时，会让邓肯陪着她。既然邓肯不在，是不是意味着这不是她的终极测试，还是她们把他藏在了什么秘墙后面，让他能看到里面，却无法被里面的人看见？

我想让他陪在我身边！

她们难道不知道如何掌控她吗？她们当然知道！

威胁要把我从这个男人身边分开。这一点就足以压制我或者满足我。满足！多无用的一个词。它让我完整。那更好些。和他分开，我就不再完整。他也知道，这个臭小子。

默贝拉笑了。*他怎么会知道？因为他也一样，唯有如此才能完整。*

这怎么会是爱？欲望侵袭，但她没感觉到变弱。贝尼·杰瑟里特和尊母都一样，她们说爱会让人变弱。但她只觉得邓肯让她更有力量。哪怕是他小小的关注都让她觉得更有劲了。清晨，他会为她端来一杯冒着热气的兴奋茶，经过了他的手，茶都会更香甜。*也许我们已经超越了爱情。*

欧德雷翟和同伴们步入圆形场地，走到最高阶，在那里站了一会儿，她们看着下面坐着的身影。默贝拉穿着裁剪得体的白色高级侍祭长袍，她坐在那里，手肘放在膝盖上，拳头支着下巴，注意力集中在桌子上。

她知道。

“邓肯在哪里？”欧德雷翟问。

话音刚落，默贝拉便站起来转过了身。这个问题证实了她刚才怀疑的事。

“我去找。”什阿娜说着走了出去。

默贝拉默默等待着，毫不忌讳地回视着欧德雷翟。

*我们必须拥有她。*欧德雷翟想。贝尼·杰瑟里特从未像现在这样需要变强过。下方，默贝拉的身影看起来似乎微不足道，可谁又知道她将亲身承受多大的重任。她的脸几乎是鹅蛋形的，向上到额头处稍宽，这显示着这位新的贝尼·杰瑟里特的沉着、镇定。眉毛呈弓形，一双绿色的眼睛睁得很开——没有眯起——不再呈橘色。小小的嘴——也不再噘着。

她已经准备好了。

什阿娜回来了，邓肯就跟在她身边。

欧德雷翟迅速向他瞥了一眼。他神情紧张。这么说什阿娜一定是已经向他说过了。好的。这是友好的表示。在这里他也许需要朋友。

“你坐这里，我不叫你的话，就好好待着，”欧德雷翟说，“什阿娜，你和他一起在这儿。”

无须吩咐，塔玛拉尼便站在了邓肯身旁，她们每个人一边。什阿娜轻轻比了个手势，她们便一起坐下了。

贝隆达跟在欧德雷翟身旁，两个人一起下到了默贝拉所在的那级，然后朝桌子走去。远端口腔注射器已经准备好，升到了所需位置，但目前还是空的。欧德雷翟对着注射器做了个手势，然后对贝隆达点点头，贝隆达便从边门出去找负责香料精华的苏克圣母。

欧德雷翟把桌子从靠着的墙前移开，开始布置悬带，调整垫子。一切都有条不紊，她检查着桌下横条上提供的所有物品。其中有防止试炼之人咬舌的口塞。欧德雷翟试了试，确保设备足够结实。默贝拉下颌十分有力。

默贝拉看着欧德雷翟布置一切，保持着沉默，尽量不发出任何声音以免打扰她。

贝隆达带着香料精华回来了，她走到一边去装注射器。有毒的精华带着一种刺激性气味——肉桂的苦涩味道。

默贝拉向欧德雷翟致意后说："您亲自来监督这件事，我很感激。"

"她很感激！"贝隆达边埋头手边的工作，边嗤笑着说。

"这事交给我，贝尔。"欧德雷翟把注意力放在了默贝拉身上。

贝隆达手没停，但从动作上也能看出她硬生生吞回了还没说出口的话。她在极力控制自己，保持低调？侍祭们总在大圣母面前低眉顺眼，假装自己不存在，这总是会让默贝拉十分震惊。她们像是在场又不在场。即便是默贝拉已经结束了测试阶段，获得高级身份，仍然没能学会真正做到这点。贝隆达也这样？

欧德雷翟严厉地看着默贝拉说："我知道你心里有很多自己的想法，你对我们的献身和投入程度也有所保留。很好。我不会对此擅加评论，因为，大致上，你的有所保留和我们任何人所做的保留并没什么太大区别。"

坦率。

"如果你想知道的话，我可以告诉你，区别就在责任感。我对我的姐妹会有责任……只要它还存在，我就负有不可推卸的责任。这些责任十分重大，有时候我会用带有偏见的眼光看待它。”

贝隆达吸了吸气。

欧德雷翟似乎没太在意，因为她自顾自接着说：“暴君时代之后的贝尼·杰瑟里特姐妹会不知为什么变得有点尖酸刻薄。与你们尊母的接触对这一点着实没有什么积极的改善作用。尊母们身上似乎有种死亡的恶臭与颓废，而且还在向下滑落，直至死一般的沉寂中。”

“你为什么现在和我说这些？”默贝拉的声音里透着恐惧。

“因为，不知道为什么，尊母中最糟糕的那种颓废似乎并未沾染到你。也许是源于你自发的天性。不过，离开伽穆后，这种天性被削弱了一点。”

“那是你们的功劳！”

“我们只是把你的狂野取走了一点，让你更能平衡些。这样，你才能活得更长久、更健康。”

“我首先得先活过这场试炼！”她朝着身后的桌子歪了歪头。

“我希望你能记住平衡，默贝拉。体内稳态。明明有其他选择，有些人却还是选了自杀，都是疯狂在作祟。她们的体内稳态失控了。”

默贝拉看向地面的时候，贝隆达插嘴说：“仔细听好，你这个傻瓜！她在尽全力帮你。”

“好了，贝尔。这是我俩之间的事。”

默贝拉还是继续盯着地板，欧德雷翟说：“现在是大圣母在给你下命令。看着我！”

默贝拉猛地抬起头，双眼直盯着欧德雷翟的眼睛。

这个技巧欧德雷翟并不常用，但通常结果非常好。侍祭可能会因此被震慑得歇斯底里，然后就可以教她们如何处理情感的过度反应。

与恐惧相比，默贝拉似乎更像是被激怒了。非常好！现在到了需要小心谨慎的时候。

“你抱怨说你的教育进度太慢了，”欧德雷翟说，“你的教育一直是按照我们认为最符合你需要的进度进行的。我们给你选的关键老师都是稳重型的，没有一个是冲动型。我的指示很明确：‘不要一下子给你太多的能力。不要一下打开能力的闸门，那种洪水般的力量也许不是你能处理的。’”

“你怎么知道我能处理多少？”她仍然怒气冲冲。

欧德雷翟只是笑了笑。

欧德雷翟一直不说话，默贝拉却显得慌了。她是不是在大圣母面前出丑了？何况边上还有邓肯和其他那些人。太丢人了。

欧德雷翟提醒自己，让默贝拉过于关注自己的脆弱并不好。对于现在的情况来说，那么做将是个糟糕的策略。没必要激惹她。她的感觉敏锐、准确，能将自己融入当时情况所需的状态中。她们担心，这可能源于驱动她的那种动机，即总是去选择阻力最小的那条路。不能这样。现在就让她诚实、完满！这是贝尼·杰瑟里特教育的终极工具。是将侍祭和老师捆绑到一起的经典技巧。

“我会陪你一起度过香料之痛。如果你失败了，我会很悲痛。”

“邓肯呢？”她眼里有泪光闪烁。

“如果有他能帮上忙的，我一定会允许他帮助你。”

默贝拉抬头看向那一排排座位，有那么一小会儿，她的目光锁定了艾达荷的双眼。他微微抬起手，而塔玛拉尼将手放在他肩膀上，制止了他。

*她们也许会杀了我的挚爱！*艾达荷想。*我难道必须坐在这里眼睁睁看着这一切？*但欧德雷翟刚才已经说过允许他提供帮助。*现在已经*

无法再阻止这件事。我必须信任达尔。可是，众神在下！她不知道我的悲痛有多深，如果……如果……他闭上了眼睛。

“贝尔。”欧德雷翟的声音里有种舍弃感，仿佛刀刃般锋利又脆弱。

贝隆达拉着默贝拉的胳膊，领着她上了桌子。桌子轻轻动了几下适应着她的重量。

这是真正的坠落之路。默贝拉想。

她只是稍稍感到似乎有人在她身上系上了带子，四周也有人在活动着，在有目的地做着什么。

“这是常规操作。”欧德雷翟说。

常规？默贝拉憎恨变成贝尼·杰瑟里特必须进行的这些常规操作，所有那些学习、听讲、对监理做出的回应等。她尤其厌恶强制限定那些她认为该是合格的反应，但在那些眼睛的注视下是不可能逃脱这些限制的。

合格！多么危险的词。

这种认识正是她们所搜寻的。正是她们的侍祭需要拥有的能力。

如果你感到厌恶，那就做得更好。把你的厌恶当作指引；精准定位你所需要的，然后以它为导向。

她的老师们如此直接地在她的行为中看到了这种事实，多么伟大的一件事！她也想要这种能力。哦，她太想要了！

我在这方面必须做到优秀。

这是任何尊母都可能会嫉妒的事情。她突然以双重视野看自己：贝尼·杰瑟里特的视野和尊母的视野。这是一种令人胆寒的洞察力。

有一只手触碰她的脸颊，动了动她的头，然后拿开了。

责任。我就要学习她们说的“一种新的历史感”。

贝尼·杰瑟里特的历史观让她着迷。她们怎么看到多重过去的？是沉浸在更宏大的计划里的某种东西吗？想要成为她们中一员的诱惑力充满了全身。

这就是我学习的时刻。

她看到一个口腔注射器在她的嘴部上方就位，贝隆达的手掌控着它。

“我们的圣杯就在我们的头脑之中。”欧德雷翟说过，“如果它为你所有，要小心对待它。”

注射器碰到了她的唇。默贝拉闭上双眼，感觉到有手指打开了她的嘴。冰冷的金属触碰到她的牙齿。记忆中欧德雷翟的声音响起。

避免过度。矫枉过正，你就会永远面对一团糟的状况，会总是觉得有必要去纠正一下，再纠正一下。会摇摆不定。极端狂热往往会创造出摇摆不定。

“我们的圣杯。它具有线性的特性，因为每个圣母都装载着同样的意志。我们要一同让它永久传下去。”

苦涩的液体涌进她的嘴里。默贝拉痉挛性地吞咽了下去。她感到有股火焰从喉咙直烧到胃里。除了烧灼感没有痛苦。她在想这是不是就是极限了。现在她的胃只感觉温暖而已。

慢慢地，如此缓慢，以至于过了几秒钟她才意识到，这种温暖在向外流出。到达她的指尖时，她感到全身开始痉挛。她的背剧烈弯起，以至于整个人滚下了垫着的桌子。有什么柔软却结实的东西取代了嘴里的注射器。

声音。她听到了，也知道人们在说话，但分辨不出是什么话。

她集中注意力仔细听着各种声音，这时，她意识到她失去了与身体的联系。在某个地方，她的身体在扭动翻滚着，伴随着痛苦，她已经不再是其中的一部分了。

一只手碰到了另一只手，然后紧紧地握住。她认出了邓肯的触碰，接着突然感受到了她的身体和痛苦。伴随着每次大口的呼气，她的肺都痛苦万分。吸气的时候却没有这种感觉。然后她的肺似乎变得扁平，再也不能充分鼓起了。她在肉体内的存在感变成了一条细线，这条线曲折穿行过许多人。她能感觉到周围的其他人，有太多的人，多到这间小小的环形场地根本无法盛下。

另一个人类飘进视野。默贝拉感觉自己在制造厂飞船内……在太空中。飞船很原始。有太多的手动操控装置。还有太多闪闪发光的指示灯。一个女人在操控着，她身材娇小，身上浸着汗渍，显得不太整洁。一头长长的棕发用发簪绑了起来，发簪上更浅的缕缕发丝垂在她窄窄的脸颊上。她只穿着单衣和一件红、蓝、绿相间的鲜艳连衣短裙。

机械。

她能意识到就在眼前的空间之外还存在着巨大的机械。这个女人的衣着与机械单调劳作的氛围形成了鲜明对比。她在说话，嘴唇却没有移动。"你，听着！到你接管这些控制装置的时候，别弄毁了。我是帮你避免变成摧毁者的。知道吗？"

默贝拉想要说话，但是发不出声音。

"别这么大声喊，孩子！"女人说，"我听得到。"

默贝拉想要把注意力从这个女人的身上移开。

这是什么地方？

一个操作员、一间巨大的仓库……工厂……一切都是自动化的……各种连线交织在一起变成了一张大网，连接着这片操纵复杂的小小空间。

默贝拉想要低语，她张嘴问道："你是谁？"结果却听到自己在咆哮。震得她的耳朵很疼！

“别这么大声！我是你的默哈拉向导，是帮你避开摧毁者的人。”

杜尔保佑！默贝拉想。这不是什么地方；这是我！

想到这里，控制室消失了。她变成了虚空中的来客，被迫永不得宁静，永远不得发现避难所，一刻也不停歇。除了她自己飞速的思想，一切都变成了非物质。她没有实质，只有她还能意识到的一缕缕坚守之意。

我用迷雾构建了自己。

他者记忆来临，一点点、一片片的经历，她知道那不是她自己的经历。一张张脸对她狞笑着，让她不得不注意，但是飞船控制室内的女人把她拽到了一边。默贝拉知道有必要按一致性把它们排列起来，但是做不到。

“这些是你过去的生活。”这是飞船控制室内的女人在说话，但她的声音恍如画外音一般很遥远，只闻其声，不见其人。

“我们是犯下过恶行之人的后裔，”女人说道，“我们不愿意承认在自己的先祖中存在着野蛮人。但一个圣母必须承认这一点。我们别无选择。”

默贝拉天生就有种技能，可以只想她目前遇到的问题，就像现在这样。为什么我必须……

“胜利者才有资格繁衍。我们是他们的后裔。胜利经常需要付出极大的道德代价才能获得。野蛮甚至根本无法形容我们的祖先所做过的那些事。”

默贝拉感到一只熟悉的手抚摩着她的脸颊。邓肯！这抚摩重新带来了痛楚。哦，邓肯！你把我弄疼了。

透过疼痛，她感受到了展示在她面前这些生命的间隙。那些拒绝向她展示的东西。

“目前还只是你有能力接受的，”那遥不可及的声音又说，“其他的等你更强一点才会出现……如果你能活下来的话。”

选择性筛选。欧德雷翟的话。必要性会敞开大门。

连续不断的哭号声从其他那些若有若无的存在传来。悲叹道：“看见了吗？看见忽视常识会发生什么了没有？”

痛苦加深了。她无法逃避。每一丝神经都在火焰上炙烤着。她想哭，想尖叫着喊出威胁性的话，想哀求得到帮助。震颤的情感伴随着痛楚，但她顾不上了。一切都沿着一条细细的生存之线发生。这条线可能会断！

我要死了。

这条线在逐渐拉长。就要断了！抵抗是毫无希望的。肌肉并不听从命令。也许她已经根本不剩什么肌肉了。反正她也不想要这些东西。因为那都是痛苦。这就是地狱，永无止境……即使这条线断掉，痛苦依然会继续。火焰沿着这条线在燃烧，舔舐着她的意识。

一双手在摇晃她的肩膀。邓肯……别。每一次动作都带来难以想象的疼痛。称为香料之痛真是名副其实。

这条线不再拉长，正在向回收，在缩小。它变成了很小的一件东西，一段如此敏感的疼痛，似乎其他任何事都不存在，唯有痛苦填满着她的世界。她的自我感觉开始变得模糊、透明……越来越透明。

“你能看见吗？”她的默哈拉向导的声音从遥远的地方传来。

我看见了一些东西。

说看见并不确切。那是种很遥远的感觉，她能意识到其他的存在。其他片段，封存在失去生命的皮肤内的他者记忆。它们在她身后连成一片，向远方延伸，她无法判断有多长。还有半透明的雾。雾气偶尔仿佛被撕裂一般散开一些，她就能瞥见各种事件。不……不是事件本身，而是记忆。

“共享视野，”她的向导说，“你看见我们的先祖做了什么。他们败坏声誉，犯下你能想到的最严重的罪行。不要说什么时势使然，那只是借口！只须记住：世上没有无辜者！”

丑恶！丑恶！

她一个也抓不住。一切都变成了映像和撕裂的浓雾。她知道有什么地方藏着她也许能获得的荣耀。

那里没有这种痛苦。

就是这样。那会是何等荣耀！

荣耀的条件在哪里？

有嘴唇在触碰她的额头，她的嘴。邓肯！她伸出手。我的手自由了。她的手指滑进了记忆中的头发。这是真的！

痛苦逐渐消退。这时她才意识到她熬过的痛苦是语言无法形容的。痛苦？它灼烧灵魂，将她重塑。一个人进去，出来时已是另一个人。

邓肯！她睁开眼，映入眼帘的正是邓肯的脸，就在上方。我还爱他吗？他在这里。他是我在最黑暗时刻的明灯。但是我爱他吗？我还理性吗？

没有答案。

欧德雷翟在视线之外的某个地方说：“把她身上那些衣服脱掉。毛巾。她全身都湿透了。再给她拿件合适的长袍来！”

有人碎步疾跑的声音响起，然后欧德雷翟又说道：“默贝拉，很高兴告诉你，虽然你费尽了心力，但已经做到了。”

她的声音里透着种兴高采烈的情绪。她为什么这么高兴？

责任感在哪里？应该在我的头脑里感觉到的圣杯在哪里？回答我，谁都行！

但是飞船控制室里的女人已经消失了。

只有我了。我记得那可能连尊母都要畏缩的残暴。她想了一下圣杯，它不是一件东西，而是一个问题：如何正确地在各种选择中保持平衡？

我们的家庭之神是我们世世代代承载的东西：如果它成熟了，那它就是我们给人类的信息。与家庭女神最接近的东西是失败的圣母——待在自己小壁龛里的奇诺伊。

——达尔维·欧德雷翟

艾达荷把他的门泰特能力当作是种退路。只要在他们的职责允许范围内，默贝拉就尽可能多和他在一起——他负责武器开发，而她在调整到新状态之前需要恢复力量。

她没有对他撒谎。她没有试图告诉他，她对他们之间的感觉并没变。但他还是感觉到了那种疏离感，他们之间的纽带还在，但已经被拉伸到了极限。

“我的姐妹们学到的是不要泄露心底的秘密。她们看到了爱所带来的危险。危险的亲密行为。最深层次的敏感性被钝化。不要授人以柄。”

她以为这些话会带给他安慰，但他听出了她潜在的观点。自由！不要被纠葛的情网捆绑住！

这些日子以来，他经常能看到她处于他者记忆所带来的困境中。晚上她会不自觉地说梦话。

“依赖……群体精神……现世意识交叉……鱼言士……”

她毫不犹豫地和他分享过其中的一部分。“交叉？任何人都能感觉到生命的自然中断中那些连接点。死亡、岔路、影响重大的事件中那些意外的暂停、出生……”

“出生算是中断？”

他们在他的床上，一直待到了天色渐暗……当然，这阻挡不了摄像眼的窥视。姐妹会总是对其他能量形式充满好奇。

“你从来也没把出生看作是种中断？圣母会觉得你这种想法很好笑。”

好笑！远离……远离……

鱼言士，那是贝尼·杰瑟里特吸收到的启示，她们对此很着迷。她们怀疑过，但默贝拉给她们吃了定心丸。鱼言士民主政体变成了尊母独裁专制。无须再怀疑了。

“少数人的暴政隐藏在多数人政权的面具下，”欧德雷翟这样说，她的声音中有些幸灾乐祸的意味，“这是民主的堕落。或者会被它自己的过度行为所推翻，或者被官僚主义所吞噬。”

艾达荷能在这个论断中听出暴君的故事。如果历史有任何重复模式，这就是其中一个。恍如鼓点般密集的重复。首先，公共事务法似乎是纠正过度煽动以及修复毁坏系统的唯一办法，可这只是它的表象，是彻头彻尾的谎言。其次，权力的积聚却发生在选民们无法触及的地方。最后，还有贵族阶层。

“贝尼·杰瑟里特也许是唯一创造出全能裁判委员会的，”默贝拉说，“法学家不太喜欢陪审团。陪审团与法律对抗。他们可以忽视法官。”

她在黑暗中笑了起来：“证据！除了那些允许你看作是证据的，还有什么是证据？那正是法律要控制的东西：精心控制的现实。”

她说这些话是为了吸引他，是要展示她新的贝尼·杰瑟里特力量。而她的情话已经变得干瘪无味。

她从记忆中说出了这些。

他能看出欧德雷翟也深受困扰，就如同他的沮丧失望一样。默贝拉完全没有注意到他们的反应。

欧德雷翟试着安慰他："每个新圣母都要经历一段调整期。她们会不时变得十分兴奋。想想吧，人处在新世界里会是什么样，邓肯！"

我怎么能不这样想呢？

"官僚主义的第一法则。"默贝拉对着黑暗说。

你没有吸引到我，我的爱。

"成长起来，到能够达到的能量极限！"她的声音确实兴奋异常，"使用那个弥天大谎，说税收能解决所有问题。"她在床上转过身对着他，但不是因为爱，"尊母们一直在奉行整套常规制度！甚至利用社会安全体制让大众噤声，但一切最终都会进入她们自己的能量库。"

"默贝拉！"

"怎么了？"他声音中的尖锐让她很惊讶。他难道不知道他是在和一位圣母说话吗？

"这些我都知道，默贝拉。任何门泰特都知道。"

"你这是在让我闭嘴吗？"她生气了。

"我们的工作是站在敌人的角度去思考，"他说，"我们确实有一个共同的敌人吧？"

"你在嘲笑我，邓肯。"

"你的眼睛变橘色了吗？"

“美琅脂不允许那样，你知道的……哦。”

“贝尼·杰瑟里特需要你的知识，但你必须小心调整，认真培育！”他打开一盏球形灯，发现她正双目炯炯地盯着他。这并不意外，也并不是贝尼·杰瑟里特的反应。

混合体。

这个词一下钻进他的脑海中。是不是混合的活力？姐妹会是不是本就在期待着默贝拉有如此变化？有时候贝尼·杰瑟里特会做些出其不意的事。你会发现她们在奇怪的走廊里与你面对面，目不斜视，脸上用那种她们特有的表情隐藏着真实的情感，而在这面具之后，有着非比寻常的反应在酝酿。特格就是这样学会的出其不意。但今晚这种情况也是如此？艾达荷想，他会慢慢讨厌现在这个新的默贝拉。

她自然看出了这一点。他在任何人面前从未这样过，但在默贝拉面前仍然毫无戒备，坦诚相待。

“别恨我，邓肯。”这不是祈求，声音的背后却能听出她似乎被深深地伤害了。

“我永远也不会恨你。”他关掉了灯。

她依偎在他身旁，几乎就和经历香料之痛之前一样。几乎。这让他撕心裂肺般痛苦。

“尊母把贝尼·杰瑟里特视为竞争对手，是为了权力，”默贝拉说，“那些追随我以前的姐妹的人并不都是狂热分子，但上瘾使他们无法做出自己的决定。”

“我们不也是这样吗？”

“现在，邓肯。”

“你的意思是我可能是在另一家商店得到了同样的商品？”

她选择假定他是在谈论尊母恐惧：“如果可以的话，很多人都会抛弃她们。”她猛地转过身对着他，她想要性的回应。她那种不顾一切的尽情放纵让他很震惊，就仿佛这也许是她最后一次能体验到极致欢乐了。

激情过后，他精疲力竭地躺在床上。

“希望我能再次怀孕，”她低语着，“我们还是需要我们的孩子。”

我们需要。贝尼·杰瑟里特需要。不再是“她们需要”。

他沉沉睡去，梦到了战舰的武器室。这是现实映射下的梦。这艘战舰正如它当初的真实功能一样，如今仍是一座武器工厂。在梦中的武器库里，欧德雷翟正在和他说话：“我的决定是时势使然，邓肯。你不大可能爆发或者发狂。”

“我是名门泰特，无法做到那样！”他的梦多么自大！*我在做梦，而我知道我在做梦。为什么我和欧德雷翟在武器室？*

一列武器在他眼前展开。

原子武器（他看到巨大的冲击波和致命的灰尘）。

激光枪（各种型号，不计其数）。

生化武器。

屏幕的滚动被欧德雷翟的声音打断：“我们可以假设走私贩子和以往一样只注意那些能卖上高价的小玩意儿。”

“苏石，当然。”还是显得很自大，*我不是这样的！*

“暗杀武器，”她说，“为新设备制订计划和法规。”

“盗窃秘密交易是走私贩子的一桩大买卖。”*我简直是令人难以忍受！*

“肯定还有药物，总有疾病需要那些药物去治疗。”她说。

她在哪里？我能听见她的声音，却看不见她。“尊母们知道在提

供解决办法前，我们的宇宙更倾向于散播问题而不是为无赖提供避风港吗？”无赖？我从来没用过这个词。

“万事万物都相关，邓肯。她们焚烧了兰帕达斯，屠杀了我们四百万精英。”

他醒了，翻身坐了起来。新设备的规格！这就是详细的细节，一种可以微缩霍尔茨曼发生器的方法。两厘米，不会更大。而且要便宜得多！这是怎么溜进我脑子里的？

他小心地翻身下床，不让自己吵醒默贝拉，摸索着找到了一件长袍。他悄声离开房间，走进工作室的时候，听到了默贝拉抽鼻子的声音。

他在控制台前坐下，将脑子里的设计念头显现出来，开始研究。完美！确定可以置入。他把文件传给欧德雷翟和贝隆达，在上面加上了重点标记。

他长叹一声，向后靠了靠，又开始研究他的设计。这次设计又消失了，返回到了他梦到的那面滚动屏幕中。我还在做梦？不！他能感觉到椅子，能触摸到控制台，能听到力场的嗡嗡声。是梦让我感受到的。

滚屏上显示出了剪切和劈刺的武器，还包括一些将毒剂或者细菌注入敌人体内的设计。

导弹。

他想知道，怎么才能把滚屏停下，好研究研究具体细节。

“都在你的脑子里！”

人类以及其他为攻击培育出来的动物——滚动过他的眼前，遮盖住了控制台和台上的投影。混合人？混合人怎么会出现在这里？我对混合人知道些什么？

阻挠者取代了动物。那是遮蔽精神活动或干扰生命本身的武器。阻挠者？我从来没听过这个名字。

阻挠者之后是0–G“探索者”，设计它的目的是猎捕特别目标。那些我认识的目标。

然后是爆炸物，包括那些传播毒素和细菌的爆炸物。

欺骗敌人，投射错误目标。特格曾经用过这些。

下一个出现的是能量发生器。他有一座能量发生器的隐秘兵工厂：它可以提高军队能力。

突然，他视野中微微闪光的网络取代了滚动的武器列表，他看到了花园中的老夫妻。他们望着他。男人的声音变得清晰可辨：“不要再偷看我们了！”

艾达荷一下抓住椅子扶手，猛地俯身向前冲了一下，但还没等他有机会研究细节，景象就消失在他的视野中。

偷看？

他感受着大脑里滚动屏幕的剩余部分，已经无法再看见，却有深沉的声音传出……男性的声音。

“防御往往必须呈现攻击武器的特性。然而，有时候，简单的系统也可以避开最具毁灭性的武器。”

简单系统！他大声笑了出来。“米勒斯！你在哪里，特格？我想到怎么设计你的伪装袭击船了！弄个夸张的诱饵！除了一台微型霍尔茨曼发电机和激光枪以外，什么都不装。”他对着档案传送装置补充道。

说完后，他又一次问自己幻象的问题。它影响了我的梦？我发掘到了什么？

变成特格的武器大师之后，只要一有空，他就去筛选档案记录。

如此浩如烟海的累积中一定会有些踪迹可寻。

共振和超光速粒子理论曾一度占据了他的脑海。超光速粒子理论是霍尔茨曼设计原型中的重要理论。“泰绮斯。”霍尔茨曼是这样称呼他的能量源的。

忽视光速极限的波系统。光速显然没有限制住折叠空间飞船。泰绮斯呢？

“有效是因为它有道理，”艾达荷喃喃自语，“信仰。就像任何其他宗教一样。”

门泰特会贮存很多似乎微不足道的数据。他有一间标记为“泰绮斯”的储存室，继续挖掘，却没有满意的结果。

即便是公会的领航员也不会公开宣称他们如何导引折叠空间飞船的知识。伊克斯科学家制造了复制领航员能力的机器，但仍然无法确知他们做了什么。

“霍尔茨曼的方程式是可以信任的。”

没人宣称理解霍尔茨曼。他们只是使用他的方程式，因为确实有效。那是太空旅行的“苍穹”。你折叠空间。上一秒你还在这里，下一秒你已经不知道在多少光年之外了。

“有人”发现了使用霍尔茨曼理论的别的方法！那是完全的门泰特式思考。他通过它产生的新问题就知道它的准确性。

默贝拉那杂乱无章的众多他者记忆现在让他不胜其烦，即便是他从中认出了基本的贝尼·杰瑟里特教义，也仍是这样。

权力吸引易腐败的人。绝对的权力吸引绝对易腐败的人。这对受权力支配的人群来说意味着使官僚主义变得根深蒂固的风险。即使是政党分赃制也更好些，因为忍受的标准要更低，而且腐败者可以被定期抛除。牢固的官僚主义很少会缺少暴力的参与。当行政与军事联手时，就要小心了！

尊母的成就。

只为权力本身而得到的权力……由不平衡的家系孕育的贵族。

他看见的那些人是谁？他们强大到足以驱除尊母。通过预测数据，他就知道这一点。

艾达荷发现这种认识极其混乱。尊母逃亡者！尊母残暴野蛮，但和“破坏公物罪”这个词出现前的抢劫犯一样无知。她们的行动背后有各种力量的驱动，但往往也是一时冲动的贪婪所致。“拿走罗马的金子！”她们从意识中过滤了所有其他因素。这种无知令人惊骇，要削弱这种无知，只有在更多复杂文化慢慢进入……

陡然间，他明白欧德雷翟在做什么了。

众神在下！多脆弱的计划！

他用手掌放在自己的眼睛上，强迫自己不至痛苦地哭喊出声。让她们认为我是太累了。但看穿欧德雷翟计划的同时，他也发现了自己将失去默贝拉……只是失去的方式不同而已。

什么时候可以信任女巫？永远不能！这个神奇宇宙的黑暗面属于贝尼·杰瑟里特，我们必须拒绝她们。

——特路易斯·瓦夫　尊主之主

无舰的大公共休息室内，一头是逐级而上的阶梯式座椅和升起的平台，挤满了贝尼·杰瑟里特姐妹，这间屋子从来没挤进过这么多人。今天下午，圣殿的日常工作几乎处于停顿状态，因为很少有人愿意派代理参加，重要决定也不能由提供服务的人员所代表。身着黑袍的圣母们神情淡漠，大多在靠近舞台的前排站着，侍祭们则穿着白色镶边长袍穿梭其间，其中甚至还有刚加入的新成员。纯白色长袍是最年轻侍祭的标志，她们三三两两地聚在各处，互相靠得很紧，寻求着彼此的支持。其他所有人都被正式评议会排除在外。

空气中充满了浓重的美琅脂香味，还有种调节机械超载后不堪重负带来的阴冷、潮湿感。刚刚吃过的午餐味道中混杂着强烈的蒜味，仿佛一位不速之客肆意地闯入空气中。这些感觉加上传遍了整间房间的故事都加重了紧张感。

多数人都把注意力放在了升起的平台和大圣母必经的边门上。即便是在与同伴交谈，或四下走动，也没人忘记注意这些地方，因为她们知道，很快就将有人从那里走入，并给她们的生活带来巨大的变化。如果不是眼前有什么可能动摇贝尼·杰瑟里特根基的大事要宣布，大圣母是不会把她们都赶进大公共休息室的。

贝隆达先于欧德雷翟走进房间，登上了高台，她步履蹒跚，却偏偏带着张扬的挑衅气派，这让她很容易辨认，即便是远远望去也不会弄错。在她身后五步远，欧德雷翟缓步而行。然后是高级议员和助理，身着黑袍的默贝拉（距离她的香料之痛仅过了两周，她看起来还是有些恍惚）也在其中。多吉拉在默贝拉身后一瘸一拐地跟着，身旁是塔玛和什阿娜。斯特吉在一行人的队尾，肩上坐着特格。他一出现，立刻引起了人群中一阵激动的嗡嗡低语声。男性很少会参与集会，但圣殿里人人都知道这是她们的门泰特霸撒死灵，现在就和贝尼·杰瑟里特幸存的军队住在一起。

以这种方式看着姐妹会的大规模队伍，欧德雷翟升起一种空洞的感觉。她想，古人早就说过："任何该死的傻瓜都知道一匹马可能比另一匹跑得更快。"在这个仿体育场建造的礼堂中，每每有小型集会的时候，她都想引用一点这种格言，但她也知道，这样的仪式并非为她引用格言而设。集会是让你把自己展示给别人的。

如今我们聚集于此。同道而行的人们。

大圣母和其他人仿佛一束奇特的能量般穿过人群向高台移动，她那显赫的位置处于圆形场地的边缘。

大圣母从来都不需要承受众人集会中你推我搡的拥挤之苦。她从来都不必手扶下肋，支起手肘阻挡他人，或者感受身边人无心的踩踏。她也从来都不必被迫像其他人一样，彼此无奈地身体紧挨着身体，化成人流，一点点地向前蠕动。

恺撒君临也是如此。这整件该死的事我都不喜欢！她对贝隆达说："开始吧。"

然后，她知道自己会后悔没有委托某个人主持这场大会，再煞有介事地说些话。贝隆达会非常喜欢这个引人注目的突出位置，也正因此，永远也不能让她得到。但可能也有些低阶圣母会对这种提拔感到尴尬万分，虽然她们也会服从命令，但那是出于忠诚，出于那条无须多言的规则，即听从大圣母的命令。

神啊！如果真的有什么神，为什么你要让我们如此懦弱？

人已到齐，贝隆达已完成了召集工作。*贝尼·杰瑟里特的队伍。*她们不是真正的军队，但欧德雷翟经常想象圣母们按不同功能分列，排得整整齐齐的样子。*这位是小队长，那位是将官，那是低级中士，而这位是通信员。*

圣母们要是知道她脑子里这个古怪的想法，一定会大为震怒。但她掩饰得很好，这个念头躲在“常规任务”的面具后安然无恙。无须叫她们中尉，你一样可以给她们委派中尉的任务。塔拉扎就是这么做的。

贝尔现在正在告诉众人，姐妹会可能不得不重新安排她们那个特莱拉俘虏的住处。对贝尔来说，说出这些话并不容易：“我们经受了严峻的考验，特莱拉人和贝尼·杰瑟里特情况相似，我们走了出来，但我们已不是从前的我们。从某些方面说，我们彼此互相改变。”

是的，我们就像彼此摩擦的石头，天长日久，彼此都有了些对方要求的统一形状。但原来那块石头的内核还在！

人群开始变得焦躁不安。她们知道不管这关于特莱拉人的暗示背后隐藏的是什么信息，都只是个开始，是预先的铺垫，但与正题相关，也同样重要。欧德雷翟迈步走到贝隆达身边，示意她加快进程。

“有请大圣母。”

让旧模式消亡多么困难。难道贝尔认为她们不认识我吗？

欧德雷翟开口了，她的声音抑扬顿挫，仿佛运用了音控力一般，充满了令人信服的力量。

“现在我需要去交叉点与尊母首领会面，这是必要的行动，也是场吉凶未卜之旅。也许我会死在那里。这场会面也算是诱敌之计，我们要惩罚她们。”

欧德雷翟等着台下的窃窃私语渐渐平息，她听到了支持，同样也不乏反对的声音。很有趣。表示同意的是那些离台子更近的，还有部分新侍祭，她们站得更远些。反对的声音来自高级侍祭？是的。她们知道那个警告：我们不敢火上浇油。

她把声音压低了些，让距离把她的声音送到高处那些人的耳朵里：“走之前，我会和多名姐妹共享记忆。现在的情况需要谨慎行事。”

“您有什么计划？”“您会做什么？”各处提问的声音此起彼伏。

“我们会在伽穆佯攻。这样应该就会把尊母联军引到交叉点。然后我们会拿下交叉点，抓住蜘蛛女王，希望如此。”

“您在交叉点上的时候就发动攻击？”这个问题来自嘉瑞米，这是一位满脸严肃的监理，她直接为欧德雷翟服务。

“计划是这样。我会把我观察到的情况传送给发动袭击的战士。”欧德雷翟用手指了一下坐在斯特吉肩上的特格，“霸撒会亲自领导本次攻击行动。”

“谁和您一起去？”“对，您带谁去？”那些喊叫声中无疑有深深的担忧。这么说消息还没在圣殿内部传开。

“塔玛和多吉拉。”欧德雷翟说。

“谁和您共享记忆？”又是嘉瑞米。确实如此！这是直接牵涉到利益的政治问题。谁会继承大圣母之职？欧德雷翟听到身后传来紧张的骚动。贝隆达很兴奋？不是你，贝尔。这点你应该已经知道了。

“默贝拉和什阿娜，”欧德雷翟说，“如果监理打算再提名一位候选人的话，还可以再加一位。”

监理们形成一个小小的咨询团，一组一组地喊着建议，但并没有什么人的名字被提出来。不过有人提了一个问题：“为什么是默贝拉？”

“还有谁比她更了解尊母吗？”欧德雷翟问。

一句话让所有人都哑口无言。

嘉瑞米又向台前走了一点，用一种仿佛能穿透人的目光仰头看着欧德雷翟。不要妄想误导一位圣母，达尔维·欧德雷翟！“伽穆的佯攻发动之后，她们会比以前更警惕，交叉点上也会加强戒备。您凭什么认为我们能拿下她们？”

欧德雷翟踱到一边，向斯特吉示意，让她带着特格上来。

特格一直饶有兴致地看着欧德雷翟的表演。现在他低头俯视着嘉瑞米。目前她是总项目督察，毫无疑问已经被选为圣母内部一个小团体的发言人。这时特格突然想起来，他是在一位侍祭的肩上，这个位置看似荒唐，但其实早在欧德雷翟计划之中，这是介于某些她不能明言的原因而设计的。

把我的眼睛置于和周围这些成年人同一水平线上……但也是在提醒她们我的弱小，让她们放心，贝尼·杰瑟里特（如果只是个侍祭的话）仍然掌控着我的行动。

“现在我不打算说些武器方面的细节。”他说。这该死的尖嗓子！不过至少他吸引了注意力。“但我们会利用机动性，这样布置后，如果激光枪柱击中了她们，就可以摧毁她们周围大片地区……我们将用设备包围交叉点，这样就能使她们无舰的任何动作都显现出来。”

人们继续盯着他，于是他接着说道：“如果大圣母的传送消息和我之前对交叉点的掌握情况吻合，我们将能够知悉敌人的详细位置。我想应该不会有重大变化。她们的时间不够。”

出其不意。她们还想从她们的门泰特霸撒这里指望什么？他再次看向嘉瑞米，等着她对他的军事能力提出更多的质疑。

她问的却是另一个问题：“我们是不是应该假设，邓肯·艾达荷在给你武器方面的建议？”

“既然手里有最优秀的，不去使用那就是傻瓜了。”他说。

“但是他会和你一起作为武器大师行动吗？”

“他选择待在飞船上，你们都知道原因。这个问题有什么意义？”

他避开了她的话题，又让她无话可说，这让她很不高兴。一个男人不应该有能力这样摆弄一位圣母！

欧德雷翟迈步向前，把一只手放在了特格的胳膊上：“你们都忘了吗，这个死灵是我们忠实的朋友，米勒斯·特格？”她不再扫视人群，开始盯着具体的脸看过去，选择那些她确定曾经监察过摄像眼，知道特格是她父亲的人，她逐个看过去，故意把速度放得很慢，慢到没人会不了解她的意图。

你们中间还有人胆敢喊“任人唯亲”吗？那请你们再好好看看他曾经为我们贡献的丰功伟绩！

正式评议会的声音又一次变成了她们在集会上所期望的那种保持优雅的状态。再没有急切的喊声粗俗地此起彼伏，吸引别人的注意力。现在她们把发言调整成了一种模式，很像是首平淡的歌，只是没了慷慨激昂的副歌部分。声浪汇集，起伏波动。欧德雷翟总是觉得这一幕非比寻常。这种和谐并非任何人安排而成，能这样只是因为她们都是贝尼·杰瑟里特，自然而然，这是她们需要的唯一解释。能够这样是因为她们已经从平日实践中学会了适应彼此。她们日常行动的那种韵律延伸到了她们的声音中。不论有什么短暂的矛盾，她们都仍然是伙伴。

我会想念此时此刻的。

“准确预测出那些令人苦恼的事件从来不够，”她说，“谁比我更清楚这一点？我们中还有人没学到魁萨茨·哈德拉克的教训吗？”

无须再详述细节。邪恶的预测不应该改变她们的路线。这让贝隆达一言不发。贝尼·杰瑟里特受到了启发。谁带来坏消息就攻击谁，那她们就成了蠢货。忽略这位信使？（谁会期望能从那位那里得到什么有用的东西？）那是不惜一切代价都要避免的模式。我们要让持不同意见的信使都发不出声吗，觉得死亡带来的绝对沉默就能够抹去这样的信息？贝尼·杰瑟里特绝不至于这么蠢！死亡让预言的声音传播得更远。殉道者真的很危险。

欧德雷翟看着自省意识在房间内传播，甚至传到了最高的一层。

我们正在度过艰苦时期，姐妹们，必须接受这个现实。就算是默贝拉也知道这点。她现在也知道了我为什么如此焦灼地非要让她成为一位圣母。我们所有人都知道，了解的方式不同而已。

欧德雷翟转过身扫了一眼贝隆达。看不出她有什么失望。贝尔知道为什么自己不在候选之列。这是我们能选的最好的路，贝尔。渗透。在她们开始怀疑我们是在做什么之前就把她们打倒。

她又把视线转向默贝拉，欧德雷翟看到了恭敬的意识。默贝拉正开始从他者记忆中得到她第一批良好建议。躁动不安的阶段已经过去，她甚至开始恢复对邓肯的喜爱。假以时日，也许……贝尼·杰瑟里特训练确保她会自己对他者记忆作出判断。以默贝拉的立场不会有这样的感觉：“这些差劲的建议你自己留着吧！”她有自己的历史经验，可以做出比较，也无法躲避那些明显的信息。

不要与那些和你一样有偏见的人同行。大喊大叫往往最容易被忽略。“我是说，看看那些喊得头晕目眩的傻瓜！你有心思和他们合作吗？”

我告诉你，默贝拉，现在你自己做判断。“要创造出改变，你就要找到支点，把它们撬起来。还要小心死胡同。还要小心那些高高在上的机会，它们是你前进路上的诱惑，是经常会让你分心的东西。而支点并不总是身居要职。他们经常会在经济或是通信中枢出现，除非你知道这一点，否则要职是无用的。即使是名中士也可能改变我们的路线。他们不会改变通信报告，但他们会埋葬自己不想执行的命令。贝尔会拖延命令，直到已经变得无效。有时候我也会因此给她下命令，好让她去玩她那个延迟命令的小把戏。她也知道，但不管怎样她还是会继续这个小把戏。你要清楚这点，默贝拉！在我们分享之后，要以极大的细心去研究我的所作所为。”

和谐状态已经达到了，但也付出了代价。欧德雷翟示意评议会结束，她很清楚所有的问题都没得到答案，甚至问都没有问。但没被问出的问题会层层转达，经由贝尔之手筛选，所有的问题都会得到最恰当的处理。

圣母中警觉的人不会提问。她们已经看到了她的计划。

离开大公共休息室的时候，欧德雷翟感觉自己接受了为她所做选择所要担起的责任，第一次认识到了之前的犹豫。她确实有遗憾，但只有默贝拉和什阿娜有知道的可能。

欧德雷翟走在贝隆达身后，她在想，那些我再也不会去的地方啊，还有那些我再也无法看到的事情啊，此后只能在别人的生命中作为映像瞥上一眼。

这是以大离散为中心的思乡之情，这种情绪抚慰了她的痛苦。如此广阔的生命和世界让一个人去看会有些目不暇接。即使是贝尼·杰瑟里特有着世代累积的记忆，也绝不会希望能包罗所有，不会去想得到最后每一个有趣的点滴细节。这又回到了宏大的设计中。那个大愿景，那条主流。我的姐妹们的专长。这是门泰特采用的基本手段：模式，潮流运动以及这些涌动的潮流承载的内容，发展的方向。结果。不是地图，而是这些流动模式。

至少，在我们的陪审监督下的民主中，那些关键要素已经被我以最原始的形态保存了下来。有一天她们也许会为此而感激我。

追求自由，你会落入欲望的圈套。寻求纪律，你会找到自由的入口。

——终章

“谁会料到空气机械装置会崩溃？”

这位拉比的问题不是问任何具体的人的。他坐在一张低矮的长凳上，胸前紧抱着一个卷轴。卷轴经过现代工艺打造加固，但仍然老旧、脆弱。他不知道现在是什么时间。可能上午已经过半。不久之前他们吃了饭，也许可以说是早饭。

“我早就想到了。”

他似乎是在对卷轴说：“逾越节到了，很快又过去了，我们的门却被锁上了。”

吕蓓卡走近看着他：“求你了，拉比。这让约书亚怎么干活儿啊？”

“我们没有被遗弃，”拉比告诉他的卷轴，“是我们自己把自己藏起来了。陌生人无法找到我们的时候，就算有人想要帮我们，他们又能往哪里看？”

他突然抬头仔细端详着吕蓓卡，眼镜后透着儒雅、严肃的神情：“是不是你把邪恶带过来了，吕蓓卡？”

她知道他是什么意思。“人们总以为贝尼·杰瑟里特有些邪气。”她说。

“你是说，现在，我，你的拉比，已经是个外人了！”

“是您自己把自己当成外人的，拉比。我是从姐妹会的角度说的，是您让我帮她们的。她们做的事情经常都很无聊，单调重复，但是并不邪恶。”

“我让你帮的？是，是我让的。原谅我，吕蓓卡。如果我们中间真的出现了邪恶，那也是我做的。”

“拉比！不要这样。她们是个大家族。而且，她们还保持着很敏感的特性。大家族对您来说没有任何意义吗？我的自尊伤到您了？”

“吕蓓卡，我来告诉你是什么伤害我了。经我之手，你学会了接受不同的教义，而不是……”他把手中的卷轴举起，仿佛那是一根短棒。

“根本没什么教义，拉比。哦，对，她们有一份‘终章’，但那就是一些名言警句，有时候有用，有时候完全可以忽略。她们总是会调整‘终章’，让它适应当前的需求。”

“有些教义是不能调整的，吕蓓卡！”

她低头看着他，眼里满是难以掩饰的不满。他就是这样看姐妹会的，还是他害怕谈论它？

约书亚走过来站在她身边，手上沾满了油腻，额头和脸颊上都是黑色的污点：“你的建议是对的。又能用了。我不知道能坚持多久。问题是——”

“你不知道是什么问题。”拉比插话说。

“机械问题，拉比，”吕蓓卡说，“这间无厅的力场扭曲了机械。”

“我们不能引入无摩擦机械，”约书亚说，“那样太明目张胆了，更不用说成本问题了。”

“你的机械并不是唯一被扭曲的东西。”

约书亚双眉一挑，看向吕蓓卡。他是怎么了？这么说约书亚也相信贝尼·杰瑟里特的洞见力。这让拉比感觉很受伤。他的人民竟然去别处寻求指引。

然后，拉比说出了让她没想到的话：“你以为我是嫉妒，吕蓓卡？”

她用力摇摇头。

“你展现了才能，”拉比说，“而其他人可以立即应用你这种才能。你的建议能修好机械设备吗？那些……那些他者记忆告诉你怎么修了吗？”

吕蓓卡耸了耸肩。这是年长的拉比，不能在他自己的屋檐下挑战他。

“我应该赞扬你？”拉比问道，“你有能力？现在，你打算统治我们？”

“没人，尤其是我，说过有这样的想法，拉比。”她觉得很受伤，而且也不介意展现出来。

“原谅我，女儿。可那就是你所说的‘翻转’。”

“我不需要您的赞扬，拉比。我当然也会原谅您。”

“你的那些他者记忆对这点有什么说的吗？”

“贝尼·杰瑟里特说对赞扬的恐惧要追溯到‘禁止赞扬自己的孩子’这条古代的禁忌，因为那会引来上帝的怒火。”

他低下了头：“有时候倒也会告诉你些智慧之言。”

约书亚显得很尴尬：“我要睡一觉去。我应该休息一会儿了。”

他朝机械装置所在位置投去了意味深长的一瞥，能听到那里传来机器劳作时发出的刮擦声。

他走了，留下他们在大厅阴暗的一端，走的时候还被一个孩子的玩具绊了一下。

拉比拍了拍身边的长凳："吕蓓卡，坐。"

她坐了下来。

"我为你担心，为我们，为我们代表的所有事担心。"他用手抚摩着卷轴，"我们世代保持着本真。"他的目光扫过房间，"可现在，这里连个祈祷班都没有。"

吕蓓卡抹去眼里的泪水："拉比，您误会姐妹会了。她们只希望能完善人类和他们的政府。"

"她们是这么说的。"

"我也是这么说。对她们来说，政府只是一种艺术形式。您不觉得很有意思吗？"

"你把我的好奇心勾起来了。这些女人是在自以为是的美梦中自我欺骗吗？"

"她们把自己当作看门狗。"

"狗？"

"看门狗，对什么时候需要教授什么经验教训保持着警惕。那就是她们所追寻的。永远也不要想教给别人不想吸收的东西。"

"总是这些一点一点的智慧。"他听起来有些悲伤，"她们也把自己的政府看作是艺术形式吗？"

"她们把自己看成是陪审团，拥有绝对权力，没有什么法律能投反对票。"

他在自己的鼻子前挥动着卷轴："我就知道！"

“没有人类的法律能行，拉比。”

“你是说这些制造适合自己的宗教的女人相信一种……一种比她们自己还强大的力量？”

“她们的信仰不会和我们的一致，拉比，但我不觉得这是邪恶的。”

“这个……这个信仰是什么？”

“她们管它叫‘平稳趋势’。她们从遗传的角度看待这件事，把它当成是本能。比如，优秀的父母很可能会生出接近平均水平的孩子。”

“趋势。这算信仰？”

“所以她们才保持低调。她们是顾问，偶尔甚至是国王缔造者，但是她们不想成为万众瞩目的人物。”

“这个趋势……她们相信有趋势缔造者？”

“她们不去假设有这种趋势缔造者，只是相信有可以观察到的行动。”

“那么她们在这个趋势中做什么？”

“她们未雨绸缪。”

“在撒旦面前未雨绸缪，我应该这么想！”

“她们不与潮流对抗，似乎只是在潮流之上穿过，使其为她们所用，使用背部涡流。”

“哎哟！”

“古代的帆船大师很明白这个，拉比。姐妹会相当于拥有潮流航海图，可以告诉她们哪里需要避开，哪里需要加把劲。”

又一次，他挥舞着卷轴：“这不是什么潮流航海图。”

“您理解错了，拉比。她们知道机器当道的谬论。”她瞥了一眼正在工作的机械，“她们认为我们处在机械无法超越的潮流中。”

“这些小智慧。我不知道，女儿。干预政治，我接受。但是这些神圣的事物……”

“这种相对平稳的趋势，拉比。对走出固有、大力创新的优秀革新者来说有很大的影响。即便新事物对我们有利，这种趋势也会将其裹挟其中。”

“谁能决定对我们来说什么是利，什么是弊，吕蓓卡？”

“我只是说出她们相信什么。她们把税收看作是趋势的证明，它夺走了可能会有所创新的自由能量。‘敏感的人会发现它。’她们说。”

“那这些……这些尊母呢？”

“她们符合这个模式。封闭权力的政府意图使所有潜在挑战者都软弱无能。驱逐聪明的，使智慧的迟钝。”

一声微小的哔哔声从机械区响起。他们还没来得及站起来，约书亚已经从他们身旁走了过去。他朝显示着一些东西的屏幕表面弯下腰。

“他们回来了，”他说，“看！他们在我们头顶上的废墟里挖掘呢。”

“他们发现我们了？”拉比的声音几乎透着解脱。

约书亚看了看屏幕。

吕蓓卡走到他身边，也把头凑了过去研究起那些挖掘的人——一共十个人，眼睛里带着那种与尊母建立连接后的梦游般的神情。

“他们只是在碰运气到处挖挖。”吕蓓卡直起身子说道。

“确定？”约书亚也站了起来，他盯着她的脸，寻求着秘密的确认表示。

任何贝尼·杰瑟里特都能看出来。

“你自己看。”她朝屏幕指了指，“他们要走了。现在他们去猪蝓窝了。”

“他们就属于那里。”拉比喃喃道。

把提供丰富信息的错误熔于一炉考量，就能做出切实可行的选择。这种情况下的情报允许有一定的不可靠性。如绝对的（万无一失的）选择不可知，对情报的处理就要充分利用有限的数据，此时在这个竞技场上，错误不仅是可能的，也是必要的。

——达尔维·欧德雷翟

对于大圣母来说，出发并不是登上外出的轻型飞船，然后转到任何方便的无舰上这么简单的。要考虑很多，比如计划、安排、策略——还有各种层出不穷的偶然事件。

这样的忙乱持续了八天。和特格的时间约定只能精确些。仅是默贝拉的咨询就耗费了数小时。默贝拉必须知道她所面对的是什么。

发现她们的阿喀琉斯之踵，默贝拉，你就拥有了一切。特格发动袭击的时候留在观测舰上，但要仔仔细细地注意观察。

欧德雷翟先从任何能有所帮助的人那里听取了详细的建议，然后要植入用来传输她那秘密观察结果的关键加密信号。无舰和长途运输机也必须重新设置，船员由特格亲自挑选。

贝隆达先是嘟囔着，后来更是开始大声咆哮，直到欧德雷翟出手干预才罢休。

“你在让我分心！你是想这样吗？拖我的后腿？”这时已经是出发前四天临近中午的时候，工作室里暂时只有她们俩。天气晴朗，但是反常地冷，夜间扫过中枢上空的狂风带来了尘土风暴，将空气染上了几分赭色。

“评议会就是个错误！”临走前，贝隆达需要再贯彻一下她的挖苦风格。

欧德雷翟发现自己在迅速回击贝隆达，因为她已经变得有些过于尖酸刻薄了：“很有必要！”

“对你来说，也许是必要！你好对你的家人告个别。现在你把我们都留在这里收拾这堆烂摊子。”

“你就是跑这里来抱怨评议会的是吗？”

“我不喜欢你最后对尊母的那些评价！你本来应该先咨询我们一下，就在散播那些——”

“她们是寄生虫！贝尔！是时候把这点说清楚了：大家都知道的缺点。如果受到寄生虫的折磨，身体要做什么？”欧德雷翟抛出了这句话，她的脸上带着大大的微笑。

“达尔，你摆出这副……伪幽默的样子，让我很想掐死你！”

“那你能边笑边掐吗，贝尔？”

“去你的，达尔！那些日子……”

“我们能在一起的日子不多了，贝尔，这就是让你烦心的原因。回答我的问题。”

“你自己回答！”

“身体应该定期除虫。即使瘾君子也梦想着自由。”

“啊。”贝隆达的眼神里射出了门泰特的神情，“你觉得可以让尊母上瘾变得很痛苦？”

“尽管你的幽默天赋低得可怕，但你还是有用的。”

一抹残酷的笑容出现在贝隆达的嘴角。

“我成功把你逗乐了。”欧德雷翟说。

“我和塔玛谈谈这事。她更有战略头脑。虽然……共享让她变软弱了。”

贝隆达走后，欧德雷翟向后靠着，静静地笑了。软弱！“明天别变得软弱，达尔，共享的时候。”门泰特纠结于逻辑，缺失的是心。她看出了这样的进程，因此有些担心可能会失败。该怎么办，一旦……我们打开窗户，贝尔，让常识照射进来。甚至是欢闹。正确看待更严肃的事物。可怜的贝尔，我不完美的姐妹。总有些事情要占据你敏感的神经。

出发当天的早上，欧德雷翟离开中枢时，心里还纠缠着她的想法——这是种自省的心绪，与默贝拉和什阿娜分享后得到的信息令她忧心忡忡。

我一直太放任自己了。

这提供不了解脱。她的思想被他者记忆框住了，几乎变成了愤世嫉俗的宿命论。

蜂后成群飞舞？

曾有人那样说过尊母。

但是什阿娜到底是怀着什么心理？塔玛竟然也赞同？

这比大离散包含的内容还要多。

我没法跟你进入那狂野之地，什阿娜。我的任务是让事情变得有序。你敢做的那些，我是没法去冒险的。艺术技巧有不同的种类。而你的和我的是互相排斥的。

吸收默贝拉他者记忆的生命历程是很有帮助的。默贝拉的知识加深了她对尊母的了解，为她增加了砝码，但也充满了令人不安的细微差别。

不是催眠状态。她们利用细胞生成，是那该死的T型刑讯仪的副产品！无意识的强制冲动！很难抵制我们自己也去用这种技术的诱惑。但这也是尊母最薄弱的环节——有大量无意识被她们自己的决定紧紧锁住。默贝拉这把钥匙只是强调了它对我们的危险性。

她们抵达了位于风暴中心的着陆平台，刚从车里出来，她们就被狂风裹挟着，有些不由自主。欧德雷翟对步行穿过剩下的果园和葡萄园投了反对票。

这是最后一次离开？贝隆达道别的时候眼神里流露出了这个问题。什阿娜担忧到皱紧的眉头中也有所显露。

大圣母接受了我的决定？

暂时，什阿娜。暂时接受。但是我没警告默贝拉。所以……也许我确实和塔玛的判断相似。

多吉拉在欧德雷翟这支小队的车里，有些退缩。

可以理解。她曾经在那里……看着她的姐妹被生生吃掉。鼓起勇气，姐妹！我们还没被打败。

只有默贝拉似乎泰然自若，她在思考着欧德雷翟和蜘蛛女王的会面。

我给大圣母足够的牌了吗？她到底是不是完全明白这有多么危险？

欧德雷翟收起了这样的想法。路上还有事要做。这些事中没什么比养精蓄锐更重要的。尊母的情况几乎可以根据现实分析出来，但实际的会面还是要进行的——就仿佛一场爵士表演。她喜欢这个关于爵士的想法，虽然这种音乐曲风古老，略带狂野，让她很分心。但爵士说的是生活。没有哪两场表演是完全相同的。演奏者根据他人的反馈信息来调整自己的演奏：爵士。

给我们爵士吧。

天气并不总是能影响空中旅行和太空旅行。人们可以通过临时干预强行制造通路。依靠气象控制部提供的发射窗口，飞行器可以穿过暴风和笼罩的乌云。沙漠行星是个例外，很快圣殿也将要考虑这一点。这涉及很多改变，包括重新利用弗雷曼停尸地的惯例。将尸体再处理，以得到水和钾碱。

等着传送到无舰上去的空当，欧德雷翟谈起了这件事。星球赤道周围那宽阔的炎热干燥带正在蔓延，用不了多久，那里刮起的风就将带来危险。有一天，会出现油核风暴：沙漠内部卷起的一阵火炉般的热浪，时速达到过几百千米。沙丘星曾经历过时速七百多千米的飓风。即使是太空运输机也要注意这样的力量。空中旅行会受制于星体表层状况的突变。脆弱的人类血肉之躯更是必须不顾一切躲进避难所。

就像我们一直做的一样。

平台等候室很老旧。从里到外都是各种石块，这是她们在这里的首座大型建筑物。简朴的悬带椅和压膜合成玻璃矮桌更新些。就算是大圣母也不得不受制于经济。

运输机在尘土飞扬的暴风中抵达，没有悬挂缓冲之类的无意义耽搁。这将是一场快速升空，身体的不适在所难免，但不会升高到摧毁人的肉体的程度。

欧德雷翟说出最后的道别之词，将圣殿事务交给了什阿娜、默贝拉和贝隆达组成的三人小组。那一瞬，她精神恍惚，仿佛不知身在何处。她的最后一句话是：“不要干涉特格。我也不想有任何不光彩的事情发生在邓肯身上。听到没有，贝尔？”

她们的技术取得了那么多伟大的成就，可是仍然无法免于猛烈沙暴的侵扰，运输机升空时，沙尘遮天蔽日，几乎看不到前方情况。欧德雷翟闭上双眼，接受了现实，她无法再从低空看一眼她深爱的星球了。飞船停泊时发出沉闷的轰隆声惊扰了她。闸锁前的门廊内有辆蜂鸣车等着。蜂鸣声一直传到她们的舱室。塔玛拉尼、多吉拉和侍祭仆从保持着沉默，对大圣母想沉浸于自己思虑中的念头表示尊敬。

至少，舱室还是她熟悉的，标准的贝尼・杰瑟里特飞船设置：一间小休息室兼餐厅，统一用淡绿色合成玻璃装饰；卧室更小些，也是一样的颜色，还有张单人硬床。她们知道大圣母的喜好。欧德雷翟瞥了一眼梭形浴缸和马桶，都是标准设施。她的舱室与塔玛的舱室相邻，多吉拉的也差不多。她打算一会儿再去看看飞船上还有什么重新改造过的地方。

基本所需都已经提供，包括那些可以起到心理支持作用的细微因素：柔和的颜色、熟悉的设施，这些设置没有一样会干扰她的思绪。在返回她的起居室兼餐厅前，她下达了出发的命令。

食物已经在一张矮桌上摆好——蓝色的水果，味道甜美，有些像李子；面包上涂着一抹喷香的黄色食品，是专门为补充她必要的能量而调制的。非常好。她看着负责的侍祭不声不响地把大圣母的起居都安排好。欧德雷翟一时没想起她的名字，她仔细想了一下：苏伊波。这位侍祭是个皮肤黝黑的小个子，一张圆脸上表情总是很平静，举止行为也安稳得体。算不上是最聪明的，但做事效率很高。

欧德雷翟突然想起来，这些安排似乎有些无情。一个小小的随行团，不会冒犯到尊母。还可以把我们的损失减到最小。

“苏伊波，你整理过我的行李了吗？”

“整理了，大圣母。”从她的声音里，可以感到她因为被选上参与这项重要任务而产生的无上骄傲。就连她转身离开时走路的姿态都透着这股劲。

还有些东西是你没法为我整理的，苏伊波。那些我都放在我的大脑里。

圣殿的贝尼・杰瑟里特在离开这颗星球时或多或少总会带些沙文主义。其他地方从来都不会是那么美丽、那么宁静、那么愉快的栖息地。

但这是她们的圣殿。

她以前从未这样想过，这是沙漠变迁的一面。圣殿在使自己慢慢消失。它逐渐远离，再不复返，对那些知晓它的人来说，它在她们的有生之年都不会再恢复。就如同被心爱的父母遗弃一样——轻蔑地带着恶意抛弃掉。

你对我来说已经不重要了，孩子。

在成为一名圣母的路上，很早就有人教导她们旅行之路也是可以趁机安心休息的便捷之门。欧德雷翟很希望能利用这一点，因此，在进餐之后，她立刻告诉她的同伴们："小事就不要打扰我了。"

苏伊波被派去召唤塔玛拉尼。欧德雷翟用塔玛自己特有的强调语气说道："检查一下有哪些重新改造的部分，告诉我应该看什么。带上多吉拉。"

"那个侍祭头脑很清楚。"对塔玛来说，这是很高的赞扬之词了。

"这事结束后，尽可能让我自己待会儿。"

飞船行驶过程中，欧德雷翟把自己绑在她那张小床的网里，让自己好好构思她认为是遗愿和遗言的那些词句。

谁当执行人？

默贝拉会是她个人的选择，尤其是和什阿娜分享之后，就更是如此了。不过……如果这次交叉点冒险之旅失败的话，这个沙丘流浪儿仍是强有力的候选人。

有人怀疑如果责任落到她头上，那么任何一位圣母都会服从。但这不会影响那些重要的时刻。不会影响这个陷阱的运作。尊母不大可能避开这个陷阱。

前提是我们的判断正确。默贝拉的数据也表明我们已经尽到了最大努力去做出正确判断。剩下的就只是请君入瓮了，而且，诱饵也相当有诱惑力。不深陷其中，她们是看不出自己已经踏上死路。等到能看出来，也就太迟了！

但是万一我们失败了呢？

幸存者（如果还有的话）会蔑视欧德雷翟。

我经常感觉被轻视，但从来也不会是蔑视的对象。可我所做的决定也许永远都不会被我的姐妹们所接受。至少，我没编造借口……甚至是对那些和我共享的人也没有。她们知道我的反应来自人类降临以前的黑暗。我们任何人都可能会做无用功，甚至是愚蠢的事。但我的计划可以为我们带来胜利。我们将不再“只是活着”。我们的圣杯需要我们一起坚持下去。人类需要我们！有时候，他们需要宗教。有时候，他们仅仅需要知道他们的信仰如同他们对高贵品质的希冀一样空洞。我们才是他们的根源。当一切面具被摘除，将残留下一样东西：我们的位置。

她感觉到这艘飞船正带着她飞向深渊。那可怕的威胁正越来越近。

是我奔向那高举的斧头；它没向我飞来。

消灭这个仇敌的念头没有出现。自从大离散扩大了人口后，那就不可能了。这是尊母计划中的一个缺陷。

尖厉的嘟嘟声和标志着已经抵达的橘色闪光划破了她的宁静。她费力地从悬挂带中起身，塔玛、多吉拉和苏伊波紧紧跟在她身后，她们一起跟着引路人到了运输闸，一架长距离运输机紧扣着船体挂锁。欧德雷翟看了看运输机可见的船壁扫描仪。真是小得难以置信！

“只有十九小时，”邓肯曾经说过，“但我们也只敢将无舰带到那么近了。她们肯定在交叉点周围设置了折叠空间传感器。”

头一次，贝尔也同意了邓肯的看法。不要拿无舰冒险。它不仅要送大圣母，更得布置外部防御，接收传输信号。运输机是无舰的前沿传感器，会发送回信号，报告它所遇见的东西。

而我是最重要的传感器，这副脆弱的身体内有着精密的仪器。

闸门上有引导箭头做指引。欧德雷翟在前面引路。一行人通过一条小管道迅速直线下降。欧德雷翟发现她们到了一间小舱室内，舱室内的摆设竟然十分豪华，这让她颇为惊讶。跌跌撞撞地跟在身后的苏伊波认出了这间舱室，在欧德雷翟的推论上更进了一步。

“这是艘走私船。”

有个人在等着她们。从他的气味上判断是个男性，但不透明的飞行员风帽加上与衣服相连的脖颈部分将他的脸隐藏了起来。

“大家系好安全带。”

男性的声音通过这套设备传出。

特格选的。他一定是最好的人选。

欧德雷翟在着陆口后面的一个座位坐定，看到了身前的网状保护带，上面是一块块逐渐向外散开的凸起。她听到其他人正听从飞行员的指令系安全带。

“一切安全？保持安全带系紧状态，听我的信号再解开。”驾驶舱内，他的椅子后面有一台悬浮扩音器，他的声音从里面传出。

欧德雷翟感到肚脐部位啪地一紧，接着飞船似乎在轻缓地移动，但她身旁的继视窗口显示，无舰正以惊人的速度逐渐远去。眨眼间就消失得无影无踪。

在任何人能着手调查之前开始做事。

运输机速度惊人。扫描仪报告预计十八小时以后将出现行星站和过渡关卡，因为他们被用闪光点标示出来，现在就能看到他们的位置。扫描仪上的一个窗口显示，其实行星站在十二个小时多一点后才能被肉眼看到。

运行的感觉突然停止了，欧德雷翟感觉不到视觉反馈的加速状态了。是悬挂舱。专为这个大小的零域场设计的伊克斯技术。特格从哪里得到这种东西的？

我没必要知道这些。为什么要告诉大圣母每座橡树种植园都在哪里？

将近一小时后，她看到传感器触点开始工作，她不由得默默感谢着艾达荷的机敏。

我们就要开始了解这些尊母了。

即便没有扫描仪分析，交叉点的防御模式也显而易见。层层叠加的飞机在守护着交叉点！正如特格所料。特格掌握着关卡布置信息，因此他的人可以绕着星球布下另一张大网。

不可能这么简单。

尊母们对自己碾压式的力量如此自信吗？连基本的预防措施都忽略了？

还有不到三小时的时候，行星空间站四号开始呼叫：“出示身份！”

欧德雷翟在这份命令中听出了一声“否则”。

飞行员的回应显然让这些观察者大吃一惊：“你们乘着一艘小走

私船来的？”

她们认出来了。特格又说对了。

“即将点燃驱动器中的传感设备，”飞行员宣布说，“这样能增加我们的推动力。确保你们的安全带都系紧。”

四号空间站注意到了：“你们为什么还在加速？”

欧德雷翟身体前倾：“重复刚才的信号，就说舱室狭窄，长途跋涉，代表团的人都累了。再加上一句，就说我已经在身上装好生命体征发射器，作为预防措施，如果我死了，我的人民都会得到警告。”

她们不会发现密码！聪明的邓肯。贝尔发现他藏在飞船系统里的东西时，不是也很惊讶吗？“又一个浪漫主义者！”

飞行员转达了她的话。接着收到了回复的命令：“降低速度，锁定坐标降落。现在我们将接管你们的飞船。”

飞行员在他的控制台上触碰了一处黄色区域。“她们的反应和霸撒说的一模一样。”他幸灾乐祸地说，然后他把风帽摘掉，露出头，转过了身。

欧德雷翟呆住了。

赛博格！

我们到了危险境地。

“他们没告诉你吗？”他问道，“用不着可怜我。我死了，这东西又给了我生命。我是克莱比，大圣母。如果这次我再死了，那我就得变成死灵，才能活过来了。”

该死！我们在用可能会被拒绝的金币交易。但现在更换已经太迟了。这就是特格的计划。可是……克莱比？

运输机平稳降落，显示了四号空间站高超的控制力。欧德雷翟立刻就知道了，因为她的扫描显示仪里可以见到的精心护理的景色不再移动了。零域场被关闭，她感觉到了重力。她正前方的舱门打开了。外面的温度温暖宜人，能听到些噪声。是孩子们在玩什么竞技游戏？

行李在身后飘浮着，她迈步上了一段不长的台阶，她发现吵闹声确实来自附近场地上的一大群孩子。都是二十来岁的女性。她们在来回拍打一个悬浮球，边玩边大喊大叫着。

故意摆出来给我们看的？

欧德雷翟觉得这很有可能。那个场地上大概有两千名年轻女性。

看看为我们招募了多少人！

没人问候她，但欧德雷翟在她左边一条铺就的小巷里看到了幢熟悉的建筑。显然是宇航公会的手笔，只是最近又加盖了一座塔。她边环顾四周，边说起这座塔，这样就把与特格的平面图相比有变化的数据传送给了植入的发射器。只要看过公会大楼，任何人都不会给这个地方贴错标签。

这么说，这里可能是另一个交叉点。在公会的记录里，毫无疑问，这里会被一串数字和密码代表。在尊母们接管之前，公会控制此地已久，以至于在刚下飞船最初的这一阵，她们刚适应恢复重力后的行走时，四周的一切似乎都带着公会的特殊风格。即使是运动场也不例外——这本是为领航员们坐在他们那巨大的美琅脂气体容器中到户外集会而设计的。

公会风格。伊克斯技术与领航员设计的结合——以最节能的方式围绕着空间构造他们的建筑，道路直截了当；很少有滑道。那些都是浪费，只有受重力约束的地方才会需要滑道。着陆平台附近没有鲜花绿植。它们容易受到意外损毁。还有那永久不变的灰色——不是银色，而是和特莱拉人皮肤一样单调的颜色。

她左边的建筑仿佛受了外力挤压一般，形成了巨大的凸起，有些地方呈圆形，有些出现了各种角度。这里以前肯定不是什么豪华酒店。当然，算是富丽堂皇的幽静去处，但这种去处很少，专门为极尊贵的要人而建，多数都是公会里的监察。

又一次，特格说对了。尊母们保留着现存的建筑，改动之处很少。只有一座塔！

然后欧德雷翟提醒自己：这不仅是另一个世界，更是另一个社会，有自己的社会黏合剂。她从与默贝拉的分享中掌握了这一点，但她还无法理解到底是什么让尊母们团结在一起。当然绝不仅是对权力的追逐。

“我们走路过去。”说完，她便带头沿着铺就的小路向巨大的建筑走去。

再见，克莱比。炸掉你的飞船，越快越好。给尊母们送上第一个大大的惊喜。

越走到近处，公会的建筑就显得越发高大。

不管什么时候，每次看到这些功能性建筑，最让欧德雷翟吃惊的，都是居然有人费尽心力做建设它的计划。一切都包含着有意设计的细节，只是有时需要仔细挖掘才能发现。预算决定了在面对许多选择时只能降低质量，耐久度要优先于豪华或者养眼程度。只能折中，像多数妥协的情况一样，这种折中的结果是人人都不满意。公会审计官无疑曾抱怨过这笔开销，目前的住户仍然会对一些缺点感到恼火。不管怎样，这是有形的实质。现在，它已经矗立在这里，被人们使用。这又是一个妥协。

建筑内部做了些改动。大厅比她预想的要小，大约只有六米长，四米宽。接待处就在她们进来位置的右边。欧德雷翟让苏伊波去代表她们登记，并示意其他人等在空旷处，彼此让对方保持在自己的攻击范围内，并不能排除对方背信弃义的可能性。

多吉拉显然很期待。她看上去是一副安之若素的架势。

欧德雷翟仔细观察了一番，然后对她们周遭的环境进行了一番评论。摄像眼很多，但除此之外……

每次进入这样的地方，她都有种处于博物馆的感觉。他者记忆告诉她这种酒店数千年来没什么实质变化。即使是在早期，她也发现了原型。从枝形吊灯中就能一睹过去——巨大的、闪闪发光的模拟电子设备，但用球形灯装饰着。其中两盏在天花板上占据着主要位置，仿佛是想象中的飞船从虚空中华丽降落一般。

这里还可以瞥见更多历史，只是这个时代的过往行人很少会注意到。卡槽式接待区装点着栏杆，等候区布置着座椅，配合着并不那么方便的灯光，还有标志指引人们去享受各种服务——吃饭的餐厅，可以吞云吐雾的娱乐室，约会的小酒吧，游泳馆以及其他运动设施，自动按摩房，等等。自古以来只有语言和文字发生了变化。如果语言相通，这些标志对前太空时代的原始住民来说就没有识别障碍。这是个临时歇脚点。

这里设置了大量安保设施。有些看起来有着大离散时代物品的特征。伊克斯和公会从来不会把金子浪费在摄像眼和传感器上。

接待区的机械侍者跳着狂乱的舞蹈——它在到处飞奔、清洁、捡拾垃圾、指引新来的人。有四个伊克斯人在欧德雷翟众人之前先到了这里。她仔细看了看他们。多么自大又胆小。

从贝尼·杰瑟里特的角度看，这些伊克斯人不管如何乔装打扮总是能够被一眼认出来。他们基本的社会结构影响了社会中的个体。伊克斯人对他们的科学表现出一种霍格本式的态度：政治和经济需求决定了哪些研究是被允许的。那说明伊克斯人社会梦想中那单纯的天真变成了中央集权的官僚制现实——形成一种新的贵族。因此他们正走向难以遏制的衰落，不管这个伊克斯小队要让尊母如何通融也不会有用。

不论我们之间的这场竞赛结果如何，伊克斯都将走向死亡。证明：几个世纪以来都没有过什么伟大的伊克斯改革创新。

苏伊波回来了："她们让我们等着，会有人来护送我们过去。"

欧德雷翟决定为了苏伊波、摄像眼，还有她无舰上的听众们，立即开始谈话。

"苏伊波，你注意到我们前面那些伊克斯人了吗？"

"是的，大圣母。"

"好好记住他们。他们是一个行将就木的社会的产物。期望任何官僚能有优秀的创新并且好好利用的想法过于天真。官僚关注的是不同的问题。你知道都是什么问题吗？"

"不知道，大圣母。"苏伊波先是向周围看看，找了找，然后才说道。

她知道！但是她看出来我在做什么了。这是一位什么样的侍祭？我小看她了。

"苏伊波，比如这些典型问题：谁得利？如果出了问题，谁负责？它会不会改变权力结构，让我们丢掉工作，或者它会不会让一些次要部门变得更加重要？"

苏伊波会意地点着头，但是她瞥向摄像眼的眼神可能有点太明显了。不过没关系。

"这些是政治问题，"欧德雷翟说，"它们显示了官僚动机是如何直接与适应变化的需求相左的。适应性是生命存活的首要条件。"

是时候和东道主直接对话了。

欧德雷翟仔细向上看了看，选了一个枝形吊灯上的主要摄像眼。“注意一下那些伊克斯人。他们的‘决定论宇宙思想’已经让步给‘无限宇宙思想’，而在无限宇宙中，任何事都可能发生。在这样的宇宙中，创造性混乱才是生存之道。”

“谢谢您教给我，大圣母。”

愿众神保佑你，苏伊波。

“她们和我们打过很多交道，”苏伊波说，“肯定不会再怀疑我们对彼此的忠诚。”

命运保佑她！这一位已经准备好接受香料之痛了，可是也许永远也看不到那一天了。

欧德雷翟只能同意这位侍祭的结论。对贝尼·杰瑟里特方式的尊崇来自内在，来自提醒自己洁身自律的那些不断观察的细节。它不是哲学，而是对自由意志的一种务实观点。在充满敌意的宇宙中，姐妹会走出了一条与众不同的路，但一切都基于一丝不苟地保持对彼此的忠诚之上，这是在香料之痛中锻造的协议。圣殿和它仅存的几个分支是建立在分享和记忆共享基础上的秩序的培育园，而不是以清白无辜为基础的。那种东西很久之前就已经被丢弃。其坚实的基础就在于政治意识和独立于其他法律习俗之外的历史观。

“我们不是机器，”欧德雷翟说，她边说边瞥向周围的自动装置，“我们一直都依赖于个人关系，至于这种关系会把我们引向何方，就无从知晓了。”

塔玛拉尼走到欧德雷翟身旁：“你不认为她们至少应该给我们发个消息吗？”

“她们已经给我们发消息了，塔玛，安排我们住在一间二流宾馆内就是消息。而我也回应了。”

最终，所有的事情都会被知晓，因为你想要相信你知道。

——《禅逊尼公案》

特格深吸了一口气。伽穆就在头顶正上方，正是他们从折叠空间出现时，他的领航员所说的位置，分毫不差。斯特吉站在他身边保持警戒，他则在旗舰的指挥室内通过显示器看着这一切。

此时的特格没有骑在斯特吉肩膀上，而是自己站在一边，斯特吉不喜欢这种感觉。这让她觉得自己在一堆军事设施中显得十分多余。她的目光持续锁定在控制间中枢的多重投影区。助理们行动迅速高效，在舱室和各区域间来回穿梭，他们身上都戴满了十分专业的设备，很清楚自己在做什么。而她对那些功能只有一知半解。

传达特格命令的控制台就放在他的手掌下，用悬浮器托着。命令区形成的模糊蓝色幽光环绕着他的手。银色的马蹄形设备让他和攻击部队保持联系，这种设备很轻，就放在他的肩膀上。与他以前的那些生命历程相比，现在的这些命令传达装置在他小小身躯的衬托下显得很大，不过他还是感受到了那种战场上的熟悉感。

他身边没人再怀疑这就是他们声名赫赫的霸撒，只是现在在孩童的身体里罢了。他们都干脆利落地接受着他的调遣。

从这个距离看，目标星系看起来很普通：一颗太阳，还有它的一众行星。但在视野中心那引人注目的伽穆星非比寻常。艾达荷就在那里出生，他的死灵在那里受训，他的原始记忆也是在那里恢复的。

而我就是在那里被改变的。

特格无法解释在伽穆时，自己在生存压力下被激发了什么。有榨干他肉体能量的物理速度，还有能看见无舰的能力，仿佛是在脑海中重新制造出一块太空区域一样，他可以在这幅图像中定位无舰的位置。

他怀疑这是一种厄崔迪基因的疯狂显现。他身上已经发现了标记细胞，但不知道它们的作用。这是贝尼·杰瑟里特交配圣母数千年来横加干涉的结果。毫无疑问，她们会将这种能力视作对她们的潜在危险。她们也许会想要使用这种能力，但他一定会因此而失去自由。

他把这些想法暂时赶出了大脑。

“派诱饵进入。”

行动！

特格感觉自己显露出一种熟悉的姿态。有种计划阶段结束，开始精神抖擞，准备大展拳脚的感觉。理论已经阐明，替代方案也仔细订制过了，下属任务都布置完毕，所有情况也都彻底介绍过。他的关键小队首领们已经把伽穆刻在了记忆中——这方面他们将占据压倒性优势，每个螺栓洞，每个已知的难攻点，哪条进出通道最易攻陷都已经明确。他还特别警告过混合人的事。那种类人野兽是盟友的可能性也不容忽视。帮助死灵艾达荷从伽穆逃出来的叛军坚持说混合人是为了猎杀尊母而被造出来的。听听多吉拉和其他人的叙述，如果那是事实，你几乎会开始同情尊母，只不过那些从来不会同情别人的人得不到任何怜悯。

袭击按计划形式进行——侦察舰佯攻，放出阻击火力，重型母舰进入打击位置。特格现在变成了他所说的“指挥我的工具的工具”。很难判定哪一个发出命令，哪一个做出回应。

现在，最微妙的部分到了。

要对未知怀有恐惧。优秀的指挥官要牢记这一点。未知变数永远存在。

诱饵离防御线很近。他看见了敌人的无舰和折叠空间传感器——在他的意识里，传感器是一排闪亮的白点。特格把它和他的部队位置相叠加。他下达的每个命令都必须看上去是源于大家都分享过的战场计划。

默贝拉没加入他这边，对此他很感激。任何圣母都有可能看穿他的虚假。但欧德雷翟命令默贝拉和她的人都与特格保持一定安全距离，没人会质疑大圣母的命令。

“她可能是未来的大圣母。要把她保护好。”

随机投影显示，星球附近出现耀眼闪光，这表明清除敌方防御设施的诱饵爆炸开始了。他身体前倾，双眼紧盯着投影。

“那就是模式！”

并没有这样的模式，但下属无条件信任霸撒的话，他们脉搏加快，心情激动。没人对霸撒是如何看到敌军防御弱点的感到怀疑。他的手在控制台上闪过，不时派他的战舰向前冲去，光束划过，照亮了他们身后的宇宙空间，里面还夹杂着敌人的碎片。

“好！就是现在！出发！”

他把旗舰航线完全交给导航系统，然后把全部注意力放在火力控制上。伽穆的前方阵地上，防守敌人的残存部分被旗舰一扫而光，无声的爆炸点缀着他们周围的空间。

“再放诱饵！”他命令道。

球状白光在投影区不停地闪烁。

控制间的注意力都集中在了投影区，没人过分留意他们的霸撒。出其不意！特格以此声名远播，如今的战役再次证实着他的声誉。

“我竟然感到一种不一样的浪漫。”斯特吉说。

浪漫？这毫无浪漫可言！浪漫的时间已经过去，或者还未到来。暴力计划可能有某种光环环绕。这点他接受。历史学家们创造出自己兼具戏剧性与浪漫的名声。但是现在这件事？现在是肾上腺素时间！浪漫会让你从那些必须去做的事情上分心。你必须内心冷静无比，心灵与身体之间保持一条清晰、不受影响的界限。

他的手在作战命令操作仪的区域内移动时，特格意识到了是什么在驱使斯特吉说出这话。是关于在这里创造出死亡与毁灭的一些原始思想。这是一个从正常秩序中剔除出来的时刻。古代部落模式令人不安地回归。

她感觉胸膛内有战鼓在咚咚咚地敲响，有个声音在反复嘶喊：“杀！杀！杀！”

在他护卫无舰的视野里，幸存者在惊慌地四散奔逃。

好！恐慌很容易扩散，然后就会削弱你的敌人。

“让他们感受一下男爵的厉害。”

艾达荷把他转化成了老哈克南的名字，与绵延不绝的城市，巨大的黑色塑钢中枢饰品相配。

“我们在北边平台着陆。”

他嘴里说着话，但是命令是在手上发出的。

现在，加快速度！

这短暂的时刻，当他们的部队霎时蜂拥而上之时，无舰会被看见，而且它将很脆弱。他将整支部队做出反应的各种要素控制在他的命令控制台上，这份责任十分沉重。

“这只是佯攻。我们进去让她们吃点苦头，给她们些严重损害后就撤出来。交叉点才是我们真正的目标。”

欧德雷翟离别时的告诫之词犹在耳边。“必须给尊母们一个从未有过的教训。让她们知道，攻击我们，她们也没有好果子吃；逼我们，她们的痛苦也不会小。她们听说过贝尼·杰瑟里特的惩罚。这方面我们恶名远播。毫无疑问蜘蛛女王得意了一阵。你必须在她那副笑脸上狠狠来上一拳！”

“离舰！”

这就是脆弱时刻。他们头上的宇宙空间仍然没有威胁，但交火线在从东边向内蔓延。他的枪手能处理这些。他要集中注意，防止敌人的无舰调转船头发动自杀式袭击。控制间的投影显示他的重锤飞船和载人飞船已经从舱内洪水般倾泻而出。冲击部队是一队悬浮器上的装甲精英分队，他们已经清除了周边的敌人，确保部队安全登陆。

还有便携式摄像眼，这让他可以对各战场区域的观察十分到位，还可以有效传达武力袭击的具体细节。通信不仅是响应命令的关键，也展示了血淋淋的破坏力。

“安全！”

传回的信号响彻指挥间。

他悬在平台上空，重新回到完全隐形模式。现在，只有通信连接会让防守的敌人知道一点有关他位置的线索，而那已经经过伪装中转的掩饰了。

投影显示出古代哈克南中枢那巨大得可怕的矩形形状。当初，它是作为一块限制奴隶的吸光金属而建。上层集团则住在顶层的花园大厦内。尊母们让它恢复了以前的压迫作用。

他的三艘巨型重锤飞船进入了视野。

“清除顶层敌军！”他命令，“做得干净点，尽量避免损毁建筑。”

他知道他的话是多余的，但发布命令就得这样。事实上攻击部队中的每个人都知道他的想法。

“继视投影报告！”他命令道。

信息从他肩膀上的马蹄形设备开始流动起来。他把投影作为次级显示投射出来。摄像眼显示他的军队在清扫战场周边。头顶上空的战役以及地面战役都处理得很好，至少推进五十千米范围外，比他预料的还要远。这么说尊母们把重型武器放在了行星之外，她们没想到会有人大胆袭击。他很熟悉这种态度，得感谢艾达荷预测到了这一点。

“她们被权力蒙蔽了双眼，以为重型武器只是为了打太空战使用，地面战用的只是轻型武器，所以根据需要拆除了重型武器。她们似乎觉得把那些东西留在星球上毫无意义，又占用太多能量。另外，她们知道那些重型武器保持在空中会让那些俘虏噤若寒蝉。”

艾达荷的武器概念是毁灭性的。

“我们倾向于对那些以为自己很了解的事情更关心。导弹就是导弹，即便是微缩到装着毒剂或者生化品的也一样。”

防护设备的创新提高了机动性。在允许的情况下这些设备都放在制服内。艾达荷还重新引入了屏蔽场机制，当被激光束击中时会产生可怕的破坏效果。悬浮器上的屏蔽场隐藏在傀儡士兵（实际是充气制服）身上，这些傀儡士兵散布在军队前面与军队共同行进。一旦有激光枪向它们射击，便会激发出清除原子，从而清除出大片区域。

交叉点会这么容易攻下吗？

特格对此很是怀疑。退无可退的情况会激发人们对新情况的急速适应。

两天内她们就可以在交叉点上加装屏蔽场。

在如何使用这些屏蔽场上也没有任何限制。

屏蔽场占据了旧帝国军事防御模式的半壁江山，他知道，是因为那个不知为何十分重要的词，叫作《大联合协定》。可敬的人们没有滥用他们封建社会的武器。如果你对公约不尊，其他人就会联合起来，用暴力对付你。更何况，还有看不见、摸不着的“脸面”，有些人叫作“尊严”。

脸面！那是我在团队中的位置。

对有些人来说，脸面比生命本身更重要。

“我们的损失非常小。”斯特吉说。

她正在转变成战役分析师，这对特格的喜好来说有点太无聊了。斯特吉的意思是他们没死几个人，但也许她说的比她知道的还要真实。

“很难想象用廉价设备发动袭击的场景，”艾达荷说过，“但那确实是很强有力的武器。”

如果你的武器所耗能量与敌人相比低太多的话，你就有了强大的杠杆，哪怕是在胜率极低的情况下，也有可能获得成功。只要将冲突尽量延长，就可以浪费敌人的资源。失去了生产力和工人，你的敌人就将被掀翻。

“可以开始撤了，”他转身从投影前移开，同时手在重复着刚才的命令，“我要尽快拿到伤亡报告——”他突然停了下来，一下子猛地转过身。

默贝拉？

她的投影在控制间的各个分区内不断重复出现。她的声音在图像中响亮、刺耳：“你为什么无视周边报告？”她重新改写了他的指挥仪授权，投影显示出一位被抓的现场指挥官，正在接受审讯：“……命令，我不得不拒绝他们的请求。”

“重复。”默贝拉说。

他的移动摄像眼显示出了现场指挥官大汗淋漓的特写。通信系统做了补充处理，此时他仿佛直直地看进特格的双眼里一般。

“重复：我这里有自称是难民的人要求庇护。他们的首领说有协议规定姐妹会要尊重他的请求，但是没有命令……”

“谁？”特格问道。

“他自称拉比。”

特格移到控制台旁，重新取回控制权：“我不认识任何——”

“等等！”默贝拉又取得了控制台的权限。

她是怎么做到的？

她的声音又一次充满了控制间：“把他和他的人都带到旗舰上。行动要迅速。”她暂时关闭了周边消息传送的声音。

特格大为震怒，但他身处劣势。他选了多重显影中的一个，怒视着她，说道：“你怎么敢干预战场指挥？”

“因为你的数据不准确。拉比有权这样。准备好隆重欢迎他。”

“解释。”

“没有！你没必要知道。但是我做这个决定很恰当，因为我看见你没回应。”

“那个指挥官是在分区！不足以——”

“但是拉比的请求有优先权。”

“你和大圣母一样蛮不讲理！”

“也许更糟糕。现在听我说！把那些难民带到你的旗舰上。然后准备接收我。”

“绝不可能！你要待在你现在的地方！”

“霸撒！这个人的要求需要有圣母给予特别关注。他说他们处于危险之中，是因为他们为圣母卢西拉提供了临时避难所。接受，否则就退下。”

“那先让我把我的人接到船上，然后先撤退。我们安全后就会合。”

“同意。但是对那些难民要以礼相待。”

“现在，离我的投影远点。我现在看不了其他信息了，愚蠢！”

“一切都在你的控制中，霸撒。在这段时间内，另外四艘战舰接收了四个混合人。它们让我们把它们带到驯兽师那里去，但是我已经下令把它们先囚禁起来。对待它们要保持高度谨慎。”

控制间投影屏上重新显示出战役状态。特格又一次下令撤回他的部队。他强压怒火，过了几分钟才重新恢复了控制感。默贝拉知道她削弱了多少他的权威吗，或者他应该把这视作测试难民对她的重要程度的手段？

局势稳定后，他把控制间交给一位助手，然后坐上斯特吉的肩膀，去查看这些重要难民。这些人为什么如此重要，以至于默贝拉冒险对战场进行了干预？

他们都在一艘运输舰内，一位谨慎的指挥官把这些本聚在一块的人分开了。

谁知道这些不认识的人藏了什么？

这位拉比正在被战地指挥官拦住询问，所以很容易辨认，他正和一位穿棕色长袍的女人一起站在离他的人民不远的地方。他个子不高，留着胡子，戴着一顶无檐帽。冷冷的灯光使得他显出一副古老先民的样子。那个女人用手挡着眼睛。拉比正在说着什么，特格走得越来越近，声音也变得清晰起来。

这个女人正遭受语言攻击！

“骄傲者会被贬低！”

女人没有把手从防御的位置拿开，直接说道：“我所承载的，并未让我感到骄傲。”

“也包括这种知识可能给你带来的权力？”

特格夹紧了膝盖，命令斯特吉在十步开外阻止他们。他的指挥官瞥见了特格，但是仍旧留在原地，他担心这是种分心之计，一旦有意外状况，他将立即采取防御措施。

好样的。

这个女人把头弯得更低了，说话的时候用手按着眼睛：“我们得到的难道不是侍奉神灵时可能用到的知识吗？”

“女儿！”拉比僵硬地挺直了身子，“不管我们能学到什么可以更好地为主服务的知识，也不会是多伟大的事情。所有我们说的知识，是指一颗卑微的心所能容纳的一切，不会超过水沟里的一颗种子。”

特格觉得自己不愿意去干涉他们。多么古老的对话方式。这一对把他迷住了。其他难民全神贯注地听着他们的对话。只有特格的战地指挥官显得十分冷静，一直注意着这些陌生人，偶尔会给身旁的助手一个手势。

女人低垂着头表示尊敬，包括那只阻挡的手，但是她仍然在为自己辩护：“即便是丢在沟渠的一颗种子也可能会带来生命。”

拉比的嘴唇紧紧地抿成了一条线，显得很冷峻：“没有水和精心的呵护，也就是说，没有祝福和话语，就没有生命。”

伴随着一声沉重的叹息，女人晃了晃肩膀，但是她仍然保持着那种奇怪的顺从姿势，然后回应道："拉比，我听见，我服从。可是，我必须尊重这些被强加给我的知识，因为它包含了你刚才所表达的告诫。"

拉比把一只手放在她的肩膀上："那么就把它传播给想要的人，愿你所去之处没有邪魔侵入。"

特格知道沉默代表着这段争论的终结。他催促斯特吉上前。她还没来得及动身，就看到默贝拉大踏步从他们身边走过，她的双眼盯着那个女人，向拉比点了点头。

"以贝尼·杰瑟里特的名义以及我们对您的亏欠，我欢迎你们，并很乐意为各位提供庇护。"默贝拉说。

棕色长袍的女人放下了她的手，特格看到隐形眼镜在手掌里闪闪发光。然后她抬起了手，周围霎时间响起一片惊叹声。这个女人的双眼是香料上瘾所致的完全的蓝色，但同时还透着那种内在的力量，显示出那是一个经历了香料之痛的人。

默贝拉立时做出判断。一个体制外的圣母！自从沙丘星上不再有弗雷曼人，就无人知晓这样的存在了。

女人向默贝拉屈膝施礼："我叫吕蓓卡。能和您在一起，我的内心充满喜悦。拉比认为我是只愚蠢的大鹅，可我这只愚蠢的鹅拥有的是一颗金蛋，因为我承载着兰帕达斯：七百六十二万两千零一十四位圣母，她们理应属于您。"

答案是对宇宙的一种危险控制。它们可以看起来很明智，却什么都没解释。

——禅逊尼警语

承诺的护送变成了漫长的等待，欧德雷翟先是很生气，接着又被逗乐了。最后，她开始跟着大厅里的机器踱步，干扰它们的行动。多数机器都很小，也没有一个是类人机器。

功能性机器。伊克斯伺服系统的典型印记。忙忙碌碌，它们是对交叉点或任何类似地点短暂停留之人的一种小小的陪伴。

它们是如此普通，以至于很少有人会注意。因为它们不具备处理故意干扰的能力，因此陷入了一种一动不动、不停地发出嗡嗡声的状态。

“尊母没什么幽默感。”我知道，默贝拉。我知道。但是她们能收到我的信息吗?

多吉拉显然收到了。她放下忧虑，看着这些滑稽的动作，露出了大大的微笑。塔玛看起来不太赞成欧德雷翟的做法，但她忍耐着，什么都没说。苏伊波不仅很高兴，而且跃跃欲试地要帮忙，欧德雷翟不得不出声阻止了她。

让我来做这些烦人的事，孩子。我知道前面有什么等着我。

确认她已经很清楚地表明了自己的观点后，欧德雷翟在其中一盏枝形吊灯下站定。

“到我这边来，塔玛。”她说。

塔玛拉尼顺从地将自己置于欧德雷翟身前，脸上是一副乐于从命的表情。

“你注意到没有？塔玛，现代的大堂通常很小。”

塔玛拉尼扫视了一眼周围环境。

“过去大堂都很大，”欧德雷翟说，“会营造出一种空旷的尊贵感，显得很有气势，当然还能给别人留下十分重要的印象。”

塔玛拉尼明白欧德雷翟这么表现想要表达的意思，跟着说道：“现在这时候，如果你旅行的话，你就很重要。”

欧德雷翟看着大堂地板上散在各处一动不动的机器。有的断断续续地嗡嗡着，其他的则静静地等着有人或者有什么东西过来把它们恢复正常。

自动接待员是一个长得像阴茎一样的黑色合成玻璃管，它带着一只闪闪的摄像眼，从笼子后转了出来，在那些已经停滞的机器中间穿行而过，来到欧德雷翟面前。

“今天太潮湿了。”它用一种多愁善感的女性声音说道，“真不知道气象部在想什么。”

欧德雷翟把话转给塔玛拉尼说：“为什么她们非要让这些机器模仿友好的人类？”

“很粗俗。”塔玛拉尼表示同意。她强行把自动接待员挤到了一边，机器来回转动着想要弄明白这种入侵的根源，但是没再做其他动作。

欧德雷翟突然意识到，她触碰到了为巴特勒圣战提供动力的力量——暴民动机。

我的个人偏见！

她研究着面前的机器。它是在等待指令吗，还是她必须直接与这个东西对话才行？

又有四台机械装置进入大厅，欧德雷翟看到她们一行人的行李就摞在上面。

相信我们的所有物品都被仔细检查过了。随便搜吧。这上面找不到我们的任何信息。

四台自动运送行李的机器沿着房间边缘快速行进，发现它们的路线被那几个无法行动的机器阻挡住后停下了，等着有人来排除这种突发状况。欧德雷翟看着它们笑了。“匆匆过客的样子，掩盖了我们的秘密自我。”

掩盖和秘密。

用这些语言惹恼那些观察者。

来吧，塔玛！你知道这个策略。用大量的无意识内容让她们困惑，激起她们无法识别的罪恶感。就像我刚才处理那些机器一样让她们不得安宁。让她们小心翼翼。让她们去想这些贝尼·杰瑟里特女巫的真正力量是什么。

塔玛拉尼接到她的暗示。匆匆过客，还有秘密自我。她用和孩子说话的语气向摄像眼解释着：“离开你的小巢时，你会带着什么？你是打包全部带走吗，还是只精简到必需品？”

这些暗中观察的人会把什么列为必需品？卫生洗漱用品还是换洗衣物？武器？她们在我们的行李中搜索过这类物品。但是圣母通常携带的不是可见的武器。

“这个地方也太难看了。”多吉拉站在欧德雷翟身前，加入了塔玛的行列，接着演了起来，“有时候你甚至会觉得可能是故意弄得这么难看。”

哈，你们这些暗中观察的卑鄙小人。观察多吉拉吧。还记得她吗？既然她知道你们可能会怎样对她，为什么她还要回来？回来把自己喂给混合人？看看她在乎了吗？

“这是临时歇脚点，多吉拉，”欧德雷翟说，“多数人绝不会把这里当作最终目的地。是有一点不便，小小的不舒服，不过也可以提醒你这只是个临时住所。”

“路边的小站点，而且除非她们彻底重建，否则顶多也就当成这种小站了。”多吉拉说。

她们会听到吗？欧德雷翟沉着地向她选定的摄像眼看了过去。

这种行径不仅丑陋而且意图明显。它是在告诉我们：“我们会为你们的胃提供点东西，加上一张床，一个倾空膀胱和肠子的地方，一个供维护肉体所需的那些仪式性的地方，但是你们很快就将消失，因为我们真正想要的是你们留下的能量。”

自动接待器绕着塔玛拉尼和多吉拉退后了一些，又一次试图与欧德雷翟接触。

“你会立刻送我们去我们的住处！”欧德雷翟说着，紧紧盯着那只巨大的眼睛。

“天哪！我们招待不周啊。”

她们是在哪儿找到这么腻人的声音的？恶心。但还不到一分钟，欧德雷翟就已经往大堂外走了，她的行李在前面的运送机上，身后紧跟着苏伊波，塔玛拉尼和多吉拉稍后些。

她们所经之处的一侧，可以明显看出故意的遮掩。这是不是意味着交叉点的交通量下降了？有趣。整条走廊上的百叶窗都被封上了。

是有意隐藏着什么吗？在这种略显阴暗的氛围中，她发现地板以及窗台上都有灰尘，只有很少的维护机械的痕迹。是要隐藏位于窗外的东西吗？不太可能。这里被关闭应该已经有些日子了。

根据正在维护的内容，她发现了一个模式。走动的人很少。这是尊母的影响。在一个地方老老实实待着，还要祈祷不会被潜伏在什么地方的危险之物发现，只有这样才会感觉更安全些，这种情况下还有谁敢四处走动？通往上层阶级私人住处的道路畅通无阻。只有最高等级的人才配备了最佳的维护措施。

伽穆的难民到达的时候，会有房间供他们休息的。

大厅内，一台机器递给苏伊波一台向导脉冲发生器。“这是你们的导航仪。”这是个圆圆的蓝色球体，黄色箭头在里面飘浮着，箭头指向你选择的路。“抵达以后按那个小小的铃。”

脉冲器的小铃响了。

我们这是到了哪里？

这又是一个主人提供了“各种奢侈品”，却还是让人感觉很不舒服的地方。房间的地上铺着柔软的黄色地板，墙壁涂成了淡淡的紫色，天花板是白色的。没有犬椅。虽然没有犬椅只能说明她们的经济状况，并非为客人着想，但还是要感谢这一点。犬椅需要维护以及昂贵的服务人员。她看到家具铺着珀玛弗隆面料，能感到面料后面那种塑料的弹性。房间里其他颜色的东西都是这种材质。

床有点出乎意料。她们提出要硬些的床垫，有人把它理解得太字面化了。结果变成了黑色合成玻璃的平面，没有床垫。也没有床上用品。

看到这个以后，苏伊波开始抗议，但欧德雷翟制止了她。尽管贝尼·杰瑟里特有资源，但舒适有时是需要先放在一边的。首要的是完成任务！那是她们最重要的工作。如果大圣母偶尔不得不睡在没有床上用品的硬板上，可能会有鞠躬尽瘁这样的名声传出去。另外，贝尼·杰瑟里特也有很多办法可以适应这样微不足道的不便。欧德雷翟已经有适应这点不适的决心，因为她知道，如果她提出反对，很可能面临的将是另一场有意羞辱。

让她们把这个加到所有那些她们无从知晓的内容中，然后为此担心好了。

检查房间内的其余设施的时候，她叫的人到了，而且表现出一副毫不关心、幸灾乐祸的态度。欧德雷翟和伙伴们进入公共客厅的时候，天花板上的通风口突然传来了一个声音："返回大堂，你们将在那里被护送到大尊母那儿。"

"我自己去。"欧德雷翟说着，压下了其他的抗议声。

在从长廊进入大厅的入口处，一名身着绿色长袍的尊母坐在一张看起来很容易破碎的椅子上。她的脸看起来仿佛城墙一般——仿佛是层层叠叠的石头。嘴就像个水闸，她通过一根透明的管子将液体吸入嘴里。紫色的液体顺着管子向上流动。液体散发出一种糖类的味道。那双眼睛像是隐藏在城墙上的武器一般。鼻子仿佛是眼睛将仇恨发泄出来的一个斜坡。下巴很瘦弱。那个下巴，毫无必要，像是事后才想起来要有个下巴一样。你甚至能从中看到婴孩时期的影子。还有头发，人工染深后成了泥褐色。这不重要。眼睛、鼻子、嘴，这些才重要。

那个女人慢慢地、傲慢地站了起来，强调着她注意到欧德雷翟了，这是多么大的恩赐。

"大尊母同意见你们。"

她的声音厚重，几乎透着阳刚之气。志得意满溢于言表，以至于不管她做什么都难免显露出骄傲来，还带着那种执拗的固执己见。她“知道”那么多事情，简直就是个移动的无知与恐惧的展示牌。欧德雷翟把她看作是尊母脆弱之处的完美展示。

她们转过了很多拐角和长廊，这些地方都干净明亮，最后来到一处长长的房间——阳光透过一排窗子倾泻而下，房间一头是复杂的军事控制台，显示着太空图和地形图。这是蜘蛛女王整个网络的中枢？欧德雷翟有些怀疑。控制台有些太明显。一眼就知道那是做什么的，但整个设计又和大离散风格有些不同。人类能够操纵的场地有其物理限制，精神界面板块也不过如此，即便实际上这部分是高耸的椭圆形加上奇特的淡黄色制作而成。

她扫视整间房间。家具很少。有几把悬带椅和几张小桌子，还有一大片开阔区域，（也许）是人们等待尊母发布命令的地方。没有杂物。这里应该是行动中枢。

用它让女巫开开眼！

有一面长长的墙，透过墙上的窗子能看到远处的石板和花园。这一切都是设计好的！

蜘蛛女王在哪里？她在哪里睡觉？她的巢穴是什么样子？

两个女人从石板上方拱形门内走了进来。两个人都穿着红色长袍，上面是闪光的阿拉伯花饰和龙的形状。还有粉碎的苏石做装饰。

欧德雷翟保持着沉默，谨慎行事，护送人员极尽简单地做了介绍，然后就匆忙离开了。

如果没有默贝拉的提示，欧德雷翟一定会觉得蜘蛛女王身边站着的那个高个子才是首领；但恰恰相反，反而是身材矮小的这位身居高位。这很有意思。

这个人不是爬到了权力的顶峰。她是在缝隙间游走才取得的今天

的地位。有一天，她的姐妹们醒来，突然意识到这已经成了事实。她已经稳稳地坐在正中央。谁又能反对？离开她十分钟，你可能就忘了自己反对的是谁了。

两个女人用同样的热切检视着欧德雷翟。

也好。此时，这样的事情必不可少。

蜘蛛女王的外表远超她的意料。直到此刻之前，贝尼·杰瑟里特都没有取得关于她样貌的详细描述。只有临时投影可供参考，但都是根据少数零散的资料与想象构建出的形象。终于，她现身了。一个小个子女人。长袍下身着红色紧身衣，如预料的一样，紧身衣显露出她紧绷的肌肉轮廓。平淡无奇的鹅蛋脸，棕色的眼睛也并无光彩，眼神里跳动着橘色的光。

恐惧，又因恐惧而愤怒，但无法确切猜到她恐惧的缘由。她有的只是一个目标——我。她觉得会从我这里得到什么？

她的助手就完全是另一种人了：从外表上看，助手要危险得多。一头金发梳理得一丝不乱，略带点鹰钩鼻，薄嘴唇，颧骨高耸，皮肤紧绷，还有那恶毒的眼神。

欧德雷翟把她的眼神又一次投向蜘蛛女王的五官特征：离开一分钟也许就很难形容出来的鼻子。

挺直？嗯，算是吧。

眉毛与草色头发很匹配。嘴微微张着，变成了那种能看见的肉色，闭上时几乎就看不到了。在这张脸上，你很难找到一个视线聚焦的中心，因此整张脸感觉都很模糊。

“就是你在领导贝尼·杰瑟里特。”

她的声音同样低调，用的是凯拉奇语，带着些奇怪的屈折变化，没有术语，但你会感觉声音是从她的舌后发出的。这蕴含着语言学技巧。默贝拉的信息里特别强调过这点。

“她们有种和音控力很接近的东西。和你教我的不完全一样，但她们会另一种技巧，也是某种语言上的技术。”

语言上的技术。

“我应该怎么称呼你？”欧德雷翟说。

“我听说你们管我叫蜘蛛女王。”狂暴的橘色光点在她的眼睛里跳跃着。

“现在我们就在你那张大网的中枢，加上极大的权势，恐怕我必须承认确实如此。”

“你注意到的就是这个——我的权势。”爱慕虚荣！

欧德雷翟首先标记的是这个女人的气味。她笼罩在一层浓郁到离谱的香味中。

为了掩盖她的信息素？

是因为她被警告过贝尼·杰瑟里特有能力根据极微小的数据做出判断？有这种可能。也可能只是她偏爱这款香水。这种令人作呕的古怪混合物让人很容易联想起那些异国情调的花朵。莫非这种气味源自她的家乡？

蜘蛛女王把一只手放在她那再普通不过的下巴上：“你可以叫我达玛。”

她的同伴提出了反对：“这是百万星体中最后的敌人！”

原来她们是这么看待旧帝国的。

达玛抬起一只手，示意安静。整个姿态显得十分随意，却表达了明确的意图。欧德雷翟在那位助手眼里看到了与贝隆达十分相似的闪亮眼光。她在那里虎视眈眈，伺机而动。

“多数人都要叫我大尊母，”达玛说，“不过我授予你这个荣誉。”她朝身后的拱形门做了个手势，“我们出去走走，就我们两个，边走边聊。”

不是邀请，这是个命令。

欧德雷翟在门边停了一下，看看在那里显示的一幅地图。白底黑线，用些细线标着道路，用凯拉奇语在一些不规则的边缘轮廓上写着标志。那里是石板小道外的花园，能识别出其中一些植物。欧德雷翟弯下腰，凑近了仔细研究，与此同时，达玛饶有兴致地容忍她，等着她。是的，那里有极不寻常的树木和灌木丛，很少有结可食用果实的。拥有这些足以让人引以为豪，这幅地图也正是要突出强调一下这点。

进了院子后，欧德雷翟说：“我注意到你用了香水。”

达玛一下子被拽到了回忆中，回应的时候声音里也似乎有着些微不一样的含义。

为她自己的火焰灌木而做的花朵身份标志。想想吧！但想到这里，她既悲伤又愤怒。她在想为什么我要想这个。

“否则，灌木丛就不会接受我了。”达玛说。

她选择了这样的动词时态，很有意思。

带着口音的凯拉奇语不难理解。很明显她下意识地调整了口音，以便她的听众能听明白。

好听力。用几秒钟去看一看，听一听，然后做出调整，让别人能听懂自己的话。多数人很快就会采用的非常古老的交流形式。

欧德雷翟认为这种行为从根本上说是种保护措施。

不想被当作是异类。

这种对外界做出适当调整的性格特征是刻在基因里的。尊母并没失去这个特征，但这是个弱点。下意识中采用的调性并未被彻底掩盖住，而这种调性会透露很多信息。

尽管她有着堂而皇之的自负，但达玛聪明且自律。应该怀着愉悦的心情得出这个观点。刻意回避她的优点是毫无必要的。

达玛在院子边停了下来，欧德雷翟走到此处也不动了。她们几乎是在肩并肩地站着，欧德雷翟向外望着花园，被那种几乎是贝尼·杰瑟里特式的样子惊呆了。

“尽管说出你的观点。”达玛说。

“作为人质，我有什么价值？”欧德雷翟问道。

那种橘色的光斑暴涨！

“你显然问过这个问题。”欧德雷翟说。

“继续。”橘色慢慢消退了。

“姐妹会有三个人可以代替我。”欧德雷翟用她最具穿透力的目光盯着对方，“很可能我们会互相摧毁，最终只能够两败俱伤。”

“对付你们就像捏死一只蚂蚁那么简单！”

小心橘色！

内心的警告并不能改变欧德雷翟的心意：“但是捏死我们，你的手也会溃烂，最后，疾病会吞噬你。”

没有具体的细节，就不能说得更清楚。

“不可能！”达玛的眼神里透着橘色的怒火。

“你以为我们不清楚你们是如何被你们的敌人驱赶至此的吗？”

这是最危险的一着险棋。

欧德雷翟观察着这着棋是否生效。阴沉着的脸并不是达玛唯一的反应。那种橘色消失了，这使得那双眼睛平淡、沉闷，反而和那张阴沉的脸形成了奇怪的反差。

欧德雷翟仿佛听到了达玛的回答一般点了点头：“那些人已经把

你们赶进了死胡同，我们可以让你们在这些人面前不堪一击。”

“你以为我们……”

“不是以为，我们知道。”

至少，现在我知道了。

这个信息让她既欣喜又恐惧。

是什么让这些女人也不得不屈服？

“我们只是在积攒力量好去——”

“好返回到那个你们注定将被粉碎的竞技场上去……在那里，即使人数占优也无济于事。”

达玛的声音又退回到了那种柔和的凯拉奇口音，欧德雷翟很难听明白：“这么说他们找过你们了……而且还提出了价码。多么愚蠢，竟然信任……”

“我没说我们信任。”

“如果劳格诺……”她点头示意她说的是屋里的那个助手，“……听你这么和我说话，你会在我来得及警告你前就被杀掉。”

“我很幸运，这里只有我们俩。”

“别总指望这个。”

欧德雷翟的目光越过她的肩膀望向那座建筑。对宇航公会设计风格做出的改变显而易见：正面长长的一排窗户，用了很多异国情调的木料和宝石。

那是财富的象征。

她的穷奢极欲是普通人难以想象的。只要是她想得到的，只要是这个社会可以提供出来的，没有不在她面前屈从的，没有敢拒绝她的，除了返回到大离散中的自由。

达玛牢牢地抓着她那流亡终将结束的幻想不放手，抓得多么牢固。能把这股力量驱赶回旧帝国的，又是什么样的力量？为什么是这里？欧德雷翟不敢问。

“我们去我的住处继续这场谈话。”达玛说。

终于，要进入蜘蛛女王的巢穴了！

达玛的住处有点让人困惑。地板上铺着好几层地毯。她脱掉凉鞋，光脚走了进去。欧德雷翟紧随其后。

看看她脚外侧那层角质层！那是保养良好的危险武器！

让欧德雷翟感到困惑的不是柔软的地面，而是房间本身。一扇小小的窗户俯瞰着精心修剪的绿植花园。墙上没有挂饰，也没有照片，同样没有任何装饰。通风口栏杆在她们进来的门上投下了一条条阴影。右边还有一扇门和另一个通风口。房间里有两张灰色软沙发，两张黑得发亮的小边桌，还有张金色调的桌子，比刚才那两张稍大，上方有绿灯闪烁，说明那里是控制区。欧德雷翟认出了精美的矩形轮廓，那是镶嵌在金色桌子上的投影仪。

啊哈，这就是她的工作室。我们是来工作的吗？

这个地方能让人专心致志地工作。任何会分心的因素都被精心地消除掉了。达玛会接受哪些令人分心的因素？

有装饰的房间在哪里？她一定会有与她所处环境相匹配的特有生活方式。你不可能永远在心里搭起屏障，去拒绝让你不适的周遭事物。如果你想要真正的舒适，你的家不可能按伤害你的方式搭建，尤其是在无意识方面不能对你有任何伤害。她明白无意识的弱点！这是真正的危险，但她有能力说“是”。

这是古老的贝尼·杰瑟里特洞察力。你要寻找能够说“是”的人，不要费力找那些只能说“不”的喽啰。你要找出能够达成意向、签署协议、兑现承诺的人。蜘蛛女王不常说“是”，但她有这个权力，她自己也知道。

她把我带在身边的时候，我就应该意识到了。她允许我称呼她为达玛，这就是她释放的第一个信号。我设计让特格去袭击，这点我已经无法阻挡，我是不是做得太急躁了？现在反悔已经太迟了。松开了特格身上的缰绳时我就知道了。

但我们可能会吸引什么其他力量？

欧德雷翟已经将达玛的统治模式刻在心里。哪些话、哪些手势可能会让蜘蛛女王退缩，蜷缩到强烈地意识到她自己的心跳的状态。

这场戏必须演下去。

达玛在金色桌子上方的绿色区域内正用手做着什么。她全神贯注，完全忽视了欧德雷翟，这既是种羞辱，也是种赞扬。

你不会干预的，女巫，因为那不符合你的最大利益，你知道的。另外，你还没那么重要，不足以让我分心。

达玛显得有些焦躁。

伽穆的袭击行动成功了吗？难民开始抵达了？

目光中橘色的火焰重新燃起，聚焦在了欧德雷翟身上："你的飞行员刚刚宁愿毁了自己和你的飞船也不愿接受我们的检查。你到底带了什么？"

"我们自己。"

"有一道发出的信号，信号源正是你！"

"好告诉我的同伴我是否还活着。你已经知道了。我们的祖先有些会在发动袭击前烧掉自己的船。这样就没有退路了。"

欧德雷翟带着十分的小心说着，语气与时机都根据达玛的反应不断调整："如果我成功，你将会送我回去。我的飞行员是赛博格，因此无法从你们的探测中保全自己。他接到的命令是宁可自杀也不能落入你们的手里。”

“以免为我们提供你们行星的坐标。”达玛眼里的橘色变弱了，但她似乎仍然深受困扰，“我没想到你的人在服从命令方面能做到这种程度。”

没有性的牵绊，你是如何掌控她们的，女巫？答案不是很明显吗？我们有秘密力量。

现在要小心，欧德雷翟提醒自己，要有条不紊，随时对新情况保护警惕。让她以为我们只选择一种回应方法且不会改变。她对我们有多少了解？她不知道即使是大圣母也可能只是一小块诱饵，一种只为得到关键情报的诱惑。所以我们更优越吗？如果是这样，那更优越的训练能带来更优越的速度和数量吗？

欧德雷翟没有答案。

达玛在金色桌子后坐了下来，她并没请欧德雷翟也坐下。这种行动有种筑巢的意味。她并不常离开这个地方。这是她网络的真正中枢。所有她觉得需要的东西都在这里。她把欧德雷翟带到了这间屋子，正是因为在任何其他地方都不方便。她在其他环境下不舒服，也许甚至会感到受到威胁。达玛没有招惹危险。她曾经那样做过，但那是很久前的事了，已经封存在她脑海中。现在，她只想坐在安全又组织完备的茧中，在这里，她可以操控其他人。

欧德雷翟心情愉悦地发现这些观察印证了贝尼·杰瑟里特的推断。姐妹会知道如何利用这种优势。

“你没什么说的了？”达玛问道。

拖延时间。

欧德雷翟冒险提出了一个问题：“我极度好奇你为什么同意这次会面？”

“为什么好奇？”

“这有点特别……特别不符合你的性格。”

“什么性格符合我们由我们自己决定！”她的声音显得相当暴躁。

“但是我们有什么让你感兴趣的？”

“你觉得我们觉得你们很有趣？”

“可能你甚至觉得我们很了不起，因为我们正是这么看你的。”

达玛脸上的满意表情转瞬即逝：“我知道你会觉得我们很有吸引力。”

“非比寻常的也会吸引那些与众不同的。”欧德雷翟说。

这句话让达玛的嘴唇上露出了心照不宣的笑意，是那种人们觉得自己的宠物很聪明的笑容。她起身走到一扇窗前。达玛召唤欧德雷翟到她身边去，指着第一批开花的灌木丛之外的一排树木，用那种很难听懂的柔和口音开始说起来。

有什么东西触发了内在警报。欧德雷翟陷入并流意识中，她寻找着源头。是这间屋子里的东西，还是蜘蛛女王？达玛所做的并非匹配当前的形势的自然自发行为。所以这一切都是设计好的，要创造出一种效果。这是经过了精心策划的。

这位真的是我口中的蜘蛛女王吗，还是另有更强大的一位在背后监视着我们的一举一动？

欧德雷翟搜索着这个想法，迅速拣选着。这个过程中产生的问题要远多于答案，这是种接近于门泰特记事法的心里速记。寻找相关性，提出潜在（但有顺序的）背景情况。顺序通常是人类活动的产物。混乱是作为创造顺序的原料而存在的。这就是门泰特方法，提供的不是无可更改的真理，而是做出决定的显著杠杆：在非离散的系统中有序安排数据。

她找到了一处结论。

她们在混乱中狂欢！她们更爱混乱！这是群肾上腺素成瘾的人！

所以达玛就是达玛，大尊母。永远的施予者，永远的大首领。

没有更强大的一位在监视我们。但达玛相信这是在讨价还价。你会有种她以前从来也没做过这样的事的感觉。事实正是如此！

达玛在窗下一处没有任何标记的地方碰了一下，墙向后折叠，揭示这堵墙只是个巧妙的投影。这条路通向用墨绿色瓷砖铺就的高台。从这个角度俯视种植园与窗口投影中的园子大不相同。这里留存了混乱，野蛮生长也未加控制，与远处井然有序的花园对比起来就显得更加令人瞩目。这里有刺藤、倒下的树木、浓密的灌木丛。再远处，还有规划整齐的空间，种着一排排像是蔬菜的东西，有自动收割机来往穿梭其间，在它们身后留下一段段裸露的土地。

热爱混乱，的确如此！

蜘蛛女王露出微笑，率先走向阳台。

出现在阳台上的时候，欧德雷翟又一次因为她眼前所看到的景象停下了脚步。那是左边防护矮墙上的装饰。整个装饰品大小与真人相仿，用一种几乎是缥缈超凡的物质塑造而成，形成了羽毛般柔软的平面和曲面。

欧德雷翟眯起眼打量着这座雕塑，她发现这是要代表一个人类。男性还是女性？有些地方是男性，有些又是女性。平面和曲面应和着游移无定的微风轻轻摆动。一些走向曲折、构造精妙的管道固定在一座半透明的小丘上，管道里伸出些精细到几乎看不见的线（看起来像志贺藤），这座雕塑就是靠着这些细线悬着的。雕塑下肢末端几乎碰到了支撑基座的鹅卵石表面。

欧德雷翟目不转睛地看着，一时竟无法自拔。

为什么看到它会让我想起什阿娜的那座“虚无”？

有风吹过的时候，整座雕塑似乎都在跳舞，有时稍静些，就像是在优雅地踱步，然后慢慢地单脚旋转，接着伸直了腿，脚尖扫地转了起来。

“这叫‘芭蕾大师’，”达玛说，“有时风吹过来，它还会把脚踢得很高。我见过它优雅地跳舞，像个马拉松选手一样一刻不停。有时候就只是有些丑陋的小动作，手臂动来动去，好像在举着武器一样。美丽又丑陋——都一样。我觉得艺术家给它起错了名字。‘无从知晓’可能更适合。”

美丽又丑陋——都一样。无从知晓。

什阿娜的创作很可怕。欧德雷翟感到一阵恐惧袭遍全身：“出自哪位艺术家之手？”

“我不知道。我的一位前任从我们当时正在摧毁的星球上拿的。你好像很感兴趣，为什么？”

*这是那无人可驾驭的狂野。*但她说道：“我想我们都在寻求互相理解的基础，想在我们之间找到些相似之处。”

这句话又燃起了她目光中的橘色火焰：“你可能想要理解我们，但是我们不需要理解你们。”

“我们都来自女性社会。”

“把我们当成你们的分支是很危险的！”

但默贝拉的证据显示你们就是。由大离散中的鱼言士和圣母们在紧急关头形成的组织。

一切都很天真，欺骗不了任何人，欧德雷翟问道：“为什么危险？”

达玛大笑起来，声音中却全无笑意。仿佛受到了伤害而怀恨在心。

欧德雷翟突然感觉要对危险重新评估。现在不仅需要贝尼·杰瑟里特的探测和检查。这些女人一旦发怒就习惯于杀戮。这是种条件反射。达玛和她的助手谈话时已经说了类似的话，而她刚刚发出的信号则表明，她的忍耐是有限的。

但是，她还是在以自己的方式表达着沟通意图。她展示了令人惊叹的机械装置，她的权势，她的财富。但没有提到联盟。主动做我们的仆人，女巫，我们的奴隶，我们会赦免你们大部分罪行。是要得到百万行星中的最后一个？肯定还有更多目的，但不管怎样，这是个有趣的数字。

重新审视过该如何小心谨慎后，欧德雷翟改变了策略。圣母们太容易陷入适应模式。当然，我和你很不一样，但为了达成协议，我可以灵活些。这对尊母来说是行不通的。只要有一丝迹象表明她们不是处于绝对控制的一方，她们就不会接受。达玛允许欧德雷翟拥有如此高的自由度，是因为这是一种申明，彰显着她的地位高于她的姐妹们。

又一次，达玛用她蛮横的态度说话。

欧德雷翟认真听着。蜘蛛女王觉得贝尼·杰瑟里特可以提供的最有吸引力的事情之一就是对新疾病的免疫力，这点多奇怪。

那就是将她们驱赶到这里的袭击方式？

她的真诚是很天真的。这样就没有那些令人生厌的定期检查了，就为了看看你的肉体是不是有了些隐秘的疾病。有时不是那么隐秘，有时也会很危险，让人心生厌烦。但贝尼·杰瑟里特可以结束这一切，而且会得到合理的回报。

多么令人愉快。

每个字都还是那种怀恨在心的语气。欧德雷翟在想：怀恨在心？

这个词似乎并不能完全描述出那种感觉。那是种深层次的东西。

下意识的嫉妒之心，对与我们分开后无法获得的东西感到心有不甘！

这是另一种模式，已经被程式化了！

尊母落入了一种不自知的重复性习惯动作中。

那种我们早就抛弃的习惯动作。

这不仅是拒绝承认她们起源于贝尼·杰瑟里特，还是在处理垃圾。

失去兴趣了，就把东西扔在那里。让喽啰们把垃圾带出来。她更关心下一个她想要消耗的东西，而不是那些把她的巢穴弄脏的物品。

尊母的缺陷比之前怀疑的更严重，对她们自己以及她们控制的人来说更致命。而她们本身无法面对这一点，因为对她们来说，这件事根本不存在。

从来不曾存在过。

达玛仍然是个无法触碰的矛盾体。她的脑海里没有关于结盟的问题。她看起来似乎是在准备这么做，但那只是在测试她的敌人。

放手让特格去做还是对的。

劳格诺从工作室走了出来，手上端着一个托盘，上面放着两只细长玻璃杯，里面几乎盛满了金色液体。达玛拿了一只，嗅了嗅，然后带着一副愉悦的表情呷了一口。

劳格诺的眼睛里那恶毒的光芒是什么意思?

"尝尝这种酒，"达玛边说边指着欧德雷翟，"我相信你从没听过它的原产地星球，我们在那里凑齐了生产这种完美金色葡萄所需的所有元素，这种葡萄能做出完美的金色葡萄酒。"

欧德雷翟被人类与他们珍贵的古老饮品之间长久的联系所吸引。酒神巴克斯。浆果会在灌木丛或是部落容器中发酵。

“没有毒，”欧德雷翟正犹豫之时，达玛说道，“我可以向你保证。我们是会在有需要时杀人，但我们不做蠢事。我们把那些更露骨的致命打击留给大众。我不会把你误认为是那些泛泛之人的。”

达玛自觉妙语连珠，轻笑起来。这种费力表现的友好几乎让人感到恶心。

欧德雷翟拿起端上来的杯子，抿了一口。

“这是有人为了取悦我们而专门设计的。”达玛说着把注意力锁在了欧德雷翟身上。

一小口已经足够了。欧德雷翟感觉到了些异样物质，她用了几次心跳的时间去辨别它的目的。

是要使保护我免受刑讯仪影响的谢尔失效。

她调整了自己的新陈代谢，使这种物质变得无害，然后说出了她所做的事。

达玛怒视着劳格诺：“原来如此，怪不得这类东西对女巫不起作用！而你从来没怀疑过这点！”怒火简直要化作物理力量砸向那个倒霉的助手。

“是一种我们用来抵抗疾病的免疫系统在起作用。”欧德雷翟说。

达玛把杯子猛地摔到地砖上。她花了些时间才恢复平静。劳格诺举着托盘，几乎是以拿盾牌的姿势慢慢撤了出去。

看来达玛并非偷偷溜上了权力中心。她的姐妹们认为她是致命的危险。所以我必须也这样看她。

“浪费精力，必须有人为此付出代价。”达玛说。她的笑容并不愉快。

有人。

有人酿了酒。有人做了这会跳舞的雕塑。有人必须付出代价。是

谁从来都不重要，重要的是这种惩罚的乐趣或是需要。顺从。

“不要打断我的思路。”达玛说。她走到低矮的护墙边，盯着她的“无从知晓”，显然在重新构思讨价还价的立场。

欧德雷翟转过去看劳格诺。那种一刻不停的警惕，全神贯注，且兴奋至极地锁定达玛是怎么回事？这已经不再是简单的害怕。劳格诺突然显得极度危险。

毒药！

对欧德雷翟来说，这件事仿佛就像那位助手已经喊出了这个词一样确定。

我不是劳格诺的目标。暂时还不是。她抓住这个机会是要攫取权力。

无须去看达玛。这一刻蜘蛛女王的死已经明确地写在劳格诺的脸上。欧德雷翟转过身去确认此事。达玛正瘫成一堆躺在“无从知晓”下。

“你将称呼我为大尊母，”劳格诺说，“你会为此而感谢我的。她（指着阳台角落那红色的一堆）打算背叛你，消灭你的人民。我有其他计划。我不是那种在最需要的时候去摧毁一件有用的武器的人。”

战斗？总有占据更多呼吸空间的欲望在刺激着战争的发生，不在这里，就在那里。

——霸撒特格

默贝拉带着不会影响她感觉的漠然观看了交叉点的战斗。她在自己的无舰指挥中枢和一小群监理站在一起，注意力锁定在从地面战区摄像眼上不断传来的投影上。

交叉点上到处都在战斗——黑夜的半球上，道道亮光划过；白天的半球上，爆炸的灰烟升腾。由特格坐镇的主要交锋以“堡垒”为中心展开——这是幢公会设计的巨大建筑，边缘附近新建了一座高塔。虽然欧德雷翟的生命体征传输突然停止了，但她的早期报告已经证实大尊母就在那里。

只能从远距离观察帮助默贝拉建立起了疏离感，但她还是能感到兴奋。

有趣的时代！

这艘战舰装载着珍贵的货物。来自兰帕达斯的百万记忆正在通常为大圣母预留的套间内被分享，为离散做准备。这位带着珍贵记忆的体制外圣母如今是这里的重中之重。

这是确定无疑的金蛋！

默贝拉想起在那间房间内以生命为代价所付出的风险。要做最坏的准备。充足的志愿者和交叉点冲突的威胁，这两点减少了对香料毒药的需求，而香料毒药本应是激发天分、降低风险所必需的。这艘战舰上的任何人都能感觉到欧德雷翟在这场赌局中的孤注一掷，认识到了死亡的威胁正在逼近。这更加证实了分享的必要性！

记忆在姐妹中传递是以危险为代价的，这种单个圣母向拥有多种记忆的圣母的转化对默贝拉来说已经失去了神秘的光环，但默贝拉仍然对责任感到敬畏。吕蓓卡的勇气……还有卢西拉！……都让人不得不钦佩。

上百万的记忆生命！全都集中在姐妹会所谓的“累进极值”之中，二二得四，四四十六，然后是十六乘十六，直到每个大脑都装载了所有的记忆，这样任何幸存的人都能够保留下这累积的宝贵财富。

她们在大圣母的套间内正在做的事情有些那种味道。这个概念不再让默贝拉害怕了，但仍显得非比寻常。欧德雷翟的话很能抚慰人心。

“一旦你完全适应了他者记忆的束缚，其他的一切都会进入一种完全熟悉的视角，就好像你一直都知道一样。”

默贝拉认识到，特格准备以死捍卫这种多重意识，这种多重意识正是贝尼·杰瑟里特姐妹会的关键所在。

我还能做得比他少吗？

特格不再是谜一样的传说，但仍是尊敬的对象。记忆中的欧德雷翟更加深了默贝拉对他的尊敬之意，欧德雷翟用他的丰功伟绩提醒着她，然后说：“不知道我在那边怎么样了，问问。”

指挥官说：“没有任何信息。但她的传送信号也可能是被能量屏蔽盾挡住了。”

他们知道真正问这个问题的是谁。他们脸上的表情表明了一切。

她拥有欧德雷翟！

默贝拉又把注意力放在了堡垒的战况上。

她自己的反应让默贝拉大吃一惊。这一切都被一种由来已久的厌恶所沾染，即厌恶重复而无意义的战争。但尽管如此，新获得的贝尼·杰瑟里特能力还是明显让她兴高采烈。

尊母的部队武器精良，她注意到了这点，特格的热吸收垫正在遭受袭击，但就在她密切观察期间，尊母的防御战线崩溃了。艾达荷设计的巨型破坏者落在高大树木之间的一段通道，撞得守卫东倒西歪，她能听到阵阵哀号。

他者记忆使她能从独特的视角做出比较。就像个马戏团一样，飞船着陆，它们的人类货物从舱内倾泻而出。

“中间的环形区！蜘蛛女王！拿出前所未见的勇气来！”

欧德雷翟的人格生出一种饶有兴致的轻松感。用这来增加姐妹间的亲近如何？

你在那边还好吗，达尔？她们是不是已经杀了你？一定是的。蜘蛛女王会怒火中烧，怪罪于你。

在特格发动袭击的路上，她看到午后的树木投下长长的暗影，似乎在邀请人们去树下纳凉。他命令手下去查看一番。不是看吸引人的林荫大道。是去找找有什么不好走的路可以被利用。

城堡位于一座巨大的植物园内，珍奇的树木伴着更加奇怪的灌木丛，中间夹杂着些常见的植物，一堆一簇地随意种植着，仿佛是被孩子蹦跳着撒落到地上一般。

默贝拉觉得马戏团的比喻很有吸引力。这为那些她曾目睹的一切提供了新的视角。

头脑里有人在宣告开场。

请看这边，会跳舞的动物，蜘蛛女王的守卫者，恭顺无比！第一个环形区内，将上演大事件，由我们的场上指挥，米勒斯·特格先生亲自监督！他的小伙子们神秘莫测。这就是天才！

罗马马戏团的舞台上上演的战斗，在这里也都细节完备。默贝拉很欣赏这种影射。它使观察更加丰富。

挤满了装甲兵的战斗高塔一点点临近。他们交火了。火焰划破天空。尸体倒地。

但这些是真正的身体、真正的痛、真正的死亡。贝尼·杰瑟里特的敏感驱使她对这样的浪费感到遗憾。

我的父母不就是这样在大扫荡中被抓的吗？

来自他者记忆的比喻消失了。然后她看到了交叉点，她知道特格肯定也在看着。血腥的暴力，记忆中并不陌生，然而又很新鲜。她看见进攻方在向前推进，听到了他们的喊叫声。

女人的声音，明显带着震惊：“那片灌木丛在对我尖叫！”

另一个声音传来，是个男性：“不知道这东西从哪里来的。那个黏糊糊的东西会灼烧皮肤。”

默贝拉听到堡垒远处那边有行动的声音，但是到了特格的位置附近就奇怪地安静下来。她看见他的士兵在暗影下飞快掠过，朝着高塔逼近。特格骑在斯特吉的肩膀上，也在那个位置。大约一千米外，有栋建筑正对着他们，特格抬头向那里望了一阵。默贝拉选了个与他的目光一致的投影画面。画面里显示的是窗后的行动。

那神秘的武器在哪里？尊母们应该会做孤注一掷的反击啊。

他现在该做什么？

特格在主交战区外被一束激光击中，丢掉了他的指挥舱。指挥舱歪倒在他身后，他跨坐在斯特吉的肩膀上，隐蔽在一片灌木丛中，其中有些还有暗火在燃烧。与指挥舱一起失去的还有他的指挥仪，但那银色的马蹄形指挥连接器还在，不过没了指挥舱的加持，它的功能大打折扣。通信专家就在附近潜伏着，信号十分不稳，因为他们失去了与行动部队的近距离联系。

建筑后方，战斗还在继续，枪炮声越来越响。他听到了嘶喊声，火焰枪的刺刺声，大型激光炮的轰鸣声，还有手持武器那种细小的嗖嗖声。在他左侧，战场上的某个地方传来沉闷的嗡嗡声，他听出来了，那是重装甲陷入麻烦的声音。伴随着剐擦声，那是金属的痛苦呻吟。能量系统已经损毁。它正拖着笨重的身体努力蹒跚前行，可能会把花园撞得一团糟。

海克，特格的私人助理，正在霸撒的身后，闪躲着进了灌木丛。

斯特吉首先注意到了他，然后没有警告就转过了身，特格不得不面对这个人。海克皮肤黝黑，肌肉发达，眉毛浓重（现在已经被汗水打湿），直接在特格面前停了下来，没等呼吸平稳就急忙开口说：“我们最后一个口袋也封紧了，霸撒。”

海克提高了音量，好盖过战场上的声音，他左肩上的中场扬声器也在不停地传出谈话声，都是战斗紧急情况下的简短语调。

“远处战线情况如何？”特格问道。

“半小时内就可以收尾，不会再多了。您应该离开这里，霸撒。大圣母警告过我们，要让您远离不必要的危险。”

特格指了指他那已经毫无用处的指挥舱：“我为什么没有备用通信设备？”

“来的路上被一发大口径激光射中，两套都烧毁了。”

“两套放一起了？”

海克听出了他声音中的怒意：“长官，那两套……”

“任何重要设备都不能放在一起运送。之后我要看看是谁违背了命令。”稚嫩的声带中传出的轻声反而比高声喊叫更显得危险。

“是，霸撒。”严格服从命令，海克的表现说明这不是他自己的错误。

该死！“替代设备多久能抵达？”

“五分钟。”

“以你最快的速度去把我的预备舱带来。”特格用膝盖碰了碰斯特吉的脖子。

她还没转身，海克说道：“霸撒，她们把预备舱也烧了。我已经命令再准备一间了。”

特格强压下一声叹息。战斗中这样的事情确实时有发生，但他不喜欢依靠原始设备：“我们就在这里等你。再拿些中场扬声器来。”至少，它们还能在一定范围内传话。

海克扫了一眼周围的绿地：“这里？”

“我不喜欢前面那些建筑的样子。那座高塔是这片区域的指挥中枢，肯定有地底入口。如果是我，我会留出来的。”

“没什么东西在那座……”

“在我的记忆里，这里的布局不包括那座塔。把声波探测调过来，检查一下地底情况。我希望我们的计划有最新的安全信息做保证。”

海克的扬声器里有声音响了起来，盖过了其他的谈话声：“霸撒！霸撒在吗？”

没等他吩咐，斯特吉便走到了海克身边。特格接过通话机，抓起的同时低声说出了他的代号。

“霸撒，平台这边一团糟。大概有一百个人想乘飞船逃跑，都撞进了我们的防护屏里，没有生还者。”

“有没有大圣母或者她那个蜘蛛女王的线索？”

“没有。我们根本分辨不出来。我是说全乱套了。需要我发送画面吗？”

“发一张。继续寻找欧德雷翟！”

“我跟您说了这里没有人生还，霸撒。”传来一声咔嗒声，还有低低的嗡声，然后另一个人的声音传了过来：“发送。”

特格从下巴下方拿出他的语音打印编码器，然后迅速喊出一串命令：“重锤飞船紧急起飞到堡垒上空。把着陆平台和她们那些其他惨状在公共转播频道播出。所有频段都发送。确保她们都能看见。宣告着陆平台区域无幸存者。”

表示确认信息已收到的两声咔嗒插了进来。海克说道：“您真的认为可以吓住她们吗？”

“教育她们。”他重述着欧德雷翟的离别语，“很不幸，她们的教育问题被忽视了。”

欧德雷翟发生了什么？他感觉她一定是死了，也许是这里所有伤亡人员中的第一个。她已经料到会是这样。如果默贝拉能够控制住她的冲动和鲁莽，那她虽然死了，却并未失败。

此时此刻，在高塔上的欧德雷翟却把特格的行动尽收眼底。劳格诺用反向信号盾切断了她的生命体征传送，在伽穆的第一批难民抵达不久，便把她带到了高塔内。没人对劳格诺至高无上的地位提出质疑。一位死去的大尊母和一位活着的大尊母都只是熟悉的东西而已。

欧德雷翟想，自己随时可能会被杀死，在与警卫一同进入一条零域场通道的时候，她还在收集数据。这条运输道是大离散时期的作品，透明的气缸，透明的活塞。她们走过的地板上很少有那种凸出的墙体。从她目力所及的多数活动区域和极其专业的硬件设施看，这些都是为军事目的而建的，当然这只是欧德雷翟的猜测。她们升得越高，就越能看见更多舒适、安静的区域和设备。

不管是身体上还是心理上，权力都有攀升的本性。

她们到达了顶层。在圆柱形管道向外荡出的一部分，一个警卫粗暴地把她推上了厚地毯铺就的地板上。

达玛在下面向我展示的工作室只是另一个套路。

欧德雷翟看出这里的隐秘性。如果没有默贝拉预先透露的信息，这里的设备和家具几乎难以辨认。这么说其他行动中枢都只是在作秀而已，都只是为圣母而建的波将金村[1]。

劳格诺对达玛的意图撒谎了。我本来是会带着无用的信息……安全离开的。

她们还在我面前摆出了什么其他的谎言？

劳格诺和除了一人之外的所有警卫走到欧德雷翟右边的一座控制台前。欧德雷翟绕着单脚转身，环视着周围。这里才是真正的中枢。她认真研究着。这里真是个奇怪的地方，整洁卫生的氛围，用化学品进行过清洁，没有细菌或者病毒污染物，仿佛不想让血液中混入外来物质。一切可能的污染都被清除掉了，就像是为罕见的食物准备的陈列柜一样。达玛对贝尼·杰瑟里特在疾病免疫方面的能力表现出了浓厚兴趣。看来大离散中出现了细菌战。

她们想要从我们这里得到一样东西！

1　俄罗斯女皇叶卡捷琳娜二世的情夫波将金为讨女皇欢心，曾特地斥巨资在她的必经之路上建立了一批豪华假村庄。从此，波将金村成为弄虚作假的面子工程的代名词。

只要一个幸存的圣母就可以满足她们，如果她们能从她那里榨出情报的话。

贝尼·杰瑟里特需要对这张网上的蛛丝进行全面细致的检查，看看都通向哪里。

如果我们赢了的话。

劳格诺聚精会神盯着的操作台比那些摆给别人看的台子小一些。手指操控。她身边矮桌上的显示面板更小，它是透明的，露出了刑讯仪像美杜莎头发一样纠结在一起的线。

志贺藤无疑。

显示面板与离散中的特格和其他人描述的T型刑讯仪有高度相似性。这些女人是不是还掌握着更多的顶尖技术？一定是。

劳格诺身后是堵闪着光的墙，左边有窗子开向阳台方向，从那里望出去，能俯视大片开阔的交叉点景观，现在则能看到军队和装甲车的行动。她从远处认出了特格，那是坐在一个成人肩膀上的身影，但没有迹象表明她看出了什么不同寻常的地方。她继续慢慢研究着。能看见有扇门与另一条零域场通道相连，通道就在紧挨着她左边的一块单独区域，地上铺了更多绿色瓷砖。那个空间应该有不同的功能。

墙后突然爆发出一阵嘈杂声。欧德雷翟听出了部分声音。士兵的军靴踏在瓷砖上会发出一种独特的声音。有异样面料摩擦发出的嚓嚓声，还有人的说话声。她听出了尊母用震惊的语气彼此回应的口音。

我们正在取得胜利！

当无往不胜遭遇滑铁卢时，自然会震惊。她研究着劳格诺的反应。她会不会陷入绝望？

如果是，我也许还可以活下去。

默贝拉的角色可能需要做出改变。嗯，那件事可以日后再议。已经向圣母们简单介绍过如果胜利来临该做什么了。她们中没有谁，包括攻击部队中的任何人也都不会粗暴对待尊母——不管是满足色欲或是其他念头都不会发生。邓肯已经预先告知过男性士兵，让他们都完全清楚陷入尊母性欲圈套中的危险。

不要冒任何被束缚的风险。也不要挑起新的敌对情绪。

比欧德雷翟想象中还陌生的人有质疑，因此新的蜘蛛女王已经公开表态。劳格诺离开了她的控制台，走到距欧德雷翟不到一步的距离停了下来："这场战斗你赢了。我们是你的囚徒了。"

她的眼里没有橘色火焰。欧德雷翟扫视四周，看了一眼曾是她的看守的女人：空洞的表情，清澈的眼神。这是她们表达绝望的方式？感觉不对。劳格诺和其他人都没有表现出她所期待的情绪反应。

一切都被保密了？

过去几小时的事件应该会造成她们的情绪危机。芬格诺却没有发现任何类似迹象，任何神经或是肌肉的一点抽动都没有。也许是不经意的担心，仅此而已。

贝尼·杰瑟里特面具！

这种情绪应该是下意识的反应，是由失败引发、会自动出现的东西。所以她们并未真的接受失败。

战斗还在继续。不是表面的战斗……但一定是有的！难怪默贝拉当初差一点就死了。她需要面对的是作为最高禁令的自己基因中的历史。

"我的同伴们，"欧德雷翟说，"那三个和我一起来的女人。她们在哪里？"

“死了。”劳格诺的声音和所用的字眼一样没有任何感情。

欧德雷翟压下为苏伊波感到的一阵剧痛。塔玛和多吉拉已经活了很久，也做出了自己的贡献，可是苏伊波……死了，甚至还从来没分享过。

又损失一个优秀的人才。真是令人痛苦的一课！

“如果你想要报复，我会指认对此事负责的那几个人。”劳格诺说。

第二课。

“报复是小孩子和情绪有缺陷的人才做的事。”

劳格诺的眼里又出现了一丝橘色。

人类的自欺欺人有很多形式，欧德雷翟提醒自己。她明白大离散会产生意想不到的结果，她已经相应地武装了自己，让自己保持安全距离再去观察，这样，她就可以有评估新地方、新人、新物的空间。她早就知道她将不得不把很多事情分成不同类别，这样才能服务于她或是转化威胁。她把劳诺格的态度看作是种威胁。

“你看起来似乎并没有什么不安，大尊母。”

“其他人会为我复仇。”她的声音平淡，非常镇定自若。

她说出的话甚至比她的镇定更加奇怪。她把一切都遮盖得十分严密，现在，却受欧德雷翟的观察所激发，从她若隐若现的举动中一点一滴地显露出来。那是深刻又强烈的东西，但埋藏得很深。一切都在里面，与圣母掩盖的方式一样，她们给这秘密戴上了面具。劳格诺看起来似乎根本没有力量，说起话来又好像没什么重要的事情改变了一样。

“我是你的囚徒，但是这没什么区别。”

她真的无能为力了？不！但那是她希望传递出的印象，她周围的所有尊母都在做着一样的反应。

“看见我们的反应了吗？除了姐妹的忠诚和联结的追随者，我们毫无力量。”

尊母对她们的复仇军团如此有信心？只有她们以前从未经过如此败绩才有这个可能。可是已经有人把她们赶进了旧帝国，赶进了百万行星。

在找地方评估这次胜利的时候，特格发现了欧德雷翟和她的俘虏们。战争总是需要后果分析的，尤其是来自门泰特指挥官的后果分析。根据他的经验，这场战役最需要他做的就是比较测试，这比其他情况都要重要。这次冲突得经过评估才会留存在记忆里，然后才能尽可能广泛地在那些依赖他的人中做分享。这是他不变的模式，他不在乎这里透露了他自己的什么信息。打破这层互相关联的锁链，你就为失败做好了准备。

我需要个地方重新看看这场战斗中的细枝末节，然后做个初步的总结。

在他看来，战役最困难的一点就是如何处理才能不释放人性的狂暴。这是贝尼·杰瑟里特格言。战役要做到激发幸存者心中最好的一面。这是最困难的，有时也几乎是不可能办到的。士兵离大屠杀越遥远，要做到这一点就越困难。这也是特格一直坚持要去战场亲自查看的原因之一。如果你没见过那种痛苦，很容易就会毫不犹豫地引发更大的痛苦。那是尊母模式。但她们的痛苦被带回了家园里。这种痛苦会给她们带来什么样的影响？

他和助手从管道里出来的时候，正看见欧德雷翟面对着一队尊母，此时这个问题正在他脑海里盘旋。

“这是我们的指挥官，霸撒米勒斯·特格。”欧德雷翟做着手势说道。

尊母们都望向特格。

骑在成人肩膀上的一个小孩子？这就是他们的指挥官？

“死灵。”劳格诺喃喃说道。

欧德雷翟对海克说：“把这些囚犯押下去，不要虐待她们。”

海克没动，特格点了点头，他这才礼貌地向俘虏们示意，让她们先向左边铺着地砖的区域走去。特格的统治力并未在尊母中间消失。在遵从海克的邀请走过去的时候，她们都怒视着特格。

男人命令女人做事！

特格一只膝盖碰了碰斯特吉的脖子，他们就朝阳台走去，欧德雷翟跟在身边。这个场景似乎有些怪异之处，他仔细分辨了一下。他也从高处观察过许多战斗场景，多数时候都是从负责侦察任务的扑翼飞机上看的。这个阳台是固定在空中的，这给他一种身临其境之感。他们所站位置距下面的植物园大约一百米，多数最激烈的战斗都发生在植物园内。许多搬运过后的尸体都四肢摊开，杂乱地摆在地上——玩具娃娃被离开的孩子们扔到一边。他认出其中部分制服属于他的军队，感到一阵痛苦。

我本来是不是能做点什么阻止这一切发生？

这种感觉他体验过很多次，他把它称为“指挥罪恶感”。但这一幕有所不同，不是任何战斗中都有的那种独一无二的东西，而是一种不断困扰他的感觉。他觉得一部分原因在于这种园林式的场景，这是一个更适合在花园中聚会的地方，现在却被古老的暴力形式撕得四分五裂。

小动物和小鸟们在陆续返回，在被吵闹的人类入侵打扰得不得安宁后，如今偷偷摸摸，紧张地东躲西藏。长着长长尾巴的、毛茸茸的小生灵在死亡士兵身边探头探脑地嗅着，接着又不知为什么惊慌失措地跳上了旁边的树丛。五彩斑斓的鸟儿从树叶的屏障后窥视着，或是在场地上一闪而过——只留下几道模糊的彩线般的身影，或是突然钻到树叶下躲起来，那身色彩就成了它们的保护色。长着羽毛的生灵强化了这幅场景，它们试着恢复人类观察者误以为是安宁的那种不平静。特格不会犯这样的错。在他的死灵生命中，他曾在荒野中长大。那是类似农场的生活，但野生动物未经人类的驯化，所以那里并不宁静。

观察到了这些，他就意识到了是什么在拉扯着他的意识：他们攻占了一座人员配备齐整的防御阵地，守卫人员武器精良，而战场上的人员伤亡极小。从进入堡垒后，他看不到任何可以解释这一现象的原因。他们是被突然的袭击吓得一时手足无措吗？他们在太空中的损伤是另一回事——他能够看见对方舰船，这种能力确实带来了碾压性的优势。但这些建筑所处位置并非毫无准备，他们本来完全可以后撤一些，使进攻成本大幅增加。但尊母的抵抗突然间崩塌，而现在依然没有理由可以解释这一现象。

我以为这是她们在灾难突发时的手足无措，但我错了。

他扫了一眼欧德雷翟：“那边那个尊母，她下令停止抵抗了？”

“那只是我的推测。”

谨慎又典型的贝尼·杰瑟里特式回答。她同样在仔细观察眼前的情景。

她们的防守士兵如此突然地扔掉了手中的武器，欧德雷翟的推测能合理解释这点吗？

他们为什么这样？是要防止更多的流血事件？

鉴于尊母通常所表现出的冷漠、淡然，这是不可能的。做出这个决定背后的原因究竟是什么，这个问题像片阴云笼罩着他。

圈套？

想到这一层，他立刻想起了战场上的其他奇怪现象。通常会出现的伤员电话一个都没接到，没有那些匆忙地跑来跑去、大喊着要求担架和医护人员到位的情景。他能够看到苏克在尸体间行动。至少这一幕是熟悉的，但他们检查的每具尸体都被留在了当初倒下的位置上。

全部阵亡？没有伤员？

他突然感到一阵恐惧。不是战场上的不同寻常的恐惧，而是他学会了如何解读。有什么事错得离谱。嘈杂的噪声，他视野中的事物，连空气中的味道都变得更浓烈。他觉得自己的感官变得极度灵敏，像一只在丛林中猎食的野兽，它了解自己的领地，但已经意识到有什么东西入侵了它的地盘，必须找出来，以免猎手沦为猎物。他把周遭的环境重新标注到不同等级的意识层面上，同时也解读自己，寻找可以达到这种反应的唤醒模式。斯特吉在他的身下战栗起来。她一定感觉到了他的忧虑。

“这个地方感觉很不对劲。”欧德雷翟说。

他向她伸出一只手，要她噤声。即便是身处高塔，周围都是胜利的军队，他也仍然感觉自己身处威胁之中，他的感官呐喊着向他发出警告，却无法显示出威胁来自哪里。

危险！

他很确定。这种被蒙在鼓里的感觉让他很沮丧。这需要他调动每一点他所受过的训练，才能让自己不致陷入紧张的游离状态。

他轻轻示意斯特吉转过身，特格向阳台门口站着的一位助手果断下达了一道命令。这位助手静静听着，然后跑着去执行了。他们必须拿到伤亡数字。伤亡比是多少？还有收缴的武器报告。十万火急！

他接着检查战场时，眼睛却捕捉到了另一个违反基本常识的问题，这令他很不安。倒下的人中，有些穿着贝尼·杰瑟里特制服，却几乎看不到血。战斗中的伤亡在正常人类身上自然会有终极证据——那蔓延的红色，暴露在空气中后逐渐变暗，但只要是目睹了这种惨状的人，记忆中就很难抹去这幅情景。他还从未听说过没有流血的屠杀。在战争中，从来没听过的事往往会带来极度的危险。

他轻轻对欧德雷翟说："他们还有我们没发现的武器。"

不要急于揭示判断结果。隐匿判断往往更有力。它可以引导反应，而这种反应的效果只有在改变已经太迟的时候才能感觉到。

——贝尼·杰瑟里特对新入会成员的建议

什阿娜闻到了远处虫子的味道：美琅脂的肉桂味，夹杂着火石和硫黄的苦味，那是伟大的拉科斯食沙者体内那片水晶堆筑的地狱的气味。她之所以能感觉到这些微小的后代，是因为它们的数量很多。

它们太小了。

今天的沙漠监测站一直很热，现在下午已经过半，内部的人工降温让她感觉心情舒畅。因为西窗一直开着，她的老卧室有温度调节设施，所以勉强还能忍受。什阿娜走到那扇窗边，望向窗外耀眼的沙粒。

凭着记忆，她知道今晚这里会有什么美景：干燥的空气中星光闪耀，微微照亮着直达远处漆黑的弯曲的地平线的沙波。她记起了拉科斯的那些月亮，不由得心生怀念。仅有星星无法满足她弗雷曼基因中的渴望。

她曾把这看作暂时的歇息，她可以有些时间、有自己的地方想想她的姐妹会正在经历什么。

伊纳什洛罐、赛博格，现在又发生了这件事。

她们做了分享之后，欧德雷翟的计划对她而言就不再是秘密。一场豪赌？如果成功会怎样？

也许我们将能够知道明天的样子，以及我们变成了什么。

她承认沙漠监测站磁石般的吸引力，这里不仅是考虑结果的地方。今天的监测站骄阳似火，她曾在烈日下行走，向自己证明她仍然可以用她的舞蹈召唤沙虫，将情感化为行动。

安神圣舞。我的沙虫语。

她也曾在一座沙丘上跳起苦行僧的狂舞，直到最后饥饿打碎了她记忆入定的状态。到处都是小小的沙虫，警惕地大张着嘴，让人不禁记起晶牙框架内的火焰。

可为什么会这么小？

调查人员的话有些道理，却并不能让人完全满意。“是潮湿的缘故。”

什阿娜忆起沙丘的巨型夏胡鲁，“沙漠老人”，大到足以吞下香料采收工厂，环形体表如钢铁般坚硬。在自己的领域它们是主人。在沙中它们是神灵，是魔鬼。站在窗前，她感受到了它们的潜力。

暴君为什么选择在沙虫体内共生？

那些小小的沙虫承载着他无尽的梦境？

沙鲑在这片沙漠上栖息。将它们作为新的皮肤，接受它们，她就可能会追随暴君的路。

变形。分裂之神。

她知道这种诱惑。

我敢吗？

那段最后的无知岁月涌上她的心头——那时候她刚刚八岁，按沙丘星上的伊加特月算的话。

不是拉科斯。是沙丘星，我的先祖是这样叫它的。

现在也不难记起她那个时候的样子：皮肤黝黑的细瘦孩子，棕色的头发被晒得有些斑驳。这位美琅脂猎手（因为那是孩子们的任务）和童年伙伴们一起跑进开阔的沙漠。记忆中这种感觉多么珍贵。

但记忆有阴暗的一面。集中注意力到鼻孔里，一个小女孩发现了强烈的气味——香料菌丛！

迸发！

美琅脂喷发带来了撒旦。没有沙虫能抵御其领地内香料迸发的诱惑。

都吃光好了，暴君，吞掉那个我们称为家的痛苦的棚屋聚居地，吃了我所有的朋友和家人。你为什么独独留下我？

那是多大的怒火在焚烧着那个纤细的孩子啊。她所爱的一切都被一条巨大的虫子带走了，这条虫子却拒绝了她想要死在它火焰里的企图，反而把她带到了拉科斯祭司的手里。她就这样被带给了贝尼·杰瑟里特。

“她和沙虫说话，它们放过了她。”

“那些放过我的，我不会放过它们。”当初她是这样告诉欧德雷翟的。

现在欧德雷翟知道我必须做什么了。你没法压抑野性，达尔。现在我敢叫你达尔了，因为你就在我的脑海中。

没有回应。

这些新的沙虫体内也带着雷托二世意识的珍珠吗？她的弗雷曼祖先坚持这种说法。

有人递给她一个三明治。是瓦利，高级侍祭助手，她曾担任沙漠监测站的指挥官。

欧德雷翟提拔她进议会的时候，是在她的坚持下，瓦利才得以担此重任。不是因为瓦利学会了我对于尊母性束缚技能的免疫力，也不是因为她总能敏锐地察觉到我的需求，而是因为我们说着同一种秘密语言，瓦利和我。

瓦利的大眼睛再不是她的灵魂之窗，它们已经蒙上了一层屏障，显示出她已经知道如何阻挡刺探凝视；浅蓝色的色素沉着清晰可见，如果她能通过香料之痛，很快就将全部变成蓝色。按育种计划的要求来看，瓦利几乎可以算是白化病者，并且基因谱系的可靠性也值得商榷。她的皮肤更证实了这种判断：苍白且布满雀斑。你会觉得这种皮肤的表面是透明的。你不会去注意皮肤本身，而会注意皮肤下面的东西：无法抵抗沙漠太阳的粉色血肉。只有在这个阴凉的地方，瓦利才能把她那敏感的皮肤暴露给那些质疑的眼睛。

为什么这样的一个人能凌驾于我们之上？

因为对于我要做的事来说，这是我最信任的人。

什阿娜心不在焉地吃了三明治，同时把注意力重新集中到沙漠的景致上。也许某天，整颗圣殿星会变成另一颗沙丘星？不……类似但不完全一样。我们在这个无限的宇宙中创造了多少这样的地方？毫无意义的问题。

远处变幻莫测的沙漠出现了一个小黑点。什阿娜眯起眼睛看去。是扑翼飞机。黑点逐渐变大，然后又小了。它在沙地上逡巡着，检查着四周的情况。

我们在这里创造的到底是什么？

她看着慢慢侵占大地的沙丘，感到的是骄傲自大。

瞻仰我的杰作吧，渺小的人类，绝望吧。

但我们做了这件事，我的姐妹和我。

你呢？

“我感觉热度中有种新的干燥气味。”瓦利说。

什阿娜同意她的说法。无须多说，她走到大型工作台前，她可以趁着日光研究铺在台子上的地形图：地形图上按她的设计插着小小的旗子，图钉上还连着绿色的线。

欧德雷翟曾经问过：“这真的比投影要好吗？”

“我需要那种可以触碰的感觉。”

欧德雷翟接受了她的观点。

投影很乏味。它没有一点土地的气息。你没法把手指放在投影上，然后说：“我们要去那里。”投影上的一根手指等同于空气中的一根手指。

用眼睛看永远都不够。必须用身体去感受它的世界。

什阿娜发觉有男性汗液刺鼻的气味，筋疲力尽、大汗淋漓后的霉味。她抬起头，看见一个黑皮肤的年轻人站在门口，姿势傲慢，表情也很傲慢。

“哦，”他说，“我以为你会是一个人呢，瓦利。我一会儿再来。”

他用一种仿佛能把人看穿的眼神盯了一眼什阿娜，然后走了。

有很多事情，必须由身体感觉到才能了解。

“什阿娜，你为什么待在这儿？”瓦利问。

你在议会那么忙，到这里要找什么？难道你不信任我？

“我来这里思考一下，还有什么事是护使团需要我做的。她们看到了一件武器——沙丘星的神话。有几十亿人向我祷告：‘与分裂之神交谈的神圣之人。’”

“几十亿这个数字还不够。”瓦利说。

“但它符合我的姐妹们在我身上看到的力量。那些崇拜者相信我和沙丘星一起死去了。我变成了‘被压迫者神庙中强大的魂灵’。”

“比一个教团还强大？”

“如果我出现在那个等待着我的宇宙中，身边有一只沙虫，瓦利，可能会发生什么？我的一些姐妹满脑子都是这种念头，她们觉得这种事可能发生，这让她们对未来充满希望又疑虑重重。”

“我能理解她们的疑虑。”

确实如此。穆阿迪布和他的暴君儿子正是将这种宗教植入释放到了毫无戒心的人类当中。

“她们还有什么好考虑的？”瓦利坚持说。

“如果有我做重要的支柱，她们就能用这根杠杆撬动整个宇宙！”

“但是她们怎么能控制这样的力量？”

“问题就在这里。有些事情的不稳定性根深蒂固，难以更改。宗教从来都不能真正被人控制。但是有些姐妹认为她们可以以我为中心引导建立一种宗教。”

“如果她们不足以引导宗教呢？”

“她们说女人的宗教总是在更深处流动。”

“真的？”她对高层的话提出了质疑。

什阿娜只能点头。他者记忆已经证实了。

“为什么？”

“因为在我们的内部，生命会自我更新。”

“这就是全部原因？”她在公开质疑。

“女人经常背负着弱者的名声。人类对底层事物怀有特殊的同情。我是个女人，如果尊母想要我死，那么我必须得到祝福。”

“你的话听上去和护使团说的一样。”

“如果你是猎物之一，就会考虑任何可以逃跑的路线。人们崇敬我。我不能忽视那股潜在力量。”

也不能忽视危险。所以在受到尊母压迫的一片黑暗中，我的名字变成了一盏闪亮的明灯。让这盏明灯变成熊熊大火将会多么容易！

不……她和邓肯想出的计划更好。从圣殿逃脱。它不仅是它居民的死亡陷阱，对贝尼·杰瑟里特的梦想而言也一样。

“我还是不明白你为什么在这里。也许我们再不会被猎杀了。”

“也许？”

“但是为什么是现在？”

我没法公开说明，因为那样的话看门狗就会知道。

“我对那些虫子很着迷。其中一个原因是我的一位先祖曾带领人们迁到沙丘星。”

这点你还记得，瓦利。有一次我们曾经在沙地上说过这件事，只有我们俩。现在你知道为什么我要来拜访了。

“我记得你说她是个纯正的弗雷曼人。”

“还是位禅逊尼大师。”

我也将引领我自己的迁徙，瓦利。但我需要那些沙虫，只有你能提供的沙虫。而且必须快。交叉点的报告也在催促着一切要加速进行。第一批飞船很快就将返回。今晚……或者明天。我很害怕他们带来的消息。

“你还有兴趣带几条虫子回中枢，以便你近距离研究吗？”

哦，是的，瓦利！你记得。

“可能会有趣。我没多少时间做这样的事，但我们能得到的任何知识都可能会有所帮助。”

“那边可能对它们来说有些太潮湿了。”

“平台上无舰的巨笼可以改造成沙漠实验室。有沙子，也有可控的天气。将第一条沙虫带过来的时候，它就具备那些基本条件了。”

什阿娜看向西窗：“落日，我想再去远些，在沙子上走走。”

第一批飞船今晚会返回吗？

“好的，圣母大人。”瓦利站在一边，让开了通往门口的路。

什阿娜边走边说道：“沙漠监测站很快就需要搬迁。”

“我们已经准备好了。”

什阿娜从社区边缘的拱形街面上出现时，太阳正落到地平线之下。她阔步走进星光下的沙漠，如同儿时那样用她的感官探索着。啊，空气中浮动着肉桂精华的味道。沙虫就在附近。

她暂停了一下，然后转向东北方向，背对着最后一抹余晖，把手掌平放在眼睛的上方和下方，这是弗雷曼人的古老方法，能够限制视野和光线。她从水平的框架内望出去。从天空落下的一切都必须经过这狭窄的缝隙。

今晚？他们天黑后就会来，这样可以延迟解释的时刻。有一整晚的时间用来思考。

她以贝尼·杰瑟里特的耐心等待着。

一道火焰的弧线在北面的地平线上方划出一道细线，又一道，又一道。它们降落的位置正是着陆平台。

什阿娜感觉她的心跳在加速。

他们已经来了！

他们会给姐妹会带来什么消息？*回来的是凯旋的勇士还是难民？*从欧德雷翟计划的演变来看，这两者也许没什么太大区别。

她在早晨到来前就会知道。

什阿娜放下双手，发现自己在颤抖。她深呼吸，念起《对抗恐惧的连祷文》。

现在，她走在沙漠上，用记忆中沙丘星特有的步伐进行沙漠行走。她几乎快忘了该怎么挪动双脚，就好像脚上增加了额外的重量一般。很少用到的肌肉也被唤醒，但一旦学会这种散乱的走法，就永远也不会忘记。

曾经，我做梦都想不到有一天我还能再次这样行走。

如果看门狗发现了这种想法，可能会对她们的什阿娜心生疑虑。

她想，这是她自己的失败。她已经变得适应了圣殿的节奏。这颗星球曾以地表之下的层面与她对话。她能感受到土地、树木、花朵和每个成长中的生物，就好像它们都是她的一部分。而现在则是令人不安的运动，这种语言仿佛来自另一颗星球。她感觉到沙漠在改变，而这种改变使用的也是不同的声音。沙漠，不是全无生命，而是以一种与曾经草木苍翠的圣殿完全不同的方式在活着。

生命更少，但更浓烈。

她听到沙漠的声音：爬行类蜿蜒而行，昆虫吱吱嘎嘎、叽叽喳喳地鸣叫，头顶上狩猎的翅膀发出沙沙声，还有沙地上最快的扑通声——更格卢鼠，那是期待沙虫会再次统治这里的人们带来的。

瓦利会记得将来自沙丘星的动植物送过去的。

她在一座稍高些的沙坎上停下脚步。在她面前，黑暗模糊了边界，那是一片陷入静止的海洋，一朵阴影形成的浪花拍打在这片不断变化的暗影滩上。这是一望无垠的沙漠之海。它的起源很久远，而它要去的地方比这里更加陌生。

如果我能做到，我将带你去那里。

夜晚的微风吹来，这是从干旱的陆地向更湿润的地方奔跑的风，在她身后拂起一层灰尘，落在她的脸颊和鼻子上，风吹过，吹动了她的发梢。她被此时此景触动，很伤心。

本来可能是另一副样子的。

已经不再重要了。

现在的事情——它们才更重要。

她深深吸了口气。肉桂的香味更浓了。美琅脂。香料和沙虫都在附近。沙虫们知晓她的存在。空气多久才能足够干燥，好让沙虫们可以长成庞然大物，开始它们曾经在沙丘星上那样的耕种呢？

那颗星球和那片沙漠。

她把它们看成是同一首史诗的两半，就像贝尼·杰瑟里特和她们所服务的人类，是相匹配的两半。一方被消除，剩下的那个就只是失去目的的空洞。虽然说不至于生不如死，但只会毫无目的地游荡。尊母获胜可能就会带来这种威胁，成为被盲目的暴力所瞄准的目标！

在一个充满敌意的宇宙中变得盲目。

这就是暴君让姐妹会存留的原因。

他知道他只给了我们道路，却没有告诉我们该去向何方。他玩笑般留下成堆的难题，最后却一点也没解决。

不过他本身可以算个诗人。

她回忆起他那达累斯巴拉特的“记忆诗篇”，那是贝尼·杰瑟里特保存的一点残存纪念品。

为什么我们要保存它？为了我现在能用它填满我的大脑？为了忘记我明天可能会面对的时刻？

诗人美妙的夜晚，
被无瑕的星星盛满。

猎户座仅一步之遥。
他的凝望，洞察一切，
标记我们的基因，永恒久远。
拥抱黑暗与凝视，
在余晖中蒙上双眼。
这就是贫瘠的永恒！

什阿娜猛地发觉她赢得了一个可以成为终极艺术家的机会，这种感觉满到溢出，在她面前的是全新的空白空间，在那里她可以随心所欲地尽情创作。

一个不受限制的宇宙！

欧德雷翟在她童年时期第一次接触贝尼·杰瑟里特的目标时说过的话又在她脑海中响起：“我们为什么这么看重你，什阿娜？其实真的很简单。在你身上，我们看到了期待已久的东西。你来了，我们看到它发生了。”

“它？”我那时是多么天真！

“地平线上升起的新事物。”

我的迁徙将去寻求那新事物。但是……我必须找一颗有月亮的星球。

从某种角度看，宇宙是布朗运动，你无法在元素层面预测任何事情。穆阿迪布和他的暴君儿子关闭了运动发生的云室。

——《伽穆故事集》

这段时间默贝拉的体验很不协调。一开始，她为此深受困扰，她会以多重视角看着自己的生活。是交叉点上的混乱事件激发了这种感觉，似乎有太多的事情一下子涌来，杂乱无章又必须立刻处理，让她一时手忙脚乱，而且她知道，就算返回圣殿，这种情况也不会减轻。

别说我没警告过你，达尔。我说她们可能会转败为胜。看看你扔给我的烂摊子！我尽力了，能救这么多已经很幸运了。

这种内在的抗议总是让她沉浸在这些把她推到了前台的事件里，如今她处在众人瞩目的位置，感觉却很糟糕。

我还能怎么办?

记忆显示斯特吉没流一滴血就重重地跌倒在地板上死了。这一幕在无舰的继视投影上播放过，像一出虚构的戏剧。飞船控制区投影仪的框架更增加了这种错觉，仿佛这不是真的正在发生的事，而像是演员会站起来鞠躬一样。特格的摄像头蜂鸣着自动运行，不放过任何一幕，直到有人让它们再也发不出声音。

留给她的是一幅定格画面，十分诡异的过去：在尊母巢穴的地板上，特格四肢摊开躺在地上。欧德雷翟目瞪口呆。

默贝拉宣布她必须立刻赶赴现场时，引起了激烈的抗议。监理们很固执，直到她摆出欧德雷翟赌局的细节并且要求："你们想要这一切变成一场彻底的灾难吗？"

内在的欧德雷翟赢得了这场争论。但你从一开始就已经为此做好了准备，不是吗，达尔？这就是你的计划！

监理说："还有什阿娜呢。"她们给了默贝拉一架单人轻型运输机，把她一个人送去了交叉点。

虽然在抵达之前，她已经将自己的尊母身份传送了过去，但等到了着陆平台，事情还是很棘手。

她在一个仍在冒着烟的坑洞旁停下运输机，从飞机里走出来，一队武装尊母立刻拦住了她。

那也是大圣母的运输机被摧毁的位置。

小队的首领是位年迈的尊母，她的红色长袍上有些污点，一些装饰性花纹已经不见了，左肩有一块撕裂的痕迹。整个人看起来就像是某种干涸的蜥蜴，仍然有毒，仍然会咬人，但她很大程度上是靠调配得当的精神力量支撑着行动，实际上她已经失去了大部分精力。杂乱的头发就像刚挖出来的姜块表皮。她体内住着恶魔。默贝拉看见它用橘色光斑闪耀的眼睛窥探着。

尽管有整支小队支持着这位年老的尊母，这两位还是彼此面对面，仿佛被隔离在运输机下的两头野生动物，小心翼翼地彼此嗅探着，试着判断彼此的危险程度。

默贝拉仔仔细细地看着这位老妇。这只蜥蜴会迅速弹出一点她的舌头，测试着这里的氛围，发泄自己的情绪，但她对此事十分震惊，不得不按下性子听听默贝拉的话。

“我是默贝拉。我在伽穆被贝尼·杰瑟里特俘虏了。我是霍穆团的好手。”

“你为什么穿着女巫长袍？”年长的这位和她的小队都摆好了姿势，准备痛下杀手。

“我已经学会了她们必须教授的一切能力，现在我要把这个宝藏带给我的姐妹。”

年长的这位对她上下研究了一番：“没错，我知道你们这类人。你是个洛克，我们为伽穆项目选出来的。”

她身后的小队稍稍放松了些。

“你不是乘那架轻型运输机大老远飞过来的吧？”这位老妇人责问道。

“我是从她们的一艘无舰上逃出来的。”

“你知道她们的老巢在哪里吗？”

“知道。”

这位老尊母咧开嘴笑了：“好样的！你才是我们的奖赏！你是怎么逃出来的？”

“你非得问吗？”

老尊母考虑了一下这个问题。默贝拉能够读懂她脸上所表现出的想法，它们就像是在说：*我们从洛克中带回来的这些人——很致命，她们所有人都是。她们可以用手、脚，或者任何身上能动的部位把人杀死。她们应该每个人都戴上个标志：“任何姿势都很危险。”*

默贝拉从运输机的位置移开了一些，每个动作都展现着矫健身材所体现的优雅，那是她身份的标志。

速度和肌肉，姐妹。小心点。

小队中的一些人往前压了压，显得有些好奇。她们热切地问些圣母和尊母异同的问题，有些默贝拉不得不巧妙地避而不答。

“你杀了许多圣母？她们的行星在哪里？资源丰富吗？你在那里是不是和很多男性交配，然后让他们为你服务？你是在伽穆接受的训练？”

“我在伽穆接受的第三阶段训练。跟随哈卡受训。”

“哈卡！我遇见过她。你认识她的时候，她左脚就受伤了吗？”

她仍然在试探我。

“是右脚，她受伤的时候我就和她待在一起。”

“哦，对，是右脚。我现在想起来了。她是怎么受的伤？”

“踢一个不良少年的屁股。结果他的屁股兜里放了一把尖刀。哈卡气坏了，就把他给杀了。”

小队里的人哄堂大笑。

“我们要去见大尊母。”这位老尊母说。

就是说我已经通过了初步检查。

不过，默贝拉感觉到了她的态度有所保留。

为什么这个霍穆高手穿着敌人的长袍？而且她看起来有种奇怪的表情。

最好立刻面对那位大尊母。

“我接受了她们的训练，她们也接受我了。”

“这些蠢货！她们真的接受了？”

“你是在质疑我的话吗？”采用容易发怒的尊母方式去重新反问是多么容易。

老尊母大为恼怒。她没收回傲慢的态度，却向她的小队做了一个警告的表情。她们所有人都花了点时间来消化默贝拉的话。

“你变成了她们中的一员？”她身后有人问道。

“否则我怎么去盗取她们的知识？都听着！我可是她们那位大圣母亲自教出来的学生。”

“她教得好吗？”还是身后那个挑衅的声音。

默贝拉辨认了一下那个提问的人：身处中层，野心勃勃，急于得到别人的注意和提拔。

这就是你的末日，焦躁不安的家伙。没有你对宇宙没什么损失。

她一招贝尼·杰瑟里特虚晃，如羽毛一般飘向对手，让对手落到了攻击范围内。接着是霍穆式的踢腿，她们都认得出来。提问的人已然倒在地上死了。

贝尼·杰瑟里特与尊母能力的结合，你们都应该见识见识它能有多危险，然后再躲在一边羡慕好了。

“她的能力令人钦佩，”默贝拉说，“还有别的问题吗？”

“呃！”老尊母说。

“怎么称呼你？”默贝拉追问。

“我是高级女爵，霍穆的尊母。她们叫我艾尔佩克。”

“谢谢你，艾尔佩克。你可以叫我默贝拉。”

“我很荣幸，默贝拉。您给我们带来的真是笔宝贵的财富。”

默贝拉用贝尼·杰瑟里特的警惕技巧将她研究了一阵，然后冷漠地笑了笑。

交换名字！你穿着你的红色长袍，把自己标榜成大尊母身边强有力的人物，可你知道你刚刚把什么带入了你的圈子吗？

小队成员仍然还在震惊的情绪中，都警惕地看着默贝拉。她的敏感度已经今非昔比，自然把这一切看在眼里。学校姐妹关系网那一套在贝尼·杰瑟里特中从来没发挥过作用，但尊母的圈子大不一样。意识并流中的一片赞同声把她逗乐了。能量的转移多么微妙：正确的学校、正确的朋友、毕业，然后就会转移到权力之阶的第一层——全都由亲戚和她们的关系人加以疏导，互相支持，形成联盟，包括婚姻。意识并流告诉她，那条路通向深渊，但是在阶梯之上的那些人，那些手握大权的人，从来不会担忧什么。

今天的麻烦已经够多了，艾尔佩克就是这么看我的。但她看不出我已经变成了什么样子，只知道我很危险，但是有潜在的用处。

默贝拉一只脚点地，慢慢地转过身，研究着艾尔佩克的小队。队里没有被束缚的男性。这项任务过于敏感，只能交给信任的女人来做。很好。

“现在，你们都听我的，你们所有人。如果你们对我们的姐妹们还存有忠诚，你们就会以我带回来的东西为荣，我打算把它当作礼物送给那些值得我信任的人。当然，我还得看你们的表现判断你们忠诚与否。”

“大尊母会很高兴的。”艾尔佩克说。

但是默贝拉出现在眼前的时候，大尊母并没有表现出很高兴的样子。

默贝拉认出了这座高塔。现在几乎是日落时分，但斯特吉的尸体仍然在当初倒下的位置。特格的一些专家被杀了，多数都是操控摄像眼的成员，她们的人数是他的警卫的两倍。

不，我们尊母不喜欢别人监视我们。

特格还活着，她看到了，但是他被人用志贺藤缠着，被不屑地推到了角落里。最令人惊奇的是：欧德雷翟没有受到任何约束，就站在大尊母身边。这是轻蔑的姿态。

默贝拉觉得她曾经历过这样的场景很多次——尊母胜利后的创

伤：一堆敌人的尸体就在它们当初倒下的地方摆着。尊母用不流血的武器攻击，迅捷又致命，此时屠杀已经没有必要，因此这种杀戮是典型的邪恶。这种致命的逆转让她不寒而栗，她强行压下了这段记忆。没有任何警告，只有军队一大排一大排地倒下——一种多米诺骨牌效应，这使得幸存者们震惊不已。而大尊母显然很享受这种冲击。

大尊母看着默贝拉说道："这就是你说的以你的方式训练的那个丑陋无礼的女人？"

欧德雷翟几乎要对这种描述笑出了声。

丑陋无礼的女人？

一个贝尼·杰瑟里特会毫无敌意地接受它。而已经红了眼的大尊母此时面对着进退两难的境地，她无法召唤那无须流血就能杀人的武器。这是非常微妙的权力平衡。尊母间激动的对话已经显示了她们的问题。

她们所有的秘密武器都已经耗尽，且无法重新装载，她们被驱赶到这个地方的时候失去了什么。

"我们最后的武器，却被浪费了！"

劳格诺自认高人一等，如今却被迫面对另一种战斗。她刚刚听说默贝拉可以用一种可怕的轻松状态杀死一位精英。

默贝拉对大尊母的随从投去打量的一瞥，估摸着她们的潜力。当然，她们已经意识到了当前的情况。这情景似曾相识。她们怎么投票？

保持中立？

有些人很警惕，所有人都在观望。

她们期待着有什么转移注意力的事。只要权力继续向她们的方向流动，谁胜利就无所谓了。

默贝拉从邓肯和监理那里学会了如何应对眼前的情景，她让自己的肌肉放松，保持准备战斗的姿态。她觉得镇定自若，仿佛此时她就站在练习场上，演练着自己的反应。即便是做出反应之时依然头脑清晰，欧德雷翟早已让她为这一幕做好了准备，她知道她正是按计划行动的——不管是心理、身体和感情上都是如此。

先发声。让她们先尝尝胆战心惊的滋味。

“我知道你对贝尼·杰瑟里特的评价相当差。这些女人已经听过太多次你那些自以为是的观点了，岂止是无聊。”

她用嗓音控制让这句话以严厉呵斥的语调传出，这种语调让劳格诺的眼里现出了橘斑，也让她一动不动。

默贝拉还没说完：“你自觉强大又聪明。有一样就可以生出另一样，哈？真是个白痴！你只是个手段高明的骗子，自欺欺人而已。”

面对这种攻击，劳格诺仍然一动不动，她身边的人开始陆续躲开，空出了一片空间，仿佛在说“*她是你的了*”。

“你们的谎言说得流畅无比，但无法掩盖其本质。”默贝拉说着，用轻蔑的眼神扫过身后的那些人，“就像我在他者记忆里认识的那些人一样，你们走上了一条灭绝之路。问题是你们如此可憎地花费了这么长的时间走向死亡。事情已经无法避免，不过，哦，同时还很无聊。而你胆敢叫自己大尊母！”她把注意力转回到劳格诺身上，“你的一切就是个粪坑。你没有资格坐这个位置。”

劳格诺无法忍受这样的羞辱，她发动了攻击，左脚以几乎肉眼难辨的速度刀一般向外砍去。默贝拉如同抓住风中的落叶般擒住了她的脚，顺着惯性的走势，把她猛地甩了出去，劳格诺的身体仿佛滚动的棍子一般不停旋转翻滚，最后一头撞到地板上，脑浆迸裂而死。默贝拉没有丝毫停顿，她脚尖点地，整个身子旋了起来，左脚将站在右侧的尊母的头几乎砍了下来，右手顺势将左边尊母的喉咙一击而碎。这一切都只不过在两次心跳间发生又结束了。

默贝拉心不跳、气不喘地检查着现场（为了表现这是多么轻松，姐妹们），她体验到了周围的震惊，也意识到发生了什么不可避免之事。欧德雷翟在艾尔佩克身前的地板上躺着，艾尔佩克毫不犹豫地选择了自己的立场。欧德雷翟脖子那扭曲的位置和身体松懈的外观说明她已经死了。

“她刚才试图要干预。”艾尔佩克说。

艾尔佩克杀了个圣母，她期待着默贝拉（我们的一个姐妹，现在已经证实！）为她鼓掌。但默贝拉并未如她所愿。她跪在欧德雷翟身旁，头抵着那具尸体的头，就那样待了很久很久。

幸存的尊母们面面相觑，但是没人敢动。

这是怎么回事？

但她们被默贝拉恐怖的能力吓得无法动弹。

收到了欧德雷翟最近的过往，所有新的记忆与之前共享的记忆合到一起后，默贝拉站了起来。

艾尔佩克在默贝拉的眼里看到了死亡，在试图自卫前，她不禁后退了一步。艾尔佩克本身也很危险，却无法与这个穿着黑袍的恶魔相提并论。和刚才夺去劳格诺及其助手的生命一样，带着同样的震惊，一切突然发生，又突然结束了，一脚封喉。艾尔佩克横尸在欧德雷翟面前。

又一次，默贝拉打量着幸存者，然后站了一会儿，低头看着欧德雷翟的尸体。

可以说，是我在做这些事，达尔。也是你做的！

她左右晃着头，接受着这样的结果。

欧德雷翟死了。大圣母万岁！大尊母万岁！愿天堂护佑我们所有人。

然后她把注意力转回到目前必须做的事情上。这些死亡留下的是难以还清的血债。默贝拉深吸了口气。这是另一个戈尔迪之结[1]。

“释放特格，”她说道，“尽快将这里打扫干净。来人，给我拿一套合适的长袍来！”

这是大尊母在发号施令，但那些迫不及待遵从命令的人在她身上还感到了其他人的存在。

有人为她拿来一套红色长袍，上面绣着精美的苏石龙，那个人手捧长袍，在离她有一点距离的地方恭敬地站着。她身材高大，骨架粗壮，方脸，眼神残忍。

“帮我先拿着，”默贝拉说，当这个女人想趁着接近的机会攻击她的时候，默贝拉狠狠地把她摔了出去，“再试试？”

这次再没花招了。

“你是我议会的第一个成员，”默贝拉说道，“名字？”

“安吉莉卡，大尊母。”*看！我是第一个用正确的头衔称呼你的。奖赏我。*

“我给你的奖励就是提拔你，允许你活着。”

这是尊母恰当的回应。她只能接受。

特格边揉着胳膊边来到她面前，志贺藤勒得很深，有些尊母试图警告默贝拉：“您知道这个人能——”

“他现在为我服务。”默贝拉打断了她，然后她以欧德雷翟的嘲

1　希腊传说中，弗里吉亚王戈尔迪曾用乱结把轭系在马车辕上，牢固难解。宙斯宣称能解此结者，就是亚细亚之王。后马其顿国王亚历山大用利剑斩开此结。“戈尔迪之结”后被用来指难题，难以解决的事。

讽语气说道，“对不对，米勒斯？”

他给了她一个遗憾的微笑，一个老人顶着一张孩子的脸：“很有意思的时刻，默贝拉。”

“达尔以前很喜欢苹果，”默贝拉说，“不要忘了这点。”

他点点头。把她送回到一座墓地果园。这不是说珍贵的贝尼·杰瑟里特果园可以在沙漠中存活得更长久些。可尽管如此，在能够做到的时候，有些传统还是值得延续下去的。

从神圣事件中能学到什么？要灵活；要坚强；要做好改变的准备，做好迎接新事物的准备。收集众多经历，再以我们坚定的信仰去做出判断。

——特莱拉教义

按照特格原定的时间表，默贝拉挑选了她的尊母随行人员，回到了圣殿。她知道会遇到问题，于是预先发送了信息，为解决这些问题铺平了道路。

“我带了混合人来吸引驯兽师。尊母害怕在大离散中摧毁她们身心的生物武器。驯兽师也许就是源头。

“准备把拉比和他的人安排在无舰内。要尊重他们的秘密。把护舰雷都清除掉！”（由一位监理信使负责拉比一行人。）

她很想要她的孩子们，但那是非贝尼·杰瑟里特行为。有一天……也许。

返回后，她立刻就让邓肯来陪她，这让尊母们很困惑。他们和贝尼·杰瑟里特一样坏：“一个男人有什么特别的？”

他已经没理由再留在舰上，但他拒绝离开。“我还有一块精神拼图需要放好：这一块无法移动。这是非比寻常的行为，也是她们梦想中的参与意愿。我必须找到极限，测试一下。这一块已经丢了。但我知道如何找到。保持协调，不要思考，动手去做！”

这毫无道理。她调侃他，不过他已经变了。这个新邓肯有种稳定性，她接受了这点，把它当成是自己的挑战。他有什么权利自鸣得意？不……不是自鸣得意。更像是平和地接受了一项决定。但他拒绝分享！

“我学会接受。你必须也这样。”

她不得不承认，这正是对她现在所做事情的恰当描述。

回来的第一天早上，她在黎明时分就起床进了工作室。她穿着红色的长袍，坐在大圣母的椅子上，召唤了贝隆达。

贝尔站在工作台的一端。她知道了。计划在执行过程中变得很清楚。欧德雷翟也强加给她一笔债。于是，她沉默着，估算着她必须如何偿还。

为这位大圣母服务，贝尔！那就是你偿还的方式。在档案上对这些事件做任何增减变化是无法让人们正确评价她们的。需要的是行动。

贝隆达终于开口了：“唯一能和这次相比的危机就是暴君降临。”

默贝拉尖锐地回应道：“管住你的嘴，贝尔，除非你有什么有用的事要说！”

贝隆达平静地接受了训斥（非典型回应）：“达尔一直计划做改革。这就是她所期望看到的？”

默贝拉的语气缓和了些：“我们一会儿再重新考虑古代史。这是个新开端。”

“坏消息。”这才是原来的贝隆达。

默贝拉说：“引入第一组。小心，她们是尊母的高级议会成员。”

贝尔转身走了，去执行她的命令。

她知道我完全有权坐在这个位子上。她们都知道。不需要投票。

也没有投票的余地！

她从欧德雷翟那里学到了那些历史上的政治艺术，如今是时候派上用场了。

“首先要注意的就是你必须显得很重要。凡经过你手的决定都不应该是小事，也有例外，就是在你想悄悄给一些人点‘恩惠’，以换取她们的忠诚的时候。”

每份奖励都来自高层。这对贝尼·杰瑟里特来说不是什么好策略，但走进工作室的这组不一样，她们所熟知的大尊母永远是高高在上，是施舍别人的角色；她们会接受“新的政治需要”，暂时会接受。没什么是永久的，尤其是对于尊母来说更是如此。

贝尔和看门狗知道她很久才能理出头绪来。即使是有这种被增强了的贝尼·杰瑟里特技能。

这将需要她们所有人给予极其严格的关注。首先是拥有敏锐洞察力的纯真目光。

那就是尊母丢掉的，我们必须恢复这点，以免它们逐渐消失在“我们”所属的背景中。

贝隆达引领着她们进入议会，然后默默地走了。

默贝拉等着她们都坐好。她们人员复杂，有些人野心勃勃，渴望得到至高权力。安吉莉卡在那里笑得很得意。还有些在观望（目前甚至还不敢抱有希望），收集着她们能得到的信息。

“我们的姐妹行事愚蠢，”默贝拉谴责说，她注意到有些人听了这句话变得怒气冲冲，“你们差一点就杀了那只鹅！”

她们没明白。她把这个寓言故事解释了一下。她们一直聚精会神地听着，最后她补充说：“你们难道还没意识到，我们是有多么需要这里的每一个女巫吗？”我们比她们数量上多太多，以至于她们每个人都承载着巨大的教学负担！

她们考虑了一下，虽然痛苦，但还是被迫勉强接受了，因为这是她说的。

默贝拉加大力度把这件事坐实："我不仅是你们的大尊母……有人质疑这点吗？"

没人质疑。

"……我也是贝尼·杰瑟里特的大圣母。她们除了确认我的地位也别无他法。"

她们中有两个人开始抗议，默贝拉干脆利落地打断了她们："不！你们还没有那么大的力量，可以将你们的意志强加给她们。所以最后就会变成不得不把她们全部杀光。但她们会遵从我的命令。"

那两个人还是含混不清地说着，她厉声制止了她们："与我从她们那里获取到的相比，你们中很多人只不过是可怜的弱者！有人要挑战我这个说法吗？"

没人挑战，但橘色光斑说明了一切。

"你们是对自己可能变成什么一无所知的孩子，"她说，"你们想毫无防备地回去面对变脸者吗？你们想变成植物人？"

这句话引起了她们的兴趣。她们习惯于年长指挥官的这种语气。现在则是内容抓住了她们的心。很难接受如此年轻的……尽管如此……也考虑到了那些她做过的事。想想她是如何对付劳格诺和她的助手的！

默贝拉看出她们喜欢这个诱饵。

肥料。这群人将带着它离开。混合的活力。经过了培育，我们将变得更加强壮。然后开花。接着去播种？最好不要沉溺在那件事上。直到最后在尊母们几乎都变成圣母之前，她们看不到这点。然后她们

会像我当初一样愤怒地回想，我们怎么能那么愚蠢？

她在议员的眼神中逐渐看到了屈服。将会有段蜜月期。尊母们将会是糖果店里的孩子。只是，对她们来说，那些不可避免的事物会逐渐变得平淡无奇，然后她们就会被困住。

就像当初我被困住一样。不要去问神谕你能得到什么。那是个陷阱。仔细看看真正的预言师！你想要三千五百年的厌倦乏味吗？

内在的欧德雷翟提出了反对意见。

给暴君点正面评价吧。不可能全都是厌倦乏味。更像是公会的领航员选择穿过折叠空间。只是这次是金色通道。一位厄崔迪为你的生存付出了代价，默贝拉。

默贝拉感到了沉重的负担。暴君的报酬倾倒在了她的肩上。我没要求他为我这么做。

欧德雷翟不会放过这个劝说她的机会。不管怎样，他还是做了。

对不起，达尔。他付出了代价。现在，到我付出代价的时候了。

所以，归根结底你还是一名圣母！

议员们在她的注视下变得躁动不安起来。

安吉莉卡被推选为代表替她们发言。毕竟，我是第一个被选中的。

看看这位！野心勃勃的火焰在她的眼里熊熊燃烧。

“您希望我们对这些女巫采取什么样的态度？”话一出口，她突然警醒自己太鲁莽了。大尊母现在不也是个女巫吗？

默贝拉轻轻说道：“你们要忍耐，不管怎样都不能用暴力对待她们。”

安吉莉卡被默贝拉的温和口吻激发得有些忘乎所以：“那是大尊母的决定，还是——”

“够了！我可以用你们大部分人血洗这间屋子！你是想要试试

吗？”

她们不想试。

“那如果我说是大圣母在说话呢？你就会问我是不是有政策来解决我们的问题？我会说：政策？啊，是的。不重要的事情是有政策的，比如昆虫感染。不重要的事情需要有政策指引。对于那些看不出我决定中的智慧的人，我需要政策。我很快就会处理掉你们这类人。在你还不知道自己已经受伤的时候就已经死了！那就是我对垃圾的反应。这间屋子里有垃圾吗？”

她们认识这种语言：这是大尊母的鞭子，而背后则是她信手杀戮的能力。

“你们是我的议会成员，”默贝拉说，“我希望能从你们身上看到智慧。至少你也可以装作很明智。”

来自欧德雷翟的幽默的同情：*如果那是尊母发布和遵从命令的方式，贝尔就没必要做太多深入分析了。*

默贝拉的思绪溜到了别处。*我不再是尊母了。*

一步接着一步，她发现拿捏这种尊母的腔调让她颇有些不自在。她所做的调整预示着她那些以前的姐妹也要经历同样的事情。这是个新角色，她并没有扮演好。他者记忆模拟了与这个新自己的长期关系。这不是神秘的变体论，只是新的能力。

只是？

这种变化是很深刻的。邓肯认识到这点了吗？一想到他可能永远也看不透这个新的人，她就感觉很痛苦。

那是我对他爱的残余吗？

默贝拉从她的问题中抽身出来，她不想要知道答案。她觉得有什么在排斥她寻找这个答案，那是藏在她心底最深处的东西，她不想去挖掘。

有些决定是与爱冲突的，但我必须那么做。那些是为姐妹会做的决定，不是为我自己。那正是我的恐惧所指的方向。

她恢复了常态，还有事需要她立刻去做。她把她的议员们打发走，保证如果她们学不会这种新的克制，必将遭致痛苦与死亡。

接下来，圣母们必须学习一种新的外交手段：与任何人不要交好——即便是彼此之间也不行。随着时间流逝，这一点会越来越容易。尊母会慢慢融入贝尼·杰瑟里特的方式之中。有一天，将不再有尊母，只有提高了柔韧性、增强了性知识的圣母。

默贝拉觉得自己一直被一些话所困扰，她曾听到过这些话，但直到此刻也未曾接受：“我们为贝尼·杰瑟里特的生存所做的事是没有限制的。”

邓肯会注意到这点。我没法对他隐瞒。他是位门泰特，不会死守着一个想法，不会一直觉得我还是那个经历香料之痛前的我。对他来说，开放思想就像我打开一扇门一样简单。他会检查他的那张网：“这次我抓到了什么？”

这就是发生在杰西卡夫人身上的事？他者记忆把杰西卡的经历抽丝剥茧地呈现在分享记忆的基础上。默贝拉揭开了一点点，让自己在更古老的信息中遨游。

异教徒杰西卡夫人？在任期间渎职？

就像欧德雷翟一头扎进大海一样，杰西卡一下陷入了爱河，由此产生的滔天巨浪几乎淹没了姐妹会。

默贝拉感觉这种记忆正带着她去往那些她不想去的地方。痛苦占据着她的胸口。

邓肯！哦，邓肯！她猛地把头埋进手掌。达尔，帮帮我。我要怎么做？

永远也不要问为什么你是名圣母。

可我必须问！整个进程在我的记忆中清晰可见，而且……

那是个序列。把它想成因果会蒙蔽你的双眼，让你看不清整体格局。

道？

更简单：你现在的位置。

但是他者记忆一直向后，向后……

想象它是金字塔——紧密连接。

说起来容易！

你的身体还都正常吗？

我感到很受伤，达尔。你已经没有身体了，对你来说，没有用……

我们只是占据着不同的小环境。我感觉到的痛苦不是你的痛苦。我的欢乐也不是你的欢乐。

我不想要你的同情！哦，达尔！我为什么要出生？

你出生就为了失去邓肯？

达尔，求你了！

所以，事实是你出生了，现在你知道那远远不够。所以你变成了一个尊母。你还能做什么？难道还是不够吗？现在你成了一名圣母。你觉得那就够了？只要你还活着，就永远没有足够的时候。

你是在告诉我，我应该一直向着超越自己努力。

不！不要以那个为基础去做决定。你没听到他说的话吗？不要思考，动手去做！你会选择那条轻松的路？你为什么要因为遇到不可避免的事情而感到难过呢？如果那就是你能够看到的全部，那就把你自己限定在改善人种上！

该死！你为什么要这样对我？

怎么对你？

让我从这个角度去看我自己和我以前的姐妹！

哪个角度？

该死！你知道我是什么意思！

你说，以前的姐妹？

哦，你很阴险。

所有的圣母都很阴险。

你从来就没停止过教导别人！

我是那样的吗？

我太天真了！还问你到底要做什么。

你和我一样清楚。我们等着人类成熟。暴君只给了他们时间成长，但现在他们需要人照顾。

暴君和我的痛苦有什么关系？

你这个愚蠢的女人！你没通过香料之痛吗？

你知道我通过了！

那就不要再纠结于这么明显的事了。

哦，你这个婊子！

我更喜欢女巫。但哪一个都比荡妇强。

贝尼·杰瑟里特和尊母的唯一区别就是市场。你嫁给了我们的姐妹会。

我们的姐妹会？

你为权力交配！有区别吗？这和……

不要曲解，默贝拉！把你的目光放在生存上。

别告诉我说你没有权力。

对人民临时的权威，为了生存大计。

又是生存！

在提高别人生存机会和质量的姐妹会里，它就像怀了孩子的已婚妇女。

所以又变成了生育的事。

那是你为自己所做的决定：家庭和使家庭团结在一起的东西。是什么满足生活，带来幸福？

默贝拉开始大笑。她放下双手，睁开双眼，发现贝隆达站在那里看着她。

“对于一位新圣母来说，这总是个诱惑。”贝隆达说，“和他者记忆交谈。这次是谁？达尔？”

默贝拉点点头。

“不要相信任何她们给你的东西。那是传统知识，你要自己判断。”

完全是欧德雷翟的话。通过死人的眼睛看那些早已不复存在的场景。真是场偷窥秀！

“迷失在他者记忆里几个小时都是很平常的事情，”贝隆达说，“练习一下自我克制。确定好你自己的立场。一手为你自己，一手为飞船。”

又来了！将过去应用到现在。他者记忆让每天的生活多么丰富。

“会过去的，”贝隆达说，“过段时间就没那么新鲜了。”她把一份报告放在了默贝拉身前。

不新鲜！一手为你自己，一手为飞船。习语就这么多。

默贝拉向后靠在悬带椅上，扫视着贝隆达的报告，突然想起自己正应了欧德雷翟的那句话：*蜘蛛女王在我的网中心*。这张网目前可能有点磨损，但它还在，依然在捕捉猎物，消化猎物。拉动其中一根蛛丝，贝尔就会跑过来，预先绷紧了下颌。这拉动的词就是“档案部”和“分析”。

从这个角度去看贝隆达，默贝拉从欧德雷翟对自己的利用方式中看到了智慧，缺陷和优势一样有价值。默贝拉看完报告时，贝隆达还以那种独特的态度站在那里。

默贝拉意识到，在贝隆达眼里，所有召唤她的人都是没有达到标准的人，是因为琐事访问档案的人，必须纠正过来。无关痛痒的事：贝隆达讨厌的东西。默贝拉发现这很有意思。

默贝拉一边欣赏着贝隆达那郁闷的样子，一边掩饰着自己感到好笑的心态。与她打交道的方法是要谨慎。不需要从优势中再抽去什么。这份报告是简洁、观点中肯的典范。她几乎毫无修饰地提出了自己的观点，所用文字恰好能够揭示出自己的结论。

“召唤我让你觉得很有意思吗？”贝隆达问。

她的言辞比以前更犀利了！我召唤她了吗？我没说几句话，但她知道我什么时候需要她。她在这里说我们的姐妹必须是恭顺的模范。大圣母可以为形势做出任何改变，但其他的姐妹并非如此。

默贝拉碰了碰报告：“这是个起点。”

“那我们应该在你的朋友们发现摄像眼中枢之前开始。”贝隆达带着熟悉的信心坐进她的犬椅里，“塔玛走了，但我可以叫什阿娜过来。”

“她在哪里？”

“在舰上。在大厅研究一堆沙虫，说我们任何人都可以学会控制那些虫子。”

“如果是真的，那很有价值。不要打扰她。斯凯特尔呢？”

“还在舰上。你的朋友们还没发现他。我们把他藏起来了。”

“继续保持。他是个不错的备用谈判筹码。还有，她们不是我的朋友，贝尔。拉比和他的那群人怎么样了？”

“住得很舒服，不过也很担心。他们知道尊母到这儿了。”

“把他们藏起来。”

“难以理解。声音虽然不一样，但是我好像听出了达尔的意思。”

“那是你大脑里的回音。”

贝隆达居然笑了出来。

“现在，你需要在姐妹中散播这样的消息。我们的一举一动都要极度精致、优雅，同时要表现出我们自己是值得羡慕和效仿的人。‘你们尊母可能不会选择像我们这样活着，但是你们可以学习我们的优势。’”

“啊，原来如此。”

“这是所有权的问题。尊母是被物欲所支配的。‘我想要那个地方，那件小首饰，那个人。’拿上你想要的东西。尽管去使用，直到你厌倦了为止。”

“与此同时，我们在沿着自己的道路前进，欣赏着沿途的风景。”

“我们的缺点也是这个。我们不轻易让自己付出。害怕爱和情感！过于沉着冷静也是自身的贪婪。‘看到我有什么了吗？不跟着我走，你就不会拥有！’永远也不要用那种态度对尊母。”

“你是在告诉我我们必须爱她们？”

“不然的话，还有什么办法能让她们羡慕我们？那是杰西卡的胜利。当她付出的时候，毫无保留。有太多东西都被我们的方式所压制，一旦那种难以阻挡的感觉袭来，最后就变成了——把一切奉献出去。那是不可抗拒的。”

“我们没那么轻易妥协。”

“尊母也不比我们更容易妥协。”

“那正是她们的官僚主义起源！”

“可是，只有这条路上阻力最小，我们有座训练场可供选择。”

“你把我弄糊涂了，达……默贝拉。”

“我说了我们应该妥协吗？妥协会削弱我们，我们知道有些问题靠妥协是无法解决的，有些决定我们必须做，不管有多苦。”

“假装去爱她们？”

“这只是开始。”

“这会是个血腥的结合，贝尼·杰瑟里特和尊母的结合。”

“我建议尽可能广泛地分享记忆。尊母还在学习阶段的时候，有可能会损失我们的人。”

“这是战场上缔结的盟约。”

默贝拉站了起来，她想着无舰上的邓肯，想着上次她看见无舰时的样子。终于，它可以光明正大地在那里了，从任何意义上来说都无须隐藏。它看上去就是一块奇怪的机械组合，似乎给人一种很荒诞的感觉。舰身恍如怪石嶙峋的山脊一般到处可见巨大的凸起，杂乱无章，狂野地组合在一起，外表上也看不出这些凸起具体的功能。很难想象这个东西会以自己的力量腾空而起，带着庞大的身躯消失在茫茫太空之中。

消失在太空中！

她看见了邓肯那块精神拼图的形状了。

这一块无法移动！保持协调……不要思考，动手去做！

她突然感到一阵寒意，她知道了他的决定。

当你想把命运的决定权放在自己手中时，就是你可能被压垮的时刻。小心。要允许意外事件。当我们努力创造时，总有其他力量在起作用。

——达尔维・欧德雷翟

“行动时要万分小心。”什阿娜曾这样警告过他。

艾达荷觉得自己无须警告，但不管怎样，他还是对此心怀感激。

尊母在圣殿的存在减轻了他的任务。她们让舰上的监理和其他警卫十分紧张。默贝拉命令她的前姐妹们远离无舰，但每个人都知道敌人就在那里。继视扫描仪显示，看起来无穷无尽的一列列运输机停在平台上，尊母们潮水般涌出。新来的人大多对停泊在那里的那艘大得骇人的无舰表现得很好奇，但没人违抗大尊母的命令。

“只要她还活着，她们就不敢，”艾达荷在监理们能听见他的地方嘟囔道，“可她们有暗杀首领，然后取而代之的传统。默贝拉能坚持多久？”

摄像眼为他做了工作。他知道他的喃喃自语会传遍整艘飞船。

不久后，什阿娜来到他的工作室见他，表达了她的不同意见：“你这是要干什么，邓肯？你让人们很不安。”

“回去找你的虫子去！”

“邓肯！”

“默贝拉在玩一场危险的游戏！她是我们和灾难之间的唯一屏障。”

他已经向默贝拉表达了这种担忧。这对观察者来说并不陌生，却使每个听到他的人更加烦躁不安——档案部的摄像眼监测者、舰上的警卫，人人莫不如此。

除了尊母。默贝拉不让她们接触贝隆达的档案部。

“现在还不到接触的时候。”她说。

什阿娜听明白了她的暗示：“邓肯，要么就别再给我们增添烦恼，要么告诉我们怎么做。你是个门泰特。发挥你门泰特的作用。”

啊，伟大的门泰特将发挥作用给所有人看。

“你们应该做的事显而易见，但不取决于我。我不能离开默贝拉。”

但我可以被别人带走。

现在就看什阿娜的了。她离开了邓肯，去传播她自己的改变理念。

“我们有大离散这个范例在前。”

到夜晚来临之前，她已经聚集了舰上那些中立的圣母，然后对邓肯做了个手势，表示她们可以进行下一步了。

“她们会追随我。”

虽然本意并非如此，但护使团恰好为什阿娜的崛起搭好了舞台。多数姐妹都知道她潜在的力量。很危险，但这力量就在那里。

未经使用的力量就像带着可见牵线的木偶，没人掌控它们。这是件具有强烈吸引力的东西：我能让它舞起来。

继续培养这个假象，他联系默贝拉说。

“我什么时候能见你？”

“邓肯，求求你。”即便是投影中的影像，也能看出她显得很痛苦，“我很忙。你知道现在的压力有多大。几天后我就能出去了。”

投影显示，背景中的尊母们对她们首领的这一奇怪行为阴沉着脸。任何圣母都能读出她们的表情。

“大尊母变软弱了？那只不过是个男人！”

断开连线时，艾达荷强调了舰上每台监视器的监视能力：“她处于危险之中！她知道吗？”

而现在，什阿娜，一切都取决于你。

什阿娜有恢复战舰飞行控制的钥匙。鱼雷已经清除。没人能在最后一刻发信号点燃隐藏的炸药，摧毁这艘船。现在需要考虑的只剩人员了，尤其是特格。

特格会看出我的选择。其他人——拉比那群人和斯凯特尔——将不得不和我们一起看运气了。

安全监牢内的混合人并不让他担心。它们只是有趣的动物，但目前并不重要。也因此，他对斯凯特尔的思考一闪而过。那个小个子特莱拉人还在警卫的眼皮底下，不管这些警卫自己有什么其他担忧的事，都从没放松过警戒。

他焦虑地上了床，对档案部的任何看门狗来说，这都有现成的解释。

他的宝贝默贝拉现在处于危险之中。

她处于危险中，他却无法保护她。

我的存在本身对她来说就是个危险。

到了黎明时分，他起身返回军械库，去拆除一家兵工厂。什阿娜在那里发现了他，要求他和她一起去警卫区。

几个监理向他们致意。他们选择的首领没有让他惊讶，是嘉瑞米。他听说过她在决议会上的表现——怀疑，忧虑，准备好放手一搏。她是个面容严肃的女人。有人说她很少笑。

“我们已经引开了房间里的摄像眼，”嘉瑞米说，“现在画面显示的是我们在边吃零食边向你询问武器的事。”

艾达荷觉得胃里仿佛打了一个结。贝尔的人很快就会在现场看到出现了模拟信号。尤其是他自己的投影模型更容易被看穿。

嘉瑞米看到了他皱起的眉头，她回应道：“我们在档案部有同盟。”

什阿娜说：“我们来是问问你是否想在我们乘坐这艘战舰逃跑前到外面去。”

他的惊讶很真实。

留下来吗？

他没考虑过这个选择。默贝拉已经不再属于他。两个人的纽带在她那边被剪断了。她没有接受这个现实。目前还没有。但是她第一次为了贝尼·杰瑟里特的目标，需要做出将他置于危险之中的决定时，她会接受这个现实的。现在，她只是比平常更多地躲着他。

“你们要去大离散区？”他问道，眼睛看着嘉瑞米。

“我们要尽自己的力量去挽救更多东西。以前人们将这称为用摔门而出代替投票。默贝拉正在颠覆贝尼·杰瑟里特。”

他相信还有些没有说出的观点也在影响着她们。她们不同意欧德雷翟孤注一掷的选择。

艾达荷深吸一口气：“我要和你们一起走。”

“不要后悔！”嘉瑞米警告道。

“那太愚蠢了！”他说着，让自己压抑的悲痛倾泻而出。

如果这样的反应来自一位姐妹，嘉瑞米是不会惊讶的。艾达荷让她很吃惊，她花了几分钟恢复平静。她迫于诚实的品性开口道："确实很愚蠢。对不起。你确定不想留下来？我们欠你一个自己做出决定的机会。"

贝尼·杰瑟里特对那些尽职尽忠的人很挑剔！

"我要加入你们的队伍。"

她们在他脸上看到的悲伤不是模拟出来的。返回他自己的控制室时，他对此毫不掩饰。

我分配到的位置。

当他为战舰的身份识别电路编码时，他没有费力去掩饰自己的行动。

在档案部有同盟。

电路在他的投影上闪烁——输入飞行系统的彩色光带，只是中间缺了一环。研究了一阵后，他就已经对破损处附近的情况明了。门泰特观察就是为了这样的情况而准备的。

通过内核功能增强数倍！

艾达荷向后一靠，坐在那里等待着。

升空是一段让人心惊肉跳的空白时段，飞船会在离开表面足够远的时候突然停止，然后开始接触零域场并进入折叠空间。

艾达荷看着他的预测图像。他们就在那里：那对老夫妻就在他们的花园中！他看到他们身前的网闪闪发光，男人做着手势指着，圆脸上是满足的笑容。他们移进了一张透明覆盖层下，在他们身后，覆盖层显示着舰体的电路。那张网变得越来越大——不再是线条，而是比投影电路更粗的彩色光带。

男人的嘴唇嚅动着，像是在说着什么，却没有声音。"我们期待你的到来。”

艾达荷伸手去碰他的控制台，他的手指在控制场张开，抓住了电路控制所需的元素。没时间去细致摆弄了。干扰严重。他一秒内就进入了内核。在内核区转存整个字段易如反掌。先设置导航。他看见网络开始变细，男人的脸上出现了惊讶的表情。接下来是零域场。艾达荷感觉到战舰在折叠空间踉跄前行。网络倾斜、拉长，同时两个观察者开始缩短、变薄。艾达荷清除了星际存储电板，换上了自己的数据。

网络和观察者消失了。

我为什么知道他们在那里？

除了重复出现在视野中的幻想所证实的确定性，他没有答案。

他在警卫舱的临时飞行控制板前发现什阿娜的时候，什阿娜没有抬头看他。她俯身在面板上方，惊慌失措地盯着它。她上方的投影显示他们已经从折叠空间浮现。面前能看到的恒星图案，艾达荷一个都不认识，但他已经料到了这一点。

什阿娜转过身，看着站在身边的嘉瑞米：“我们失去了所有的数据存储！”

艾达荷用食指敲了敲他的太阳穴：“不，并没有。”

“但是哪怕只是恢复那些基本数据也要花上好几年！”什阿娜抗议说，“发生了什么事？”

“我们的飞船无法被识别，我们也无法识别周围的宇宙空间，”艾达荷说，“这不正是我们想要的吗？”

平衡无他，只须感受倾斜度即可。

——达尔维·欧德雷翟

默贝拉觉得，从她意识到了邓肯的决定后，似乎已经过去了一个时代。

消失在太空中！离开我！

由香料之痛带来的时间恒定感告诉她，从意识到他的意图到现在仅仅过去了几秒，可她觉得她从一开始就知道了。

必须阻止他！

她已经伸手去碰控制台，这时中央大厦开始颤抖。震动持续了很久，然后慢慢平息了。

贝隆达站了起来："怎么……"

"平台的无舰刚刚升空了。"默贝拉说。

贝隆达伸手去碰控制台，但是默贝拉拦住了她。

"已经走了。"

不能让她看见我的痛苦。

"但是，谁……"贝隆达陷入了沉默。她有自己对结果的评估，看出了默贝拉看到的事。

默贝拉发出了一声叹息。她有整个历史上的诅咒之词可供使用，可她一个都不想说。

“我想要在我的私人餐厅和议会成员一起吃午餐，我希望你在场，”默贝拉说，“告诉杜阿纳，今天还是吃炖牡蛎。”

贝隆达刚要抗议，却只说了一声：“又吃这个？”

“你记得我昨晚是自己在楼下吃的吗？”默贝拉重新坐了下来。

大圣母肩负着责任！

有地图要改变，有河流要追踪，还有尊母需要驯化。

有些浪花会抛弃你，默贝拉。但是你要重整旗鼓，继续上路。失败一千次，站起一千零一次。你就能够在起起伏伏中保持平衡。

我知道，达尔。你梦想中的参与意愿。

贝隆达盯着她，直到默贝拉开口说：“昨晚我让我的议会成员在晚餐时和我保持距离。有点奇怪——整间餐厅只有两张桌子。”

我为什么还要继续这种空洞的闲言碎语？我这不寻常的行为还有什么借口？

“我们在想为什么不能允许我们在自己的餐厅进餐。”贝隆达说。

“为了救你们的命！但是你们应该已经看到了她们的兴趣。我会读唇语。安吉莉卡说：‘她在吃某种炖菜。我听到她和厨师讨论这个事了。我们这不是得了一个绝佳的世界吗？我们必须尝尝她点的那种炖菜。’”

“尝尝，”贝隆达说，“我明白了。”然后又说，“你知道，是不是？什阿娜拿了凡·高的那幅画，就从……从你的寝室。”

为什么我感觉很受伤？

“我是注意到那幅画没了。”

“她说是借用一下，准备放在她在舰上的房间里。”

默贝拉抿紧了嘴唇。

这些该死的家伙！邓肯和什阿娜！特格、斯凯特尔……他们全都走了，也没办法跟随。但还有从我们的孩子们身上提取的细胞和伊纳什洛罐。虽然不一样……不过也差不多。他觉得他能跑得了吗？

“你没事吧，默贝拉？”贝尔的声音里透着关切。

你警告过我可能发生这些疯狂的事，达尔，我没听。

“吃过饭后，我会带我的议会成员参观一下中央大厦。告诉我的侍祭，睡前我想要喝点苹果酒。”

贝隆达嘟囔着离开了。那更像她的性格。

现在你又如何指引我，达尔？

你想要指引？指引你的生活？我是为了这事死的吗？

可是他们连凡·高的画都拿走了！

你怀念的是那个吗？

他们为什么要带走它，达尔？

一阵尖刻的笑声回答了这句话，默贝拉很庆幸没有别人听到。

你看不出来她打算干什么吗？

护使团计划！

哦，远远不止。是下一阶段：从穆阿迪布到暴君，到尊母，到我们，再到什阿娜……然后是什么？你看不出来吗？应该已经在你的头脑里呼之欲出了。就当是吞下苦果，也要接受它。

默贝拉一阵战栗。

看出来了吗？一种苦口良药般的什阿娜式未来？我们曾经以为所有的药都只能是苦的，否则就没什么效果。甜蜜中是没有治疗的力量的。

必须发生吗，达尔？

有些人会被这种药卡住。但幸存者可能会创造出有趣的模式。

成对的对立定义你的渴望，而那些渴望会把你禁锢。

——禅逊尼警句

“你故意放他们走，丹尼尔！”

那位老妇人用她花园围裙那带着污渍的前摆擦着手。她周围是一副夏日清晨的模样，鲜花盛开，鸟儿在附近的树丛间鸣叫。天空似乎有些薄雾，地平线附近闪着黄色的光芒。

“不，马蒂，不是故意的。”丹尼尔说。他摘下他的卷边帽，在换帽子前擦了擦浓密的灰白胡楂儿：“他让我吃了一惊。我知道他看到了我们，但是我没想到他还看见了网。”

“我为他们挑了这么好的一颗星球，”马蒂说，“最好的一颗。对他们的能力来说是个挑战。”

“现在埋怨这些没什么用，”丹尼尔说，“现在他们已经在我们碰不到的地方了。不过，他那时候已经焦头烂额，我还以为能轻易抓住他。”

“他们还有个特莱拉尊主，”马蒂说，“他们在网下的时候我看见他了。我本来是那么想再研究一个尊主的。”

“不明白有什么必要。他们总对着我们低语，总是让人想把他们踩在脚下。我不喜欢那么对待尊主，你知道的！如果不是因为他们……”

“他们不是神，丹尼尔。”

“我们也不是。”

“我还是认为你把他们放走了。你太急着要剪你那些玫瑰了！”

“不管怎么说，你要对尊主说什么？”丹尼尔问道。

“他要是问我们是谁的时候，我就开玩笑。他们总是那么问。我就说：‘你以为呢，长着飘逸胡须的上帝本人？’”

丹尼尔轻笑着：“那肯定会很有趣。他们很难接受变脸者可以独立于他们的事实。”

“我不明白为什么。这是个自然结果。他们给我们吸收别人记忆和经历的力量，把那些东西收集足够以后……”

“我们拿来的是人格，马蒂。”

“不管是什么吧。那些尊主本来应该能猜到，有一天我们收集到足够的记忆和经历以后，就能够对我们自己的未来做出自己的决定。”

“还有他们的未来？”

“哦，原本把他放到他该在的位置上后，我会向他道歉的。凭什么你可以安排别人那么多事情，那是不是不对，丹尼尔？”

“你脸上一副那种表情的时候，马蒂，我就要去修剪我的玫瑰了。”他退回到一排灌木丛中，那些灌木丛叶子青翠，开着和他的脑袋一样大的花朵。

马蒂在他身后叫他：“收集过的人足够多，就得到了一个大知识库，丹尼尔！那就是我要告诉他的。还有舰上那些贝尼·杰瑟里特！我会告诉她们我有她们中的多少人。有没有注意到当我们窥视她们的时候，她们感觉有多疏远？”

丹尼尔弯腰摆弄着他的黑玫瑰。

她在后面盯着他，手支着屁股。

“更别说门泰特了，”他说，“那艘舰上有两个——都是死灵。你想和门泰特玩玩？”

“尊主们也总想控制他们。”她说。

“那个尊主如果要对那个大个儿搞鬼，会有麻烦的，”丹尼尔说着从他的玫瑰根上剪掉了一个地面上的芽，“天，这个真漂亮。”

“又是门泰特！”马蒂叫道，“我本来要告诉他们，门泰特多得很，不值几分钱。”

“几分钱？我不认为他们会理解那个词，马蒂。圣母们也许会，但那个大门泰特不会。挖掘那么远的记忆会稀释他的意识，他不可能还能回得来。”

“你知道你放走了什么吗，丹尼尔？”她追问道，在他身后跟了上来，“那个尊主胸前有枚零熵胶囊，里面也都是死灵细胞！”

“我看见了。”

“所以你才让他们走的！”

“没让他们走。”他的剪刀窸窣作响，“交给那些死灵。他们会欢迎他的。”

这本书，依然献给贝弗[1]，我的朋友、妻子、可靠的帮手，也是命名本书的人。本书出版之时，斯人已逝，下面的话是在她去世后的凌晨写下的，这段话应该可以告诉你她给我带来的灵感。

关于贝弗，我能说的最美好的事之一，就是在我们一起度过的岁月中，没什么是需要忘记的，连她优雅离世的时刻也值得我铭记。在那一刻，她最后一次为我献上了爱的礼物：宁静平和地离去。她曾经无悲无惧地谈起这件事，以此让我自己的恐惧消弭。向你展示无须害怕死亡，还有什么比这更伟大的礼物？

正式的讣告将是这样的：贝弗莉·安·斯图尔特·福布斯·赫伯特，1926年10月20日生于华盛顿州西雅图市，1984年2月7日下午5时5分卒于毛伊岛的卡瓦洛亚。我知道她不喜欢过于正式，这已经是她能忍受的极限。她让我保证不举行那种“我的身体供人观看，牧师在前面讲道”的传统葬礼。她说：“那时我已经不在那具身体里了，但它应该拥有更多的尊严，而不是供人观看。”

她坚持说我最多可以将她火化后，把骨灰撒在她心爱的卡瓦洛

1 贝弗（Bev）是弗兰克·赫伯特对妻子贝弗莉（Beverly）的昵称。

亚："在那里，我感到了无尽的平和与爱。"唯一的仪式就是亲朋好友们听着《恶水上的大桥》，看着骨灰撒落。

她知道那时会有泪水，就如现在我写下这段文字时一样，但在她最后的那段日子里，她常说流泪无益。她觉得眼泪来自我们的动物本性。狗失去主人也会哀嚎。

人类意识的另一部分主导着她的生活：精神。不是任何愚蠢的、宗教上的精神，也和多数相信招魂的人口中的这个词并无关联。对贝弗来说，那是照耀她所遇到一切的意识之光。正因为这样，尽管心怀悲伤，甚至是沉浸在悲伤之中，我也可以说由于她给我的，并将继续给予我的爱，喜悦充满我的灵魂。在她逝去的悲痛中，没有什么能比得过我们共同的爱。

她为撒落骨灰的时刻选的那首歌，是我们常常对彼此说的话——她是我的桥，我是她的梁。这是我们婚姻的缩影。

1946年6月20日，我们在西雅图的一位部长面前举行了仪式，开始了这段彼此共享的旅途。我们的蜜月是在斯诺夸尔米国家森林的凯莱丘顶上一座消防瞭望塔度过的。我们的住处十二英尺[1]见方，顶上是六英尺见方的圆顶，多数空间都塞满了火灾巡查器，只要看到有烟，我们就能定位火灾发生的地点。

在这狭窄的房间内，有台弹簧动力的维克多牌留声机，一张桌子上还满满地放着两台便携式打字机，我们一起把生活安排得相当惬意：用工作来支持音乐、写作，还有其他生活带来的乐事的开销。

这并不是说我们一直都兴高采烈。完全不是这样。我们也有无聊的时刻，有恐惧，有痛苦，但总还有欢乐。即便在最后时分，贝弗

1 英美制长度单位，1英尺约合30.48厘米。

还是可以微笑着告诉我说，我帮她躺在枕头上的位置非常好，说我给她做的轻轻按摩帮她减轻了背痛，还有其他一些她自己已经无法做到的事。

在她最后的日子里，除了我，她不想让任何人碰她。但我们的婚姻生活创造了这样一种爱和信任的纽带，她经常说我为她做的事情就像她自己做的一样。虽然我必须提供最贴心的照顾，像照顾婴儿一样，但她没有感到被冒犯，也没有说她的尊严受到了打击。当我抱着她让她更舒服些，或是给她洗澡的时候，贝弗的胳膊总是环绕着我的肩膀，脸也像以前一样依偎着我的脖颈。

要传达出那时的愉悦之情是很困难的，但我向你保证，一切千真万确。那是灵魂的愉悦，甚至是面对死亡时仍能感到的灵魂的愉悦。她离开的时候，我和主治医生分别握着她的手，医生的眼里闪着泪光，说出了我和很多人谈起她时都会说的话。

“她走得从容、优雅。”

许多看到这种优雅的人都不理解。我还记得黎明前几个小时，我们住进医院，准备迎接第一个儿子的情景。我们一直笑着。医护人员不以为然地看着我们。分娩是痛苦又危险的事，分娩时母亲死亡的事也并不罕见，这些人笑什么？

我们笑是因为想到新生命的诞生，那是我们两人的一部分，这种念头让我们充满了幸福感。我们笑是因为这家医院正是在贝弗出生那家医院的地址上建起来的。这种延续是多么奇妙！

笑是会传染的，很快，在去产房的路上，我们遇到的其他人也都面带微笑。不以为然变成了欣然接受。笑是她在面对压力时的优雅音符。

她也是在为那些持续不断诞生的新事物献上笑容。她总能在遇到的一切中找到可以激发她感官的新发现。贝弗有种纯真无邪的态度，是种自我的成熟。她想在每件事、每个人身上发现美好。因此，她总会在他人身上得到类似的回应。

“报复是孩子才做的事，”她说，“只有根本上还没成熟的人才想那么做。”

大家都知道，她会打电话给冒犯她的人，恳请他们放下破坏性的感情：“让我们做朋友吧。”她去世后，很多我并不认识的人的慰问潮水般涌来，让我感到很惊讶。

这是她的典型做法：她想让我给1974年为她治疗的放射科医生打电话，这段治疗很可能是她去世最主要的原因。她想让我感谢他“给了我这十年的美好时光。一定要让他明白，我知道，在我因为癌症将死之时，他已经为我做出了最大努力。他把工作做到了极致，我想让他知道我的感激之情”。

当我回顾我们一起走过的日子，心里满是语言无法形容的幸福感。所以应该也不难理解我不想也不需要去忘记任何一刻。多数人只是在她生活的外围徘徊，我却以最亲密的方式与她共同分享，她做的每件事都给我力量。如果不是她在之前的岁月里毫无保留，全心付出，在她生命的最后十年，我就不可能完成那些必须去做的事，给她力量，回报她。我认为那是我最幸运的事，是最伟大的特权。

弗兰克·赫伯特
华盛顿，汤森港
1984年4月6日